LE NŒUD SANS FIN

DU MÊME AUTEUR
CHEZ LE MÊME ÉDITEUR

CYCLE DE PENDRAGON :

Taliesin, 1997
Merlin, 1997
Arthur, 1997
Pendragon, 1998
Le Graal (à paraître)

CYCLE LE CHANT D'ALBION :

La Guerre du paradis, 1997
La Main d'argent, 1997

CYCLE DU DRAGON :

3 volumes (à paraître)

Le Voleur de rêves (à paraître)

STEPHEN LAWHEAD

Le Chant d'Albion
livre troisième

LE NŒUD SANS FIN

roman
Traduit de l'anglais
par Thierry Loisel

BUCHET/CHASTEL
18, rue de Condé – 75006 Paris

Merci à Simone Audin
Th. L.

Titre original :
SONG OF ALBION : THE ENDLESS KNOT.

Publié par Lion Publishing, Oxford, England, 1993.

ISBN : 2-283-01750-5
Dépôt légal : 3e trim. 1998
Imprimé en France.
N° éditeur 1421

Pour Jan Dennis

Puisque le monde entier n'est jamais qu'une histoire,
tu as fort bien fait de croire en l'histoire qui résiste le plus au temps,
plutôt qu'en celle qui y résiste le moins.

SAINT COLOMBAN D'ÉCOSSE

Écoute, ô Fils d'Albion, la parole prophétique :
Chagrin et tristesse : trois fois Albion sera plongée dans une douleur intense.
Le Roi d'Or en son royaume frappera de son pied le Rocher de la Dispute.
Le Ver au souffle ardent revendiquera le trône de Prydain ;
Llogres sera privé de souverain. Mais heureux sera Caledon ;
les Corbeaux s'envoleront en masse vers ses innombrables vallons,
et le chant des corbeaux sera son propre chant.
Lorsque la lumière du Derwyddi est éteinte et que le sang des bardes
requiert justice, que les Corbeaux déploient leurs ailes au-dessus du bois sacré
et du tertre saint. Sous l'aile du Corbeau réside un trône.
Et sur ce trône, un roi, avec une main d'argent.
À l'Heure du Conflit, racines et branches s'intervertiront, et cet événement
nouveau passera pour un miracle. Que le soleil se fasse sombre comme l'ambre,
que la lune se voile la face : l'horreur investit le pays. Que les quatre vents se
combattent en un terrible rugissement ; que les échos en résonnent jusqu'aux
étoiles. La Poussière des Anciens s'élèvera jusqu'aux nuées ; l'essence d'Albion
est disséminée et déchiquetée au sein des vents ennemis.
Les mers se soulèveront accompagnées de voix puissantes. Aucun port ne peut
offrir de sécurité nulle part. Arianrhod dort sur son promontoire entouré d'eau.
Bien que beaucoup la cherche, nul ne la trouvera.
Beaucoup l'appellent et l'implorent, mais elle reste sourde.
Seul le chaste baiser la restituera en sa juste place.
Puis le Géant Mauvais fera rage, et, du tranchant aiguisé de son glaive,
terrifiera le monde. Ses yeux lanceront des flammes ;
ses lèvres distilleront du poison. Il dévastera l'île, aidé de son immense armée.
Tous ceux qui s'opposeront à lui seront emportés par le flot des méfaits
qui s'écoule de ses mains. L'Île du Puissant deviendra son tombeau.
Tout cela sera le fait de l'Homme de Cuivre qui, chevauchant son destrier
tout de cuivre également, sèmera noire et grande douleur.
Réveillez-vous, Hommes de Gwyr !
Empoignez vos armes et contrez les traîtres en votre sein !
Les échos de la bataille résonneront parmi les étoiles
du firmament et la Grande Année connaîtra son apogée.
Écoute, ô Fils d'Albion : le sang est né du sang. La chair est née de la chair.
Mais l'esprit est né de l'Esprit, et restera à jamais avec l'Esprit.
Pour qu'Albion soit Un, l'Exploit du Héros devra s'accomplir,
et Main d'Argent devra régner.

BANFAITH D'YNYS SCI.

I

FLAMMES NOIRES

Un incendie fait rage sur Albion. Un incendie étrange, un feu caché, aux flammes noires, invisible à l'œil. Il se consume, plein de fureur se soulève, ramassant ses sombres flammes au sein de son cœur noir et brûlant. Il se consume, ni vu ni connu.

Ces flammes de la nuit sont insatiables ; elles croissent, avides de se répandre, anéantissant tout. Même si elles ne peuvent être vues, leur chaleur brûle et roussit, détruisant aussi bien la chair que les os ; elle amoindrit les forces et affaiblit la volonté, décourage la vertu, érode le courage ; elle transforme amour et honneur en braises noires et impitoyables.

Le feu de la nuit est un ennemi mauvais et très ancien, plus ancien que la Terre. Il ne possède aucun visage, aucun corps, aucun membre qui pourrait permettre de l'identifier et de le combattre — encore moins de l'éteindre et de l'anéantir. Des flammes, encore et toujours, de méchantes langues de feu, noires étincelles invisibles qui ne cessent de souffler violemment, éparpillant tout aux quatre vents.

Et rien ne peut résister au feu de la nuit. Rien ne peut résister à cette corruption, implacable et vengeresse, des flammes occultes. Elles ne s'éteindront pas tant que toutes les choses résidant dans le royaume des mondes ne seront pas définitivement réduites en cendres.

Le rideau de cuir sur le seuil se mit à frémir lorsque Tegid Tathal fit quelques pas pour entrer dans la petite maison. Son regard vif recherchait l'obscurité — il pouvait à nouveau voir. Il était guéri de sa cécité, ou à tout le moins, celle-ci s'était transmuée en une vue rudimentaire grâce aux eaux revivifiantes du lac. Il m'avait vu en effet assis par terre dans la paille, et m'avait demandé : « Qu'êtes-vous en train de faire ?

— Je réfléchis... », répondis-je en pliant l'une après l'autre chacune des phalanges de ma main d'argent. Quelle main ! La beauté rendue tangible grâce à l'argent pur et sans défaut. Un trésor d'une valeur au-delà de toute imagination. Un présent — une compensation pour le guerrier que je suis, qui sait ? — qui me fut offert par une divinité ayant un sens de l'humour plutôt étrange. Très étrange.

Tegid m'a certifié que c'était un présent de *Dagda Samildanac*, la Sûre et Prompte Poigne elle-même. Il m'a dit que c'était l'accomplissement d'une promesse faite par le seigneur du bosquet. La Sûre et Prompte Poigne, par l'intermédiaire de son messager, offrit à Tegid sa faculté de vision intérieure, et me concéda, à moi, l'usage de la main d'argent.

Tegid m'observait avec curiosité alors que j'étais plongé dans mes rêveries. « À quoi pensez-vous ? finit-il par dire.

— À ceci, répondis-je en soulevant ma main de métal. Et au feu, à ces flammes obscures. »

Il accepta ces réponses sans discuter. « On vous attend, à l'extérieur. Votre peuple désire voir son roi.

— J'avais besoin de me retirer un moment. Pour réfléchir. »

La fête, dehors, battait son plein ; la célébration de la victoire allait encore continuer pendant plusieurs jours. Le Grand Chien Meldron était vaincu et ses complices avaient été châtiés ; la sécheresse était à son terme, le pays commençait à revivre. La joie des survivants ne connaissait aucune limite.

Je ne pouvais cependant partager cette joie. Car ce qui précisément assurait leur sécurité et provoquait en eux une telle liesse signifiait en même temps que mon séjour en Albion arrivait à son terme. Ma tâche prenait fin et j'allais devoir repartir... même si tout en moi se révoltait contre cette idée.

Tegid s'approcha encore plus près et, voulant éviter toute position dominatrice pour me parler, il s'agenouilla : « Il y a quelque chose qui ne va pas ? »

Avant que je puisse répondre, la couverture de cuir fut à nouveau soulevée et le professeur Nettleton entra. Il regarda Tegid d'un air grave, puis s'adressa à moi : « Il faut y aller », dit-il simplement.

Voyant que je ne répondais pas, il continua : « Llew, nous en avons déjà discuté. Et nous sommes tombés d'accord. Il faut le faire… et le plus tôt sera le mieux. Attendre ne ferait qu'empirer les choses. »

Tegid, considérant le petit homme attentivement, répondit : « Llew est notre roi. En tant que *Aird Righ* d'Albion, c'est son droit de…

— Tegid, s'il vous plaît. » Nettleton secoua lentement la tête sans desserrer les lèvres. Il se rapprocha de quelques pas et baissa les yeux vers moi : « Il n'est permis à aucun homme de rester dans l'Autremonde. Vous le savez parfaitement. Vous êtes venu y chercher Simon pour le ramener d'où il était venu. Et vous l'avez fait. Votre tâche est accomplie. À présent, il est temps de rentrer. »

Il avait raison ; et je le savais. Pourtant, l'idée même de devoir quitter l'Autremonde me brisait le cœur. Je ne pouvais pas partir. Là-bas, je ne serais plus rien ; en quoi consisterait ma vie ? Je redeviendrais cet étudiant médiocre venu de l'étranger, inscrit en troisième cycle, en qui l'essentiel de ce qui fait un être humain faisait cruellement défaut : la sociabilité, l'amour d'une femme — je n'avais rien de cela. Je serais universitaire à vie, sans autre but dans l'existence que celui de soutirer une nouvelle bourse et de différer le plus longtemps possible toute perspective de prendre ma vie en main, volontairement séparé de la vie grâce aux murs protecteurs des cloîtres d'Oxford.

La seule vraie vie que j'aie jamais connue, c'était ici, à Albion, que je l'avais vécue. Partir d'ici, c'était mourir ; et je ne pouvais supporter cette idée.

« Mais j'ai encore quelque chose à faire ici », argumentai-je, presque désespéré. « Il faut bien qu'il en soit ainsi… sinon, pourquoi m'aurait-on fait don de cela ? » Et je soulevai ma main d'argent ; l'appendice métallique et froid reluisait faiblement dans l'obscurité de la cabane — les nervures complexes de ses motifs finement ouvragés brillaient comme de l'or sur la blancheur laiteuse de l'argent.

« Venez, dit le professeur en se baissant pour m'aider à me relever. Ne rendez pas les choses plus difficiles qu'elles ne sont déjà. Partons, maintenant ; et gardons notre calme. »

Je me relevai et me mis à le suivre à l'extérieur de la cabane. Tegid suivit également, sans rien dire. Devant nous, le feu de joie lançait ses hautes flammes dans la pénombre de plus en plus dense. Tout autour, les gens se réjouissaient ; quelques échos de chansons nous parvenaient, sortant du joyeux tumulte. Nous n'avions pas encore fait deux pas que nous rencontrâmes Goewyn qui portait un pot dans une main et une coupe dans l'autre. Derrière elle, une servante apportait un plat rempli de pain et de viande.

«J'ai pensé que vous auriez peut-être faim et soif», fit-elle pour se justifier rapidement. Puis elle commença à verser de la bière dans la coupe, qu'elle me tendit aussitôt en disant : «Je suis désolée, mais c'est là tout ce que j'ai pu mettre de côté pour vous. C'est tout ce qui reste...

— Merci», dis-je. Et au moment de prendre la coupe, je laissai audacieusement mes doigts traîner quelques instants sur sa main. Goewyn se mit à sourire, et je savais que je ne la quitterais pas tant que je ne lui aurais pas avoué ce que je portais dans le cœur.

«Goewyn, il faut que je vous dise...», commençai-je. Mais avant que j'aie pu finir ma phrase, un groupe de soldats tout joyeux entrèrent en masse en me réclamant, car ils voulaient que je me joigne à leur fête. Goewyn et sa servante furent brusquement poussées à l'écart.

«Llew ! Llew ! s'écriaient les soldats. Vive Main d'Argent !» L'un d'eux portait sur les épaules un cuissot de chevreuil qu'il m'offrit en insistant jusqu'à ce que j'en aie arraché à pleines dents un bon morceau. Un autre, s'apercevant que la coupe que je tenais à la main était vide, se mit à y verser la bière de sa propre coupe. «*Sláinte*, Main d'Argent !» s'exclamèrent-ils. Et nous bûmes tous ensemble.

Les soldats avaient apparemment l'intention de m'emmener avec eux, mais Tegid intervint, expliquant que je souhaitais aller rejoindre le peuple afin de partager la fête avec tous. Il leur demanda de préserver la tranquillité du roi en repoussant tout ceux qui voudraient la perturber — à commencer par eux-mêmes.

Alors que les soldats s'éloignaient bruyamment, Cynan parut : «Llew ! s'écria-t-il en me donnant une tape sur l'épaule de sa grosse main. «Vous voilà enfin ! Je vous ai attendu, frère ! Allez, buvez donc avec moi !» Il leva bien haut sa coupe. «Buvons en l'honneur de votre intronisation. Que votre règne soit long et plein de gloire !»

Disant cela, il versa de la bière de sa coupe dans la mienne qui était déjà pleine.

«Et que toujours nos coupes débordent !» ajoutai-je au moment même où ma propre coupe débordait sur mes mains. Cynan riait. Nous bûmes alors, et avant qu'il ait eu le temps de la remplir à nouveau, je la passai rapidement dans les mains de Tegid.

«Je pensais que nos réserves de bière étaient épuisées depuis longtemps, dis-je. Je n'imaginais pas qu'il puisse nous en rester encore autant...

— Ce sont pourtant les dernières gouttes, remarqua Cynan en jetant un coup d'œil vers le fond de sa coupe. Et après cela, il nous faudra attendre longtemps avant que les champs soient labourés et que l'orge repousse ! Mais aujourd'hui en tout cas — il se mit à rire de nouveau —, aujourd'hui, nous avons tout ce qu'il nous faut ! » Cynan, avec sa chevelure rouge feu, son regard luisant autant à cause de la joie qu'il éprouvait que des effets de la boisson, était si plein de vie — et si heureux d'être dans cet état, après les terribles événements de ces derniers jours —, que je me mis à rire tout fort avec lui. Oui, je me mis à rire, même si mon cœur était, à l'intérieur de ma poitrine, aussi dur qu'une pierre...

« Bien mieux encore, frère ! dis-je. Nous sommes des hommes libres, et nous sommes vivants !

— Oui, parfaitement ! » s'écria Cynan. Il lança son bras autour de mon cou, m'attira vers lui et, tout transpirant, il m'étreignit. Nous nous cramponnâmes l'un à l'autre et je prononçai, dans un souffle triste et silencieux, mes adieux à mon frère d'armes.

Bran et plusieurs Corbeaux arrivèrent ensuite, me saluèrent et m'acclamèrent aux cris de « Vive notre roi ! » en me jurant leur fidélité éternelle. Au même moment, les deux rois, Calbha et Cynfarch, s'approchèrent. « Je vous souhaite tout ce qu'il est possible de vous souhaiter, dit Calbha. Que votre règne se poursuive ainsi qu'il a commencé... qu'il dure longtemps.

— Et que vous réussissiez en toutes choses, ajouta Cynfarch. Que la victoire vienne couronner chacune de vos batailles. »

Je les remerciai chaleureusement et, alors que je m'apprêtai à prendre congé, j'aperçus Goewyn qui s'éloignait. Calbha vit mon regard partir dans sa direction et dit : « Allez la rejoindre, Llew. Elle vous attend. Allez... »

Je commençai à m'éloigner d'un pas rapide : « Tegid, faites le nécessaire avec Nettles pour qu'un navire soit prêt. Je vous rejoins dans un instant. »

Le professeur Nettleton jeta un coup d'œil vers le ciel qui commençait à s'assombrir et dit : « Puisqu'il vous faut y aller, allez-y, mais faites vite, Llew. L'Heure bleue n'attend pas. »

J'interpellai Goewyn alors qu'elle passait entre deux bâtiments : « Venez avec moi, dis-je rapidement. Il faut que je vous parle. »

Elle ne répondit pas, posa au sol le pot qu'elle tenait et me tendit sa main. Je la pris dans la mienne et me mis à marcher avec la jeune femme au milieu des cabanes jusqu'à la sortie du *crannog*. Nous longeâmes discrètement la palissade de la forteresse puis sortîmes par une porte restée sans surveillance.

Goewyn resta silencieuse alors que je réfléchissais aux mots que j'allais choisir pour exprimer ce que je voulais lui dire. Maintenant qu'elle était prête à m'écouter, je ne savais plus par où commencer.

Elle me regarda fixement de ses grands yeux devenus noirs dans la lumière déclinante, ses cheveux de lin luisant comme de l'argent filé, sa peau pâle comme l'ivoire. Son torque, d'une grande finesse, resplendissait comme un cercle de lumière autour de son cou. Goewyn était vraiment la femme la plus belle que j'aie jamais rencontrée.

«Qu'y a-t-il ? demanda-t-elle après être restée un instant silencieuse. S'il y a quelque chose qui vous rend malheureux, il vous suffit de le changer. Vous êtes roi, désormais. C'est vous qui déterminez ce qui doit être.

— J'ai le sentiment, répondis-je tristement, qu'il y a certaines choses que même un roi ne peut pas changer.

— Qu'y a-t-il donc, Llew ?» demanda-t-elle à nouveau.

J'hésitai. Elle se rapprocha encore de moi, attendant ma réponse. Je la regardai, si belle dans la lumière du jour déclinant.

«Je vous aime, Goewyn», dis-je.

Elle se mit à sourire, le regard étincelant de joie. «Et c'est cela qui vous rend si malheureux ?», fit-elle d'un ton léger. Puis elle se rapprocha encore plus près de moi, leva ses bras et passa ses mains derrière ma nuque : «Moi aussi je vous aime. Voilà... Alors, tant qu'à être malheureux, nous pourrions l'être ensemble...»

Je sentais son souffle tiède sur mon visage. J'aurais voulu la prendre dans mes bras, j'aurais voulu l'embrasser. J'en mourais d'envie. Au lieu de cela, je détournai la tête.

«Goewyn, si je vous demandais d'être ma reine...

— Si vous me le demandiez..., murmura-t-elle lentement, j'accepterais... comme je l'ai déjà accepté au fond de mon cœur des milliers de fois.»

Oh, cette voix... Cette voix qui pouvait être mon unique raison de vivre, qui pouvait suffire à me faire exister, dans laquelle je pouvais me perdre complètement, dont la beauté suffirait à mon bonheur !

Ma bouche était sèche ; je faisais tous les efforts pour avaler le petit grain de sable qui m'obstruait la gorge : «Goewyn... Je...

— Llew ?» Elle avait saisi la nuance de désespoir qu'il y avait dans ma voix.

«Goewyn, je ne peux pas… Je ne peux pas être roi. Et donc je ne peux pas vous demander d'être ma reine.»

Elle se redressa brusquement et s'écarta. «Que voulez-vous dire ?

— Je veux dire qu'il ne m'est pas possible de rester ici, en Albion. Je dois partir. Je dois retourner dans mon propre monde.

— Je ne comprends pas…

— Ce monde n'est pas le mien…», commençai-je — c'était un mauvais début, c'est vrai, mais puisque j'étais lancé, je ne pouvais plus renoncer. «Je ne suis qu'un étranger, ici, Goewyn, un intrus. Je n'ai aucun droit de vivre ici. Vraiment. Si je suis venu, c'est à cause de Simon. Il…

— Simon ? demanda-t-elle en répétant maladroitement le nom.

— Siawn Hy, expliquai-je. Dans notre monde, il se nomme Simon. Il est venu jusqu'ici et je l'ai suivi. Je suis venu le rechercher. À présent, c'est fait, et je dois repartir. Dès maintenant, dès ce soir. Et je ne vous verrai plus, jamais…»

Goewyn restait silencieuse. Mais je voyais bien qu'elle ne comprenait pas un mot de ce que je lui disais. Je pris une profonde inspiration et m'enfonçai à nouveau dans mes explications : «Tous ces problèmes, tout ce qui s'est passé ici, dans Albion… ces tueries, cette dévastation… le massacre des bardes, toutes ces guerres, la mise à sac de Prydain… tous ces événements horribles qui sont advenus…, tout cela, c'est Simon qui en est responsable.

— Tout ce qui s'est passé ici, cela est dû à Siawn Hy ?» demanda-t-elle, incrédule.

«Je ne suis pas très clair dans mes explications…, avouai-je. Mais ce que je vous dis est vrai. Demandez à Tegid… il vous dira la même chose. Siawn Hy est venu ici avec des idées… des idées si pleines de fourberie et de méchanceté qu'il en a infecté tout Albion. Meldron a cru dans les idées de Siawn, et vous voyez ce que cela a donné.

— Je ne sais rien à ce sujet. Tout ce que je sais, c'est qu'Albion n'a pas été détruite. Et elle n'a pas été détruite, souligna Goewyn, parce que vous étiez là pour l'empêcher. Sans vous, Siawn Hy et Meldron auraient eu le pouvoir de la dévaster entièrement.

— Alors vous comprenez pourquoi je dois faire en sorte que cela ne se produise plus.

— Ce que je comprends, déclara-t-elle fermement, c'est que vous devez rester afin d'éviter que cela se reproduise.»

Goewyn vit que j'hésitais et poursuivit son argumentation : «Oui, restez. En tant que roi, c'est votre droit et aussi votre devoir.» Elle se tut et se mit à sourire. « Restez ici et que votre règne soit celui de la renaissance d'Albion. »

Elle savait quels mots je désirais entendre plus que tout au monde, et elle les prononça. Oui, je pouvais bien rester ici, en Albion... je pouvais bien être roi, et régner avec Goewyn, ma reine. Le professeur Nettleton avait tort, sans aucun doute. C'est Goewyn qui avait raison. En tant que roi, il était de mon devoir de m'assurer que la renaissance d'Albion se poursuivait comme elle avait commencé. Je pouvais donc rester !

Goewyn pencha légèrement la tête : « Alors, mon amour, que décidez-vous ?

— Je reste, Goewyn. Si cela est possible, je reste définitivement. Soyez ma reine, et gouvernons ensemble. »

Elle se précipita dans mes bras et posa ses lèvres, douces et chaudes, sur les miennes. Le parfum de ses cheveux inonda ma poitrine et ma tête se mit à tourner. Je me mis à la serrer dans les bras, et je l'embrassai... j'embrassai sa gorge, blanche comme l'ivoire, ses paupières, douces comme la soie, ses lèvres humides et tièdes, qui avaient le goût du miel et des fleurs des champs. Et elle m'embrassa à son tour.

J'avais rêvé de ce moment un nombre incalculable de fois, je le désirai ardemment, j'en mourais d'envie. Pour dire la vérité, je n'aspirais à rien d'autre qu'à faire l'amour avec Goewyn. Je tenais tout contre moi son petit corps chaud, abandonné, et je savais que j'allais rester... si tant est que j'aie pu en douter...

« Attendez-moi, dis-je en relâchant mon étreinte pour m'éloigner.

— Où allez-vous ! s'écria-t-elle.

— Nettles nous quitte. Et il m'attend, répondis-je. Il faut que je lui dise adieu. »

II

TROIS REQUÊTES

Courant le long de la palissade, je me précipitai pour aller rejoindre Tegid et le professeur Nettleton sur la barque. Je poussai celle-ci, puis sautai à l'intérieur. Tegid s'assit près des rames et nous fit traverser le lac. La surface de l'eau était lisse comme le verre dans la lumière du couchant et laissait paraître les derniers reflets de l'azur infini du ciel.

Nous accostâmes en contrebas de Druim Vran et nous engageâmes rapidement sur le sentier conduisant jusqu'au bosquet sacré de Tegid. À chaque pas, je tâchais de trouver un nouvel argument pour expliquer ma décision de rester, pour me justifier. Pour le dire sincèrement, je n'avais jamais souhaité quitter Albion. Cela me semblait être une erreur. L'insistance de Goewyn n'était jamais que la dernière d'une longue liste de raisons que j'avais de renoncer à la sage décision du professeur Nettleton. Il suffisait seulement qu'il accepte mon choix.

Le bosquet était silencieux, la lumière diffuse, et nous nous enfoncions pas à pas à l'intérieur du sanctuaire à la végétation foisonnante. Tegid ne voulut pas perdre un instant, et commença à délimiter un cercle sur le sol du bout de son bâton. Il marcha à reculons en traçant un cercle solaire, psalmodiant d'une voix basse et solennelle. Je ne compris pas ce qu'il disait... il parlait dans la Langue Obscure des *Derwyddis*, le *Taran Tafod*.

J'étais debout à côté de Nettles, l'esprit envahi par le remords, la culpabilité, l'autojustification — j'étais le roi ! c'est moi qui avais édifié cet endroit ! S'il y avait quelqu'un qui avait le droit de séjourner ici, c'était bien moi ! — et je n'arrivais pas à me le faire dire. Je restais sans bouger, bouillant d'une rage silencieuse en observant Tegid préparer notre départ.

Une fois accompli le petit rituel, le barde fit quelques pas hors du cercle puis se retourna vers nous. « Tout est prêt. » Il avait dit ces mots tout en me regardant. Il y avait du chagrin dans son regard, mais il ne prononça aucun mot d'adieu. La séparation allait être trop douloureuse pour lui.

Le professeur fit un pas en direction du cercle alors que je restais figé sur place. Nettleton jeta un regard par-dessus son épaule et, voyant que je n'avais pas fait le moindre geste pour le rejoindre, dit : « Venez, Lewis.

— Je ne viens pas avec vous », répondis-je d'une voix blanche. Ce n'était pas ce que j'avais prévu de dire, mais les mots sortirent de ma bouche avant que j'aie pu les arrêter.

« Lewis ! insista-t-il en se retournant vers moi. Réfléchissez bien à ce que vous êtes en train de faire.

— Je ne peux pas partir comme ça, Nettles. C'est trop tôt. »

Il me prit par le bras et se mit à le serrer très fort : « Lewis, écoutez-moi, écoutez-moi bien. Si vous aimez Albion, alors il faut absolument que vous partiez. Si vous restez, vous ne ferez que provoquer la destruction de tout ce que vous avez sauvé. Vous devez le comprendre. Je vous l'ai dit : il n'est permis à aucun homme de... »

Je l'interrompis : « Ce risque, je suis prêt à l'assumer, Nettles.

— Ce n'est pas à vous de le prendre, ce risque ! », lança-t-il en colère, d'une voix qui explosa dans le silence du bosquet.

Hors de lui, il clignait des yeux derrière ses lunettes rondes. « Réfléchissez à ce que vous faites, Lewis. Vous avez accompli l'impossible. Mais votre tâche, ici, est terminée. Ne réduisez pas en poussière tout le bien que vous avez fait. Je vous en conjure, Lewis, revenez sur votre décision.

— C'est l'Heure bleue..., fit doucement Tegid.

— Je reste, murmurai-je avec détermination. Si vous voulez partir, il vaut mieux ne pas tarder. »

Voyant qu'il ne me ferait pas changer d'idée, il s'en retourna, déçu, et pénétra rapidement dans le cercle. Aussitôt son corps sembla s'estomper, devenir plus petit, comme s'il entrait dans un long tunnel. « Faites vos adieux, Lewis, lança-t-il précipitamment, plein de désespoir, et revenez dès que vous le pourrez. Je vous attendrai.

— Adieu, mon ami ! s'écria Tegid.

— S'il vous plaît, pour l'amour de tous ceux qui vous sont chers, ne retardez pas trop longtemps votre retour ! » lança Nettleton d'une voix qui diminuait déjà. Son reflet se rida comme s'il se trouvait devant un voile d'eau. Les montures de ses lunettes scintillèrent avant qu'il se retourne ; puis il disparut, ses derniers mots suspendus en l'air comme un avertissement vite évaporé.

Tegid vint se placer à côté de moi. « Eh bien, frère, dis-je, j'ai l'impression que vous allez encore devoir me supporter quelque temps... »

Le barde regarda fixement l'intérieur du cercle désormais vide. Il semblait interroger des yeux le vide des royaumes inférieurs, les traits sombres et le regard lointain. Je ne pensais pas qu'il allait parler, mais il leva finalement son bâton : « Avant qu'Albion soit Une, dit-il d'une voix sûre et déterminée, l'Exploit du Héros doit advenir et Main d'Argent doit régner. »

Ces mots étaient extraits de la prophétie de la *banfáith*, et, comme il me le rappelait de temps en temps, on ne les avait encore jamais pris en défaut.

Se sentant libéré de cette nouvelle déclaration, il se retourna vers moi : « Le choix a été fait.

— Et que se serait-il passé si j'avais fait le mauvais choix ?

— J'ai toujours le pouvoir de vous renvoyer d'où vous venez », répondit-il. Mais je sentais qu'il était soulagé. Tegid n'avait jamais souhaité — pas plus que moi — me voir repartir.

« C'est vrai, dis-je le cœur un peu plus léger. Naturellement, je pourrais repartir dès que je le souhaiterais, et je le ferais... si la tâche que j'avais amorcée était terminée. Je pourrais bien repartir, un jour. Mais pas maintenant... pas encore. »

Je me forçais à envisager cette perspective, tâchant d'apaiser ma conscience torturée en essayant de me justifier à mes propres yeux : après tout ce que j'avais enduré, j'avais bien mérité ma petite part de bonheur. Qui oserait le nier ? Et de plus, il y avait encore beaucoup à faire. Je devais rester afin de voir de mes yeux la renaissance d'Albion.

Oui, et puis j'épouserai Goewyn.

La nouvelle de nos fiançailles se répandit à travers Dinas Dwr à la vitesse du son. Tegid et moi, nous arrivâmes au château ; la fête battait son plein, et, avec la nuit tombante, prenait l'allure d'une véritable euphorie, quasiment étourdissante. La grande salle semblait remplie de lumière et de sons : les flammes rugissaient dans la cheminée et sur toutes les palissades d'innombrables torches étaient alignées ; des hommes et des femmes étaient venus se regrouper sur des bancs, et formaient à présent de bruyantes assemblées autour des colonnades.

Une seule partie du château — l'aile ouest — restait calme et déserte. Cet endroit, le Chef des Bardes l'avait en effet réservé pour les Pierres Musicales, enfermées dans leur coffre en bois lui-même installé sur un robuste support en métal — et toujours sous bonne garde... trois soldats gardaient en permanence le Trésor Suprême d'Albion. Ces gardes étaient remplacés à intervalles réguliers par d'autres gardes, de manière à ce que cette haute responsabilité fût partagée par tous les soldats de l'armée. À aucun moment, ni le jour ni la nuit, les pierres miraculeuses ne se trouvaient sans protection...

Le vacarme augmenta dès que nous entrâmes dans la salle, et j'en compris rapidement la raison.

« Le Roi ! Voici notre Roi ! » s'exclama Bran en ralliant tous les Corbeaux par son appel. Il leva une coupe bien haut et s'écria : « Je bois en l'honneur du mariage de notre roi !

— Oui, au mariage de notre roi ! » lança Cynan.

Tout ce dont je me souviens ensuite, c'est que je fus aussitôt entouré, saisi, et soulevé à bras-le-corps. Je fus alors emmené en grande pompe à l'extérieur de la salle, puis carrément hissé sur les épaules de quelques guerriers afin d'être transporté le long des chemins de Dinas Dwr, alors que la foule augmentait au fur et à mesure de notre passage. Ils firent de la sorte tout un circuit de manière à ce que toute la population du caer puisse voir ce qui se passait, et puisse nous rejoindre.

Dans un embrasement de torches, au milieu des rires et des acclamations, nous arrivâmes finalement à la maisonnette où Goewyn et sa mère avaient élu domicile. Là, toute la foule s'arrêta et Cynan prit les choses en main, déclarant à voix haute que le roi était venu chercher sa fiancée.

Scatha se présenta pour haranguer la foule : « Ma fille est ici, dit-elle en désignant Goewyn qui sortait de la maisonnette derrière elle. Où se trouve celui qui la demande ? » Scatha fit semblant de scruter dans la foule comme pour chercher des yeux l'insensé qui osait demander la main de sa fille.

« Il est ici ! », crièrent-ils tous aussitôt. Et je compris immédiatement, de ma position dominante au-dessus de la foule amassée, que tout cela n'était que le préambule à quelque rite d'un mariage à la manière celte, auquel il ne m'avait jamais été donné d'assister auparavant. En soi, ce n'était d'ailleurs pas surprenant : le peuple d'Albion ne connaissait pas moins de neuf manières différentes de célébrer un mariage, et je n'avais assisté qu'à quelques-unes d'entre elles.

«Que celui qui désire prendre ma fille pour épouse se déclare lui-même, dit Scatha en repliant ses bras contre sa poitrine.

— Me voici», Scatha, répondis-je. À ces mots, les soldats me déposèrent au sol et la foule s'écarta pour me laisser passer. Je vis Goewyn qui attendait, comme si elle se trouvait à l'autre bout d'un sentier bien gardé : «C'est Llew Main d'Argent qui se présente devant vous. Et je suis venu vous demander la main de votre fille.»

Goewyn se mit à sourire, mais ne fit aucun geste pour venir me rejoindre. Et quand je voulus me rapprocher, Scatha fit un pas en arrière et s'interposa entre nous. Exhibant un visage implacable et sévère, elle m'inspecta de la tête aux pieds... comme si elle examinait un vulgaire chiffon rongé par les mites. Je sentis la paume de mes mains se couvrir de sueur au fur et à mesure qu'elle m'étudiait minutieusement. La foule, autour de nous, se mit à participer, dirigeant l'attention de Scatha sur les différentes qualités — réelles ou imaginaires — que j'étais supposé avoir.

Finalement, elle déclara le prétendant lui convenir et leva la main : «Je ne trouve aucun défaut en vous, Llew Main d'Argent. Mais pourriez-vous imaginer que je puisse renoncer à une enfant telle que ma Goewyn sans quelque compensation qui soit digne d'elle ?»

Je savais la réponse que je devais faire :

«Vous devez penser que je suis quelqu'un de bien vil, pour vous priver ainsi de votre fille si pleine de grâce, et cela sans vous offrir une compensation qui soit à la hauteur de ma requête. Demandez-moi ce que vous voulez, je suis prêt à vous offrir tout ce que vous jugerez digne d'être accepté.

— Et vous devez penser que je suis bien pauvre d'esprit, d'imaginer que je puisse ainsi, instantanément, évaluer une telle valeur. C'est là une question qui devra requérir une longue et soigneuse délibération», répliqua Scatha avec hauteur.

Même si j'acceptai sa réplique comme faisant partie du rituel que nous étions en train de jouer, je ne pus m'empêcher de ressentir une irritation accrue de la voir ainsi se mettre en travers de mon chemin.

«Je n'ai aucunement l'intention de remettre en cause le bien-fondé de votre requête. Prenez tout le temps que vous jugerez utile, répondis-je avec aisance. Je reviendrai demain, à l'aube, pour connaître vos conditions. »

On considéra que la réponse était tout à fait convenable, et chacun se mit à applaudir. Scatha baissa les yeux, et feignant d'accepter l'influence positive de la foule, elle se mit à hocher lentement la tête. « Qu'il en soit donc ainsi. Venez ici demain à l'aube et nous verrons bien quelle sorte d'homme vous êtes.

— Fort bien », répondis-je.

À ces mots, la foule applaudit à grands cris, et je fus une fois encore emporté sous un flot d'acclamations. Nous retournâmes vers le château, où, au milieu des rires et des plaisanteries grivoises, Tegid m'informa de ce qu'il me fallait attendre demain matin : « Scatha posera ses conditions, et vous devrez les remplir avec ruse et adresse. Ne croyez pas que ce sera facile, dit Tegid. Un trésor aussi précieux est toujours très difficile à mériter.

— Mais vous serez là pour m'aider... », suggérai-je.

Il secoua la tête : « Non, Llew. En tant que Chef des Bardes, je ne suis pas autorisé à prendre parti. C'est une affaire entre vous et Scatha. Cependant, puisqu'elle-même jouit du soutien de Goewyn, vous avez le droit de choisir quelqu'un parmi vos hommes pour vous aider. »

Je regardai autour de moi. Bran, à quelques pas, arborait un large sourire... Aucun doute qu'il constituerait un bon choix, qu'il saurait m'assister dans cette dure épreuve : « Bran ? demandai-je. Accepteriez-vous de m'assister demain ? »

Le Chef des Corbeaux hocha négativement la tête : « Seigneur, si vous aviez besoin d'un bras solide pour tenir une épée, je serais votre homme. Mais cette épreuve est au-dessus de mes forces. Je pense qu'Alun Tringad vous soutiendra mieux que je ne le pourrai.

— Drustwn ! s'écria Alun en entendant ces derniers mots. C'est l'homme qu'il vous faut, Seigneur ! » Il pointa une direction dans le cercle des visages amassés autour de moi, et je vis Drustwn baisser la tête et disparaître : « Mais... où Drustwn est-il parti ?

— Choisissez lord Calbha ! » cria une voix.

Avant que j'aie pu demander à l'intéressé, quelqu'un d'autre répondit : « L'enjeu, c'est une épouse pour Main d'Argent, et non pas un cheval ! »

Calbha répondit à son tour : « C'est vrai ! Je n'y connais rien en matière de fiancées ; mais si c'est un cheval dont vous avez besoin, alors là, faites appel à moi ! »

Enfin, je me tournai vers Cynan, qui était debout près de son père, lord Cynfarch : « Cynan ! Voudriez-vous être à mes côtés, mon frère ? »

Cynan, prenant un air grave et important, inclina la tête en signe d'acquiescement. « Tous les hommes s'esquivent, Main d'Argent, mais moi, je veux bien être à vos côtés. Pour tout — les flammes, l'épée, toutes les ruses des bardes ou même celles des femmes —, je suis votre homme. »

Tout le monde se mit à rire, et même Cynan se surprit à sourire à ses propres paroles. Mais son regard bleu restait sérieux, sa voix restait ferme. Il offrait de s'engager pour moi au-delà de ce que je lui demandais, et chaque mot qu'il avait dit venait du cœur.

Je passai la nuit suivante dans une grande agitation, sans pouvoir dormir, et finis par me lever, bien avant l'aube — et avant tout le monde. Je descendis au bord du lac pour me rafraîchir et prendre un bain ; et — chose rare — je taillai et rasai ma moustache. Les premières lueurs du jour pointaient à l'orient lorsque je retournai à mes appartements, où je pris beaucoup de temps pour préparer mes vêtements. Je voulais apparaître sous mon meilleur jour devant Goewyn.

Pour finir, je choisis un siarc rouge vif et une paire de breecs à carreaux jaunes et verts. Je me parai également de la magnifique ceinture de Meldryn Mawr, composée de disques d'or, et de son poignard doré — tout cela avait été récupéré pour moi parmi les affaires de Meldron. « En tant que son successeur légitime, tout cela est à vous, m'avait dit Tegid. Meldron n'a aucun droit de revendiquer ces objets. Soyez fier de les porter, Llew. Car en les arborant vous-même, vous restituerez l'honneur qu'il y a à les porter. »

C'est donc ce que je fis, en essayant d'oublier que le Grand Chien Meldron se pavanait encore il y a peu en les exhibant.

Cynan vint vers moi alors que j'étais en train d'enfiler mes buskins. Lui aussi s'était baigné, puis changé, et les boucles de sa chevelure rousse étaient bien peignées et huilées. « Un vrai roi, vêtu et fin prêt pour le jour de ses noces ! s'écria-t-il avec approbation.

— Et vous, vous formez un dangereux concurrent, répliquai-je. Goewyn aurait très bien pu vous choisir à ma place.

— Avez-vous faim ?

— Oui, répondis-je. Mais je ne me sens pas d'humeur à avaler quoi que ce soit. De quoi est-ce que j'ai l'air ? »

Il se mit à sourire : «Je vous l'ai déjà dit. Et il ne sied pas à un roi de se faire ainsi prier. Venez, dit-il en posant sa large main sur mon épaule. Le jour commence à se lever.

— Tegid ne devrait pas être loin, dis-je. Essayons de le trouver.»

Nous quittâmes mes appartements et nous dirigeâmes vers le bâtiment principal. Le soleil commençait à se lever, le ciel était pur, sans même un nuage. Le jour de mes noces allait être un jour de lumière et de soleil, comme cela devrait être le cas pour tous les mariages. Aujourd'hui, je me marie ! Ces mots résonnent étrangement... noces... mariage... épouse...

Tegid était déjà sur pied et il attendait. «J'étais prêt à venir vous réveiller, dit-il. Avez-vous bien dormi ?

— Non, répondis-je. J'ai l'impression de ne pas avoir fermé l'œil de la nuit.»

Il hocha la tête : «Vous dormirez beaucoup mieux la nuit prochaine...

— Et maintenant, quel est le programme ?

— Mangez quelque chose tout de même, répondit le barde. Même si aujourd'hui est un jour de fête, je ne suis pas certain que vous ayez vraiment le temps de manger.»

Nous passâmes entre les colonnades, trouvâmes des places libres à une table et nous assîmes. Bran et les Corbeaux se levèrent et nous rejoignirent. Il était encore trop tôt, rien n'était fraîchement sorti des fours, mais il restait sur les tables du pain d'orge de la veille ; tout le monde se servit. Les Corbeaux rompirent les pains, l'air affamé, enfournèrent goulûment plusieurs bouchées, me pressant tout en mâchant de manger moi aussi pour garder des forces : «Une longue journée vous attend..., me fit remarquer Bran.

— Et une nuit encore plus longue ! railla Alun.

— Ça n'est pas en traînant ici qu'elle se raccourcira ! dis-je en me levant brusquement.

— Vous sentez-vous prêt ? demanda Tegid.

— Prêt ? J'ai l'impression d'avoir attendu ce jour toute ma vie. Je vous suis, Barde plein de Sagesse !»

Avec un cri de joie sauvage, les guerriers se précipitèrent en chahutant et en se bousculant hors du château. Il n'y avait pas moyen de maintenir un peu de calme et de discipline, quelque chose qui ressemble à un protocole. La bonne humeur des troupes réveilla tout le crannog et donna ainsi le signal du début des festivités.

Nous arrivâmes devant la petite résidence de Scatha accompagnés de toute la population de Dinas Dwr qui s'amassait au fur et à mesure qu'ils étaient réveillés.

« Veuillez appeler Scatha, ordonna Tegid lorsque nous arrivâmes près de la porte.

— Scatha, Pen-y-Cat d'Ynys Sci ! m'écriai-je. C'est Llew Main d'Argent ! Je suis venu entendre vos requêtes afin de les satisfaire. »

Quelques instants plus tard, Scatha se présenta sur le seuil de sa maison, resplendissante dans une grande robe pourpre recouverte d'une tenue de cérémonie couleur crème. Derrière elle s'avançait Goewyn. Mon cœur se serra… elle rayonnait toute de blanc et d'or vêtue. Sa longue chevelure avait été peignée jusqu'à devenir brillante, puis tressée avec des petits fils d'or et rattachée en une épaisse et longue natte. Des bracelets d'or étincelaient le long de ses bras fins. Tout ce qu'elle portait était blanc : une cape d'une étoffe délicate, retenue par un nœud souple sur ses épaules nues et fixée à l'aide de deux longues broches en or. Deux larges bandes entièrement brodées de fils d'or — et représentant de gracieux cygnes au long cou dont les ailes s'interpénétraient de manière fantastique — ornaient le bord de sa cape et l'ourlet de sa robe. Elle portait une étroite ceinture blanche, avec des dentelles dorées cousues et tressées ensemble, qui descendaient en reflets moirés le long de sa svelte taille. Et puis des boucles d'oreilles en or et des bagues d'or rouge sur chacun de ses doigts délicats et fuselés.

Sa vue me coupa le souffle. C'était comme regarder le soleil en face… j'avais beau être aveuglé, ébloui, je ne pouvais pas détourner les yeux. Je ne l'avais jamais vue aussi belle — je n'avais jamais vu une femme aussi belle. J'avais oublié que tant de beauté pouvait exister.

Scatha, elle, m'accueillit avec une nette réprobation : « Êtes-vous prêt à entendre mes conditions ?

— Je suis prêt », dis-je, soudain dégrisé par tant de rudesse.

« Je requiers trois choses, déclara-t-elle sèchement. Lorsque j'aurai reçu tout ce que je demande, alors vous pourrez prendre ma fille pour épouse.

— Demandez-moi ce que vous voulez, vous serez satisfaite. »

Elle hocha lentement la tête — était-ce là sa façon de cacher un sourire derrière sa sévérité formelle ? « Voici ma première requête : Donnez-moi toute une mer d'écume bordée d'un rivage d'argent. »

L'auditoire resta silencieux, attendant ma réponse. Je fis bonne figure et répliquai aussitôt : « Il n'y a rien de plus facile, quoi que vous puissiez en penser. »

Je me retournai vers Cynan : «Eh bien, mon frère ? Nous sommes à plusieurs jours de distance de la mer, et...»

Cynan secoua négativement la tête : «Non. Ce n'est pas proprement la mer qui vous est demandée, c'est autre chose. Une tâche impossible, qui a pour fonction de mettre à l'épreuve votre adresse à surmonter l'obstacle le plus terrible.

— Ah, je vois... vous voulez dire qu'il me faut raisonner symboliquement...

— "Toute une mer d'écume"..., dit Cynan perplexe. Qu'est-ce que cela peut être ?

— Scatha a particulièrement insisté sur l'"écume". Ce doit être important. "Toute une mer d'écume"...» Je ne dis plus rien, les pensées tournaient dans ma tête. «"Un rivage d'argent"... AtteNdez ! Ça y est, j'ai trouvé !

— Vraiment ?» Cynan se pencha vers moi avec une grande impatience.

«C'est de la bière versée dans une coupe d'argent ! répondis-je. La bière forme une écume comme la mer, et la coupe l'encercle comme un rivage.

— Mais oui ! s'écria Cynan en frappant son poing contre la paume de sa main. Ce devrait être une bonne réponse...»

Je me retournai vers la foule derrière moi. «Bran !» m'écriai-je. Le Chef des Corbeaux s'avança rapidement de quelques pas. «Bran, apportez-moi un peu de bière fraîche dans une coupe. Et faites vite !»

Il partit à toute allure. Je me retournai face à Scatha et attendis que Bran revienne avec la coupe de bière. «Que se passe-t-il si la réponse est mauvaise ?», chuchotai-je à l'oreille de Cynan.

Il secoua la tête d'un air grave. «Et que se passe-t-il s'il ne trouve pas de bière ? Je crains que nous n'ayons déjà tout bu...»

Je n'avais pas pensé à cela. Mais Bran était plein de ressources ; il ne me laisserait pas tomber.

Nous attendîmes. On entendait le bourdonnement de la foule — les gens parlaient entre eux. Goewyn restait calme et sereine telle une statue ; elle ne devait pas me regarder pour éviter que je devine ses pensées.

Bran revint en courant et la bière, qui débordait du bord de la coupe d'argent, ressemblait à des vagues écumantes se déversant sur une plage. Il mit la coupe dans mes mains en disant : «C'est ce qui reste... Je n'en ai pas trouvé d'autre... et c'est déjà presque de l'eau.

— Il faudra bien que cela convienne… », dis-je, et lançant un dernier regard plein d'espoir vers Tegid — dont le visage ne laissa rien paraître —, j'offris mon présent à Scatha.

« Vous m'avez demandé une faveur, la voici : toute une mer d'écume cerclée d'un rivage d'argent. » Et tout en disant ces mots, je déposai la coupe dans les mains offertes de Scatha.

Celle-ci la prit et la leva afin que tous puissent la voir. Puis elle dit : « J'accepte votre offrande. Cependant, même si vous avez réussi dans votre première épreuve, ne pensez pas pour autant qu'il sera facile de satisfaire à ma deuxième requête. Des hommes plus perspicaces que vous s'y sont essayé et ont échoué. »

Même si je savais que de telles paroles faisaient simplement partie du rituel, je ne pus m'empêcher d'éprouver un peu de jalousie pour ces autres « hommes plus perspicaces ». Je ravalai pourtant mon orgueil et répondis : « Je désire cependant entendre votre deuxième requête. Peut-être aurai-je la chance de réussir là où d'autres ont échoué. »

Scatha inclina la tête d'un air royal. « Ma deuxième requête est la suivante : Offrez-moi la seule chose qui saura remplacer celle que vous essayez de me ravir. »

Je me retournai aussitôt vers Cynan : « Cette énigme, cette fois, va nous donner du fil à retordre, dis-je. Goewyn est tout pour sa mère… comment pourrons-nous symboliser cela ? »

Cynan se frotta le menton et fronça les sourcils, mais j'étais certain qu'il savourait pleinement son rôle : « C'est ce qu'il y a de plus difficile… remplacer la chose que vous lui ravissez…

— Peut-être, suggérai-je, nous suffit-il d'identifier un élément que Scatha puisse accepter pour représenter une qualité de sa fille. Par exemple le miel pour la douceur… quelque chose comme cela. »

Cynan prit son coude dans une main, posa l'autre sur son menton : « Doux comme le miel… doux comme l'hydromel…, murmura-t-il en réfléchissant.

— Doux et plein de saveur…, suggérai-je, la douceur et la lumière… la douceur d'une noisette…

— Qu'est-ce que vous avez dit ?

— La douceur d'une noisette. Mais je ne pense pas…

— Non. Avant cela. Qu'est-ce que vous avez dit juste avant ?

— Eh bien… euh… la douceur et la lumière, je crois…

— La lumière… c'est ça ! » Cynan hocha la tête avec enthousiasme. « Vous avez compris ? Goewyn est la lumière de son existence. Vous lui ôtez la lumière, et vous devez la remplacer.

— Mais comment ? demandai-je. Avec une lampe ?

— Ou avec une bougie..., souffla Cynan.

— Une bougie... une bougie à la cire d'abeille, pleine de parfum ! »

Cynan se mit à sourire, rempli d'allégresse. « La douceur et la lumière ! Cela devrait être une bonne réponse.

— Alun ! m'écriai-je en me retournant à nouveau vers les Corbeaux. Trouvez-moi une bougie à la cire d'abeille et rapportez-la moi le plus vite possible. »

Alun Tringad disparut en s'enfonçant progressivement dans la foule compacte. Il dut aller en subtiliser une dans la maison la plus proche, car il revint très vite en tenant à bout de bras une bougie neuve, que je lui pris des mains et offris à Scatha en disant : « Vous m'avez demandé une faveur, la voici : cette bougie viendra remplacer la lumière dont je vous priverai quand je vous enlèverai votre fille. Elle chassera toutes les ombres et remplira les ténèbres d'odeurs et de chaleur. »

Scatha prit la chandelle : « J'accepte votre offrande, dit-elle en levant celle-ci pour que tout le monde la voie. Cependant, même si vous avez réussi dans votre deuxième épreuve, ne pensez pas pour autant qu'il sera facile de satisfaire à ma troisième requête. Des hommes plus perspicaces que vous s'y sont essayé et ont échoué. »

Je me mis à sourire, sûr de moi, et répétai la formule attendue : « Je désire cependant entendre votre troisième requête. Peut-être aurai-je la chance de réussir là où d'autres ont échoué.

— Eh bien écoutez donc quelle est ma dernière requête : Offrez-moi la seule chose qui manque à cette maison, le cadeau sans prix. »

Je me tournai vers Cynan. « De quoi s'agit-il, cette fois ? D'une tâche impossible, encore ? » dis-je, perplexe. « Cela me paraît sans solution...

— Peut-être bien, admit Cynan. Mais je ne crois pas. Nous avons déjà répondu à cette énigme. Ce doit être quelque chose d'autre...

— Mais qu'est-ce qui manque donc à cette maison ? Cela pourrait être n'importe quoi.

— Non, pas n'importe quoi, répondit calmement Cynan. Il s'agit de la chose unique... d'une offrande qui n'a pas de prix...

— Scatha semble insister sur ce point, accordai-je sans conviction. L'offrande qui n'a pas de prix... Qu'est-ce que c'est, cette offrande qui n'a pas de prix ? L'amour ? Le bonheur ?

— Un enfant, suggéra Cynan pensivement.

— Scatha veut que je lui fasse un enfant ? Ça ne peut pas être cela. »

Cynan fronça les sourcils. «C'est peut-être simplement à vous qu'elle fait allusion...»

Je m'emparai de cette idée aussitôt : «Mais bien sûr ! C'est cela, la réponse !

— Pardon ?

— C'est de moi qu'il s'agit ! m'écriai-je. Réfléchissez. Ce dont manque cette maison, c'est d'un homme, d'un gendre. L'offrande qui n'a pas de prix, c'est la vie.»

Cynan arbora un large sourire ; son regard bleu exultait. «Oui, et en unissant votre vie à celle de Goewyn, vous créerez de la vie, dit-il en faisant un clin d'œil. Et en particulier si vous apportez quelques enfants dans la corbeille. C'est vous, la réponse !

— Espérons que nous ayons raison», dis-je. Je pris une profonde inspiration et me tournai vers Scatha, qui attendait sans un geste et m'observait, jouissant du supplice qu'elle m'infligeait.

«Vous avez demandé qu'un présent hors de prix vous soit offert, quelque chose qui vous manque, dis-je. J'ai le sentiment que c'est un homme qui manque à votre maison, et le prix de la vie est inestimable.» Disant ces mots, je pliai un genou devant elle. «Par conséquent, Pen-y-Cat, je dépose ma vie entre vos mains.»

Le visage de Scatha se mit à rayonner de plaisir ; elle plaça ses mains sur mes épaules, se pencha et m'embrassa sur les joues. Puis elle me releva : «J'accepte votre offrande, Llew Main d'Argent.» Puis elle raffermit sa voix pour se faire entendre de l'auditoire : «Que chacun sache qu'il n'existe pas de meilleur homme que vous pour assurer le bonheur de ma fille, car vous avez vraiment réussi là où d'autres ont échoué.»

Elle se retourna, appela Goewyn, et, prenant sa main gauche, la posa dans la mienne ; puis elle serra nos deux mains dans la sienne : «Me voilà satisfaite, déclara-t-elle à Tegid. Que les noces soient à présent célébrées !»

Le barde s'avança aussitôt de quelques pas. Il frappa la terre trois fois de son bâton de frêne. «Ainsi parle le Chef des Bardes d'Albion ! s'écria-t-il. Écoutez-moi ! Depuis la nuit des temps les Derwyddis ont uni la vie à la vie pour la perpétuation de notre race.» Fixant l'assemblée, il conclut : «Désirez-vous vraiment unir vos vies par le lien du mariage ?

— Oui, nous le désirons !» fîmes-nous de concert.

Ensuite, Scatha présenta la coupe que je lui avait offerte et la donna à Tegid. Il l'éleva bien haut et dit : «Je tiens entre mes mains la mer entourée d'une rive d'argent. La mer, c'est la vie ; l'argent, c'est la limite de tout notre royaume des mondes. Puisque vous allez vous unir dans le mariage, vous devrez donc vous emparer de ce royaume des mondes et en partager la vie entre vous. »

Prononçant ces mots, il plaça la coupe dans nos mains. La tenant entre nous deux, j'offris la coupe à Goewyn qui, après avoir bu, me la présenta à son tour. Je pris également quelques gorgées d'une bière très délayée, puis relevai la tête.

« Buvez ! me pressa Tegid. C'est la vie même que vous êtes en train de tenir dans vos mains, mes amis... La Vie ! Buvez, buvez donc jusqu'à la dernière goutte ! »

C'était vraiment une très grande coupe que Bran avait rapportée. Après une profonde inspiration je soulevai la coupe une fois encore. Lorsque je ne fus plus capable d'avaler une goutte de plus, je passai la coupe d'argent à Goewyn, qui la prit, l'éleva, et but... si longuement et avec tant d'avidité que je crus qu'elle ne reprendrait jamais sa respiration. Lorsqu'elle reposa enfin le récipient, ses yeux brillaient. Elle se pourlécha et, tendant la coupe à Tegid, me lança un rapide coup d'œil de côté.

Tegid reposa la coupe et dit : « Goewyn, avez-vous apporté un présent ? »

Goewyn répondit : « Je n'apporte ni or ni argent, ni rien qui puisse être acheté ou vendu, perdu ou volé. Mais j'apporte aujourd'hui mon amour et ma vie, et l'un et l'autre je te les offre sans compter.

— Accepterez-vous les offrandes qui viennent de vous être faites ? demanda Tegid.

— Je les accepte de tout mon cœur. Et je les chérirai toujours comme mon bien le plus précieux, que je protégerai jusqu'à mon dernier souffle. »

Tegid inclina la tête. « Que donnez-vous en gage de votre consentement ? »

Un gage ? Personne ne m'avait prévenu de cela ; je n'avais rien à offrir. La voix de Cynan souffla à mon oreille : « Offrez-lui votre ceinture », suggéra-t-il pour me venir en aide.

Je ne trouvai pas de meilleure idée. J'ôtai donc ma ceinture et déposai le lourd ruban doré dans les mains offertes de Tegid. « Je donne cette ceinture d'or fin », dis-je ; puis pris d'une soudaine inspiration, j'ajoutai : « Que son excellence et sa valeur soient le modeste gage de la très haute estime où je tiens ma bien-aimée, et qu'elle vienne ceindre sa svelte silhouette d'un éclat aussi resplendissant que mon amour qui éternellement la contiendra... sincère, sans fin, inaliénable. »

Tegid hocha la tête solennellement et, se retournant, offrit la ceinture à Goewyn, qui baissa la tête au moment où le présent fut déposé dans ses mains. Elle serra la ceinture fortement contre sa poitrine. Y avait-il des larmes dans ses yeux ?

Puis le barde s'adressa à la jeune femme : « Par ce gage votre offrande a été acceptée. Si vous acceptez le présent qui vient de vous être fait, offrirez-vous également un gage de votre consentement ? »

Sans un mot Goewyn glissa son bras autour de mon cou et pressa ses lèvres sur les miennes. Elle m'embrassa avec une telle ferveur et une telle liberté, un tel élan, que les spectateurs rassemblés autour de nous se mirent à applaudir. Puis elle me relâcha, hors d'haleine, presque haletante. La fièvre dans ses yeux clairs me fit rougir.

Tegid, arborant un large sourire, frappa de nouveau la terre avec son bâton, à trois reprises, vivement. Puis il le leva et le tint horizontalement au-dessus de nos têtes. « Le don de l'amour et de la vie a été échangé et accepté. Que chacun sache de cette manière que Llew Main d'Argent et Goewyn sont désormais mari et femme ! »

Ce fut tout. Le peuple applaudit en l'honneur des noces, bruyamment et avec grand enthousiasme. Nous fûmes instantanément pris dans une tornade de félicitations. Le mariage était proclamé, la fête allait commencer !

III

LE FESTIN DES NOCES

Emportés par une foule débordante de joie, nous fûmes, Goewyn et moi, conduits progressivement à travers tout le crannog. Je perdis de vue Tegid, Scatha et Cynan et ne savais pas où étaient Bran et Calbha. Sur le quai, nous fûmes alors embarqués sur un canot et amenés sur la rive opposée du lac, où le terrain de Scatha fut aussitôt préparé pour les jeux.

Les jours de fêtes sont souvent accompagnés par des concours d'adresse et des jeux de hasard. Les épreuves de lutte et les courses de chevaux — des pseudo-combats et des chahuts —, sont, de loin, les plus populaires.

Un tertre de terre fut élevé en face du champ où furent placés deux trônes. L'un d'entre eux était composé de bois de cerf recouvert d'un cuir de bœuf, à mon intention. De ce point de vue dominant, Goewyn et moi étions supposés observer les réjouissances et attribuer les prix.

Les divertissements viendraient en premier, puis suivrait le banquet — ce qui donnait aux cuisiniers le temps nécessaire pour tout préparer convenablement, et aux compétiteurs et à l'assistance de s'ouvrir largement l'appétit. Il était préférable, finalement, de faire une partie de catch le ventre vide plutôt qu'avec l'estomac rempli d'un rôti de porc. Et du reste, après avoir bu quelques coupes d'hydromel bien fort, qui donc aurait été capable de rester à dos de cheval sans tomber — et donc *a fortiori* participer à un concours hippique ?

Après que le tertre fut rapidement érigé, nous grimpâmes, Goewyn et moi, jusqu'à nos trônes et attendîmes que la foule se rassemble. Nombreux étaient déjà ceux qui avaient traversé le lac, et plus nombreux encore ceux qui arrivaient. J'étais content d'attendre. J'étais un homme heureux... peut-être, pour la première fois de ma vie, vraiment heureux.

Tout ce dont j'avais profité dans la vie, tout ce que j'avais éprouvé de joie — et maintenant l'amour —, c'était ici que je l'avais trouvé, dans l'Autremonde, en Albion. Je me sentis un peu coupable d'une telle idée, et j'eus un haut-le-corps. Pourtant, le professeur Nettleton, à l'évidence, avait tort. Oui, il avait tort, et je ne voulais pas détruire ce que j'aimais ; il avait tort... je pouvais rester. Je donnerais plusieurs années de ma vie plutôt que de quitter Albion.

Je me mis à observer Goewyn, et mon sentiment de culpabilité s'estompa au spectacle de sa chevelure moirée. Elle sentit que je la regardais et se tourna vers moi : «Je t'aime, mon âme», murmura-t-elle en souriant. Et je me sentis soudain comme un homme qui, ayant vécu toute sa vie dans une grotte obscure, se retrouve brusquement exposé à la lumière aveuglante du jour.

Tegid arriva alors, accompagné par ses *mabinogis* avec, à leur tête, le porteur de harpe, Gwion Bach. Un autre jeune portait le bâton du barde : «J'ai proposé à Calbha de s'occuper des prix, dit Tegid. Il est en train de les rassembler.

— Des prix ? Ah oui, pour les jeux.

— Je me doutais bien que vous n'y penseriez pas !», fit-il avec entrain pour se justifier.

Calbha s'arrangea de sa charge dans les règles de l'art. Il se mit à la tête d'un groupe de porteurs, chacun transportant dans les bras une grande quantité d'objets de valeur, ou bien traînant de lourds paniers d'osier par groupe de deux. Ils entassèrent les présents tout autour de nos trônes et bientôt le tertre fut inondé jusqu'à hauteur des genoux d'un butin rutilant, scintillant : des lances flambant neuves avec lames et manches entièrement ouvragés, de magnifiques épées incrustées de pierres précieuses, des boucliers sertis de bronze et d'argent, des poignards avec un manche en os... Où que se posât mon regard, il y avait des coupes et des bols... en cuivre, en bronze, en argent et en or ; des bols taillés dans le bois et ouvragés avec grand art ; des coupes confectionnées dans l'ivoire et serties d'argent, des grandes, des petites... et même des coupes taillées dans la pierre. Il y avait aussi de splendides capes, toute neuves, des ballots entiers de laine blanche et duveteuse. Des bracelets de bronze, d'argent et d'or brillaient comme les maillons d'une chaîne précieuse et au milieu de ceux-ci se trouvaient quantité de broches, de chaînettes et de bagues. Et comme si cela ne suffisait pas, il y avait également trois bons chevaux que Calbha ne put s'empêcher d'ajouter au trésor.

Devant un tel déploiement de richesses, j'eus le souffle coupé : «Où est-ce que vous avez eu tout cela ?

— C'est à vous, Seigneur, répondit avec grande joie Calbha. Mais n'ayez aucune crainte, j'ai sélectionné ce qu'il y avait de plus beau pour un jour comme celui-là.

— Je vous remercie, Calbha», répondis-je en mesurant du regard les richesses amassées. «Vous m'avez gâté. Je ne savais vraiment pas que j'étais aussi riche.»

Il y avait là une telle profusion de choses que je me faisais des réflexions à voix haute, devant Tegid : «Est-ce que je mérite vraiment cela ?»

Le barde se contenta de rire et désigna l'amoncellement rutilant d'un geste ample de la main : «Plus grande est la générosité du peuple, plus grand est le roi !

— Si c'est la vérité, eh bien distribuez tout cela... et plus encore. Que chacun puisse dire que jamais il n'y eut en Albion une célébration de noces comme celle d'aujourd'hui ! Et que tous ceux qui entendront cela plus tard puissent mourir de jalousie de n'avoir pu y assister !»

Cynan, qui arrivait juste à ce moment-là avec quelques-uns de ses hommes, contempla le trésor et se déclara entièrement prêt à en conquérir sa part. Bran et ses Corbeaux arrivaient derrière lui, réclamant à corps et à cris que les compétitions commencent. Alun lança aussitôt un défi à Cynan tout en lui laissant le choix d'élire l'épreuve d'adresse ou de hasard qu'il préférait.

«Vous êtes incroyable, Alun Tringad, pérora Cynan. Se peut-il que vous ayez oublié la défaite que je vous ai infligée lorsque vous avez voulu mesurer votre adresse contre moi ?

— La défaite ? s'écria Alun. Je n'en crois pas mes oreilles ! C'est moi qui ai gagné, vous le savez bien.

— Alun, cher ami... je suis étonné de vous entendre dire de telles sornettes avec un tel d'aplomb. Cependant, par égard pour ce jour de liesse, déclara Cynan, je ne vous tiendrai pas rigueur de votre impudence.

— C'est bien votre voix, Cynan Machae, que l'on entendit crier grâce, autant que je me souvienne..., répondit aimablement Alun. Comme vous néanmoins, je veux oublier le passé par égard pour ce grand jour de réjouissances.»

Puis ils commencèrent à se chamailler à propos de la valeur des lots — s'engageant sur des prix qu'ils n'avaient pas encore gagnés —, attirant rapidement une foule de badauds, avides de soutenir l'un ou l'autre des deux héros dans l'espoir d'obtenir leur part de récompense.

Ils en étaient encore à se mettre d'accord sur les enjeux quand Goewyn se pencha vers moi : « Déclarez donc rapidement les jeux ouverts, cher époux, sans quoi nous serons obligés de subir toutes ces surenchères toute la journée !

— Très bien », acquiesçai-je. Puis je me levai pour m'adresser à la foule. Tegid demanda le silence, et lorsque tous se rendirent compte que je souhaitais prendre la parole, ils se turent d'eux-mêmes pour écouter : « Réjouissons-nous tous qu'un tel jour nous soit donné ! dis-je. Conjuguons nos talents et acceptons de bonne grâce les chances qui se présentent devant nous, de sorte que, une fois les jeux terminés, nous puissions nous retrouver dans la salle des fêtes meilleurs amis encore qu'au commencement de la journée !

— Cela est fort bien dit, Seigneur ! déclara Tegid. Bénies soient vos paroles ! »

On commença par la lutte, qui fut suivie par différentes compétitions, dont une course de chevaux spectaculaire qui laissa tout le monde sans voix au moment où le vainqueur — un jeune cavalier du clan de Calbha — franchit la ligne d'arrivée. Je lui offris en récompense un cheval et, au grand amusement de la foule, il se retira promptement des compétitions de crainte de perdre son prix à l'occasion d'un pari stupide.

Au début, j'essayai d'offrir un prix qui s'accorde avec le gagnant, mais je dus bien vite renoncer : ne pouvant plus suivre, je piochai au hasard. Et puis au fur et à mesure que les jeux se poursuivaient, j'en vins à demander à Goewyn son secours, de manière à ce que parfois ce soit moi qui attribue les prix et que d'autres fois les vainqueurs reçoivent leur trophée des mains de Goewyn… ce que j'imaginais être la solution préférée de ceux qui étaient primés. Je remarquai que beaucoup de ceux qui gravissaient le tertre pour s'émerveiller devant la quantité des lots, s'immobilisaient en fait pour repaître leurs yeux à la vue de Goewyn. De temps à autre je me surprenais à lancer furtivement des œillades vers elle comme un mendiant qui a trouvé un bijou d'une valeur immense et qui doit continuellement se rassurer qu'il ne s'agit pas d'un rêve, qu'il existe bien et que c'est bien à lui qu'il appartient.

Un jeune garçon s'était avancé sur le tertre et s'était retrouvé devant une jolie coupe de cuivre, qu'il avait prise dans les mains et ne pouvait se résoudre à reposer. «Elle te plaît, cette coupe !» dis-je. Il se mit alors à rougir car il ne s'était pas aperçu qu'il était observé. «Que serais-tu prêt à faire pour la mériter ?»

Il réfléchit un instant : «Je défierais Bran Bresal lui-même à la lutte, répondit-il avec audace.

— Bran sera sans doute peu disposé à risquer son grand renom en concourant avec quelqu'un d'aussi jeune, répondis-je. Peut-être ferais-tu mieux de mesurer ta force avec quelqu'un qui soit davantage de ta taille...»

Le jeune garçon écouta le conseil et un combat fut organisé. Il se termina heureusement pour lui, et j'eus grand plaisir à lui offrir le lot qu'il convoitait. Ainsi fut donné le départ de toute une série de jeux et de concours pour les jeunes, qui ne furent pas disputés avec moins d'acharnement que ne le furent ceux de leurs aînés.

Les épreuves se succédaient et peu à peu l'amoncellement des lots précieux se réduisait. À un moment donné Tegid disparut ; j'avais été tellement accaparé par mon rôle de distributeur de prix qu'un certain temps se passa avant que je me rende compte de son absence. Je me retournai vers Goewyn : «Je me demande où Tegid a bien pu aller, dis-je. Est-ce que tu l'as vu ?»

Avant même qu'elle ait pu répondre, il y eut une bousculade derrière nous. J'entendis qu'on s'approchait rapidement et aperçus un mouvement confus. Au moment où ma tête pivotait vers la source du bruit, je vis des mains qui se tendaient vers Goewyn. Je fis un bond sur mes jambes et à l'instant même elle fut tirée hors de son siège. «Llew !» cria-t-elle ; puis elle fut brutalement entraînée au loin.

Je me précipitai aussitôt pour la rattraper mais il y avait trop de monde, trop de confusion. Je pouvais à peine bouger. Alors, baissant la tête, je fonçai droit devant moi au milieu des corps. Des mains me saisirent. Je fus ramené brusquement sur mon trône. Goewyn se mit à crier à nouveau, mais sa voix était déjà loin, et son cri fut étouffé.

Je lançai des coups de pieds afin de me libérer, bondissant hors de mon siège pour quitter le tertre. Mais dès que j'étais sur pied, j'étais ramené vers l'arrière, précipité à terre puis immobilisé. Des voix étranges et fortes me glissaient des paroles inintelligibles à l'oreille. Je me mis à me débattre contre ceux qui me maintenaient au sol. «Laissez-moi partir ! hurlai-je. Lâchez-moi !» Mais les mains me retenaient fermement, et la confusion des voix se transforma en un véritable éclat de rire. Ils se riaient tous de moi !

Pris de rage, je redoublai d'efforts pour me libérer. « Tegid ! me mis-je à brailler, Tegid !

— Je suis là, Llew», répondit calmement la voix de Tegid.

Je lançai un regard furieux autour de moi et aperçus le visage de Tegid apparaissant au-dessus de moi. « Lâchez-le », ordonna le barde.

L'étreinte se desserra ; le cercle des visages se retira. Je sautai sur mes jambes : « Ils ont capturé Goewyn ! dis-je. Nous étions assis, et ils ont... »

On souriait, on éclatait de rire. Je me calmai. Tegid, les doigts croisés sur son bâton, paraissait calme, indifférent. « Mais que se passe-t-il, demandai-je avec fermeté. Vous n'avez pas entendu ce que je vous ai dit ?

— Oui, nous avons entendu, Llew», répondit simplement le barde.

Un tel manque d'intérêt me consterna. J'allais ouvrir la bouche pour protester et j'entendis une nouvelle fois que l'on riait autour de moi. Fixant tous ceux qui étaient présents, je vis leurs visages espiègles et hilares. Ce n'est qu'à ce moment-là que je m'aperçus que je venais d'être l'objet d'une farce. « Eh bien, Tegid, qu'est-ce que c'est que cette histoire ? Qu'est-ce que vous avez fait ?

— Ça n'est pas à moi de le dire, seigneur... », répondit-il.

Je finis par comprendre que c'était encore une de ces étranges coutumes des mariages celtiques. La blague incluait que je devais me débrouiller pour trouver la solution par moi-même. Quoi qu'il en soit, farce ou coutume, cela ne m'amusait guère. Je me retournai et appelai : « Bran ! Cynan ! Suivez-moi ! »

Je dévalai à grandes enjambées le tertre ; un sentier se présenta devant moi, le long duquel je m'engouffrai. « Bran ! Cynan ! », m'écriai-je une seconde fois. Ne les voyant pas arriver, je me retournai : ils restaient sans bouger. « Suivez-moi ! hurlai-je. J'ai besoin de votre aide ! »

Cynan, arborant un large sourire, fit un pas en avant puis s'arrêta en secouant légèrement la tête.

« Bon, eh bien j'y vais tout seul..., fis-je.

— Oui oui, c'est ce qu'il faut faire..., dit Bran.

— J'ai compris ! » L'exaspération se transforma en véritable colère. Je tournai brusquement les talons et m'éloignai à travers champs dans la direction où j'avais vu Goewyn pour la dernière fois. C'était une plaisanterie stupide et j'étais contrarié.

Le sentier conduisait jusqu'au bord du lac, disparaissant pour laisser place à la plage de galets. Ils pouvaient avoir pris l'une ou l'autre des deux directions possibles : l'une, longeant la rive, menait jusqu'à Dinas Dwr et l'autre, s'enfonçant dans les hauteurs de Druim Vran, conduisait jusqu'à la crête rocheuse.

Regardant en direction du crannog, je ne vis aucun signe de fuite ; je fis donc demi-tour dans la direction opposée et commençai à marcher à grandes enjambées vers les hauteurs et le bosquet de Tegid.

Je rejoignis le sentier et commençai à grimper. La foule suivait, s'étalant le long de la rive en un chahut plein de gaieté. Peu à peu, les arbres finirent par m'entourer, étouffant les rumeurs de la cohue. Au milieu des arbres silencieux, l'air était frais, et les ombres parsemées de tâches de soleil semblaient d'un calme imperturbable. J'entendis alors devant moi un craquement de branche qui me conforta dans mes intuitions. J'allongeai le pas et continuai à avancer sans aucune crainte, baissant la tête pour éviter les branches basses, esquivant les troncs d'arbres et les arbustes.

Le bosquet sacré de Tegid se trouvait juste devant moi et je m'y dirigeai directement. Prenant un dernier élan, je me lançai sur la pente du sentier et gagnai enfin le bosquet. J'y pénétrai à toute allure et découvris qu'une tonnelle de branches de bouleaux avait été édifiée en son centre. Devant la tonnelle se tenaient sept combattants sur le pied de guerre.

« Baissez les armes ! » ordonnai-je. Mais ils ne bougèrent pas. Je connaissais ces hommes ; ils m'avaient suivi dans la bataille et s'étaient rangés de mon côté contre Meldron. À présent, ils étaient contre moi. Même si je savais que ce scénario faisait partie du rituel, la douleur de la trahison qui me transperça était bien réelle. Je ne pouvais compter sur aucune aide. J'étais seul contre tous.

Je m'armai de courage et approchai. Les guerriers s'avancèrent vers moi d'un air menaçant. Je m'arrêtai ; ils s'arrêtèrent aussitôt en me fixant inexorablement. Les rires et sourires avaient disparu. Je les fixai sans bouger tout en me demandant ce que l'on pouvait bien attendre de moi...

Les premiers badauds étaient en train d'arriver à hauteur du bosquet. Je me retournai et m'aperçus que Bran, Cynan et Tegid me suivaient. Se rangeant les uns derrière les autres au fur et à mesure qu'il s'approchait, mon peuple finit par encercler l'aire sacrée. Personne ne disait mot mais l'ardeur insistante de leur regard me pressait.

Si c'était vraiment un rapt simulé, il fallait sans doute que j'organise une bataille simulée pour regagner ma reine. Je n'avais aucune arme, mais je me retournai néanmoins pour affronter ma tâche. Je m'avançai hardiment de quelques pas vers le premier guerrier, qui aussitôt brandit devant lui la pointe de sa lance. D'un geste rapide, je tendis ma main d'argent pour la saisir et tirai violemment.

À mon grand étonnement, le guerrier lâcha sa lance et se laissa tomber à mes pieds comme s'il était mort. Saisissant le manche de l'arme, je m'avançai au-devant du guerrier suivant, qui leva sa lance prêt à la projeter. Je frappai alors son bouclier de la pointe de mon arme... il laissa retomber sa lance et s'écroula sur le sol. Le troisième guerrier se recroquevilla dès que j'effleurai son épaule avec ma lance... puis le quatrième, le cinquième, de la même manière. Les deux guerriers restants m'attaquèrent ensemble.

Le premier, dessinant un large cercle, un peu mou, me frappa avec son épée. Je m'accroupis aussitôt, laissant la lame passer au-dessus de ma tête, puis me dirigeai vers eux en tenant ma lance de côté. Ce fut quasiment un effleurement, mais les deux soldats perdirent l'équilibre, tombèrent et restèrent étendus sur le sol sans faire un mouvement.

Aussitôt, le bosquet se mit à frémir d'un gigantesque cri de victoire alors que je faisais quelques pas vers l'entrée de la tonnelle : « Tu peux sortir, Goewyn ! lançai-je. Il n'y a plus rien à craindre. »

Il y eut un mouvement venant de l'intérieur et Goewyn apparut. Elle était bien comme je l'avais vue quelques instants auparavant, et pourtant différente. Elle avait changé. En effet, alors qu'elle faisait quelques pas pour sortir de l'ombre profonde et verdoyante de la tonnelle couverte de feuilles de bouleaux, la lumière du soleil se mit à irradier sur sa chevelure et sur sa robe, et elle fut transformée en une créature de lumière, en un esprit éclatant composé d'air et de feu... ses cheveux dorés comme des flammes, sa robe rutilante comme la blancheur de l'écume.

La foule, si expansive et bruyante un instant auparavant, retenait à présent son souffle, dans un silence profond.

Radieuse, éclatante de beauté, éblouissante, Goewyn était là, devant moi, et je ne parvenais pas à garder contenance, pas plus qu'à fixer mon regard. Je sentis quelques réactions près de moi. « Une véritable déesse ! murmura Cynan. Allez-y donc, mon ami ! Manifestez-vous auprès de votre épouse... sinon je le fais à votre place ! »

Je fis quelques pas et tendis ma main d'argent vers elle. Elle la saisit, et aussitôt, la lumière frappa le métal et s'embrasa. On aurait dit qu'une explosion de lumière s'était produite entre nous au moment où nous avions rejoint nos mains. Même s'il s'agissait là d'une simple jeu, c'est avec un véritable soulagement que je pus enfin accueillir Goewyn contre mon cœur : « Ne me quitte jamais, Goewyn, murmurai-je.

— Je ne te quitterai jamais ! » promit-elle.

Le soleil avait amorcé sa descente vers l'occident lorsque nous rejoignîmes le crannog. Des tables avaient été installées à l'extérieur afin de recevoir le nombre croissant des invités que le roi souhaitait accueillir pour les festivités de la nuit à venir. J'aurais préféré, quant à moi, rester à l'extérieur également — après cette splendide journée, la nuit s'annonçait chaude et radieuse —, mais l'intérieur de la grande salle avait été complètement décoré de bougies et de branches de bouleau de manière à rappeler la tonnelle du bosquet. Toute cette préparation ayant été entièrement organisée à notre intention, il aurait été parfaitement discourtois de ne pas y faire honneur.

Mourant tous de faim et de soif, les soldats réclamaient à corps et à cris de quoi boire et de quoi manger dès qu'ils franchissaient le seuil. Les tables avaient été disposées pour former un large périmètre rectangulaire de manière à ce que les convives puissent communiquer entre eux.

Dès que les premiers invités trouvèrent une place où s'asseoir, les plats arrivèrent — transportés par les serviteurs sur leurs épaules —, d'immenses plateaux où s'entassaient une quantité invraisemblable de morceaux, tous choisis, de bœuf rôti, de porc et de mouton ; suivaient ensuite des plats gigantesques de chou cuisiné, de navets, de poireaux et de fenouil. Une cuve de dimension respectable avait été installée au bout de chaque table de manière à ce que chacun ait peu de distance à parcourir pour aller remplir à nouveau son bol ou sa coupe. Malheureusement, il n'y avait plus de bière... les cuves avaient donc été remplies avec de l'eau parfumée de miel et de *bullace*. Au centre de chaque table, on avait entassé des petites miches de *banys bara* glacées de miel — le pain des noces —, toutes chaudes sorties des fours.

Au fur et à mesure que les plats arrivaient, chaque convive — homme ou femme — se voyait servi des portions particulièrement copieuses. À certains moments, les clameurs disparaissaient pour laisser place à une rumeur assourdie parce que toutes les bouches étaient pleines et se délectaient. Avoir le privilège de manger parmi les premiers impliquait l'obligation de servir ensuite — car ceux qui avaient commencé par servir voulaient à présent être servis à leur tour. Bref, l'ordre et le bon droit régnaient de manière on ne peut plus admirable. Les gardiens des Pierres Musicales étaient les seuls à faire exception. Ils ne purent ni manger ni servir, mais restèrent à distance des festivités, aussi prudents et vigilants que s'ils se retrouvaient seuls dans un pays hostile.

J'observai du regard l'ensemble de la salle bondée ; mon cœur se remplit d'allégresse au spectacle de mon peuple qui manifestait tant de joie, tant de plaisir. Je compris du même coup la raison pour laquelle la renommée d'un roi était liée à sa bienveillance : son peuple ne vivait qu'à l'aune de ce critère, attendant du roi que celui-ci subvienne à leurs besoins et à leur subsistance ; leur vie ne dépendait que de lui.

Je remplis mon bol avec quantité de mets plus savoureux les uns que les autres, préparés à mon intention, et commençai à déguster avec un appétit non dissimulé.

Lorsque tout le monde fut servi, le battement assourdissant d'un tambour résonna dans la salle, et huit jeunes filles avancèrent d'un pas lent et solennel jusqu'au centre des tables. Chacune d'entre elles rassembla ses cheveux épars et les attacha en formant un nœud à hauteur de la nuque. Elles relevèrent ensuite l'ourlet de leur cape, dénudant ainsi leurs jambes, puis dénouèrent les lacets de leur corsage. Alors chacune se mit à faire quelques pas pour aller à la rencontre d'un guerrier assis à une table, lui demandant ensuite la permission d'user de son épée.

Les guerriers — tous de fervents complices — abandonnèrent leur épée bien volontiers, et les jeunes filles retournèrent au centre des tables, où elles formèrent un cercle, chacune posant son épée à ses pieds de manière à ce que toutes les pointes se touchent. Tegid, sa harpe en bandoulière, apparut, puis commença à jouer. Les cordes frémissaient, chaque note pincée selon une intention bien particulière. Puis les jeunes filles commencèrent à danser sur un rythme lent, d'un pas parfaitement réglé.

Elles dansèrent tout autour des reflets lumineux des épées, évoluant à pas lents au milieu des manches et des lames, le regard droit devant elles, fixé sur un point éloigné. Elles tournèrent, tournèrent, ajoutant chaque fois un pas supplémentaire à leur danse. Au sixième pas, le rythme mélodique de la harpe commença à s'accélérer et la chorégraphie devint plus complexe. À hauteur du douzième, les sons de la harpe n'étaient plus qu'un bourdonnement répétitif ; la danse avait pris des allures étrangement fantastiques. Les danseuses, toutefois, continuaient à évoluer avec autant de solennité qu'auparavant, le regard fixe, l'expression grave.

La musique était parvenue à son paroxysme. Les jeunes filles se mirent soudain à tournoyer rapidement sur elles-mêmes, exécutant un mouvement compliqué avec les bras. Puis, d'un seul coup, elles s'arrêtèrent, se remirent à tourner en cercle, se penchèrent, et chacune, saisissant son épée par la dague, la projeta vers le haut, pointe en l'air en direction des toits, soulevant du même coup le haut de leur cape.

La musique reprit, lentement. Rabaissant leurs épées vers le sol, les jeunes filles recommencèrent à danser, de leurs pas précis et mesurés. Les épées étincelaient, rutilaient, projetant des reflets éblouissants tout autour de leurs silhouettes souples et tournoyantes. Puis le rythme augmenta de nouveau et les gens, dans l'assistance, grimpèrent sur les tables et commencèrent à battre la mesure avec les mains pour encourager les danseuses. L'adresse de ces jeunes filles, dans le maniement de l'épée, était proprement éblouissante… mettant au point tout un travail compliqué, d'une grande prestesse et habileté avec les mains, avec les pieds — les mains improvisant des motifs énigmatiques, les pieds traçant des figures complexes, tandis que les épées aux lames tranchantes lançaient des reflets étincelants.

Les torches et les chandelles luisaient faiblement sur leurs bras fins couverts d'une peau rutilante de sueur, arrondissant leurs épaules et leurs poitrines.

Le chant de la harpe s'amplifia ; la danse des épées atteignit son point culminant. Tout en lançant des cris perçants et des hurlements, les jeunes filles bondirent, entrechoquant leurs lances pour feindre le combat. Une fois, deux fois, trois fois les armes retentirent. Ensuite elles se figèrent un instant, puis retombèrent… chaque danseuse agrippant la lame nue contre sa poitrine. Après quoi elles s'agenouillèrent et se renversèrent en arrière tout en maintenant l'épée en équilibre sur leur poitrine et leur ventre tendus, et ce, jusqu'à ce que leur tête frôle le sol.

Alors, reprenant leurs épées, elles les levèrent lentement, reprirent leur position à genoux et brandirent bien haut les pointes étincelantes. La harpe plaqua brusquement un accord retentissant. Les épées retombèrent et les jeunes filles s'effondrèrent dans un dernier cri.

Il y eut un moment de silence ; nous étions tous assis en train de fixer intensément les lames plantées dans le sol de terre compacte, qui continuaient à osciller lentement. Puis des applaudissements remplirent la salle, félicitant à grands renforts de cris la prestation des danseuses. Les jeunes filles rassemblèrent leurs vêtements et se retirèrent.

Je regardai Goewyn, puis baissai les yeux vers le bol que je tenais dans les mains. Toute envie de manger avait disparu... et fut instantanément remplacée par une faim d'une tout autre nature — quoique tout aussi pressante. Goewyn avait senti que je la regardais et se mit à sourire : «La nourriture ne vous plaît pas ?» demanda-t-elle en désignant mon bol encore à moitié plein.

Je secouai la tête : «Non, je pense seulement que j'ai trouvé quelque chose qui me convient davantage.»

Goewyn se pencha vers moi, prit mon visage dans ses mains et m'embrassa. «Si tu penses que c'est cela qui te convient davantage, murmura-t-elle, alors rejoins-moi dès que tu en auras terminé.» Elle se leva de son siège, laissa courir ses doigts le long de ma joue. Un frisson me parcourut tout le corps.

Je la regardai s'éloigner. Elle s'arrêta sur le seuil de la porte et se retourna pour me lancer un dernier coup d'œil avant de disparaître. J'eus soudain le sentiment que la salle noire de monde, si allègre il y a encore quelques instants, était devenue brusquement plus bruyante, la cohue plus oppressante.

Cynan remarqua que je ne mangeais pas. «Mangez donc ! me pressa-t-il. Cette nuit particulièrement, vous aurez besoin de toutes vos forces.»

Bran, qui était assis à côté de lui, répliqua : «Frère, vous ne voyez donc pas que c'est une autre faim et une autre soif qui le tenaillent ?»

Plusieurs personnes donnèrent eux aussi leur opinion sur la meilleure manière d'entretenir les forces et la vigueur en de telles circonstances.

Je me forçai à avaler quelques bouchées, à boire deux ou trois gorgées de bière, mais les amis estimèrent que je manquais de conviction, et ils redoublèrent leurs conseils. Calbha vida une partie de sa chope dans la mienne et insista pour que je la boive d'un trait. Je bus poliment quelques gorgées et me mis à rire de leurs plaisanteries, même si le cœur n'y était pas.

Les danses et les festivités devaient continuer toute la nuit, mais je ne pus supporter cela plus longtemps. Je me levai de table et tentai de faire une sortie discrète... ce qui se révéla parfaitement impossible. Je fus contraint de supporter toutes les remarques grivoises, les conseils bien arrosés sur la manière de me comporter pendant ma nuit de noces.

Lorsque j'arrivai à la hauteur de Tegid, celui-ci me glissa dans les mains une flasque d'hydromel afin que cette nuit ne manque ni de chaleur, ni de douceur. Dans l'hydromel, on retrouve toutes les saveurs d'un lit de noces. Deux fois bénis soient les amants qui, en ce moment-là, peuvent le partager.

Tous ceux qui avaient eu la langue bien pendue jusque-là mouraient d'envie de m'accompagner jusqu'à la petite hutte où Goewyn m'attendait. Mais Tegid vint à mon aide, invitant tous ces bavards à s'asseoir afin de rendre hommage en musique au bonheur des nouveaux mariés. Il prit sa harpe et fit toute une mise en scène pour gagner du temps, en feignant d'accorder l'instrument : «Allez, retirez-vous..., chuchota-t-il discrètement. Je m'occupe d'eux...»

Tenant délicatement l'hydromel contre ma poitrine, je traversai précipitamment la cour afin de rejoindre la maisonnette qui avait été préparée pour nous. Celle-ci, tout comme la grande salle, avait été transformée en un petit berceau de verdure rempli de branches de sapin très odorantes et de branches de bouleaux qui décoraient les murs et le plafond... de bougies aussi, qui scintillaient comme autant de petites étoiles rougeoyantes, créant ainsi une agréable lumière tamisée, aux nuances légèrement roses.

Goewyn attendait. Elle m'accueillit avec un baiser puis me débarrassa de l'hydromel en m'attirant à l'intérieur : «Cela fait tellement longtemps que j'attends cette nuit, mon âme...», murmura-t-elle en m'enveloppant bien fort de ses deux bras.

Notre première étreinte se termina par un long baiser passionné. Aussitôt que notre couche fut prête — un épais matelas de laine de mouton recouvert de larges couvertures —, nous nous y plongeâmes. Je fermai les yeux, respirant profondément la chaleur parfumée de sa peau alors que nos caresses se faisaient de plus en plus pressantes et plus brûlantes.

Plongé dans une telle fièvre, je ne sais si ce fut d'abord le cri ou bien la fumée qui me tira du lit. Je me levai brusquement. Goewyn tendit les bras vers moi et tenta doucement de me ramener vers elle.

«Llew...

— Attends...

— Qu'y a-t-il ?», murmura-t-elle.

Il y eut encore un cri, vif et pressant. Et aussitôt, une forte odeur de fumée.

«Au feu ! m'écriai-je en faisant un bond. Le crannog est en train de brûler !»

IV

UNE NUIT DONT ON SE SOUVIENDRA

« L'incendie s'est déclaré du côté ouest, dit Goewyn en observant la lueur des flammes qui formait une tâche rougeâtre sur le ciel noir. Et le vent va l'attirer dans notre direction...

— Pas si nous agissons vite, répondis-je. Cours jusqu'aux appartements et alerte Bran et Tegid. Je vous rejoins dès que possible. »

En même temps que je prononçais ces paroles, j'entendis un nouveau cri d'alarme : « Fais vite, Llew ! » J'embrassai Goewyn sur la joue et partis en flèche.

La fumée s'épaississait au fur et à mesure que je m'approchais du feu, remplissant mes narines de l'âcreté sèche du blé en train dc brûler... c'étaient nos entrepôts ! Si nous ne parvenions pas rapidement à éteindre le feu, l'hiver promettait d'être difficile à passer.

Je traversai en courant le crannog en empruntant le passage central qui reliait les différents îlots de notre cité flottante ; les flammes, ourlées de jaune comme des feuilles, montaient avec rage à l'assaut des charpentes. J'entendais le ronflement furieux du feu et des voix... des hommes qui hurlaient, des femmes qui appelaient, des enfants qui criaient, qui pleuraient. Et derrière moi, en provenance du corps d'habitation, retentit le souffle du carynx qui donnait l'alarme.

Les flammes montaient de plus en plus haut, rouges orangées, rageuses contre le ciel noir. Dinas Dwr, notre cité si belle, installée au bord du lac, n'était plus qu'une silhouette éblouissante se découpant au milieu du terrible embrasement. J'étais épouvanté.

M'étant approché, je vis une multitude de gens qui couraient dans tous les sens, s'élançant au milieu des rouleaux de fumée, le visage déterminé, résolument sérieux. Certains transportaient des seaux en cuir, d'autres avaient des coupes ou des chaudrons, en fer ou en bois, mais la plupart se contentaient d'agiter leurs capes, dont ils s'étaient débarrassés pour les tremper dans l'eau afin de les utiliser pour étouffer les flammes de plus en plus nombreuses.

Je retirai moi aussi la mienne en un tour de main et courus les rejoindre. Mon cœur se serra. Les maisons, si proches les unes des autres, avec leurs toits de chaume qui se touchaient presque, s'embrasèrent comme de la paille au premier contact des flammes. Dès que je réussissais à éteindre les flammes à un endroit, elles réapparaissaient aussitôt ailleurs. Si les secours n'arrivaient pas tout de suite, nous allions tout perdre.

J'entendis un cri derrière moi.

« Tegid ! Ici ! » hurlai-je en me retournant alors que le barde arrivait vers moi. Une bonne cinquantaine de guerriers et de femmes suivait le roi Calbha, et tous commencèrent à vouloir éteindre les flammes avec leurs capes : « Où sont Bran et Cynan ?

— J'ai envoyé Cynan avec Cynfarch dans la partie sud, expliqua Tegid. Les Corbeaux sont au nord. Je leur ai dit que je vous dépêcherais vers eux.

— Allez-y, Llew, fit Calbha en se dirigeant au cœur de l'action, nous allons faire le nécessaire ici. »

Je les laissai combattre les flammes et partis en toute hâte afin de prêter main forte aux Corbeaux, passant au milieu des cabanes dont les toits étaient déjà prêts à s'embraser sous la pluie d'étincelles qui se déversaient sur eux. La fumée s'épaississait, âcre et pleine d'une suie noire. J'arrivai jusqu'à un groupe d'hommes en train de s'affairer. « Bran ! hurlai-je.

— Ici, Seigneur ! » entendis-je. Et je vis un torse se profiler hors de la fumée. Bran tenait une fourche dans une main et sa cape dans l'autre. Nu jusqu'à la poitrine, sa peau était noire de fumée ; ses yeux et ses dents ressortaient comme des fragments de pierre de lune. Il ruisselait de sueur, et cela formait de petits filets blancs sur sa peau noire de suie.

« Tegid pensait que vous auriez peut-être besoin d'aide, expliquai-je. Comment ça va ici ?

— Nous essayons de circonscrire le feu pour éviter qu'il s'étende plus à l'est. Fort heureusement, le vent est avec nous », fit-il. Puis il ajouta : « Mais Cynan et Cynfarch, eux, auront fort à faire.

— Alors je vais aller les rejoindre» dis-je. Puis je m'éloignai à toute allure. J'amorçai un virage, traversai un pont où je croisai trois femmes — chacune d'entre elles portant deux ou trois nourrissons et conduisant une meute d'enfants complètement débraillés, tous épouvantés et pleurnichant. L'une des femmes, dans sa hâte, trébucha sur un enfant et le piétina ; elle tomba sur les genoux et faillit lâcher les marmots qu'elle tenait fermement contre sa poitrine. L'enfant, lui, s'était étalé de tout son long sur les planches et s'était mis à hurler.

Je le ramassai... et si prestement que le plus jeune s'arrêta aussitôt de brailler, pétrifié par la surprise. En un éclair, Goewyn fut près de moi, se pencha pour aider la femme à se relever tout en hissant, d'un seul geste rapide, le nourrisson sur ses épaules. «Je m'occupe de les mettre en sécurité, me cria-t-elle en les emmenant. Toi, pars en avant !»

Je filai à toute allure. Cynfarch semblait se débattre comme s'il était au milieu d'une bagarre en train de donner mille instructions. Je me précipitai vers lui tout en me débarrassant de ma cape : «Je suis là, Cynfarch, dis-je. Qu'est-ce que je peux faire ?

— Nous ne pourrons malheureusement pas sauver ces bâtiments-là, mais...», il s'interrompit pour lancer ses ordres à un groupe d'hommes qui tentaient de dégager des chaumes en flammes avec des râteaux de bois et de longs crochets de fer. Une partie du toit s'affaissa au milieu d'une pluie d'étincelles et les hommes détalèrent jusque vers la maison suivante. «Ces maisons-là ne seront plus récupérables, poursuivit-il, mais si le vent reste stable, nous pourrons circonscrire l'incendie.

— Où est Cynan ?

— Il était là, fit le roi en jetant un coup d'œil par-dessus son épaule. Je ne le vois plus.»

Je courus vers l'endroit qu'indiquait Cynfarch, passant au milieu de plusieurs bâtiments en feu, et m'avançai au milieu d'un véritable brasier. Les flammes jaillissaient tout autour de moi. Un souffle de chaleur intense se répandait de toutes parts. Tout — les maisons, sur les deux côtés, le mur face à moi, le ciel noir au-dessus de ma tête — flamboyait sous la chaleur éclatante.

J'entendis le hennissement apeuré d'un cheval, et juste devant moi un homme sortit précipitamment d'un rideau de fumée, tenant fermement les rênes de l'animal qui se cabrait. L'homme avait jeté sa cape sur la tête du cheval épouvanté en s'efforçant de l'éloigner des flammes. Juste derrière lui suivaient quatre hommes avec des chevaux hennissant, rétifs et affolés, chacun ayant la tête recouverte d'une cape. Seulement quelques chevaux, avec quelques bœufs, furent laissés sur le crannog — tous les autres animaux furent acheminés rapidement vers la prairie, au pied de la crête rocheuse. Quant à ceux que nous avions laissés dans les étables et les écuries, nous pouvions courir le risque de les perdre.

Je vins prêter main forte à ceux qui acheminaient les bêtes le long de l'étroit sentier détruit par les flammes, au milieu des ruines embrasées des maisons et des entrepôts. Une fois parvenu sur la piste plus large, je revenais sur mes pas et recommençais à m'activer.

La fumée se répandait partout en tourbillons de plus en plus denses et bouchait la vue. Plaquant un pan de mon siarc contre ma bouche et mon nez, je m'enfonçai dans le brasier et me retrouvai aussitôt devant une place dégagée, grouillante de gens. Les flammes grondaient, envahissant tout alentour d'une lueur brumeuse. J'avais l'impression d'avoir été jeté au milieu d'un four.

Cynan, accompagné d'une vingtaine de soldats et d'hommes munis de haches, se mit à tailler rageusement dans la palissade. Ils voulaient dégager toute une section de celle-ci afin de former un pare-feu qui empêcherait que toute la palissade soit détruite. Une soixantaine d'hommes munis de couvertures mouillées tentaient d'étouffer le feu sur les parois en bois et sur le sol, s'efforçant de tenir à distance les flammes qui les encerclaient pendant que d'autres lançaient des seaux entiers sur les braises couvant sous les ruines qu'ils avaient dégagées. Des volutes de fumée noire et d'innombrables petites particules de cendre tombaient du ciel comme de la neige sale.

« Cynan ! » m'écriai-je en me précipitant vers lui.

En entendant ma voix, il se retourna tout en terminant son geste avec sa hache. « Llew ! Voilà une nuit de noces dont vous vous souviendrez ! » fit-il en hochant la tête et en amorçant un nouveau mouvement d'épée contre la palissade.

J'observai la muraille complètement ruinée, ravagée par le feu : « Vous pensez que le pare-feu sera efficace ?

— Pour sûr ! dit-il en faisant quelques pas en arrière pour regarder son œuvre. Parfaitement efficace. » Il leva la voix pour lancer un ordre : « Tirez ! Faites-la tomber, les gars ! »

Les cordes furent tendues. Le morceau de la palissade remua, chancela, mais ne voulut pas tomber.

« Tirez donc ! » hurla Cynan en s'élançant vers la première corde.

Je vins prêter main-forte en tirant vers l'arrière de tout mon poids. Nous tirâmes sur les cordes et la palissade grinça. «Tirez ! cria Cynan. Tout le monde ensemble, allez ! Ho hisse !»

La palissade gémit, puis finit par céder, s'écrasant avec un bruit assourdissant. Nous restâmes sans bouger, le regard fixé sur le trou béant qui ouvrait sur le lac. «Les maisons, maintenant !» ordonna Cynan en se penchant pour ramasser sa hache.

En deux temps trois mouvements, une vingtaine de haches partirent à l'assaut des charpentes de trois maisons encore préservées de l'attaque impitoyable des flammes. Ramassant un râteau, je commençai à retirer les chaumes embrasées du toit le plus proche, lançant mon râteau aussi haut que possible afin de rapporter le plus possible de chaume, et je tirai, tirai de toutes mes forces, ôtant par petites touffes la chaume serrée, puis cherchant à éteindre aussitôt les brins de paille incandescents qui retombaient à mes pieds.

Lorsque j'en eus fini avec le premier toit, je me précipitai vers le suivant, puis vers un autre encore. J'avais mal aux bras, mes yeux pleuraient. Je suffoquais au milieu de la fumée. Des braises incandescentes se glissèrent à l'intérieur de mon siarc — je dus m'en débarrasser le plus vite possible tout en affrontant les brûlures des brins de chaume qui tombaient. La chaleur me brûlait les cheveux, j'avais l'impression que ma peau se couvrait d'ampoules. Mais je continuais à m'affairer, parfois avec de l'aide, mais le plus souvent seul. Tout le monde essayait de faire ce qu'il pouvait.

«Llew !» J'entendis quelqu'un m'interpeller. Je me retournai juste à temps pour apercevoir une paire de longues cornes sortir brusquement du voile de fumée. Je fis un écart sur le côté au moment où l'une d'elles se mit à fendre l'air sur le passage où je me trouvais. Un bœuf avait réussi à se détacher ; pris d'épouvante, ayant perdu sa raison — pourtant peu développée —, il cherchait à retourner dans son enclos. L'animal stupide courait au milieu des maisons en flammes sans trouver son but.

Ramassant vivement mon siarc, je me mis à l'agiter en criant afin d'éloigner l'animal. Il s'en retourna lourdement vers son point de départ, mais personne n'essaya de le poursuivre. Nous avions suffisamment à faire en essayant de maîtriser les flammes.

Où que mon regard se portât, il y avait une nouvelle urgence. Nous nous précipitions à toute allure vers les nouveaux points d'alerte, chaque fois avec un peu moins d'énergie. Les forces commençaient à faiblir… puis à manquer. J'avais les bras complètement engourdis, lourds. Mes mains me faisaient mal à force de tenir le manche du râteau — à cause des brûlures aussi. Je ne parvenais pas à retenir mon souffle — ma poitrine se soulevait, l'air sifflait dans ma gorge. Pourtant je continuais à poser un pied devant l'autre avec ténacité et continuais à peiner.

Au moment où je commençais à me faire à l'idée d'abandonner la ville aux flammes, Bran et les Corbeaux apparurent, suivis par plusieurs dizaines d'hommes et de soldats. Ils poussèrent un cri et se précipitèrent sur la tâche qui les attendait. Lorsqu'ils arrivèrent — c'était en tout cas mon impression —, nous étions au plus fort de notre travail. Déblayant la chaume, étouffant les flammes, éteignant les amorces de feu... déblayant, étouffant, éteignant, encore et toujours, à l'infini.

Le temps passa comme dans un rêve. La chaleur me cuisait la peau, la fumée me piquait le nez, mes yeux coulaient ; mais je continuais à déblayer comme un fou. Peu à peu, l'éclat du brasier s'affaiblit. Je sentis de l'air plus frais sur ma peau brûlante et je m'arrêtai.

Une centaine d'hommes, peut-être plus, étaient autour de moi, leurs mains gourdes serrant contre eux des outils, de la vaisselle, des vêtements. Nous restions là, tête baissée, les bras ballants, debout ou agenouillés — nous appuyant tous sur le manche de nos fourches. Et tout autour, le crépitement calme des braises qui lentement s'éteignaient...

« Une nuit dont on se souviendra ! » grogna Cynan d'une voix aussi misérable que les loques complètement brûlées qui lui restaient sur le corps.

Je relevai la tête et tournai mes yeux rougis vers le ciel qui commençait à grisailler à l'est. Dans la lumière morne et spectrale, Dinas Dwr apparut comme un vaste amoncellement de poutres carbonisées et de cendres fumantes.

« Je voudrais aller voir ce qui reste, dis-je à Cynan. Nous devrions nous mettre à la recherche des blessés.

— Je m'occupe des hommes qui sont ici », dit Bran. Exténué, il se mit à avancer en titubant. Je savais qu'il ne resterait pas tranquille tant que tous ces gens ne seraient pas relogés. Je le chargeai donc de faire au mieux, comme il l'entendait, puis l'abandonnai à sa tâche.

Dans la grisaille sinistre du petit jour, Bran et moi nous avancions lentement, d'un pas hésitant, au milieu des ruines du caer dévasté. Les dégâts étaient impressionnants. La partie ouest de la forteresse avait été anéantie ; de rares pans d'édifice avaient survécu, mais ils avaient été ravagés par les flammes et la fumée.

Calbha vint à notre rencontre alors que nous continuions notre inspection ; il avait fait le nécessaire pour entreposer provisoirement les réserves de nourriture qui avaient pu être sauvées, et avait aménagé des enclos de fortune pour les chevaux et le bétail jusqu'à ce qu'ils puissent être convoyés jusqu'aux pâturages.

«Y a-t-il eu des blessés ici ?» demandai-je.

Calbha fit un rapide signe de tête négatif : «Quelques-uns souffrent de brûlures ou d'ecchymoses, répondit-il. Mais il n'y a aucun blessé sérieux. Nous avons eu de la chance.»

Nous le laissâmes à ce qui l'occupait, et continuâmes tant bien que mal notre inspection au milieu des décombres encore fumants. Au centre d'une petite cour formée par les ruines carbonisées de trois maisons, nous retrouvâmes Tegid qui, en compagnie de plusieurs femmes, était en train de s'affairer auprès de plusieurs blessés. Le barde, complètement noir de suie et de fumée, était agenouillé au-dessus d'un corps brûlé et lui appliquait un onguent prélevé d'un pot en terre. Une douzaine de corps gisaient sur le sol tout autour de lui — certains respiraient encore et gémissaient, faisant des efforts pour se relever ; d'autres, irrémédiablement inertes, enveloppés de la tête au pied dans des couvertures. Plusieurs parmi ces cadavres recouverts ne dépassaient pas la taille d'un fagot de petit bois.

Je me sentis envahi d'une immense tristesse et me mis à chanceler. Cynan me prit par le bras et me releva.

Scatha évoluait parmi les rescapés, portant les marques de quelqu'un qui a traversé les flammes — ce que du reste elle avait fait. Lorsque l'alarme avait été donnée, elle avait organisé une battue dans chaque maison de la partie ouest. Quasiment tout le monde était au repas de noces, mais quelques rares personnes — essentiellement des mamans avec des enfants en bas âge — étaient revenues dormir. Scatha les avait réveillées et conduites à travers la fumée et les flammes en un lieu sûr, faisant imperturbablement la navette jusqu'à ce que le feu devienne trop chaud et qu'il l'empêche de continuer.

«Combien sont-ils ?» Elle leva rapidement les yeux en entendant le son de ma voix, puis se remit aussitôt à appliquer un bandage sur le bras d'un jeune homme couvert de brûlures.

«Si nous avions eu du temps, répondit-elle, toutes ces personnes auraient pu être sauvées. Mais le feu s'est répandu si vite... et tous les petits dormaient.» Elle leva une main vers ce qui semblait être de minuscules paquets : «Ils ne se sont pas réveillés... et ne se réveilleront plus jamais.

— Dites-moi, Scatha, dis-je d'une voix complètement nouée sous l'effet de la fatigue autant que du remords. Combien sont-ils ?

— Trois fois cinq plus trois», répondit-elle. Puis elle ajouta doucement : «Nous découvrirons bien encore deux ou trois petites victimes avant la fin de la journée... »

Tegid, ayant terminé, vint nous rejoindre. «C'est une perte cruelle..., murmura-t-il. Ils ont été asphyxiés pendant leur sommeil. Au moins, ils n'ont pas souffert...

— Mais s'il n'y avait pas eu la fête, fit remarquer Cynan, le bilan aurait été infiniment plus lourd. Presque tout le monde était rassemblé dans la grande salle lorsque l'incendie s'est déclaré.

— Mais si presque tout le monde n'avait pas été rassemblé dans la grande salle, l'incendie ne se serait pas déclaré», laissa échapper Scatha.

Je n'étais pas d'humeur à jouer aux devinettes : «Voulez-vous laisser entendre que ce n'était pas un accident ? demandai-je sans ménagements.

— La cause de l'incendie n'a rien d'accidentel.» Cynan était catégorique.

Tegid confirma : «Des foyers qui se déclarent en trois lieux différents en même temps — près des murs, près des maisons, près des enclos —, ce n'est ni de la négligence ni de la malchance. C'est le fruit d'un acte prémédité avec intention de nuire.»

Calbha, qui venait juste de nous rejoindre, entendit l'intervention de Tegid : «Quelqu'un aurait donc mis le feu délibérément... c'est cela que vous voulez dire ? demanda-t-il, sans pouvoir croire qu'une telle chose puisse arriver à Dinas Dwr. Quel est celui, ici, qui aurait l'audace de faire une chose pareille ?

— "Celui" ou "ceux"..., rétorqua Cynan d'une voix devenue rauque à force de crier dans la fumée. Ils étaient peut-être plusieurs.» Il fixa son regard intensivement sur les ruines encore fumantes. «Qui que ce soit, le ou les coupables savaient parfaitement ce qu'ils faisaient. Si les vents avaient changé de direction, nous aurions perdu le caer... et les victimes auraient été beaucoup plus nombreuses.»

De la sueur froide me dégoulina dans le dos. Je faisais le tour des gens présents autour de moi en les dévisageant silencieusement. S'il y avait un assassin parmi eux, je ne voyais absolument pas qui cela pouvait être. Une femme appela, et Tegid dut prendre congé de nous. «Ne parlez de cela à personne avant que nous ayons pu en apprendre davantage, intimai-je aux personnes qui restaient.»

Scatha repartit porter secours. Cynan, Calbha et moi-même, nous retournâmes vers Bran qui, avec les Corbeaux, inspectait attentivement les décombres d'un entrepôt. Lorsque je fus plus près, je vis qu'ils étaient en train de soulever avec précaution une poutre du toit qui s'était effondrée afin de dégager un corps qui se trouvait en dessous.

Je me précipitai avec Cynan pour leur prêter main forte. Nous agrippâmes la poutre noircie et réussîmes à la déplacer suffisamment pour pouvoir dégager le corps broyé de la victime. Il fut retiré des débris et transporté hors du champ de ruines ; une fois posé à terre, avec grande précaution on le retourna sur le dos.

Bran releva lentement la tête ; il avait le visage grave. Il jeta un coup d'œil dans ma direction, puis vers Cynan : «Je suis désolé, Cynan...

— Cynfarch !», s'exclama Cynan. Il tomba à genoux et enveloppa le corps de son père dans ses bras. Cynfarch émit une faible plainte. Le roi des Galanae se mit à tousser, et un petit filet de sang s'échappa du coin de ses lèvres.

Lord Calbha réprima un juron ; je posai la main sur la personne qui était la plus proche de moi. «Allez chercher Tegid, ordonnai-je. Faites vite, mon vieux !»

Tegid arriva en toute hâte, examina d'un coup d'œil le corps qui gisait à terre, puis ordonna qu'on le laissât seul. Il s'approcha du blessé et commença à examiner son flanc. Puis le barde se mit à explorer précautionneusement le corps entier pour voir où Cynfarch était blessé, et tourna enfin le visage de son côté. En dépit de la couche de crasse et de cendre qui le recouvrait, Cynfarch avait le teint pâle et cireux.

Cynan, ses larges épaules baissées, donnait de petites tapes sur la main de son père tout en fixant durement son visage creux, comme s'il voulait lui réinsuffler un peu de ses forces. «Est-ce qu'il vivra ? demanda-t-il à Tegid lorsque celui-ci eut fini de l'examiner.

— Il souffre d'hémorragies internes, répondit le barde. Je ne peux pas me prononcer.»

Ces paroles étaient à peine sorties de sa bouche qu'un nouvel appel attira notre attention : «Penderwydd ! Llew ! Au secours ! Venez vite !»

Nous nous retournâmes et aperçûmes un soldat qui courait vers nous. «Que se passe-t-il, Pebin ? lançai-je. Qu'est-il arrivé ?

— Seigneur, répondit Pebin, je suis allé au château pour prendre mon tour de garde...» Puis il se tut, jetant rapidement un regard autour de lui. «Vous devriez venir tout de suite.»

V

SAGE CONSEIL

«Je voudrais rester avec mon père, dit Cynan. Laissez-moi seul avec lui.

— Transportez Cynfarch jusqu'à ma demeure, ordonna le barde. Sioned pourra y prendre soin de lui.»

Puis Tegid, Pebin et moi-même, nous nous efforçâmes de retrouver le chemin menant jusqu'au centre du crannog ; nous croisâmes plusieurs groupes de gens qui voulaient rejoindre en toute hâte les lieux de l'incendie. Les braises étaient fumantes et les cendres encore chaudes, mais les travaux de déblayage allaient commencer. Tous ceux qui s'étaient réfugiés sur la rive du lac revenaient maintenant pour se mettre à l'ouvrage.

Nous traversâmes le pont principal et arrivâmes à l'entrée d'un groupe de maisons basses construites à l'abri du corps d'habitation principal. Mise à part l'odeur de fumée qui s'était infiltrée partout dans la forteresse, le bâtiment principal ainsi que les maisons adjacentes n'avaient pas été touchés par le feu. Tout semblait être resté en bon état.

Nous pénétrâmes rapidement au milieu des maisonnettes et traversâmes la cour qui les séparait du bâtiment principal. «Attendez ici, Pebin, dis-je au soldat. Et ne laissez entrer personne.» Franchissant les imposants montants de porte, je suivis Tegid à l'intérieur. En dépit de la faible lumière, je pus apercevoir que le piédestal de fer avait été renversé. Le coffre en bois qui renfermait les Pierres Musicales avait disparu. M'étant rapproché, je vis deux silhouettes blotties l'une contre l'autre tout au fond de la paroi ouest de la pièce, et une troisième étalée face contre terre sur le sol de terre battue. Aucune de ces trois ombres ne fit un geste lorsque nous entrâmes.

Approchant de la première, je me penchai et lui secouai l'épaule. Voyant qu'elle ne réagissait pas, je la mis sur le dos et l'attirai en position assise : c'était un homme. Sa tête retomba inerte sur sa poitrine. Je m'aperçus qu'il était mort.

« Un de nos soldats », dis-je. J'avais déjà vu cet homme, mais je ne connaissais pas son nom.

« C'est Cradawc », fit Tegid en se penchant pour voir de plus près le visage de l'homme.

Je reposai doucement le corps sur le sol en le soutenant derrière la nuque afin qu'il ne se cogne pas la tête. Lorsque je ressortis ma main, elle était poisseuse et humide. J'eus un brusque haut-le-cœur en voyant que celle-ci était tachée de noir. « L'arrière de sa tête est complètement broyée », murmurai-je.

Tegid se déplaça vers le deuxième homme et pressa ses doigts contre la gorge de celui-ci.

« Il est mort ? » demandai-je.

Il fit un signe affirmatif de la tête, puis se tourna aussitôt vers le troisième guerrier.

« Celui-là également ?

— Non, répondit Tegid. Il vit encore.

— Qui est-ce ? »

L'homme se mit à gémir, puis toussa.

« C'est Gorew. Aidez-moi à le sortir. »

Avec mille précautions, nous le soulevâmes et allâmes l'étendre à l'extérieur. Allongeant ses longues phalanges vers le guerrier blessé, Tegid tourna la tête de Gorew sur le côté. C'est alors que j'aperçus l'horrible contusion violacée sur sa tempe, au-dessus de l'œil droit — de la taille d'un œuf.

Le geste de Tegid fit à nouveau gémir l'homme. « Gorew », fit Tegid d'une voix forte et ferme.

Entendant prononcer son nom, les paupières de l'homme s'entrouvrirent. « Ahh... » Le gémissement n'était plus qu'un murmure.

« Reposez-vous et détendez-vous, dit Tegid. Nous sommes ici pour vous aider.

— Elles ont... disparu, fit Gorew d'une voix de gorge légèrement râpeuse.

— Qui a disparu ? fit Tegid en continuant à forcer la voix pour le tenir éveillé.

— Les Pierres..., répondit le guerrier. Disparues... Volées...

— Oui, Gorew, nous avons vu... », répondis-je. Le soldat défaillant battait des paupières : « Qui vous a fait ça, demandai-je. Qui vous a attaqué ?

— J'ai... ahh... j'ai vu quelqu'un... Je crois... » Gorew soupira, puis ferma les yeux.

« Son nom, Gorew. Donnez-nous son nom. Qui a fait ça ? » Mais c'était peine perdue. Gorew avait une nouvelle fois perdu conscience.

« Nous n'apprendrons rien de plus pour le moment, fit Tegid. Transportons-le dans mes quartiers. »

Pebin, le regard fixe baissé sur Gorew, ne faisait aucun mouvement. Je le pris par le bras et lui demandai de nous aider à soulever le guerrier blessé. Nous le transportâmes jusqu'à la hutte de Tegid, où nous retrouvâmes Bran et Cynan qui attendaient. À l'intérieur, Sioned, une femme très adroite pour administrer les soins, s'affairait autour des blessés les plus graves. Elle étendit une couverture à l'intention de Gorew sur un tapis de paille et nous plaçâmes celui-ci près de Cynfarch. « Je vais m'occuper de lui, dit-elle.

— Qui a bien pu faire ça ? » demanda Pebin alors que nous sortions de la hutte.

Qui, en effet ? Je ne voyais vraiment pas. Il y avait déjà vingt morts — sans compter ceux que nous allions probablement encore découvrir —, la moitié du caer était ruinée, les Pierres Musicales dérobées. Le bilan était lourd et résultait d'une violence implacable. Je me fis le serment de mettre la main sur les coupables avant la fin de la journée.

Je fis appeler Bran et Cynan et les mis au courant du vol. « Les voleurs ont mis le feu au caer et profité de la confusion régnante pour dérober les Pierres Musicales. Gorew et les autres gardes ont été attaqués et maîtrisés.

— Le Trésor d'Albion volé ? » murmura Bran, perplexe. « Et les gardes, comment vont-ils ?

— Deux sont morts sur le coup ; mais Gorew est toujours vivant. Il devrait pouvoir nous donner des renseignements. »

Les yeux bleus de Cynan se plissèrent, pleins de défi : « Celui qui a fait ça est un homme mort.

— Tant que nous n'aurons pas remonté la piste, nous ne saurons pas combien d'hommes sont impliqués dans cette agression.

— Qu'il soit seul, ou qu'ils soient une centaine, murmura Cynan, cela ne fait pour moi aucune différence.

— Bran, dis-je en me dirigeant vers le bâtiment principal, rassemblez l'armée sur le champ. Nous allons commencer les recherches. »

Le Chef des Corbeaux disparut en toute hâte et Cynan et moi, nous commençâmes à nous diriger vers le bâtiment principal. Alors que nous arrivions à hauteur de la cour, nous entendîmes l'appel retentissant du carynx, et, quelques instants plus tard, les Corbeaux : Garanaw, Drustwn, Niall, Emyr et Alun se mirent à sortir précipitamment. Scatha les rejoignit également. Peu de temps après Bran arriva, suivi d'une vingtaine de guerriers. Tous se rassemblèrent autour du foyer éteint.

« Nous avons été attaqués, expliquai-je. Puis j'évoquai l'agression que nous avions subie pendant l'incendie. « Pour l'instant, le bilan est de vingt morts, auxquels il faut encore ajouter un certain nombre de blessés graves — dont Cynfarch et Gorew. Les Pierres Musicales ont été dérobées. » La nouvelle provoqua instantanément une huée de protestations : « Nous trouverons les coupables, lançai-je comme un serment qui fut repris par une douzaine de voix. Nous allons commencer les recherches dès maintenant. »

Je me tournai vers Bran Bresal, mon chef des armées, qui était également le meneur des Corbeaux. « Soyez prêts à partir. Nous levons le camp dès que les chevaux seront sellés. »

Il hésita en jetant un coup d'œil vers Scatha — un regard dont je ne compris pas la signification passa entre eux.

« Eh bien ? insistai-je.

— Tout sera fait conformément à vos instructions, Seigneur », reprit Bran en effleurant son front du dos de la main. Il somma son armée de le suivre, et tous sortirent à toute allure du château pour accomplir leurs différentes tâches, laissant Cynan et Scatha seuls avec moi.

« Je suis désolé, Cynan, dit Scatha en effleurant le bras musclé du guerrier.

— Les victimes seront vengées, Pen-y-Cat, répondit-il calmement. N'ayez aucun doute. » Sa voix était dure et pleine de douleur.

Scatha se retourna vers moi et dit : « J'aimerais vous rendre moi-même ce service, Seigneur. Accordez-moi l'honneur de prendre la tête de votre armée, afin que nous capturions les voleurs.

— Je vous remercie, Pen-y-Cat, fis-je en déclinant l'offre. Mais cette place me revient. Vous serez plus utile ici. Tegid va avoir besoin de vous.

— Votre place est tout aussi bien ici, Llew, insista-t-elle. Il est temps que vous pensiez, au-delà de votre propre personne, à ceux qui sont sous votre tutelle. Vous avez besoin de repos, souligna-t-elle. Restez ici et gouvernez votre peuple. »

Je ne comprenais rien à ce que me disait Scatha. Le sang bouillait de rage à l'intérieur de mes veines, et je n'étais pas d'humeur à déchiffrer d'insondables énigmes. Une seule chose était claire : ceux qui avaient perpétré cet affront contre moi seraient capturés et jugés. « J'ai besoin d'un bon bain, fis-je en ronchonnant. L'eau froide va me redonner un peu d'énergie. »

Sentant des douleurs partout sur mon corps, je repris la direction de ma hutte dans l'intention de prendre un bain et de me changer avant le départ. J'empestais la sueur et la fumée ; mes cheveux étaient brûlés en plusieurs endroits, et on aurait dit que mes breecs et mes buskins avaient été attaqués par un bataillon de mites.

À l'intérieur de ma hutte, je ne fis que passer pour prendre des vêtements de rechange, un gros et lourd morceau de savon de suif, et un morceau de toile de lin qui me servait pour me laver. J'étais déjà arrivé au milieu de la cour lorsque Tegid sortit de sa hutte. J'allai à sa rencontre.

« Gorew devrait s'en sortir, dit le barde. J'en saurai plus lorsqu'il se réveillera.

— Et Cynfarch ? demandai-je.

— La mort a des ressources, mais Cynfarch peut encore montrer qu'il en a plus encore, répondit le barde. L'issue de la lutte sera connue avant la tombée du jour.

— Quelle que soit cette issue, j'ai l'intention de ramener les voleurs et récupérer les Pierres avant demain, à cette même heure, dis-je.

— Et avez-vous aussi l'intention de vous mettre à leur poursuite tout seul ? demanda-t-il avec quelque malice.

— Bien sûr ! Je suis le roi. C'est mon devoir ! »

Le barde, en entendant cela, se hérissa et ouvrit la bouche pour me répondre. Je ne voulus rien entendre et l'interrompis aussitôt : « Épargnez votre salive, Tegid. Je prends la tête de l'armée, c'est comme ça et pas autrement. »

Tournant les talons, je m'éloignai d'un air digne, traversai la cour, franchissai la porte afin de rejoindre le quai. À l'une des extrémités de ce quai, la base rocheuse du crannog formait une petite zone peu profonde, souvent utilisée pour s'y baigner. Il n'y avait pourtant personne dans les parages.

Je me débarrassai de mes vêtements et me glissai dans l'eau. Le picotement glacé sur mes brûlures me fut comme un baume. M'enfonçant avec délice, je me laissai recouvrir par l'eau, ne laissant à l'air libre que le nez et le front.

Le soleil poursuivait sa course dans le ciel, sa chaleur traversant la grisaille brumeuse et fine alors que je m'activais avec mon savon. Je me lavai les cheveux et me frottai partout avec ma toile de lin. Lorsque je me remis dans l'eau pour me rincer, j'eus l'impression d'être comme un serpent qui vient de faire sa mue.

J'étais en train de secouer l'eau que j'avais dans les cheveux lorsque Goewyn arriva.

« Scatha m'a dit ce qui s'était passé », dit-elle. Elle restait debout sans bouger sur le quai, au-dessus de moi, les bras croisés sur sa poitrine. Son visage était recouvert de suie, et ses cheveux parsemés de particules de cendre. Son manteau, à l'origine blanc, était à présent maculé de tâches brunes et noires comme celui d'une panthère.

Je fis un bond hors de l'eau comme un saumon, car, depuis le moment où nous nous étions quittés jusqu'à maintenant, j'avais complètement oublié que j'étais un homme marié et que j'avais une femme qui m'attendait.

« Goewyn, je suis vraiment désolé, j'avais oublié que…

— Elle m'a dit que tu avais décidé de partir », poursuivit-elle froidement : « S'il te reste encore un peu de considération pour ton peuple, ou pour ce qui est arrivé cette nuit, tu ne dois pas partir.

— Mais je *dois* partir, insistai-je. Je suis le roi ; c'est mon devoir.

— Si tu es vraiment le roi, dit-elle en lançant chaque mot séparément pour leur donner tout leur sens, alors reste ici et agis comme un roi. Gouverne ton peuple. Reconstruis ta forteresse.

— Et les Pierres Musicales ? Les voleurs ? Qui s'en occupe ?

— Délègue ton chef des armées avec quelques soldats, qui s'en chargeront. C'est en tout cas ce que ferait un roi digne de ce nom.

— Mais c'est à moi de m'en charger, répondis-je en m'avançant vers elle.

— Tu te trompes. Ta place est ici avec ton peuple. Si on te voyait partir à la chasse de ces… de ces *cynrhon*… » Elle avait prononcé un mot qu'on utilisait rarement à Albion. Je ne l'avais jamais vue dans un tel état de colère. « N'es-tu pas au-dessus d'eux ?

— Bien sûr, Goewyn, mais je…

— Eh bien, prouve-le ! fit-elle brusquement. Est-ce que ces brigands sont des rois pour qu'il soit nécessaire qu'un roi en personne les capture !

— Non, mais… » Je n'eus pas le temps de finir.

« Écoute-moi, Llew Main d'Argent : si tu permets à ton ennemi de t'empêcher de régner, il sera plus puissant que toi… et tout Albion finira par le savoir.

— Goewyn, je t'en prie. Tu ne comprends pas.

— Ah bon, vraiment ? » fit-elle. Puis sans attendre la réponse : « Est-ce que Bran, par exemple, n'est pas prêt à te servir jusqu'à son dernier souffle ? Est-ce que Cynan n'est pas prêt à déplacer des montagnes au moindre mot que tu prononceras ? Et les Corbeaux, ne sont-ils pas prêts à décrocher la lune et les étoiles pour toi ?

— Écoute… Si en réalité je suis devenu roi, c'est à cause des Pierres Musicales…

— Tu n'es pas simplement un roi de plus. Tu es le Aird Righ. Tu *es* Albion. Et c'est pour cette raison que tu ne peux pas partir.

— Goewyn, s'il te plaît. Sois raisonnable. » Je devais présenter un spectacle quelque peu affligeant… de l'eau jusqu'au nombril, dégoulinant et tremblotant de froid, car Goewyn se radoucit un peu. « Comporte-toi comme un homme de haut rang, sûr de son pouvoir », dit-elle. Je commençai à voir se dessiner sa logique. « Si tu es vraiment un roi, mon amour, alors fais en sorte d'agir en roi. Fais preuve d'autorité, montre à tous ton pouvoir. Fais preuve de sagesse : délègue Bran et le Vol des Corbeaux à ta place. Oui, envoie donc Cynan ! Dépêche Calbha et Scatha également avec une centaine de guerriers. Envoie tout le monde ! Mais n'y va pas toi-même. Ne cours pas à ta propre perte… Ne te trompe pas d'ennemi !

— On croirait entendre parler Tegid », répondis-je en essayant — maladroitement — de calmer le jeu. Nous n'avions de raison, ni l'un ni l'autre, de nous mettre en colère.

« Eh bien, tu devrais écouter ton barde, qui est plein de sagesse, rétorqua-t-elle avec autorité. Il est de fort bon conseil. »

Goewyn restait immobile, les bras croisés sur sa poitrine ; elle m'observait de son regard implacable, attendant ma réponse. J'étais vaincu et je le savais. Elle avait évidemment raison : un roi digne de ce nom ne courait jamais le risque de déshonorer sa couronne en prenant en chasse des criminels à travers son royaume.

« Milady, j'accepte tes reproches, dis-je en tendant les mains. J'accepte un peu moins de rester ici à me geler. Je ferai donc ce que tu dis, mais laisse-moi sortir de l'eau avant que je sois complètement transi !

— Je n'ai pas la moindre intention de t'en empêcher, dit-elle en esquissant un très léger sourire.

— Eh bien soit ! » Je fis un nouveau pas dans sa direction et sortis de l'eau. Elle se courba, prit ma cape et me la présenta pour que je puisse m'y glisser rapidement.

Je fis demi-tour pour lui tourner le dos et elle m'enveloppa chaudement dans la cape. Ses mains descendirent lentement vers le bas de mon dos, puis ses bras vinrent m'entourer la poitrine. Je me retournai, l'enveloppant à mon tour dans les miens en la tenant serrée contre moi : « Tu vas être toute mouillée…, dis-je.

— Je dois aller prendre un bain », répondit-elle. Puis, réalisant tout à coup ce qu'elle disait, elle me repoussa aussitôt et me maintint à distance. « Mais moi je suis déjà lavé ! protestai-je.

— Mais pas moi. » Elle fit un petit pas rapide en arrière.

« Attends…

— Allez, va, va, mon cher époux, lança-t-elle. Mais pas avant d'avoir dit à Tegid que tu restais ici à Dinas Dwr ; et pas avant d'avoir envoyé le Vol des Corbeaux œuvrer à ta place.

— Goewyn, attends, je vais venir avec toi…

— Je t'attends, mon époux… », lança-t-elle en disparaissant par une porte.

Je remis mes breecs, enfilai mes deux bras dans les manches de mon siarc, ramassai vivement ma paire de buskins et partis à toute allure vers la hutte de Tegid afin de lui annoncer que j'avais changé de plan.

VI

CYNAN-AUX-DEUX-TORQUES

J'appelai Tegid depuis le seuil de sa porte. Il apparut, le dos voûté, l'air vieilli ; sa chevelure noire était grise de cendres et son visage n'avait guère plus de couleurs. Ses yeux étaient injectés de sang à cause de la fatigue et de la fumée. Il devait être mort d'épuisement. Je me sentis brusquement coupable d'avoir pris un bain en laissant tout le monde œuvrer à ma place.

« Barde plein de sagesse, dis-je, j'ai changé d'avis. Je reste à Dinas Dwr. J'enverrai à ma place Bran et le Vol des Corbeaux pour capturer les voleurs et rapporter les Pierres Musicales.

— Une décision prudente, Seigneur, répondit Tegid en hochant légèrement la tête de satisfaction.

— Oui, c'est ce qui m'a été dit. »

Emyr Lydaw m'appela de loin juste à ce moment-là et arriva en courant pour me dire que l'armée était prête. « Regroupez-vous près du quai, ordonnai-je. Tegid et moi, nous vous rejoignons.

— Venez, dis-je en prenant Tegid par le bras pour le conduire vers le bâtiment principal. Nous allons manger quelque chose avant de les rejoindre. Il ne faudrait pas qu'on voie le roi et son barde s'évanouir de faim. »

Tegid se montra particulièrement favorable à cette idée — qui démontrait que je commençais vraiment à penser comme un roi... Nous prîmes le temps de manger tout un pain et de boire un verre d'eau sucrée qui restaient du repas de noces. Ainsi restaurés, nous nous mîmes en route vers le quai.

Les Corbeaux, tout débraillés, brûlés de partout à cause des épreuves de la nuit, étaient en train de charger les dernière provisions sur les navires. Cynan restait un peu à l'écart, une lance dans chaque main, et il fixait la mer. Alun et Drustwn me saluèrent dès que nous arrivâmes. Bran se détourna un instant de sa charge pour venir me dire : « Tout est prêt, Seigneur. Nous attendons vos ordres.

— On a besoin de moi, ici, je ne vous accompagne pas. Vous n'avez, de toute façon, pas besoin de mon aide pour capturer ces criminels sans envergure, expliquai-je. Je vous charge d'accomplir cette tâche dans les plus brefs délais et de revenir aussitôt. »

Bran, quelque peu soulagé par ma décision nouvelle, répondit : « Vous entendre, c'est obéir, Seigneur. »

Cynan, les mâchoires serrées, l'air renfrogné, terriblement menaçant, ne dit rien, mais fixa, au loin, l'autre rive du lac, où Niall et Garanaw attendaient avec les chevaux. « Bonne chasse, frère », lui dis-je.

Il hocha sèchement la tête et monta dans la première embarcation. Les autres le suivirent et les bateaux furent poussés au large. Nous leur souhaitâmes bonne chance, puis les navires s'éloignèrent.

Les rameurs n'avaient pas fait trois mouvements que Sioned apparut à la porte.

« Penderwydd ! s'écria-t-elle en s'élançant vers Tegid dès qu'elle le vit.

— Qu'y a-t-il, Sioned ? » Tegid alla à sa rencontre, son regard gris ranimé par la curiosité.

« Il est mort..., dit-elle précipitamment. Le roi Cynfarch est mort, Penderwydd. Éléri est avec lui. Il s'est juste arrêté de respirer, et... ce fut tout. »

Tegid fit un pas, prêt à courir, puis s'arrêta, jetant un coup d'œil par-dessus son épaule en direction des navires qui s'éloignaient. Il ouvrit la bouche pour parler, mais je le pris de vitesse : « Allez voir, lui dis-je. Je vais prévenir Cynan. »

Pendant que le Chef des Bardes partait à toute allure vers l'entrée du bâtiment principal, je me mis à lancer un message vers les bateaux pour qu'ils reviennent. « Cynan..., fis-je lorsque celui-ci fut suffisamment près pour entendre. Il s'agit de votre père... »

Cynan aperçut les silhouettes de Tegid et des femmes qui couraient au loin et devina le pire : « Mon père est mort ?

— Oui, frère. Je suis désolé... »

Dès qu'il entendit ces mots, Cynan se dressa au milieu du navire, si brusquement que celui-ci se pencha dangereusement. Aussitôt que les rameurs eurent accosté le vaisseau, Cynan fit un bond sur le quai et se mit en route vers la porte de la citadelle.

Je l'interceptai au moment où il passa près de moi : « Cynan, je laisse partir les Corbeaux sans vous. »

Son visage se rembrunit et il commença à protester, mais je tins ferme : « Je sais ce que vous ressentez, frère, mais on aura besoin de vous ici. Votre peuple, à présent, est sans roi. Votre place est d'être parmi eux. »

Il jeta un regard au loin, en proie à une vive lutte intérieure. « Laissez-les partir, Cynan, dis-je avec empressement, c'est Bran qui se chargera de ce que je demande ; nous, nous devons rester. »

Cynan promena plusieurs fois son regard entre moi et le navire en partance. Puis sans un mot, il tourna les talons et s'éloigna précipitamment.

Bran appela depuis le navire : « Votre désir, Seigneur, est-il que nous l'attendions ?

— Non, Bran, répondis-je en renvoyant le Chef des Corbeaux. Cynan, finalement, ne vous accompagnera pas. »

Je lançai un regard vers les navires accostés sur la rive opposée ; les bêtes de somme furent rapidement conduites à bord. Les Corbeaux suivirent. Bran jeta une lance en l'air et les guerriers s'éloignèrent le long de la berge. Je levai ma main d'argent en signe de salut, conservant ma position jusqu'à ce qu'ils fussent quasiment hors de vue. Je fis demi-tour et rejoignis la citadelle. Pour dire la vérité, je n'étais pas mécontent, en mon for intérieur, de rester à l'écart de cette expédition. Épuisé jusqu'à la moelle, je ne pensais qu'à pouvoir dormir.

En fait, je pris la direction de la cabane de Tegid, où Cynan était allé veiller le corps de son père. « Il n'y a rien de particulier à faire, me dit Tegid. Vous avez besoin de repos, Llew. Allez-y maintenant, pendant que cela est possible ; je vous ferai appeler si on a besoin de vous. »

N'éprouvant aucune envie de partir, j'hésitai, mais le barde posa fermement sa main sur mon épaule, me fit faire demi-tour et me renvoya. Je commençai à retraverser la cour et me rendis compte aussitôt que je ne logeai plus au même endroit. Je modifiai la direction de mes pas et me dirigeai finalement vers la cabane préparée pour Goewyn et moi. Il me semblait que des siècles s'étaient écoulés depuis notre nuit de noces.

Goewyn m'attendait à l'intérieur. Elle avait pris un bain et passé une nouvelle robe de cérémonie, toute blanche. Ses cheveux, encore mouillés, descendaient librement le long de ses épaules. Elle était assise sur le lit, en train de les démêler avec un peigne de bois aux larges dents. Lorsqu'elle me vit entrer, elle se mit à sourire, se leva et vint m'accueillir en m'embrassant. Puis, saisissant ma main d'argent entre les deux siennes, elle me conduisit jusqu'au lit, dénoua ma cape et m'attira paisiblement sur l'épais matelas de laine. Elle s'étendit alors près de moi. Je l'enveloppai de mes deux bras et… tombai dans un profond sommeil.

Je me réveillai en sursaut. La cabane était plongée dans l'obscurité, le caer baignait dans le silence. La lueur du clair de lune transparaissait à travers la tenture de cuir de la porte. Mon geste réveilla Goewyn. Elle vint alors poser sa main chaude derrière ma nuque.

« Il fait nuit, murmura-t-elle. Recouche-toi et dors.

— Mais je ne suis plus fatigué, dis-je en reposant ma tête sur mon bras plié.

— Moi non plus, dit-elle. As-tu faim ?

— Un faim de loup…

— Il reste encore un peu de pain de notre repas de noces, et aussi de l'hydromel.

— Parfait. »

Elle se leva et se dirigea vers le petit foyer au centre de la pièce. Je l'observai, gracieuse comme un spectre évoluant à la lueur de la lune, s'agenouillant pour faire ce qu'elle devait faire. En quelques instants la lueur jaune d'une langue de feu se mit à surgir, et les flammes irradièrent au sein du foyer. Instantanément l'intérieur de notre petit nid fut baigné dans une lumière vacillante et dorée. Goewyn rapporta la gourde d'hydromel, les coupes et deux petites miches de *banys bara*.

Elle s'installa à nouveau sur le lit, près de moi, rompit le pain et m'offrit la première bouchée. Puis ce fut mon tour de lui offrir le morceau suivant. Nous mangeâmes jusqu'au bout le premier pain, puis le second ; nous ôtâmes le bouchon de la gourde, et, tout en nous allongeant, nous délectâmes de son contenu, d'une douceur tiède… partageant le nectar couleur d'or au milieu d'une étreinte de baisers toujours plus ardents.

Je ne pouvais plus attendre. Me débarrassant de la gourde, je levai les bras et me mis à étreindre Goewyn. Elle vint se blottir dans mes bras, toute chaude et toute douce, et nous nous abandonnâmes au plaisir enivrant de nos corps.

Conscient du fait que ma main de métal était froide, je fis mon possible pour éviter de la toucher… ce qui n'était pas facile, car mon seul désir était de lui passer la main dans les cheveux et de caresser sa peau. Mais Goewyn me mit à mon aise.

S'agenouillant auprès de moi, elle ouvrit sa robe et prit ma main d'argent entre ses deux mains. «Elle fait partie de toi à présent, dit-elle doucement d'une voix douce. Elle est donc mienne tout autant.» Elle souleva alors ma main de métal et la pressa contre ses deux petits seins délicats.

La tendresse de son geste me remplit d'un sentiment d'admiration mêlé de crainte. Puis je sombrai dans une passion effrénée. Goewyn, c'était mon univers, et je ne vivais que pour elle.

Nous versâmes ensuite un peu d'hydromel dans une coupe en or que nous bûmes ensemble au lit. Notre nuit de noces, même si elle fut interrompue de manière intempestive, se déroula exactement comme nous l'avions espéré.

«J'ai le sentiment de n'avoir jamais vécu jusqu'à aujourd'hui», dis-je.

Ses lèvres arborant une petite moue délicieuse, Goewyn porta la coupe à sa bouche. «Et notre nuit est loin d'être terminée», répondit-elle.

Nous fîmes ainsi l'amour une seconde fois, avec passion, comme pour nous en convaincre, mais sans la précipitation de notre première étreinte. Nous pouvions désormais trouver notre plaisir en prenant notre temps.

Quelques instants avant que le jour se lève, nous sombrâmes dans le sommeil enlacés l'un contre l'autre. Mais je n'ai aucun souvenir du moment où mes yeux se sont fermés. Je me souviens seulement de Goewyn, de son souffle si doux contre ma peau, de la chaleur de son corps contre le mien.

Cette nuit ne fut qu'un moment de répit avant les soucis et les préoccupations des jours qui allaient suivre. Pourtant, je me levai le matin suivant avec un sentiment d'invincibilité, prêt à affronter tout ce que l'avenir me réserverait. Il y avait de quoi faire, et j'étais avide de commencer.

Je retrouvai Tegid et un Cynan au visage renfrogné dans la grande salle, assis devant un morceau de pain et discutant au sujet des funérailles de Cynfarch. Il avait été décidé que Cynan retournerait avec son peuple à Dun Cruach pour l'enterrement. Il fallait qu'ils lèvent le camp sans perdre un instant.

«J'aurais préféré que cela se passe autrement», dit Cynan en s'adressant à moi. Il avait les yeux rouges et sa voix était rauque. «J'aurais préféré rester et aider à la reconstruction du caer.

— Je sais, mon frère, je sais, répondis-je. Mais nous avons ici suffisamment de bras. Moi, j'aurais aimé pouvoir venir avec vous.»

Puis la discussion tourna sur la question de l'approvisionnement pour le voyage. Nos réserves, à cause de l'incendie et de la longue sécheresse qui l'avait précédé, n'étaient pas aussi importantes qu'elles auraient dû l'être. En dépit de cela, je voulais lui assurer de quoi subvenir au besoin de tous, non seulement pour le voyage, mais pour une large période s'étendant encore au-delà.

Lord Calbha, qui allait lui-même retourner sur ses terres un de ces jours prochains, surveilla le chargement des chariots galanae. Quelques instants plus tard, il pénétrait dans la grande salle pour annoncer que tout était prêt. Nous nous levâmes à contrecœur et le suivîmes à l'extérieur. «Je vous enverrai un messager lorsque nous aurons capturé les voleurs, promis-je au moment où nous sortions dans la cour.

— En attendant ce jour-là, répondit gravement Cynan, je ne boirai ni bière ni hydromel, et aucun feu ne brûlera dans le foyer des appartements royaux. Dun Cruach restera plongé dans la nuit.»

Quelques guerriers galanae qui se trouvaient à peu de distance entendirent le vœu prononcé par Cynan et s'approchèrent. «Il nous faudrait un roi pour nous reconduire chez nous, dirent-ils. Il n'est pas juste de devoir rentrer au royaume sans un roi qui nous y précède.»

Tegid, ayant entendu leur requête, plaça un pan de sa cape au-dessus de sa tête et dit : «Votre requête est digne d'être exaucée. Y a-t-il parmi vous un homme de haut rang que vous estimiez digne d'être votre roi ?»

Les Galanae répondirent : «Oui, certes, Penderwydd.

— Dites-moi quel est son nom et menez-le devant moi.

— Il est en ce moment à vos côtés, Penderwydd, dirent-ils. Il s'agit de Cynan Machae ; nous ne voulons personne d'autre.»

Tegid se tourna et posa sa main sur l'épaule de Cynan. «Y a-t-il quelque empêchement à ce que vous montiez vous-même sur le trône à la suite de votre père ?» demanda Tegid.

Cynan passa rapidement les doigts à travers son épaisse chevelure rousse et réfléchit un instant : «Aucun, pour autant que je sache, finit-il par répondre.

— Votre peuple vous a choisi, dit Tegid. Et il n'aurait pu, selon moi, faire meilleur choix. En tant que Chef des Bardes d'Albion, je vous conférerai le pouvoir dès que vous l'accepterez.

— Je l'accepterai avec grande joie, répondit-il.

— L'idéal eût été que votre règne fût instauré selon la cérémonie d'usage, expliqua Tegid. Mais le voyage ne peut être différé ; nous allons procéder à l'intronisation dès maintenant.»

Le couronnement de Cynan fut donc célébré selon le rituel le plus réduit qu'il fût possible. Scatha et Goewyn assistaient, près de moi, Calbha observait, et les Galanae s'étaient rassemblés alentour alors que Tegid prononçait les paroles d'usage.

La cérémonie fut simple et rapidement conclue — la seule interruption se produisit au moment où Tegid se saisit du torque de Cynan et le remplaça par celui que Cynfarch avait porté.

«Le torque d'or est symbole de votre pouvoir, dit Tegid. À travers celui-ci, tous les hommes sauront que vous êtes le roi et que vous avez droit aux honneurs et au respect.»

Cynan approuva mais ne voulut pas restituer son torque d'argent. «Donnez-moi ce torque d'or si vous voulez, mais je ne puis renoncer à celui qui me fut donné par mon père.

— Portez-le en permanence… de même que celui-ci.» En disant ces mots, le barde glissa le collier autour du cou de Cynan et, levant les mains au-dessus de sa tête, s'écria : «Je te proclame Roi des Galanae de Caledon ! Salut à Toi, Cynan-aux-Deux-Torques !»

Tout le monde se mit à rire… y compris Cynan qui, à partir de ce moment, afficha son nouveau nom aussi fièrement qu'il portait ses deux torques.

Je l'embrassai — Scatha et Goewyn firent de même — et sans perdre un instant nous lui souhaitâmes un bon voyage. Cynan était pressé de retourner dans le sud pour enterrer son père et commencer son règne.

Nous avançâmes jusqu'à l'entrée de la plaine et l'accompagnâmes à dos de cheval jusqu'à Druim Vran, où nous nous arrêtâmes sur le sommet de la crête pour voir passer les Galanae. Lorsque le dernier chariot eut franchi la crête et amorcé sa longue et lente descente sur l'autre versant, Cynan se retourna vers moi en disant : «Eh bien voilà… je ne suis pas encore parti mais je suis triste à l'idée de vous quitter. Le métier de roi est certes un fardeau lourd à porter.» Il soupira profondément.

«Oui, peut-être… mais je crois que vous survivrez.

— Vous parlez pour vous… ! répondit-il. Moi je n'ai pas de jolie femme qui ait accepté de m'épouser, et je dois supporter ce fardeau tout seul.

— Je me serais bien mariée avec vous, Cynan, proposa aimablement Goewyn. Mais je suis déjà mariée avec Llew. Quoi qu'il en soit, je ne pense pas que vous aurez à souffrir longtemps d'un tel manque. Un roi avec deux torques constitue un parti on ne peut plus enviable. »

Cynan roula des yeux. « Oh là là !… Cela ne fait même pas une journée que je suis roi, et voilà que déjà des femmes rusées complotent pour me soulager de mes trésors !

— Frère, dis-je, estimez-vous heureux si vous trouvez une femme qui accepte de vous épouser, quel qu'en soit le prix. Même la valeur de dix torques ne serait pas de trop dès lors qu'il s'agit de trouver une épouse.

— Vous avez raison sans aucun doute, admit Cynan. Mais tant que je n'aurai pas trouvé une épouse d'un rang semblable à celle que vous avez trouvée, je garderai mon trésor. »

Goewyn s'avança entre nous et l'embrassa sur la joue. Puis nous l'accompagnâmes d'un geste de la main jusqu'à ce qu'il rejoigne l'entrée de la vallée, en contrebas, pour prendre comme il se doit la tête de son peuple qui l'attendait. Goewyn était à côté de moi, silencieuse ; nous fîmes alors demi-tour en direction du lac.

Je me tournai vers elle et dis : « Goewyn, veux-tu être mon épouse ? »

Elle éclata de rire. « Mais je suis déjà ton épouse, mon cher amour.

— Je voulais l'entendre encore une fois.

— Eh bien soit, Llew Main d'Argent », dit-elle. Elle se redressa sur sa selle, tenant sa tête droite et fière. « Je serai ton épouse aujourd'hui, et demain, et tous les autres lendemains, jusqu'à ce qu'il n'y ait plus de lendemains. »

VII

LE RETOUR DES CORBEAUX

Les travaux de restauration de Dinas Dwr avancèrent aussitôt avec grande efficacité. Le peuple semblait particulièrement avide d'effacer toute trace de l'incendie. Le peuple, mon peuple — tel un patchwork constitué des tribus et des lignées les plus variées, de guerriers, de fermiers, d'artisans, de familles, de veuves, d'orphelins, tous des réfugiés — s'affairait inlassablement afin de réparer les dégâts causés sur le crannog et remettre tout en ordre.

Tout en travaillant dur à leur côté, je finis par me rendre compte que, pour eux, Dinas Dwr était bien plus qu'un refuge : ils s'y sentaient chez eux. Les liens du passé étaient rompus ou bien sur le point de l'être, et une nouvelle fraternité commençait à se mettre en place. Grâce à la sueur de tous nos efforts, nous étions en train de devenir un véritable peuple, un clan tout aussi défini que les autres tribus d'Albion.

La vie au crannog, si cruellement agressée par les flammes et les dégâts causés par le Grand Chien, commença bientôt à recouvrer son rythme du passé. Tegid convoqua ses Mabinogis et réinstitua les leçons quotidiennes, selon l'usage des bardes. Scatha, de la même manière, rassembla ses élèves, et dans la cour d'entraînement retentirent à nouveau les cris des jeunes guerriers, le choc des épées de bois sur des boucliers de cuir. Les fermiers retournèrent à leurs terres ravagées par le soleil, espérant pouvoir encore sauver une partie des récoltes maintenant que la sécheresse avait disparu. Les bouviers, les bergers, constatant que les prairies reverdissaient, s'attachèrent à remplir à nouveau les entrepôts de fourrage.

Tout en surveillant les travaux, je me rendais compte que tous semblaient déterminés à mettre un trait le plus vite possible sur toutes les horreurs récentes, cherchant coûte que coûte à se libérer de ces souvenirs terribles en s'activant pour faire en sorte que Dinas Dwr devienne un paradis du nord. Mais les blessures étaient profondes, et en dépit de l'activité fébrile du peuple, beaucoup de temps devrait encore passer avant que ces blessures ne soient définitivement cicatrisées. C'était précisément pour cette raison, me disais-je, que je devais rester : voir le pays revivre, voir ses gens recouvrer l'honneur. Oui, Albion était sur le chemin de la guérison ; pour la première fois depuis des années, des hommes et des femmes pouvaient regarder l'avenir autrement qu'avec une angoisse et un désespoir profonds.

Aussi, lorsque le Vol des Corbeaux réapparut avec les prisonniers quelques jours à peine après être partis, nous prîmes la nouvelle pour un signe favorable. «Vous voyez ! se dirent les hommes entre eux. Personne ne peut résister à Main d'Argent ! Tous ses ennemis finissent par être battus.»

Nous accueillîmes chaleureusement le retour des Corbeaux, applaudissant le succès évident de leur entreprise. Ils étaient en fait accompagnés d'un seul prisonnier, renfrogné, dolent — installé à l'envers sur une selle, les mains attachées derrière le dos, la cape enroulée autour de sa tête et de ses épaules.

«Salut à vous, Vol de Corbeaux, et bienvenus !» m'écriai-je dès que le navire toucha la berge.

Plusieurs d'entre nous étaient partis du crannog en ramant pour venir à leur rencontre ; nous mîmes pied à terre au moment où les Corbeaux descendirent de leurs chevaux. «Je vois que vous avez fait une bonne chasse.

— Prompte fut la chasse, et bonne fut la prise, confirma laconiquement Bran. Mais ce ne fut pas sans contrepartie, comme Niall va vous l'expliquer.

— Qu'est-il arrivé ?» demandai-je en me retournant pour découvrir un bandage rouge de sang qui dépassait de la cape de Niall.

Le Corbeau blessé chercha, d'un geste de la main, à me rassurer... un geste qui pourtant le fit grimacer de douleur. «La volonté de vous servir m'a rendu imprudent, Seigneur, répondit-il en serrant les dents. Cela ne se reproduira pas, je vous en fais la promesse. D'ailleurs, j'ai eu de la chance ; le coup m'a frappé au moment où je tombais. Cela aurait pu être bien pire.

— Sa tête a failli fausser compagnie au reste de son corps, compléta Alun Tringad. Que cela soit un bien ou un mal, ce n'est pas à nous d'en décider ! »

Cette dernière réplique provoqua l'hilarité du petit groupe qui s'était rassemblé pour applaudir le succès des Corbeaux et connaître l'identité du malfrat qu'ils avaient capturé.

« Un prisonnier particulièrement désobligeant, celui-là, commenta Bran. Il avait décidé de mourir en espérant que nous lui tiendrions compagnie nous aussi...

— Nous avons dû le capturer par surprise, poursuivit Drustwn. Sinon il aurait sans doute emmené dans la mort au moins deux d'entre nous, peut-être plus... »

Ce n'est qu'à ce moment-là que je m'aperçus que Drustwn et Emyr étaient, eux aussi, blessés : Drustwn tenait son bras serré contre son corps et la jambe d'Emyr était enveloppée d'un épais bandage, juste au-dessus du genou. Lorsque je m'inquiétai de leurs blessures, Drustwn m'assura qu'elles guériraient beaucoup plus vite que l'orgueil blessé de leur prisonnier lequel, selon lui, avait subi une douleur sans remèdes.

« Pour nous... s'il n'avait pas glissé sur l'herbe humide en tombant sur la tête, ç'aurait été la catastrophe », ajouta Garanaw. Il fit un geste de la main pour montrer comment les choses s'étaient passées, et tout le monde se remit à rire. C'était un rire qui, pourtant, était loin de manifester de la joie ; la plupart riaient plutôt de soulagement, et aussi afin d'humilier encore plus leur prisonnier. À aucun moment on n'avait oublié l'outrage qui nous avait été fait...

« Je suis heureux de voir qu'aucun d'entre vous n'a été blessé sérieusement, dis-je. Votre sacrifice requiert un témoignage de notre reconnaissance. Vous tous ! m'écriai-je en levant ma main d'argent vers eux, vous avez mérité une bonne récompense ainsi que l'estime renouvelée de votre roi. »

Bran se déclara satisfait de la toute dernière partie de la déclaration, mais Alun avoua que, pour sa part, la décision qui précédait était fort bienvenue, elle aussi. Le prisonnier qui, jusque-là, s'était contenu silencieusement, commença à se manifester. Gesticulant sur sa selle, l'homme s'agita dans tous les sens et finit par hurler avec défiance : « Relâchez-moi, fils de chien ! Et on verra bien comment vous vous comportez dans un combat loyal ! »

En entendant ces mots, j'eus un frisson — non pas à cause de ce que l'homme venait de dire, mais à cause de la voix. Je connaissais cet homme.

« Faites-le descendre, ordonnai-je. Et retirez cette cape… je veux voir son visage. »

Les Corbeaux se saisirent sans ménagement du prisonnier et le mirent à terre ; puis ils le contraignirent à s'agenouiller devant moi. Bran souleva violemment un pan de la cape, le dénoua, puis tira d'un seul coup, révélant alors un visage que je reconnus et que je n'avais aucune envie de revoir.

Paladyr n'avait pas beaucoup changé depuis la dernière fois que je l'avais vu — depuis cette fameuse nuit où il avait planté un poignard en plein cœur de Meldryn Mawr. Je l'avais aperçu, c'est vrai, un court instant sur le sommet de la falaise à Ynys Sci, lorsqu'il avait précipité Gwenllian pour la tuer, mais je ne l'avais jamais bien regardé depuis. En le voyant maintenant, j'étais à nouveau ébahi par sa taille gigantesque — des bras et des jambes énormes, des épaules aux muscles épais qui dominaient un torse qui aurait pu être taillé dans le tronc d'un chêne. Même des hommes de la stature de Bran, de Drustwn et d'Alun Tringad paraissaient menus comparés à l'ancien héros de Prydain.

Il s'était d'ailleurs battu jusqu'au bout, et les Corbeaux n'avaient pas été particulièrement tendres avec lui. Une horrible contusion violette faisait saillie sur l'une de ses tempes ; il avait le nez enflé, et sa lèvre inférieure était éclatée. Cependant, son arrogance était toujours aussi stupéfiante, et sa férocité, pleine de défiance, n'avait pas faibli.

« Faites venir Tegid », dis-je à l'homme qui se trouvait le plus près de moi — car je ne voulais pas tourner le dos à Paladyr. « Dites-lui de venir immédiatement.

— Le Chef des Bardes est ici, Seigneur, répondit l'homme. Il arrive… »

Je tournai la tête et vis Tegid et Calbha qui hâtaient le pas pour nous rejoindre. La vue de Paladyr agenouillé devant nous cloua sur place les deux hommes.

Tegid observa le prisonnier avec une satisfaction narquoise. Dès qu'il vit le Chef des Bardes d'Albion, Paladyr serra les dents, son regard torve bouillonnait, plein de méchanceté. Tegid laissa passer un moment, puis se tourna vers Bran et demanda : « A-t-il les Pierres Musicales avec lui ?

— Oui, il les a, Penderwydd », répondit Bran en faisant un geste vers Drustwn, lequel sortit alors un sac de cuir rangé derrière la selle, qu'il nous apporta.

« Il était en sa possession lorsque nous l'avons capturé, expliqua Garanaw. Et nous sommes heureux de les remettre à la place qui leur revient, à Dinas Dwr. » Il ouvrit rapidement le sac pour montrer que les pierres aux couleurs un peu passées se trouvaient bien à l'intérieur ; puis il confia le sac à Tegid.

« Était-il seul ? Y avait-il quelqu'un avec lui ? » demanda lord Calbha. Je scrutai soigneusement le visage de Paladyr, mais il restait de marbre, sans le moindre signe manifestant qu'il était concerné par ce que je disais.

« Non, Seigneur, répondit le Chef des Corbeaux. Nous avons fouillé la région et surveillé attentivement la piste derrière nous. Nous n'avons décelé la présence de personne avec lui. »

Puis, m'adressant à quelques-uns des hommes qui nous avaient rejoints, je dis : « Aménagez un entrepôt près du rivage pour recevoir notre prisonnier, car je ne lui permettrai pas de poser le pied sur le crannog à nouveau. »

M'adressant ensuite à lord Calbha : « Dépêchez votre cavalier le plus rapide vers Dun Cruach. Dites à Cynan que nous avons capturé l'homme responsable de la mort de son père, et que nous attendons son retour pour que justice soit faite.

— Ce sera fait, Main d'Argent, répondit le roi des Cruins. Il n'y a pas si longtemps qu'il est parti… nous pourrons peut-être le rattraper avant qu'il n'arrive à Dun Cruach. » Calbha fit ensuite appeler l'un de ses hommes et tous deux partirent aussitôt.

« Qu'est-ce que vous allez faire avec les Pierres Musicales ? demanda Tegid qui tenait le sac dans les mains.

— J'ai en tête un endroit où les entreposer, répondis-je en donnant quelques tapes sur le sac avec un doigt. Il ne sera pas facile de les dérober une nouvelle fois… »

Laissant notre prisonnier sous la surveillance d'une bonne vingtaine de soldats, Tegid, Calbha et les Corbeaux retournèrent avec moi jusqu'à la grande salle ; désignant l'âtre placé au centre de la pièce, je dis : « Soulevez la dalle du foyer et enterrez les Pierres Musicales dessous. Personne ne sera capable de les prendre sans alerter le crannog tout entier.

— Bien dit, Seigneur », acquiesça Bran.

On apporta des outils, et au prix de gros efforts, la dalle du foyer fut soulevée et laissée sur place ; on creusa alors une petite fosse. Le coffre de chêne y fut ensuite introduit et on replaça la dalle du foyer dans sa position initiale.

« Que tous ici soient témoins ! » déclara Tegid en déclamant, les mains levées vers le ciel. « Désormais, Dinas Dwr est fondée sur des bases inébranlables. »

Je libérai les Corbeaux pour qu'ils aillent prendre du repos, si bien mérité, et fis appeler Scatha et Goewyn pour leur annoncer que le malfrat responsable de la mort de Cynfarch, du vol des Pierres et de l'incendie du caer avait été capturé. « C'est Paladyr », dis-je.

Goewyn laissa échapper un petit spasme ; le visage de Scatha se durcit et tout son corps se crispa. « Où est-il ?

— Il avait les Pierres Musicales avec lui. Il n'y a aucun doute sur sa culpabilité.

— Où est-il ? demanda-t-elle une nouvelle fois, chaque mot sortant avec une charge de haine glaciale.

— Nous l'avons bouclé dans un entrepôt, près du rivage, répondis-je. Il restera sous surveillance nuit et jour jusqu'à ce que nous ayons décidé de son sort. »

Elle tourna brusquement les talons. « Scatha, attendez ! » m'écriai-je. Mais je ne pus rien faire pour la dissuader.

Je réussis à la rattraper. Scatha était déjà à la porte de l'entrepôt, en train d'injurier les gardes afin qu'ils ouvrent la porte pour la laisser entrer. Ils furent soulagés lorsqu'ils me virent approcher.

« Ressortez, Pen-y-Cat ! dis-je. Vous n'avez rien à faire ici ! »

Elle se tourna vers moi. « Il a assassiné mes filles ! La dette de sang doit être payée ! » Elle avait visiblement l'intention de faire justice sans plus attendre.

« Il ne nous échappera plus, fis-je pour la calmer. Laissez les choses comme elles sont pour l'instant, Pen-y-Cat. J'ai dépêché un messager pour qu'il ramène Cynan et il rendra la justice dès qu'il sera de retour.

— Je veux voir cette brute qui a tué mes filles, insista-t-elle. Je veux voir son visage.

— Mais vous le verrez, promis-je. Bientôt... mais attendez encore un peu. Je vous en prie, Scatha, écoutez-moi. Nous ne pouvons rien faire tant que Cynan n'est pas de retour.

— Je *veux* le voir. » Les supplications dans sa voix étaient plus fortes que mes propres craintes.

« Très bien. » Je fis un signe aux gardes pour qu'ils ouvrent la porte. « Amenez-le. »

Paladyr sortit à la lumière en traînant des pieds. Il avait les mains ligotées et des chaînes avaient été placées autour de ses chevilles. Il apparut légèrement moins arrogant qu'auparavant et nous fixa avec circonspection.

Aussi rapide que le mouvement de queue d'un chat, le poignard de Scatha fut dégainé et placé contre la gorge de Paladyr. « Rien ne me ferait plus plaisir que de t'étriper comme un porc», dit-elle en traînant la pointe de son couteau sur la peau. Une minuscule traînée rouge apparut sur la gorge de Paladyr.

Celui-ci se raidit, mais ne proféra aucun son.

«Non, Scatha ! dis-je en l'écartant. Vous l'avez vu à présent. Ça suffit maintenant.»

La bouche de Paladyr se contracta en un sourire légèrement railleur. Scatha s'en aperçut, se redressa et lui cracha en plein visage. La colère s'enflamma instantanément et je crus qu'il allait la frapper ; mais le héros qu'il fut jadis parvint à se contenir. Tremblant de rage, il ravala sa salive et la fusilla du regard.

«Ramenez-le», ordonnai-je aux gardes avant de me retourner vers Scatha qui s'éloignait, la tête haute, le regard débordant de larmes retenues.

Dès que Cynan fut revenu, quelques jours plus tard, je convoquai les premiers *lys* de mon règne, et ce afin de juger le meurtrier. Rendre la justice était la tâche principale du *lys* royal, et s'il y avait quelqu'un qui avait besoin d'être jugé, c'était bien Paladyr. Le verdict était couru d'avance : il serait condamné à mort.

Mon trône fut installé à l'entrée — c'est-à-dire à l'extrémité ouest — de la grande salle. Portant le torque de Meldryn Mawr et la couronne de feuilles de chêne du Grand Roi, je me dirigeai vers le trône et m'assis. Goewyn et Tegid se placèrent selon l'usage — ma reine à mes côtés, sa main posée sur mon épaule gauche, et mon Chef des Bardes à ma droite.

Lorsque tout le monde se fut rassemblé, le *carynx* retentit et le Penderwydd d'Albion s'avança. Plaçant un pan de sa cape au-dessus de sa tête, il leva son bâton et le plaça dans le sens de la longueur au-dessus de lui. «Peuple de Dinas Dwr, dit-il avec fermeté. Écoutez attentivement la parole de sagesse ! Aujourd'hui votre roi doit rendre la justice. Sa parole est loi, et sa loi est justice. Écoutez-moi : il n'est d'autre justice que la parole de votre roi.»

Après avoir frappé fortement trois fois la pointe de son bâton sur les dalles, à mes pieds, Tegid retourna à sa place auprès de moi. «Faites entrer le prisonnier !» lança-t-il.

La foule fit un passage, et six guerriers firent avancer Paladyr. Si la captivité lui en avait fait rabattre un peu, il n'en montrait en tout cas aucun signe. L'ancien héros de Prydain semblait plus arrogant que jamais, souriant pour lui-même, plein de suffisance, la tête haute et le regard déterminé. Manifestement, il n'avait rien perdu de son insolence pendant sa captivité. Il se présenta d'un air digne au pied de mon trône et resta sans bouger, un pied sur le côté et un petit sourire narquois sur le visage.

Lorsque Bran vit avec quelle impudence le prisonnier me regardait, il força Paladyr à s'agenouiller, lui assénant plusieurs petits coups secs derrière les jambes avec la pointe de sa lance. Ce qui ne modifia pas l'attitude du prisonnier d'une manière appréciable ; il continuait à me regarder avec une étrange expression de dédain — une façon, je suppose, pour les condamnés à mort d'exhiber leur courage…

La salle était plongée dans un silence de mort. Tous les hommes et toutes les femmes présents dans la salle connaissaient les exactions de Paladyr, et plus d'un brûlait d'envie de voir la dette de sang réparée. Tegid regardait le prisonnier de sang-froid, agrippant son bâton comme un guerrier le ferait avec sa lance. « Voici la cour de Llew main d'Argent, Aird Righ d'Albion, dit-il d'une voix autoritaire et cinglante. Aujourd'hui, la justice, à laquelle vous vous êtes jusque-là dérobé, sera rendue contre vous. »

Aussitôt qu'il entendit la mention d'un Pouvoir Suprême, le regard de Paladyr passa plusieurs fois de Tegid à moi. Il semblait quelque peu déconcerté ; pour la première fois, il y eut dans l'attitude de l'ancien héros de Prydain un signe qui pouvait ressembler à de la peur. À moins que ce fût encore autre chose…

Le Chef des Bardes, agissant comme si c'était moi, continua, grave et solennel : « Qui parmi nous porte un grief contre cet homme ? »

Plusieurs femmes — toutes mères d'enfants qui avaient été étranglés — crièrent d'une seule voix, et d'autres — des femmes de guerriers tués — mêlèrent leurs voix au concert de récriminations. « Assassin ! hurlèrent-elles. Je l'accuse d'avoir tué mon enfant ! » s'écrièrent certaines d'entre elles, alors que d'autres vociféraient : « Il a tué mon mari ! »

Tegid laissa un temps les protestations s'exprimer, puis demanda le silence. « Nous avons entendu vos griefs, dit-il. Qui d'autre porte plainte contre cet homme ? »

Scatha, froide et tranchante comme la lame qu'elle portait à son côté, s'avança de quelques pas : « Je l'accuse du meurtre de ma fille, la *banfáith* d'Ynys Sci. Et je l'accuse pour sa participation au meurtre de ma fille Govan, *gwyddon* d'Ynys Sci. » Ces mots furent prononcés avec une distinction glaciale et une grande dignité ; je me rendis compte qu'elle avait dû les répéter à l'avance un nombre incalculable de fois, en prévision de cet instant.

Bran Bresal parla ensuite, prenant place auprès de Scatha. «Je l'accuse d'avoir volé le Trésor d'Albion et d'avoir assassiné les hommes qui veillaient sur ce trésor.»

Avançant de quelques pas, Cynan se mit à crier : «Je l'accuse d'avoir volontairement provoqué l'incendie qui ôta la vie à mon père et à beaucoup d'autres victimes, des hommes, des femmes et des enfants !»

Sa voix fut comme un coup d'épée dans une ambiance devenue lourde d'une rage contenue, et ses paroles provoquèrent une nouvelle explosion que Tegid laissa patiemment s'éteindre d'elle-même. Puis il redemanda le silence : «Nous avons entendu vos accusations. Pour la troisième et dernière fois, qui porte un grief contre cet homme ?»

Voyant que personne n'osait plus répondre, je me levai. Je ne savais jusqu'à quel point il était convenable, dans ma position, d'intervenir, mais cela m'importait peu. J'avais un grief qui remontait plus loin encore que ceux précédemment exprimés, et je voulais qu'on l'entende. «Moi aussi je porte un grief contre cet homme, dis-je en pointant le doigt sur le visage de Paladyr. Je suis convaincu que c'est toi, avec l'aide de quelques autres à présent morts, qui t'es mis sur les traces du Phantarque et qui l'a assassiné, apportant du même coup la destruction de Prydain.»

Cette révélation provoqua un chuchotement sourd qui parcourut les quatre coins de l'assemblée compacte. «Toutefois, continuai-je, étant donné que je ne possède aucune preuve de ta participation à ce crime innommable, je ne puis porter d'accusation contre toi.» Levant ma main d'argent, je pointai ostensiblement mon doigt dans sa direction. «En revanche, j'ai vu de mes propres yeux que tu as assassiné Meldryn Mawr, qui était au pouvoir avant moi. Alors que tu feignais le repentir, tu ôtas la vie à notre Grand Roi. Je t'accuse donc quand même de traîtrise et de meurtre.»

Je m'assis. Tegid leva et rabaissa son bâton lentement à trois reprises. «Nous avons entendu de très lourdes accusations contre toi, Paladyr. Nous avons entendu comment, de ta propre main, tu as assassiné Gwenllian, *banfáith* d'Ynys Sci, et violé l'ancien *geas* de protection qui était le droit de tous ceux qui trouvaient refuge dans ce royaume.

«Tu as trouvé le moyen de dérober le Trésor d'Albion, tu as utilisé le feu pour dissimuler ton crime... des flammes qui ont ôté la vie à des dizaines d'hommes, de femmes et de nourrissons. Tu as abattu, dans le but de t'emparer du trésor, des soldats qui avaient pour mission de le garder, et furtivement tu es parti en privant Dinas Dwr de son trésor. »

Le Chef des Bardes continua, chaque mot cinglant comme un coup de fouet, sa voix résonnant jusqu'aux poutres du plafond. « Tu n'as cessé de duper ton peuple, et répondu à la loyauté par la traîtrise ; tu as été coupable de trahison à l'égard de celui que tu avais fait vœu de protéger de ta propre vie. Tu as recherché le gain au moyen de la tromperie en te mettant au service d'un faux roi ; tu as vendu ton honneur contre une promesse de richesse et de gloire et dilapidé tes forces pour les mettre au service du mal. En raison de tels actes, ton nom est devenu une injure dans la bouche de nombreux hommes. »

Personne ne bougeait ; on n'entendit aucun son lorsqu'il eut fini de parler. Les gens restaient en silence sans faire un geste, abasourdis par l'énormité des crimes de Paladyr. De son côté, toutefois, le prisonnier paraissait vaguement penaud, mais assez peu concerné par la situation délicate dans laquelle il se trouvait. Il gardait simplement le regard fixe, les yeux baissés... comme s'il contemplait le sol sur la distance qui le séparait de mon trône. J'imagine qu'il y avait bien longtemps qu'il avait mesuré les conséquences de ses méfaits.

« Pour tous ces crimes, et pour tous ceux que tu as perpétrés en te mettant au service du Grand Chien, tu es condamné, déclara Tegid. As-tu quelque chose à dire avant d'entendre la sentence de notre roi ? »

Paladyr resta impassible, et je pensais qu'il allait garder le silence. Mais il releva lentement la tête et regarda Tegid droit dans les yeux. Affichant son arrogance jusqu'au bout, il dit : « Je t'ai écouté, barde. Tu me condamnes, et c'est ton droit. Je ne le nie pas. »

Il porta ensuite rapidement les yeux vers moi, et je sentis brusquement mon ventre se serrer par l'appréhension. Le regard fixé sur moi, Paladyr continua : « Tu me dis maintenant que je me trouve en présence du Roi Suprême d'Albion. Si c'est exact, eh bien mettons à l'épreuve ce pouvoir dont il se réclame. Et qu'on m'écoute : je requiers devant vous le *naud.* »

Les mots résonnèrent dans la salle pendant quelque temps. Le visage de Tegid blêmit. Tous fixèrent Paladyr toujours agenouillé, en proie à une intense stupéfaction muette. Ne voulant pas croire ce que nous avions tous entendu clairement, Tegid demanda : « Tu requiers le *naud* ? »

Enhardi sous l'effet provoqué par sa requête, Paladyr se releva : « J'accepte ma condamnation devant le roi. C'est la raison pour laquelle je demande le *naud* pour mes crimes. Accordez-le moi.

— Pas question ! » cria quelqu'un. Je levai les yeux et aperçus Scatha, titubant comme quelqu'un qui vient d'être atteint par un coup de lance. Elle cria une nouvelle fois, et Bran, à côté d'elle, l'encercla de ses bras… soit pour la soutenir, soit pour l'empêcher de frapper Paladyr, je ne saurais dire : « Pas question, c'est impossible ! » hurla-t-elle, le visage déformé par la rage.

« Non… », gémit doucement Goewyn. Les lèvres tremblantes, battant des paupières pour éviter de pleurer, elle se tourna pour cacher son visage.

Cynan, les poings serrés, se précipita devant lui, écumant comme un taureau. Drustwn, Niall et Garanaw l'immobilisèrent de leurs bras et l'empêchèrent d'étrangler le prisonnier. Derrière eux, la foule se déchaîna dangereusement, réclamant la tête de Paladyr.

Sévère et menaçant, Tegid fit taire tout le monde : « Silence ! lança-t-il. Devant le trône, on requiert le silence ! » Les Corbeaux se chargèrent de contenir la foule et en un instant, le chahut s'éteignit. Ayant restitué un semblant d'ordre, le Chef des Bardes se retourna vers moi, visiblement bouleversé. Il se pencha pour me consulter.

« Je vais refuser, dis-je.

— Vous ne pouvez pas », répondit-il. Même s'il était plus choqué, plus révolté intérieurement, il avait les pensées plus claires que moi.

« Cela m'est égal, je ne le laisserai pas s'en sortir comme ça.

— Il le faut, fit-il simplement. Vous n'avez pas le choix.

— Et pourquoi donc ? laissai-je échapper de dépit. Je ne comprends pas, Tegid. Il doit bien y avoir une parade. »

Il secoua négativement la tête, l'air grave : « Il n'y a rien à faire. Paladyr a requis le *naud*, et vous devez y surseoir, expliqua-t-il ; sinon, le gouvernement d'Albion passera dans les mains d'un traître et d'un meurtrier. »

Ce que disait Tegid était vrai, du strict point de vue des faits. La requête du *naud* était en partie un appel à la clémence… c'était comme implorer à terre la grâce de la cour. Mais ce n'était rien de plus que cela, car cela dépassait le sens de la justice, transcendait le vrai et le faux pour atteindre le cœur de la souveraineté elle-même.

En formulant cette requête, le coupable n'invoquait pas seulement la grâce royale, il reportait en fait la responsabilité de son crime sur le roi lui-même. Le roi, naturellement, avait le choix : il pouvait accorder le *naud* ou bien refuser. S'il l'accordait, le crime était effacé. Le châtiment que requiérait la justice, la justice elle-même l'accomplirait. Bien sûr, seul le roi pouvait se réconcilier avec lui-même.

Si le roi, en revanche, refusait la requête, le coupable devrait alors subir le châtiment que la justice imposait. Un choix extrêmement simple, à première vue, mais le fait de refuser d'accorder le *naud* signifierait du même coup que le roi se déclarait, de fait, inférieur au criminel. Aucun roi digne de ce nom ne s'abaisserait jamais à cette extrémité, aucun roi n'admettrait de voir ainsi piétiner son pouvoir.

Vue sous cet angle, cette stratégie de retrait devient particulièrement claire. En Albion, la justice n'est pas une notion abstraite ayant un rapport direct avec le châtiment. Pour le peuple d'Albion, la justice conserve un visage humain. Si la parole du roi fait loi pour tous ceux qui se mettent sous sa protection, le roi incarne, du même coup, la justice pour son peuple. Le roi est la justice faite homme.

Cette façon caractéristique d'appréhender la justice signifie que le coupable peut formuler une requête au roi — une requête qu'il n'a pas le droit de faire : le *naud*. Et une fois prononcée cette requête, il revient alors au roi, conformément à son rôle de juge, de démontrer sa probité. La justice, par conséquent, ne dépend que de la personne du roi... autrement dit de la conception que le roi se fait personnellement du pouvoir qu'il détient.

En d'autres termes, la requête de *naud* repose sur cette seule question : jusqu'à quel point le roi est-il magnanime ?

Paladyr avait à juste titre pressenti cela, et avait fait en sorte d'en tirer avantage. Si je refusais de lui accorder sa requête, cela équivaudrait à admettre que mon pouvoir était limité dans tous les sens du terme. Et ce qui est plus grave, tous les hommes seraient alors témoins des limites précises de mon autorité.

Si, en revanche, j'accordais à Paladyr le *naud* qu'il réclamait, je me montrerais plus grand que ses crimes. Et si mon pouvoir était capable de s'étendre bien au-delà des exactions de Paladyr, alors c'est que j'étais vraiment un très grand roi. En tant que Aird Righ, mon pouvoir royal et mon autorité seraient considérés presque sans limites...

Mais cela conduisait à des conséquences particulièrement difficiles. En substance, cela voulait dire que l'on me demandait de prendre les crimes sur moi. Et si je le faisais, un coupable resterait en liberté.

Tegid fronçait les sourcils, me lançant un regard au visage comme si j'étais la cause de son irritation. « Eh bien, Main d'Argent ? Quelle est votre réponse ? »

Je regardai Paladyr. Ses crimes criaient réparation. Il n'y avait sans aucun doute jamais eu un homme ayant plus mérité la mort que lui.

« Je lui accorde le *naud*, dis-je avec la sensation de recevoir un coup de pied dans le ventre. Mais..., ajoutai-je aussitôt — puis-je émettre quelque condition ?

— Vous pouvez émettre des dispositions particulières si elles ont pour but de protéger votre peuple, précisa le barde. Rien de plus.

— Très bien. Qu'on l'envoie en un lieu où il ne pourra plus jamais nuire à personne. Si ce lieu existe... »

Les yeux gris de Tegid se plissèrent en signe d'approbation sournoise. « Tir Aflan, dit-il.

— Le Territoire Infâme ? Où est-ce donc ? » Pendant tout le temps que j'avais passé en Albion, je n'avais quasiment jamais entendu prononcer ce nom.

« À l'est, de l'autre côté de la mer, expliqua-t-il. Pour celui qui est né en Albion, cet endroit est synonyme de tristesse et de désolation. » Tegid laissa échapper un sourire méchant. « Qui sait si Paladyr ne préférerait pas finalement être mort...

— Eh bien qu'il en soit ainsi. Mon verdict est le suivant : qu'il soit banni et exilé à Tir Aflan, et qu'il pourrisse là-bas dans les souffrances. »

Tegid se redressa et se tourna vers Paladyr. Il leva son bâton et le laissa retomber avec force sur le sol : « Tu as entendu le verdict du roi, proclama-t-il. Tu as requis le *naud* et celui-ci t'est accordé. »

Cette déclaration provoqua pendant un instant une vive réaction. Des cris remplirent la salle ; certains protestèrent bruyamment, d'autres pleurèrent en silence. Tegid leva une nouvelle fois son bâton et exigea le calme avant de continuer. « Le verdict du roi stipule que dans l'intérêt de son peuple, tu seras interdit de séjour sur toutes les terres qui sont placées sous sa tutelle. »

Le visage de Paladyr se durcit brusquement. Visiblement, il n'avait pas prévu une telle issue. Je voyais qu'il réfléchissait à toutes les implications que cette décision supposait. Il se redressa et demanda : « Puisque toutes les terres se trouvent sous votre tutelle, Grand Roi — ces mots étaient dits sur le ton de la raillerie —, où donc vais-je pouvoir aller ? »

C'était une bonne question, qui montrait que Paladyr était resté très attentif. Si j'étais le Roi Suprême, tout Albion était sous mon autorité. Pour le dire clairement, il n'existait aucun endroit sur l'Île du Puissant, ni sur aucune des îles voisines, où il pourrait aller. Mais Tegid avait une réponse toute prête.

« Tu iras sur Tir Aflan, répondit-il sans ménagements. Et partout où tu trouveras des gens pour te recevoir, tu pourras trouver asile. Mais sache ceci : à partir du moment où tu auras posé le pied à Tir Aflan, toute tentative de revenir à Albion signera ton arrêt de mort. »

Paladyr accepta son sort avec une dignité glaciale. Il n'ajouta rien de plus et fut escorté jusqu'à la porte par Bran et les Corbeaux. Tegid proclama la séance du *lys* close. Et le peuple, toujours mécontent, déçu, commença, le cœur brisé, à faire la queue pour sortir.

VIII

LE « CYLCHEDD »

Le lendemain matin, au lever du soleil, les Corbeaux et quelques autres guerriers quittèrent Dinas Dwr afin d'escorter Paladyr jusqu'à la côte orientale où il serait embarqué pour traverser Môr Glas, et abandonné à son sort sur le rivage désert de Tir Aflan. Cynan, amer et furieux, quitta l'expédition quelque temps après pour retourner à Dun Cruach. Dans l'ensemble, ce fut une séparation plutôt pitoyable.

Tous les jours qui suivirent, les travaux pour effacer les dégâts de l'incendie progressèrent. De nouveaux billots de bois furent coupés puis traînés depuis la forêt de la crête vers la berge du lac, où ils furent taillés et façonnés pour servir à la confection du toit et des murs. De la chaume et des roseaux furent coupés en grande quantité puis mis à sécher sur des rochers. Les rondins de bois carbonisés furent retirés, le sol fut préparé pour la construction de nouvelles habitations et pour des entrepôts ; des quantités impressionnantes de cendre furent transportées de l'autre côté du lac, puis parsemées sur les champs. J'aurais été heureux de voir le terme de ce travail de rénovation — la vue de ces gravats noircis par le feu m'était comme une plaie ouverte, et plus tôt Dinas Dwr serait reconstruite, plus tôt la douleur cesserait. Pourtant, Tegid avait d'autre idées.

Une nuit après que les Corbeaux fussent revenus de leur mission concernant Paladyr — c'était au cours du dîner —, Tegid s'était levé, restant sans bouger devant le feu de cheminée. Ceux qui étaient présents imaginèrent qu'il voulait se préparer à chanter, et ils commencèrent à lui lancer des titres de chants qu'ils voulaient entendre : *Les Enfants de Llyr !* s'exclamèrent certains. *L'Étalon rouge de Rhydderch*, cria quelqu'un d'autre, à l'approbation générale. *La Vengeance de Gruagach*, suggéra un troisième, qui fut aussitôt rabroué.

Tegid secoua simplement la tête et annonça qu'il ne chanterait pas ce soir-là, ni aucun autre soir.

« Pourquoi ? questionna tout le monde. Comment se fait-il que vous ne puissiez chanter ? »

Le barde plein d'astuces répondit : « Comment aurais-je le cœur de chanter alors que les Trois Justes Royaumes d'Albion sont séparés entre eux sans qu'il existe un roi pour garantir l'harmonie entre ses différentes tribus ? »

Me penchant vers Goewyn, je dis : « Je pressens une ruse. »

Se tournant vers moi, Tegid déclara qu'en tant que Aird Righ, il devait me paraître essentiel, parmi tous mes projets immédiats, de faire le tour de mes terres afin d'y asseoir ma loi au sein du royaume.

« Du moins pour m'en assurer… rectifiai-je doucement. Car mes idées seraient bien arrivées là-bas tôt ou tard… » Je murmurai à l'oreille de Goewyn : « Voilà, maintenant c'est le moment…

— Et puisque vous êtes le Roi Suprême…, annonça-t-il d'une voix pompeuse en brandissant son bâton, vous étendrez la gloire de votre règne sur tous ceux qui trouvent protection sous votre Main d'Argent. Ainsi, le *Cylchedd* que vous désirez inclut-il, dans les Trois Justes Royaumes, toutes les autres terres, de telle sorte que Caledon, Prydain et Llogres seront ramenés sous votre haute autorité. Car vous devez être roi pour tous, et devez recevoir les honneurs et le tribut de l'Île du Puissant.

Ce discours fut adressé à une large audience qui n'y était pas préparée… et qui apprit cela par surprise. Je fus moi aussi pris un peu au dépourvu, mais au fur et à mesure que Tegid parlait, je compris quelle était la logique qui se cachait derrière le formalisme ampoulé du barde. Une annonce aussi importante requiérait une certaine cérémonie. Et le peuple de Dinas Dwr comprit rapidement la signification du discours de Tegid.

Ce n'était certes pas la première fois que le Chef des Bardes usait du titre de Aird Righ. Pourtant, c'était une chose de prononcer ces mots ici, à Dinas Dwr, au milieu de mon peuple, et c'en était une autre de proclamer ce titre à la face du monde, au-delà de la crête protectrice de Druim Vran.

Des murmures parcoururent la foule : « Aird Righ ! Llew Main d'Argent est le Roi Suprême ! dirent-ils. Avez-vous entendu ? Le Chef des Bardes l'a proclamé Aird Righ ! »

Il y avait une véritable raison qui se cachait derrière la proclamation de Tegid : il était très désireux d'établir la Souveraineté d'Albion de manière claire. Une intention louable, apparemment. Même si, par ailleurs, j'aurais bien aimé qu'il me prévienne. À strictement parler, je ne partageais pas l'enthousiasme de Tegid pour le Pouvoir Suprême… ce qui expliquait probablement qu'il ait choisi d'annoncer le Cylchedd de cette manière-là.

En dépit de mes craintes, Bran, le Vol des Corbeaux ainsi que le reste de l'armée soutinrent Tegid et laissèrent éclater franchement leur approbation. Ils trinquèrent bruyamment avec leurs coupes et firent du bruit en frappant leurs mains sur la table ; ils provoquèrent un tel tumulte qu'il fallut attendre un certain temps avant que Tegid puisse continuer.

Le Penderwydd restait debout sans un geste en arborant un immense sourire de satisfaction, observant l'émotion dont il était la cause. Je sentis soudain une main froide m'effleurer le cou et levai les yeux. Goewyn s'était levée et était venue me rejoindre. « Ce n'est jamais que ton droit… », dit-elle en laissant son souffle chaud effleurer mon oreille.

Lorsque tous ces débordements se furent un peu dissipés, Tegid continua en expliquant que le circuit de reconnaissance commencerait par Dinas Dwr où j'avais rendu la justice au milieu de mon peuple. Puis, une fois que tous les préparatifs auraient été organisés, je me mettrais en selle pour un long voyage à travers Albion.

Tegid avait encore beaucoup à dire, et il le dit parfaitement. J'écoutais d'une oreille distraite en me demandant, pendant qu'il parlait, si le circuit prévu allait effectivement durer un an et un jour… une estimation que je pris davantage comme une formule poétique plutôt que fondée sur un calcul réel. Quoi qu'il en soit, je savais qu'une telle expédition serait longue et difficile, et je me surpris plus d'une fois à réfléchir à certains détails pendant que Tegid parlait.

« Écoutez, barde, dis-je aussitôt que nous nous retrouvâmes seuls tous les deux. Je suis prêt à accomplir le Cylchedd, mais vous auriez tout de même dû me prévenir avant de l'annoncer en public. »

Tegid se releva précipitamment : « Êtes-vous mécontent ?

— Non, non, restez assis, Tegid. Je ne suis pas fâché. Je voudrais juste savoir. Pourquoi avez-vous fait cela ? »

Il se détendit et se rassit. Nous étions tous deux dans ma hutte ; depuis le jour de notre mariage, Goewyn et moi préférions l'intimité d'une cabane à une seule pièce plutôt que l'affairement continuel et bruyant du corps d'habitation principal.

« Votre nomination devait être annoncée devant le peuple, dit-il simplement. Lorsqu'un nouveau roi monte sur le trône, il est d'usage qu'il fasse le *Cylchedd* de ses terres. Et puis, en tant que Aird Righ, il est nécessaire d'obtenir l'allégeance des autres rois et de leurs peuples en plus de celle de vos propres chefs de tribus et leurs membres.

— Je comprends. Quand allons-nous quitter Dinas Dwr ?

— Dès que les préparatifs nécessaires auront été organisés.

— Cela prendra combien de temps ? Deux jours ? Trois ? Quatre ?

— Guère plus, en tout cas. » Il se tut et me regarda intensément. « Cela va être magnifique, frère. Nous établirons l'honneur de votre nom et ferons croître votre renommée aux quatre coins d'Albion.

— Est-ce que vous avez tout de même pensé que quelques bâtards de la horde de Meldron étaient peut-être encore en liberté ? Eux ne seront sans doute pas d'accord avec votre projet...

— Raison de plus pour que le *Cylchedd* commence au plus vite. Tous ceux qui feront preuve d'une certaine... incompréhension, nous ferons le nécessaire pour les convaincre. Nous voyagerons avec une armée.

— Et est-ce que cela prendra réellement une année entière ? Je viens juste de me marier, Tegid, et j'aurais espéré ne pas m'éloigner de la forteresse pendant un certain temps.

— Mais Goewyn vous accompagnera, répliqua-t-il promptement, ainsi que toute autre personne de votre choix. Plus la procession est importante, plus grande est la considération que vous porte votre peuple. »

Je me rendais compte que Tegid considérait ce voyage comme une grande démonstration de faste et de puissance. « C'est là un projet de grande envergure, dis-je.

— Comme vous dites ! déclara-t-il fièrement. On n'aura jamais vu semblable chose en Albion depuis l'époque de Deorthatch Varvawc. » Je savais que tout cela représentait bien plus que ce qu'il laissait entendre. « Eh bien, pensai-je, qu'il fasse comme il l'entend. Après tout, avec tout ce qu'il avait dû endurer avec Meldron, il avait bien mérité cette compensation. Et peut-être moi avec lui... »

« Deorthatch Varvawc, fis-je, qui pourrait oublier un nom comme celui-là ? »

Les préparatifs avancèrent à toute allure. Quatre jours plus tard, je me retrouvai devant un convoi interminable de voitures, de chariots et de chevaux. Il se trouva que l'ensemble de la population de Dinas Dwr avait prévu de faire le voyage avec nous. J'espérais tout de même qu'il resterait suffisamment de personnes sur place pour s'occuper des champs et poursuivre les travaux de rénovation du crannog. Ils étaient tous fin prêts à arpenter les quatre coins d'Albion, mais il fallait bien que les récoltes soient rentrées, que le bétail soit nourri... il fallait bien que quelqu'un le fasse.

Finalement, il fut établi d'un commun accord que Calbha resterait à Dinas Dwr pendant notre absence. Meldron avait détruit la forteresse du roi des Cruins à Blár Cadlys, et ainsi la tâche de rassembler assez de réserves, d'outillage et de provisions pour commencer à reconstruire occuperait Calbha encore pendant un bon moment. Le choix de le laisser ici paraissait donc être la solution la plus logique. Il aurait largement préféré nous accompagner, mais admit cependant que son temps serait mieux employé à s'occuper des affaires de son peuple.

En outre, considérant qu'il fallait reprendre l'entraînement des jeunes guerriers, Scatha choisit également de rester pour remettre son école en activité. Trois, parmi les Corbeaux, resteraient avec elle pour l'aider dans son enseignement, plus un nombre suffisant de soldats pour défendre Dinas Dwr.

La veille du jour où nous avions prévu de partir, Tegid convoqua le peuple dans la grande salle. Lorsque nous fûmes tous rassemblés, je montai sur le trône et, regardant tous les visages de ceux qui me fixaient avec confiance et espoir, je ressentis — même si ce n'était pas la première fois — le poids immense de la tâche qui reposait sur mes épaules. Ce poids aurait été proprement insupportable si je n'avais éprouvé, en contrepartie, une force égale dispensée par la tradition pour m'aider à supporter ce fardeau. Je pouvais supporter un tel poids parce que d'autres avant moi l'avait fait, et leur héritage continuait à vivre dans l'esprit même de la souveraineté.

Je me rendis compte, au moment de m'asseoir sur mon trône en ramure de cerf, que je pouvais être roi — même le Roi Suprême —, non pas parce que je connaissais tout sur les secrets du pouvoir — encore moins parce que je pouvais en être un peu plus digne qu'un autre —, mais parce que le peuple *croyait* en mon pouvoir. En d'autres termes, le peuple mettait toute sa confiance dans le pouvoir et voulait, en vertu de cette confiance, transférer celle-ci vers ma propre personne.

C'était, certes, le Chef des Bardes qui détenait le pouvoir de conférer la souveraineté ou au contraire de la suspendre, mais ce pouvoir lui venait du peuple. « Un roi est un roi, se plaisait à répéter

Tegid, mais un barde est le cœur, l'âme du peuple ; il incarne leur vie en chansons, il est la flamme qui guide leurs pas sur les sentiers de la destinée. Le barde est l'esprit essentiel du clan ; il est le maillon, la corde d'or qui relie les différents âges du clan, réunissant tout ce qui est le passé avec ce qui est encore à venir.»

Enfin je commençais à saisir la véritable essence d'Albion. Je comprenais également la raison du projet meurtrier de Simon : en attaquant le pouvoir, il frappait au cœur même d'Albion. S'il réussissait à atteindre le pouvoir à sa racine, Albion cesserait d'exister.

«Demain, annonça le Chef des Bardes, Llew Main d'Argent quittera Dinas Dwr pour faire le *Cylchedd* de ses terres et recevoir l'hommage de ses vassaux et des tribus des Trois Justes Royaumes. Mais avant qu'il gagne l'estime des autres, il est d'usage cependant, que son propre peuple lui rende des vœux de fidélité et l'honore.»

Tegid leva son bâton, puis le frappa sur le sol à trois reprises. Il appela tous les chefs de clan — qu'ils soient rois, notables, ou soldats — à me rendre hommage et à prêter le serment de fidélité qu'il prononça avec eux. Je devais seulement prendre acte de celui-ci et leur accorder la protection de mon règne. Dès que l'un des chefs avait prononcé le serment, il s'agenouillait devant moi et posait sa tête contre ma poitrine en signe de soumission et d'amour.

L'un après l'autre, en commençant par Bran Bresal, ils se présentèrent tous devant moi : Alun, Garanaw, Emyr, Drustwn, Niall, Calbha, Scatha, Cynan. Ils furent suivis par plusieurs de ceux qui étaient arrivés à Dinas Dwr au cours des malversations causées par Meldron, puis, pour finir, par ceux qui s'étaient rendus après la défaite de celui-ci. Recevoir les honneurs de tous ces hommes me toucha profondément. Leur serment les liait à moi tout aussi sûrement qu'il me liait à eux.

Une fois la cérémonie achevée, j'étais plus que jamais un roi… et plus que jamais impatient de revoir Albion.

Nous traversâmes Druim Vran juste au moment où le soleil se levait derrière les collines environnantes. Juste avant que la piste de crête commence à redescendre, je m'arrêtai pour regarder en arrière : les derniers chariots de notre convoi n'avaient pas encore quitté le bord du lac.

Si, comme le suggérait Tegid, le nombre de ses accompagnateurs pouvait accroître la gloire d'un roi, alors la mienne devait être multipliée au moins par cent. Il y avait en tout et pour tout seize chariots avec réserves et provisions, y compris le bétail — un garde-manger sur pattes —, plus des chevaux supplémentaires pour la bonne centaine d'hommes et de femmes qui étaient là pour notre service : des cuisiniers, des aides de camp, des soldats, des messagers, des chasseurs et des gardiens de bestiaux. À la tête de l'ensemble de l'expédition, il y avait mon Chef des Corbeaux, Bran Bresal, Emyr Lydaw, qui portait le grand *carynx* de guerre, et Alun Tringad, à califourchon sur des chevaux caracolants. Ensuite venait le Penderwydd d'Albion, qui était tout à l'attention de ses petits Mabinogis et, derrière lui, Goewyn, sur un cheval à la robe jaune clair, et puis moi, sur un rouan. Derrière nous suivait l'armée, et derrière encore, les chariots qui formaient une file interminable.

La vallée, en contrebas, était baignée par la lumière, étincelante comme une émeraude, et mon cœur se gonflait d'émotion à l'idée de voyager à travers ce pays merveilleux... et, ce qui ne gâtait rien, avec Goewyn auprès de moi et la compagnie des meilleurs compagnons qui soient. J'avais oublié à quel point Albion pouvait être belle. Embrasée de couleur et de lumière : la richesse verdoyante de vallons couverts d'arbustes et la verdure bigarrée, pleine de délicatesse, de la lande, l'azur éblouissant du ciel noyé par le soleil, toutes les nuances de gris de la pierre, le brun profond de la terre, les eaux couleur d'argent étincelant, le miroitement doré de la lumière du soleil.

J'avais arpenté de long en large le pays au cours de mes différentes incursions, et pourtant Albion continuait à forcer mon admiration. La vue de quelques bouleaux blancs dressés sur un arrière-plan de houx vert et lustré, ou encore le spectacle de l'ombre bleutée d'un nuage glissant au large de lointaines collines pouvaient me laisser sans souffle, extasié. C'était merveilleux... d'autant plus merveilleux qu'Albion avait dû subir les ravages du feu, de la sécheresse et d'un hiver interminable. La terre avait souffert des désastres causés par Lord Nudd et sa horde de démons, et des ravages perpétrés par le Grand Chien Meldron. Et pourtant elle semblait renée de ses cendres.

Quelque force invisible, qui sait, avait dû concentrer tous ses efforts afin de provoquer un renouveau continuel du pays, car il n'y avait pas la moindre trace du désastre nulle part, aucune cicatrice persistante, aucun témoignage visible des supplices récemment subis. Peut-être sa magnificence était-elle maintenue en permanence, ou peut-être Albion était-elle, d'une façon ou d'une autre, recréée chaque jour. Car on avait le sentiment que chaque arbre, chaque colline, chaque cours d'eau, chaque pierre était venu au monde dans un débordement de vie jailli de la pure création.

Après deux jours passés dans ces conditions, je me sentais comme un homme ensorcelé par l'existence... non seulement par la mienne, mais par celle de l'univers entier. L'envoûtement s'amplifiait jusqu'à atteindre la lune et les étoiles, et puis les obscurités du néant, encore au-delà. Si j'avais été barde, j'aurais chanté jusqu'à m'étourdir.

Plus nous avancions, plus je devenais sensible à la beauté du pays qui m'entourait. Je commençais à ressentir un rayonnement considérable irradiant de toutes les formes qui croisaient mon regard... chaque branche, chaque feuille, chaque brin d'herbe resplendissant avec une magnificence et une majesté indescriptibles. Et j'avais le sentiment que le monde que je voyais devant moi était simplement la manifestation extérieure d'une réalité fondamentale, profonde, extrêmement puissante, qui elle, restait inatteignable. Je n'étais pas en mesure d'appréhender cette réalité cachée, mais je pouvais en percevoir les effets. Tout ce que cette réalité touchait se mettait du même coup à vibrer comme la corde sur la harpe de Tegid. Je pensais qu'il me suffirait d'écouter avec l'attention la plus extrême pour percevoir le murmure de cette vibration céleste. Parfois, j'avais réellement l'impression de l'entendre... comme l'écho d'un chant qui persiste au seuil du perceptible. Je ne pouvais pas percevoir la mélodie, seulement l'écho...

La raison de cet envoûtement était en partie due à Goewyn. J'étais tellement en extase devant elle que même le noir cachot de Nudd aurait ressemblé à un paradis si elle-même y avait séjourné.

Alors que nous continuions à voyager à travers les beautés ressuscitées d'Albion, je commençai à réaliser que je voyais désormais le monde à travers des yeux différents. Je n'étais plus un simple visiteur, un intrus de passage qui traverse un monde qui n'est pas le sien, j'y appartenais : Albion, c'était chez moi, à présent. Et d'ailleurs, j'avais pris pour épouse une femme de l'Autremonde. Bien loin d'être un étranger, j'étais maintenant roi. J'étais Aird Righ. Si le propre roi d'Albion ne faisait pas partie de son royaume, qui donc en ferait partie !

Le roi et sa terre étaient liés par un rapport étrange mais profond. Ce n'était pas un lien abstrait, éthéré, mais au contraire physique et concret. Le rapport qu'entretenait le roi avec son domaine était du même ordre que celui qu'entretient un homme avec sa femme — le peuple parle du reste volontiers d'un véritable mariage. Et maintenant que j'étais moi-même marié, je commençais à comprendre... ou plutôt à le *ressentir*. Cette conception échappait toujours à ma compréhension, mais je sentais qu'une certaine sagesse prenait naissance dans ma chair et dans mes os. J'éprouvais la présence d'une vérité fondamentale, originaire, que je ne pouvais toujours pas appréhender avec des mots.

Ainsi, le *Cylchedd* commençait à prendre les allures d'un pèlerinage, c'était devenu un voyage d'une haute signification spirituelle. Je ne saisissais peut-être pas tout le sens de ce pèlerinage, encore moins ses implications les plus subtiles, mais je sentais comme quelque chose d'important son pouvoir irrésistible, inexorable, inéluctable. Je ne le ressentais pas le moins du monde comme un fardeau, mais en tout cas, tel un esprit revêtu de chair, je savais que je ne pourrais plus faire un pas en en faisant abstraction.

Le jour, nous voyagions à travers le paysage rendu sublime par la lumière épurée du soleil, transmettant un éclat quasi luminescent à tout ce qu'il touchait, créant des horizons miroitants et des perspectives éclatantes de toutes parts. La nuit, nous bivouaquions sous l'immense voûte céleste explosant de myriades d'étoiles, et nous nous immergions dans le sommeil au son merveilleux de la harpe.

C'est ainsi que nous atteignîmes notre première destination : Gwynder Gwydd, siège de la tribu des Ffotlae, à Llogres. Il se trouve que certains réfugiés ffotlae faisaient partie de notre expédition, lesquels furent très impatients de voir si leurs congénères avaient survécu.

Nous établîmes notre camp dans un pré, non loin d'une pierre dressée vers le ciel nommée *Carwden* — l'Homme Noueux, que les Ffotlae utilisaient comme lieu de rencontre. Un ruisseau coulait, plein de vie, à travers le pré, lui-même entouré de terrains plantés d'arbustes.

Dès que les tentes furent montées, Tegid dépêcha le Vol des Corbeaux en éclaireurs dans les environs, et nous nous installâmes pour attendre.

Entre-temps, nous avions apporté avec nous mon trône à ramure de cerf ; Tegid avait donné des directives afin qu'un petit tertre fût érigé devant la pierre de Carwden et que mon trône fut placé à son sommet.

Le matin suivant et selon le conseil de Tegid, Goewyn et moi nous revêtîmes nos plus beaux habits — Goewyn une robe droite, toute blanche, la ceinture aux écailles d'or de Meldryn Mawr que je lui avais offerte, et une cape bleu ciel ; moi, une cape rouge ourlée d'or, passée par-dessus un siarc vert, et des *breecs* bleues. Je portais également une ceinture composée d'énormes disques d'or, une grande broche dorée, et mon torque d'or. Goewyn dut m'aider pour la broche... j'avais fini par m'habituer à agir avec une seule main, mais je n'étais pas encore accoutumé à ma main d'argent.

Goewyn attacha la broche pour moi, puis s'éloigna rapidement de quelques pas pour me jauger d'un œil critique. Elle n'aimait pas la façon dont j'avais disposé le pli de ma cape, et l'arrangea donc avec dextérité. «Alors, tout est en ordre ? demandai-je.

— Si j'avais su que tu allais être un si beau roi, je t'aurais épousé depuis longtemps», répondit-elle en glissant ses bras autour de mon cou pour m'embrasser. Je sentis la chaleur de son corps et eus soudain envie d'elle. Je la serrai plus fortement contre moi et... le *carynx* se mit à retentir.

«Tegid sait toujours choisir le bon moment..., murmurai-je.

— La journée ne fait que commencer, mon amour», chuchota-t-elle. Puis elle se redressa : «Allons..., ton peuple est en train d'arriver. Il faut que tu te prépares pour l'accueillir.»

Nous fîmes quelques pas hors de la tente et aperçûmes une foule assez importante en train de traverser le pré en avançant vers la pierre de Carwden. Le peuple de Gwynder Gwydd et les villages des alentours s'étaient rassemblés — une soixantaine d'hommes et de femmes, survivants de quatre ou cinq tribus. Les Fflotlae qui étaient parmi nous débordaient de joie en revoyant leurs congénères ; ils les saluèrent avec tant de cris et d'exclamations qu'un certain temps s'écoula avant que le *lys* pût commencer. Enfin, Tegid ordonna à Emyr de sonner le carynx à nouveau. L'écho retentissant du cor indiqua que la cour s'apprêtait à siéger. Je me mis avec Goewyn à gravir le tertre, et nous prîmes place : moi sur mon trône et Goewyn tout à côté, là où elle serait le plus en vue — Tegid voulait que le peuple reconnaisse et honore la reine.

Le peuple de Gwynder Gwydd, impatient de pouvoir poser les yeux sur ce nouveau roi miraculeux — et sur sa reine ravissante — s'amassa autour du tertre pour mieux voir. Cela me permit d'observer moi aussi ces gens. Manifestement, ils avaient souffert. Certains étaient mutilés, nombre d'entre eux portaient des cicatrices dues à des coups ou à la torture, et malgré la renaissance du pays, tous étaient complètement décharnés par la misère et le manque de nourriture. Ils étaient venus en ayant revêtu leurs plus beaux habits, qui n'étaient, en réalité pour la plupart, que des loques bien lavées et repassées. Meldron avait exigé un lourd tribut pour prendre le pouvoir, et c'étaient eux qui avaient dû le payer.

Le Chef des Bardes ouvrit la cérémonie selon l'usage, en proclamant à qui voulait l'entendre combien l'événement qu'on était en train de vivre était extraordinaire. Un nouveau Roi Suprême était né en Albion, et il faisait maintenant *Cylchedd* à travers son royaume pour imposer son règne... et ainsi de suite.

Les Ffotlae arboraient une expression pleine d'espoir — même s'ils n'étaient pas complètement convaincus —, celle d'un peuple qui a grandi en ayant l'habitude d'être trompé à chaque instant. Ils étaient plein de respect, et semblaient vouloir y croire, mais le simple fait de me voir n'avait pas l'air vraiment de les rassurer. Très bien ; j'allais devoir gagner leur confiance.

Lorsque Tegid en eut terminé je me levai : « Mon peuple, dis-je, je vous souhaite la bienvenue. » Je brandis en l'air mes mains... le soleil étincela sur l'argent comme une flamme blanche. Cela provoqua une grande sensation, et tous retinrent leur souffle en écarquillant les yeux devant ma main d'argent. Je l'exhibai devant eux en faisant bouger les phalanges ; à mon grand étonnement, ils tombèrent tous face contre terre et embrassèrent le sol.

« Qu'est-ce qui se passe ? murmurai-je à Tegid qui venait de me rejoindre sur le tertre.

— Je crois qu'ils ont peur de votre main, répondit-il.

— Eh bien faites quelque chose, Tegid. Dites-leur que je leur apporte la paix et que je suis rempli de bienveillance à leur égard... bref, vous savez quoi dire. Faites-leur comprendre...

— Je vais le leur dire, répondit Tegid plein de sagesse. Mais vous seul pourrez le leur faire comprendre. »

Le Chef des Bardes leva son bâton et annonça à l'assemblée remplie d'effroi à quel point c'était une belle chose de pouvoir justement révérer le roi et lui démontrer un respect sincère. Il leur expliqua à quel point j'étais sensible à leur hommage, ajoutant que, maintenant que Meldron avait été vaincu, ils n'avaient plus rien à craindre, car le nouveau roi n'était pas un tyran plein de cruauté.

« Offrez-leur une vache, murmurai-je lorsqu'il arriva au terme de son discours. Deux vaches. Et un taureau. »

Tegid écarquilla les yeux d'étonnement. « Ce sont eux qui doivent au contraire vous offrir un présent.

— Un présent ? Mais regardez... ils n'ont plus rien.

— C'est à eux de...

— Deux vaches et un taureau, Tegid. Je le veux. »

Le barde fit signe à Alun de se rapprocher et lui souffla quelques mots à l'oreille. Alun hocha la tête et s'éloigna précipitamment, pendant que Tegid, se retournant vers le peuple, les invita à se lever. Le roi avait conscience des épreuves qu'ils avaient endurées au Jour du Conflit, disait-il, et il leur avait apporté un présent en signe d'amitié — un symbole de la prospérité dont ils bénéficieraient désormais.

Alun s'approcha avec les trois bestiaux. « Ces trois animaux viennent du propre cheptel de l'Aird Righ afin que vous puissiez reconstituer le vôtre. » Puis il demanda qui était leur chef afin qu'il puisse prendre possession des bêtes au nom de la tribu.

Cela provoqua une certaine consternation parmi les Ffotlae. En effet, comme nous l'avoua rapidement l'un des membres du clan, « notre seigneur a été assassiné, et notre chef de clan a déserté pour aller se mettre au service de Meldron.

— Je vois..., dis-je en me retournant vers Tegid. Il semblerait utile de leur attribuer également un chef.

— Rien de plus facile », répliqua le barde. Levant son bâton, il se plaça devant le peuple et annonça que le bon plaisir du Roi Suprême était d'attribuer à leur clan un nouveau seigneur qui serait leur chef et pourrait prendre soin de leur sort. « Qui parmi vous est digne de devenir le seigneur des Ffotlae ? » demanda-t-il. Il y eut ensuite une brève délibération au cours de laquelle plusieurs opinions furent exprimées, mais finalement un nom ressortit du lot, semble-t-il, à la satisfaction de tous. « Urddas ! s'exclamèrent-ils. C'est Urddas qui doit être notre chef ! »

Tegid me regarda pour savoir si j'approuvais ce choix. « Très bien, dis-je. Que Urddas s'avance. Nous souhaiterions le voir.

— Urddas ! s'exclama Tegid. Avancez et présentez-vous devant votre roi. »

À ces mots, la foule se rangea sur les côtés, et une femme élancée, aux cheveux noirs, s'approcha du tertre. Elle nous fixa avec insistance ; un regard provoquant, plein de défi marquait son maigre visage. « Tegid, soufflai-je entre mes dents, je crois que Urddas est une femme.

— Apparemment, répliqua-t-il dans un murmure.

— Je suis Urddas », dit la femme pour effacer tous les doutes. Je lançai un regard vers Goewyn qui, à l'évidence, s'amusait de notre confusion momentanée.

« Salut à toi, Urddas, et bienvenue, poursuivit aimablement Tegid. Ton peuple t'a nommée pour que tu sois leur chef. Souhaites-tu recevoir les hommages de ton clan ?

— Je le souhaite », répondit la femme. Trois mots, mais prononcés avec une telle autorité que cela me fit comprendre que les

Ffotlae avaient fait le bon choix. « Ce n'est pas du reste un honneur qui m'est étranger, ajouta-t-elle. Je dirige ce clan depuis que leur seigneur — mon mari — a été tué par Mór Cù. Si je suis ainsi plébiscitée, ce n'est rien d'autre que légitime. »

Son discours était bien affûté... et pourquoi pas ? Le clan avait vécu l'enfer, après tout... mais ce n'était ni la rancœur ni l'orgueil qui amenaient la femme à parler sur ce ton. Je pense qu'elle voulait simplement que nous sachions un certain nombre de choses qui les concernaient. Elle avait manifestement estimé qu'une claire et froide concision convenait davantage à son but qu'un discours alambiqué. Ce ne devait pas être facile de gouverner un clan sous le régime cruel de Meldron.

« Te voici donc devant ton roi », dit Tegid. Puis il demanda : « Es-tu prête à reconnaître sa souveraineté, à lui jurer fidélité et à lui payer le tribut qui lui est dû ? »

Urddas ne répondit pas aussitôt... Je crois d'ailleurs que j'aurais été déçu si elle l'avait fait. En fait, elle se contenta de lancer son regard froid et ironique sur moi comme si on lui avait demandé d'estimer ma valeur. Puis, toujours indécise, elle lança un regard vers le bétail que j'avais offert en présent à son clan.

« Oui, j'accepte qu'il soit mon roi », répliqua la femme en se retournant. Mais je remarquai que tout en répondant, c'était Goewyn qu'elle regardait... comme si toutes les défaillances éventuelles qu'elle pouvait avoir notées en moi pouvaient être largement suppléées par ma reine. Vraisemblablement, si je pouvais séduire et convaincre le cœur d'une femme de la distinction de Goewyn, alors je valais peut-être mieux que ce que le premier regard plein de méfiance de cette femme avait cru déceler.

Tegid lui fit ensuite prêter serment de fidélité, et lorsque cela fut fait, la femme vint vers moi, s'agenouilla et posa sa tête contre ma poitrine. Elle se releva sous les applaudissements des Ffotlae, et ordonna aussitôt à quelques jeunes hommes d'emmener les vaches et le taureau... de crainte que j'en vienne à changer d'avis.

« Urddas, dis-je alors qu'elle s'apprêtait à reprendre sa place, j'aimerais entendre de ta bouche la manière dont les choses se sont passées pour vous pendant cette période funeste que nous avons traversée. Reste après le *lys* ; nous partagerons une coupe... à moins que tu désires autre chose qui te fasse plus plaisir.

— Partager une coupe avec le Aird Righ me fera grand plaisir », répondit-elle avec sincérité. Ce n'est qu'à ce moment-là que je la vis enfin sourire. Les couleurs revinrent sur son visage et elle porta la tête un peu plus droite.

« Félicitations…, murmura doucement Goewyn en me donnant un petit coup sur la nuque.

— Maigre consolation par rapport à la perte d'un mari, dis-je. Mais c'est peut-être mieux que rien. »

Il y avait encore plusieurs discussions interminables qu'il me faudrait arbitrer… la plupart découlant des difficultés qui s'étaient multipliées sous la terreur de Meldron. Elles furent soigneusement examinées, à la suite de quoi Tegid déclara que la séance du *lys* était close. Puis après avoir invité l'ensemble des tribus à prononcer le serment de fidélité, il déclara le clan des Ffotlae sous la protection du Aird Righ. Pour sceller cette nouvelle alliance, nous les conviâmes à une fête, puis les renvoyâmes le jour suivant vers Gwynder Gwydd au milieu des acclamations faites en l'honneur du nouveau roi.

Ce programme serait le modèle qui allait servir à tout notre circuit à travers Llogres. Malheureusement, certains domaines antérieurement très peuplés — les *cantrefs* — étaient à présent déserts, soit abandonnés, soit détruits. Nos messagers partaient en éclaireurs dans le pays sur de grandes distances, vers les caers et les forteresses, vers des endroits retirés aussi. Et partout où ils trouvaient des survivants — à Traeth Eur, Cilgwri, Aber Archan, Clyfar Cnûl, Ardudwy, Bryn Aryen, et d'autres encore —, nos messagers annonçaient la nouvelle : le Roi Suprême arrive ! Rassemblez votre peuple, prévenez toute le monde, et réunissez-vous sur la place où il accueillera tous ceux qui veulent le reconnaître pour leur roi.

Les cruelles années du règne de Meldron avaient opéré un changement terrible dans le peuple. La belle population d'Albion était devenue pâle, maigre, comme des spectres blêmes. J'avais le cœur déchiré de voir à quel point cette noble race s'était dégradée. Mais je me consolai en pensant à tous ceux que nous avions réussi à délivrer de la peur et de la souffrance qui les avaient tenus si longtemps. Courage ! disions-nous, un nouveau roi règne sur Albion ! Il est venu rétablir le pays !

Alors que le *Cylchedd* progressait, nous devenions tous — chaque homme et chaque femme — de plus en plus les porteurs enthousiastes de nouvelles encourageantes. Ces dernières étaient partout accueillies avec une telle joie et une telle reconnaissance que tous ceux qui étaient présents se disputaient la primeur de pouvoir partir à cheval pour délivrer le message… simplement pour partager dans la joie les bonnes nouvelles qu'ils apportaient.

Effectivement, c'était devenu mon plus grand plaisir de voir le visage des auditeurs se transformer au moment où nous leur annoncions la mort de Meldron et la défaite de l'armée ennemie. C'était presque comme si je voyais le bonheur se poser sur leurs visages comme une nuée irradiante au moment où ils comprenaient la vérité. Je vis des dos voûtés brusquement se redresser, des regards éteints reprendre vie. Je vis l'espoir et le courage renaître des cendres froides.

Le Cycle des Saisons s'avançait, le temps s'écoulait. Les journées commençaient déjà à se raccourcir lorsque nous quittâmes Llogres pour nous diriger vers Caledon. Nous nous étions arrangés pour passer l'hiver à Dun Cruach avant de reprendre le *Cylchedd*. J'étais déjà prêt à rentrer, mais Tegid annonça que maintenant que nous étions en route, je ne pouvais pas retourner à Dinas Dwr avant d'avoir achevé le voyage. «Le rythme ne doit pas être rompu», insista-t-il.

Ainsi, Cynan aurait le plaisir de nous accueillir pendant le *sollen*, la Saison des Frimas.

IX

ALBAN ARDDUAN

Nous arrivâmes à Dun Cruach, à Caledon, juste au moment où le temps changea. Il se mit à tomber des cordes, le vent souffla par rafales lorsque nous franchîmes les portes. Le voyage s'était bien passé, mais ce fut tout de même un soulagement de pouvoir troquer nos tentes pour la chaleur et la lumière d'une chambre accueillante. Cynan et les Galanae ouvrirent précipitamment les portes pour nous laisser nous engouffrer à l'intérieur.

« Llew ! Goewyn ! s'exclama Cynan en lançant ses bras vers nous. *Mo anam !* Cela fait plusieurs jours que l'on vous attend... Vous vous êtes perdus ?

— Perdus ! Tu as entendu, Goewyn ? Sachez, Cynan-aux-Deux-Torques, que j'ai dû personnellement inspecter chaque piste, chaque sentier, dans Llogres et dans une bonne partie de Caledon. Llew Main d'Argent connaît mieux ses forêts que les cerfs qui les parcourent quotidiennement.

— Ah, Goewyn ! soupira Cynan qui avait gardé son bras autour des épaules de la jeune femme. Pourquoi vous êtes-vous mariée avec un homme si grincheux ? C'est moi que vous auriez dû épouser. Maintenant, vous voyez ce que vous devez endurer ! » Il hocha tristement la tête et fit claquer sa langue.

Goewyn l'embrassa doucement sur la joue. « Hélas, Cynan, soupira-t-elle. Si seulement j'avais su...

— Pourquoi tant de discours sur le mariage, remarquai-je. Avez-vous l'intention de nous annoncer quelque chose ? »

Le grand guerrier fut soudainement pris de pudeur. « Puisque vous en parlez, frère, je crois avoir enfin trouvé une femme à mon goût.

— La moitié du chemin est donc fait, répondis-je. Mais le plus important maintenant, c'est de savoir si cette femme voudra de vous ?

— Eh bien..., admit Cynan avec une réticence inhabituelle. Nous en avons parlé, et elle accepte. Le hasard veut que nos épousailles aient lieu pendant votre séjour parmi nous.

— Au moment du solstice, peut-être... », suggéra Tegid. Il avait entendu tout ce que nous avions dit. « C'est un moment particulièrement favorable... l'*Alban Ardduan*.

— Bienvenu, Penderwydd, s'écria chaudement Cynan en saisissant Tegid par les poignets avant de l'embrasser comme un ami qui n'en fait qu'à sa tête.

— Qu'est-ce donc que cet *Alban Ardduan* ? pensai-je tout haut. Je n'ai jamais entendu parler de cela...

— C'est une situation, expliqua lentement le barde, qui ne se produit que tous les mille ans, où le solstice vient coïncider avec la pleine lune.

— C'est une situation, poursuivit Goewyn en reprenant l'explication au point où Tegid l'avait laissée, où, ensemble, le soleil couchant et la lune naissante apparaissent brusquement dans le ciel l'un en face de l'autre. Ainsi, même au jour le plus sombre, l'obscurité elle-même est brisée. »

Il me revint soudainement à l'esprit, avec un pincement au cœur, que jadis Goewyn, à l'instar de ses sœurs, avait été *banfáith* à la cour d'un roi. Govan et Gwenllian étaient mortes, et des trois inoubliables sœurs d'Ynys Sci, seule Goewyn avait survécu.

« C'est la raison pour laquelle, résuma Tegid, c'est une heure particulièrement favorable... un jour propice à tout projet.

— Eh bien soit, m'écriai-je avec quelque précipitation, s'il est un homme qui a besoin d'un tel encouragement, c'est bien vous, frère. » Mon regard parcourut l'ensemble de la salle. « Mais où est-elle, Cynan ? Il me tarde de rencontrer la dame qui a conquis votre cœur.

— Je me demandais si vous alliez finir par le dire ! » lança-t-il joyeusement. Il se retourna et fit signe à quelqu'un qui attendait, un peu en retrait. « Eh bien, la voilà, elle arrive avec la coupe de bienvenue ! »

Nous nous retournâmes tous et aperçûmes une jeune femme très élancée, avec une peau blanche et claire comme le lait, des yeux bleus, qui avançait vers nous en tenant un grand bol de bière fumant entre ses deux longues mains délicates. Il n'était pas difficile de comprendre comment la jeune femme avait réussi à attirer l'attention de Cynan, car sa chevelure était d'un rouge aussi ardent que la sienne. Une longue chevelure bouclée, et qui descendait en masse jusqu'à ses épaules... un homme, oui, pourrait s'y perdre...

Elle s'avançait d'un pas alerte en nous regardant avec assurance ; une grande force émanait de toute sa personne. C'était plus qu'un bon parti pour Cynan.

« Mes amis, annonça Cynan en faisant de grands gestes, je vous présente Tángwen, l'heureuse personne qui a accepté de devenir mon épouse. »

Toute souriante, Tángwen m'offrit la coupe en disant : « Salut à Vous, Main d'Argent. » Elle parlait d'une voix basse et cendrée. Considérant mon expression de surprise, elle se remit à sourire d'un air entendu et ajouta : « Non, nous ne nous sommes jamais rencontrés. Je pense que vous vous en souviendriez. Mais Cynan m'a déjà tellement parlé de vous que j'ai l'impression de vous connaître comme un frère. Et qui d'autre que vous possède une main d'argent greffée sur son bras ? » Elle me tendit la coupe, et à l'instant même où je la pris, elle frappa quelques coups légers du bout de ses doigts sur ma main d'argent.

Je bus quelques gorgées réconfortantes puis rendis la coupe à Tángwen, qui la passa à Tegid : « Je vous souhaite la bienvenue, Penderwydd, dit-elle. Vous, je vous reconnaîtrais même sans votre bâton de sorbier. Il n'y a qu'un Tegid Tathal... »

Tegid leva la coupe, but, puis la rendit sans quitter des yeux la belle séductrice aux cheveux roux. Tángwen, dont le visage resta de marbre, se retourna ensuite vers ma reine. « Goewyn, dit-elle doucement, c'est avec un plaisir immense que je vous accueille. Depuis mon arrivée à Dun Cruach, je n'ai entendu que des louanges concernant la royale épouse de Llew. Je suis sûre que nous deviendrons amies, vous et moi.

— Ce serait mon grand désir, répondit Goewyn en acceptant la coupe. Elle souriait, mais je remarquai dans la façon dont Goewyn plissait les yeux qu'elle cherchait quelque signe de reconnaissance chez l'autre femme.

Enfin Tángwen elle-même porta la coupe jusqu'à ses lèvres en disant : « Je vous salue et vous souhaite la bienvenue, mes amis. Que vous puissiez trouver ici tout ce que vous attendez... Et puissiez-vous rester longtemps parmi nous. »

Tout ceci se passa sous le regard plein de fierté de Cynan. Manifestement, il lui avait bien fait la leçon. Elle nous connaissait tous et parlait avec franchise et sans hésitation. Son assurance me décontenança quelque peu, mais je comprenais pourquoi cela pouvait plaire à Cynan ; il n'était pas homme à supporter l'affectation.

Après nous avoir ainsi accueillis, Tángwen fit quelques pas en direction de Bran et des Corbeaux qui venaient d'arriver, afin de les accueillir à leur tour. Nous fixâmes sa souple silhouette s'éloignant avec grâce. Cynan s'exclama : « Elle est vraiment très belle, n'est-ce pas ? La fleur la plus délicate de cette vallée...

— Elle est resplendissante, Cynan, admis-je. Mais qui est-elle, et où avez-vous fait sa rencontre ?

— Ce n'est pas une étrangère, intervint Goewyn. Je suis convaincue que Tángwen a déjà offert précédemment cette coupe de bienvenue.

— Vous ne croyez pas si bien dire, répondit fièrement Cynan. C'est la fille du roi Ercoll qui fut tué au cours d'une bataille contre Meldron. Son peuple a erré aux quatre coins de Caledon à la recherche d'une terre d'accueil, et ils sont venus jusqu'à nous. J'ai aussitôt remarqué qu'elle était d'une noble extraction. Elle fera une bonne reine. »

La grande salle se remplit peu à peu. Un repas avait été préparé dans la perspective de notre arrivée, et lorsque le moment fut venu, Cynan nous conduisit à sa table et nous plaça. Nous mangeâmes et bavardâmes jusque fort tard dans la nuit, heureux de participer au premier des nombreux repas que nous allions partager cet hiver autour d'un bon feu.

Nous passâmes donc l'hiver à Dun Cruach en bonne compagnie. Lorsque le soleil voulait bien se montrer, nous enfourchions nos chevaux et partions vers les collines embrumées, ou bien nous faisions une promenade à pied au milieu de la lande détrempée, dérapant sur la roche humide, mettant en fuite la grouse ou la perdrix. Lorsque la neige commençait à fondre discrètement sur la chaume, ou qu'elle se mettait à tourbillonner à l'approche des vents glacials venus du nord, nous restions enfermés, et nous jouions — au *brandub*, au *gwyddbwyll* ou à d'autres jeux encore — comme nous l'avions fait lorsque nous avions passé l'hiver à Ynys Sci.

Tous les soirs, Tegid remplissait la salle des notes enchanteresses de sa harpe. C'était une vraie joie de s'asseoir en sa compagnie et d'écouter les mêmes récits que les rois d'Albion avaient entendus depuis la nuit des temps. C'étaient là, pour moi, des instants bénis.

Lorsque le jour des noces de Cynan et de Tángwen fut proche, Tegid nous fit savoir qu'il préparait quelque chant particulier pour l'occasion. En dépit de l'insistance de tous pour connaître la nature de ce récit, il se contenta de répondre qu'il s'agissait d'une histoire très ancienne et très émouvante, et qui provoquerait un grand bonheur à tous ceux qui l'entendraient.

Pendant ce temps, Goewyn et Tángwen s'occupaient des préparatifs de la cérémonie. Elles étaient souvent ensemble et semblaient apprécier beaucoup leur compagnie mutuelle. Elles formaient un couple à la beauté saisissante, et je me rendis compte à quel point Cynan et moi-même étions des hommes comblés de posséder l'un et l'autre des épouses d'un tel rang.

Cynan était infiniment satisfait de son choix et faisait souvent la remarque concernant les circonstances heureuses qui conduisirent Tángwen jusqu'au seuil de sa demeure. « Elle aurait pu tomber au hasard sur n'importe quelle maison, dit-il, mais il se trouve que c'est vers moi qu'elle est venue. »

J'y discernai un peu plus que de la simple chance, mais quelle importance... S'il plaisait à Cynan de croire qu'un destin extraordinaire les avait fait se rencontrer, je n'y voyais pas d'inconvénient.

Quoi qu'il en soit, Tángwen avait pris position — une position dominante — dans le ménage. Ni la timidité ni l'humilité n'avaient vraiment été son fort ; elle était intelligente et capable, et ne voyait aucune raison pour feindre une douceur ou une modestie qu'elle ne possédait pas naturellement. Il y avait même quelque chose en elle... quelque chose qui commandait, ou plus exactement qui la contraignait bizarrement. Elle se mettait souvent à part lorsque Tegid chantait, observant dans la pénombre, l'expression presque railleuse, méprisante... comme si elle dédaignait de se joindre à nous, ou boudait son plaisir d'être au milieu d'une assemblée. D'autres fois, elle semblait faire abstraction d'elle-même en manifestant la claire volonté de nous rejoindre. Je sentais vaguement qu'elle suivait les directives de quelque plan, plutôt que les élans du cœur. Et je n'étais pas le seul à l'avoir remarqué.

« Il existe une zone d'ombre dans son âme », dit Goewyn un soir, une fois que nous nous étions retirés dans notre chambre. « Elle est désorientée et malheureuse.

— Malheureuse ? Est-ce que tu le penses vraiment ? C'est peut-être simplement qu'elle a peur d'être à nouveau blessée », dis-je.

Goewyn secoua légèrement la tête. « Non, elle souhaite vraiment, je crois, que nous devenions amies ; mais il y a quelque chose de froid en elle, une dureté aussi qui l'en empêche. Quelquefois, j'aurais juste envie de plonger jusqu'à son cœur pour l'arracher, et tout alors irait beaucoup mieux pour elle.

— C'est peut-être sa manière à elle de vouloir dissimuler sa peine. »

Goewyn se mit à me regarder bizarrement. « Pourquoi dis-tu qu'elle a été blessée ?

— Eh bien, dis-je lentement comme pour réfléchir à voix haute, Cynan nous a dit que son père avait été tué dans une bataille contre Meldron. J'imagine simplement que Tángwen, comme bon nombre de ceux que nous avons rencontrés en route, continue à porter cette douleur en elle.

— Peut-être, oui..., admit Goewyn en fronçant les sourcils pensivement.

— Mais tu penses autrement...

— Non, dit-elle après avoir laissé passer un moment. C'est sans doute cela. Je suis sûre que tu as raison. »

Le temps passait, le jour de l'*Alban Ardduan* et des noces de Cynan se rapprochait de plus en plus. L'armée des Galanae et le Vol des Corbeaux avaient approvisionné les cuisines en rapportant du gibier de toute sorte, et les cuisiniers maintenaient les fours en pleine activité, en préparant la nourriture pour le festin. Le brasseur et ses aides, prévoyant une demande importante, travaillaient sans relâche afin de remplir les cuves de bière et d'hydromel. La veille du mariage, les porcs que l'on avait engraissés furent tués, et nous nous réveillâmes dans la pénombre du lendemain matin au milieu des bonnes odeurs de porcs rôtis.

Après une petite collation rapide de pain et d'eau, nous partîmes revêtir nos tenues de cérémonie, puis nous nous rassemblâmes dans la grande salle, impatients de commencer les réjouissances. D'innombrables torches brûlaient sur leurs supports, chassant la moindre pénombre de tous les recoins. En ce jour, les torches brilleraient de tout leur éclat du lever au coucher du soleil en l'honneur de l'Alban Ardduan.

Cynan fut le premier à se montrer, resplendissant dans des breecs à carreaux rouges et oranges et un siarc jaune. Il portait par-dessus une cape à rayures bleues et blanches, fermée par la grande broche en or de son père. Il avait peigné sa longue barbe rousse, l'avait étalée sur sa large poitrine, et il s'était laissé ramener et attacher sa longue et épaisse chevelure rousse derrière la nuque. Ses torques d'or et d'argent poli étincelaient comme des miroirs. Il s'agitait et se pomponnait, caressant sa ceinture et ajustant sa cape.

« Un futur marié aussi royal, on n'a jamais vu cela dans Caledon, lui dis-je. Calmez-vous, à présent. Sinon, elle va penser qu'elle se marie avec un feu follet.

— Mais pourquoi est-ce qu'elle n'arrive pas ! demanda-t-il, en jetant nerveusement un coup d'œil autour de la salle pour au moins la troisième fois.

— Gardez votre calme, dis-je. Vous avez supporté votre solitude si longtemps... Vous pouvez bien la supporter encore un peu.

— Et si jamais elle changeait d'avis ?

— Goewyn est avec elle, dis-je pour le rassurer. Elle ne changera pas d'avis.

— Pourquoi ne sont-elles pas encore là ? » Il tendit le cou pour scruter la salle une nouvelle fois. « Ah, les voilà enfin ! dit-il en fonçant droit devant lui.

— Du calme... c'est Tegid.

— Ah, ce n'est que Tegid... » Il recommença à se palper comme s'il était en train de chercher quelque chose qu'il aurait perdu. « De quoi est-ce que j'ai l'air ?

— Vous êtes beau comme un dieu. Maintenant restez tranquille, vous êtes en train de vous enfoncer dans le sol à force de gesticuler.

— Vous avez dit que c'était seulement Tegid ? questionna le barde.

— Faites comme s'il n'était pas là, répondis-je. Cynan n'est pas dans son état normal, aujourd'hui.

— J'ai la bouche en feu, se lamenta Cynan. Il faut que je boive quelque chose.

— Plus tard... après la cérémonie.

— Juste une coupe.

— Pas une seule goutte. On n'a pas envie de voir le roi des Galanae s'écrouler pendant ses propres noces !

— Je vous dis que je meurs de soif.

— Eh bien mourez, mais dans le silence. »

Tegid avança brusquement de quelques pas en disant : « Les voilà ! » Au même moment, une vague d'acclamations résonna depuis l'extrémité de la grande salle. Je me retournai en même temps que Cynan, et nous vîmes Goewyn et Tángwen qui s'approchaient.

La future épouse de Cynan était comme une apparition... un astre à l'éclat resplendissant : deux longues tresses attachées par des rubans dorés se répandaient sur les côtés de sa tête et allaient se perdre en une cascade de boucles flamboyantes ondoyant sur ses épaules. Elle portait une cape de couleur pourpre et une tenue de cérémonie jaune abricot passée sur une longue robe droite couleur saumon. Elle était pieds nus, et un large bracelet d'or, qui scintillait à chaque pas qu'elle faisait, enserrait chaque cheville. Sur sa poitrine brillait une magnifique broche en argent incrustée, sur l'anneau, de pierres précieuses d'un rouge étincelant ; l'épingle était reliée à l'anneau par une minuscule chaîne en argent, et le camée était constitué d'un gemme à l'éclat bleu. Il ne faisait aucun doute que ce joyau, qui attirait l'œil, provenait du trésor personnel de son père.

Cynan ne put se retenir plus longtemps. Il avança vers la jeune femme à longues enjambées, l'encercla de ses bras et la porta littéralement à l'endroit où nous nous trouvions, près de la grande cheminée centrale. « Être entouré par des camarades de combat dans une salle resplendissante, lança-t-il plein d'exaltation, en tenant dans ses bras une jolie femme... c'est là le plus grand bonheur qu'un homme puisse connaître ! » Il se retourna vers Tángwen, l'embrassa, puis ajouta : « C'est le plus beau jour de ma vie ! »

À ces mots, Tángwen posa une main sur sa face rougeaude et dirigea les lèvres de Cynan vers les siennes, l'embrassant d'un long baiser ardent. « Avancez-vous, Tegid, dit-il ; ma future femme est là, la salle est remplie, et le festin nous attend. Accomplissez le rituel afin que la célébration puisse commencer ! »

Ayant levé son bâton, forçant la voix, Tegid invita l'assemblée à assister au mariage de Cynan et de Tángwen. Chacun se rapprocha et la cérémonie put commencer. Les noces de Cynan ressemblaient beaucoup aux miennes. Des présents et des témoignages de gratitude furent échangés et, au moment de faire passer la coupe, je sentis la main de Goewyn se glisser dans la mienne. Elle vint placer ses lèvres près de mon oreille en murmurant des mots d'amour, et mordilla le lobe de mon oreille avant de se retirer.

Trois petits coups secs furent frappés par le Chef des Bardes du bout de son bâton et le mariage fut conclu. Cynan poussa un cri de joie et souleva sa femme dans ses bras. Il la porta jusqu'à la table et la mit dessus. « Mes parents, mes amis ! s'écria-t-il. Voici ma femme, Tángwen ! Que tous lui rendent hommage, c'est la Reine des Galanae ! »

La salle retentit des acclamations de la foule, alors que les Galanae accueillaient leur reine. Tángwen, le visage rouge de bonheur, souriante, radieuse, se tenait debout sur la table, toute attentive à l'adulation du peuple. Son visage, d'abord sous le charme, s'illumina soudain d'une expression de triomphe... comme si elle venait de remporter une victoire très serrée.

Cynan grimpa pour la rejoindre, et Tángwen s'écroula dans ses bras. Ils s'enlacèrent sous les acclamations de tous. Puis Cynan ordonna que la bière fût servie de manière à ce que tous puissent boire à la santé de l'heureux couple. Le brasseur et ses aides amenèrent la première cuve qu'ils posèrent près de la cheminée. Coupes et bols furent plongés dedans et en ressortirent pleins de mousse. Les bols s'élevèrent en même temps que les voix : *Sláinte ! Sláinte môr !* Nous trinquâmes à la vie, à la santé et au bonheur. Nous trinquâmes à la prospérité du règne de Cynan.

Dehors il se mit à neiger. Un vent glacial traversa les collines, soufflant des bourrasques de neige tombée d'un ciel livide. À l'intérieur de la salle la fête commença. Des rôtis fumants de porc et de gibier étaient amenés sur leurs broches ; des plateaux de pains de toutes sortes, d'une grande fraîcheur ; des tonnes de fromages à la crème jaune claire, et des monceaux de pommes croquantes... Nous mangeâmes, nous bûmes, nous bavardâmes, passant la sombre journée dans la salle remplie de lumière, entourés d'abondance et de bonne compagnie. Et lorsque, enfin, nous fûmes rassasiés et satisfaits, l'envie d'entendre une histoire se manifesta. Saisissant sa harpe, Tegid s'avança devant nous et se plaça près de la cheminée au centre de la salle, entouré par la lumière éclatante des flammes.

Il se mit à égrener quelques sons, attendant que chacun trouve une place et que le calme s'installe dans l'auditoire.

Peu à peu, la salle devint silencieuse. Élevant doucement la voix, le barde fit une annonce : « Il est juste de célébrer l'union d'un homme et d'une femme par des noces, des festins et des chants... plus encore que les victoires des guerriers et les conquêtes des rois. Il est juste de vouloir nous souvenir de l'histoire de notre peuple, car c'est ainsi que l'on apprend qui l'on est et ce que l'on attend de nous en cette vie et en celle de l'au-delà.

« En ce jour plus qu'en tout autre, alors que la lumière d'Alban Ardduan brûle sur les hauteurs, il est juste que nous manifestions notre joie, il est juste que nous nous rassemblions près du feu pour entendre le chant de notre race. Rapprochez-vous et écoutez, vous tous qui voulez entendre une histoire authentique... écoutez avec vos oreilles, Enfants d'Albion, et écoutez avec votre cœur. »

Ayant dit cela, il inclina la tête et resta plongé dans le silence. Puis ses doigts commencèrent à s'agiter sur les cordes, il laissa la mélodie lui venir à la mémoire, prit sa respiration, et commença à chanter.

X

LE FILS DU GRAND ROI

Le son de la harpe égrena des doigts de Tegid ses notes délicates comme autant de petites pièces d'argent luisantes ; ou comme des étincelles éclatantes surgies d'un feu plein de vigueur et s'enroulant sur des courants d'air pour s'élever jusqu'au plafond noyé dans la pénombre. La voix du barde s'éleva elle aussi pour rejoindre le chant de la harpe, et les deux mélodies s'entrelacèrent et fusionnèrent dans une harmonie incomparable, alors qu'il entamait le récit qu'il avait composé pour Alban Ardduan. Et voici quelles furent les paroles qu'il chanta :

« Aux premiers jours où apparurent les hommes, lorsque la rosée de la création étincelait encore sur la terre, arriva un grand roi qui régna sur de nombreux royaumes et gouverna divers clans. Le grand roi se nommait Cadwallon, et il régna sagement, et longuement, rendant toujours plus prospères tous ceux qui s'abritaient sous son bouclier. Il avait l'habitude, lorsque le soir tombait, de gravir le tertre du conseil, près de son château, et d'observer ses terres, pour s'informer par lui-même de la manière dont les choses se passaient pour son peuple. Oui, c'est ainsi que cela se passait.

« Un soir de crépuscule, alors que Cadwallon était assis sur son tertre en train d'observer ses terres, il réalisa soudain que les propriétés s'étaient développées au-delà de toute imagination. “Je ne parviens plus à voir d'un bout à l'autre mes terres, pas plus que je ne parviens à dénombrer mon peuple… le simple fait d'énumérer le nom de toutes les tribus demanderait à mon barde trois jours entiers.

« “Quel dommage, songeait-il, si quelque problème venait à surgir sans que je puisse en être averti à temps pour pouvoir empêcher que le mal s'abatte sur mon peuple ! Cela pourrait se produire aisément, car le royaume est devenu trop vaste pour le gouvernement d'un seul roi. Par conséquent, il me faut trouver quelqu'un pour m'aider à gouverner mon royaume en garantissant la sécurité de mon peuple.”

« De fait, il ne manquait pas de prétendants au trône pour l'aider à gouverner. Mais hélas, tous ne se souciaient pas autant du bien-être des clans que Cadwallon, et cela affligea le grand roi de penser qu'un homme intéressé pourrait gagner de la puissance à ses dépens. Alors il se rendit à son tertre réservé pour le *gorsedd* afin de réfléchir à ce problème, se disant : “Je ne redescendrai pas de ce tertre avant d'avoir trouvé une solution à cette situation difficile.”

« Pendant trois levers de soleil et trois couchers de soleil, Cadwallon ne bougea pas ; ni les trois suivants, ni les trois autres, jusqu'à ce que, au crépuscule du neuvième jour, il trouvât soudainement une solution pour déterminer lequel, parmi ses notables, serait le plus digne de l'aider. Il se leva et redescendit vers son château, plein de confiance.

« Le jour suivant, des messagers partirent à cheval aux quatre coins du royaume pour porter le message suivant : “Gentilshommes, le roi vous invite à le rejoindre le temps d'une saison pour venir vous détendre à son château, où l'on fera la fête, où il y aura des jeux, et où la bière coulera à flots.”

« Lorsque les chefs de tribus reçurent cette invitation, ils se précipitèrent tous chez leur seigneur. Et lorsqu'ils virent cette profusion de nourriture et de boisson qui avait été préparée pour eux, ils en furent tout heureux et proclamèrent que, parmi tous les rois, Cadwallon était sans aucun doute possible le plus généreux et le plus bienveillant qui ait jamais vécu.

« Lorsqu'ils eurent pris place à la table conformément à leur rang, la fête commença. Ils mangèrent jusqu'à satiété et burent tout leur saoul, et une fois que leur grande faim et leur grande soif eussent été quelque peu assouvies, ils commencèrent à parler, comme le font tous les hommes, des différentes aventures qui leur étaient arrivées. Ils prirent la parole les uns après les autres, et chacun fit le récit de la plus belle histoire afin de complaire aux autres.

« Le grand roi écouta tous les récits qui se succédaient en fixant tristement le fond de sa coupe. Lorsqu'ils lui demandèrent la raison pour laquelle il faisait si triste figure, le grand roi répondit :

“Nous avons entendu un certain nombre de récits, tous plus étranges les uns que les autres, mais aucun n’est plus étrange que celui que je vais à présent vous raconter. Car de toutes les aventures, la mienne est bien la plus étrange. Sur ma vie, s’il y avait quelqu’un qui puisse m’expliquer ce que cela veut dire…”

«Ô roi, quelle chance vous avez, si vous n’avez pas d’autre souci que celui-là, répondirent les notables. Nous sommes prêts à faire ce que vous demandez. Nous n’avez qu’à nous raconter votre histoire, et nous ne tarderons pas à soulager votre cœur de ce poids.

«— Eh bien écoutez, dit le roi, mais n’espérez pas trouver la signification si facilement. Je suis en effet persuadé que ce récit ne sera pas sans causer en vous tous un profond désarroi.

«— Sachez, Grand Roi, que nous n’avons peur de rien. Au contraire, vos paroles suscitent notre intérêt au-delà de tout ce que nous avons entendu auparavant. Parlez selon vos désirs, sans craindre notre désarroi.

«— Il est certain que vous le savez mieux que moi…», dit le roi d’un air songeur. À la suite de quoi Cadwallon commença son récit.

«Je n’ai pas toujours été le roi que vous voyez devant vous, dit-il à ses chefs. Dans ma jeunesse, j’étais plein de fougue et d’arrogance, m’imaginant que personne ne serait meilleur que moi dans les faits d’armes. Pensant que j’avais accompli tous les hauts faits qu’il était possible d’accomplir dans ce royaume des mondes, je pris le strict nécessaire et partis à cheval vers les contrées les plus sauvages, loin des champs cultivés que nous connaissons. Gagner de la gloire et de la renommée était tout ce à quoi j’aspirais, entendre louer mon nom dans des chants était mon seul désir.

«— Et que se passa-t-il ? Qu’avez trouvé ? demandèrent les notables.

«— Je trouvai la plus belle vallée qu’un homme ait jamais vue d’où s’écoulait, en son milieu, un large fleuve et où des arbres de toutes natures croissaient dans les forêts. Je traversai le fleuve et me frayai un chemin avec mon cheval jusqu’au moment où je débouchai sur une plaine immense où fleurissaient toutes sortes de fleurs. Le sentier se poursuivait devant moi, et je le suivis. Sur mon cheval, j’avançai pendant trois jours et trois nuits, et arrivai finalement jusqu’à une forteresse resplendissante au bord d’une mer calme et bleue.

«Je m’approchai de cette forteresse et deux jeunes garçons vinrent à ma rencontre — l’un et l’autre avec des cheveux si noirs qu’ils me firent penser aux ailes des corbeaux —, revêtus d’un costume princier, avec de splendides capes vertes et des torques d'argent autour de leur cou. Chacun des garçons portait un arc taillé dans la corne et tendu par un boyau de cerf, des flèches en ivoire de morse avec des pointes en or et des plumes d'aigle. Leurs ceintures étaient en argent et leurs poignards en or. Et ils étaient en train de tirer leurs flèches sur un bouclier couvert d'une peau de bœuf toute blanche.

« À quelques pas de là se trouvait un homme avec des cheveux si légers qu'ils me firent penser aux ailes des cygnes. Sa barbe et ses cheveux étaient peignés avec grand soin, et il portait un torque en or autour du cou. Sa cape était couleur de l'azur, sa ceinture et ses buskins, taillés délicatement dans du cuir brun.

« Je m'avançai à la rencontre de cet homme, avec en tête une formule de salutation bienveillante prête à lui être adressée, mais il était lui-même si courtois qu'il me salua avant que je puisse ouvrir la bouche. Il m'invita à entrer dans le château avec lui, ce dont je brûlais d'envie, car le spectacle de celui-ci était une véritable merveille. À l'intérieur je vis d'autres personnes et me rendis compte aussitôt qu'il s'agissait d'un peuple prospère. En effet, du premier au dernier, ces hommes semblaient d'une égale richesse ; le plus important d'entre eux affichait moins de trois fois la richesse du plus modeste.

« Cinq valets d'écurie prirent mon cheval et le soignèrent comme jamais je ne l'avais vu faire. Ensuite l'homme me conduisit jusqu'aux appartements, qui étaient soutenus par des colonnes en or et dont le plafond était couvert de plumes mouchetées. Dans ces appartements, il y avait des hommes d'une grande élégance et des femmes très belles... et tous conversaient joyeusement, chantaient, s'adonnaient à divers jeux et prenaient du bon temps. Une vingtaine de jeunes filles étaient en train de coudre près de la fenêtre, et la moins jolie était plus belle qu'aucune jeune fille vivant sur l'Île du Puissant. Au moment où nous entrâmes, toutes se levèrent pour m'accueillir et me souhaiter la bienvenue de la manière la plus agréable.

« Cinq d'entre elles me retirèrent mes buskins et me débarrassèrent de mes armes, et cinq autres m'ôtèrent mes vêtements usés par le voyage et me passèrent des vêtements neufs — un siarc, des breecs et une cape finement ouvragée. Cinq autres jeunes filles arrangèrent une petite table recouverte d'une belle nappe, et cinq autres apportèrent de la nourriture sur cinq énormes plateaux. Les cinq premières, qui m'avaient ôté mes buskins et débarrassé de mes armes, revenaient maintenant avec de la laine pour que je puisse m'asseoir dedans, et les cinq jeunes filles qui m'avaient habillé me conduisirent vers la table.

«Je m'assis près de l'homme qui m'avait invité, puis d'autres personnes d'aussi bonne compagnie vinrent s'asseoir également autour de la table. Il n'y avait pas une seule coupe, un seul bol, un seul plateau sur cette table qui ne fut d'or, d'argent ou d'ivoire. Et la nourriture... quelle nourriture ! Je n'avais jamais goûté de mets si savoureux au palais, si satisfaisants pour l'estomac que ceux qui me furent proposés au cours de ce festin en si aimable compagnie.

«Nous dégustions, mais jamais un seul mot ne fut proféré jusqu'à ce que la dernière bouchée fut avalée. Un temps passa, puis l'homme qui se trouvait à côté de moi, voyant que j'avais terminé mon repas, se tourna vers moi et dit : "J'ai l'impression que vous avez désormais davantage envie de parler que de continuer à manger.

«— Seigneur, répondis-je. Il serait temps que je puisse enfin parler avec quelqu'un. Même le plus grand festin paraît fade lorsqu'il est partagé en silence.

«— En réalité, continua l'homme, nous ne voulions pas vous déranger pendant votre repas. Mais si j'avais su quel était votre sentiment, nous aurions assurément laissé s'installer la conversation plus tôt. Mais parlons, à présent, si rien ne vous en empêche." Alors il me demanda qui j'étais et quelle mission m'avait amené jusqu'ici.

«— Seigneur, dis-je, vous avez devant vous un homme d'une adresse peu commune dans le maniement des armes. Je parcours les régions les plus sauvages de ce monde dans l'espoir de trouver quelqu'un qui puisse me vaincre. Car, pour vous dire la vérité, je ne trouve aucun plaisir à triompher d'hommes moins habiles que moi, et aucun guerrier de mon propre royaume n'est plus, depuis longtemps, à même de provoquer chez moi l'intérêt de la compétition à laquelle j'aspire tant.

«L'éminent seigneur se mit à sourire, puis dit : "Mon ami, je vous donnerais volontiers les moyens de satisfaire vos désirs si je ne croyais pas qu'un grand malheur s'ensuivrait."

«En entendant ces mots, mon visage afficha la plus grande déception. Le seigneur s'en rendit compte et ajouta : "Toutefois, puisque vous semblez préférer malgré tout le mal au bien, je vous invite donc à vous tenir prêt."

«Je répliquai aussitôt : "Seigneur, je suis toujours prêt.

«— Alors écoutez-moi, car je ne me répéterai pas. Passez la nuit ici, et levez-vous demain à l'aube ; prenez le même sentier qui vous a conduit à ce château jusqu'à ce que vous rencontriez une forêt. Peu après avoir franchi la lisière de la forêt, vous verrez que le chemin se sépare en deux ; prenez alors celui de gauche et suivez-le jusqu'à ce que vous arriviez à une clairière avec, en son centre, un tertre. Sur ce tertre, vous rencontrerez un homme gigantesque. Demandez à cet homme votre chemin, et en dépit de sa probable discourtoisie, je suis certain qu'il vous indiquera comment trouver ce que vous cherchez."

« Cette nuit-là fut interminable. Tous les âges du monde mis bout à bout ne dureraient pas plus longtemps que cette nuit-là. J'avais beau regarder le ciel régulièrement, l'aube ne semblait jamais prête à se lever. Enfin, je vis le ciel commencer à s'éclaircir à l'est, et je sus que la nuit allait prendre fin. Je me levai, m'habillai, et sortis ; puis j'enfourchai mon cheval et me mis en route. Je trouvai la forêt, puis la bifurcation annoncée, empruntai le chemin de gauche et trouvai la clairière avec le tertre en son centre… exactement comme le grand seigneur me l'avait décrit.

« Il y avait un homme assis sur ce tertre. Mon hôte m'avait dit que cet homme était un homme gigantesque, mais il était bien plus grand encore que je ne l'avais imaginé — et beaucoup plus laid. Il n'avait qu'un seul œil au milieu du front, et qu'une seule jambe ; une épaisse toison de poils noirs lui couvrait la face et avait poussé également sur ses épaules et sur ses bras. Il tenait une lance de fer que n'auraient pas pu porter quatre de nos guerriers, et pourtant, cet homme la tenait dans ses mains avec la plus grande aisance. Et tout autour de cet homme, aussi bien sur le tertre qu'à sa proximité, il y avait des cerfs, des sangliers, des moutons, d'autres animaux des forêts encore qui broutaient… par milliers !

« Je saluai le Gardien des Forêts et ne reçus en retour qu'une réponse cassante. Mais je n'en attendais pas moins, et lui demandai malgré tout quel était ce pouvoir qu'il avait sur des animaux qui ne craignaient pas de s'approcher si près de lui. Il me fit une réponse tout aussi rude. "Petit homme, railla-t-il, il faut que tu sois particulièrement sot pour ne pas le savoir. Toutefois, ce pouvoir que je détiens, je vais te le montrer…"

« L'homme immense et hirsute saisit alors sa lance et visa d'un seul coup un cerf qui se trouvait non loin de là. Il frappa l'animal avec le manche de sa lance, et le cerf se mit à bramer. Les sons provoqués par l'animal firent alors trembler les arbres et le sol qui se trouvait sous mes pieds. Des animaux sauvages de toutes sortes se mirent à courir en direction du son, arrivant des quatre coins du monde. Par milliers, par dizaines de milliers, les animaux accouraient au point que mon cheval ne retrouva plus de place pour bouger, pris au milieu des loups, des ours, des cerfs, des loutres, des renards, des blaireaux, des écureuils, des mulots, des serpents, des fourmis et des autres.

« Les animaux fixèrent le Gardien des Forêts comme des hommes obéissants honorent leur seigneur ; puis il les interpella et leur ordonna de brouter, et aussitôt ils se mirent à brouter. “Eh bien, petit homme, me dit-il, maintenant tu as vu le pouvoir que je détiens sur ces animaux. Mais j'imagine que tu n'es pas venu jusqu'ici pour t'assurer de l'existence de mon pouvoir, aussi incroyablement grand soit-il. Que veux-tu ?”

« Alors je lui annonçai qui j'étais et ce que je cherchais, et il me répondit de la façon la plus grossière. Pour le dire brièvement, il me demanda de déguerpir. Voyant que j'insistais, il dit : “Bon, eh bien puisque tu es assez stupide pour rechercher une telle chose, ce n'est pas à moi de t'en empêcher.” Levant sa lance de fer, il désigna une direction et dit : “Suis le sentier que tu trouveras au fond de la clairière. En continuant, tu découvriras une montagne ; grimpe sur le versant de la montagne jusqu'à ce que tu atteignes le sommet, et de là tu apercevras une grande vallée comme tu n'en a jamais vue auparavant. Et au milieu de cette vallée, tu verras un if qui est à la fois plus haut et plus vieux que tous les ifs du monde. Au-dessous des branches de cet if, il y a une mare, et près de la mare il y a une pierre, et sur la pierre une coupe d'argent avec une chaîne, placées de telle sorte que la pierre et la coupe ne peuvent être séparées. Prends la coupe, si tu l'oses, remplis-la d'eau, et verse l'eau sur la pierre. Ne me demande pas ce qui arrivera ensuite, car je ne te le dirais pas... même si tu me le demandais pendant mille ans.

« — Grand Seigneur, dis-je, je ne suis pas le genre d'homme à me dérober devant quoi que ce soit. Je dois savoir ce qui se passera ensuite, même si je dois rester ici pendant mille et une années...

« — Peut-il exister plus ignorant et plus stupide que toi ? demanda le Gardien des Forêts. Cependant, je vais te le dire ce qui se passe ensuite : la pierre grondera avec une telle force que tu croiras le ciel et la terre prêts à éclater en mille morceaux à cause du bruit, et ensuite se produira une averse si violente et si froide que tu n'y pourras probablement pas survivre. Des grêlons gros comme des miches de pain s'abattront sur le sol ! Ne me demande pas ce qui se passera ensuite, car je ne te le dirai pas.

«— Grand Seigneur, dis-je, je crois que vous m'en avez assez dit. Le reste, je pourrai le découvrir moi-même. Je vous remercie pour l'aide que vous m'avez apportée.

«— Ne me fais pas rire, dit-il. Que m'importent tes remerciements. L'aide que tu dis que je t'ai apportée, c'est comme te condamner à ta propre perte. Même si j'espère ne plus jamais rencontrer un sot comme toi, je te souhaite bonne chance.”

«Je suivis le sentier qu'il m'avait indiqué, gravis la montagne jusqu'à son sommet, et observai la vaste vallée et son grand if. Celui-ci était beaucoup plus haut et beaucoup plus vieux que ce que m'avait expliqué le Gardien des Forêts. J'avançai jusqu'à l'arbre et découvris la mare, puis la pierre, la coupe d'argent et la chaîne... exactement comme on me l'avait annoncé.

«Impatient d'éprouver mon habileté, je ne perdis pas un instant : je pris la coupe, la remplis avec de l'eau de la mare, puis versai l'eau sur la pierre. Aussitôt retentit un coup de tonnerre infiniment plus violent que ce qu'avait décrit le grand seigneur, puis survint une tempête de pluie avec des grêlons gros comme des miches. Mes amis, je vous le dis en vérité : si je ne m'étais pas aussitôt glissé sous la pierre, je ne serais plus là pour vous raconter cette histoire. Et même ainsi, la vie était sur le point de m'abandonner lorsque l'averse de grêlons s'arrêta. Il n'y avait plus une seule petite pousse verte sur l'if, mais le ciel s'était finalement dégagé, et une volée d'oiseaux vinrent se poser sur les branches nues et commencèrent à chanter.

«Je suis certain qu'aucun homme, ni avant ni après, n'a jamais entendu une musique plus douce et plus poignante que celle que j'entendis alors. Mais tout en appréciant les beautés de cette musique, je perçus une plainte extrêmement triste qui devint de plus en plus forte jusqu'à remplir la vallée tout entière. Puis la plainte s'articula en paroles : “Guerrier, qu'attends-tu de moi ? Que diable t'ai-je donc fait subir pour que tu m'infliges, à moi et à mon royaume, ce que tu m'as infligé ?

«— Qui êtes-vous, Seigneur ? Et que diable vous ai-je donc fait ?”

«La voix mélancolique répondit : “Ne sais-tu pas qu'à cause de cette averse que tu as provoquée sans réfléchir, aucun homme ni aucun animal n'a survécu dans mon royaume ? Tu as détruit toute vie.”

«En même temps que la voix parlait, un guerrier apparut sur un cheval noir, entièrement vêtu de noir ; sa lance était noire, son bouclier était noir, et son épée qui pendait contre sa cuisse, noire de la garde jusqu'à la pointe. Le cheval noir frappait le sol de ses sabots noirs, et sans dire un seul mot le redoutable guerrier monta à la charge.

«Même si cette apparition fut brutale, j'étais tout de même préparé. Croyant que j'allais enfin pouvoir accéder à une renommée éternelle, je saisis rapidement ma lance et me mis à l'attaque, moi aussi. J'exultais en éprouvant la puissance du cheval qui me conduisait et en voyant la progression rapide du valeureux guerrier en face de moi. Mais bien que mon attaque ait été de loin la plus habile que j'aie jamais conduite, je fus à ma grande honte délogé de mon cheval et projeté vers le sol. Sans même me lancer un regard ou une parole, mon noir adversaire passa le manche de sa lance à travers la bride de mon cheval et emmena l'animal en me laissant seul. Il n'estima pas même utile de perdre du temps à me capturer, ni même à me confisquer mes armes.

«Je fus donc contraint de revenir par le sentier que j'avais emprunté pour venir, et lorsque je fus à nouveau à la clairière, le Gardien des Forêts vint à ma rencontre, et c'est un miracle si je ne me suis pas liquéfié de honte, suite à toutes les paroles cinglantes qui me furent assénées. Je le laissai parler — il formula d'ailleurs ce qu'il avait à dire avec une rare éloquence —, puis, dans un soupir, je me mis en route pour le long et lent retour vers la forteresse aux mille éclats située près de la mer.

«Là, je fus acclamé avec encore plus de joie que la première fois, mieux accueilli, mieux servi si cela était possible, avec des mets encore plus savoureux. Je pus alors converser avec les hommes et les femmes de ces lieux incomparables autant qu'il me plut, et eux-mêmes bavardèrent affectueusement avec moi. Toutefois, personne ne fit allusion à mon voyage au royaume du Noir Seigneur, pas plus que je ne le fis moi-même. Autant mon arrogance avait, jadis, était grande, autant ma honte était, aujourd'hui, cuisante.

«Je passai la nuit en ces lieux, et lorsque je me levai, je trouvai un magnifique cheval baie avec une crinière rouge comme le lichen. Je rassemblai mes armes, fis mes adieux au maître des lieux, et m'en retournai vers mon propre royaume. Le cheval, je l'ai gardé jusqu'à aujourd'hui, et je ne mens pas en disant que je préférerais être privé de ma main droite plutôt que de me séparer de ce cheval.

«Le roi leva ensuite les yeux et fit du regard le tour de la table. "Mais je vous dis également la vérité si je vous dis que je donnerais la moitié de mon royaume à celui qui pourrait m'expliquer la signification de cette histoire qui m'est arrivée."

«Arrivé à ce point, Cadwallon mit un terme à son étrange récit. Les notables restèrent abasourdis du fait de cette étrangeté, mais plus encore en constatant à quel point leur roi avait fait preuve d'humilité en leur racontant une histoire qui n'était pas à son avantage. Puis un valeureux chef guerrier, nommé Hy Gwyd, se leva :

« "Gentilshommes, dit-il, notre seigneur nous a fait un récit qui valait la peine d'être entendu. Et, sauf erreur grossière de ma part, notre roi plein de prudence nous a lancé un défi qui est le suivant : découvrir par nous-mêmes la signification de cette étrange aventure. Comportons-nous donc en hommes valeureux ; relevons le défi de notre roi et découvrons la signification de cette histoire !"

« Et tous les notables commencèrent à discuter entre eux. Ils parlèrent longuement et avec conviction, car tous n'étaient pas d'accord avec Hy Gwyd. Finalement, les notables décidèrent qu'il n'y avait rien à attendre de bon en se mêlant ainsi à de tels mystères, et qu'il valait mieux suspendre la discussion. Ils retournèrent à leur festin et recommencèrent à faire la fête. Mais Hy Gwyd, ambitieux autant qu'intelligent, ne voulait pas être en reste ; il continua à imposer ses arguments et finit par convaincre son ami, un guerrier nommé Teleri.

« Alors, pendant que les autres à la table festoyaient, les deux guerriers sortirent discrètement de la salle. Ils sellèrent leurs chevaux, prirent leurs armes et sortirent de Caer Cadwallon, obsédés par l'énigme que leur avait posée leur roi. Ils parcoururent de longues distances à la recherche de ces champs situés hors du royaume qui leur avaient été décrits. En un temps raisonnable, les deux amis se retrouvèrent devant la forêt et le sentier qu'ils savaient être la forêt et le sentier qu'avait décrits Cadwallon.

« Ils suivirent le sentier, arrivèrent devant une vallée merveilleuse et traversèrent le large fleuve miroitant ; après quoi ils trouvèrent la piste conduisant à la plaine infinie où fleurissaient toutes sortes de fleurs. Au cours du voyage, leur parfum remplit leurs poumons et la beauté du paysage remplit leurs yeux. Ils voyagèrent trois jours et trois nuits et parvinrent finalement à la forteresse lumineuse située au bord d'une mer d'azur aux reflets changeants.

« Deux jeunes garçons avec des torques d'argent et des arcs taillés dans la corne étaient en train de tirer des flèches en ivoire sur un bouclier blanc… exactement comme l'avait décrit Cadwallon. Il y avait également un homme aux cheveux couleur d'or qui surveillait les enfants ; tous trois saluèrent chaleureusement les deux cavaliers et les invitèrent à venir jusqu'au château pour dîner avec eux. Les gens qu'ils virent à l'intérieur étaient encore plus élégants, et les jeunes filles encore plus jolies qu'ils ne l'avaient imaginé. Les belles jeunes filles se levèrent aussitôt pour se mettre à leur service comme elles l'avaient fait pour Cadwallon, et les mets qui leur furent apportés dans ces lieux extraordinaires surpassaient tout ce qu'ils avaient pu savourer auparavant. Lorsque le repas fut terminé, le seigneur qui les avait accueillis s'adressa à eux pour leur demander ce qui les avait amenés ici.

«Hy Gwyd lui répondit : "Nous sommes à la recherche du Seigneur Noir qui garde l'étang.

«— J'aurais préféré une autre réponse que celle-là, répliqua le seigneur, mais si vous avez librement choisi de trouver la vérité de cette affaire par vous-mêmes, je ne vous en empêcherai pas." Et il leur expliqua tout, comme il l'avait déjà fait pour Cadwallon.

«À l'aube, les deux amis se mirent en selle et traversèrent le magnifique royaume jusqu'à ce qu'ils atteignent la clairière où se trouvait le Gardien des Forêts installé sur son tertre. Il était encore plus laid et plus impressionnant que ce qu'on leur avait donné à croire. Suivant les maigres indications de ce détestable seigneur, ils arrivèrent au bord de la vallée située au pied de la montagne, puis à l'entrée de la vallée où se trouvait l'if. Là, ils découvrirent la fontaine et la coupe d'argent placée sur la pierre. Teleri n'avait qu'une envie, c'était de rebrousser chemin, mais Hy Gwyd se moqua de lui et le railla. "Nous n'avons pas fait tout ce chemin pour le plaisir de revenir sur nos pas, dit-il. Je suis sûr que nous parviendrons à obtenir la renommée que notre roi n'a pas réussi à obtenir. Manifestement, nous avons en notre pouvoir de prouver que nous sommes plus grands que Cadwallon n'a jamais été lui-même." Ayant dit cela, il prit la coupe, la remplit de l'eau de la mare, puis versa l'eau sur la pierre.

«Alors il y eut un orage et une tempête de grêle beaucoup plus violente que celle annoncée par Cadwallon. Ils étaient sûrs qu'ils allaient mourir — ce qui se serait produit si le ciel ne s'était pas brusquement dégagé, laissant venir les oiseaux sur l'if dénudé. Le chant des oiseaux était beaucoup plus délicat et plus agréable que ce qu'ils auraient imaginé, mais lorsque les gazouillis eurent rempli leur cœur, la plainte commença. Et en vérité, la plainte était si forte qu'on avait le sentiment que le monde entier était à l'agonie et au bord du gouffre. Les deux guerriers levèrent les yeux et virent un cavalier solitaire qui avançait vers eux : c'était le Noir Seigneur dont on leur avait parlé.

«Le Noir Seigneur regarda tristement vers eux et dit : "Frères, qu'attendez-vous de moi ? Que diable vous ai-je donc fait subir pour que vous m'infligiez, à moi et à mon royaume, ce que vous m'avez infligé ?

«— Qui êtes-vous, Seigneur ? demandèrent les deux guerriers. Et que diable vous avons-nous donc fait ?”

« La voix mélancolique répondit : “Ne savez-vous pas qu'à cause de cette averse que vous avez provoquée sans réfléchir, aucun homme ni aucun animal n'a survécu dans mon royaume ? Vous avez détruit toute vie.”

« Les deux guerriers se tournèrent l'un vers l'autre et se mirent à réfléchir à ce qu'ils devaient faire. “Frère, nous sommes à la recherche d'une réponse, annonça Teleri. Car les choses sont comme nous les avait décrites notre roi, et nous ne sommes pas plus avancés dans la vérité de ce mystère qu'au début de notre entreprise. Je crois qu'il est préférable de nous en retourner avant que se produise quelque chose que nous regretterons.

«— Je n'en crois pas mes oreilles ! s'esclaffa Hy Gwydd. Nous sommes tout proches de gagner la puissance et la gloire au-delà de toute espérance ! Donne-toi des coups de pieds si besoin, mais suis-moi ! Pas question de retourner !”

« Disant cela, Hy Gwyd leva son bouclier et brandit sa lance. Lorsque le Noir Seigneur vit qu'ils avaient l'intention de l'affronter, il donna l'assaut, délogeant de leur cheval les deux guerriers avec aussi peu d'effort que s'ils avaient été deux enfants stupides. La terrible créature s'apprêta à prendre leurs chevaux ; mais les deux guerriers, avertis par l'exemple de leur roi, se remirent aussitôt sur pied, saisirent fermement la lance noire et tirèrent leur ennemi et le délogèrent de son cheval. Le Noir Seigneur se releva, s'agenouilla et mit la main à l'épée. Mais Hy Gwyd fut le plus rapide.

« Son épée s'éleva dans le ciel et se rabattit brusquement : la tête du Noir Seigneur se sépara du corps, qui perdit l'équilibre et s'écroula sur le sol comme un chêne abattu. Hy Gwyd était appuyé sur son épée, le souffle haletant, et malgré tout très content de lui. “Voilà une bonne chose de faite, frère, dit-il. Nous avons réussi là où notre roi a échoué. À présent sa renommée rejaillira sur nos noms, car nous lui sommes supérieurs.”

« Teleri était encore en train de chercher les mots pour répondre lorsqu'ils perçurent un son plaintif, bien plus fort que la plainte qu'ils avaient entendue auparavant. C'était même devenu un gémissement particulièrement poignant. D'une tristesse pitoyable, d'une désolation lugubre, les accents de cette plainte eussent été capables de faire pleurer les pierres. Oui, vraiment, si brusquement on avait laissé s'exprimer toute la misère du monde, cela n'aurait pas été pire. Les deux guerriers pensèrent qu'ils ne pourraient survivre au contact d'un tel chagrin.

«Ils scrutèrent les environs pour découvrir la source de cette plainte et virent une femme qui venait dans leur direction… et qui était… oh ! d'une laideur extraordinaire. Si toute la beauté féminine existante dans le monde devait brusquement se flétrir et se rassembler sur les épaules décharnées d'une vieille sorcière particulièrement repoussante, ce serait encore sans aucune comparaison avec le spectacle imposé au regard des deux guerriers. Son visage n'était plus que rides ; sa bouche, aux lèvres craquelées, exhibait des dents noires et branlantes. Sa chair flétrie n'était plus qu'une masse de plaies véreuses ; des poux et des vers fourmillaient dans ses cheveux. La femme avait dû jadis posséder les plus beaux atours, mais à présent ce n'étaient plus que des loques crasseuses qui pendaient le long de son corps repoussant.

«Les lourdes plaintes sortaient de la gorge de cette femme répugnante, toujours plus tristes au fur et à mesure qu'elle s'approchait. Lorsqu'elle arriva près de l'étang, elle regarda le corps du Noir Seigneur et se mit à geindre encore plus fort. Des oiseaux tombaient morts depuis les arbres au son de cette plainte.

«“Malheur à vous ! s'écria-t-elle, des larmes de tristesse s'écoulant de ses joues décharnées. Regardez-moi ! Aussi laide que je sois aujourd'hui, j'étais jadis très belle. Qu'adviendra-t-il de moi ?

«— Madame, qui êtes-vous donc ? demanda Teleri. Pourquoi nous supplier ainsi ?

«— Vous avez tué mon mari ! hurla l'horrible femme. Vous m'avez privé de mon époux et me voici, à cause de vous, livrée au désespoir !” Elle se pencha vers le cadavre qui gisait à ses pieds, et, saisissant la tête tranchée par les cheveux, elle l'embrassa sur la bouche. “Malheur ! Malheur ! Mon seigneur n'est plus. Qui donc va pouvoir s'occuper de moi à présent ? Qui sera mon soutien et ma consolation ?

«— Calmez-vous, si vous le pouvez, dit Teleri. Qu'attendez-vous de nous ?

«— Vous avez assassiné le Gardien de l'Étang, dit l'épouvantable femme. C'était mon mari. À présent, l'un de vous doit prendre sa place. L'un de vous doit me prendre pour femme.”

«Disant cela, la vieille sorcière s'approcha des deux guerriers. Une odeur émanait d'elle qui les fit tressaillir sur leurs jambes et provoqua en eux un haut-le-cœur. Les yeux rougis à force de pleurer, le nez plein de morve, la bave sortant de ses lèvres, la vieille sorcière étendit les bras vers eux ; ses loques se déchirèrent et dévoilèrent un corps tellement ravagé et repoussant que les deux hommes fermèrent les yeux de crainte de vomir.

« “Non ! hurlèrent-ils. Ne vous approchez pas si près, sinon nous allons nous évanouir.

« — Eh bien ! demanda la Noire Sorcière. Lequel de ces messieurs ?” Elle se tourna d'abord vers Hy Gwyd. “Acceptez-vous de m'embrasser ?”

« Hy Gwyd détourna la tête : “Restez où vous êtes, vieille sorcière ! hurla-t-il. Je ne vous embrasserai jamais !”

« Elle se tourna alors vers Teleri : “Je suis sûre que vous, vous avez un peu plus de cœur. Acceptez-vous de m'embrasser ?”

« Le ventre de Teleri se tordit. Il sentit la sueur suinter sur la paume de ses mains, sur la plante de ses pieds. Il respira profondément pour éviter de s'évanouir : “Madame, c'est bien la dernière chose que je ferais”, répliqua-t-il.

« À ces mots, la femme recommença à gémir avec une telle force dans ses plaintes que le ciel finit par s'assombrir, que le vent commença à souffler, que la pluie commença à tomber, que l'orage commença à gronder dans le ciel. Le sol, au-dessous de leurs pieds, se mit à vaciller, et le monde entier trembla au son des arbres déracinés et des montagnes s'effondrant dans la mer.

« L'éclatement si soudain d'une telle tempête effraya les deux guerriers. “Partons d'ici immédiatement, cria Hy Gwyd. Nous avons accompli ce pour quoi nous étions venus.”

« Cependant, bien que son cœur y répugnât, Teleri n'était pas prêt à abandonner la femme s'il était en son pouvoir d'arranger les choses. “Madame, dit-il. Même si j'en ai la chair de poule, j'accepte de vous embrasser.

« — Vous êtes fou, Teleri, cria Hy Gwyd. Vous n'aurez que ce que vous méritez...” Ayant dit cela, il bondit sur son cheval et s'éloigna à toute allure, en dépit de la tempête qui faisait rage tout autour de lui.

« Teleri prit son courage à deux mains et s'avança vers la sorcière. Ses yeux se mouillèrent... mais était-ce à cause du spectacle qu'il voyait ou à cause de l'odeur qu'il sentait, il ne savait pas. Ses bras se mirent à trembler, ses forces se dérobèrent. Il pensait que son pauvre cœur allait éclater par la honte et le dégoût qui l'envahissaient.

« Cependant, il leva ses bras tremblants et les passa autour du cou de la femme. Il sentit ses mains se poser sur lui, froides comme la glace, s'agripper à lui ; il sentit ses doigts décharnés s'enfoncer dans sa chair. “Femme, dit-il, je vous ai embrassée ; voilà une étreinte bien triste. La froideur de la mort ne pourrait être plus désolante, ni le caveau plus sinistre.

«— À présent, tu dois coucher avec moi”, lui dit la sorcière en lui lançant son haleine putride à la figure. De si près, elle était encore plus laide — si c'était possible —, plus effrayante et plus repoussante qu'avant.

«“Coucher avec vous ?” Teleri crut devenir fou. Il pensa s'enfuir, mais la Noire Sorcière le retenait dans ses griffes, et ainsi, comme il n'y avait aucun moyen de s'échapper, il se résolut à se soumettre à ce qui lui était demandé. “Je crains que notre accouplement forme un spectacle des plus répugnants. Cependant, si cela peut vous satisfaire, je le ferai... pour vous uniquement, car je n'y éprouverai, loin s'en faut, aucun plaisir.”

«Alors Teleri prit la Noire Sorcière dans ses bras et s'allongea avec elle. Il posa ses lèvres sur sa bouche puante et l'embrassa. Ils firent l'amour, chair bien ferme contre carcasse fragile, mais Teleri ne put davantage supporter et s'évanouit.

«Lorsqu'il se réveilla, il était dans les bras de la plus belle jeune femme qu'il avait jamais vue. Sa longue chevelure était jaune comme le pollen, et ses bras souples et fermes ; ses seins étaient bien galbés, ses jambes fines et longues. Il bondit sur ses jambes avec un cri de surprise. “Où suis-je ? s'écria-t-il en se tenant la tête. Qu'est-il arrivé à l'autre femme qui était ici ?”

«La jeune femme se redressa et se mit à sourire ; c'était comme si le soleil n'avait jamais rayonné sur Teleri jusqu'à ce moment. “Combien vous faut-il donc de femmes pour vous satisfaire ?” demanda-t-elle, et surprise ! sa voix était comme un doux miel qui fondait dans la bouche.

«“Ma Dame, dit Teleri, vous êtes tout ce dont je rêve. Promettez-moi seulement que vous resterez avec moi !

«—Je resterai avec vous quoi qu'il arrive, Teleri, répondit la jeune femme. Car, si je ne me trompe, je suis votre épouse et vous êtes mon époux.

«— Quel est votre nom ?” demanda Teleri, se sentant un peu stupide d'avoir une épouse et de ne pas même savoir son nom.

«Mais la jeune femme lui répondit d'une façon rassurante : “Amour, mon nom sera celui qui te sera le plus doux à entendre. Tu n'as qu'à le prononcer, et c'est ainsi que je m'appellerai.

«— Je t'appellerai donc Arianhod, dit-il, car c'est ce nom qui m'est le plus doux à entendre.”

« Teleri enveloppa sa chère Arianhod dans ses bras et l'embrassa ; sa peau était douce et lisse et il éprouvait grand plaisir à la caresser. Il l'embrassa, et son âme fut en extase. Son amour ne connaissait aucune limite.

« Ils s'habillèrent ensuite, passant des vêtements identiques à ceux dont les rois et les reines se parent. Teleri retrouva son cheval en train de brouter non loin de là, il s'en approcha et l'enfourcha. Il installa sa jeune épouse devant lui et s'éloigna du bord de l'étang, reprenant le chemin de son ancien royaume de la même manière dont il était venu.

« Chemin faisant, Teleri et Arianhod revinrent au Caer Cadwallon, où ils furent acclamés et accueillis. Ses amis d'alors se félicitèrent grandement en constatant la chance qu'avait eue Teleri de trouver une femme aussi belle et aussi avisée pour être son épouse.

« "Bienvenu à demeure, Teleri, dit le roi Cadwallon. Vous voilà enfin revenu. Ici, en effet, je m'étais fait à l'idée de devoir gouverner seul mon royaume, car je n'avais trouvé personne qui fût digne de m'assister.

« — Que dites-vous, Seigneur ? s'exclama Teleri. Hy Gwyd a repris le chemin du retour bien avant moi. C'est lui qui a tué le Noir Seigneur.

« — Peut-être… mais ce n'est pas Hy Gwyd que je vois devant moi, répondit Cadwallon, et ce n'est pas non plus Hy Gwyd qui s'est présenté devant moi paré de si beaux atours et accompagné d'une épouse si royale et si belle." Le grand roi secoua lentement la tête. "L'homme dont vous parlez n'est pas revenu, et ne reviendra probablement jamais. En conséquence, je ne veux plus entendre parler de lui. Car j'ai à présent trouvé celui qui est digne plus que tout autre de partager mon titre royal — celui que, pour cette raison, je désire élever au-dessus des autres au sein de mon royaume. À partir d'aujourd'hui, tu es mon propre fils, Teleri, et en tant que mon fils, tu jouiras du bénéfice de ma puissance et de ma prospérité."

« Ayant dit cela, le Grand Roi détacha le torque de son cou et vint le placer autour du cou de Teleri, conférant ainsi à celui-ci un pouvoir non moins souverain que le sien, et tout aussi glorieux. Teleri ne pouvait croire à son bonheur.

« Cadwallon proclama l'ouverture d'une saison entière de festivités à travers tout le royaume, et provoqua une joie sans pareille chez tous ceux qui soutenaient son règne. Ensuite, il plaça la moitié de son royaume sous l'autorité de Teleri et se retira à l'autre bout du territoire, où il observa avec grand plaisir et grande joie tout ce que Teleri accomplissait. Car Teleri se montrait en toute chose un roi capable et astucieux, et du fait que celui-ci grandissait en autorité, Cadwallon en profitait lui aussi ; la gloire du fils adoptif s'accroissant parmi le peuple, le prestige du grand roi en augmenta d'autant plus.

«De son côté, Teleri était pleinement satisfait de son sort, et veillait toujours à accroître la gloire du grand roi parmi les gens du peuple. Mais il n'entendit plus jamais parler de Hy Gwyd, dont d'ailleurs personne ne vit plus jamais trace. C'était comme si cet homme n'avait jamais existé.

«Teleri et Arianhod régnèrent longuement, et avec grande sagesse, nageant toujours dans le bonheur. Et l'amour dont ils s'aimaient l'un l'autre grandit de plus en plus jusqu'à envahir l'ensemble du royaume du grand roi d'une bonté forte et puissante.

«Ici s'achève le récit du Fils du Grand Roi. Qui veuille l'entende.»

XI

LA CHASSE AU SANGLIER

Au début du printemps, par un jour de grand soleil et de ciel pur, nous quittâmes Dun Cruach. Il y avait toujours de la neige sur les hauteurs, mais j'étais impatient de retourner à Dinas Dwr. La nécessité de poursuivre la visite d'Albion imposait un long séjour à Prydain et à Caledon. Il y avait encore de nombreux clans et villages à visiter dans le sud, et pas mal de temps se passerait encore, probablement, avant que nous ramenions nos pas vers Dinas Dwr, au nord.

La foule qui m'accompagnait s'était accrue en nombre depuis notre départ. On avait l'impression que de nouveaux membres s'ajoutaient après chaque endroit que nous visitions. Dun Cruach n'était pas une exception... Cynan avait insisté pour nous escorter pendant notre expédition à travers le sud de Caledon, prétextant que cela faisait trop longtemps qu'un roi galanae avait fait ce parcours. À présent qu'il était roi, c'était son droit ; en outre, il verrait sa renommée s'accroître d'être ainsi vu en compagnie du Aird Righ.

La véritable raison, c'était, comme je le soupçonnais, qu'il voulait simplement montrer à tous sa nouvelle épouse. Mais cela m'était égal. Cela nous offrait l'occasion de voyager ensemble à nouveau, et j'y trouvais grand plaisir.

Des messagers continuaient comme avant à nous précéder pour inviter le peuple au *lys* du roi. Nous installions le camp dans les lieux sacrés — aux intersections, au pied de mégalithes ou au sommet de tertres de *gorsedd*. C'est là que je recevais le serment d'allégeance des tribus calédoniennes, et que — comme à Prydain et à Llogres — je plaçais le peuple sous mon autorité et sous ma protection.

Régulièrement, mes pensées se tournaient vers Dinas Dwr, ma splendide Cité des Eaux. Je me demandais comment se portait la population, là-bas, ce que devenaient les récoltes et mes troupeaux. Et tout cela me manquait, ma tribu hétéroclite me manquait, et je me demandais si je leur manquais moi aussi ; il me tardait de revoir mon foyer, mes murs. Les quelques rares plaisirs de la vie nomade commençaient à perdre de leur charme... l'agrément de dormir sous une tente s'était depuis longtemps émoussé.

« Il n'y a plus que quatre ou cinq tribus à visiter dans le sud, affirma Tegid pour m'encourager. Et comme à présent il n'y a plus grand monde à Prydain, nous n'allons pas tarder à reprendre la route du nord.

— Dans combien de temps ? demandai-je.

— Un vingtaine de..., commença le barde.

— Vingt jours ! », m'écriai-je. Je ne pus contenir mon impatience.

« ... Voire trente, ajouta rapidement Tegid. Peut-être encore davantage. Je ne peux rien dire de certain avant que nous ayons visité tous les villages du sud.

— Nous ne serons pas de retour avant Samhain... et encore.

— Pas du tout. Nous devrions être en vue de Druim Vran avant Lugnasadh... bien avant les moissons. » Il se tut, presque rayonnant de plaisir. « Nous avons bien fait. Les tribus révèrent votre trône. Les autres rois vous reconnaissent fraternellement. C'est là tout ce que nous espérions. »

En vérité, l'expédition avait été un triomphe. Comme Tegid l'avait fait remarquer, le peuple m'avait accepté comme leur Aird Righ, et je pouvais déjà en voir le bénéfice. Une certaine période s'était écoulée depuis l'éviction de Siawn Hy et de Meldron, et le Pouvoir Suprême offrait déjà un substantiel degré de stabilité... sans parler de la tranquillité. Si le fait d'observer l'ancien rituel du *Cylchedd* y contribuait vraiment, j'étais prêt à recommencer n'importe quand. Je ferais tout pour qu'Albion redevienne ce qu'elle était au moment où j'étais arrivé. Absolument tout.

« Pourquoi ne partiriez-vous pas chasser avec Bran ? suggéra Tegid en me faisant brusquement sortir de mes pensées. Nous arriverons à notre destination prévue aux alentours de midi. Bran, avec quelques autres, a projeté d'explorer quelques-unes des pistes à gibier dont Cynan nous a parlé. Vous devriez aller avec eux.

— Vous essayez de vous débarrasser de moi, frère barde ?

— Parfaitement... Faites ce que je vous dis... Je vous le demande. »

Bran était on ne peut plus heureux de m'inclure dans sa partie de chasse. Tant de temps s'était passé depuis ma dernière sortie avec lui — avec lui ou avec qui que ce soit, d'ailleurs… « Cela ne sied pas aux armes du Roi Suprême de se rouiller par simple négligence », fit-il. Je pris sa remarque pour une façon élégante de dire qu'il ne fallait pas que je mollisse, à présent que j'allais être plus souvent assis sur un trône que sur un cheval de combat. Très bien !

Après avoir rejoint notre lieu de campement, nous rassemblâmes nos lances et prîmes la direction de la forêt. Il était juste midi, comme l'avait justement annoncé Tegid, et la journée était chaude. Nous trouvâmes la première piste à gibier peu de temps après avoir pénétré dans le bois, mais nous estimâmes qu'il serait improbable que nous trouvions quelque chose si près de la lisière de la forêt, et nous nous engageâmes donc plus profondément.

Nous étions, en tout, six à participer à cette battue. Lorsque nous fûmes sur les lieux d'une seconde piste, nous nous divisâmes en trois groupes, avançant de front deux par deux. Bran et moi étions au centre, séparés par trois ou quatre longueurs de lance ; et même si je ne pouvais pas distinguer les autres à travers l'enchevêtrement des arbres, je savais qu'ils étaient tous à portée de voix.

Nous avançâmes en silence pendant quelque temps et débouchâmes finalement sur des traces de sanglier. Bran mit pied à terre pour aller voir de plus près. « Combien sont-ils ? » demandai-je.

Bran, s'agenouillant sur la piste, releva la tête et dit : « Un petit groupe. Quatre au moins… peut-être plus. » Il se releva et regarda droit devant lui vers la piste à moitié plongée dans la pénombre. « Avançons un peu plus loin et voyons ce qu'on trouvera. »

Nous avançâmes avec précaution. Ce genre de situation est toujours tendue, car jusqu'à ce que les sangliers soient repérés, le danger est toujours présent de foncer, sans le savoir, droit sur eux et de les surprendre. C'est ainsi que surviennent les accidents. Nombreux sont les chasseurs qui ont été délogés de leur cheval — quand ce n'est pas pire — alors qu'ils chargeaient des sangliers sans les avoir repérés. Ces animaux sont des combattants intrépides, et ils n'hésitent pas à donner l'assaut lorsqu'ils sont agressés de trop près — même si, comme tous les animaux, ils préfèrent prendre la fuite s'ils en ont l'occasion.

Avec Bran, nous avançâmes encore un peu sur la piste, puis nous nous arrêtâmes pour écouter. Le silence régnait dans les profondeurs de la forêt ; seul le martèlement précipité d'un pic-vert rompait ce morne silence. Puis, à quelques pas, nous entendîmes un léger grognement essoufflé... aussitôt suivi par un craquement de branches et un froissement de feuilles mortes. Baissant sa lance, Bran la pointa vers un bosquet touffu, devant nous sur la gauche. Nous attendîmes, sans un geste, et aperçûmes soudain un sanglier femelle d'une taille respectable qui avançait sur la piste à trop de distance pour que nous soyons certains de l'atteindre. Les sangliers n'ont pas une bonne vue, mais ils ont l'ouïe fine et un odorat développé. Il n'y avait pas de vent cependant et si nous ne faisions pas de bruit, il y avait une chance pour qu'elle s'aventure plus près de nous.

Nous attendîmes.

Deux bébés sangliers, vraiment petits — ils n'avaient pas plus de quelques jours — rejoignirent leur mère sur la piste. Puis trois autres. Tous faisant des sortes de petits couinements et trottinant sous le ventre de leur mère, entre ses pattes lorsqu'elle marchait, museau baissé, le long de la piste.

Bran secoua lentement la tête. Nous n'allions pas capturer cette femelle sanglier en laissant tous ces petits sans leur mère. D'un commun accord, nous commençâmes à rebrousser chemin pour leur laisser le passage libre — une jeune maman, avec son instinct protecteur pour sa progéniture, devait être extrêmement susceptible, et nous n'avions aucune envie de la déranger. Mais, alors que nous commencions à nous éloigner, le taillis se mit à bouger, laissant surgir un vieux sanglier, immense.

Il avait davantage l'air surpris qu'en colère, car il s'arrêta au beau milieu de la piste, regardant ici et là — pour tenter, je suppose, de localiser la source de son agitation — avant de regrouper ses forces pour foncer droit dans notre direction. Cela nous laissa le temps de nous préparer ; nous progressions maintenant face à lui, les lances pointées alors qu'il nous chargeait. Il parcourut la distance qui nous séparait de lui avec une vitesse surprenante. Nous étions prêts et nous étions concertés sur la façon de le capturer : Bran frapperait l'animal à hauteur du garrot tandis que je viserais entre ses côtes.

Le sanglier était un vieux et vaillant combattant, d'une puissance pleine de ruse. Sa première charge était une feinte... Il s'arrêta brusquement, au dernier moment, pour nous contraindre à brider nos chevaux et à faire volte-face pour tenter de le maintenir au milieu de nous. De haute taille, l'échine hérissée au-dessus de ses épaules saillantes, il fit quelques instants une pause dans la pénombre, tête baissée, les défenses luisantes, bavant tout en frappant le sol. La femelle et ses petits s'étaient entre-temps dispersés, poussant des cris perçants alors qu'ils s'enfuyaient sur la piste.

Avec Bran, nous nous tînmes prêts pour une seconde charge. Je sentais mon sang battre dans les tempes et se chauffer à l'idée de me mesurer à ce vieux sanglier. Sans attendre que ce soit l'animal qui décide, nous éperonnâmes nos chevaux pour qu'ils le prennent à la course. Le sanglier ne bougea pas ; il restait ferme sur ses pattes et attendait. Nos lances étaient déjà quasiment sur lui lorsqu'il fit brusquement un écart sur la gauche, dans ma direction... exhibant son flanc massif comme une cible facile pour ma lance. J'armai mon bras, prêt à tirer.

Le sanglier dut s'apercevoir de mon mouvement car il fit un nouvel écart et se précipita tête baissée vers moi. Ses pattes n'étaient plus qu'une masse confuse, ses défenses étincelaient, blanches dans la pénombre alors qu'il fonçait sur moi tout en grognant. Je rassemblai mes forces pour l'affronter, ayant déjà décidé de le laisser s'approcher le plus près possible avant de libérer ma lance. Bran se précipita pour me rejoindre, espérant pouvoir asséner un second coup si le mien échouait.

Tout à coup il y eut un long cri perçant, et deux autres sangliers s'engagèrent dans la course. Je ne vis que deux tâches sombres fonçant à toute allure dans ma direction. Bran hurla sous l'effet de la surprise. Je tirai brusquement sur la bride, et les pattes de mon cheval se replièrent alors qu'il essayait par tous les moyens de s'arrêter, pivotant sur lui-même en un mouvement rapide.

Le premier sanglier fonça sous les pattes antérieures du cheval qui se cabrait. J'essayai d'éviter le second d'un rapide coup de lance alors qu'il s'apprêtait à se lancer contre le flanc de mon cheval. Je pus distinguer nettement l'animal pendant qu'il faisait un écart pour éviter la lance. C'était un jeune adulte, qui n'avait pas encore atteint sa taille définitive. L'arrière-train était peu développé et le poitrail encore léger, mais ce qui lui manquait encore en corpulence, l'animal le rattrapait largement en vitesse et en détermination. En effet, à peine fut-il passé dans un sens qu'il chargea aussitôt dans l'autre.

Je criai vers Bran pour le prévenir et vis qu'il était en train de frapper le deuxième sanglier d'un mouvement court et tranchant de sa lance. Le sanglier vacilla, roula sur le dos, ses pattes se débattant dans l'air, puis s'éloigna tant bien que mal en hurlant.

Cela donna à Bran un court répit. Il se releva sur sa selle et appela à l'aide d'une voix qui résonna au milieu des arbres. Je pensais pouvoir lui répondre moi aussi en l'appelant, mais j'eus alors d'autres préoccupations. Le vieux sanglier avait dépassé Bran et il était à présent derrière moi. J'entendis un grognement nasillard tandis qu'il fonçait droit devant lui. Je fis faire un rapide demi-tour à mon cheval et abattai brusquement ma lance vers le sol. La lame frappa l'animal sur la partie ferme et musclée, au-dessus du garrot. Elle se ploya, puis il y eut un énorme craquement lorsque la hampe se fendit en deux. Ensuite, sans m'en rendre compte, je suis tombé sur le côté et me suis retrouvé sur le sol, au milieu des arbres.

J'avais projeté ma jambe par-dessus la selle et, déséquilibré, avais atterri violemment en tombant sur le côté. Mais fort heureusement ma jambe n'était pas restée coincée sous le ventre du cheval. Je me relevai tant bien que mal et me précipitai vers une autre lance, rangée derrière la selle de mon pauvre cheval qui se débattait lamentablement.

Bran, constatant la situation difficile dans laquelle je me trouvais, me lança sa propre lance. Celle-ci frappa le sol à quelques pas de moi. Je me ruai et l'arrachai d'un geste vif, puis retournai vers mon cheval, lui saisissant la bride pour le relever. Du sang coulait de son jarret, mais j'espérais que la blessure serait sans gravité.

« Llew ! » hurla Bran. Une lance passa comme un éclair près de mon épaule au moment où je me retournai. Le projectile frappa le sanglier en train d'asséner une charge juste assez vigoureuse pour le renverser. Je tournai et enfonçai ma lance au moment où il passa, mais manquai complètement ma cible alors que l'animal rusé fit un brusque saut de côté, la bave écumant de son groin.

Aussitôt j'entendis un craquement derrière moi et, me retournant, aperçus Emyr et Alun qui venaient à la rescousse. Dès qu'ils virent le renfort, les sangliers firent volte-face et commencèrent à s'enfuir le long de la piste.

« Ils s'en vont ! » s'écria Alun en lançant son cheval à leur poursuite.

Emyr et Bran se mirent aussitôt à le suivre. Je pris appui sur le col de mon cheval et me mis en selle, puis fonçai à toute allure pour les rejoindre. Les sangliers restaient déportés sur le côté de la piste parsemée de branches basses qui les rendaient plus difficiles à atteindre. Notre seul espoir de savourer un rôti de sanglier, c'était de ne pas perdre leur trace et de profiter du moment où ils seraient à découvert pour frapper.

Nous tînmes nos lances prêtes et nous rangeâmes d'un commun accord. Puis, au moment même où nous parvînmes à serrer au plus près notre proie si rapide, la piste bifurqua brusquement et nous nous retrouvâmes au milieu d'une clairière baignée par le soleil et entourée de ronces. Au centre de celle-ci, un dolmen : trois pierres verticales recouvertes par une énorme plaque formant un toit. Le dolmen était entouré par un fossé peu profond et recouvert d'herbe.

Le vieux sanglier baissa la tête et se mit à courir droit vers le centre de la clairière, contournant le dolmen en direction d'un taillis situé de l'autre côté. Son jeune compagnon, toutefois, n'était pas aussi malin. Le sanglier se précipita dans le fossé et disparut derrière le dolmen avec Emyr à ses trousses. Alun et moi, nous nous détachâmes et nous précipitâmes de l'autre côté pour éviter qu'il nous échappe. Bran bloqua l'entrée pour empêcher l'animal fougueux de battre retraite.

Le sanglier abandonna le dolmen, nous aperçut, et en fit le tour une seconde fois. Emyr l'accueillit à son passage et le prit en chasse. Puis ce fut une nouvelle chance pour Alun et moi. L'animal, malheureusement, fonça au milieu des pierres et nous évita. Emyr cria au moment où le sanglier apparut à nouveau de son côté, et je vis une masse sombre et indistincte se diriger vers le fossé pour effectuer un troisième tour.

Alun brandit sa lance à la nouvelle apparition de l'animal. L'arme retomba violemment sur le sol à quelques centimètres de la mâchoire du jeune sanglier. Celui-ci émit un grognement de peur et se déporta brusquement vers le dolmen pour se protéger.

Je le vis se ruer dans l'obscurité profonde... sa silhouette se étachait vivement sur la couleur verte derrière lui. Puis il disparut.

Le sanglier semblait s'être évaporé. Je l'avais vu disparaître. Ou plus exactement, je l'avais vu, puis plus rien. La créature s'était volatilisée — les défenses, la queue, la robe, tout — ne laissant derrière lui qu'un cri perçant.

Je le vis disparaître, et mon ventre se serra. Et mon cœur. Je me sentis soudainement sans forces. Ma lance me tomba des mains ; je fis un geste maladroit pour la rattraper, mais sans réussir. Elle tomba sur le sol.

« Où est-il ? » s'écria Emyr. Il regarda vers Alun qui se tenait en équilibre sur sa selle avec sa lance en l'air, toute prête à servir. Lui non plus n'avait pas vu le sanglier disparaître.

« Il se cache ! » répondit Alun en désignant une crevasse entre les pierres.

Avec la plus grande prudence, Emyr s'approcha du dolmen et enfonça sa lance dans la sombre cavité, espérant pouvoir ainsi déloger l'animal. Les doigts tremblants, je saisis les rênes et fis faire demi-tour à mon cheval pour quitter la clairière. Bran m'interpella. «Ont-ils réussi à le tuer ?, demanda-t-il. Llew !»

Je ne répondis pas. Abattu par l'énormité de la scène, je ne pouvais plus parler. J'incitai simplement mon cheval à s'éloigner.

«Llew ! Que s'est-il passé ?» s'enquit Bran d'une voix ferme.

Je savais ce qui s'était passé : le voile entre les deux mondes était à présent devenu si mince, si ténu qu'un sanglier apeuré pouvait en franchir le seuil en pleine lumière du jour. L'équilibre entre les deux mondes était rompu ; le Nœud sans fin était en train de s'effilocher. L'Autremonde et le monde manifeste que j'avais quitté étaient en train d'imploser. Le Chaos menaçait.

J'entendis ce hurlement assourdissant du vide dans mes oreilles au moment où je quittai la clairière. Un froid glacial me transperça le cœur... et la main : ma main d'argent était devenue froide au bout du mon bras. Un froid qui s'infiltrait jusque dans mes os. Une noirceur profonde obscurcissait ma vue.

«Êtes-vous blessé, Seigneur ?» s'écria le Chef des Corbeaux derrière moi.

Ne faisant pas même attention à Bran, je poursuivis mon chemin...

J'étais presque arrivé à la lisière de la forêt lorsque les autres me rattrapèrent. Ils étaient interloqués par mes actions et déçus de devoir abandonner la partie de chasse. Personne ne parlait, mais je sentais leur silence déconcerté devant mon attitude.

Nous rentrâmes au camp sans une explication puis, au moment de mettre pied à terre, je me retournai vers Bran : «Appelez Tegid», dis-je, et je rentrai précipitamment dans ma tente.

Goewyn n'était pas là. Elle était sortie sans aucun doute avec Tángwen. Je m'assis sur la couverture de cuir rouge au centre de la tente, croisai les jambes, repliai les bras en travers de ma poitrine et penchai la tête vers l'avant jusqu'à presque toucher mes genoux. J'attendis, sentant qu'une sueur froide, une vague de désespoir montait en moi. Si je ne pensais pas à ce que j'avais vu, et à ce que cela voulait dire, je pouvais empêcher cette vague de me submerger.

«Vite, Tegid», marmonnai-je en me balançant doucement d'avant en arrière.

C'est de cette manière que je pouvais contenir mon malaise et l'empêcher de m'engloutir et de m'emporter. Je ne sais pas combien de temps a pu se passer ; j'entendis le bruit traînant d'un pas sur le seuil, puis sentis une présence à côté de moi. J'ouvris les yeux et levai la tête.

Tegid était penché au-dessus de moi, le front plissé par le souci : «Je suis là, frère, dit-il doucement. La chasse a-t-elle été bonne ?»

Je refermai les yeux et secouai la tête. Voyant que je ne répondais pas, il dit : «Que s'est-il passé ?» Il se tut. «Llew, dites-moi, que s'est-il passé ?»

Je levai ma main d'argent vers lui. «Elle est froide, Tegid. Comme de la glace.»

Il se pencha et toucha la main de fer l'air pensif. «Je ressens la même chose, fit-il en se redressant. Parlez-moi de votre partie de chasse.

— Trois sangliers, commençai-je d'une voix hésitante. Qui se sont battus vaillamment. Nous les avons pris en chasse... jusque dans les profondeurs de la forêt. L'un d'eux s'est échappé. Nous avons suivi les deux autres jusqu'à une clairière où il y avait un dolmen entouré d'un petit fossé. Nous avons donné la chasse à l'un des deux sangliers autour du dolmen, et... il a disparu.

— Le dolmen ?»

Je lançai un regard méprisant vers le barde pour voir s'il le faisait exprès : «Le sanglier. Le sanglier a disparu. Je l'ai vu disparaître, et je sais où il est allé.

— Les autres l'ont-ils vu également ? demanda-t-il.

— Est-ce que c'est vraiment cela qui est important... hein !» répondis-je avec hargne.

Tegid m'observa attentivement.

«Ce sanglier, je l'avais déjà vu, continuai-je. Avant de venir en Albion, j'avais vu ce sanglier. C'est comme pour l'aurochs, vous vous souvenez ?»

Non, Tegid ne se souvenait pas. Comment aurait-il pu ? Alors je lui expliquai cette histoire d'aurochs... cet aurochs que nous avions pris en chasse pendant notre fuite vers Findargad, et qui avait disparu à l'intérieur d'un tertre de la même manière que ce sanglier s'était évaporé.

«Mais nous l'avions tué ! protesta Tegid. Nous avons mangé sa chair, il nous a nourris...

— Il y en avait deux ! dis-je. L'un a disparu, et l'autre nous l'avons tué. C'est précisément ce premier aurochs qui a été la cause de notre venue en Albion, à Simon et à moi ; cet aurochs que nous avons pris en chasse, c'est l'aurochs qui nous a amenés ici ! Et le sanglier que j'ai poursuivi aujourd'hui est celui que j'avais vu avant de venir.»

Tegid secoua lentement la tête. «Je vous ai écouté, frère, mais je ne comprends toujours pas pourquoi cela vous met dans un tel état, dit-il. C'est malheureux, mais…

— Malheureux !»

Tegid resta immobile à me fixer pendant quelque temps, puis il vint s'asseoir en face de moi. Il s'installa correctement : «Si vous voulez que je comprenne, dit-il, vous devez me dire ce que tout cela signifie.» Il parlait lentement, mais sur un ton acerbe. Il essayait de se contenir, mais manifestement en faisant beaucoup d'efforts.

«Cela signifie, dis-je en fermant à nouveau les yeux, que Nettles avait tort. L'équilibre n'est pas réinstallé. Le Nœud… le Nœud sans fin continue de s'effilocher.»

XII

LE RETOUR DU ROI

En dépit des longues discussions que j'eues avec Tegid, je ne parvins pas à lui faire saisir ce que signifiait la disparition du sanglier. Je ne fus sans doute pas capable d'expliquer vraiment, ou en tout cas de manière à ce qu'il puisse comprendre. Il semblait faire des efforts, mais mes explications manquaient d'éléments nécessaires pour réussir à le convaincre. Je ne parvins pas à lui faire sentir le danger.

« Tegid, dis-je enfin, il est tard et je suis fatigué. Allons chercher quelque chose à manger. »

Tegid admit que c'était ce que nous avions de mieux à faire ; il se leva en conservant une attitude pleine de raideur et quitta la tente. La tristesse et les idées noires avaient tellement imprégné mes pensées que je fus frappé de stupeur devant le spectacle bouleversant du coucher de soleil et de ses phases successives... des nuances roses, presque charnelles, puis des nuances cuivre, couleur lie-de-vin et fuchsia inondèrent en explosions formidables le ciel radieux, couleur jacinthe.

Je clignai des yeux, me noyant sans un geste dans ce spectacle extraordinaire. L'air était encore chaud, avec juste une pointe de fraîcheur. Les étoiles allaient paraître et nous serions bientôt témoins d'un nouveau spectacle grandiose et stupéfiant.

À travers tous ses efforts douloureux, Albion tenait bon. Comment était-ce possible ? Qu'est-ce qui la protégeait ? Qu'est-ce qui l'avait soutenue en dépit du cataclysme et du désastre ?

« Que vois-tu ! demanda doucement Goewyn.

— Ce que je vois, c'est un miracle, répondis-je. Je le vois, et en même temps je me demande comment nous avons pu passer à travers tant de difficultés... »

Ayant aperçu Tegid sortir de la tente, Goewyn avait forcé son allure pour me rejoindre. Elle s'était tenue à l'écart pendant que lui et moi nous discutions, mais à présent, elle était impatiente de connaître le sujet de nos échanges. « As-tu faim ? » demanda-t-elle en saisissant ma main vivante dans la sienne. Elle ne rappela pas qu'elle avait dû attendre longtemps ; la curiosité dans ses sombres yeux bruns était suffisamment explicite.

« Je suis désolé, dis-je. Je n'avais aucunement l'intention de te tenir à l'écart. Tegid et moi, nous étions en grande conversation. Tu aurais pu te joindre à nous.

— Lorsqu'un roi et son barde tiennent conseil, personne ne doit venir s'interférer. » Il n'y avait aucune nuance d'irritation dans sa voix, et je me rendis compte qu'en dépit de sa curiosité — qui n'était que légitime — elle se serait interposée pour empêcher tout importun de franchir le seuil.

« La prochaine fois, j'enverrai quelqu'un te chercher, Goewyn, dis-je. Je suis désolé. Pardonne-moi.

— Tu es soucieux, Llew. » Elle vint poser sa main fraîche sur mon front et repoussa d'une caresse mes cheveux en arrière. « Tu devrais marcher un peu, te détendre. Je vais faire apporter de la nourriture dans la tente, et t'attendrai là.

— Non. Viens marcher avec moi. Je n'ai pas envie de rester tout seul en ce moment. »

Nous marchâmes quelque temps ensemble. Sans parler. La présence si peu exigeante de Goewyn était comme un baume pour mon esprit agité, et je commençai enfin à me calmer un peu. Alors que les étoiles commençaient à scintiller dans le ciel, nous retournâmes vers la tente. « Repose-toi, maintenant. Je vais m'assurer qu'on apporte de quoi manger. » Je la regardai s'éloigner. Mon cœur battait à chacun de ses mouvements. J'adorai la grâce de ses formes arrondies.

Tout sentiment de mélancolie disparut d'un seul coup. Remplacée, devant moi, par l'amour, la vie, libre et entière. J'avais devant moi une âme qui resplendissait comme un feu, qui brillait comme un phare. Pour moi.

J'aurais voulu la prendre dans mes bras et la garder ainsi jusqu'à la nuit des temps.

Ne me quitte pas, Goewyn. Jamais.

Je rentrai à nouveau dans la tente et trouvai Tegid et Bran qui attendaient. Tegid avait été chercher Cynan et l'avait amené. Des torches avaient été allumées et placées sur des socles tout autour de la tente, dispensant une teinte rosâtre à l'intérieur. Ils cessèrent de parler dès que je fis mon entrée.

« Ce n'était pas nécessaire, Tegid, dis-je.

— Vous êtes soucieux, frère, répondit le barde. Je n'ai pas réussi moi-même à vous réconforter, alors j'ai fait venir nos chefs de clan. »

Je les remerciai tous en répétant que je n'avais pas besoin d'être réconforté. « J'ai Goewyn à mes côtés pour cela, expliquai-je.

— C'est bien malheureux que ce sanglier ait disparu, fit Bran compréhensif. Mais nous en capturerons un autre demain.

— Les pistes en regorgent... », ajouta Cynan, en renfort.

Secouant doucement la tête, je tentai une nouvelle fois d'expliquer. « Il ne s'agit pas du sanglier. Le sanglier m'importe peu. C'est ce que sa disparition représente qui m'inquiète. Vous comprenez ? »

Je voyais bien à la façon qu'ils avaient tous de me regarder qu'ils ne comprenaient pas du tout. Je fis une nouvelle tentative.

« Il y a de sérieux problèmes, dis-je. Il existe un équilibre entre ce monde-ci et le mien, et cet équilibre a été perturbé. Je croyais que le fait de mettre Siawn Hy et Meldron hors d'état de nuire ramènerait cet équilibre... Nettles le pensait, lui aussi. Mais il avait tort, et maintenant... »

Les regards fixés dans le vague m'incitèrent brusquement à interrompre mon exposé. Ils avaient déjà perdu le fil...

« S'il y a des difficultés, nous allons bientôt le savoir, suggéra Bran. Et nous les maîtriserons. »

Il parlait comme un simple guerrier... « Il ne s'agit pas de ce genre de difficultés, répondis-je.

— Nous sommes prêts à défier n'importe quel ennemi, s'écria Cynan avec orgueil. Qu'il vienne. Il n'y a aucun ennemi dont on ne puisse venir à bout.

— Ce n'est pas aussi simple, Cynan. » Je me mis à soupirer en secouant à nouveau la tête. « Croyez-moi, j'aurais infiniment préféré que ce soit le cas. »

Tegid, commençant à désespérer de pouvoir aider, observa : « La prophétie de la *banfáith* a énoncé des choses qui se sont toutes révélées vraies. Tout ce qui est arrivé, et tout ce qui arrivera encore, est contenu dans cette prophétie.

— Alors, vous voyez ! confirma Cynan avec satisfaction. Il n'y a pas lieu de s'inquiéter. La prophétie est là pour nous guider s'il devait y avoir des problèmes. Non, il n'y a pas lieu de s'inquiéter.

— Vous ne comprenez pas… », dis-je d'un air las. C'était comme s'il y avait un gouffre entre nous… un gouffre aussi large et aussi profond, qui sait, que celui qui sépare les deux mondes. Il n'y avait peut-être aucun moyen pour eux de franchir cette distance. Si le professeur Nettleton avait été encore là, il aurait su les mots qu'il fallait dire pour leur faire comprendre. Nettles savait ce que tout cela signifiait… enfin, peut-être ! Il s'était trompé sur la nécessité pour moi de rester en Albion ; il y avait pourtant à l'évidence une dernière tâche à accomplir. Mais après tout, il avait peut-être raison ; c'était peut-être ma présence prolongée ici qui était cause de tous ces problèmes.

Je gémissais presque sous les efforts que je faisais pour tenter de me faire comprendre. Mon dieu, pourquoi était-ce donc si difficile !

« Si c'est la capacité à comprendre qui nous manque, conseilla le barde, eh bien ayons recours à la prophétie. » Joignant les deux paumes de ses mains, il vint effleurer ses lèvres du bout des doigts et prit une profonde respiration. Il ferma les yeux et commença à réciter, sur un ton paisible et intense à la fois, la prophétie que m'avait rapportée Gwenllian, *banfáith* d'Ynys Sci. Je n'avais du reste besoin d'aucune assistance pour me la remémorer ; je me souvenais des paroles de la *banfáith* comme si elles m'étaient gravées dans le cœur. Et pourtant, à chaque fois que j'entendais réciter ces paroles sombres et inoubliables, mon ventre se serrait. Cette fois, c'était plus encore ; je sentais distinctement comme une sorte de puissance qui me dépassait, et qui me tirait en avant… la destinée, peut-être ? Je ne sais pas… Mais c'était comme si j'étais debout sur une plage, avec le flux, tout autour de moi, des vagues qui se retirent ; je sentais son attirance irrésistible. Comme les vagues, les événements s'étaient regroupés et s'apprêtaient à se retirer en m'emportant avec eux. Je pouvais résister — je pouvais nager à contre-courant —, mais je savais qu'au bout du compte je serais de toute façon emporté.

Tegid était arrivé à la fin de sa déclamation : « Avant qu'Albion soit Une, dit-il, les prouesses du héros doivent advenir, et Main d'Argent doit régner. »

Cette dernière phrase sembla ravir à la fois Bran et Cynan. Bran hocha sagement la tête et Cynan replia ses deux bras en travers de sa poitrine comme s'il venait de remporter une victoire. « Main d'Argent règne ! déclara-t-il fièrement. Et lorsque le Cylchedd sera terminé, Albion sera à nouveau réunifiée sous la protection du Aird Righ.

— Oui, c'est exactement cela ! » renchérit Bran.

Je ne fus pas davantage convaincu, mais j'étais à présent au bout de mes arguments. Goewyn arriva alors, accompagnée par l'une de ses servantes, pour nous apporter le souper ; je décidai donc de remettre la question à plus tard. S'il y avait vraiment quelque chose de grave, le professeur Nettleton reviendrait sans aucun doute pour m'en avertir, ou au moins il me ferait parvenir un message.

«Eh bien espérons que vous ayez raison», accordai-je de mauvaise grâce. Puis je les renvoyai vers leurs tentes afin qu'ils se reposent.

«Nous resterons vigilants, Seigneur, promit Bran avant de s'éloigner. C'est la seule chose que nous pouvons faire.

— C'est vrai, Bran. Vous avez tout à fait raison.»

Cynan et Bran sortirent l'un derrière l'autre, suivis par Tegid qui, bien qu'il ait semblé inquiet et désireux de me confier quelque chose, se contenta de fixer un court instant Goewyn en lui souhaitant une bonne nuit ; puis il sortit, nous laissant seuls pour partager le repas et mes soucis.

«Mange quelque chose, mon époux..., m'encouragea doucement Goewyn. Un homme ne peut pas réfléchir ni lutter avec l'estomac vide.»

Elle vint placer un bol sous mon nez. Les bonnes odeurs de la viande bouillie baignant dans un épais bouillon salé me mirent l'eau à la bouche. Prenant le bol dans ma main d'argent, j'y plongeai mes doigts et commençai à manger. Mes pensées revinrent immanquablement sur les cruelles promesses de la prophétie, et je continuai à manger en silence sans porter attention à Goewyn venue s'asseoir juste en face de moi.

«Tiens, mon amour, dit-elle après un moment pour me sortir de mes pensées. C'est pour toi.» Je levai les yeux et vis qu'elle était en train de rompre le pain. Elle se mit à sourire et me tendit une moitié de la miche.

Un geste simple : ses mains qui se tendaient vers moi... comme si elle voulait ainsi conjurer tous les risques imprévisibles du futur avec un simple morceau de pain... C'était là quelque chose de si humble et si dérisoire comparé à tant d'incertitude. Et pourtant, à ce moment-là, cela suffisait.

Le jour suivant nous reprîmes notre tournée, et tout se passa comme avant. Rien de terrible ne survint. La terre ne s'ouvrit pas sous nos pieds pour nous engloutir ; le ciel ne nous tomba pas sur la tête ; le soleil ne dévia pas de sa course ordinaire. Et lorsque le soir tomba, la lune apparut pour répandre une lumière bienveillante sur tout le pays. Tout était en ordre.

Après quelques jours passés sans que rien de particulier ne se produise, je commençai à croire que la disparition du sanglier n'avait été, en fait, qu'un ultime petit remous dans les perturbations causées par Simon et par Meldron ; un simple événement sans importance, isolé, qui n'annonçait aucune grande catastrophe. Albion se remettait peu à peu, c'est vrai, mais ce n'était pas réaliste de croire que tout allait redevenir normal du jour au lendemain. Nul doute, le processus de normalisation allait durer encore pendant un certain temps. Et après tout, mon règne, comme l'avaient laissé entendre Cynan et Tegid, était un élément majeur de ce rétablissement. Comment pouvais-je penser autrement ?

Maffar, la plus douce des saisons, avait pleinement et agréablement accompli sa mission, et le *gyd*, la saison du soleil, était déjà bien entamé lorsque que nos chariots remirent enfin le cap vers le nord. J'étais heureux d'avoir pu accomplir ce grand tour, mais je l'étais plus encore de l'avoir terminé. Dinas Dwr me manquait, et aussi tous les amis que nous y avions laissés. Et j'étais impatient de voir tout ce qui avait été fait durant mon absence.

La partie méridionale de notre voyage étant achevée, Cynan et Tángwen nous firent leurs adieux, mais pas avant que je leur aie fait promettre de venir passer l'hiver prochain avec nous, à Dinas Dwr.

«Accordez-nous le plaisir de votre compagnie. Notre logis n'est guère qu'une étable, comparé au vôtre, déclarai-je. Et il y fait aussi froid près de l'âtre qu'au sommet des collines lorsque la neige y tombe par rafales. Mais ce serait moins triste si vous acceptiez de partager notre maigre pitance.

— *Mo anam !* s'écria Cynan. Imaginez-vous que je puisse refuser un offre aussi généreuse ? Veillez à ce que les coupes soient pleines, frère, car Cynan Machae sera à votre porte lorsque les vents feront gémir les charpentes !»

Puis, accompagné de Tángwen, il s'en retourna vers Dun Cruach, et nous nous engageâmes sur la route de Sarn Cathmail. Dès que nos pas prirent la direction de notre foyer, mon impatience ne connut plus de limites. Notre progression n'était jamais assez rapide. Le parcours que nous effectuions chaque jour ne semblait jamais nous rapprocher de notre but — du moins je le ressentais ainsi —, et cependant mon impatience ne cessait de grandir ; j'étais torturé comme par une soif qui brûle dans une gorge desséchée.

Il fallut attendre que le paysage commence à se vallonner, que j'aperçoive les hautes collines luire dans l'azur des brumes de chaleur, pour que je commence à sentir que nous étions bel et bien sur le retour. Le jour où je vis apparaître Môn Dubh, je ne pus me contenir plus longtemps. Je partis en avant, avec Goewyn chevauchant à côté de moi, et aurais probablement semé tout le monde si Tegid ne nous en avait pas empêchés.

« Vous ne pouvez pas effectuer un retour de cette manière, dit-il lorsqu'il nous eut rattrapés. Laissez la possibilité à votre peuple de vous préparer un accueil digne de vous.

— Le fait de revoir Dinas Dwr est une fête qui me suffit, insistai-je. Nous y serions déjà si vous ne nous aviez pas interrompus. Nous partons devant. Que chacun continue sur la route en prenant son temps. »

Tegid secoua fermement la tête. « Il vous faudra patienter un jour de plus, et vous pénétrerez dans votre cité avec les honneurs dus à un roi. Je vais dépêcher Emyr afin qu'il prépare votre arrivée. » Il fit la sourde oreille à mes protestations et insista : « Nous avons jusqu'à présent observé le rituel sans aucune faille. Accomplissons-le jusqu'au bout. »

Goewyn était de son côté : « Suivons le conseil avisé de ton barde, insista-t-elle. C'est la question d'une journée, et ton peuple te sera reconnaissant de lui avoir laissé l'occasion de préparer à l'avance le retour de son roi, afin de l'accueillir d'une manière qui soit digne de son rang. »

Ainsi, Emyr Lydaw fut dépêché pour annoncer notre arrivée. Je dus passer une nouvelle nuit sous la tente. J'étais comme un enfant à la veille d'une fête : trop excité pour pouvoir dormir. Allongé sous la tente je n'arrêtais pas de me retourner dans tous les sens ; et je finis par me lever, par sortir pour combattre mon insomnie.

Tout était plongé dans l'obscurité ; la lune, haute dans le ciel, brillait d'un éclat intense. Le camp était silencieux. J'entendis le hululement d'une chouette, puis la réponse en écho d'une congénère, à peu de distance. Je levai les yeux et aperçus une forme spectrale qui remuait vers le sommet des arbres. Les collines environnantes se découpaient délicatement sur un ciel comme éclaboussé de petites taches d'argent. Il faisait noir, tout était calme et en ordre… excepté pour un seul petit détail : une lueur extrêmement brillante sur la crête d'une colline à l'horizon.

Je la fixai un moment avant de me rendre compte de quoi il s'agissait : c'était une balise de feu. Aussitôt je sentis comme un frisson à l'intérieur de ma main d'argent ; une brusque douleur aiguë et froide.

Je me retournai afin de scruter le sommet des collines derrière moi, mais n'aperçus aucun feu en réponse. Je me demandais ce que ce signal de feu voulait annoncer et j'étais prêt à sortir Tegid de son lit afin de le lui montrer. Mais la lueur s'estompa peu à peu, et avec sa disparition la propre certitude de ce que j'avais vu. Sans doute n'était-ce qu'un feu de camp allumé par des chasseurs ; à moins que ce soit Scatha qui ait placé des éclaireurs le long de la crête pour signaler notre approche.

Arpentant le périmètre du camp, j'échangeai quelques mots avec les gardes qui se trouvaient près des chevaux, mais ils n'avaient rien vu.

J'achevai ma visite minutieuse du camp et revins vers ma tente. Je m'allongeai sur mon matelas de laine et m'endormis au son de la lente et profonde respiration de Goewyn.

Le lendemain matin, je me réveillai tôt, m'habillai prestement, et provoquai nécessairement quelque irritation en proclamant le branle-bas général. Nous n'étions plus qu'à une journée de marche de Druim Vran, et si nous nous dépêchions, nous pourrions atteindre le lac à la tombée du jour et dîner à Dinas Dwr le soir même.

À midi, j'aperçus la ligne sombre de la Crête du Corbeau et pensai que nous n'arriverions jamais. Toutefois, alors que le soleil commençait à plonger lentement à l'ouest, nous étions au seuil de la vaste plaine qui s'étend devant la crête rocheuse. L'ombre du tertre au *gorsedd* s'étirait de toute sa longueur en travers de la plaine et la masse de Druim Vran se dessinait vaguement au-dessus d'elle.

Tout le long de la crête attendait le peuple, mon peuple, prêt à fêter notre retour. Mon cœur fit un bond dans ma poitrine.

« Écoute, dit Goewyn en inclinant la tête, ils chantent ! »

Nous étions encore trop loin pour entendre les paroles, mais les voix descendaient jusqu'à nous comme une douce pluie fine. Je fis halte, pivotai sur ma selle, et appelai Tegid : « Vous entendez ? Que chantent-ils ? »

Il lança son cheval pour venir me rejoindre, s'arrêta pour écouter un instant et se mit à sourire : « C'est *La Bienvenue d'Arianrhod*, dit-il. C'est le chant que déclame Arianrhod à l'homme qu'elle aime lorsqu'elle le voit se lancer au milieu des vagues pour venir la secourir.

— Vraiment ! fis-je. Je n'ai jamais entendu ce récit.

— C'est une très belle histoire, dit Tegid. Un jour, je vous la chanterai. »

Je me mis à lever la tête vers les hauteurs pour entendre ce chant plein de joie. Je n'aurais jamais imaginé que le fait de voir mon peuple aligné debout sur la crête rocheuse en train de chanter face à la vallée pour m'accueillir, me toucherait si profondément. Mes yeux s'embuèrent à les écouter ; oui, vraiment, j'étais à nouveau chez moi.

XIII

LE MOULIN DU AIRD RIGH

« Vite ! Vite ! s'écria Goewyn en partant au galop. Je croyais que tu étais impatient de rentrer ! »

Je lançai aussitôt mon cheval pour tenter de la rattraper. Elle parvint à la crête rocheuse avant moi, et sans même ralentir l'allure, s'engagea directement sur la piste. Je la suivis au milieu d'une nuée de poussière et de cailloux provoquée par les sabots du cheval, mais ne parvins pas à la rejoindre. Elle arriva au sommet la première, se laissa glisser de sa selle, et se retourna pour m'attendre.

« Bienvenu à votre palais, ô Roi ! » dit-elle.

Je lançai rapidement une jambe par-dessus le col de mon cheval et me laissai glisser jusqu'à terre, tout près d'elle. « Madame, je réclame le baiser de bienvenue ! » dis-je en l'attirant vers moi.

La foule accourut à notre rencontre, et nous fûmes bientôt pressés de toutes parts sous les ovations de nos amis impatients.

Quelles retrouvailles ! Une allégresse bruyante et qui venait du fond du cœur, dans un accueil étourdissant. Nous fûmes bientôt happés par une vague enivrante d'acclamations.

Scatha apparut au premier rang de la foule. Elle prit sa fille dans ses bras en la maintenant pendant un temps ; ensuite ce fut mon tour. Elle me serra de toutes ses forces contre elle, puis prenant ma main et celle de Goewyn, elle nous regarda d'un regard brillant et déclara : « Bienvenus, mes enfants, soyez les bienvenus. »

Elle nous embrassa et nous retint devant elle en nous buvant des yeux : « Vous m'avez manqué tous les deux », dit-elle. Puis, nous fixant l'un après l'autre droit dans les yeux, elle demanda : «Vous êtes bien toujours deux ?

— Oui, toujours deux..., répondit ma bien-aimée à sa mère tout en me pressant la main.

— Bon, admit Scatha, vous n'en êtes pas moins les bienvenus. Vous m'avez manqué chaque jour.»

Nous nous embrassâmes à nouveau, et j'entrevis au loin le crannog sur le lac. «Je vois que Dinas Dwr a réussi à survivre pendant notre absence.

— À survivre ! tonna Calbha en s'avançant à travers la foule pour nous rejoindre. Les Corbeaux que nous avions laissés à la forteresse le talonnaient. «Nous avons prospéré ! Bienvenue à toi, Main d'Argent, dit-il en m'agrippant le bras. Vous avez fait bon voyage ?

— Nous avons fait un excellent voyage, Calbha, répondis-je. Nous avons fait la tournée complète du royaume. Tout est parfait.

— Ce soir, nous allons fêter votre retour, annonça Scatha. Les coupes de bienvenue nous attendent dans la grande salle.»

Grâce à la prévoyance de Tegid, Scatha et Calbha avaient eu le temps de préparer une fête pour notre retour. Traînant derrière nous la foule en liesse, nous nous mîmes en route vers la cité des eaux ; dans la lumière dorée du coucher de soleil, Dinas Dwr m'apparaissait comme une gemme incandescente posée sur un large ruban miroitant.

Arrivés sur la berge, nous grimpâmes dans des canots, pagayant rapidement jusqu'au crannog, où nous fûmes accueillis par ceux qui étaient restés pour s'occuper des préparatifs.

L'odeur forte de la viande rôtie arriva jusqu'à nous dès que nous fîmes un pas hors des canots. Deux bœufs entiers et pas moins de six porcs étaient en train de mijoter dans la graisse au-dessus de deux petits puits remplis de charbon de bois ; des cuves de bière avaient été installées à l'extérieur, et le contenu de gourdes d'hydromel réparti dans des bols. Dès que nous approchâmes, une douzaine de jeunes filles saisirent quelques bols d'or et d'argent et accoururent vers nous.

«Bienvenu, Grand Roi, dit l'une d'entre elles avec un sourire et une jolie fossette, tout en me tendant un bol. «Vous avez été trop longtemps absent de votre foyer, Seigneur. Buvez à votre aise et détendez-vous», dit-elle joliment, et mon cœur à l'entendre se serra.

J'acceptai le bol, le portai à mes lèvres et me mis à boire le doux nectar doré. Il avait été parfumé à l'anis et me réchauffa le palais, glissant soyeusement sur ma langue. Je déclarai que c'était là la boisson la plus exquise que j'aie jamais goûtée, puis passai le bol à

Goewyn. Le roi ayant bu, les bols qui restaient, les coupes, les jarres pouvaient être distribués — ce qui fut fait sur le champ, et la fête put commencer.

Personne n'était plus heureux que moi d'être enfin de retour. Je laissai traîner mon regard dans la salle sur tous ces joyeux visages de ceux que j'avais laissés ici. C'était mon peuple, et j'étais leur roi. Je ressentais vraiment que j'étais rentré, que mon absence avait causé de la peine et que mon retour faisait plaisir.

Ce ne fut que lorsque je me retrouvai devant cette grande pièce, avec le goût de l'hydromel épicé sur le palais et l'écho des applaudissements dans les oreilles, que je pris conscience de la sagesse dont Tegid avait fait preuve en suggérant cette tournée. En faisant une sortie digne d'un roi, j'étais réellement devenu roi. Je faisais partie de cette terre à présent ; de cœur et d'âme je lui appartenais. Sur un mode traditionnel et mystique, ce voyage unissait mon esprit avec Albion et avec son peuple.

Je sentis mon âme s'épancher, prêt à étreindre ceux qui étaient autour de moi, et je me mis à penser à tous ceux que j'avais rencontrés. J'aimais ceux qui m'entouraient aujourd'hui, et j'aimais tous les autres. C'était mon peuple, et j'étais leur roi.

J'aperçus Tegid qui se tenait un peu à l'écart, une coupe à ses lèvres ; il était entouré de ses Mabinogis. Il sentit que je l'observais et écarta la coupe pour me sourire. Le barde plein de malice avait prévu ce qui était en train de se passer. Il savait parfaitement l'effet que produirait ce voyage sur moi, et l'événement que constituerait le retour. Il sourit à nouveau, leva sa coupe à mon intention, et but. Oui, oui, il savait tout.

Goewyn remit la coupe dans mes mains, et je la levai vers Tegid avant de boire en son honneur. Nous partageâmes ensuite une autre coupe avec Goewyn. Garanawn, qui était resté à la forteresse pour aider Scatha à former les jeunes guerriers, vint me présenter ses salutations comme un frère. Nous bûmes une coupe ensemble, et ce fut le début d'une longue tournée où je dus boire à la santé de tous les amis qui m'avaient manqué.

Puis la nourriture arriva, des montagnes de pains et de gâteaux de toutes sortes, des rôtis de viande craquant sous la dent, d'immenses chaudrons fumant de poireaux, de courges et de choux. C'était une fête splendide : manger à la lueur des torches, sous la voûte étoilée, enveloppés par l'obscurité d'une nuit chaude...

Une fois que nous eûmes fini de manger, Tegid apporta sa harpe, et nous nous élevâmes au son de ses mélodies. Sous la caresse inégalable de ses doigts, la voûte céleste se transforma en une vaste Coupe magique habitée d'un avenir sans obstacle, chaque étoile étant comme le scintillement d'une promesse.

L'aurore pointait à l'est lorsque nous commençâmes à regagner nos lits ; et nous dormîmes profondément d'un sommeil satisfait.

Nous fîmes nos adieux à Calbha quelques jours plus tard. Il était impatient de retourner sur ses terres, à Llogres, et de s'y installer avec son peuple avant l'arrivée du sollen. Je ne l'enviais pas pour le travail qui l'attendait. Je m'assurai qu'il prît de la nourriture et des graines en quantité suffisante, ainsi que le meilleur bétail, des porcs, des moutons pour constituer un début de cheptel. Je lui donnai tout ce dont il avait besoin pour passer le premier hiver sans encombre, et nous nous séparâmes en nous échangeant des vœux d'amitié éternelle et des promesses de nous rendre visite souvent. Calbha et ce qui restait de sa tribu quittèrent la forteresse avec une douzaine de chariots remplis à ras bord de provisions, d'outils et d'armes.

Ainsi que lui-même l'avait dit, Dinas Dwr avait prospéré en notre absence. Les champs étaient florissants, les troupeaux nombreux, le peuple nageait dans l'abondance et était heureux. L'empreinte terrible laissée par Meldron était en train de s'effacer, et avec elle l'infâme corruption de son règne.

Ayant achevé le *cylchedd* du territoire, je n'éprouvai aucune satisfaction à rester assis sur mon trône à regarder le monde passer à côté de moi. J'étais en effet plus impatient que jamais de me montrer un bon roi. Alors que les beaux jours disparaissaient, j'en étais à me demander ce qu'il fallait que je fasse pour le profit de mon peuple. Que pouvais-je leur donner ?

Une bonne manière de gouverner, suggérait Tegid ; mais j'avais à l'esprit quelque chose de plus concret : un bien d'équipement de haute valeur, comme un pont ou une route. Mais je n'étais pas vraiment convaincu par cela non plus. Si c'était une route, où mènerait-elle ? Et si c'était un pont, quelle étendue d'eau devrait-elle enjamber ?

J'errai au hasard de mes pas pendant deux jours, essayant de trouver un projet qui vaille la peine et qui puisse servir au mieux la population. Et un matin, la chance me sourit : j'étais en train de marcher au milieu des remises et des appentis, près du lac, lorsque j'entendis le grincement d'une lourde pierre à moudre. Je me retournai et, levant les yeux, aperçus deux femmes penchées au-dessus d'une impressionnante double roue de pierre. L'une d'entre elles faisait tourner la roue supérieure en poussant sur un épais morceau de bois, pendant que l'autre versait du grain séché dans un trou situé au centre. Elles virent que je les regardais et me saluèrent.

« Je vous en prie, ne vous arrêtez pas, dis-je. Je ne veux pas vous interrompre dans votre travail. »

Elles reprirent leur tâche et je mis à observer leur manière de faire, particulièrement pénible. Je vis leurs maigres échines ployées et leurs bras bien galbés peiner pour faire tourner la lourde pierre. C'était un travail long et difficile pour un repas qui serait avalé en quelques instants ; et demain il faudrait recommencer à moudre… Lorsqu'elles eurent fini, les femmes collectèrent la farine dispersée autour de la pierre, utilisant un petit fouet de paille pour verser le moindre petit tas de farine dans leur sac. Elles me saluèrent ensuite une nouvelle fois puis s'éloignèrent. La pierre à moudre n'était pas plus tôt libérée que deux nouvelles femmes apparurent, lesquelles, après avoir été prendre du grain dans l'entrepôt, se mirent également à moudre.

C'était là un travail de routine à Dinas Dwr. Personne ne se souvenait plus depuis quand on procédait ainsi — probablement depuis le jour où la première moisson avait été recueillie puis séchée. Mais c'était la première fois qu'en le voyant, je prenais conscience que c'était une tâche pénible. Je savais désormais quel présent utile j'allais pouvoir faire à mon peuple : ce serait un moulin…

Un moulin ! Une chose bien simple, vraiment rudimentaire. Et pourtant, c'est une chose si précieuse quand on ne la possède pas ! Et justement, c'était le cas. Ni nous ni d'autres n'en possédions. Pour autant que je sache, il n'y avait jamais eu un seul moulin dans tout Albion.

Réalisant combien de temps et d'énergie allaient pouvoir ainsi être épargnés, je m'étonnai de ne pas y avoir pensé plus tôt. Et, après le moulin, j'aurais sans doute l'idée de proposer de nouveaux projets, peut-être encore plus exaltants. Le moulin, c'était juste un début, mais pour commencer, ce projet-là en valait bien un autre.

Je revins vers le crannog et convoquai mon barde plein de sagesse : « Tegid, dis-je, je voudrais construire un moulin. Et je voudrais que vous m'aidiez. »

Tegid me regarda, perplexe, et fit la moue.

« Vous voyez ce que je veux dire, continuai-je, un moulin… avec des meules pour moudre le grain. »

Il me regarda à nouveau, légèrement intrigué, mais confirma que l'idée — du moins en principe — de construire un moulin était une bonne idée.

« Non, je ne parle pas d'une double pierre à moudre que l'on tourne à la main. Les meules auxquelles je pense seront bien plus grosses.

— C'est-à-dire ! fit-il en fronçant les sourcils vers moi.

— Immenses ! Gigantesques ! Suffisamment grandes pour moudre la quantité nécessaire pour toute une saison en quelques jours. Qu'en pensez-vous ? »

Cette nouvelle idée parut déconcerter Tegid encore plus. « Une idée ambitieuse, et belle, vraiment, répondit-il. Mais je ne peux pas m'empêcher de penser que des meules aussi imposantes seront très difficiles à mouvoir. Vous pensez utiliser des bœufs ?

— Non, dis-je. Je ne pense pas utiliser de bœufs.

— Fort bien, fit-il avec quelque soulagement. Les bœufs, il faut les nourrir, et…

— Je pense utiliser de l'eau.

— De l'eau ?

— Exactement. Ce sera un moulin à eau. »

L'ahurissement sur le visage de Tegid était extraordinaire. Je me mis à rire. Il prit sa respiration, prêt à protester, mais je poursuivis : « C'est une invention toute simple qui était appliquée dans le monde où je suis né. Mais cela marchera ici également. Laissez-moi vous expliquer un peu plus. »

Je me mis à genoux et tirai mon couteau. Après avoir tracé quelques lignes dans la poussière, je dis : « Ça, c'est le fleuve qui se déverse dans le lac. » Puis je traçai un cercle approximatif : « Ça, c'est le lac. »

Tegid regarda mes gribouillis et hocha la tête.

« Ensuite… » Je me mis à dessiner un carré sur le fleuve. « Si nous construisons un barrage ici…

— Si nous construisons un barrage ici, le fleuve inondera la prairie et l'eau n'arrivera pas jusqu'au lac.

— C'est vrai, dis-je. À moins que l'eau trouve un passage au-delà du barrage. Vous voyez, nous construisons une écluse avec une ouverture très étroite, et nous laissons l'eau s'écouler lentement… où se trouve une roue qui tourne. Une roue avec des palettes. » Je dessinai grossièrement une roue avec des palettes plates. « Comme ça. Vous voyez ? Et cette roue qui tourne est reliée à la meule. » J'entrelaçai mes doigts pour suggérer un système d'engrenage qui tourne.

Tegid hocha la tête en réfléchissant : « Et la roue tourne, elle entraîne la meule.

— Oui, je comprends. »

Tegid fronça les sourcils en fixant les lignes tracées sur le sol. « Et je suppose que vous savez comment le construire, finit-il par dire.

— Bien sûr…, déclarai-je sûr de moi. Je veux dire… je le pense.

— C'est un prodige que j'aimerais bien voir de mes yeux», fit Tegid avec perplexité en regardant les plans tracés sur la terre. Puis il demanda : «Mais est-ce que cela ne rendra pas le peuple un peu paresseux ?

— Aucune crainte, frère. Les gens ont plus que ce qu'il faut pour s'occuper, sans avoir à moudre chaque grain de blé à la main. Croyez-moi.»

Tegid se redressa. «Eh bien soit. Comment allez-vous procéder ?

— Tout d'abord, nous allons devoir choisir l'endroit pour construire le barrage.» Je me relevai à mon tour et rangeai mon couteau. «Et j'aurai besoin de votre conseil.

— Quand voulez-vous commencer ?

— Immédiatement.»

Nous quittâmes le crannog et nous retrouvâmes sur le bord du lac, à l'endroit où le fleuve qui passait sous la crête rocheuse venait s'y jeter. Puis nous remontâmes le long du fleuve en direction de la crête. Nous le longeâmes en nous arrêtant de temps à autre pour permettre à Tegid d'observer les lieux. À un endroit situé à peu près à mi-distance de la crête — là où le cours d'eau émergeait de profondes crevasses, à la lisière de la forêt qui remontait sur les versants de Druim Vran, le barde s'arrêta.

«Le meilleur endroit pour construire votre moulin, dit Tegid en tapotant sur le sol avec son bâton, c'est ici.»

Le lieu ne me semblait pas le moins du monde approprié. «Il n'y a pas de place pour construire un barrage», fis-je remarquer. J'avais imaginé un étang calme et plat, avec des truites évoluant à l'ombre… et non pas les berges d'un terrain abrupt sur une colline.

«Le barrage pourra être sans problèmes creusé ici, confirma Tegid. Il y a du bois et de la pierre facilement accessibles, et c'est à partir de cet endroit que les eaux commencent à dévaler vers le lac.»

J'observai pendant un moment le débit de l'eau, puis laissai mon regard remonter le long du fleuve ; je considérai avec intérêt les ersants boisés et les berges rocheuses. Tegid avait raison, c'était l'endroit idéal pour construire un moulin. Différent de ce que j'avais à l'esprit, certes, mais qui offrait un meilleur usage de la force hydraulique pour faire tourner la roue du moulin, et moins de difficultés pour éviter que les eaux inondent la prairie. Je me demandai ce que notre barde plein de perspicacité pouvait connaître en matière de force hydraulique.

«Vous avez raison. C'est l'endroit qu'il nous faut. C'est là que nous allons construire le moulin.»

Les travaux commencèrent le jour même. Je fis d'abord nettoyer le site de tous les branchages et de la végétation. Pendant ce temps-là, j'essayai de matérialiser mes idées en utilisant une brindille affûtée et une plaque de cire d'abeille, et je commençai à instruire mon chef entrepreneur, un homme qui s'appelait Huel Gadarn, à propos des moulins fonctionnant à l'énergie hydraulique. Il fut aussi prompt à comprendre qu'il était intelligent ; il me suffisait de gribouiller quelques lignes sur la cire et il saisissait non seulement la forme de l'objet que j'avais dessiné, mais aussi, la plupart du temps, la conception qui était derrière tout cela. Le seul aspect des choses qui le déconcertât, ce fut de comprendre comment la force de la roue à eau pouvait être transférée jusqu'aux meules immenses. Mais la difficulté résidait davantage dans mon peu d'adresse pour dessiner ce mécanisme que dans une quelconque défaillance de la part de Huel.

Ensuite, nous construisîmes une petite maquette du moulin faite de branchages, de morceaux d'écorces et d'argile. Lorsque nous eûmes terminé, je fus content de voir que Huel semblait en état de contrôler parfaitement tous les éléments du projet. Je n'étais pas inquiet car, avec du temps et suffisamment d'intérêt, Huel l'entrepreneur saurait construire ce moulin lui-même. Nous étions tous prêts à mettre les opérations en marche.

Le site ayant été nettoyé, nous pouvions commencer à creuser afin de construire le barrage. Mais il se mit à pleuvoir.

Je passai la première journée à dessiner différents mécanismes. La deuxième, je me mis à faire les cent pas. Arrivé au quatrième jour, qui se terminait dans l'humidité et dans la grisaille, exactement comme les trois jours précédents, je faisais les cent pas et je commençais à maudire le temps.

Goewyn supporta cela aussi longtemps qu'elle le put, mais finit par s'impatienter et me dire qu'aucune meule, aussi gigantesque soit-elle, ne valait la nervosité que je causais autour de moi. Puis elle me demanda d'aller déambuler ailleurs, comme elle disait.

Je passai encore une journée pluvieuse dans mes appartements, sans pouvoir tenir en place, à écouter des discours inutiles, alors que l'envie me démangeait d'être enfin sur le site. Heureusement, le jour suivant, le ciel était dégagé et le soleil se remit à briller. Nous pûmes donc, enfin, — avec l'encouragement de Goewyn, soulagée — commencer à creuser les fondations de la nouvelle merveille d'Albion : le Moulin du Aird Righ.

XIV

DES IMPORTUNS

Les longues journées de chaleur et de bien-être du maffar prirent fin, et le cycle des saisons se poursuivit. Le *rhyll* arriva dans un déploiement de lumière, rapidement suivi de journées dorées et de nuits fraîches. Les couleurs vives s'estompèrent et le pays s'étiola sous des ciels gris balayés par les vents, les pluies froides et violentes.

Nos récoltes, si abondantes l'année précédente, produisirent moins à cause de la pluie. Jour après jour, nous scrutions le ciel, espérant une trêve et quelques jours ensoleillés afin de sécher les récoltes. La pourriture se développa avant que nous ayons pu tout ramasser. Ce ne fut pas une catastrophe, grâce à l'abondance de l'année précédente… seulement une déception.

Les progrès concernant l'édification du moulin se ralentirent et je devins de plus en plus nerveux. Avant que les doigts de glace du sollen ne s'étendent sur nous et que la neige nous arrête, j'étais très impatient de voir avancer les travaux le plus possible. Je poussais Huel et ses ouvriers sans pitié. Parfois, quand la pluie n'était pas trop violente, je les faisais travailler.

Au fur et à mesure que les jours raccourcissaient, je devenais plus frénétique et exigeant. Je faisais apporter des torches et des brasiers sur le chantier de manière à ce que l'on puisse travailler après la tombée de la nuit.

Tegid, finalement, intervint ; il s'approcha de moi, un soir, alors que je rentrais en frissonnant d'une journée passée sous la pluie et le vent. «Vous en avez fait beaucoup, affirma-t-il, mais vous allez trop loin. Regardez autour de vous, Main d'Argent ; les journées sont très courtes et la lumière n'est pas bonne. Combien de temps pensez-vous que le ciel va encore retenir la neige ? Allez, il est temps de vous reposer maintenant.

— Et abandonner le moulin ? Abandonner tout ce que nous avons fait ? Tegid, vous ne parlez pas sérieusement ?

— Qui vous a dit d'abandonner quoi que ce soit ! fit-il. Vous pourrez recommencer dès que le gyd aura nettoyé à nouveau le ciel. Maintenant, c'est le moment de se reposer et de s'adonner à des activités plus plaisantes à l'intérieur.

— Juste encore quelques jours, Tegid. Ça ne va tuer personne.

— Nous ne faisons plus aucun cas des saisons, et cela à nos propres risques, répondit-il sèchement.

— Mais nous aurons tout le temps que l'on veut pour paresser autour du feu, n'ayez aucune crainte.»

Le lendemain, dès le petit jour, je me rendis sur le chantier, et j'allais regretter ces mots. Nous avions travaillé dur, très dur ; mais la saison était déjà bien avancée lorsque les travaux sur le moulin commencèrent, et à présent, le temps s'était retourné contre nous. Il était absurde de ma part d'exiger de tous ces hommes qu'ils travaillent la nuit, dans le froid et l'humidité... j'étais fou de leur imposer cela.

Ce qui était pire, c'est que j'étais en train de me transformer en véritable tyran : ne se refusant rien, insensible, têtu, tyrannique. Mon grand projet d'épargner de la peine aux hommes n'avait réussi jusque-là qu'à imposer à chacun une énorme quantité de travail supplémentaire.

Mon barde, tout plein de sagesse, avait raison. Le respect du rythme des saisons, du travail, des plaisirs et du repos devait servir à équilibrer notre mode de vie. J'avais poussé un peu trop loin, et il était temps de rectifier le tir.

L'air était devenu vif, la lumière brillait faiblement ; la fraîcheur du vent d'est, mêlée aux effluves de la neige, piquait vivement les narines. Oui, pensai-je alors que j'arrivais sur le chantier désert, il fallait arrêter les travaux le temps que l'hiver se passe.

Je mis pied à terre, fis le tour des lieux pour inspecter les fosses déjà creusées, attendant que Huel et ses ouvriers arrivent.

En dépit des retards incessants, nous avions bien avancé dans la construction : une écluse, peu profonde, avait été bordée avec des pierres ; les fondations pour le moulin, composées à la fois de rondins de bois et de pierres, avaient été mises en place. Au printemps, nous allions extraire les énormes pierres à moudre, puis les disposer comme prévu... et le moulin serait ensuite bâti autour d'elles. La roue devait d'abord être installée, et les moyeux et autres mécanismes placés ensuite. Si tout se passait bien, pensai-je, le moulin serait prêt à moudre ses premiers grains au moment des récoltes de l'année prochaine...

Préoccupé par ces projets, je traînai autour des travaux de forage, et il fallut un certain temps avant que je prenne conscience de la présence d'un son insolite, faible et distant — mais suffisamment distinct dans l'air vif de l'automne : un bruit sourd, au rythme lent et lourd, comme des pierres tombant sur de la terre à intervalles réguliers. Ce qui était encore pire, c'est que je m'aperçus brusquement que je l'entendais depuis déjà un moment.

Je jetai un rapide coup d'œil en direction de la piste de crête mais ne vis personne. Je me retins de faire le moindre geste pour écouter. Le bruit avait maintenant disparu. Intrigué, je réenfourchai mon cheval et grimpai le long du versant pour rejoindre la forêt. Je fis une nouvelle pause pour écouter. On n'entendait que le murmure du vent dans les branches dénudées.

En me retournant pour partir, je crus entendre le rythme sourd et léger d'un pas qui s'éloignait précipitamment — quelque chose de quasiment imperceptible, puis le vent étouffa le son à nouveau. Me dressant sur ma selle, j'appelai : « Qui est-ce ? » Puis je me tus. Aucune réponse ne vint. Je criai à nouveau, encore plus fort : « Qui est là ? »

Je tirai sur les rênes et me mis à avancer, lentement, à travers la forêt dense de sapins. Je débouchai sur l'une des nombreuses pistes qui conduisaient au sommet de la crête. Je l'empruntai jusqu'à parvenir tout en haut et continuai à avancer. Presque aussitôt je tombai sur une trace de pas imprimée dans la terre humide. L'empreinte était récente — ou en tout cas, la pluie ne l'avait pas effacée au cours de la nuit ; une petite enquête rapide m'en fit découvrir d'autres qui conduisaient à l'intérieur de la forêt.

Je sortis de la piste et me dirigeai prudemment vers le bord de la crête. Je me retrouvai aussitôt devant un énorme tas de bois : des branches mortes et des bûches trouvées dans la forêt et amassées ici, sur le bord de la crête. L'endroit était fort bien choisi, protégé du vent par les arbres, et cependant ouvert sur la vallée en contrebas. Il n'y avait aucune marque d'une quelconque présence.

Je mis pied à terre et marchai jusqu'au monceau de bois.

Des traces de pas par dizaines étaient imprimées dans la terre humide, et en y regardant de plus près, je pus déceler qu'il s'agissait d'au moins trois personnes différentes. La taille gigantesque du tas de bois m'étonna. C'était là un travail de plusieurs jours et de plusieurs personnes. Quoi qu'il en soit, cela ne me plaisait pas. Des intrus avaient édifié cette balise de feu au seuil même de notre territoire.

Je fis plusieurs fois le tour de cet amas de bois, puis bondis sur mon cheval. D'un geste sec sur la bride, je lançai l'animal au galop et filai à toute allure le long de la crête jusqu'à ce que je parvienne à un endroit d'où je puisse observer de chaque côté : sur l'un, la vallée avec ses champs couleur marron, le lac gris ardoise qui s'étirait au loin, le crannog en son centre ; sur l'autre, le tertre funéraire près du fleuve et la plaine déserte qui s'étendait à perte de vue.

J'expirai tout en serrant les dents. Je m'attendais à moitié à voir la lourde armée de Meldron, debout à nouveau, s'écoulant au milieu de la vallée. Mais tout était calme et silencieux.

Je restai en selle pendant un moment, à observer et à écouter. Les nuages progressaient dans le ciel, la lumière déclinait. Une petite pluie fine et froide commença à embrumer le ciel de plus en plus sombre. Le vent s'en empara en formant des tourbillons humides. Je m'éloignai de la crête et commençai à redescendre la piste en direction du lac. J'avais presque rejoint le rivage lorsque je rencontrai les ouvriers en train de remonter vers le moulin.

« Retournez dans vos familles ! dis-je. C'est le début du sollen ; nous devons prendre un peu de repos. »

Les ouvriers se sentirent très soulagés en entendant ces mots. C'est pourquoi je fus surpris de voir aussitôt Huel émettre une légère protestation. « Seigneur, dit le chef du chantier, accordez-nous encore une journée afin de consolider le site en prévision de la neige à venir. Cela nous évitera bien des travaux supplémentaires lorsque les beaux jours reviendront et que le chantier reprendra.

— Parfait, répondis-je. Faites ce que vous estimez préférable. Mais à partir de demain, le travail sera suspendu jusqu'au *gyd*. »

Je les laissai donc poursuivre leur chemin et repris la direction du crannog. Tegid attendait dans la grande salle, près de la cheminée ; j'envoyai Emyr chercher Bran. Le barde remarqua aussitôt mon trouble : « Que s'est-il passé ? » demanda-t-il.

J'allongeai d'un geste vif mes mains vers le feu. Ma main d'argent se mit à luire à la lueur des flammes, et ma main de chair et d'os commença à se réchauffer. Je fixai le métal rougeoyant, froid et rigide tel un glaçon à l'extrémité de mon bras. Pourquoi était-il si froid ?

« Llew ! fit Tegid en posant une main sur mon épaule.

— Il y a une balise de feu sur la crête... » Je me retournai pour le regarder droit dans les yeux. Son regard sombre était intense, mais il ne montra aucun véritable signe d'inquiétude. « ... sur le chemin, au-dessus du moulin.

— Avez-vous vu quelqu'un ?

— Pas âme qui vive. Mais j'ai entendu un son... du bois que l'on jetait sur le bûcher, à ce qu'il semble. J'ai vu également des traces de pas ; au moins trois hommes, peut-être plus. Et ils ont dû fournir un énorme effort, Tegid. »

Bran arriva à ce moment-là et je lui répétai ce que je venais de dire à Tegid. Le barde fixa les flammes en se caressant le menton ; Bran fronça les sourcils tout en écoutant. Lorsque j'eus terminé, il dit : « Je vais partir avec mes troupes pour fouiller les bois et la crête. Si les traces de pas sont vraiment fraîches, ces hommes n'ont pas pu aller bien loin. Nous trouverons les auteurs de ce brasier et nous vous les ramènerons. »

Le Chef des Bardes continuait à fixer les flammes. Bran attendait une réponse. « Oui, dis-je, Rassemblez vos hommes immédiatement. Nous commencerons les recherches à partir du brasier... »

Tegid leva la tête. « Ce n'est pas à vous d'y aller », dit-il doucement. Je commençai à objecter, mais il fit un léger mouvement de la tête : il n'aimait pas me contredire devant Bran. Me souvenant de notre précédente discussion concernant les rois qui voulaient poursuivre les criminels, je compris son hésitation et me laissai convaincre.

« Que vos hommes soient prêts », ordonnai-je. Puis je lui expliquai où se trouvait le brasier. « Vous pourrez commencer de là-bas. » Le Chef des Corbeaux acquiesça et s'apprêta à partir. Je le rattrapai par la manche. « Trouvez-les, Bran. Traquez-les et ramenez-les moi. Je veux savoir qui a fait cela et pourquoi. »

Quelques instants plus tard, la voix de Bran retentissait dans la grande salle alors qu'il choisissait les hommes qui allaient l'accompagner. Un groupe d'une bonne vingtaine de soldats quitta aussitôt la salle au milieu de la stupéfaction et des questionnements.

Je me retournai une nouvelle fois vers Tegid : « Je vais au moins les accompagner jusqu'au brasier. » Le barde détourna les yeux du feu et me fixa d'un regard perplexe. « À quoi pensez-vous ! demandai-je.

— Vous dites qu'il s'agit d'une balise, fit-il. Mais pourquoi ?

— Parce que je sais reconnaître une balise, frère...

— Je n'en doute pas, répliqua-t-il rapidement. Mais vous semblez convaincu que c'est un ennemi qui l'a établie.

— Vous pensez différemment ?

— Je pense seulement que vous ne m'avez pas tout raconté. » Il n'avait pas levé la voix, mais son regard devenait de plus en plus intense et accusateur. « S'il y a quelque chose que je dois savoir, dites-le moi maintenant.

— Je vous ai dit tout ce que je sais... exactement comme cela s'est passé... », commençai-je. Mais il m'interrompit avec un rictus. Je me mis à le fixer avec dureté. Pourquoi se comportait-il ainsi ?

« Réfléchissez !

— C'est ce que je fais, Tegid ! » Ma voix résonna dans toute la salle. Je ravalai brusquement mes paroles et restai sans un mot. Pourquoi est-ce que je croyais qu'il s'agissait d'un ennemi ? Une balise, c'est un signal que l'on émet pour être repéré ; une balise, c'est... Je baissai les yeux vers ma main d'argent qui touchait presque les flammes et pourtant je continuais à ressentir un frisson. Et je me souvins de la dernière fois que j'avais ressenti un tel frisson...

Je relevai les yeux : « Vous avez raison, Tegid. C'est arrivé il y a si longtemps... j'avais oublié. Je ne pensais pas que c'était important.

— C'est peut-être vous qui avez raison. Mais racontez-moi. »

C'est ainsi que je me mis à lui parler de la balise de feu que j'avais vue, la nuit, lorsque nous avions campé dans la plaine, au-dessous de Druim Vran. « Je suis désolé, frère, dis-je lorsque j'eus terminé. J'aurais dû vous prévenir. Mais le jour suivant, nous étions chez nous, et j'ai sans doute estimé qu'on l'avait allumée pour notre retour, et je l'ai oubliée... jusqu'à aujourd'hui.

— Ce n'est pas une raison pour me l'avoir caché, dit-il sèchement. Vous avez laissé parler votre impatience aux dépens de votre jugement. Dans votre hâte de retrouver Dinas Dwr, vous n'avez pas voulu voir que quelque chose d'étrange se passait ; et vous l'avez caché à vous-même et à moi. »

Mon Chef des Bardes était très malin. « Je suis désolé. Cela n'arrivera plus. »

Il rejeta mes excuses avec un geste d'impatience. « Maintenant, c'est fait... il n'y a plus à y revenir...

— Bref, vous pensez que nous avons été espionnés depuis notre retour ?

— Et vous, qu'en pensez-vous ?

— Je pense que c'est probable.

— Et moi je pense que c'est certain.

— Mais pour quelle raison ?

— Ça, nous le saurons lorsque Bran reviendra avec ceux qui nous ont observés... »

Alors nous nous installâmes pour attendre. Mais attendre m'était pénible. J'aurais voulu être sur les pistes avec mes hommes pour affronter le danger plutôt que rester, assis au chaud, à ne rien faire.

Une journée passa, puis une autre. Je gardai mes craintes pour moi-même. À la fin du troisième jour — nous n'avions toujours aucune nouvelle de l'expédition —, je fis part de mon angoisse croissante à Tegid : « Ils devraient être de retour à présent. Cela fait trois jours... »

Il ne leva pas les yeux de la corbeille de feuilles qu'il était en train de trier dans un bol. « Vous m'avez entendu ?

— Oui je vous ai entendu. »

Il arrêta de trier ses feuilles et releva la tête. Il était préoccupé lui aussi par le fait que Bran n'était toujours pas de retour, je le voyais bien. « Que voulez-vous me faire dire ?

— Ils auront eu des ennuis. Nous devrions partir à leur recherche.

Ils sont une vingtaine de valeureux guerriers, souligna le barde. Bran saura largement faire face à toute attaque imprévue. Laissons-le faire.

— Je laisse passer encore trois jours, dis-je. Si d'ici là nous n'avons pas eu de nouvelles, je partirai à leur recherche.

— Si dans trois jours nous n'avons toujours pas de nouvelles, confirma-t-il, alors vous pourrez partir à leur recherche. Et je vous accompagnerai. »

Je me mis toutefois, dès le lendemain, en route pour Druim Vran, simplement pour savoir si on ne les voyait pas venir depuis les hauteurs de la crête. Malgré le froid, la journée était claire, les nuages hauts et blancs dans le ciel. Goewyn m'accompagna, et bien que nous parcourûmes la crête sur une bonne distance vers l'est, nous ne décelâmes aucun signe propre à nous inquiéter.

Avant de rebrousser chemin, nous fîmes une pause pour laisser nos chevaux se reposer. Nous nous assîmes l'un à côté de l'autre sur un rocher qui surplombait toute la vallée. Un vent frais nous fouettait les joues et le menton. Je nous enveloppai tous les deux avec ma cape en tenant ma jeune femme tout près de moi, et nous regardâmes la brume qui lentement descendait recouvrant les collines et la vallée.

« Nous devrions rentrer, dis-je, sinon, Tegid va lancer les chiens à notre recherche. »

Nous ne fîmes pourtant aucun geste, heureux d'être ici à observer la vallée se remplir d'un brouillard épais et gris. La lumière finit part manquer et, même si je me sentais bien au contact si chaud de Goewyn, je dus pourtant me forcer à me relever. «Il va bientôt faire nuit, dis-je. Nous devons rentrer.

— Mmmm.» Goewyn soupira et replia ses jambes sous elle. Mais elle ne bougea pas davantage.

Je m'avançai vers les chevaux, retirai les longes des piquets puis saisis les rênes. «Llew ?» fit Goewyn. Le ton particulier de sa voix me fit me retourner aussitôt.

«Qu'y a-t-il ?

— Il y a quelque chose qui bouge, là-bas... près de la rivière... dans la brume.»

En trois grandes enjambées je me retrouvai près d'elle à scruter le vallon qui disparaissait rapidement dans la brume. «Je ne vois rien, dis-je. Es-tu certaine ?»

Elle tendit le bras pour désigner l'endroit. «Là-bas !» dit-elle sans détacher ses yeux.

Je regardai le lieu qu'elle pointait. La brume commençait à se dissiper un peu, et j'aperçus quelques formes sombres qui se révélèrent être trois silhouettes évoluant le long de la rivière. À pied ou a cheval, je ne pouvais pas distinguer. Je ne vis que trois masses sans forme définie, basanées, qui s'avançaient sur la rive... et puis la brume les fit disparaître de ma vue.

«Ils viennent par ici, concluai-je. Ils se dirigent vers Druim Vran.

— Crois-tu que ce peut être Bran ?

— Je ne sais pas. Mais quelque chose me dit que ce n'est pas lui... ni aucun de ceux qui l'accompagnent.

— Alors qui ?

— C'est ce que j'ai l'intention de savoir.» Je tendis une main vers Goewyn et l'aidai à se relever. «Retourne à Dinas Dwr et préviens Tegid et Scatha. Dis-leur de rassembler des hommes et montre-leur le chemin jusqu'ici.»

Goewyn me serra le bras. «Tu ne descendras pas là-bas...

— Si, mais seulement pour garder un œil sur nos visiteurs.» Je pressai ma main contre la sienne pour la rassurer. «Ne t'inquiète pas. Je n'irai pas les provoquer. Pars, maintenant... et fais vite.»

Elle n'appréciait pas de me laisser seul, mais elle fit ce que je lui demandais. Je retournai à mon lieu d'observation et me remis à scruter la vallée. J'entraperçus rapidement les intrus qui continuaient à cheminer le long du fleuve, avant que le brouillard ne les recouvre à nouveau.

Je montai sur mon cheval et revins sur le chemin de crête que nous avions déjà emprunté ; la piste étant située sur les hauteurs, il y avait encore assez de lumière pour voir clairement devant soi — mais Goewyn était déjà hors de vue. J'avançai jusqu'à l'intersection de la piste principale qui redescendait dans la vallée, puis je l'empruntai — rencontrant à mi-chemin les premières volutes de brume.

Je poursuivis mon chemin — aveugle quasiment dans l'agitation brumeuse qui enveloppait tout — jusqu'à ce que je rejoigne le fond de la vallée, puis je m'arrêtai pour écouter. Tout était plongé dans un silence de mort, la masse brumeuse amortissait tous les sons... et pourtant, j'étais convaincu que je serais capable d'entendre distinctement le moindre bruit qui pourrait se produire.

Sans faire un seul geste, je restai en selle en m'efforçant d'intercepter le moindre son isolé. Quelques instants plus tard, j'entendis le léger tintement du harnachement d'un cheval, le son creux de ses sabots qui progressait lentement. Je n'avais aucune notion de la distance, mais le son paraissait relativement éloigné. Je tendis les rênes et fis avancer mon cheval très discrètement, lentement.

À guère plus d'une dizaine de pas, le brouillard sembla se dissiper, et j'aperçus juste en face de moi un cavalier. Je sentis comme un filet d'eau glacée me parcourir la nuque et le dos.

Nous n'étions séparés que par la distance d'un jet de lance. Je m'arrêtai. Ce n'était pas certain qu'il m'ait remarqué.

Le cavalier s'avança ; je le vis lever les yeux au-devant de la piste. Son visage n'était qu'une ombre sous sa cape qui était relevée sur sa tête. Ses mains tirèrent brusquement sur les rênes, et son cheval s'arrêta. Il prononça quelques mots par-dessus son épaule vers d'invisibles compagnons qui se trouvaient derrière lui. Je l'entendis parler à voix forte, sur le ton vif de l'urgence, mais ne pus saisir ses paroles.

Le brouillard se déplaça une nouvelle fois sous les vents changeants et la silhouette du cavalier disparut. Mais juste à ce moment-là, j'eus l'impression de le voir faire accomplir un demi-tour à son cheval et rebrousser chemin à toute allure.

Tirant mon épée jusque-là rangée sous ma selle, je pris une profonde inspiration : « Arrêtez ! » criai-je aussi fort que possible. « Restez où vous êtes ! » Pour seule réponse, je n'entendis que le galop rapide du cheval qui s'éloignait.

Serrant fermement mon épée — et regrettant de n'avoir apporté ni lance ni bouclier —, je m'avançai avec prudence jusqu'à l'endroit où le cavalier était apparu. Bien sûr il n'était plus là, et je ne vis que quelques traces sur le sol. J'attendis quelque temps, puis n'entendant toujours rien, je décidai de revenir vers la piste de crête afin d'attendre Scatha et les autres. De cette manière, je pourrais surveiller la piste si jamais les cavaliers avaient l'intention de la rejoindre en m'encerclant.

Faisant faire un demi-tour à mon cheval, je revins à l'endroit où la piste commence à monter vers la crête, et pris position. La lumière du jour avait à présent disparu et une obscurité crépusculaire recouvrait la vallée. Bientôt le brouillard et la nuit rendraient difficile, pour ne pas dire impossible, toute progression. À l'évidence, nos trois visiteurs avaient compté là-dessus. Je me consolai en songeant que ce qui était difficile pour l'un devait également l'être pour les autres. Tout ce qui viendrait me faire obstacle leur serait un obstacle à eux aussi ; j'était tout autant protégé par le brouillard qu'ils l'étaient eux-mêmes.

J'attendis en observant, en écoutant. Je ne sais pas combien de temps je suis resté là, assis — le brouillard, comme de la laine humide, se déplaçait en volutes, et embrouillait, troublait tous les sens... Mais je crus entendre, progressivement, le son de plusieurs chevaux une nouvelle fois. Je ne pouvais pas, à cause du brouillard, repérer d'où venait le son.

Peut-être était-ce l'armée qui venait me rejoindre, pensai-je, mais le délai semblait bien court pour qu'ils aient déjà pu rejoindre la crête — et *a fortiori* redescendre jusqu'ici... De façon plus vraisemblable, c'étaient nos visiteurs qui, contents de m'avoir vu déguerpir, revenaient à la charge.

Scrutant le moindre souffle, retenant ma respiration, j'avançai à tâtons dans l'obscurité pour capter un son qui m'indiquerait l'endroit d'où ils allaient déboucher. Le bruit des chevaux était de plus en plus fort au fur et à mesure que nos visiteurs s'approchaient. Je tournai la tête dans tous les sens à l'affût du moindre mouvement.

Puis, comme nageant, je sortis du brouillard. Deux halos de lumière se mirent à luire faiblement : c'étaient deux torches, à guère plus de vingt pas de distance. Je serrai encore plus fort mon épée et hurlai : «Arrêtez ! Ne bougez plus !»

Aussitôt les visiteurs s'arrêtèrent. Les torches étaient suspendues, immobiles, et je ne pus distinguer aucun visage à proximité, seulement le halètement des chevaux et le crissement du cuir trahissant leur attente.

Ne souhaitant pas me montrer aussi vite, je continuai à leur parler à distance. « Restez calmes, mes amis, m'écriai-je. Si votre visite est pacifique, vous serez accueillis comme il se doit. Mais si vous voulez vous battre, allez chercher ailleurs un meilleur accueil. Descendez de vos chevaux. »

Il y eut un moment de silence avant que les visiteurs daignent répondre. J'entendis un trépignement de sabots impatients, puis une voix : « Nous sommes des hommes de paix. Mais nous n'avons pas l'habitude d'obéir à des injonctions exprimées par quelqu'un qui reste dans l'ombre.

— Pas plus que j'ai, moi, l'habitude d'accueillir des voyageurs ayant une épée à la main, répliquai-je durement. Peut-être sommes-nous donc, les uns et les autres, dans une situation inhabituelle. Je vous conseille la prudence. »

Puis il y eut un silence qui laissa entendre le seul grésillement des torches. Puis la voix s'éleva à nouveau : « Llew ? »

XV

UN NOUVEAU TRÉSOR ?

«Cynan ?»

J'entendis une voix marmonner pour donner un ordre, puis le mouvement d'un cavalier qui descend de cheval... des pas rapides qui s'approchent... et enfin la silhouette solide et inébranlable de Cynan se dessina dans la brume. Ses cheveux, sa moustache et sa cape étaient parsemées de gouttelettes, et il ouvrait grand les yeux.

«*Clanna na cù* !» marmonna-t-il. Le soulagement se lisait sur son visage rougi. «Llew ! C'est bien vous, frère ?» Il jeta un coup d'œil autour de lui, cherchant les autres. «*Mo anam*, l'ami. Mais vous êtes seul ?

— Salut à vous, Cynan», dis-je en remettant mon épée en place avant de mettre pied à terre. J'avançai de deux pas et nous nous étreignîmes. «Je suis heureux de vous voir.

— C'est un drôle d'accueil... si on peut même parler d'accueil.» Il se retourna vers ceux qui étaient avec lui, un détachement d'une dizaine d'hommes environ qui attendaient en silence sur la piste. «Tángwen ! Gweir ! C'est Main d'Argent en personne qui vient nous accueillir ! s'écria-t-il.

— Si j'avais su que c'était vous, dit-il, j'aurais commandé un millier de flambeaux pour vous ouvrir le chemin !

— Qui croyiez-vous trouver ?» demanda-t-il, l'intérêt venant rapidement remplacer la surprise. «Et à quel jeu jouez-vous, seul sur les chemins, à provoquer ainsi les voyageurs à la pointe de votre épée ?»

Alors je lui parlai des étranges visiteurs que Goewyn et moi avions aperçus dans la vallée, et lui demandai si lui-même avait vu quelqu'un.

« Si j'ai vu quelqu'un ! gloussa-t-il en montrant l'épaisseur du brouillard. Frère, je n'arrive pas même à voir mon propre visage depuis que nous sommes dans cette vallée. Pensez-vous vraiment qu'il soit la peine de continuer les recherches ?

— Dans cette purée de poix, on ne les trouvera jamais. Allez, rentrons ! » Je fis demi-tour et me dirigeai vers mon cheval. « Le feu brûle à grandes flammes dans la cheminée et la coupe de bienvenue nous attend ! Allons nous réchauffer et trinquer à votre retour. » Puis je bondis sur ma selle. Cynan restait immobile à nous regarder. « Quoi ? renonceriez-vous à trinquer !

— Jamais de la vie ! », s'écria-t-il en remontant précipitamment sur son cheval. Il lança un ordre à ceux qui l'accompagnaient, et je fis faire un demi-tour à mon cheval pour ouvrir le chemin.

Nous avions fait encore peu de route lorsque nous rencontrâmes Scatha et Goewyn, suivies d'une trentaine de guerriers qui tous portaient des torches.

Nous nous arrêtâmes et je me mis à expliquer ce qui était arrivé. Après que Goewyn et Scatha eurent salué Cynan, Tángwen et leur escorte, nous poursuivîmes notre chemin. Le brouillard se fit plus épais au fur et à mesure que nous grimpions vers la crête, mais il disparut complètement dès que nous parvînmes au sommet — même si le ciel restait sombre. Ce serait une nuit bien noire, sans clair de lune ni étoiles.

J'eus un entretien rapide avec Scatha, et nous décidâmes de faire monter la garde par une trentaine d'hommes, par groupes de trois, tout au long du chemin de crête, de crainte que nos visiteurs fassent une tentative pour traverser Druim Cran pendant la nuit.

Puis nous nous acheminâmes vers le crannog jusqu'à la grande salle. Tegid nous attendait près du feu. « Salut à vous, Cynan-aux-Deux-Torques ! Salut à vous, belle Tángwen ! » déclama-t-il lorsque nous nous fûmes rassemblés. Je fis aussitôt demander la coupe de bienvenue. La salle était comble : un véritable chœur de bienvenue monta de l'assistance dès que Cynan apparut.

Le barde étreignit chaleureusement Cynan, puis se retourna vers Tángwen. Elle inclina le tête, lui tendant seulement les mains. « Bienvenu, Tegid Tathal », dit-elle en souriant ; mais son sourire, comme ses mots d'accueil, manquaient un peu de chaleur.

Je ne fus pas sans remarquer son attitude, mais la coupe arriva, écumante d'une bière toute fraîche. Je la saisis et la mis aussitôt dans les mains de Cynan impatient, et le moment passa. Cynan but à grosses gorgées, puis, essuyant sur sa manche la mousse crémeuse de ses moustaches, il offrit la coupe à sa femme. Elle but à son tour et passa la coupe à Gweir, le Chef de Guerre de Cynan. « Merci, dit-elle à voix basse.

— Vous m'avez manqué, mon amie », dit Goewyn en se débarrassant de sa cape trempée. Elle attira Tángwen dans ses bras, et les deux femmes échangèrent des baisers.

« Oui, cela fait plaisir de vous voir, répondit Tángwen. Cela fait tellement longtemps que j'attends ce moment. » Elle étendit les mains vers le feu, mais elle semblait ne pas réussir à se réchauffer. Les rigueurs du voyage, sans doute... le froid et ce temps de chien l'avaient éreintée.

« Nous aurions dû arriver plus tôt, fit Cynan, mais le brouillard nous a ralentis. Je me serais pourtant dispensé d'une nuit supplémentaire sur la route.

— Peu importe, à présent vous êtes là..., dit Goewyn en débarrassant Tángwen de sa cape. Venez, nous allons vous trouver des vêtements secs. »

Les femmes se retirèrent et nous laissèrent nous sécher près de la cheminée. « Ah, cela fait du bien ! soupira Cynan. Je pensais que nous n'arriverions jamais.

— J'avais oublié que vous deviez revenir », avouai-je.

Cynan renversa la tête et se mit à rire. « Ça, je m'en suis bien rendu compte. Notre Main d'Argent, il était là en train de surveiller la piste, épée en main, prêt à provoquer tous ceux qui passaient. Vous n'aviez donc pas vu que c'était moi, frère ?

— Évidemment pas, si j'avais vu que c'était vous, Cynan, répondis-je, je vous aurais laissé vous perdre dans le brouillard...

— Le brouillard ! Ne me parlez pas du brouillard ! dit-il en roulant les yeux.

— Ce devait être vraiment terrible, si même le grand Cynan-aux-Deux-Torques y a perdu courage, observa Tegid.

— C'est bien ce que je dis. Ce satané brouillard ne nous a pas lâchés pendant plusieurs jours. J'ai failli rebrousser chemin à cause de cela. Mais après, je me suis souvenu de votre excellente bière, et je me suis dit : "Cynan Machae, à quoi bon passer la saison des frimas dans ta chambre pleine de courants d'air, complètement seul, alors que..."

— ... alors que tu pourrais très bien boire cette bonne bière de Llew ! » Je complétai la phrase pour lui. Il posa intensément sur moi un regard blessé.

«Enfin ! Cette pensée ne m'a jamais traversé la tête ! rouspéta Cynan. C'est votre amitié que je recherche, frère, pas celle de votre cuve à bière ! Mais... maintenant que vous le dites... votre brasseur n'est pas des plus mauvais ! » Il leva sa coupe à nouveau et but une longue gorgée. «Aahh ! Quel nectar !

— Vous aussi vous m'avez manqué», dis-je. Prenant la coupe à mon tour, je la levai en son honneur : «*Sláinte*, Cynan-aux-Deux-Torques ! » Je vidai la coupe — il ne restait pas grand-chose dedans —, puis ordonnai qu'elle fût à nouveau remplie. Un des Mabinogis de Tegid accourut en tenant un pot dans les mains.

«Et comment se sont passées les moissons, Cynan ? Bonnes ? demanda Tegid alors que l'on remplissait la coupe.

— Hélas..., fit Cynan en secouant lentement la tête. Plutôt mauvaises... il n'y a pas d'autre mot. Nous n'avons pas pu récupérer le blé dans les champs à cause de la pluie. Nous avons donc beaucoup perdu. S'il n'y avait pas eu la récolte abondante de l'année passée, nous n'aurions rien eu à replanter.

— C'est la même chose pour nous, dis-je. Une bonne année qui s'est mal terminée. »

Faisant passer la coupe de main en main, nous en vînmes à bavarder sur tout ce qui s'était passé depuis notre dernière rencontre. Goewyn et Tángwen vinrent nous rejoindre ; Tángwen était à présent revêtue de vêtements propres et secs, ses cheveux étaient peignés et arrangés. Elle semblait détendue ; sa raideur contrainte avait maintenant disparu et elle était redevenue elle-même.

Nous nous déplaçâmes vers la table où la nourriture nous attendait. Nous commençâmes à manger ; je remarquai combien les deux jeunes femmes étaient heureuses de bavarder ensemble... cela dura tout le repas. En les voyant se parler ainsi, rire, je croyais revoir Goewyn et l'une de ses sœurs. Ayant été élevée en compagnie de Gowan et de Gwenllian, Goewyn n'avait plus eu l'occasion de fréquenter d'amie depuis la mort de ses sœurs.

Scatha rentra dans la salle alors que nous étions encore en train de manger. Elle s'approcha de l'endroit où j'étais assis et se pencha discrètement pour me parler : «La garde est en place, rapporta-t-elle. Si jamais quelqu'un tente de franchir la crête, nous le saurons aussitôt. »

On n'ajouta plus rien sur ce sujet... et d'ailleurs, je finis par ne plus y prêter attention. La salle était chaude et remplie de lumière — d'autant plus du fait qu'à présent Cynan était là —, et la conversation battait son plein. Nos visiteurs importuns étaient proprement sortis de ma tête.

Je ne fus pas davantage inquiet lorsque, le jour suivant, Goewyn et Tángwen partirent faire une promenade à cheval. Les sentinelles avaient observé toute la nuit et il n'y avait plus un voile de brume sur la crête ; les gardes n'avaient vu ni entendu personne. Et lorsque la brume disparut également de la vallée, on ne trouva aucune empreinte. Finalement, je n'y pensai plus.

Bran et les Corbeaux revinrent le même jour. Les guetteurs sur la crête les virent entrer dans la vallée et nous apportèrent la nouvelle de leur retour. Tegid, Scatha, Cynan et moi-même allâmes à leur rencontre ; ils étaient sales et épuisés par le voyage, mais avaient gardé le moral.

«Salut à vous, Bran Bresal !» m'écriai-je, impatient de connaître les nouvelles. «Je suis sûr que vous avez fait bonne chasse...

— La chasse a été excellente, répondit le Chef des Corbeaux. Mais nous n'avons pas réussi à coincer notre proie.

— C'est bien dommage, fit Tegid. Que s'est-il passé ?

— Nous avons retrouvé des traces au sortir de la vallée, expliqua Bran. Elles n'étaient vraiment pas difficiles à suivre. Mais bien que nous ayons continué aussi loin et aussi vite que possible, nous n'avons jamais réussi à retrouver ceux qui les avaient faites.

— Ils étaient combien ? demandai-je.

— Trois hommes à cheval, Seigneur, répondit Alun Tringad couvert de boue.

— Racontez-nous tout cela maintenant, suggéra Tegid. Ainsi nous n'aurons plus besoin d'en parler quand nous arriverons.

— Avec plaisir, reprit Bran, mais il y a peu de choses à dire.»

Il expliqua comment lui et ses hommes avaient suivi la piste vers l'est jusqu'à la côte, avant de perdre toute trace au moment d'arriver sur la roche qui bordait la mer. Ils avaient sillonné vers le nord puis vers le sud le long du rivage sans retrouver les traces ni voir aucun signe d'envahisseurs, et avaient donc finalement rebroussé chemin. «J'aurais préféré vous apporter de meilleures nouvelles, Seigneur, conclut Bran en s'adressant à moi.

— Vous êtes revenus sains et saufs, dis-je. Cela suffit à me réjouir.»

Les jours déclinaient peu à peu, devenant plus froids et plus sombres, comme si le sollen les agrippait et les condensait de son étreinte glaciale. Mais les appartements restaient confortables, douillets et pleins de vie grâce aux chants de la harpe et de la meilleure compagnie. Nous nous adonnâmes à des jeux, écoutâmes de vieilles légendes, mangeant, buvant, prenant notre aise, remplissant les longues nuits froides de rires et de lumière.

Le lac avait gelé, et les enfants du crannog étaient allés jouer sur la glace — un de ces rares jours où le soleil s'embrasa comme un diamant sur le ciel d'azur pâle, et nous étions sortis regarder les jeunes garçons. Plusieurs d'entre eux avaient taillé des fragments d'os qu'ils avaient ensuite attachés à leurs buskins. Ces patins rudimentaires fonctionnaient à la perfection et tout le monde applaudissait en voyant les cabrioles de ces intrépides patineurs.

Cynan, ravi par le spectacle de ces silhouettes glissantes, s'avança lentement jusqu'au lac gelé et se laissa gentiment convaincre afin d'essayer les patins. Il fit une prestation si comique que les autres se déplacèrent jusqu'au lac afin de ne pas être en reste, sinon en adresse, du moins en ridicule. En peu de temps, il y eut plus de patineurs que de spectateurs.

Nous nous élancions, glissions sur la surface glacée, tombant les uns sur les autres, improvisant les chorégraphies les plus absurdes. Un petit groupe de jeunes filles se rassembla autour de Goewyn, insistant pour qu'elle essaye, elle aussi, les patins en os. Elle accepta presque aussitôt, attacha les patins à ses pieds, puis, tendant sa main vers moi, elle dit : « Tiens-moi ! Je vais m'envoler ! »

Je lui pris la main et la tirai pour lui faire faire le tour de la patinoire balayée par les vents — et elle riait, ses lèvres et ses joues rougies par le froid, sa chevelure d'or et sa cape à carreaux bleus dans le vent. Son rire et celui de tous les autres patineurs frémissaient dans l'air comme l'eau d'une fontaine, éclaboussés d'abondance par le soleil, un hymne à cette belle journée.

C'étaient des tourbillons à n'en plus finir, nous ne nous arrêtions que pour reprendre notre souffle et nous écrouler dans des étreintes innombrables. Le soleil brillait avec éclat sur le lac d'argent et faisait miroiter le sommet des collines couvert de neige comme autant de trésors de diamants. Tant de beauté, tant de joie… nous sentions notre cœur prêt à éclater.

Les fantaisies de Cynan, rehaussées par des cris et toujours agrémentées de quelques chutes spectaculaires, firent passer la journée. Nous riions tellement fort que les larmes en coulaient sur nos joues. Pourtant, je ne pus m'empêcher de remarquer que parmi tous ceux qui étaient là en spectateurs, seule Tángwen n'était pas venue se joindre à la fête. Elle était au contraire restée sur le débarcadère, les bras croisés sous sa cape et le visage marqué par la tristesse.

« J'ai l'impression qu'il y a quelqu'un qui n'apprécie guère que l'on s'amuse… », murmurai-je à Goewyn au moment de la relever de sa dernière chute.

Interceptant mon regard, Goewyn se retourna pour observer son amie restée sur le bord. « Non, dit-elle lentement. C'est autre chose.

— Tu es au courant ? »

Elle prit ma main et la serra. « Pas maintenant. Plus tard », dit-elle en rapprochant son visage du mien. Goewyn glissa ses bras autour de mon cou et m'attira vers elle. « Viens. »

Une telle franchise de ton piqua ma curiosité. « Pardon ? » Ses yeux étincelaient et ses lèvres souriaient gentiment. « Que se passe-t-il ! dis-je avec méfiance. Qu'est-ce que tu caches ?

— Oh, cela ne restera pas caché bien longtemps. Les richesses du roi vont bientôt compter un nouveau trésor. Bientôt, tout le monde sera au courant. » Elle me relâcha et me pressa la main contre son ventre.

« Un nouveau trésor ? Un enfant ? » Elle éclata de rire en voyant ma surprise. « Un bébé ! Nous allons avoir un bébé ! » Je l'enlaçai pour l'embrasser et me mis à la serrer très fort… puis reprenant mes esprits la relâchai aussitôt de crainte d'écraser le petit être qui grandissait à l'intérieur de son ventre. « Quand ? Depuis quand le sais-tu ?

— Suffisamment pour être certaine, dit-elle. J'attendais le moment propice pour pouvoir te l'annoncer, mais… enfin, c'est aujourd'hui un si beau jour que je n'ai pas pu attendre plus longtemps.

— Oh, Goewyn, je t'aime. » Je pris sa tête dans mes mains, l'attirai, et l'embrassai longuement, intensément. « Je t'aime. Et je suis content que tu n'aies pas attendu pour me le dire. Je vais l'annoncer à tout le monde… Dès maintenant !

— Cchhut ! fit-elle en posant le bout de ses doigts sur mes lèvres. Pas encore. Accepte que ce soit notre secret à tous les deux pour encore quelques jours.

— Mais j'ai besoin de le dire…

— S'il te plaît… Juste encore un peu.

— Au solstice, alors, suggérai-je. Nous allons faire une fête comme l'année passée pour les noces de Cynan. Et au milieu de la fête, nous annoncerons la nouvelle. Est-ce que quelqu'un d'autre le sait ?

— Personne, affirma-t-elle. Tu es le premier.

— Quand aura-t-elle lieu — je veux dire… la naissance ? Quand est-ce que notre enfant verra le jour ? »

Goewyn se mit à sourire, vint se serrer plus près de moi, m'embrassa, et vint frotter sa joue contre mon cou. « Ta femme sera encore à toi pour quelque temps. L'enfant ne naîtra qu'au maffar — avant *lugnasadh*, je pense.

— Une belle saison pour venir au monde ! m'exclamai-je. Goewyn, c'est magnifique ! Je t'aime tellement !

— Cchhutt ! fit-elle, tout le monde va t'entendre… » Elle fit quelques pas en arrière puis s'éloigna en glissant sur ses patins. Tendant ses mains vers moi, elle s'écria : « Viens avec moi, loin, très loin, mon cher amour ! Je t'apprendrai à voler ! »

Alors nous volâmes, et le jour s'éloigna de nous à toute allure, bref, mais plein d'une perfection éclatante, disparaissant rapidement telle une étincelle qui attise la vie au milieu des ténèbres qui tombent, illuminant nos cœurs de son rayonnement intrépide, puis succombant, vaincu par la nuit déferlante.

Alors que le soleil descendait lentement derrière la ligne des collines, ornant le ciel de guirlandes roses et pourpres, quelques pâles étoiles commençaient à poindre dans le noir ciel d'Orient. La nuit descendait sur Albion. Aveuglé par mon amour pour Goewyn, l'obscurité arriva sans que je m'en aperçoive.

Cette nuit-là, nous quittâmes la salle de bonne heure. Goewyn me prit la main et me conduisit jusqu'à notre lit où s'entassaient à présent de la laine et de la fourrure pour nous tenir chauds. Elle dégrafa sa ceinture et l'ôta, fit remonter sa robe puis s'en débarrassa et resta ainsi devant moi sans bouger. Prenant alors la coupe qu'elle avait posée près du feu, elle se mit à boire sans cesser un instant de me regarder. Ses yeux ne me quittèrent pas.

Son corps, caressé par la lueur de la torche, exhibait les courbes les plus gracieuses qui se mêlaient intimement, séductrices, confondantes dans leurs douceurs les plus délicates. Elle s'avança vers moi, tendit les mains et tira sur la boucle de ma ceinture pour la libérer ; elle la dégrafa, puis la laissa tomber sur le sol. Elle m'attira vers elle. Je sentis son corps chaud contre moi et, saisissant une poignée de ses cheveux, je lui maintins la tête et embrassai sa bouche ouverte. Je sentis le goût chaud de miel et d'hydromel sur sa langue et toute la passion jaillit brusquement comme une flamme à l'intérieur de mon corps. Et je m'abandonnai sans plus attendre à cette fusion brûlante.

Nous abreuvant l'un l'autre d'hydromel couleur d'or, nous fîmes l'amour, cette nuit-là, afin de célébrer l'enfant qui allait naître. Le lendemain, Goewyn avait disparu.

XVI

LA RECHERCHE

Je m'étais réveillé de bonne heure, mais Goewyn, déjà, était debout et habillée. Elle s'approcha du lit, se pencha, m'embrassa, puis dit : «Je ne voulais pas te réveiller.

— Qu'est-ce que tu fais ?» demandai-je en lui prenant la main et en l'attirant vers moi : «Reviens au lit… oui, tous les deux…

— J'ai promis à Tángwen d'aller la rejoindre, dit-elle.

— Ah…, fis-je en bâillant. Qu'est-ce vous allez faire ?

— Une promenade à cheval.

— Est-ce que tu abandonnerais ton mari, seul, dans son lit froid ? Reviens avec moi et attends au moins que le soleil soit levé.»

Elle se mit à rire et m'embrassa une nouvelle fois. «Il ne va pas tarder à faire jour. Dors maintenant, mon amour, et laisse-moi partir.

— Non.» Je levai la main et lui donnai une petite tape dans le cou. «Je ne te laisserai jamais partir.»

Elle bougea la tête au contact de ma main, puis la prit dans la sienne et embrassa ma paume. «Tángwen est en train d'attendre.

— Prends soin de toi, mon amour», dis-je alors qu'elle s'éloignait.

Je restai au lit encore un moment, puis me levai, m'habillai en hâte et sortis. Le ciel noir d'encre prenait peu à peu des nuances gris bleu et les étoiles pâlissaient ; au loin, vers l'est, derrière les collines environnantes, le ciel s'embrasait de rayures rouge sang comme autant de balafres sur une peau blême. Il n'y avait personne dans la cour ; la fumée des cuisines s'élevait en une colonne droite. Je frissonnai de froid en traversant à toute allure la cour jusqu'à la grande salle.

Celle-ci était calme, mais il y avait quelques personnes déjà réveillées qui s'activaient. On avait mis du bois dans la cheminée ; je m'en approchai pour me réchauffer. Ni Goewyn ni Tángwen n'étaient là ; elles auraient probablement l'intention de faire une petite collation lorsqu'elles reviendraient de promenade.

Garanaw s'était levé et vint me saluer ; nous bavardâmes jusqu'à ce que les galettes d'avoine sortent du four et soient apportées, encore fumantes, dans la pièce. Assis à table, nous fûmes rapidement rejoints par Bran, quelques-uns parmi les Corbeaux les plus matinaux, et deux ou trois hommes de l'escorte de Cynan. Cynan lui-même arriva peu de temps après, saluant bruyamment chacun avant de s'asseoir sur le banc. Les galettes d'avoine étaient chaudes et savoureuses ; nous les arrosâmes avec une bonne bière brune.

La conversation s'orienta sur la chasse, et chacun tomba rapidement d'accord sur l'idée qu'une journée passée à poursuivre le cerf ou le sanglier serait une journée bien employée. « Et puis cela nous ouvrira l'appétit ce soir », déclara Cynan. À quoi Alun ajouta aussitôt : « Nous l'apprécierons encore davantage si nous engageons un pari.

— Est-ce que j'ai bien entendu ! s'écria bruyamment Cynan. Alun Tringad est prêt à nous offrir son or ?

— Si vous êtes capable de rapporter un cerf plus gros que celui que je ramènerai, alors d'accord, vous recevrez au titre de champion la part de mon or qui vous revient.

— J'aurais honte de vous dessaisir si aisément de votre fortune, railla Cynan. Et je ne le ferais pas si vous n'aviez pas tout à gagner en recevant une bonne leçon d'humilité.

— Eh bien, c'est entendu, dit Alun en allongeant sa main pour parier ; choisissons les hommes qui nous accompagneront. Plus tôt nous partirons, plus tôt je pourrai réclamer mon dû. Je sens déjà le poids de vos bracelets d'or sur mon bras...

— Sauf à espérer m'endormir avec vos ineptes vantardises, dit Cynan, vous allez bientôt assister aux exploits d'un chasseur digne de ce nom. Et donc, je vous conseille de bien profiter une dernière fois de vos richesses. »

Alun se leva et appela ses frères Corbeaux : « Mes amis, j'en ai assez d'entendre les discours futiles de notre arrogant compagnon. Montrons-lui ce que d'authentiques chasseurs savent faire, et discutons sans attendre la manière dont nous allons nous partager son trésor. »

Cynan se leva à son tour. «Llew, accompagnez-moi, frère», dit-il. Puis il appela certains des soldats de son escorte par leur nom. «Venez, frères, la chasse nous attend, ainsi qu'un bon paquet d'or pour nous récompenser de nos efforts.»

Ils fixèrent l'heure du retour : «Au coucher du soleil, nous nous rassemblerons tous dans la cour», suggéra Alun.

Cynan manifesta son accord. «Et le Penderwydd d'Albion désignera celui d'entre nous qui aura rapporté la meilleure prise — encore que ce ne soit pas nécessaire, puisqu'il apparaîtra avec évidence à tous qui est le meilleur chasseur.

— C'est vrai, c'est vrai..., affirma Alun avec désinvolture. Il ne sera pas difficile de faire la différence.»

Je jetai un coup d'œil dans la salle, mais Tegid n'était pas encore arrivé. Cela n'avait pas d'importance, nous aurions le temps de discuter ensemble plus tard, au retour de la chasse.

La salle bourdonnait d'excitation à cause d'autres paris qui furent pris, des cotes qui furent fixées et des enjeux sur lesquels on se mit d'accord. Ramassant brusquement les dernières galettes d'avoine, nous sortîmes précipitamment de la salle et traversâmes tout aussi rapidement le lac gelé pour rejoindre les étables et prendre nos chevaux. Nous leur mîmes les selles et, avec force plaisanteries amicales, nous dirigeâmes vers le lac que nous longeâmes.

J'ouvrais la route en compagnie de Cynan — nous suivions les traces de sabots que les chevaux de Tángwen et de Goewyn avaient imprimées dans la neige fraîche. À la moitié du chemin conduisant à la forêt, la piste quittait la rive du lac et se dirigeait vers la crête. Nous continuâmes cependant sur la berge jusqu'aux pistes de gibier situées le long des versants. Dès que nous pénétrâmes dans la forêt, nous nous séparâmes : ceux qui étaient avec Alun partirent d'un côté, et ceux qui étaient dans le groupe de Cynan partirent de l'autre.

Le soleil se levait derrière les collines ; c'était une belle journée. Il y avait de la neige sur les pistes à gibier, mais elle n'était pas profonde à cause des arbres. Nous vîmes les traces d'animaux par dizaines, mais comme il n'avait pas neigé depuis plusieurs jours, il était impossible de distinguer les traces récentes des traces plus anciennes.

Nous nous engageâmes plus profondément le long de la piste dans le sanctuaire silencieux de la forêt, nos lances collées contre nos cuisses pour progresser à travers les broussailles. L'ombre des arbres formait un treillis bleu sur la neige dure. L'air frais provoquait des picotements sur mes joues, sur mon nez, sur mon menton. J'avais étalé ma cape tout autour de moi pour recueillir la chaleur du cheval afin de me maintenir au chaud. Le soleil était éclatant, dispensant une lumière blanche dans un ciel bleu et clair ; j'étais en compagnie d'hommes valeureux... c'était donc la journée idéale pour chasser.

Je laissai ceux qui semblaient les plus impatients prendre la tête et me plaçai en arrière du groupe pour mieux profiter de la promenade. Nous suivions la longue piste qui s'élevait régulièrement vers la crête ; au moment de traverser un petit cours d'eau, nous débusquâmes un cerf à la robe rousse qui s'était abrité derrière un fourré de prunelliers. Les chiens étaient prêts à lui donner la chasse, mais Cynan avait découvert un gibier plus intéressant et le ramenait de force sur la piste. Sa patience fut récompensée peu de temps après lorsque nous débouchâmes sur les traces récentes d'un petit troupeau de cerfs.

« Elles sont encore fraîches, annonça un homme de Cynan alors que je les rejoignais.

— Très bien, fit Cynan. Que chacun soit sur ses gardes. Le prix de notre victoire n'est pas loin. »

Nous repartîmes en accélérant l'allure, et bientôt les cerfs furent en vue : trois femelles et un mâle imposant. Les chiens n'attendirent pas d'être à nouveau sollicités, ils émirent aussitôt leur aboiement de chasse et se lancèrent à toute allure à la poursuite de leurs proies. Le cerf mâle regarda fixement les chiens de ses grands yeux sombres et impénétrables, puis leva sa tête royale et lança un brame d'avertissement à son petit clan.

Les femelles levèrent la queue et se précipitèrent ensemble derrière les fourrés. Ce n'est qu'une fois qu'elles se furent éloignées que le mâle prit lui aussi la fuite. Plutôt que d'essayer de nous enfoncer dans cet enchevêtrement de branches, nous laissâmes partir les chiens et nous mîmes à leur suite.

Quelle chasse ! Le vieux mâle se montra un adversaire plein d'astuce et nous imposa une longue et difficile poursuite à travers les profondeurs de la forêt, d'abord en remontant sur les hauteurs de la crête, puis en redescendant à nouveau dans la forêt de pins.

Nous le capturâmes finalement, l'échine contre un affleurement de rochers, au pied de la crête. Les femelles s'étaient échappées, alors qu'il était, lui, presque mort d'épuisement. Il se retourna tout de même et se battit jusqu'au bout.

Le soleil n'offrait guère plus de lumière que la lune en plein jour, pâle et blafard sur l'horizon, lorsque nous attachâmes solidement le cerf sur une civière de branches avant de repartir vers la citadelle.

Nous nous étions beaucoup éloignés à l'occasion de cette poursuite enfiévrée. Épuisés et transis de froid là où la sueur avait trempé nos vêtements, nous étions cependant très satisfaits de notre exploit et confiants dans notre victoire. Le spectacle impressionnant de beauté d'un ciel délavé, couleur lavande et or, par un sollen éclatant, nous accueillit lorsque nous sortîmes de la forêt et commençâmes à faire retour vers le lac.

Le groupe d'Alun Tringad était revenu avant nous, et tous nous attendaient devant l'enclos. Leur prise — deux superbes sangliers — gisaient dans la neige. En voyant notre cerf, ils commencèrent à se récrier devant notre manque de succès.

« Seulement un cerf, vraiment ! s'écria Alun sorti un peu du groupe. À voir tous ces hommes vigoureux à dos de cheval en train de brandir leur lance vers lui, nul doute que cette pauvre bête a dû en mourir de peur...

— C'est peut-être une pauvre bête, répondit Cynan en bondissant de son cheval, mais c'est pourtant elle qui va nous permettre d'acquérir votre trésor. » Il regarda les sangliers d'un air triste et déçu. « Vous, ce n'est pas bien, ce que vous avez fait, Alun mon ami... retirer ainsi deux petits sangliers à leur mère... non, vraiment... » Il secoua tristement la tête. « Ne serait-il pas préférable de me donner l'or dès maintenant pour vous éviter d'avoir à exhiber au grand jour votre si lamentable savoir-faire ?

— Pas si vite, Cynan Machae, s'écria l'un des hommes d'Alun. C'est au Chef des Bardes de nous dire qui est vainqueur de ce pari. Nous attendrons son verdict.

Oh, soit ! dit Cynan en soupirant fortement, faites donc venir Tegid. J'essayai seulement de vous éviter la terrible humiliation, hélas une prévisible pour vous ! »

Dès qu'il avait aperçu notre groupe revenir le long du lac, Alun avait envoyé quelqu'un chercher Tegid. L'appel d'un des hommes de Cynan détourna notre attention vers le crannog. « Il arrive ! cria Gweir. Le Penderwydd arrive ! »

Je me retournai et vis toute une foule se précipitant, depuis le crannog, pour traverser le lac gelé dans notre direction.

Je cherchai Goewyn des yeux, espérant l'apercevoir dans la foule. Mais ni Goewyn ni Tángwen n'étaient là. Elles avaient sans aucun doute décidé de rester au chaud. Je ne leur en voulais pas ; moi-même, j'avais tellement attendu ce moment de me débarrasser de mes vêtements trempés, avec un bol de bière bien chaude devant la cheminée...

Un vacarme revivifiant s'éleva dès que la foule arriva. Chacun s'exclamait en voyant le butin de la chasse, exaltant les exploits des chasseurs et leur succès… et ils avaient bien raison, car nous pourrions manger de bon appétit le produit de nos efforts pendant plusieurs jours.

« Penderwydd ! s'écria Alun. La chasse est terminée. Et en voici le résultat. Comme vous pouvez le voir, nous nous sommes bien débrouillés. Nous avons surpassé Cynan et son groupe, à ce que tout le monde peut voir. Il ne vous reste plus qu'à confirmer ce qui ne fait aucun doute. »

Le Chef des Bardes dégagea une main protégée par sa cape, puis la tendit. « Oui, je vais faire ce que tu demandes, Alun Tringad. Ce qui est clair pour toi ne l'est peut-être pas pour celui qui n'est pas aussi désireux que toi de prendre l'or de Cynan. Mettez-vous donc un peu à l'écart et faites place à une personne dont le regard ne sera pas aveuglé par l'avidité, afin qu'il puisse constater l'évidence. »

Tegid examina d'abord la prise d'Alun, puis celle de Cynan. Il poussa doucement de la pointe du pied les trois bêtes, inspecta leur fourrure, leurs dents, leurs défenses, leurs yeux, leurs sabots, leur queue, leur ramure. Pendant ce temps, les deux groupes se renvoyaient les uns les autres sifflets et quolibets en attendant le verdict du barde. Celui-ci prit son temps, s'arrêtant de temps en temps pour s'attarder devant tel détail qu'il prétendait avoir découvert, ou bien que la foule, qui lui était on ne peut plus favorable, lui avait fait remarquer.

Puis, prenant place à mi-distance du cerf et des deux sangliers, fronçant les sourcils d'un air puissant, il resta la main sous le menton, plongé dans la plus profonde méditation. Cela ne servit qu'à augmenter l'impatience du public ; les paris furent doublés, puis triplés selon que — au moindre mouvement d'un sourcil, au moindre signe des lèvres —, un groupe ou bien l'autre imaginait que le verdict penchait en sa faveur.

Enfin, le Chef des Bardes se leva et levant son bâton pour demander le silence, il fut prêt à donner son verdict : « C'est ordinairement le rôle du roi de prononcer la justice devant son peuple, rappela-t-il à tous. Mais étant donné que le roi a pris part à la chasse, je lui demande la permission de prononcer moi-même le verdict. » Il regarda vers moi.

« Je vous l'accorde bien volontiers, répondis-je. Continuez, je vous en prie. »

La foule réclamait à grands cris, afin que le Chef des Bardes proclame enfin l'identité du vainqueur ; mais Tegid ne voulait pas se presser. Plaçant un pli de sa cape au-dessus de sa tête, il continua : «J'ai médité le problème soigneusement. Depuis l'époque de Dylwyn Coutelas — ici, les spectateurs commencèrent à s'impatienter, mais Tegid poursuivit avec une lente application — et l'époque de Tryffin le Grand, il a été dans la nature des choses de considérer la vie d'un cerf équivalente à celle d'un ours, et celle d'un ours équivalente à celle de deux sangliers.» Le grognement d'impatience se transforma en cri de déception, car la foule devinait ce qui se profilait. «Il apparaît donc, poursuivit calmement Tegid, qu'un cerf est équivalent à deux sangliers. Et par conséquent le résultat ne peut être évalué sur la quantité de viande, et il faut chercher un autre critère pour pouvoir trancher.»

Il fit une pause pour pouvoir laisser son regard errer sur les visages de ceux qui s'étaient rassemblés autour de lui. Il y eut quelques murmures, autant d'approbation que de protestation. Il attendit que revienne le silence. «C'est la raison pour laquelle j'ai examiné si attentivement les trois bêtes, fit Tegid. Voici ma décision...» La foule retint son souffle. Qui allait gagner ? «Le cerf est un adversaire de grande noblesse, un seigneur parmi ses pairs...»

Entendant cela, les partisans de Cynan poussèrent un formidable cri de victoire.

«... *Mais*, ajouta aussitôt Tegid, les sangliers n'en sont pas pour autant moins nobles. Et qui plus est, il y en a deux. Si cela n'avait pas été le cas, j'aurais penché pour le cerf. Mais étant donné que la difficulté à trouver, puis à capturer *deux* de ces nobles et splendides animaux doit davantage mettre à l'épreuve le savoir-faire des chasseurs, je déclare que ceux qui ont ramené les deux sangliers sont les vainqueurs de l'épreuve d'aujourd'hui. Moi, Tegid Tathal, Penderwydd, en ai jugé ainsi.»

Il fallut un moment pour démêler tout ce qu'avait dit le Chef des Bardes, mais ensuite, tout le monde commença à discuter la décision. Cynan argumenta sur la beauté exceptionnelle de sa prise et sur d'autres mérites encore, mais Tegid ne revint pas sur sa parole : Alun Tringad, ce jour-là, avait gagné. Il n'y avait pas à discuter, les perdants devaient payer les vainqueurs. Tegid frappa trois coups énergiques sur le sol avec la pointe de son bâton et le débat fut clos.

Nous retournâmes dans la chaleur et dans la lumière de la grande salle, avides de pouvoir manger et boire pour reprendre des forces, avides de nous divertir en écoutant et racontant nos prouesses respectives.

En pénétrant dans la salle, je jetai un rapide coup d'œil dans l'assemblée. Goewyn n'était toujours pas là. Je fis aussitôt demi-tour et courai jusqu'à notre hutte. Celle-ci était plongée dans le noir, et vide ; les cendres de la petite cheminée étaient froides. Cela faisait un bon moment que mon épouse n'était pas revenue... peut-être même depuis le lever du soleil, ce matin.

Je revins en courant vers la grande salle et me frayai un passage jusqu'à Tegid ; il était debout, près de la cheminée, en attendant que le pot de bière arrive dans sa direction.

« Où est Goewyn ! demandai-je sèchement.

— Bonjour, Llew... Goewyn ? Je ne l'ai pas vue, répondit-il. Pourquoi me demandez-vous cela ?

— Parce que je ne la trouve pas. Elle est partie en promenade ce matin avec Tángwen...

— Peut-être est-elle...

— Non, elle n'est pas dans notre hutte. » Mes yeux continuaient à scruter dans la salle bruyante. « Et je ne vois pas Tángwen non plus. »

Sans ajouter un mot, Tegid se retourna et fit signe à Cynan de le rejoindre. « Où est Tángwen ? » dit le barde.

Je regardai Cynan avec inquiétude. « L'avez-vous vue depuis ce matin ?

— Vu Tángwen ? » fit-il surpris en levant sa coupe. Il but et me tendit la coupe ensuite. « Je suis parti à la chasse depuis l'aube, vous le savez bien...

— Goewyn et Tángwen sont allées se promener ce matin, expliquai-je en élevant un peu la voix, et il semblerait qu'elles ne soient pas encore rentrées.

— Elles ne sont pas rentrées ? » Cynan regarda vers la porte, comme s'il s'attendait à ce que les deux femmes la poussent au même moment. « Mais il fait nuit, maintenant...

— C'est là le dernier de nos soucis, dis-je. Mais si quelque chose est arrivé...

— Si elles sont rentrées, quelqu'un les aura sûrement vues », interrompit le barde sans s'énerver. Puis il fit quelques pas et s'éloigna. Quelques instants plus tard, il était debout sur la table et brandissait son bâton. « Mes amis ! Écoutez-moi ! Je dois absolument parler à Goewyn et à Tángwen. Et dès maintenant ! Qui peut me dire où je peux les trouver ? »

Il attendit. Les gens se regardaient et haussaient les épaules en signe d'ignorance. Certains enquêtèrent autour d'eux, mais personne ne put recueillir aucune information. En bref, personne n'avait souvenir d'avoir vu aucune des deux femmes. Tegid réitéra son annonce, mais n'obtint pas davantage de réponse. Il remercia le peuple de lui avoir prêté attention et revint à l'endroit où Cynan et moi attendions.

«Nous allons fouiller le crannog», fit-il. Il parlait avec calme, mais je sentais qu'il était inquiet. Cela ne contribua pas à apaiser mon angoisse croissante.

Survint alors l'une des servantes qui s'approcha de nous : «Si vous me permettez, Seigneurs, dit-elle en serrant fermement le pot de bière qu'elle portait, j'ai vu la reine Goewyn.

— Où donc ?» Je n'avais aucune intention d'être brusque avec la jeune femme. «S'il te plaît, parle sans crainte.

— La reine, je l'ai vue dans la cour», dit-elle.

Je fis un pas vers la porte. Tegid me rattrapa par le bras. «Quand cela ?» demanda-t-il. La jeune femme hésita. «Parle donc ! fit-il d'un ton brusque. Quand l'as-tu vue ?

— Tôt ce matin», fit la jeune servante, la voix tremblante. Elle venait de réaliser, je suppose, que ce n'était pas cela que nous aurions voulu entendre. «Elles riaient ensemble tout en marchant... toutes les deux, la Reine avec Reine Tángwen. Elles avaient l'air de partir pour une promenade à cheval.

— Il devait encore faire nuit, dit Cynan. Tu es sûre ?

— Oui, Seigneur, fit la servante. Je suis sûre de ce que j'ai vu.

— Et Tángwen était là aussi, continua Cynan.

— Oui, Seigneur.

— Merci, Ailla», dis-je en reconnaissant enfin la jeune femme — elle avait souvent été au service de Goewyn.

Tegid la renvoya et dit : «À présent, partons fouiller le crannog.»

Sur le chemin pour retourner vers la grande salle, Tegid intercepta Gwion, son Mabinogi favori, et lui souffla quelque chose à l'oreille. Gwion hocha la tête une fois et partit à toute allure vers l'entrée de la salle.

Nous inspectâmes les lieux tous les trois, chacun d'entre nous ayant un secteur du crannog. Cela ne prit pas longtemps. Je courais d'un bâtiment à l'autre, frappant avec ma main d'argent sur les montants de porte pour prévenir ceux qui étaient à l'intérieur, puis passant la tête pour regarder. La plupart des huttes étaient vides — les gens étaient rassemblés dans la salle —, et dans celles qui étaient occupées, aucun des habitants n'avait vu ni l'une ni l'autre des deux femmes. Je jetai également un coup d'œil dans les entrepôts. Tout en courant pour rejoindre les autres dans la grande salle, je savais que Goewyn n'était pas à Dinas Dwr.

Une fois entré dans la salle, je croisai Tegid qui attendait près de la porte ; Gwion Bach était à côté de lui. « C'est mauvais signe, dit Tegid sans ménagement. J'ai envoyé Gwion faire un tour aux étables. Leurs chevaux n'y sont pas. »

Mon cœur se serra, puis mon ventre. « Alors quelque chose est arrivé. »

Cynan vint vers nous et je pus deviner à sa démarche — tête baissée, les épaules basses —, qu'il n'avait rien trouvé, et que maintenant, il se sentait vraiment concerné. « L'expédition ne va pas être facile, dit-il pour ne pas perdre de temps. Nous aurons besoin de torches supplémentaires et de chevaux de rechange. Je sonne le rappel.

— Les Corbeaux viendront avec nous, dis-je. Drustwn est capable de remonter une piste, même dans la nuit. Je vais préparer les chevaux. Allez-y. Faites le nécessaire. Et vite ! »

XVII

EXPÉDITION NOCTURNE

Nous remontâmes la piste jusqu'à l'intersection avec celle qui longeait le lac. À la lumière des torches, les empreintes de sabots des chevaux formaient une ligne noire de pointillés sur la grande étendue de neige.

Nous traversâmes la vallée au galop ; nous étions une trentaine, y compris Cynan, le Vol des Corbeaux et moi-même. Tegid était resté derrière nous. Il dirigerait les affaires à Dinas Dwr pendant que nous serions sortis et nous soutiendrait pendant nos recherches.

J'avais enveloppé les rênes autour de ma main d'argent et tenais fermement la torche de l'autre. La flamme s'agitait dans le vent au-dessus de ma tête, des étincelles rouges laissaient une traînée lumineuse derrière moi alors que je fonçais à toute allure sur la neige ondoyante. L'air frais me piquait les joues et les yeux ; j'avais les lèvres en feu. Je ne prenais pas même le temps de tirer ma cape sur mon menton. Je ne m'arrêterais pas tant que Goewyn ne serait pas à nouveau près de moi, saine et sauve.

Dès que nous arrivâmes sur les hauteurs de Druim Vran, la piste devint beaucoup plus étroite et difficile à distinguer. Le vent avait balayé la plus grande partie de la neige sur les sommets de la crête, mais il en restait un peu dans les endroits abrités ; nous avancions de façon hésitante, d'une plaque de neige à l'autre, pour pouvoir trouver de nouvelles empreintes.

Il apparut que les deux femmes avaient pris le chemin de crête en direction de l'est. C'était une belle journée. Elles s'étaient déplacées vers le soleil qui était en train de se lever. Je les imaginais avançant joyeusement sur leurs chevaux le long de Druim Vran, avec dans les yeux la lumière éclatante et argentée de l'aube. Nous, en revanche, nous suivions dans l'obscurité profonde du sollen un grand vide sans étoiles au-dessus de nos têtes ; pas même un clair de lune pour nous éclairer. La seule lumière que nous possédions, c'était celle qui dansait au bout de nos torches, et elle était vraiment capricieuse.

Je refusais de me laisser aller à imaginer ce qui avait pu leur arriver. Je repoussais de telles pensées pour n'en garder qu'une seule : Goewyn devait être retrouvée. Ma femme, mon âme, me reviendrait saine et sauve.

Drustwn avançait sur un rythme imperturbable. On aurait dit qu'il savait où ces traces nous menaient et qu'il allait les trouver à chaque fois qu'il s'arrêtait. Nous suivions donc aveuglément les Corbeaux le long de la crête… dans cette expéditions nocturne au plus profond de la nuit du sollen. Nous avancions sans parler, concentrés sur notre tâche.

Nous ne fîmes d'ailleurs aucune halte avant que la piste ne commence à redescendre dans la vallée. La pente qui se trouvait maintenant devant nous n'était pas recouverte de neige, et nous eûmes beau nous attarder sur le versant plein de broussailles, nous ne parvînmes pas à retrouver notre piste dans la nuit. Finalement, nous mîmes pied à terre pour inspecter le versant de la crête de plus près.

« Nous ferions peut-être mieux d'attendre demain matin pour retrouver les traces », suggéra Drustwn lorsque nous nous arrêtâmes au fond de la vallée pour discuter. « Elles se perdent trop facilement sur un sol nu.

— Ma femme a disparu. Je ne peux pas attendre jusqu'à demain.

— Seigneur, dit Drustwn, le visage tiré sous la lueur de la torche, l'aube ne va plus tarder… »

À ces mots, je relevai la tête. Drustwn avait raison, le ciel commençait déjà à pâlir à l'est. Pour moi, la nuit n'avait été qu'une vague lueur de torches sur la neige scintillante.

« Que proposez-vous ! demandai-je.

— Cela ne sert à rien de tourner en rond dans l'obscurité. Nous risquons d'effacer des empreintes sans le savoir. Reposons-nous jusqu'à ce qu'il y ait suffisamment de lumière pour y voir.

— Parfait, acquiesçai-je. Donnez-les ordres. Je vais parler à Cynan. »

J'entendis Drustwn sonner le rappel derrière moi alors que je faisais faire demi-tour à mon cheval pour remonter en fin de ligne. Cynan s'était un peu éloigné sur la droite la dernière fois que je l'avais vu. Plusieurs de ses hommes me dépassèrent, accourant à l'appel de Drustwn. Je vis Gweir et lui demandai où était Cynan ; il désigna deux torches qui brûlaient à quelque distance de là. Cynan et Bran étaient en train de discuter en progressant lentement vers le point de rencontre où attendait Drustwn. Je m'avançai à leur rencontre. « Pourquoi s'est-il arrêté ! demanda Cynan. Avez-vous trouvé quelque chose ?

— Nous avons perdu la piste, répondis-je. Il est préférable d'attendre le lever du jour pour poursuivre les recherches.

— Oui, le mieux est de nous arrêter, confirma Bran.

— Non, dis-je sèchement. Le mieux, ce serait de les retrouver, mais pour l'instant la seule chose que nous puissions faire, c'est de nous arrêter.

— La nuit a été froide, fit Cynan préoccupé. Elles n'avaient rien prévu… »

Je ne répondis pas, mais après la remarque de Cynan, je m'aperçus que je n'avais pas pensé au fait que les deux jeunes femmes avaient passé la nuit dehors. Je n'y avais pas pensé parce que je ne croyais pas un instant qu'elles pourraient avoir perdu leur chemin. C'était possible, naturellement, mais la présence probable de « visiteurs » à Druim Vran m'avait conduit à penser différemment.

Ainsi, les quelques mots de Cynan donnaient un léger espoir. Peut-être s'étaient-elles aventurées un peu trop loin, tout simplement, et elles avaient été contraintes de trouver un abri sur le chemin pour la nuit, plutôt que d'essayer de retrouver la route de Dinas Dwr dans le noir. Peut-être l'un des chevaux avait-il été blessé, ou… quelque autre petit incident.

Nous continuâmes jusqu'à l'endroit où Drustwn et les autres cavaliers attendaient. Ils avaient rapidement ramassé des broussailles et allumé un feu. D'autres étaient partis conduire les chevaux jusqu'à un ruisseau voisin pour les abreuver.

Je mis pied à terre et confiai mon cheval à l'un des soldats présents et, m'enveloppant dans ma cape, je m'assis sur une pierre couverte de givre.

Frissonnant de froid en attendant que le soleil se lève, je me souvins de la balise de feu. Je me relevai brusquement. « Alun ! hurlai-je. Alun Tringad ! Venez vite ! »

Après quelques instants, Alun était debout devant moi. Il effleura son front avec le dos de sa main. « Seigneur ?

— Alun, dis-je en posant ma main sur son bras, vous vous souvenez de la balise de feu que nous avons trouvée sur la crête ?

— Bien sûr, Seigneur.

— Eh bien allez-y. Maintenant. Et revenez me dire ce que vous aurez remarqué. »

Il partit sans prononcer un mot, remontant le versant de la crête sur son cheval. Je revins vers le rocher et m'assis à nouveau. La lueur de l'aube laissait filtrer la blancheur pâle et grise du ciel. Des nuages plus sombres passaient juste au-dessus de nos têtes, finissant par se déchirer au contact du sommet des collines. Au loin vers le nord, de hautes montagnes aux cimes blanches jaillissaient au-dessus de la ligne de nuages.

Le vent se leva en même temps que le soleil : de violentes bourrasques venues de l'est. Il y aurait, selon toute probabilité, de la neige avant la fin de la journée — ou au moins de la neige fondue.

De plus en plus impatient, je me levai et remontai sur mon cheval. « Il fait à présent assez jour », fis-je un peu sèchement à Drustwn.

Bran, debout à côté de lui, prit la parole : « Seigneur Llew, laissez-nous rechercher d'abord la piste, et nous vous appellerons lorsque nous l'aurons trouvée.

— Nous irons ensemble. » J'agitai d'un coup ferme les rênes et me retournai une fois encore vers la crête.

Nous étions encore en train de rechercher les traces lorsqu'Alun revint. Cynan était avec moi, et Alun parut réticent à parler devant lui. « Qu'avez-vous trouvé, mon ami ! demandai-je.

— Seigneur, dit-il, la balise de feu a été allumée.

— Quand ?

— Impossible à dire. Les cendres étaient froides. »

Cynan tourna brusquement la tête en entendant les nouvelles rapportées par Alun. « Quelle balise ? »

Je lui expliquai rapidement que j'avais trouvé un tas de bois servant de signal, là-bas sur la crête. « Elle a été allumée », dis-je.

Sa mâchoire se contracta avec menace. « *Clanna na cù !* maugréa-t-il entre ses dents. Des balises sur la crête, des étrangers dans la vallée… et on les laisse se promener en toute liberté ! »

Il ne me reprocha pas mon manque de vigilance, il n'en eut pas besoin car je ressentis l'impact de son accusation muette. Comment avais-je pu laisser cela se produire ?

« Nous allons les trouver, frère ! dis-je.

— Pour sûr qu'on va les trouver... », grogna-t-il en faisant claquer sa bride sur le cou du cheval. Il s'éloigna tout seul.

Comme pour répondre à l'affirmation peu courtoise de Cynan, on entendit aussitôt un *carynx* retentir. Drustwn avait retrouvé la piste. Nous nous précipitâmes pour le rejoindre et les recherches reprirent.

Le soleil était déjà bien haut dans le ciel et la matinée était en train de passer aussi vite que l'éclair. Les traces nous conduisaient à travers la vallée.

Après avoir parcouru une bonne distance, il devint clair que les jeunes femmes s'étaient dirigées vers l'autre extrémité de la vallée. Pour quelle raison ? Y avait-il quelque chose là-bas qui les avaient attirées ?

À travers la vallée et en remontant les collines basses qui se trouvaient derrière, la route était sans obstacles ; elles avaient avancé droit devant elles sans avoir modifié leur trajectoire, ni même s'être arrêtées. Pour quelle raison ? Je m'interrogeais. Peut-être s'étaient-elles amusées à faire la course.

Je sautai sur cette idée. Oui, c'est ça, elles avaient fait la course. Cela expliquait leur tracé rectiligne. J'espérais qu'au moment où nous rejoindrions la colline, nous repérerions l'endroit où elles s'étaient arrêtées pour reprendre leur souffle avant de revenir.

Une fois que nous eûmes passés la crête de la première colline, cependant, cette conviction commença à faiblir. Les empreintes ne se modifièrent pas. Les double traces remontaient sur la colline suivante, sans aucun changement, sans arrêt visible.

Je fis une pause sur le sommet de la colline et regardai brièvement en arrière. Druim Vran se découpait vaguement comme une muraille derrière nous, mystérieuse, inviolable, l'ample vallée s'étendant comme un parterre à ses pieds. La balise de feu avait pu être vue depuis les sommets de chaque colline, à travers tout le royaume — à l'exception, pensai-je, de Dinas Dwr. Elle avait pu être allumée à n'importe quel moment et nous ne l'aurions pas remarquée.

Je rebroussai chemin et repris avec les autres la direction ouverte par Drustwn, sentant monter en moi un désagréable sentiment d'urgence.

Ce fut dans la vallée suivante que nous trouvâmes l'endroit où les jeunes femmes s'étaient arrêtées.

Drustwn s'immobilisa brusquement, soudain raidi sur sa selle ; il nous appela aussitôt, Cynan et moi. Les autres membres de l'expédition étaient encore à quelque distance derrière nous. Les yeux du Corbeau étaient plissés comme deux petites fentes alors qu'il scrutait méticuleusement la piste.

« Qu'avez-vous trouvé ! demanda Cynan.

— Elles se sont arrêtées ici, Seigneur », dit-il en tendant la main vers les traces sur le sol.

Je baissai les yeux et compris ce qui l'avait bouleversé. J'en eus le cœur brisé. « Combien ! demandai-je en m'efforçant de garder une voix ferme. Ils étaient combien ?

— Je pense trois ou quatre. Cinq au maximum. Pas davantage.

— *Saeth du*, murmura Cynan. Cinq... »

Je fixai intensément la neige piétinée. La confusion des traces défiait toute explication. Aucun doute, les jeunes femmes avaient fait une rencontre. Personne n'était descendu de cheval ; aucune trace de pas mêlée aux empreintes des sabots.

« Ils sont partis par là », fit Drustwn en regardant vers l'est. Je constatai qu'il avait raison. Et constatai aussi qu'on espérait qu'une décision soit prise.

J'attendis que les autres se soient rassemblés autour de nous et leur montrai ce que Drustwn avait découvert. De nombreux chuchotements coururent dans le groupe, mais je coupai court. Le temps pressait. « Garanaw ! dis-je en appelant le premier guerrier qui se présenta sous mon regard. Vous, avec Niall et Emyr, vous allez retourner à Dinas Dwr. Informez Tegid de ce que nous avons trouvé ici et rassemblez des provisions. Cynan et moi, nous allons partir à l'avance. Faites vite et rejoignez-nous dès que possible. »

Cynan comprit vite le sens de mes paroles. Il ordonna immédiatement à Gweir et quatre de ses hommes de partir avec les trois Corbeaux pour aider à charger les provisions. Il pensait évidemment — comme moi — que nous serions sur la piste bien plus longtemps que nous ne l'aurions espéré. Une pensée décourageante. Toutefois, aucun de nous deux ne fit allusion à cela ; et dès que les cavaliers furent partis, nous nous mîmes rapidement en route.

L'enchevêtrement des traces se clarifia bientôt : deux chevaux marchant côte à côte, proches l'un de l'autre — ceux des deux jeunes femmes, je suppose — avec un cavalier de chaque côté, à une certaine distance ; un autre cavalier ouvrant la route, et un dernier, à proximité, qui fermait la marche. On pouvait donc recenser quatre étrangers. S'ils étaient plus nombreux, nous n'en voyions aucune trace.

La piste conduisait vers l'est et ne s'élevait jamais, se faufilant dans les replis du relief plutôt que traverser les collines en ligne droite. Manifestement, ils ne s'étaient pas pressés, cherchant au contraire à rester le plus longtemps possible hors de vue.

J'étais à présent certain que les empreintes que nous suivions dataient d'au moins une journée. Je savais également que nous ne trouverions pas Goewyn et Tángwen tapies quelque part au milieu des bruyères pour se protéger, en train d'attendre qu'on vienne les chercher. Elles avaient été capturées. Puis emmenées. Kidnappées.

Je ne parvenais pas à réaliser les implications de cet acte. En fait, je repoussais de telles pensées à chaque fois qu'elles me revenaient à l'esprit, pour mieux rester concentré sur la recherche des empreintes. Je ne voulais faire aucune spéculation sur ce qui pouvait m'attendre.

Le soleil jaune cireux disparut dès l'heure du midi et s'achemina peu à peu, bas sur l'horizon en cette saison, vers sa demeure du soir. Nous avions bien avancé — pendant de longues heures, je pense, car lorsque je regardai à nouveau vers le ciel, il était complètement bouché par les nuages, et la neige, qui s'était tenue à distance toute la journée, commença à tomber en petites granules glacées qui rebondissaient lorsqu'elles tombaient sur le sol.

J'imaginais la neige qui frappait Goewyn, qui se prenait dans ses cheveux, dans ses cils. J'imaginais ses lèvres bleuies et tremblantes de froid. J'imaginais ses épaules se secouer alors qu'elle jetait des regards angoissés derrière elle, scrutant la piste déserte en espérant toujours me voir arriver pour la sauver.

Nous nous arrêtâmes au bord d'un ruisseau pour nous reposer et abreuver les chevaux. La neige formait peu à peu une petite pellicule ondoyante. Je me mis à genoux et recueillis au creux de ma main un peu d'eau glacée que je portai à ma bouche, puis vins rejoindre Cynan qui était en train de fixer le noir filet d'eau qui s'écoulait.

« Les empreintes continuent de l'autre côté, dit-il sans quitter les yeux du ruisseau. Ils ne se sont même pas arrêtés pour boire.

— Non..., fis-je.

— Alors, nous ne devrions pas nous arrêter nous non plus», dit-il brusquement. Il s'inquiétait pour Tángwen, et sa nervosité le trahissait.

« Ils ont pris une bonne avance sur nous, frère, remarquai-je. Nous ne savons pas combien de temps il nous faudra continuer pour pouvoir les rattraper. Nous devons épargner nos forces. »

Il n'aimait pas que je le lui rappelle, mais savait pourtant que je disais la vérité. « Comment cela a-t-il pu arriver ! fit-il avec insistance.

— Tout est de ma faute. Je n'aurais jamais dû les laisser partir. Je n'avais pas réalisé. »

Cynan se tourna vers moi ; ses yeux bleus étaient devenus quasiment noirs. « Je ne vous fais aucun reproche, frère », dit-il — même si le ton de sa voix disait le contraire. « C'est fait... voilà tout. Il faut maintenant trouver une solution. »

Lorsque tous — les hommes comme les chevaux — se furent suffisamment désaltérés, nous repartîmes.

La neige s'arrêta de tomber juste avant le crépuscule et le ciel se dégagea légèrement à l'ouest. Le soleil couchant inonda violemment l'horizon d'une lumière rouge orangée, puis plongea derrière les collines solitaires. La journée d'hiver, trop courte, s'achevait, mais nous continuâmes à avancer jusqu'à ce que la nuit fût trop avancée pour nous permettre d'y voir. Nous fîmes halte dans une étroite vallée, protégés du vent par une imposante colline, tous blottis près du feu.

Nous n'avions rien à manger — ce fut donc une nuit de jeûne. Ceux qui étaient partis chercher des provisions ne nous rejoignirent que le lendemain midi. Ayant voyagé toute la nuit, ils avaient prévu de nous rattraper avant le coucher du soleil. Nous fîmes donc une pause pour manger et nourrir les chevaux, puis nous repartîmes.

La piste que nous suivions menait indéniablement vers l'est. Bien avant de pouvoir entendre, au lointain, le ressac de la mer contre les rochers, je savais que notre piste serait interrompue par la côte. Et lorsque, un nouveau soleil pointant sur une nouvelle journée froide, nous nous retrouvâmes au sommet d'une dune battue par les vents, en train d'observer les vagues écumantes et gelées, assourdis par le bruit de tonnerre incessant qu'elles provoquaient, je sus alors de façon certaine que Goewyn avait quitté Albion.

Dans la pénombre qui tombait rapidement, nous nous déployâmes sur toute la largeur de la plage et trouvâmes de nouvelles traces dans le sable. L'espoir s'alluma dans nos yeux pendant un instant, mais s'éteignit bien vite lorsque nous découvrîmes le cheval de l'une des deux jeunes femmes : libre, la selle vide, les rênes traînant derrière lui sur la plage. C'était le cheval de Tángwen, et sa découverte plongea Cynan dans une agitation désespérée.

« Pourquoi un seul des deux chevaux ! fit-il avec nervosité en agitant les rênes dans ses poings. Qu'est-ce que cela signifie ?

— Je n'en sais rien, répondis-je. Peut-être a-t-elle essayé de s'échapper ?

— Cela n'a aucun sens ! fulmina-t-il. Tout cela n'a aucun sens ! Même si elle avait essayé de s'échapper et qu'ils l'avaient rattrapée, pourquoi auraient-ils laissé son cheval et pas les autres ? » Il me lança un regard furieux comme si je voulais lui cacher les réponses à ses questions.

« Frère, je n'ai aucune idée de ce qui a pu se passer ici. J'aimerais pouvoir comprendre. »

Trop agité pour rester immobile, il lança rageusement son cheval au galop et s'éloigna sur la plage. Je m'apprêtai à le suivre lorsque Drustwn m'interpella. Il venait de découvrir deux longues et profondes traces imprimées dans le sable — des traces faites par la quille de deux embarcations qui avaient été échouées au-delà de la ligne de marée.

Pendant que deux des hommes de Cynan partaient rechercher leur seigneur, je descendis de cheval et me penchai au-dessus de l'une des deux empreintes, puis me mis à fixer la mer en direction de l'est, vers Tir Aflan. Quelque part, au-delà de ces flots agités, sombres et durs comme l'ardoise, ma jeune épouse attendait d'être secourue.

Je détournai les yeux de cette mer vide, le visage brûlant de rage et d'impuissance. Bran Bresal, qui était resté près de moi sans dire un mot, se mit à parler : « Ce n'est pas en Albion que nous les trouverons.

— Pourtant, je peux vous assurer que nous allons les retrouver, déclarai-je. Dépêchez deux hommes vers le crannog, et qu'ils ramènent Tegid. Je voudrais qu'il soit près de moi. Scatha voudra également venir, mais il faut qu'elle reste là-bas afin d'assurer la protection de Dinas Dwr.

— Tout de suite, Seigneur... » Le Chef des Corbeaux lança son cheval au galop et s'éloigna au rythme des sabots frappant sur les galets.

« Cynan ! m'écriai-je. Cynan, revenez ! »

Il arriva quelques instants plus tard. « Envoyez des hommes chercher des canots. Nous monterons le camp ici en les attendant. »

Il hésita, jetant un œil vers le ciel, et sembla prêt à vouloir contredire. Cependant, il dit : « C'est comme si c'était fait. »

Cynan partit au galop, appelant Gweir pour qu'il le rejoigne. Je tirai sur la couverture de laine placée sur ma selle pour l'hiver, et l'étendis sur les galets humides. Puis, me mettant face à la mer qui semblait vouloir menacer le rivage, je m'assis. La longue attente commençait.

XVIII

« LE GEAS »
DE TREAN AP GOLAU

Nous attendîmes trois jours que les bateaux arrivent ; puis encore trois. Chaque jour était comme une torture à petit feu. Juste à la tombée du soir, le septième jour, quatre navires arrivèrent de leur port d'amarrage pour l'hiver, au sud de l'estuaire de Caledon, où Cynan les maintenait à quai. Il ordonna aux hommes de se tenir prêts, et nous retournâmes jusqu'au camp, sur la plage, pour attendre l'arrivée de Tegid. Le barde arriva juste avant le coucher du soleil ; Scatha, qui avait refusé de rester à Dinas Dwr, était avec lui.

« Ma fille a été kidnappée, dit-elle en guise de salutations. Et j'ai bien l'intention de participer à sa libération. »

Il n'y avait aucune raison de s'y opposer, et je répondis : « Comme vous voulez, Pen-y-Cat. Puisse votre présence nous porter chance. »

Alors Tegid donna quelques explications : « Puisque Scatha a souhaité se joindre à nous, je suis allé demander à Calbha de veiller sur Dinas Dwr. C'est la raison pour laquelle nous ne sommes pas arrivés plus tôt. »

J'étais quelque peu fâché par ce tour qu'avaient dû prendre les choses. « Espérons que votre retard inconsidéré n'aura pas coûté la vie à Goewyn et à Tángwen. »

Je fis demi-tour et partis au galop afin de préparer notre voyage en mer, imminent : faire allumer des torches et charger les provisions.

« Bientôt il va faire nuit, et ce soir le ciel sera sans lune », fit remarquer Bran, sortant soudain de son silence grognon des derniers jours. « Nous devrions attendre jusqu'à demain matin.

— Nous avons déjà perdu suffisamment de temps, rétorqua Cynan. Nous partons immédiatement. »

Tegid descendit de cheval et courut jusqu'à moi : « Il y a encore autre chose, Llew, dit-il.

— Cela pourra attendre que nous soyons en mer.

— Il faut que je vous le dise maintenant », insista le barde.

Je me tournai vers lui : « Je vous écouterai quand je le voudrai ! J'ai attendu ici, sur cette plage glaciale, pendant sept jours. Sept jours ! Pour le moment, une seule chose m'intéresse : sauver Goewyn. Si ce que vous avez à me dire peut tenir en quelques mots, dites-le. Sinon, je ne veux rien entendre. »

Le visage de Tegid se durcit ; ses yeux se mirent brusquement à lancer des flammes. « Et moi je vous dis que vous allez m'écouter, ô Roi Puissant ! » fit-il sèchement en essayant de se contrôler du mieux qu'il put.

Je fis un geste pour m'éloigner, mais il me rattrapa par le poignet de ma main d'argent. La colère bouillait en moi. « Ôtez votre main, barde. Ou vous le regretterez. »

Plusieurs personnes assistèrent à la scène et s'arrêtèrent pour regarder, dont Scatha et Cynan. Tegid me relâcha et leva sa main au-dessus de sa tête à la manière d'un barde prêt à déclamer.

« Écoutez-moi, Llew Llaw Eraint ! dit-il en crachant ses mots. Vous êtes le Aird Righ d'Albion, et vous êtes par conséquent sujet à de nombreux *geas*.

— Des rituels ? Épargnez votre salive, grognai-je. Je m'en fiche ! » J'étais doublement en colère à présent. Il avait d'abord désobéi à mes ordres et nous avait fait perdre plusieurs jours, et maintenant, il avait l'audace de nous retenir encore en parlant de je ne sais quels rituels ridicules. « Ma femme a été enlevée ! Celle de Cynan a disparu ! Quel qu'en soit le prix, je les retrouverai. Vous comprenez cela ? Je donnerais tout mon royaume pour obtenir leur libération !

— Ce n'est pas à vous de donner ou de ne pas donner le royaume…, déclara sèchement le barde. Le royaume appartient au peuple qui se trouve sous votre protection. La seule chose qui vous appartient, c'est la souveraineté.

— J'ai autre chose à faire qu'à discuter avec vous, barde. Restez ici, si c'est ce que vous voulez. Moi, je pars. »

Reprenant la parole pour me retenir, il ajouta : « Je vous dis que vous ne *pouvez* pas partir. »

Je le dévisageai avec rage, sans pouvoir prononcer un seul mot.

«Le Aird Righ d'Albion ne peut pas quitter le royaume, déclara-t-il. C'est là le principal *geas* de votre règne.»

Avait-il perdu la tête ? «Qu'est-ce que vous racontez ! Je l'ai déjà fait... J'ai voyagé...»

Tegid secoua la tête, et je compris ce qu'il voulait dire. Depuis que j'étais devenu roi, je n'avais jamais mis le pied hors des frontières d'Albion. Apparemment, cela m'était à présent interdit pour d'obscures raisons. «Expliquez-vous, fis-je sèchement. Et sans bavardages inutiles.»

Tegid répondit simplement : «Il est interdit au roi suprême de quitter l'Île du Puissant... à tout moment, pour quelque raison que ce soit.

— Si vous ne trouvez pas de meilleure explication, dis-je, vous allez vous retrouver dans quelques instants seul ici. J'ai donné des ordres de départ pour les bateaux, et j'ai bien l'intention d'être le premier à monter à bord avant l'appareillage.

— Les bateaux peuvent partir. Vos hommes peuvent partir, dit-il avec douceur. Mais vous, ô Roi, n'avez pas le droit de mettre le pied hors de cette limite.

— Ma femme, elle, est déjà en dehors de ces limites ! Je pars la chercher.» Je fis à nouveau un geste pour m'éloigner.

«Et moi je vous dis que si vous quittez Albion, vous ne pourrez plus être Aird Righ, fit-il en insistant sur chaque mot.

— Eh bien je ne serai plus roi, et c'est tout ! m'écriai-je avec rage. Quelles qu'en soient les conséquences, je pars à la recherche de ma femme.»

J'abandonnerais mille fois mon titre de roi si cela pouvait la faire revenir. Goewyn était ma vie, mon âme ; je donnerais tout pour la sauver.

Scatha continuait à observer la scène, impassible. Je comprenais à présent pourquoi elle était venue, et pourquoi Tegid m'avait ouvertement désobéi. Elle savait que je ne pourrais pas quitter Albion, et estimait qu'une fois que j'aurais compris le problème, je changerais d'avis. Mais j'étais inflexible.

Je lançai un regard vers Cynan, qui était en train de lisser sa moustache tout en m'observant, pensif. Je tendis la main pour le désigner : «Passez le pouvoir à Cynan, dis-je. Qu'il devienne, lui, le Aird Righ.»

Mais Cynan se contenta de marmonner : «Je pars...

— Eh bien, offrez le pouvoir à Scatha», dis-je.

Scatha refusa également : «Je pars pour retrouver ma fille, dit-elle. Je ne resterai pas en arrière.»

Je me retournai aussitôt vers Bran, pour constater que, lui aussi, déclinait l'offre. « Ma place est auprès de vous, Seigneur, se contenta-t-il de dire.

— Personne ne veut donc prendre la direction du royaume ? » demandai-je avec insistance. Mais pas un regard ne croisa le mien, pas une réponse ne fut faite.

La nuit tombait rapidement… tout aussi rapidement que fondait à vue d'œil le peu de dignité qui me restait.

Faisant volte-face vers Tegid comme s'il était mon ennemi, je dis : « Vous voyez ?

— Je vois…, répliqua le barde d'un air glacial. Maintenant, c'est à vous de considérer la situation. » Après s'être exprimé il se tut, ferma les yeux, et prit une profonde respiration. Ses premières paroles me prirent au dépourvu.

« Treán ap Golau était roi d'Albion, reprit-il. Trois choses avaient établi sa renommée : l'amour des jolies femmes ; l'invincibilité au combat ; et la loyauté de quelques hommes de son entourage. Il n'y avait qu'une chose qui le peinait : c'était le *geas* prononcé par son peuple, qui stipulait qu'il ne devrait jamais chasser le sanglier. C'était comme ça… »

Je le regardai avec colère. Il me citait une légende ! Tout ce qu'il trouvait pour me répondre, c'était de me citer une légende ! Je n'en croyais pas mes oreilles. « Je n'ai pas de temps à perdre pour écouter vos histoires, Tegid », protestai-je.

Il releva la tête, rouvrit subitement les yeux, puis me fixa d'un regard torve. « Un jour, reprit-il d'un ton glacial, alors que le roi était parti à la chasse avec son armée, s'éleva brusquement un épouvantable grognement, comme celui d'une bête sauvage. Le bruit se révéla tellement puissant que les arbres s'en trouvèrent secoués jusqu'à leurs racines, ainsi que les collines elles-mêmes, depuis leurs entrailles jusqu'à leur cime, fissurant les rochers en formant mille crevasses. Une fois, deux fois, trois fois, le terrible grognement retentit, chaque fois plus fort et plus effrayant.

« Le roi Treán s'adressa en criant à Cet, son barde plein de sagesse : “Il faut faire taire ce bruit, sinon toute créature vivant sur ces terres en mourra ! Il nous faut trouver l'animal qui cause tout ce vacarme pour le tuer sans traîner.”

« À ces mots, Cet le Penderwydd répondit : “C'est là chose plus facile à dire qu'à faire, Puissant Roi, car ce bruit est provoqué par le Sanglier de Badba, rien de moins, un animal enchanté qui n'a ni queue ni oreilles, mais qui possède une paire de défenses aussi longues que les lances de vos meilleurs soldats, et deux fois plus tranchantes. Il a, en outre, déjà tué et dévoré plus de trois cents hommes, et il est toujours affamé. C'est la raison pour laquelle il grogne et gronde ainsi comme s'il allait faire exploser le monde entier."

«Lorsque Treán ap Golau entendit cela, il dit : "Peu m'importe que ce fléau soit un sanglier ; ce que je sais, c'est que si je n'interviens pas, il ne restera bientôt plus rien de mon royaume."

«À la suite de quoi le roi s'en vint à la rencontre du monstre : il le trouva en train de déchiqueter l'écorce d'un if afin d'y aiguiser ses défenses. Pensant qu'il allait l'abattre au premier assaut, il chargea le Sanglier de Badba. Mais le gigantesque animal le vit venir et lâcha un si terrible grondement que le cheval du roi tomba de peur sur les genoux et que Treán fut projeté à terre.

«Alors le sanglier enchanté chargea le roi resté au sol. Treán brandit sa lance, vise, et projette son arme. Le sanglier s'approche de plus en plus. La lance vise juste et frappe l'animal au centre du front. Mais l'arme ne fait qu'effleurer la couenne épaisse de la bête et rebondit.

«Le sanglier se rapproche encore. Treán tire son épée, et frappe, frappe ! Mais la solide lame vole en éclats dans ses mains, alors que le sanglier reste indemne. Pas un poil de sa fourrure n'est touché.

«Et le sanglier de baisser la tête, le roi de s'élever dans les airs. Il se cramponne un moment au dos de l'animal, mais celui-ci le secoue avec une telle violence et une telle rage que le roi est projeté en l'air. Il atterrit carrément sur l'if : le tronc, arraché, hérissé de pointes, lui transperce le corps, et le voilà gisant inerte, empalé sur l'arbre. Et le roi meurt.

«Voyant cela, le Sanglier de Badba commence à dévorer le roi. L'animal arrache les membres du cadavre. Dévore le bras droit et la main droite du roi qui tenait toujours fermement serrée la dague de son épée brisée en mille morceaux. Un morceau de la lame vient se bloquer dans sa gorge, et le Sanglier de Badba s'étouffe et meurt.

«Ceux qui accompagnent le roi se précipitent pour le secourir, mais Treán ap Golau est mort.»

Me regardant droit dans les yeux, Tegid conclua : «Ici s'achève l'histoire du roi Treán. Entende qui veuille.»

Je secouai lentement la tête. S'il avait espéré, en me racontant cette histoire, me décourager, il allait être déçu. J'avais pris ma décision.

«J'ai écouté votre récit, barde, dis-je. Un récit de bien mauvais présage. Mais je dois briser ce *geas*, il n'y a rien à faire !»

Étrangement, Tegid parut se laisser fléchir : «Je savais que vous feriez cette réponse.» Il se tut, puis, comme pour m'accorder une dernière possibilité de changer d'avis, il demanda : «Est-ce là votre dernier mot ?

— Absolument.»

Il s'inclina et étendit son bâton sur le sol devant lui, puis se redressa, l'expression dure comme la pierre. «Eh bien soit. Le *geas* est donc brisé.»

Le Chef des Bardes se tut et regarda autour de lui tous ces visages rassemblés dans la lumière déclinante. Parlant lentement, distinctement, afin que personne ne puisse se méprendre, il dit : «Le roi a choisi ; à présent, c'est à vous de vous prononcer. Si quelqu'un souhaite s'en retourner, qu'il le fasse maintenant.»

Personne ne broncha. Tous avaient juré fidélité à un homme et leur serment d'allégeance restait inamovible, leur cœur inébranlable.

Tegid hocha la tête et, plaçant un pli de sa cape au-dessus de son visage, il commença à s'exprimer dans la Langue Obscure : «*Datod Teyrn ! Gollwng Teyrn. Roi'r datod Teryn-a-Terynas ! Gwadu Teryn. Gwrthod Teyrn. Gollwng Teryn.*» Il termina en tournant la tête dans tous les sens : «*Gollyngdod... gollyngdod... gollyngdod... gollyngdod.*»

Récupérant son bâton, il commença à tracer un cercle autour de l'assistance rassemblée sur la plage. Il ferma la boucle puis, revenant au centre, traça un long trait vertical auquel il adjoignit, de chaque côté, un trait penché de manière à former une sorte de pointe de flèche — le *gogyrven*, comme il l'appela... les Trois Rayons de la Vérité. Puis il leva son bâton dans sa main droite et vint l'enfoncer dans le sable ; alors, tirant de sa ceinture une petite bourse, il parsema un peu de cendre — une mixture mystérieuse qu'il appelait *nawglan* — à l'intérieur des trois lignes qu'il avait tracées.

Il se redressa et m'effleura le front du bout de ses doigts en reproduisant le figure du *gogyrven*. Tournant alors les paumes vers le ciel — une au-dessus de sa tête en levant une épaule —, il ouvrit la bouche et commença à déclamer :

Sur le sentier abrupt où tous nous sommes appelés
Que cela soit aisé ou malaisé pour notre chair,
Qu'il soit lumineux ou obscur pour nous de le suivre,
Que ce sentier soit dégagé ou plein d'embûches sous nos pieds,
Accepte de nous guider, ô Être plein de sagesse et de bonté,
De crainte que nous ne chutions,
ou que nous nous égarions dans l'erreur.

Pour nous tous qui nous trouvons à l'intérieur de ce cercle,
Sois notre guide, sois notre destin ;
Aird Righ, de par l'autorité des Douze :
Le Vent plein de rafales et de bourrasques,
La Tempête aux tourbillons fougueux,
Le Rayon du soleil éclatant,
L'Ours aux sept combats,
L'Aigle sur son rocher perché,
Le Sanglier de la forêt
Le Saumon des étangs,
La Lac de la vallée,
La Floraison des collines de bruyère,
La Puissance du guerrier,
Le Mot du poète,
La Flamme de la pensée chez le sage.

Qui fait respecter le gorsedd, si ce n'est Toi ?
Qui fait le compte des âges du monde, si ce n'est Toi ?
Qui gouverne la roue des cieux, si ce n'est Toi ?
Qui fait progresser la vie dans le giron, si ce n'est Toi ?
Ainsi, Dieu de toute vertu et de toute puissance,
Garde-nous et protège-nous de ta Forte et Prompte Poigne,
Accorde-nous la victoire sur les ennemis et les traîtres,
Conduis-nous dans la paix jusqu'au terme de notre voyage.

Par ce rite, le barde nous offrit sa bénédiction — nous consacrant et nous garantissant protection pour notre voyage.

Je me sentais humble et contrit. «Je vous remercie pour ce que vous venez de faire», lui dis-je.

Mais Tegid n'avait pas terminé. Il fouilla dans un pli de sa ceinture, en retira un objet pâle qu'il me présenta. Je tendis la main et il me l'offrit. L'objet était lourd et froid au creux de ma paume, et sans même regarder, je savais ce que c'était : une Pierre Musicale. Homme miséricordieux, il savait que j'avais choisi de briser le *geas* uniquement pour sauver Goewyn, et il voulait faire tout ce qui lui était possible pour m'aider.

«Encore une fois, je vous remercie, frère», dis-je.

Tegid ne dit rien, mais retira encore deux Pierres qu'ils posa dans mes mains. Par cet acte, le barde me laissa enfin à mon sort. Je mis les trois Pierres à l'abri dans ma ceinture, me retournai, et ordonnai aux hommes de monter à bord des bateaux. Tous coururent comme pour être les premiers, et je suivis immédiatement. Je venais juste d'arriver au bord de l'eau lorsque j'entendis Tegid qui criait : « Llew ! Voudriez-vous abandonner votre barde ici !

— J'aurais le cœur plus en paix s'il venait avec moi..., répondis-je. Mais je ne me sentirais pas offensé s'il préférait rester. »

Un instant plus tard, il était près de moi : « Alors, frère, nous partons ensemble. »

Nous nous avançâmes dans les flots glacés et fûmes tirés à bord par ceux qui attendaient sur le pont. Deux ou trois hommes prirent de longues perches et poussèrent sur le fond de la mer alors que les voiles claquaient, ondulaient et se gonflaient de vent. La nuit se referma sur nous, la proue fendait les vagues, projetant des embruns salés sur nos visages, vomissant de l'écume sur nos vêtements.

Dans la nuit profonde d'une nuit de sollen sans lune, je quittai Albion. Sans me retourner.

La mer était houleuse, les vents agités et froids. Nous étions fouettés par la pluie et la neige fondue, violemment secoués par les vagues qui faisaient rage sur notre passage. Plus d'une fois, je crus que la mer allait nous servir de tombeau, mais nous continuions à faire voile sans y penser. Nous ne pouvions plus revenir en arrière.

« Qu'est-ce qui vous fait penser qu'ils ont fui vers l'Ignoble Pays ? » demanda Tegid.

Je restai à l'avant du bateau en me retenant au bastingage. Nous n'avions pas vu le soleil depuis notre départ.

« C'est Paladyr qui est derrière tout cela, répondis-je en fixant les vagues et en tapant du poing sur le bastingage.

— Qu'est-ce qui vous fait dire cela ?

— Qui d'autre pourrait-ce être ? » rétorquai-je. Pourtant, sa question sema le doute, alors que j'avais toujours voulu m'en convaincre.

Je tournai la tête afin de croiser son regard. « À quoi pensez-vous ? »

Il leva les sourcil et son front se plissa : « Je pense que nul ne laisse de trace lorsqu'il est en mer...

— Si, la piste nous mène vers Tir Aflan. C'est là-bas que nous avons exilé Paladyr, et c'est là-bas qu'il les a emmenées », déclarai-je en paraissant beaucoup plus sûr de moi que je ne l'étais réellement. Alors que j'attendais sur le rivage, cela n'avait fait pour moi aucun doute ; mais à présent, après deux jours passés à bord d'un navire malmené par les flots, je n'en étais plus sûr. Et après tout, pourquoi n'auraient-ils pas mis voile vers le sud et accosté dans l'une des innombrables criques désertes ?

Tegid resta silencieux pendant un moment — il réfléchissait. Il prit enfin la parole : « Mais pourquoi Paladyr aurait-il fait cela ?

— C'est parfaitement évident : pour se venger... »

Le barde secoua la tête. « Pour se venger ? D'avoir eu la vie sauve ?

— D'avoir été exilé à Tir Aflan, répondis-je sèchement. Pourquoi ? Vous pensez à autre chose ?

— Dans tout ce qu'il entreprend, Paladyr ne pense qu'à lui, qu'à son seul intérêt personnel, riposta Tegid. Je pense donc que ce qui l'intéresse en ce moment, c'est de sauver sa vie. Et puis, je n'ai jamais vu Paladyr agir tout seul... »

C'était vrai. Paladyr était un guerrier, plus enclin à manier la lance qu'à fomenter des plans subtils. Cela me fit réfléchir. « Eh bien peu importe..., m'écriai-je finalement. Qu'il ait agi seul ou avec toute une armée de conspirateurs sournois, cela ne change rien. J'irai quand même...

— Naturellement ! confirma Tegid. Mais il serait tout de même bien de savoir qui s'est allié avec lui. C'est cela qui changerait quelque chose. » Il se tut un moment et m'observa intensément de ses yeux gris. « Bran m'a parlé de cette balise... »

Je fronçai les sourcils, continuant à regarder la mer sombre, couleur d'ardoise.

« Y a-t-il encore quelque chose que vous ne m'avez pas dit ? Si c'est le cas, c'est le moment.

— Oui, il y autre chose, finis-je par admettre.

— Eh bien ! demanda doucement Tegid.

— Goewyn attend un enfant. Personne ne le sait encore. Elle voulait attendre un peu avant de l'annoncer.

— Avant de l'annoncer ! fulmina Tegid. Le fils ou la fille d'un roi ! » Secouant la tête de dépit, il regarda vers la mer et fixa au loin les flots déchaînés. Un long moment passa avant qu'il reprenne la parole. « J'aurais bien aimé le savoir avant, finit-il par dire. Cet enfant n'est pas seulement le vôtre ; il est aussi le symbole de la prospérité de votre règne, et à ce titre fait également partie de notre clan. Vous auriez dû me le dire.

— Nous ne cherchions aucunement à le cacher à quiconque, dis-je. Est-ce que cela aurait changé quelque chose ?

— On ne le saura jamais, répondit-il d'un air désolé avant de sombrer à nouveau dans le silence.

— Tegid, dis-je après un moment, Tir Aflan... est-ce que vous y êtes déjà allé ?

— Jamais.

— Et connaissez-vous quelqu'un qui y soit allé ?»

Il fit une sorte de grimace cynique : «Oui, une seule personne : Paladyr...

— Mais vous devez bien savoir quelque chose sur cet endroit. On lui a bien donné un nom...»

Il se pinça les lèvres : «Aussi loin que remonte ma mémoire, j'ai toujours entendu parler de Tir Aflan sous ce nom. Un nom bien mérité. Mais cela n'a pas toujours été le cas. Au sein de la Confrérie Savante, on dit que dans les temps les plus reculés, cet endroit avait été un véritable paradis — qui s'appelait Tir Gwyn.

— "Le Pays Merveilleux", fis-je. Oui ; et qu'est-il arrivé ensuite ?»

Sa réponse me surprit : «Au sommet de sa gloire, Tir Gwyn s'est mis à déchoir.

— Déchoir ! fis-je. Comment donc ?

— On dit que le peuple a peu à peu quitté la Voie de la Vérité, qu'il s'est fourvoyé dans l'erreur et dans l'égoïsme. Le mal s'est répandu parmi les gens sans qu'ils le sachent. Au lieu de résister, ils l'ont accueilli et se sont mis à le vénérer. Le mal s'est alors développé... dévorant tout ce qu'il y avait de bon et de beau dans le pays.

— Jusqu'à ce qu'il ne reste plus rien, murmurai-je.

— Le Dagda leur retira la protection de la Prompte et Forte Poigne, et Tir Gwyn devint Tir Aflan, expliqua-t-il. À présent la terre n'est plus habitée que par les animaux sauvages et par les proscrits qui ne cessent de se battre entre eux par désespoir. C'est une terre qui manque de tout ce qui est nécessaire au confort des hommes. Vous n'y trouverez ni aide, ni consolation, ni paix, lesquelles n'y ont pas droit de cité. Seulement la souffrance, le chagrin, l'agitation.

— Je vois.»

L'air renfrogné, Tegid m'observait du coin de l'œil : «Vous le constaterez bientôt par vous-même», dit-il en pointant l'extrémité de son bâton vers le large.

Je levai les yeux et aperçus une sorte de bande grisâtre de nuages bas sur l'horizon : c'était mon premier aperçu de l'Ignoble Pays. «Dans quelques jours, je pourrai vous dire si cette terre mérite bien son nom.»

Je regardai fixement les abords de ce pays sans couleurs qui apparaissait puis disparaissait au rythme des vagues agitées. L'endroit paraissait lugubre, mais pas plus que nombre d'autres terres que l'on aurait abordées au milieu des brumes et du crachin lors d'une journée sans soleil. À la vérité, je m'attendais, d'après les descriptions faites par Tegid, à quelque chose de plus lugubre et de plus dévasté.

J'étais venu chercher Goewyn, et j'aurais traversé toutes les catastrophes, tremblements de terre, inondations, incendies, pour la retrouver. Aucun endroit, aussi hostile soit-il, n'y viendrait faire obstacle.

Mais j'étais, hélas, bien naïf.

XIX

TIR AFLAN

Il aurait été plus facile de traverser les mers en portant les navires sur notre dos que d'accoster en sécurité sur les côtes de l'Ignoble Pays. Tout le rivage était défendu par des récifs. La mer se soulevait et venait se briser sur les pointes acérées des rochers dans un grondement ahurissant.

Nous passâmes la plus grande partie de la journée à rechercher un endroit pour pouvoir accoster, et ce n'est que lorsque la lumière se mit rapidement à disparaître que nous tombâmes sur une petite crique gardée par deux hauts promontoires de rochers qui en délimitaient l'étroite entrée.

En dépit de la protection offerte par ces promontoires, cette crique ne plaisait pas à Tegid. Il prétendait qu'elle le mettait mal à l'aise. Malgré cela, après en avoir brièvement discuté, nous en conclûmes que c'était le meilleur endroit pour accoster que nous avions vu jusque-là — le meilleur que nous pourrions probablement trouver.

Je donnai des ordres, et l'un après l'autre les navires glissèrent entre les deux imposants promontoires rocheux. Une fois à l'intérieur de la crique, les eaux étaient d'un calme extraordinaire, d'une teinte sombre qui trahissait sa profondeur — plus profonde encore qu'au large. « Écoutez..., dit Tegid. Vous entendez ? »

Je dressai la tête sur le côté : « Je n'entends rien.

— Les mouettes ont disparu. »

Toute une colonie de mouettes avaient été nos compagnes fidèles depuis le début de notre expédition. Et maintenant, il n'y en avait plus une seule autour de nous.

Je me dressai à l'avant du bateau pendant que celui de Cynan nous dépassait pour rejoindre le centre de la crique. Cynan nous interpella en désignant un endroit où nous pourrions accoster. Il était encore penché au-dessus du bastingage, le bras tendu, lorsque je vis les eaux, à l'avant de son bateau, qui commençaient à bouillonner.

En l'espace de quelques instants la surface se mit à former de gros bouillons. Aucun chaudron n'avait jamais écumé avec plus de violence. Les eaux se soulevaient, étaient secouées ; d'innombrables bulles gazeuses éclataient à la surface, libérant une vapeur verdâtre qui tourbillonnait au-dessus des flots déchaînés.

Les hommes, à bord, se ruèrent vers les bastingages et regardèrent d'un air inquiet les eaux tumultueuses. Des cris de stupeur se transformèrent en cris d'angoisse lorsque, sortant des eaux déchaînées, apparut la tête écailleuse d'un énorme serpent. Les mâchoires toutes grandes ouvertes et munies de crochets, une langue fourchue dardant comme une lance à deux pointes, la bête sifflait, et le son ressemblait à celui d'une voile en train de se déchirer sous les rafales de vent.

Surgissant de derrière, un peu sur le côté, j'aperçus le monstre avec la précision que provoque la peur. Sa peau, luisante et muqueuse, était tachetée de gris et de vert, comme une mer tempétueuse ; il avait la tête plate, des yeux jaunes en saillie ; des écailles, épaisses et hérissées comme une écorce, formaient une sorte de crête sur toute la longueur de son dos, et le reste de son corps bouffi était lisse et visqueux comme celui d'une limace. Un constant filet de bave transparente coulait de ses deux énormes narines au bout de son museau et d'une série d'orifices plus petits qui commençaient à la base de sa gorge pour former une ligne médiane qui courait sur toute la longueur du corps sinueux de la créature.

Si cette bête avait été créée pour inspirer la répugnance, on pouvait dire que c'était réussi.

J'avais la gorge serrée, mon estomac se soulevait rien qu'en la voyant. Puis la tempête de vent provoquée par le seul souffle de l'animal vint nous frapper, et j'eus des haut-le-cœur à cause de la puanteur de son haleine.

« Llew ! » Tegid apparut derrière moi sur la proue du bateau. Il me mit une lance dans les mains.

« Qu'est-ce que c'est que ça ! demandai-je en tirant ma manche en travers de ma bouche. Vous connaissez déjà ? »

Sans détourner les yeux de la créature, il répondit d'une voix cassée par la terreur : « C'est un *afanc*.

— Est-ce qu'on peut le tuer ?»

Il tourna son visage vers moi, blême de peur. Il ouvrit la bouche, mais aucun son n'en sortit. Son regard glissa de moi vers la créature.

«Tegid ! Répondez-moi !» Je le saisis par le bras et le fis pivoter pour le contraindre à me regarder droit dans les yeux : «Peut-on le tuer ?»

Il revint quelque peu à lui : «Je ne sais pas.»

Je me retournai vers les guerriers qui étaient derrière moi. «Tenez vos lances prêtes !» hurlai-je. Il y avait cinq chevaux au milieu du bateau ; l'apparition soudaine du monstre provoqua la panique parmi eux. Ils regimbaient, hennissaient, essayaient d'arracher leurs longes. «Calmez ces chevaux ! Couvrez-leur les yeux !»

Un terrible craquement retentit à travers la crique. Je me retournai aussitôt et vis le bateau de Cynan pris de secousses et faire des embardées de tous les côtés. Puis il commença à se soulever, projeté en l'air sur un énorme anneau visqueux. Les hommes crièrent alors que leur bateau se penchait et oscillait dans les airs.

«Plus près ! criai-je au barreur. Nous devons les aider !»

Au même moment, le dos d'une sorte d'anguille surgit juste devant nous. Le bateau s'y cogna, fut soudainement secoué puis s'immobilisa, renversant les hommes. Enroulant une corde autour de ma main d'argent, je me penchai au-dessus du bastingage et, saisissant ma lance, dirigeai la pointe vers le monstre et transperçai sa peau couverte de vase. Un sang bleu noir suinta de la blessure.

Je retirai la lance et frappai à nouveau, puis encore une fois, plongeant la lame le plus profondément possible. Au troisième coup, je me mis à frapper de toutes mes forces. Je sentis la résistance d'un muscle dur, puis la chair céda et le manche de la lance s'enfonça. L'énorme corps bouffi de la bête eut un mouvement convulsif, qui faillit me déboîter le bras. Une eau noire se répandit au-dessous de moi ; je lâchai la lance juste au moment où Tegid m'agrippa par la ceinture et me hissa à nouveau à l'intérieur du bateau.

D'autres, encouragés par mon exemple, commencèrent à harceler l'*afanc* avec leur lance pour le blesser. Des plaies s'ouvrirent en mille endroit sur la surface lisse de sa peau. La couleur gris vert de l'eau devint aussitôt huileuse à cause du sang qui s'y déversait. Je ne savais pas si le monstre sentait les blessures de nos lames, ou bien s'il s'agitait simplement pour mieux préparer son attaque. En tout cas il siffla, et la masse sanglante plongea et disparut sous les flots. Les guerriers laissèrent échapper un cri de guerre en constatant leur succès.

Pendant ce temps, Cynan et ses hommes, se cramponnant au bastingage, lancèrent une violente attaque en direction de la tête et de la gorge du monstre. Je vis Cynan se balancer dangereusement sur l'avant penché du bateau. Il leva son arme, visa et la lança, laissant échapper un grognement sous l'effort lorsque la lance quitta sa main.

L'arme s'éleva et vint frapper le centre de l'œil de l'*afanc*. La gigantesque tête de serpent commença à remuer dans tous les sens pour essayer de déloger la pointe de la lance.

Les hommes applaudirent.

Les bravos se transformèrent hélas en cris de déception quand l'*afanc* se cabra, laissant surgir son ignoble tête très haut au-dessus des eaux. Il avait la gueule grande ouverte, révélant ses rangées successives de dents effilées comme des rasoirs. Les guerriers fuirent dans tous les sens en voyant la gueule immense se dessiner au-dessus de leurs têtes. Mais plusieurs hommes se reprirent aussitôt et visèrent en direction de la gorge jaune pâle du monstre.

Sifflant et crachant, l'horrible tête replongea, les lances hérissées comme des crins sur sa nuque. Le bateau, toujours pris dans l'anneau de l'*afanc*, était malmené dans tous les sens.

Nous étions toujours trop loin pour pouvoir les aider. « Plus près ! hurlai-je. Venez plus près d'eux ! »

Cynan, s'accrochant désespérément au bastingage, s'égosilla pour demander une autre lance alors que la tête de l'*afanc* sortait, prête à frapper à nouveau.

« Plus près ! criai-je. Dépêchez-vous ! » Mais nous ne pouvions rien faire.

La gueule de l'*afanc* frappa le mât du navire. Le craquement du bois résonna à travers la crique. Le mât se brisa en deux et le navire se retourna, déversant au milieu des vagues écumeuses hommes et chevaux.

Au milieu des cris des hommes, j'entendis un son étrange, une sorte de borborygme effroyable — insistant, râpeux, gargouillant. Je regardai et vis la partie supérieure du mât dépassant sur un côté de la gorge du monstre. La terrible créature essayait par tous les moyens de l'avaler, mais le mât avait transpercé sa chair tendre et tenait bon.

Incapable de se libérer, l'*afanc* agitait sa tête de tous les côtés, se débattant au milieu des vagues comme un fouet. Et alors que le navire sembla sur le point d'être brisé en mille morceaux, le corps bouffi de l'animal se souleva et, dans un dernier coup effroyable de sa queue sans nageoire, il retomba dans les profondeurs de la mer.

Les deux navires les plus proches furent submergés, prêts à sombrer, mais ils firent demi-tour et mirent aussitôt le cap vers le rivage. Le dernier bateau, inondé par les impressionnants remous, fut prêt à chavirer.

Nous nous avançâmes vers le navire de Cynan et prêtâmes main forte à ceux que nous pouvions atteindre. Malgré tout, trois chevaux se noyèrent et une douzaine d'hommes durent nager dans l'eau glacée pour rejoindre le rivage. Nous pûmes sauver le navire avarié, mais perdîmes toutes les provisions.

Lorsque le dernier homme fut tiré sur la berge, paralysé par le choc et à moitié gelé, nous nous rassemblâmes sur les galets, sans un mot, en fixant la crique redevenue calme. Nous amarrâmes les bateaux du mieux que nous pûmes puis remontâmes la côte pour rentrer dans les terres, le plus loin possible de la demeure de l'*afanc*, passant une nuit blanche, blottis autour de feux crachotant dans un effort désespéré pour nous réchauffer.

La neige fondue sifflait au contact des flammes capricieuses, et le bois humide grésillait. En dépit de nos efforts, nous avions terriblement froid ; nous étions mal installés, et lorsque le soleil se leva tel un spectre blême dans un ciel gris et lugubre, nous renonçâmes à essayer de nous réchauffer et commençâmes à remonter la côte à la recherche de Goewyn, de Tángwen et de leurs ravisseurs. Ne découvrant aucune trace de leur passage, nous prîmes la résolution de nous frayer un chemin à l'intérieur des terres.

«*Clanna na cù*», grogna Cynan, la chevelure épaisse et la moustache couvertes de gouttes de bruine. «Ça pue, ici... Sentez... Ça pue !» Ses narines se dilataient et il faisait une grimace pleine de dégoût. Il régnait un air fétide et lourd comme dans une fosse à ordures.

Tegid restait sans un geste, non loin de là, appuyé sur son bâton, lorgnant avec aigreur la densité inextricable des forêts qui s'élevaient brusquement depuis l'étroite rive côtière, telle une muraille grise. La plage était hérissée d'éclats de silex. Des arbres morts gisaient sur le rivage comme des cadavres raidis, leurs racines racornies étalées à l'air. «Il vaut mieux ne pas traîner ici, dit-il. On pourrait nous remarquer.

— Ce serait tant mieux, fis-je. Je veux que Paladyr sache que nous sommes là.

— Je ne pensais pas seulement à Paladyr, enchaîna le barde. C'est sans aucun doute celui qui nous créera le moins de soucis. Je pressens des ennuis infiniment plus graves.

— Nous les attendrons de pied ferme, déclara Alun. Je n'ai pas peur. »

Tegid grogna et se tourna pour lui lancer un regard mauvais. « Moins vous fanfaronnerez maintenant, moins vous aurez à le regretter plus tard. »

Peu de temps après, Garanaw revint de son incursion près de la côte pour nous informer qu'il avait découvert un cours d'eau qui pouvait nous servir d'accès vers l'intérieur des terres. Cynan proposa son plan, qui consistait à faire route vers les collines que nous avions vues depuis la mer ; tirant l'avantage d'être sur une hauteur, nous pourrions ainsi connaître la configuration de l'île et épier tout signe éventuel de présence de l'ennemi.

La présence d'empreintes de chevaux, les balises, les marques de quilles de bateaux sur le sable, tout cela laissait peu de doute sur le fait que Paladyr agissait avec l'aide de complices. Sur les hauteurs, on pouvait facilement repérer la fumée d'un feu provenant d'un camp ou de quelques habitations. Il ne restait plus que cet espoir extrêmement mince, que cette chance minuscule, mais c'est tout ce que nous avions. Nous agissions donc comme si nous étions certains de réussir.

Drustwn revint de son tour d'observation de la côte sud : « Là-bas, le paysage se transforme en falaises abruptes. Aucun passage possible, autant que j'aie pu voir...

— Parfait. Alors nous irons vers le nord. Garanaw, vous prenez la tête... »

Alors nous partîmes, lentement, suivant Garanaw. Bran et les autres Corbeaux marchaient à ses côtés, Cynan et ses hommes suivaient en rangs qui allaient en s'effilochant, Tegid, Scatha et moi venions ensuite, suivis par six guerriers conduisant les chevaux qui avançaient deux par deux en une longue file. La forêt qui longeait le rivage était tellement dense qu'il n'y avait pas moyen d'avancer à cheval. Il nous faudrait marcher jusqu'à ce que la piste devienne un peu plus large.

Le cours d'eau qu'avait vu Garanaw se révéla n'être qu'un mince filet d'eau puant, jaunâtre, qui s'écoulait hors de la forêt vers la plage de rochers d'où il rejoignait la mer en y formant une grosse tâche ocre. Il suffit de respirer une fois pour s'apercevoir qu'il s'agissait du trop-plein d'une source sulfureuse. Cependant, l'eau avait creusé une sorte de grosse rigole à travers les broussailles et les sous-bois, formant un long passage très encaissé.

Lâchant un dernier regard vers le ciel livide, nous nous engageâmes sur le sentier escarpé pour nous enfoncer dans les terres.

Des arbres sans vie avaient basculé sur ou en travers du chemin, rendant notre progression particulièrement difficile. Bientôt, le ciel devint invisible, et fut remplacé par un enchevêtrement massif de lourdes branches, aussi dense qu'un toit de chaume.

Nous avancions avec une lenteur pénible dans une obscurité profonde, nos jambes et nos pieds recouverts d'une boue malodorante. Les seuls bruits qui nous parvenaient était le hurlement d'un vent glacial au sommet des arbres dépouillés, et le gargouillis souffreteux du cours d'eau.

Les chevaux refusèrent de pénétrer dans la forêt ; à peine y étions engagés que nous dûmes nous arrêter pour bander les yeux à une bonne vingtaine d'entre eux. Ainsi tranquillisés, les animaux de tête se remirent à avancer et les autres acceptèrent de les suivre.

Nous avançâmes péniblement tout au long de la journée, marquant notre progression au gré des souches d'arbres que nous enjambions. Nous arrivâmes à la fin de la journée complètement épuisés et paralysés d'avoir glissé, dérapé tant de fois sur les versants abrupts du sentier. Nous grimpâmes un peu à l'écart du chemin pour installer notre camp. Au moins nous ne manquerions pas de bois... et bientôt nous nous retrouvâmes devant un bon nombre de feux allumés qui égayèrent cette bien triste fin de journée.

Tegid s'assit un peu à l'écart, presque recroquevillé sur son bâton. Il était concentré sur ses pensées et ne nous adressait pas un seul mot. J'estimai préférable de ne pas interrompre ses méditations et le laissai donc tranquille.

Après s'être reposés, les hommes se mirent à bavarder calmement les uns avec les autres, et ceux qui étaient responsables de nos provisions s'activèrent pour préparer le repas du soir.

Je m'étais assis en compagnie de Scatha, de Bran et de Cynan, et nous discutions de notre journée — de notre progression, ou plus exactement de notre lenteur à progresser.

« Nous serons plus efficaces demain..., dis-je sans grande conviction. Au moins, ce ne sera pas pire...

— Je ne serais pas mécontent de sortir de cette fosse infecte, marmonna Cynan.

— Vous avez raison, Cynan Machae, fit Alun, vous voir ainsi patauger dans cette gadoue infâme me fait venir les larmes aux yeux. »

Scatha, sa longue chevelure serrée dans une natte ramenée sous sa cape, grattait la boue de ses buskins avec un bâton en observant : « Moi, c'est la puanteur qui me fait venir les larmes aux yeux. »

À ces paroles, notre tristesse s'estompa un peu, et nous portâmes notre attention sur nos hommes, qu'il fallait installer au mieux, et sur la sécurité qu'il fallait assurer pour notre camp durant la nuit. Nous mangeâmes un repas léger — avec peu d'appétit —, puis nous nous enveloppâmes dans nos capes pour dormir.

Le jour suivant s'annonça humide. Un vent âpre soufflait du nord. Et malgré le froid, il n'y eut pas de neige — simplement une fraîcheur humide, insupportable, qui s'immisçait jusqu'aux os sans vouloir en sortir. Le jour suivant ne fut pas différent, pas plus que celui qui succéda.

Nous marchions avec obstination le long de la ravine, trouvant notre chemin en passant par-dessus, par-dessous les troncs d'arbres morts, ou en les contournant, en nous reposant souvent, mais ne nous arrêtant vraiment que lorsqu'il devenait impossible de mettre un pied devant l'autre.

Le terrain s'élevait devant nous selon une pente régulière, et à la fin du troisième jour, nous commencions tous à nous demander pourquoi nous n'étions pas encore arrivés à destination.

« Je ne comprends pas, avoua Bran. Nous aurions dû parvenir au sommet de cette colline écœurante depuis longtemps. »

Il s'appuya sur sa lance, les sourcils pleins de sueur et de boue, les vêtements trempés et crottés... et le reste du noble Vol des Corbeaux n'était pas mieux. Ils ressemblaient davantage aux évadés d'un cachot qu'à une armée royale.

Aucun de nous ne s'était rasé depuis plusieurs jours, et nous étions tous couverts d'une boue infecte. J'aurais donné je ne sais quoi pour trouver un filet d'eau ou un étang où nous pourrions nous débarrasser un peu de cette gadoue. Mais nous ne les avions pas plus trouvés que le sommet.

Je me retournai vers Tegid pour me plaindre. « Comment se fait-il, Tegid... Tous les jours nous progressons d'une bonne distance, et nous attendons toujours de voir ce fameux sommet. »

La bouche du barde se tordit, quasiment de douleur, lorsqu'il répliqua : « Vous en savez autant que moi sur cette terre maudite.

— Que voulez-vous dire ? Qu'est-ce qui ne va pas ?

— Je ne peux rien voir depuis que nous sommes ici, murmura-t-il amèrement. Je suis de nouveau aveugle. »

Je me mis à le fixer pendant un moment et finis par comprendre ce qu'il avait voulu dire. « Votre *awen*, Tegid — je ne savais pas...

— C'est sans importance, fit-il avec amertume en se retournant pour partir. Ce n'est pas une grande perte.

— Qu'est-ce qu'il a ?» demanda Cynan. Il nous avait vu parler et était venu me rejoindre juste au moment où Tegid partait précipitamment.

«Il s'agit de son *awen*, expliquai-je. Il ne lui est d'aucune utilité ici.»

Cynan fronça les sourcils : «C'est une mauvaise nouvelle. Si le pouvoir visionnaire d'un barde peut être utile, c'est bien ici, à Tir Aflan...

— Oui, je sais, répondis-je. En tout cas, puisque les sages conseils nous feront à présent défaut, nous devrons pallier cela avec notre intelligence et nos forces seules.»

Cynan se mit lentement à sourire. Il aimait entendre ce genre de remarques : «Vous êtes peut-être un roi passable, fit-il, mais vous êtes toujours un combattant dans l'âme.»

Nous installâmes le camp dans la forêt froide et humide et repartîmes à l'aube, reprenant notre marche. La journée ne fut qu'une lutte contre l'ennui et la monotonie, mais au moins elle n'était pas aussi froide que les jours précédents. En fait, plus nous grimpions en altitude, plus l'air se réchauffait. Nous accueillîmes cette réalité avec soulagement, plein de courage pour continuer ; nous fûmes alors récompensés en atteignant enfin la crête de la colline.

Bien que le soleil ait depuis un bon moment baissé les armes, nous parvînmes à nous traîner jusqu'au sommet, une zone plate et recouverte d'herbe. Dans la tristesse du demi-jour, nous découvrîmes une grande clairière. Nous ramassâmes en toute hâte du bois dans la forêt en contrebas et fîmes un grand feu. Bran nous mit en garde, rappelant que c'était bien la dernière chose à faire si nous ne voulions pas donner l'alerte à l'ennemi qui ne devait plus être loin. J'estimai cependant que nous avions besoin de lumière autant que de chaleur, sans me préoccuper de savoir si Paladyr et ses sbires pouvaient nous voir.

Ainsi que mon barde plein de sagesse l'avait d'ailleurs dit, Paladyr était le moindre de nos soucis... comme les cris d'alarme lancés par les sentinelles allaient bientôt nous le prouver.

XX

LE SIABUR

Au moment de l'Heure bleue, juste avant le point du jour, les chevaux se mirent à hennir. Nous les avions parqués un peu à l'écart des flammes du feu de camp de manière à ne pas les apeurer. Étant donné que nous étions en terre inconnue, Bran avait organisé une surveillance renforcée sur les animaux et autour de la zone du camp.

En dépit de cela, l'unique avertissement qui nous parvint fut le hennissement des chevaux qui se cabrèrent... aussitôt suivi des cris de panique de la sentinelle.

Je tenais ma lance à la main et mes pieds s'agitaient avant même que j'aie pu ouvrir entièrement les yeux. Bran n'était qu'à quelques pas derrière moi. Nous parvînmes quasiment ensemble sur les lieux. Le garde, un des hommes de Cynan, restait là sans un geste, de dos, sa lance par terre à côté de lui.

L'homme se tourna vers nous avec une expression de terreur et d'incompréhension sur le visage. La sueur perlait sur son front ; ses yeux étaient exorbités, sa mâchoire serrée, les muscles de son cou tendus. Ses bras tombaient le long du corps, mais ses mains tremblaient, se convulsaient.

« Que s'est-il passé ? » demandai-je, alors que je ne voyais aucun signe de violence.

En guise de réponse, le guerrier tendit la main et désigna une masse anguleuse près de lui. Je m'approchai et vis quelque chose qui, sous la lumière froide, semblait n'être qu'un affleurement de rocher...

Bran se rapprocha encore et s'agenouilla pour voir de plus près. Le Chef des Corbeaux prit une longue et tremblante respiration : «Je n'ai jamais rien vu de semblable», dit-il doucement.

Pendant qu'il parlait, je me rendis compte qu'il y avait dans l'air une odeur douceâtre… un peu comme celle d'un fromage pourri ou d'une plaie infectée. Cette odeur n'était pas forte, mais, tout comme le garde qui tremblait, je fus moi aussi envahi par une peur soudaine.

Allez ! Debout ! cria une voix à l'intérieur de ma tête. *Allez ! Partez d'ici pendant qu'il est encore temps.*

Je me retournai vers le garde : «Qu'est-ce que vous avez vu ?»

Pendant quelques instants, il m'observa fixement comme s'il ne comprenait pas ce que je lui disais. Puis il revint à lui et répondit : «J'ai vu… une ombre, Seigneur… seulement une ombre.»

À ces mots, je frissonnai, mais pour me donner contenance, je me penchai, ramassai la lance du soldat et la lui rendis. «Faites venir Tegid immédiatement.»

Alertées par l'agitation, d'autres personnes s'étaient rassemblées autour de nous. Quelques-unes chuchotaient, mal à l'aise, mais la plupart regardaient en silence. Cynan apparut, jeta un coup d'œil, et jura entre ses dents. Puis il se retourna vers moi : «Qui a trouvé cela ?

— Un de vos hommes. Je l'ai envoyé chercher Tegid.»

Cynan se pencha. Il tendit la main, puis se ravisa. «*Mo anam !* fit-il. Cela ne présage rien de bon.»

Tegid nous rejoignit enfin. Il s'avança au plus près. Scatha le suivait.

«Que s'est-il passé ! demanda-t-elle en venant se mettre près de moi. Qu'est-ce…» Elle vit de quoi il s'agissait et s'interrompit aussitôt.

Le barde passa un long moment à observer la masse étrange devant lui en la poussant doucement du bout de son bâton. Puis il revint brusquement à l'endroit où je me trouvais, avec Bran et Cynan. «Avez-vous compté les chevaux ! demanda-t-il.

— Non, dis-je. Nous n'avons pas pensé à…

— Alors comptez-les», ordonna Tegid.

Je me retournai et fis un signe de tête vers les deux hommes qui se trouvaient derrière moi. «Que s'est-il passé ? Qu'est-ce qui a pu… — j'avais du mal à parler —, … qu'est-ce qui a pu faire cela ?»

Avant qu'il pût répondre, on entendit un cri qui provenait des collines, en contrebas. Nous partîmes à toute allure dans la direction indiquée par le cri et trouvâmes une scène identique à la première : le cadavre d'un cheval — lequel d'ailleurs, tout comme le premier, ne ressemblait plus beaucoup à un cheval.

Le pelage de l'animal était humide, comme s'il était recouvert de rosée, comme hérissé de petites touffes de poils. Ses yeux, étranges, décolorés, sortaient des orbites, et sa langue pâle et gonflée dépassait de sa bouche ouverte. Mais ses restes étaient comme ceux d'un animal mort de faim, dont le corps s'est complètement recroquevillé sur lui-même — à peine plus qu'une peau tendue sur un enchevêtrement d'os en saillie.

Les côtes de la bête, ses omoplates, son arrière-train ressortaient violemment. On pouvait repérer facilement tous les tendons et tous les muscles. Si nous avions abandonné pendant tout l'hiver la pauvre bête sans nourriture au sommet d'une colline, le spectacle n'aurait pas été plus pitoyable.

Après m'être agenouillé et avoir posé la main contre la gorge osseuse de l'animal, j'eus une sensation tellement troublante que ma main se retira brusquement comme si mes doigts avaient été brûlés.

« La carcasse est encore chaude, dis-je. L'animal a été tué il y a peu de temps.

— Mais je ne vois pas de sang, remarqua Scatha en relevant sa cape autour de son cou.

— Oh ! Mais il n'y a plus une seule goutte de sang dans ses veines... », ajouta Cynan.

Épouvanté par la monstrueuse apparence, toute desséchée, des animaux, je n'avais pas pensé à me demander pour quelle raison ils avaient un tel aspect. Et maintenant, je comprenais : « On dirait qu'ils ont été vidés de leur sang, dis-je.

— Pas seulement de leur sang, je pense », hasarda Bran comme pour faire écho à ma propre pensée. Disant cela, il leva la pointe de sa lance et l'enfonça dans le ventre du cheval mort. Il n'y avait pas de sang — ni aucune humeur d'aucune sorte. Les organes et les muscles étaient secs, raides comme du bois.

« *Saeth du*, grogna Cynan en se frottant la nuque. Secs comme la poussière. »

Tegid hocha la tête d'un air mécontent, puis jeta un coup d'œil sur le long versant de la colline comme s'il s'attendait à voir s'échapper, au milieu des arbres, quelque mystérieux assaillant. Pourtant, il n'y avait pas grand-chose à voir dans la lumière blafarde du petit matin ; les troncs d'arbres voilés de brume et une couche épaisse de givre qui recouvrait l'herbe et les branches et décolorait le paysage jusqu'à le faire ressembler à… à la carcasse saignée à blanc, rigide, qui se trouvait devant nous.

Le cheval gisait à l'endroit même où il était tombé. Mises à part quelques marques étranges en forme de brindilles tout autour de la tête du cadavre, je ne remarquai aucune empreinte dans l'herbe couverte de givre. Pas plus qu'il n'y avait de traces de fuite après la tuerie.

« Est-ce qu'un aigle serait capable de faire cela ? » pensai-je tout haut en m'apercevant aussitôt de l'ineptie de ma question. Mais aucune autre explication ne vint la remplacer.

« Aucune créature née de façon naturelle ne pourrait faire ça », dit Bran en gardant le menton baissé. Une bonne partie des gens présents protégeaient inconsciemment leur gorge.

« Eh bien ! fis-je en interrogeant Tegid des yeux.

— Bran a raison, répondit lentement le barde. Ce n'est pas dû à une créature naturelle.

— Alors à quoi donc ! demanda Cynan. *Mo anam*, l'ami ! Allez-vous enfin nous le dire ! »

Tegid se renfrogna et baissa la tête : « C'était un *siabur.* » Il avait prononcé le mot avec précaution, comme s'il pouvait lui écorcher la langue. Je me rendais bien compte, à voir la manière dont il agrippait son bâton, qu'il était bouleversé.

Les hommes revinrent après avoir compté les chevaux : « Deux dizaines plus huit…

— Pour trente-trois hommes », fis-je, en ajoutant aussitôt : « À présent, nous avons donc des chevaux pour vingt-huit d'entre eux. Parfait. Vraiment parfait.

— Ce siabur, s'enquit Scatha, quel genre de créature est-ce ? »

Tegid fit une grimace : « C'est un des *sluagh* », répondit-il de mauvaise grâce. Il n'aimait pas prononcer ce nom à voix haute.

Spectre ? Démon ? J'essayai de déchiffrer le sens de ce nom, mais ne pus faire mieux que cela.

« Les Savants les appellent des siaburs. Il s'agit d'une famille d'êtres spirituels qui ne trouvent leur subsistance que grâce au sang des vivants.

— Des esprits vampires ? » fulmina Cynan en s'efforçant d'élever la voix. Il essayait d'éviter la peur du mieux qu'il pouvait et ne réussissait qu'à moitié : « Qu'est-ce que vous nous racontez là ?

— La vérité… » Tegid toisa les uns après les autres les regards qui l'encerclaient, comme pour défier les éventuels contradicteurs.

« Continuez, frère, pressa Bran. Nous vous écoutons.

— Très bien, fit le barde radouci en jetant un coup d'œil prudent en direction de Cynan. Les siaburs sont des esprits prédateurs... comme vous avez pu le constater de vos propres yeux. Dès qu'ils ont trouvé leur proie, ils s'incarnent dans un corps pour pouvoir concrétiser leur attaque, et ils se jettent sur leur victime pour la vider de leur sang. »

Je ne pouvais en vouloir à Cynan pour son incrédulité ; l'explication de Tegid dépassait la raison. Et en ce qui me concerne, ces deux cadavres de chevaux saignés à blanc et abandonnés comme des ballots ratatinés, je les aurais volontiers rejetés comme pure fantaisie. Mais il n'y avait pourtant rien d'extravagant dans tout cela.

Tegid resta devant nous sans bouger, sévère et solennel.

« On ne connaît rien de semblable en Albion, dit Scatha. Rien de semblable...

— C'est parce que l'Île du Puissant reste sous la protection de la Sûre et Prompte Poigne, répondit Tegid. Ce n'est pas le cas de Tir Aflan.

— Que peut-on faire ! pensai-je à voix haute.

— Leur ennemi, c'est la lumière, expliqua le barde. Le feu, c'est de la lumière... alors ils n'aiment pas le feu.

— Par conséquent, ce soir, nous placerons les chevaux à l'intérieur du cercle de notre foyer, suggéra Cynan.

— Mieux que cela, répliquai-je. Nous allons établir un cercle de feu tout autour du camp. »

Tegid approuva. « Ce ne sera pas inutile... Mais il faut faire plus encore. Il faut que nous brûlions les carcasses des chevaux, et les cendres devront être éparpillées au-dessus des flots courants avant l'aube.

— Cela nous débarrassera des siaburs ?

— Nous en débarrasser ? » Tegid secoua lentement la tête. « Cela les empêchera d'habiter le corps de leurs victimes. Mais nous n'en serons pas débarrassés avant d'avoir réintégré Albion. »

Personne ne souhaitait toucher les cadavres des chevaux, et je n'eus pas le cœur de contraindre un homme à faire ce à quoi je répugnais moi-même. Alors nous entassâmes du bois au-dessus des pauvres cadavres et les brûlâmes à l'endroit où ils étaient. Les carcasses dégagèrent une grande quantité de fumée noire et huileuse, épaisse, accompagnée de la même odeur de fromage rance que j'avais déjà remarquée plus tôt.

Tegid s'assura que la moindre parcelle de peau et d'ossements était bien brûlée, puis il rassembla les cendres qu'il plaça dans deux sacs de cuir. Nous nous efforçâmes ensuite de trouver un ruisseau ou une rivière où nous pourrions les disséminer.

Cela se révéla plus difficile qu'on ne l'aurait imaginé.

Tegid considéra le mince filet d'eau de la ravine peu convenable à nos desseins, et nous fûmes contraints de chercher ailleurs. Laissant à charge de Bran la surveillance du camp, Tegid, Scatha, Cynan et moi nous nous mîmes en route dans la lumière crue de cette triste matinée balayée par les vents, à la recherche d'un ruisseau ou d'une rivière. Nous découvrîmes bientôt que la colline au sommet de laquelle nous avions installé notre camp n'était pas le moins du monde naturelle.

Scatha découvrit la première que le terrain sur lequel nous étions était extraordinairement plat pour un plateau supposé naturel, et elle poussa son observation encore plus loin en nous faisant remarquer l'étrange régularité de la courbure de l'horizon. Nous inspectâmes à cheval une bonne partie de la circonférence afin de nous assurer qu'il en était bien ainsi, et constatâmes, comme nous nous y attendions, que le bord du plateau formait un cercle parfait.

Malgré l'évidence, Tegid resta sur la réserve et évita de se prononcer jusqu'à ce qu'il ait pu examiner le centre. Le simple fait de le trouver nous demanda beaucoup d'efforts ; il n'était pas particulièrement simple de quadriller un cercle de cette taille. Mais Tegid délimita un itinéraire et nous le suivîmes.

Après une minutieuse inspection des lieux, nous trouvâmes ce que nous cherchions : la base fracturée d'un énorme pilier rocheux.

Celui-ci était tellement gigantesque que nous n'avions pas réussi à identifier la colline pour ce qu'elle était vraiment : un tertre immense, qui datait d'un temps immémorial, édifié par des hommes. Sa taille nous avait du même coup masqué sa véritable nature. Mais la présence du pilier rocheux ôta définitivement tous les doutes. Ce tertre était l'*omphalos*, le centre symbolique de Tir Aflan. À en juger par la taille de ce plateau circulaire, il s'agissait d'un espace au moins vingt ou trente fois plus grand que le tertre sacré d'Albion, à Ynys Bàinail.

Tegid était stupéfié. Il s'agenouilla dans l'herbe haute, les mains posées sur ses cuisses, le regard vide, fixant l'austère piton rocheux malmené par les intempéries qui se dressait vers le ciel. Cynan prit son épée pour dégager un peu la tourbe pendant que Scatha et moi observions les lieux. Le vent soufflait violemment par intermittence tout autour de nous ; les chevaux trépignaient avec nervosité. Je remarquai que l'herbe avait beau être abondante et bien verte, les chevaux refusaient d'en manger plus de quelques touffes.

Cynan continuait à couper du tranchant de son épée, dégageant une bonne épaisseur d'herbe et de terre. Puis il creusa avec ses mains. Lorsqu'il eut terminé, un morceau de pierre grise apparut. La surface plate et lisse de la pierre était sculptée de motifs profonds et réguliers — les symboles protecteurs jadis sculptés sur le pilier.

Nous restions tous fixés sur les traces mystérieuses, essayant d'imaginer la façon dont avait pu apparaître l'immense mégalithe aux yeux de ceux qui avaient édifié et érigé le tertre. Vestige du passé le plus lointain, avant le déclin du Pays Magnifique, le rocher fracturé semblait défier l'entendement en même temps qu'il inspirait le respect. C'était comme si nous devions faire face à une présence qui nous écrasait en même temps qu'elle nous envoûtait. Personne ne parlait. Nous restions tous immobiles, et nous regardions...

Tegid fut le premier à s'affranchir de cet envoûtement peu naturel. Il se leva lentement, chancela, et traça un arc en l'air avec son bâton. «Cela suffit ! dit-il d'une voix lente et sans énergie. Quittons cet endroit.»

Alors qu'il prononçait ces mots, je me mis à éprouver un brusque et violent ressentiment. Je souhaitais seulement qu'on me laisse tel que j'étais, à contempler tranquillement ce reste de pilier. La voix de Tegid provoqua en moi un certain agacement.

«Llew ! Cynan ! Scatha ! hurla-t-il. Il nous faut fuir de cet endroit immédiatement !»

Une image étrange me vint à l'esprit : Tegid gisait sur le sol, saignant du nez et de la bouche ; j'avais l'impression de tenir son bâton dans les mains. J'eus alors comme une compulsion — comme si je voulais frapper le barde avec son propre bâton. Je voulais le punir parce qu'il m'avait dérangé. Je voulais le faire saigner et le faire mourir.

«Llew ! Venez, nous devons...»

Je voyais vaguement son visage flotter devant moi, le front plissé par l'inquiétude. Je sentais ses mains qui m'agrippaient, me griffaient...

«Llew !»

Je ne me souviens pas avoir bougé... ni avoir levé ma main d'argent d'un seul pouce. Je vis une lueur brillante jaillir au coin de mon œil et sentis un brusque sursaut sur mes épaules. Et puis Tegid... qui titubait, puis tombait, tenant sa tête dans les mains...

Du sang rouge vif sur l'herbe verte, et le bâton de Tegid dans mes mains...

… et puis les bras de Cynan m'entourèrent et je me débattis alors qu'il me soulevait du sol.

« Llew ! Du calme ! » Sa voix résonnait dans mes oreilles. « Doucement, frère, doucement !

— Cynan ? » dis-je. Puis je me sentis revenir comme de très loin, ou sortir d'un rêve éveillé. « Lâchez-moi. Reposez-moi… »

Il me maintenait toujours au-dessus du sol, mais je sentis son étreinte se relâcher quelque peu. « C'est fini, frère…, fis-je en le rassurant le plus que je pouvais. S'il vous plaît, reposez-moi… »

Cynan me relâcha et nous nous mîmes tous les deux à genoux devant Tegid qui gisait par terre, encore sous le choc ; il avait une bien mauvaise blessure qui saignait sur la tempe.

« Tegid ? » dis-je. Ses yeux se retournèrent puis vinrent se poser sur moi. Il gémit. « Je suis désolé, fis-je. Je ne sais pas ce qui m'a pris. Pouvez-vous vous relever ?

— Ahhh, je crois, oui. Aidez-moi. » Avec Cynan, nous le relevâmes, et continuâmes à le soutenir jusqu'à ce que qu'il se sentît d'aplomb sur ses jambes. « Cette main en métal qui vous appartient est plus dure qu'il n'apparaît… et plus rapide aussi, dit-il. La prochaine fois, je me méfierai davantage.

— Je suis désolé, Tegid. Je ne sais vraiment pas ce qui m'a pris. C'était… enfin… je suis désolé.

— Venez, répondit-il pour ne plus y penser. N'en parlons plus maintenant. Nous devons quitter ces lieux au plus vite. »

Cynan tendit à Tegid son bâton et me lança un regard circonspect. « Les chevaux se sont échappés. Je vais les ramener, dit-il avec quelque réticence à s'éloigner.

— Allez-y, répondis-je. Je ne ferai plus rien à Tegid. » Il hésita encore. « Vraiment, Cynan. Vous pouvez y aller. »

Comme l'avait dit Cynan, les chevaux s'étaient enfuis. Ils étaient partis à travers la plaine et se trouvaient à présent assez loin de nous. « Ils ont dû s'emballer, fis-je en observant Cynan qui s'éloignait à grands pas. Mais je ne me souviens de rien. »

Essuyant le sang qui coulait sur son visage avec le bord de sa cape, Tegid jeta un coup d'œil vers le ciel et s'exclama : « Nous avons traîné ici plus longtemps que prévu.

— Que voulez-vous dire ! » demandai-je en suivant son regard. J'essayai d'évaluer la position du soleil, mais la lumière éclatante de la matinée avait disparu, et des nuages épais s'agglutinaient au-dessus de nos têtes. Combien de temps étions-nous restés ici ?

« Nous n'avons pas vu passer la journée, déclara le barde. Il va bientôt faire nuit.

— Mais ce n'est pas possible, objectai-je. Nous avons mis pied à terre il y peu de temps. »

Il secoua gravement la tête. « Non, insista-t-il. La journée se termine. Nous devons nous dépêcher si nous voulons regagner le camp avant la tombée de la nuit. » Il appela Scatha et partit à la rencontre de Cynan.

Scatha ne fit aucun mouvement pour nous rejoindre. Sa lance reposait à terre, près d'elle. Je la ramassai puis posai la main sur son bras. « Scatha ? » Sa peau était froide et dure au toucher — ressemblant davantage à de la pierre qu'à de la chair vivante. « Tegid ! » hurlai-je.

En un instant il se retrouva près de moi. « Scatha ! » Il cria son nom près de son oreille. « Scatha ! Est-ce que vous m'entendez ? » Il cria une nouvelle fois son nom, mais le regard de Scatha resta impassible et vide — comme absorbé, inquiétant, comme si elle était paralysée par quelque chose qui mobilisait toute son attention.

Voyant qu'elle ne réagissait pas, Tegid se mit à grogner sourdement et, lâchant son bâton, il saisit Scatha par le bras et fit en sorte d'éloigner de la roche Pen-y-Cat qui ne manifesta aucun signe de résistance. Il la secoua, mais elle n'eut aucune réaction.

« Nous devons l'éloigner d'ici, suggérai-je. Peut-être… »

Le barde lança brusquement sa main et la gifla. Le bruit me fit sursauter, sans toutefois provoquer aucune réaction de Scatha. Il la gifla une seconde fois, la secoua violemment. « Scatha ! Ne vous laissez pas aller, Scatha. Résistez ! »

Sa paume ouverte redoubla les coups, et la tête de Scatha sursauta. Je vis l'empreinte de la main sur sa joue. Il la secoua encore et leva sa main pour frapper à nouveau.

« Non ! m'écriai-je en le retenant par le poignet. Assez. Ça suffit. Ça ne marche pas. » Pris d'une soudaine inspiration, je suggérai : « Je vais la porter… »

Sans attendre la réponse de Tegid, je pris Scatha dans mes bras et commençai à m'éloigner de la pierre. Son corps, jusque-là rigide, se détendit dès que je la soulevai du sol et me plaçai dos à la pierre.

Elle se mit à gémir doucement et ferma les yeux. Aussitôt des larmes s'échappèrent de ses paupières et coulèrent sur ses joues. Je m'arrêtai et la reposai à terre. Elle s'appuya lourdement contre moi. « Scatha, dis-je, est-ce que vous m'entendez ?

— Llew…, oh, Llew, dit-elle dans un spasme pour reprendre sa respiration. Que se passe-t-il ?

— Tout va bien. Nous partons. Est-ce que vous pouvez marcher ?

— Je me sens… tellement perdue, dit-elle. Il y avait un grand trou ouvert à mes pieds… J'étais sur le bord et je me sentais tomber. J'essayais de me rattraper, mais je ne pouvais pas bouger… Je ne pouvais pas crier… » Elle porta ses doigts sur sa joue enflammée. « J'ai entendu quelqu'un m'appeler…

— Cet endroit est maudit, dit Tegid. Il faut partir d'ici. »

Tout en la soutenant nous commençâmes à marcher en direction de Cynan qui s'efforçait de récupérer les chevaux. Ils restaient craintifs, et Cynan avait du mal à s'approcher suffisamment pour attraper les rênes. Nous le regardions s'avancer à pas feutrés, puis s'élancer brusquement en avant pour saisir les longes… mais les chevaux s'effarouchaient, lançaient une ruade et s'éloignaient. Cynan se relevait et trépignait alors que les chevaux partaient au galop, hors d'atteinte.

« C'est inutile, dit-il, lorsque nous nous avançâmes. Ces imbéciles ont peur et s'enfuient comme des ombres. Je ne peux même pas m'approcher d'eux.

— Alors nous allons revenir à pied au camp, répondit Tegid en s'éloignant aussitôt.

— Et les chevaux ! demandai-je. On ne peut tout de même pas…

— Laissons-les.

— Nous avons au moins besoin de nos armes », insistai-je. Scatha avait pris sa lance avec elle, mais Cynan et moi les avions laissées derrière nos selles lorsque nous avions mis pied à terre.

« Laissons-les ! » cria le barde en se tournant pour nous faire face. Sa voix résonna dans le vide de la plaine. « Il faut me croire, si je vous dis que ce tertre est dangereux pour nous dès que le soleil se couche. Seul le cercle de feu peut nous assurer une protection. »

Il se retourna à nouveau et se mit à marcher dans l'herbe en faisant de grands pas énergiques. Cynan, Scatha et moi, nous suivîmes. Tegid avait raison ; le vaste terre-plein circulaire n'était agrémenté d'aucun relief que nous pourrions utiliser à notre avantage. Il n'y avait ni arbres, ni rochers, ni cavités pour nous cacher.

Je jetai un dernier coup d'œil vers le fragment du mégalithe et vis que le ciel, à l'est, s'obscurcissait à l'approche rapide de la nuit. Très bizarre, pensai-je… Je n'avais jamais vu la lumière du jour disparaître aussi vite.

Et avec l'avancée de la nuit, on entendit alors, dans le lointain, un long gémissement plaintif — comme le hurlement que produit le vent sur le sommet des montagnes. Le problème, c'est qu'il n'y avait pas de montagnes alentour, et que ce n'était pas du vent dont il s'agissait…

XXI

LE SLUAGH

La nuit nous rattrapa alors que nous nous hâtions pour nous éloigner du pilier brisé. Je ne pense pas que même avec nos chevaux nous aurions rejoint le camp avant la tombée de la nuit. Le chemin pour revenir était plus long que dans mon souvenir, et l'étrange crépuscule était survenu avec une vitesse surnaturelle. Les chevaux n'auraient pas pu le gagner de vitesse. Et puis, avec l'invasion rapide de la nuit, la longue plainte devenait plus présente, comme si la source de ce son mystérieux se rapprochait implacablement.

Tegid, pendant notre retour précipité, gardait toujours un œil tourné vers le ciel. Dès qu'il se rendit compte que nous ne pourrions pas atteindre le camp avant la nuit, il annonça : « Il nous faut bifurquer vers le coteau le plus proche, où nous trouverons au moins de quoi faire un feu.

— Parfait, dit Tegid. Mais de quel côté devons-nous aller ? Je ne vois rien dans cette obscurité. »

Le plan de Tegid était bon ; les versants du tertre étaient recouverts d'épaisses forêts, et le bois ne manquait pas. Mais comment pouvions-nous être sûrs de notre chemin, alors que nous ne pouvions pas voir à deux pas devant nous ?

« Nous devrions nous rapprocher de la limite du plateau, dit Tegid. Le pilier marquait le centre et nous nous en sommes éloignés…

— Pour sûr, oui, admit Cynan, si tant est que nous n'ayons pas tourné en rond depuis… »

Tegid ne releva pas, et nous continuâmes à avancer à bonne allure. Nous n'avions pas fait cent pas que Scatha s'arrêta.

« Écoutez ! »

Je m'arrêtai à mon tour, mais n'entendis que le son de la longue plainte qui, hormis le fait qu'elle continuait peu à peu à s'amplifier, ne s'était pas modifiée de façon significative. « Qu'est-ce que c'est ?

— Des chiens, dit-elle. Je crois que ce sont des chiens.

— Je n'ai rien entendu, dit Cynan. Êtes-vous cert... » L'aboiement d'un chien — bref, vif, indéniable — l'interrompit.

« Par là ! Dépêchez-vous ! » s'écria Tegid en partant à toute allure.

Le barde pensait sans aucun doute que nous étions juste derrière lui, que nous étions sur ses talons. Mais quand je me retournai, je me rendis compte qu'il avait déjà disparu dans l'obscurité. « Tegid, attendez ! Où êtes-vous ? Cynan ? »

Une voix étouffée se fit entendre. « Par ici... Suivez-moi...

— Tegid ! appelai-je, en scrutant l'obscurité. Tegid ?

— Où sont-ils passés ! se demanda Scatha. Vous avez vu quelque chose ?

— Non, avouai-je. Ils ont brusquement disparu. »

Le chien aboya à nouveau... s'il s'agissait bien d'un chien.

« Il semble s'être rapproché », fit Scatha. Puis l'aboiement fut immédiatement suivi d'un autre, un peu plus à distance sur la gauche.

« Oui, et il n'est pas tout seul. » Je jetai quelques coups d'œil à droite et à gauche, mais ne vis rien qui pût nous donner un point de repère pour nous guider. Les ténèbres avaient tout envahi, tout effacé. « Il serait préférable de ne pas s'arrêter...

— Par où devons-nous aller ! demanda Scatha.

— Où que ce soit pourvu que nous ne restions pas immobiles », répondis-je. J'étendis ma main et agrippai la cape de Scatha ; elle saisit le bout de la mienne. « Nous resterons ensemble, lui dis-je. Tenez bien fort, et gardez toujours votre lance prête à servir. »

En nous agrippant par nos capes, nous avançâmes dans le noir, sans repères. À aucun moment je n'entretins le moindre espoir d'éviter les bêtes derrière nous. Mais je pensais qu'au moins nous trouverions un endroit pour faire étape si nous rejoignions le coteau du tertre avant que la ou les créatures qui nous poursuivaient ne nous rattrapent.

Nous avançâmes aussi vite que nous pouvions nous le permettre. Courir à l'aveuglette est angoissant. À chaque pas, il faut combattre l'hésitation, il faut combattre la peur. Et les pas ne se font pas plus aisés au fur et à mesure qu'ils réussissent. En réalité, la peur augmente à chaque pas jusqu'à ce qu'elle devienne une force dominante.

N'eût été la présence de Scatha auprès de moi, je me serais arrêté à chaque pas pour me redonner du courage. Mais je ne voulais pas apparaître faible et poltron à ses yeux. Je rassemblai mes forces, prêt à me rompre les os... et je m'élançai.

Pendant tout ce temps, l'aboiement des chiens s'était amplifié, devenant plus insistant au fur et à mesure qu'ils se rapprochaient. Leur nombre aussi semblait avoir augmenté, car je croyais à présent distinguer au moins cinq aboiements différents — en tout cas, ils étaient plus que les deux que nous avions entendus au début.

Aurions-nous pu rejoindre le camp par cette route ? Je ne le saurai jamais. Il en allait sans doute comme Tegid avait dit : l'obscurité se révélait dangereuse pour tout être vivant s'aventurant seul sur le tertre, et le feu nous offrait la seule protection possible.

Nous parvînmes toutefois à la limite du plateau, et nous écroulâmes l'un sur l'autre au moment où le terrain se mit à redescendre brusquement.

Je dégringolai, à moitié trébuchant, à moitié glissant sur la pente invisible, et atterris sur le côté la respiration coupée. Un moment passa avant que je pusse parler : « Scatha !

— Je suis là, Llew, dit-elle en reprenant son souffle. Tout va bien ? »

Je m'arrêtai pour récupérer un peu. Je sentais une douleur à la mâchoire, mais cela était dû au fait que j'avais serré les dents pendant que nous courions. « Je pense être encore entier... »

Venant du plateau directement au-dessus de nous, nous entendîmes soudain un bruit de pas rapides sur l'herbe... comme celui d'un animal fonçant brusquement sur sa proie.

« Vite ! hurlai-je. Là-bas ! »

Plongeant la tête la première, dégringolant, dérapant toujours plus bas, nous dévalâmes la pente, jusqu'au moment où nous fûmes arrêtés par un buisson d'aubépines. Je commençai à essayer de me dépêtrer, mais Scatha dit : « Chhuutt ! Taisez-vous ! »

J'arrêtai tout mouvement et écoutai. J'entendais toujours les chiens, mais nous pensions avoir réussi à mettre un peu de distance entre nous et nos poursuivants. Je m'apprêtai à repartir pendant que nous avions encore une chance, mais Scatha me mit en garde. « Restons ici un moment », fit-elle avec empressement en s'enfonçant davantage dans les fourrés.

Suivant son exemple, je me faufilai à plat ventre jusqu'à l'intérieur du taillis plein d'épines, puis m'installai près d'elle pour attendre. « Avez-vous toujours votre lance ! demandai-je.

— Oui.

— Parfait », murmurai-je en me maudissant de n'avoir pas pensé à récupérer la mienne lorsque nous étions descendus de cheval. Et puis j'aurais voulu aussi avoir deux silex pour pouvoir allumer un feu — ou au moins une simple braise pour éclairer notre chemin. Mais il y avait peu de probabilité pour que ni l'un ni l'autre ne nous soient accordés.

Pourtant, alors que nous étions assis dans l'obscurité la plus profonde à attendre je ne sais quoi, au milieu de cette nuit maudite remplie d'aboiement de chiens, je crus voir ma main d'argent qui commençait à briller. D'abord une faible lueur, l'évanescence discrète d'une brillance. Je levai ma main face à mon visage... la lueur disparut. Je la rabaissai et elle revint.

Je tendis le cou pour regarder vers le ciel et, à mon grand étonnement, aperçus un œil blême qui m'observait : la lune. Enveloppée de nuages, vague forme froide, cireuse, blafarde dans le ciel noir du sollen, évanescente comme un spectre, elle me redonna cependant du courage, et je souhaitai que la lumière restât toujours avec moi.

Les chiens étaient juste au-dessus de nous, sur le plateau. Ils étaient déjà presque à notre hauteur. Je m'attendais à tout moment les voir sauter à notre gorge...

Scatha se mit à bouger. L'éclat de la pointe de sa lance creva les ténèbres alors qu'elle s'avançait, accroupie, pour devancer l'attaque. Je m'allongeai et cherchai autour de moi un morceau de bois que je pourrais utiliser comme gourdin, mais ne trouvai rien.

Pendant ce temps, l'aboiement des chiens s'était transformé en véritable vacarme. Ceux-ci nous encerclaient en aboyant à tout rompre. Je pris une dernière inspiration. *Allez*, pensai-je, *fais ce que tu dois faire*. Au milieu des aboiements, je crus discerner un mouvement de pieds s'enfuyant rapidement à travers les taillis ; puis, aussi vite qu'il était apparu, le bruit se mit à décroître. Nous nous cramponnions l'un à l'autre par les mains en gardant un silence de mort, osant à peine croire que nous avions pu nous en sortir. Lorsque le bruit ne fut plus qu'un écho lointain, alors seulement nous réussîmes à nous détendre.

Le clair de lune était devenu plus intense. Je pouvais percevoir l'étincelle du regard de Scatha alors qu'elle continuait à fixer, sans broncher, le sentier conduisant vers le plateau. Elle sentit que je la regardais, tourna le visage vers moi et se mit à sourire. À ce moment précis, elle ressemblait à Goewyn. Mon cœur se serra dans ma poitrine. Elle dut ressentir mon angoisse soudaine, car elle dit : « Êtes-vous blessé ?

— Non, je pensais à Goewyn…

— Nous allons la retrouver, Llew. » Elle se voulait rassurante, réconfortante et confiante. Si jamais elle nourrissait quelque doute dans son cœur ou dans son esprit, elle l'avait enfoui au plus profond d'elle-même, car je n'en décelai par le moindre signe dans sa voix.

Il y avait à présent assez de lumière pour pouvoir distinguer de vastes formes sur le coteau. Nous attendîmes, à l'affût du moindre bruit.

Je commençai à avoir froid à rester si longtemps assis sans bouger. « Nous devrions partir, finis-je par dire. Ils pourraient revenir.

— Je sors la première », dit Scatha en commençant à se dépêtrer des épines du buisson. Elle rampa pour se dégager et je la suivis, m'extirpant tant bien que mal des branches pleines d'épines pour découvrir que nous nous trouvions à la lisière d'une véritable forêt vierge. À la faible lueur du clair de lune, je ne pouvais distinguer que la limite circulaire du plateau à peu de distance au-dessus de nous.

« Le ciel commence à s'éclaircir un peu. Nous devrions pouvoir apercevoir le camp de là-haut », dis-je en pensant que si nous ne pouvions pas retrouver Tegid, nous pourrions au moins localiser notre camp.

Scatha acquiesça, et nous regrimpâmes lentement le long du coteau, gagnâmes la bordure, puis restâmes sans un geste à observer l'étendue du plateau. J'avais espéré apercevoir les flammes jaunes qui localisaient le camp — au moins la légère tache rougeoyante du feu reflétée sur les nuages bas —, mais il n'y avait rien. Je pensai un moment crier pour appeler Tegid ou Cynan, mais me rendis compte qu'il fallait trouver autre chose. Il n'était pas vraiment utile d'alerter à nouveau les chiens…

« Bien, si nous restons en bordure de la forêt, dis-je, nous devrions bien finir par rejoindre le camp.

— Nous pourrions aussi nous réfugier dans la forêt en cas de nécessité », ajouta Scatha.

Rapidement et en silence, comme deux ombres se faufilant discrètement au milieu des champs mornes et gris, nous prîmes la fuite. Scatha, la lance à la main, ouvrait le chemin, et je jetai régulièrement un coup d'œil derrière moi pour scruter le plateau, à la recherche du moindre signe de la présence du camp, ou de Tegid — l'idéal ayant été de retrouver les deux.

Nous courûmes ainsi sur une bonne distance et j'eus soudain l'impression de percevoir une lueur spectrale dans le coin de mon œil. Pensant que j'avais alors localisé le camp, je m'arrêtai et me retournai... Si j'avais vu quelque chose, eh bien ce quelque chose avait disparu.

Scatha m'ayant vu m'arrêter, fit de même : «Je croyais avoir vu quelque chose, expliquai-je. Mais ça a disparu...»

Quelques instants plus tard, la lueur revint. Nous avions à peine repris notre marche que je l'aperçus à nouveau — juste sur un coin des yeux. Et, comme la fois précédente, je m'arrêtai et me retournai pour regarder.

«Il y a quelque chose là-bas, dis-je.

— Je ne vois rien.

— Moi non plus. Mais il y avait quelque chose, c'est certain.»

Et à nouveau, dès que nous recommençâmes à marcher, la petite source lumineuse revint. Cette fois, je ne m'arrêtai pas et ne cherchai pas à la fixer directement. Je préférai laisser la légère tache miroitante flotter dans le coin de mon œil tout en essayant d'observer le paysage pour en savoir un peu plus.

Tout ce que je réussis à percevoir, ce fut une lueur inconstante suspendue en l'air — comme si la lueur froide de la lune s'était épaissie puis figée pour former de longues mèches, des filaments diaphanes répandus à travers l'obscurité de la nuit, ondulant comme des algues dans le flux marin.

Et à chaque fois que je tournai la tête en espérant intercepter quelque chose, les ombres disparaissaient. Je décrétai qu'il y avait là un phénomène similaire à la lumière changeante de certaines étoiles, que l'on peut discerner clairement lorsque l'œil regarde ailleurs, mais qui disparaissent complètement dès que l'on essaye de les fixer directement.

Nous continuâmes à marcher, et bientôt je pus me rendre compte que ces vagues taches de lumière ne venaient en aucune façon du plateau ; c'était en fait un véritable fourmillement au-dessus de nous et de tous les côtés. Dans quelque direction que je tourne la tête, j'apercevais, comme vraiment posées sur le coin de l'œil, ces formes flottantes, ondoyantes qui fusionnaient, se mélangeaient, se bousculaient tout autour de nous.

«Scatha», fis-je doucement. Elle s'arrêta. «Non... Continuez à marcher. N'arrêtez pas.» Nous repartîmes, et je dis : «Je voulais seulement dire que ces taches... ces sortes d'ombres lumineuses ont l'air de devenir de plus en plus nombreuses. Elles nous encerclent maintenant. Vous les voyez ?

— Non, dit-elle. Je ne vois rien, Llew. » Elle se tut pendant quelques instants, puis reprit : « À quoi ressemblent-elles ? »

Ah ! Pen-y-Cat, j'étais tellement heureux que vous ne me preniez pas pour un fou... ! « Eh bien, on dirait des sortes de traînées de brouillard, comme des toiles d'araignée poussées par les vents.

— Se déplacent-elles ?

— Elles ne cessent pas. Comme la fumée, elles se mélangent constamment pour changer de forme. J'ai l'impression qu'il faut éviter de les observer directement pour être capable de les voir. »

Nous continuâmes à marcher, et quelques instants plus tard je m'aperçus que ces formes spectrales se regroupaient et se fondaient en des formes plus conséquentes, plus épaisses, plus denses. Elles continuaient à se fondre, à se mêler les unes aux autres, mais elles semblaient à présent accumuler de la substance. Avec ce changement, je sentis ma main d'argent qui commençait à me picoter à cause du froid — pas uniquement la main elle-même, mais aussi à la jonction du métal et de la chair.

Je pensais que c'était un effet provoqué par la fraîcheur de la nuit, puis me rendis compte qu'en fait le froid ne m'avait jamais affecté de cette façon auparavant. Ma main de métal avait toujours semblé imperméable aussi bien à la chaleur qu'au froid. Toujours... à une exception près : le jour où j'avais découvert la balise de feu.

Pendant que nous marchions, je réfléchissais pour essayer de comprendre. Se pouvait-il que mon appendice de métal — outre les autres propriétés qu'il pouvait avoir — fonctionnât comme une sorte d'indicateur ? Étant données la nature surnaturelle de cette main et la manière dont elle m'avait été greffée, cela resterait le moins probable de ses pouvoirs magiques. D'ailleurs cette main d'argent témoignait d'une affinité qui n'avait rien d'éphémère avec le fantastique et les puissances magiques.

Si ma main d'argent avait bien la capacité de prévenir son propriétaire d'un danger imminent, qu'est-ce qu'elle était donc en train de m'annoncer en ce moment ?

Je m'étais tellement absorbé dans ces pensées que je ne me préoccupais plus des formes lumineuses sur le coin de mon œil. Lorsque je me mis à nouveau à les observer, je m'arrêtai net. Les taches spectrales s'étaient solidifiées et étaient toutes d'une taille à peu près identique, bien que toujours sans forme particulière ; elles avaient plus ou moins l'allure d'immenses taches vaporeuses de brumes et de vapeur figées, à peu près de la dimension d'une cuve à bière. Il y avait encore autre chose qui avait changé en elles. Et c'était cela, je pense, qui m'avait arrêté : je les imaginais douées d'une conscience distincte, presque d'une capacité de sentir. C'était comme si ces formes éprouvaient une sorte de frénésie, d'excitation… d'impatience peut-être.

Car, me hâtant pour rejoindre Scatha, je ressentis une certaine agitation dans ces formes changeantes… comme si mes propres gestes, en quelque sorte, les contrecarraient en jetant le trouble parmi elles. Un étrange sentiment perturbant m'envahit alors, car il semblait que ces apparitions étaient conscientes de ma présence et capables d'y répondre.

Entre-temps, la froide sensation de picotements dans ma main d'argent s'était transformée en un élancement glacial qui remontait à l'intérieur, tout le long de mon bras.

J'accélérai mon pas et arrivai à la hauteur de Scatha. « Continuez à marcher, dis-je. Les formes spectrales savent que nous sommes là. J'ai l'impression qu'elles nous suivent. »

Nous suivent n'était pas précisément la formule à laquelle je pensais. Ces étranges créatures nous encerclaient… en l'air, au-dessus de nous, et à terre, dans toutes les directions. C'était pire que de traverser une forêt dense et hostile, où chaque feuille aurait été un ennemi, chaque branche un adversaire.

Sans réduire son allure, Scatha leva sa lance et désigna une zone sombre sur la droite. « Je vois la lueur d'un feu devant nous. »

Une faible lueur jaunâtre apparaissait sur le bord de l'horizon. « Ce doit être notre camp », dis-je. Et je compris soudain la froide réalité que cela signifiait. Cela expliquait probablement leur agitation. Les spectres ne voulaient pas nous voir rejoindre le camp. « Vite ! Nous pouvons encore le faire. »

Ces mots étaient à peine sortis de ma bouche que Scatha tendit le bras en travers de ma poitrine pour m'arrêter. Au même moment, une écœurante puanteur de chair pourrie vint me chatouiller les narines — semblables à l'odeur émanant des cadavres des chevaux. J'eus un haut-le-cœur.

Scatha reconnut elle aussi l'odeur. « Siabur », jura-t-elle, butant presque sur le mot.

J'entendis comme des bulles, éclatant doucement, et vis alors tomber une forme bulbeuse à quelques pas devant nous. La puanteur douceâtre s'intensifia et me fit venir des larmes dans les yeux. La forme liquide, une sorte de grosse goutte bleue presque noire, resta là, tremblante, pendant quelques instants, puis elle se rassembla elle-même comme une bulle d'eau sur une surface bouillante. Au même moment, elle sembla se durcir, car elle cessa de trembler et commença à déplier ses pattes jusque-là recroquevillées autour d'un ventre renflé. Sa tête émergea, avec ses deux yeux globuleux sur son sommet et une grossière bouche en forme de pince au-dessous.

Je sus finalement de quoi il s'agissait. Ces spectres n'étaient autres que ces créatures que Tegid avait appelées des *sluaghs*. Et à présent, par l'intermédiaire de je ne sais quel pouvoir qu'elles possédaient, elles avaient engrangé suffisamment de forces pour prendre une forme matérielle et devenir ainsi des siaburs. L'immatériel s'était concrétisé, et la forme qui en résultait était celle d'une araignée grotesquement bouffie. Une araignée en tout cas qui ne ressemblait à aucune autre : grise sombre dans le clair de lune, avec un ventre poilu et distendu, de longues pattes grêles qui se terminaient chacune par une griffe unique d'une taille démesurée... facilement de la taille d'un petit enfant.

Le corps gigantesque luisait d'une substance liquide. Le siabur émit un son baveux en traînant sur l'herbe son gros corps répugnant.

« Mais c'est horrible ! » fit Scatha en prenant sa respiration. Et en deux grandes enjambées, elle fut devant la créature, sa lance prête à l'attaque. Son bras se leva puis se rabaissa brusquement. La lance transperça le monstre derrière sa tête ridicule, le figeant au sol d'un coup net. Le siabur se tortilla en émettant un cri anémié ; ses pattes se contractèrent convulsivement, et les deux parties de sa bouche s'entrechoquèrent.

Scatha enfonça son arme encore plus profond ; les pattes fragiles de la créature se ployèrent et elle s'affaissa dans un spasme. Scatha retira sa lance, la souleva et la replongea violemment au milieu du corps bouffi du siabur. Un gaz toxique gicla, et le monstre répugnant sembla se dissoudre ; son corps perdit toute forme solide et se liquéfia une nouvelle fois en une grosse bulle qui éclata, ne laissant qu'une tache nauséabonde et luisante dans l'herbe.

J'avais déjà pris la tangente lorsque le siabur s'évapora. J'avais saisi Scatha par le bras pour l'attirer à l'écart. J'entendis le son d'un second corps avachi s'écroulant juste sur ma droite, puis un troisième à l'endroit précis où nous nous trouvions quelques instants auparavant. Scatha pivota brusquement en direction du son. « Laissez tomber ! hurlai-je. Il faut courir le plus vite possible vers le camp ! »

Ce fut la course. Tout autour de nous la nuit tremblait sous le son flasque des hideuses créatures bouffies s'écrasant mollement sur le sol. Elles tombaient par dizaines, par centaines. Et elles continuaient à arriver, à tomber du ciel comme un déluge obscène, une pluie infâme.

La puanteur remplissait l'atmosphère. Je respirai difficilement, par à-coups, et l'air me brûlait la gorge et les poumons. Les larmes ruisselaient le long de mes joues. Mon nez coulait sans discontinuer.

L'herbe haute semblait aspirer nos pieds comme pour les retenir. Le plateau grouillait de siaburs qui rampaient, traînant leur grossière carcasse sur le sol, progressant à tâtons, difficilement, pour tenter désespérément de nous attraper. Leurs pattes frêles s'agitaient dans le vide et leurs bouches baveuses suçotaient le sol. Elles nous tomberaient dessus en masse si elles nous voyaient nous arrêter ou hésiter. Et nous subirions ensuite le même sort que les chevaux que nous avions vus ce matin : une sorte de cosse ratatinée, sucée de son sang et de sa vie...

Notre chemin était de plus en plus difficile, et courir devenait périlleux parce que nous devions éviter tel ou tel endroit au risque de nous retrouver nez à nez devant ces araignées ravageuses. Ma main d'argent était transie de froid.

Un siabur apparut juste en travers mon chemin et je l'évitai en sautant par-dessus lui. Lorsque mes pieds quittèrent le sol, je sentis un poids entre mes deux omoplates... de longues pattes cherchaient à tâtons à atteindre mon cou. Le contact était froid et raide comme celui d'un être mort. Je me suis alors débattu, réussissant à me dégager en le plaquant contre le sol, et le monstre se mit à se tortiller en émettant un cri strident.

Un autre prit sa place. Un poids mort et froid m'enveloppa l'épaule, et je sentis soudain la douleur vive et glaciale d'une morsure à la base de mon cou. Un long frisson se répandit à travers mon corps, depuis la nuque et les épaules jusque dans mon dos et sur mes flancs, mes cuisses et mes jambes. J'arrêtai de courir. L'obscurité devenait étouffante, lourde. Mon visage était paralysé ; je ne sentais plus mes membres. Mes paupières se fermaient toutes seules ; j'avais une forte envie de dormir... dormir et oublier... l'oubli... Il fallait que je dorme — la seule chose qui me retenait encore, c'était le son ténu d'une voix lointaine. Et bientôt, même cette voix se tairait.

Ayant entendu mon cri, Scatha était aussitôt accourue et, d'un coup bien placé, elle avait détaché le siabur de mon cou. D'un second coup de lance elle transperça le corps bouffi de l'araignée. La méchante créature tressaillit, puis se liquéfia en une gelée visqueuse et fondit complètement.

Ma vue s'éclaircit, et mes bras, mes jambes, commencèrent à trembler. Je sentis les mains de Scatha qui me soulevaient. J'essayai de reprendre pied, mais je ne sentais plus mes jambes. « Llew, Llew, entonna doucement Scatha. Je suis là avec vous. Je vais vous porter. » Elle m'aida à tenir debout. Je fis deux pas en titubant et commençai à retomber en avant. Le siabur se précipita aussitôt vers nous — ces monstres pouvaient se déplacer avec une vitesse ahurissante. Je me mis à battre des pieds et réussis à en frapper un. Il poussa un cri aigu et se mit à détaler, mais deux autres chargèrent aussitôt. Leurs pattes à l'extrémité fourchue déchiraient le tissu de mes breecs pendant que je les rouais de coups.

Scatha frappa à coups de lance alors que le premier siabur était en train de me griffer, puis, d'un brusque revers, elle trancha en deux le corps du second. Prenant alors assise fermement sur ses jambes, elle pivota et embrocha deux autres monstres qui arrivaient précipitamment. Un autre encore essaya de l'esquiver, mais elle transperça le ventre ballonné de la créature sifflante, qu'elle souleva au bout de sa lance avant de la projeter en l'air.

Rassemblant toutes ses forces, Scatha me releva et essaya une seconde fois de me faire avancer. Chancelant comme un vieillard, je trébuchais à chaque pas. Le fait de bouger améliora les choses ; je retrouvai l'usage de mes jambes et pus rapidement reprendre le chemin.

Nous nous hâtâmes vers le bord du plateau, vers les coteaux boisés en contrebas, espérant que là, nous pourrions plus aisément semer nos poursuivants. Un groupe de siaburs essaya d'empêcher notre fuite, mais l'arme inspirée de Scatha dégagea notre route, et nous atteignîmes le coteau sous un concert de cris furieux et perçants.

Dès que nous fûmes sur le bord du plateau, nous dévalâmes le coteau. L'air ici était pur, et je me mis avidement à inspirer à pleins poumons. Je voyais plus clairement, mon nez et mes poumons ne me brûlaient plus. Au moment d'arriver à la lisière de la forêt, je jetai un coup d'œil en arrière et vis les siaburs se déverser sur le bord du plateau en une marée ignoble et frénétique. Même si je m'étais attendu à ce que nous soyons poursuivis, ma poitrine se serra lorsque je vis leur nombre : les dizaines et centaines qu'ils étaient au début s'étaient à présent transformées en milliers et dizaines de milliers.

Ils dévalèrent la pente comme une gigantesque avalanche frémissante, émettant des cris perçants au fur et à mesure qu'ils se rapprochaient. Rien ne pouvait les arrêter — et il n'y avait pas d'issue.

XXII

UN MANTEAU JAUNE

Mon cœur battait la chamade. L'horrible déferlement des siaburs inonda le coteau et la forêt. Nous ne pouvions plus les éviter ; ils étaient beaucoup trop nombreux.

Scatha se rapprocha de mon épaule. « Prenez cela », dit-elle en me mettant un solide morceau de bois dans la main. Jamais à court d'idées, Pen-y-Cat m'avait déniché une arme qui, au moins, contre ces araignées pouvait convenir...

Saisissant la branche, je jetai un coup d'œil en arrière vers le versant de la colline. Les araignées n'arrivaient pas aussi vite qu'auparavant. Leurs mouvements étaient devenus plus lents au fur et à mesure qu'elles se regroupaient en une foule malaisée. « J'ai l'impression qu'elles s'arrêtent.

— Elles commencent à s'épuiser, observa Scatha. Nous pouvons les prendre de vitesse. Par ici ! Vite ! » Scatha commença à s'enfoncer plus profondément dans l'enchevêtrement de broussailles.

Je fis deux pas et me mis à crier brusquement ; je venais de ressentir une douleur brutale à mon bras, qui me relança jusqu'à l'épaule. « Aïe ! »

Scatha précipita aussitôt sa main vers moi. « Êtes-vous blessé, Llew ?

— Ma main... ma main d'argent... aïe, ouh ! elle est tellement froide. » Je tendis la main vers elle. « Vous sentez ? »

Scatha toucha le métal, d'abord avec précaution, et ensuite plus fermement. « Ce n'est pas froid du tout. C'est même tiède, comme l'est n'importe quelle main vivante.

— J'ai l'impression qu'elle est comme de la glace. Gelée. »

Battant retraite sur le coteau derrière nous, les siaburs avaient suspendu leur progression, et se retiraient ensemble en formant une masse vibrante et houleuse.

La puanteur montaient à nos narines en une bouffée d'air fétide. En dépit de la faible lueur du clair de lune, je parvenais à distinguer leurs carcasses difformes luire dans leur enchevêtrement grotesque, alors qu'ils se tordaient, qu'ils gigotaient en émettant une sorte de miaulement de chatons en train de téter.

Alors, s'élevant de l'un de ces monticules grouillants, apparurent la tête et les pattes antérieures d'un lévrier — un sale cabot, monstrueux, à tête plate, avec une paire d'immenses oreilles pointues, des mâchoires aux dents menaçantes. Son pelage n'était qu'un fatras humide de poils noirs comme la nuit et ses yeux étaient rouges. Son horrible tête se débattait dans tous les sens comme s'il essayait de se libérer du flot des araignées qui s'étaient alors transformées en un bourbier visqueux de panses frémissantes et de pattes convulsives.

Je regardai, fasciné, la bête qui griffait l'air pour tenter de se dégager, remuant sa courte échine et son arrière-train pour sortir de cette ordure bourbeuse et irrespirable. Mais ce chien des enfers n'essayait pas de s'échapper, il était en train de naître de l'accouplement répugnant des siaburs. Au moment où cette idée me vint à l'esprit, je vis une autre tête émerger, puis tout à côté une troisième, et légèrement plus loin, le museau et les oreilles d'un quatrième chien.

« Cours ! » hurla Scatha.

Le premier lévrier était déjà presque libéré de son horrible matrice, mais je n'arrivais pas à détacher les yeux de cette ignoble mise au monde.

Scatha tira d'un coup sec sur mon bras et me traîna en criant dans mes oreilles : « Llew ! Vite ! »

Plus haut sur le coteau, j'entendis un cri de marchand d'esclaves, puis le pas précipité de quelqu'un qui courait. Agrippant mon gourdin et sans regarder en arrière, je baissai la tête et partis en flèche pour suivre Scatha. Elle ouvrait le chemin dans une course difficile, faisant de brusques mouvements en avant, bondissant, baissant la tête, sautant par-dessus des branches tombées sur le sol, contournant des souches imposantes. Je suivais, émerveillé de voir avec quelle grâce et quelle vitesse Scatha évoluait… se faufilant au milieu du fouillis d'arbres et de broussailles avec l'aisance parfaite d'un feu follet.

Le son troublant de leur étrange aboiement spectral fut le signe que le premier lévrier avait été rejoint par les trois autres. Ils lançaient un appel au sang — féroce, sinistre, implacable — un son qui vous laissait sans jambes, qui faisait fuir le courage comme en le liquéfiant.

Je risquai un rapide coup d'œil en arrière et aperçus la silhouette bistrée des quatre bêtes se faufilant à travers les taillis — leurs yeux luisant comme deux charbons ardents sous la lueur blafarde de la lune. Nous ne parvenions pas à les prendre de vitesse ; et avec une seule lance pour nous deux, nous ne pouvions pas non plus les combattre. Notre seul espoir était de pouvoir conserver notre avance.

Nous courûmes pendant un temps qui nous sembla une éternité. J'entendais derrière moi ces bêtes infernales foncer à travers les taillis. Au bruit qu'ils faisaient, je sentais qu'ils gagnaient du terrain sur nous, et aussi qu'ils étaient de plus en plus nombreux.

Risquant un nouveau coup d'œil en arrière, je vis que ces chiens des enfers s'étaient vraiment rapprochés de nous. Trois ou quatre autres s'étaient joints à la meute. Le nouvel appel au sang qu'ils émirent me fit dresser les cheveux sur la tête.

Lorsque je me retournai, Scatha avait disparu.

« Scatha ! » criai-je. Peut-être était-elle tombée ?

Je retournai en courant à l'endroit où je l'avais aperçue pour la dernière fois, mais elle n'y était plus, ne se montrait nulle part. Je ne pouvais ni rester pour la chercher, ni l'abandonner.

« Scatha ! Où êtes-vous ?

— Ici, Llew ! » fit une voix, sensiblement proche, mais sans que je puisse l'apercevoir.

Un hurlement se transforma en un grondement féroce lorsque la première créature s'approcha de moi. Je me retournai pour l'affronter, appuyant mon dos sur le premier arbre venu et brandissant mon arme de fortune devant moi, prêt à frapper. J'estimais être en mesure de frapper deux bonnes fois avant que les autres chiens arrivent. Ce que je ferais ensuite, je n'en avais pas la moindre idée.

Le monstre attaqua avec une vitesse stupéfiante. Je rassemblai mes forces pour me préparer au choc lorsqu'il se mettrait à bondir…

Je vis se présenter juste sous mon nez l'extrémité du manche d'une lance. « Prenez ! » cria une voix perchée en hauteur.

J'abandonnai mon gourdin, pris la lance de ma main de chair et sautai, essayant d'atteindre avec mes jambes quelques branches surélevées. Repliant le genou sur l'une d'entre elles, j'en attrapai une autre avec ma main de métal. Il s'en fallut de peu. Les mâchoires du monstre se refermèrent avec la force d'un piège à loups. Cramponnant le manche de la lance, je me sentis tiré vers le haut. «Lâchez la lance, Llew, annonça mon sauveur. Il y a une branche juste à côté de vous.»

Mais je ne parvenais pas à relâcher ma main. J'avais l'impression qu'à l'instant où je le ferais, je m'écroulerais au sol.

Un autre chien avait rejoint le premier, et tous les deux étaient en train de sauter pour m'attraper, claquant les mâchoires, montrant les dents.

«Lâchez la lance, Llew !»

Je lançai un regard sur la droite, puis sur la gauche. Si je lâchais la lance, je tomberais et serais déchiqueté par les chiens.

«Llew, je ne pourrai pas vous aider si vous ne lâchez pas !»

J'hésitai, suspendu dangereusement tout près des monstres rugissants, au-dessous de moi. Un troisième fit un bond sur le dos des deux autres et déchira ma cape d'un coup de dents ; je faillis lâcher prise, prêt à être emporté sous le poids.

«Je ne peux plus vous soutenir !»

S'accrochant à ma cape, les bêtes cruelles tiraient avec rage, essayant de me faire tomber de l'endroit précaire où j'étais perché. L'étoffe de ma cape commença à céder. Un deuxième chien attrapa un coin de ma cape et se mit à tirer par saccades, ses pattes de devant ayant quitté le sol. Le manche de la lance commençait à glisser de mes doigts et j'étais de plus en plus attiré par les chiens. D'autres monstres étaient entre-temps arrivés jusqu'à l'arbre et bondissaient vers moi, essayant de déchiqueter un nouveau lambeau de ma cape qui pendait.

«Lâchez donc, Llew !»

Ma prise était de plus en plus précaire, mes doigts cédaient de plus en plus, ma cape étant tirée vers le bas toujours plus fermement jusqu'à m'étrangler. Il n'y avait plus rien à faire, je devais lâcher la lance et tenter de trouver une meilleure prise vers une branche que je ne voyais pas.

«Je ne peux plus vous tenir !»

Je lâchai enfin la lance et lançai ma main au hasard. Le poids des chiens m'attira brusquement vers le bas. Mais ma main rencontra une branche salvatrice, et j'enroulai prestement mon bras autour de sa masse solide en m'y cramponnant fermement.

Scatha était là, à côté de moi, le bras tremblant d'avoir dû supporter mon poids du bout de sa lance. «J'aurais pu vous faire retomber ! dit-elle.

— Je ne voyais pas la branche», répondis-je en serrant les dents.

Agenouillée sur la branche à côté de moi, Scatha se pencha à la renverse et frappa brusquement avec sa lance. Un rugissement de rage se transforma aussitôt en un jappement geignard et le poids de ma cape diminua de moitié. Un second coup de lance, ferme, provoqua un nouveau beuglement de douleur, et je fus libre. Je cherchai à tâtons la broche de ma cape et me débrouillai comme je pus pour la dégrafer, libérant ainsi le vêtement qui tomba sur le sol.

Je me redressai et m'efforçai de grimper plus haut dans l'arbre. Au-dessous de moi, il n'y avait pas moins de huit chiens enragés — certains bondissaient en l'air comme des fous, d'autres couraient frénétiquement autour de l'arbre, et deux au moins tentaient de s'accrocher au tronc avec leurs griffes. L'un d'eux réussit à atteindre une bonne hauteur, mais Scatha, s'agrippant d'une main à une branche, se pencha et enfonça vigoureusement sa lance dans la gorge de la bête. Le chien retomba en hurlant, atterrit sur son échine, se débattit, se mordant lui-même avec furie alors qu'un sang noir se répandait en gros bouillons de sa blessure à la gorge.

L'animal mourut de la même façon que les araignées, désintégré, ni plus ni moins, en une masse informe qui se dissipa rapidement pour ne plus laisser qu'un simple résidu visqueux. Mais ils étaient à présent une douzaine de chiens, peut-être plus, à s'agiter sous l'arbre. Ils s'élançaient vers nous, faisant claquer leurs dents, grondant.

À plusieurs reprises un animal essaya de grimper ; Scatha aussitôt lui enfonçait sa lance dans la chair, et il retombait, soit seulement blessé, soit carrément mort. Ceux qui étaient morts se dissolvaient rapidement et disparaissaient, mais ils étaient tout aussitôt remplacés par d'autres.

Nous étions piégés, à l'évidence, et je commençais à entrevoir le moment où, par la simple force du nombre, les chiens se mettraient à abattre l'arbre. Le spectacle de leur frénésie étourdissante et pleine de haine me plongeait dans l'effroi et le découragement. Scatha également sentait l'inutilité qu'il y avait à essayer de les combattre ; car même si elle continuait à se donner du mal avec sa lance dès que cela se révélait nécessaire, je remarquai qu'elle semblait perdre courage. Progressivement, les traits de son visage perdaient toute expression, et sa tête commençait à se pencher.

J'essayai de lui redonner du courage : «Nous sommes en sécurité ici, dis-je. Le camp n'est plus très loin. Les guerriers vont entendre les chiens et venir en force nous délivrer.

— S'ils ne sont pas eux-mêmes assaillis par l'ennemi, rétorqua-t-elle d'un air sombre.

— Ils nous trouveront, répondis-je sur un ton perplexe qui me rendit peu crédible. Ils viendront nous délivrer…

— Nous ne pouvons même pas fuir, murmura-t-elle.

— Ils vont nous trouver, insistai-je. Courage. »

Cependant, il se révéla de plus en plus que Scatha avait peut-être raison. Les chiens monstrueux ne montraient aucun signe de fatigue, et leur nombre, du moins à ce que je pouvais voir, ne cessait d'augmenter.

Scatha cessa finalement de frapper avec sa lance. Nous nous faufilâmes plus haut dans l'arbre et nous installâmes, les yeux vides fixés sur l'agitation au pied de l'arbre, de plus en plus paralysés à cause du froid et du choc continuel que provoquaient les aboiements, les grognements et les hurlements des monstres.

À force de suivre les reflets de la lune sur les dents et sur les griffes, étourdi par la danse incessante d'une multitude de braises, mon esprit commença à délirer. Ces silhouettes noires tourbillonnantes semblaient se mélanger, formant comme un torrent sauvage, une cascade furieuse, pleine d'une rage effrayante. Et je me demandai quel effet cela donnerait de se retrouver au milieu de ce tourbillon terrible, d'être immergé dans ces turbulences horrifiantes. Pas d'autre volonté que le chaos ; pas d'autre désir que celui la destruction. Quel défi, quelle force, quelle tentation … de m'abandonner à une telle fureur.

Qu'est-ce qui m'arriverait alors ? Est-ce que j'en mourrais ? Ou est-ce que je deviendrais simplement comme eux, sauvage et libre ? Ne connaissant aucune limite, aucune contrainte, une simple créature aux libres appétits, rayonnante d'une beauté terrible et sauvage… Quel effet cela ferait de pouvoir agir sans avoir à réfléchir, *être* tout simplement… libre de toute pensée, libre de toute raison, libre de toute émotion, ouvert à la seule sensation…

Je fus chassé de mes sinistres rêveries par les brusques secousses d'une branche près de moi. Scatha, les yeux rivés sur le vacarme rageur qui se poursuivait au pied de l'arbre, se tenait debout sur une grosse branche, chancelante, prête à tomber, les bras tendus pour essayer de garder l'équilibre. Elle avait laissé échapper sa lance.

« Scatha, lançai-je. Ne les regardez pas… Détournez les yeux, Scatha ! »

Je continuai à lui parler alors que je rampai avec précaution pour me rapprocher d'elle, jusqu'à pouvoir m'asseoir à ses côtés.

Puis je me relevai doucement, passai mon bras autour de ses épaules pour la maintenir. « Asseyons-nous à nouveau, Pen-y-Cat », dis-je. Elle céda et se laissa lentement guider pour s'asseoir sur la branche. « C'est mieux ainsi, dis-je. Vous m'avez fait peur, Scatha. Vous auriez pu tomber. »

Elle tourna sur moi ses yeux vides, absents, et dit : « Je *voulais* tomber.

— Scatha, écoutez-moi maintenant ; ce que vous ressentez, c'est le *sluagh* — cela vient d'eux. Moi aussi je le ressens. Mais nous devons résister. On finira par nous trouver. »

Mais Scatha avait déjà retourné ses yeux fixes vers la masse trépidante et hurlante qui s'agitait à nos pieds. Désespérant de parvenir à la distraire, je m'efforçai de résister moi-même à la fascination exercée par l'agitation au pied de l'arbre, et me mis à scruter la forêt environnante dans l'espoir de repérer un signe.

À mon grand étonnement, j'aperçus alors la faible lueur d'une torche qui se déplaçait sur le coteau.

« Regardez ! Il y a quelqu'un qui vient. Scatha, regardez... les secours sont en route ! »

J'avais dit cela essentiellement pour détourner l'attention de Scatha, mais également pour me donner du courage. Il n'y avait pas de raison logique de croire en l'arrivée des secours, mais en revanche une multitude de raisons de considérer que nous allions être la cible d'une nouvelle catastrophe.

Tous mes espoirs disparurent en effet lorsque Scatha dit : « Non, je ne vois rien. Il n'y a pas de torche. »

C'était vrai... la lueur n'était pas celle d'une torche. Ce que j'avais vu, transformé par l'espoir en une haute flamme crépitante, se révéla n'être en réalité qu'une faible lueur jaune reflétée par la lune. Elle se déplaçait toutefois avec régularité à travers la forêt dans notre direction, et je me rendis compte peu à peu qu'elle se mouvait en vertu d'un son qu'elle même produisait — difficile à entendre à cause des hurlements, des grognements agressifs des chiens, mais en tout cas parfaitement distinct.

« Écoutez... est-ce que vous entendez ? »

Scatha écouta un moment, détournant les yeux de l'agitation qui continuait à nos pieds. « Je... eh bien j'entends... des aboiements », fit-elle sans plus de conviction.

« C'est exactement cela, confirmai-je. Des aboiements, oui... les mêmes que nous avions entendus avant l'apparition des siaburs. »

Scatha me regarda, perplexe — et à juste raison —, se souvenant à quelle vitesse nous nous étions enfuis, morts de peur, en entendant alors ces aboiements. Bizarre d'y trouver à présent un réconfort… Et pourtant, c'était vraiment ce que j'éprouvais.

Je fixai avec la plus grande attention la densité de la forêt alors que la lueur jaune ondoyait au milieu des arbres. Les aboiements se faisaient de plus en plus distincts au fur et à mesure que la lueur progressait, et il n'y avait plus aucun doute : c'étaient bien les mêmes aboiements que nous avions déjà entendus.

Ma main d'argent, qui depuis longtemps n'était plus qu'un morceau de glace au bout de mon bras, commença à me démanger. Quelques instants plus tard, j'aperçus plusieurs petites formes blanches et régulières se précipitant à travers les taillis, dans notre direction.

« On vient ! » dis-je en retenant ma respiration.

La chaude sensation de picotements remonta le long de mon bras lorsque trois chiens blancs, au pelage luisant, débouchèrent des taillis en se dirigeant directement vers le raffut impossible se déroulant au pied de l'arbre. Blancs comme neige du museau jusqu'à la queue — à l'exception des oreilles qui étaient d'un rouge vif comme le sang — les chiens étaient plus petits et plus maigres que les monstrueux lévriers noirs, mais plus agiles sur leurs pattes et au moins aussi féroces.

Je m'attendais à ce que les cabots n'en fassent qu'une bouchée mais à mon grand étonnement ils réagirent bizarrement, comme s'ils étaient brusquement plongés vivants dans l'eau bouillante. Ils se cabrèrent sur leurs pattes arrière, sursautèrent, et redégringolèrent les uns sur les autres en une lutte désespérée afin d'échapper à l'assaut des nouveaux venus. Et, comme cela se manifesta bientôt, avec de fort bonnes raisons.

Les chiens aux oreilles rouges montèrent rageusement à la charge en montrant les dents, chacun d'entre eux saisissant un des monstres à la gorge, arrachant leur chair avec furie, puis se dirigeant brusquement vers une nouvelle victime. Les lévriers, durement blessés, gémissaient, ils se recroquevillèrent, puis se désintégrèrent en une gelée informe pour finalement disparaître en quelques instants.

Tout comme l'éclair venant briser la nuée d'orage, les trois chiens blancs mirent en déroute nos agresseurs, tuant avec une rare efficacité, frappant toujours et encore.

En l'espace de quelques instants, des dizaines d'adversaires furent tués, les autres se mirent à détaler pour se protéger, se griffant les uns les autres pour s'échapper. Bientôt la forêt fut remplie du hurlement de victoire des vainqueurs qui continuaient à poursuivre les fuyards à travers la forêt.

« Voilà, ils sont partis », dit Scatha en relâchant brusquement sa respiration.

Je m'apprêtais à ouvrir la bouche pour acquiescer, et c'est alors que je le vis : debout, presque à notre verticale et regardant dans la direction des chiens. Il portait un long manteau jaune à manches et une ceinture. C'était ce manteau que j'avais vu se déplacer à travers les arbres comme un feu follet.

Il resta un moment sans bouger, puis leva la tête pour regarder parmi les branches l'endroit où Scatha et moi étions cachés. Je faillis tomber à la renverse. Me fixant d'un regard perplexe se tenait l'homme à n'en point douter le plus laid que j'aie jamais rencontré : une tête énorme, des traits grossiers, un long nez qui se terminait en crochet, une bouche largement fendue avec de grosses lèvres comme celle d'un crapaud. Des oreilles comme les poignets d'une cruche qui dépassaient d'une épaisse fourrure de poils noirs, et d'immenses yeux très espacés, exorbités, qui ressortaient de façon sinistre sous une rangée épaisse et unique de sourcils noirs.

Il soutint mon regard pendant un très court instant, mais suffisamment pour que je sache qu'il m'avait remarqué. En effet, il leva sa main en signe d'adieu juste avant de se remettre à marcher pour s'éloigner de l'arbre et disparaître à nouveau dans la forêt.

Ce ne fut que lorsqu'il fut parti que je pus enfin parler. « J'ai déjà vu cette figure quelque part, murmurai-je. Il y a longtemps, très longtemps... dans un autre monde. »

Je sentis une main hésitante sur mon bras. « Llew ?

— C'est fini, dis-je. Les chiens lui appartenaient.

— Appartenaient à qui ?

— À l'homme au manteau jaune. Il était là, juste à côté de nous, je l'ai vu ; il... » Je me tus. Cela ne valait pas la peine d'insister. À l'évidence, Scatha ne l'avait pas vu. Cela ne me surprenait pas vraiment.

« À présent, nous pouvons y aller », dis-je en commençant à me laisser redescendre.

Je me laissai glisser jusqu'à la branche la plus basse et m'apprêtai à sauter à terre. Au moment où je me mis à lâcher prise, Scatha, au-dessus de moi, m'appela : « Attendez ! Écoutez ! »

Mais c'était trop tard. J'atterris maladroitement, roulai et me retrouvai sur le dos. Au même instant, j'entendis quelque chose d'imposant, de lourd, qui avançait en faisant craquer les branches. Je me remis aussitôt sur pied, recherchant désespérément la lance que Scatha avait laissée tomber, faute d'avoir moi-même conservé mon gourdin.

« Llew ! s'écria Scatha. Là-bas… derrière vous ! » La lance était là, à quelques pas en effet. Je me précipitai pour la ramasser, et lorsque je me retournai, je me retrouvai face à … Bran et Alun Tringad, l'épée dégainée ; ils étaient suivis d'une bonne vingtaine de guerriers munis de torches.

« Ils sont là ! m'écriai-je. Scatha ! C'est Bran ! Nous sommes sauvés ! »

Bran et Alun avancèrent avec prudence, comme si nous étions une apparition.

« Je suis là ! criai-je une seconde fois en rabaissant ma lance et en me précipitant à leur rencontre. Scatha est avec moi.

— Llew ! s'enquit le Chef des Corbeaux en rabaissant lentement son épée. Il jeta un coup d'œil vers Alun qui s'écria : « Je vous l'avais bien dit que nous les retrouverions !

— Nous étions en train de revenir au camp et nous nous sommes perdus », expliquai-je rapidement.

Je revins en toute hâte vers l'arbre et appelai Scatha. « Vous pouvez descendre, maintenant. Il n'y a plus de danger. »

Scatha se laissa tomber et atterrit sur le sol avec la souplesse d'un chat.

« Est-ce que Cynan et Tegid sont également avec vous ! demanda Alun en levant les yeux vers les branches de l'arbre.

— Nous avons été séparés, répondis-je. Je ne sais pas où ils sont allés.

— Ils ne sont pas rentrés au camp la nuit dernière, dit Bran.

— Comment avez-vous retrouvé nos traces ?

— Nous avons entendu les chiens, expliqua Bran. Ils encerclaient le camp, et Alun a vu quelqu'un…

— Par trois fois ils ont fait le tour du camp, poursuivit Alun avec frénésie. Le type qui était avec eux nous a fait signe de le suivre.

— Moi je n'ai vu personne…, affirma Bran avec conviction. Je n'ai vu que les chiens.

— Ce type, demandai-je à Alun, comment était-il habillé ?

— Il portait un long manteau avec une large ceinture, rétorqua Alun sans hésiter.

— Et ce manteau, il était de quelle couleur ?

— Euh... brun foncé je crois... Ou jaune, fit Alun. Difficile à dire dans le noir, et il n'avait pas de torche.

— Et les chiens ?

— Des chiens blancs..., dit Bran.

— ... avec des oreilles rouges, ajouta Alun Tringad. Il y en avait trois. Ce sont eux qui nous ont guidés jusqu'ici.

— Vous n'avez rien entendu d'autre ?

— Non, rien, Seigneur, répondit Alun.

— Un aboiement de chiens sauvages, par exemple, suggérai-je. Ici, à cet endroit même ?»

Bran secoua la tête. «Nous n'avons entendu que ces chiens, déclara-t-il. Et ils n'étaient que trois.

— Plus l'homme..., souligna encore Alun.

— Oui, il y avait un homme... cet homme au manteau jaune, confirmai-je. Scatha ne l'a pas vu, mais moi oui.

— Je n'ai vu que les chiens, fit Scatha avec soulagement. Mais c'était déjà très bien.» Je remarquai qu'elle n'avait rien dit à propos ni des lévriers monstrueux ni des araignées. Mais après tout, je n'avais rien dit non plus.

XXIII

CROM CRUACH

Tegid et Cynan, en fait, étaient retournés au camp avant nous et attendaient notre arrivée. Le soleil perçait sur un horizon gris lorsque nous pénétrâmes le périmètre encore fumant de notre feu protecteur. Dès que je fis un pas à l'intérieur du cercle de cendres, je fus envahi par la fatigue. J'avais les jambes lourdes comme du plomb, mon dos me faisait mal. Je trébuchai, prêt à tomber.

Tegid me rattrapa par le bras et me conduisit près du feu. «Asseyez-vous», ordonna-t-il. Puis il appela un guerrier qui se trouvait près de nous. «Apportez-lui une coupe !»

Je continuais à vaciller sur mes jambes, incapable de trouver les gestes nécessaires pour m'asseoir. Le sol semblait loin, très loin.

Cynan, qui n'était pas parmi les derniers à manquer de sommeil, se précipita ensuite vers Scatha, mit ses bras autour de ses épaules, et l'amena près de moi.

«Asseyez-vous donc, frère, pressa le barde. Vous êtes mort de fatigue.»

Je pliai les genoux et m'effondrai d'un seul coup. Scatha, le regard terne, le teint pâle à cause de notre dure épreuve de la nuit, s'écroula à côté de moi.

La coupe arriva. Tegid la poussa dans mes mains et m'aida à la porter à mes lèvres. «Que vous est-il arrivé ?» demanda-t-il pendant que je buvais.

La bière était bonne, bien fraîche, et je dus me retenir de tout boire, me rendant compte brusquement que Scatha devait elle aussi avoir très soif. Je lui passai la coupe et répondis : «Nous vous avons perdus dans l'obscurité. Nous vous avons appelés… Nous n'étions guère à plus de dix pas de vous. Pourquoi ne nous avez-vous pas attendus ?

— Mais nous n'avons absolument rien entendu, déclara Cynan étonné. Pas un son.

— Vraiment ?» Je n'étais pas, quant à moi, surpris. «Enfin…, voyant que nous ne vous pouvions pas vous retrouver, nous nous sommes dirigés vers le tertre.

— Nous étions poursuivis par d'horribles lévriers, dit Scatha, prise de frissons en évoquant ces souvenirs trop frais dans sa mémoire.

— Puis les trois chiens blancs sont arrivés, et ils ont chassé ces monstres, fis-je simplement. Bran et Alun sont arrivés quelques instants après et nous ont ramenés.

— Parlez-moi de ces chiens providentiels, reprit Tegid en s'agenouillant près de nous.

— Ils étaient trois… plutôt maigres, avec de longues pattes ; leur pelage était blanc. Ils ont traversé la forêt et ont mis les autres bêtes en fuite.»

Scatha ajouta des détails que j'avais négligé de donner. «Les chiens avaient aussi des oreilles rouges, et ils étaient accompagnés par un homme. Moi, je ne l'ai pas vu, mais Llew, lui, l'a vu.

— C'est vrai ?» demanda le barde en levant les sourcils.

Avant que je puisse répondre, Alun enchaîna : «Oui, c'est vrai. Je l'ai remarqué moi aussi. Il portait un manteau jaune et il courait avec les chiens.»

Bran confirma : «Moi aussi j'ai vu les chiens ; ils ont fait trois fois le tour du camp et nous ont conduits ensuite à l'endroit exact où Llew et Scatha étaient cachés.»

Tegid secoua légèrement la tête. «Et les autres bêtes ?» fit-il.

Je n'avais pas envie d'en parler. Je ne voyais pas l'utilité de provoquer encore plus la peur chez les guerriers… Cela suffisait largement.

«Eh bien, dis-je lentement, il n'y a pas grand-chose à en dire. Ils étaient de grande taille, très laids. Féroces. Si Bran et Alun n'étaient pas arrivés au bon moment, nous ne serions plus là pour en parler.

— L'homme avec les chiens, vous voulez dire ? C'est lui qui vous a sauvés. Nous, on est arrivés après», fit Alun, nous rappelant une nouvelle fois les faits.

«L'important, dis-je, c'est que nous n'aurions pas pu tenir plus longtemps.

— Ces gros chiens agressifs, insista Tegid, parlez-moi d'eux.
— C'étaient des chiens, c'est tout…, répondis-je.
— C'étaient des *sluaghs*», annonça Scatha.

Tegid se renfrogna. Il ne nous demanda pas comment nous le savions et accepta le fait sans commentaires. Je lui en fus reconnaissant.

«Les mêmes qui ont attaqué nos chevaux ? demanda Cynan.
— Les mêmes…, répondit Tegid. Les sluaghs changent d'apparence selon les proies qu'ils poursuivent.
— Des mutants !» Cynan secoua la tête et siffla discrètement entre ses dents. «*Clanna na cù !* Vous avez beaucoup de chance, Llew Main d'Argent, de pouvoir encore compter parmi les vivants ce matin…»

Tegid ne dit rien, les traits de son visage restèrent impénétrables. Je ne parvenais pas à deviner ce à quoi il pouvait penser.

Cynan, en revanche, avait très envie de parler : «Après vous avoir perdus de vue, vous et Scatha, dans cette obscurité, continua-t-il spontanément, nous avons trouvé une sorte de dépression recouverte d'herbe, et nous nous sommes installés là pour attendre le lever du jour. Mais que la nuit était noire ! Je n'y aurais pas moins vu si l'on m'avait d'un seul coup rendu aveugle ! Puis, peu à peu, le ciel commença à éclaircir et le soleil se leva. Nous arrivâmes alors au camp. En fait, nous ne nous étions pas beaucoup éloignés… mais à aucun moment nous n'avions pu le repérer.»

Tegid se leva brusquement. «Ce tertre est maudit. Nous ne pouvons pas y rester une nuit de plus !
— Je suis d'accord. Dépêchons des éclaireurs… Deux groupes de quatre : l'un vers l'est du tertre et l'autre vers l'ouest. S'ils aperçoivent quelque signe de campement quelque part, deux resteront à surveiller, et les deux autres reviendront ici immédiatement.
— Dans ce cas, ils ne devront pas traîner, ajouta Tegid. Nous partirons à la mi-journée.
— Ce sera fait…, fit le Chef des Corbeaux en se levant pour partir.
— Je vais envoyer Gweir, qui prendra la tête de l'un des deux groupes, proposa Cynan, et ils reviendront le plus vite possible.»

Bran et Cynan prirent congé afin d'aller préparer l'expédition. Je m'allongeai pour prendre un peu de repos jusqu'à leur retour. Mais je supportais mal d'attendre, car je tombai aussitôt dans une sorte de rêverie pleine d'angoisse à propos de Goewyn. Où était-elle ? Que faisait-elle en ce moment précis ? Savait-elle que j'étais en train de la rechercher ?

Puis je me laissai emporter par une idée saugrenue : nous construirions une gigantesque balise de feu pour signifier à ses ravisseurs que nous étions là. Finalement, j'abandonnai cette idée... S'ils ignoraient notre présence, nous pourrions les surprendre ; et si Paladyr et ses sbires le savaient déjà, il était préférable de les laisser s'interroger sur nos intentions.

Nous approchions de la mi-journée ; Tegid vint vers moi avec un peu de nourriture. Il posa le bol près de moi et s'accroupit. « Vous devriez manger quelque chose.

— Je n'ai pas faim.

— Il n'est pas facile de combattre des démons l'estomac vide, dit-il. Puisque vous ne dormez pas, vous pourriez en profiter pour manger. »

Je me mis sur un coude et tirai le bol vers moi. C'était du porridge consistant... un porridge d'avoine mélangé à du navet et de la viande salée. Je soulevai mon bol et aspirai un peu de cette bouillie. Tegid m'observait avec attention.

« Eh bien, à quoi pensez-vous, barde ?

— Comment vous sentez-vous ?

— Épuisé, répondis-je. Mais je ne parviens pas à me reposer. Je n'arrête pas de penser à Goewyn.

— Ils ne lui feront aucun mal.

— Comment pouvez-vous en être certain ?

— Parce que c'est vous qu'ils veulent, pas elle. Elle n'est qu'un appât... »

Tegid parlait franchement, et avec calme. Une telle sérénité m'encouragea à lui avouer ma plus grande peur : « Si ce que vous dites est vrai, ils doivent déjà l'avoir tuée. » Mon cœur chavira en prenant conscience de ce que je venais de dire... mais c'était dit et je m'en sentis soulagé. « En fait, nous ne le saurions pas à moins de tomber dans le piège et alors bien sûr, il serait trop tard. »

Tegid réfléchit un instant à mes dernières paroles, puis il secoua lentement la tête. « Non. » Sa réponse était directe et convaincue. « Je ne pense pas qu'il en soit ainsi. » Puis il se tut, m'observant du regard, m'épiant... comme si j'étais une vieille connaissance qu'il venait de retrouver, comme s'il essayait de déterminer en quoi j'avais changé.

« Qu'y a-t-il, barde ! dis-je. Vous m'avez inspecté sous toutes les coutures depuis que je suis rentré au camp ce matin. »

Le coin de sa bouche se tordit en un sourire embarrassé. « C'est vrai. Je voudrais que vous m'en disiez plus au sujet de l'homme et des chiens blancs... l'homme au manteau jaune.

— Je vous ai raconté tout ce que je savais.

— Non, pas tout. » Il se pencha vers moi. « Je pense que vous le connaissez.

— Je ne le connais pas », répondis-je sèchement. Tegid lança un vif regard désapprobateur. « Je l'ai déjà vu, oui, avouai-je. Mais je ne le connais pas. Ce n'est pas la même chose.

— Où l'avez-vous déjà vu ? »

La colère monta jusqu'à mes lèvres comme de la bile : « Cela n'a rien à voir avec ce qui nous occupe ici. Laissez tomber. »

Mais le barde n'abandonna pas : « Racontez-moi. »

En me sondant ainsi, Tegid fit remonter à ma mémoire la vie que j'avais menée dans l'Autremonde, et cela me déplaisait. Je lui lançai un regard noir, mais cédai à sa demande. « Cela ne se passait pas dans le royaume des mondes, murmurai-je. C'était avant, lorsque j'étais avec Simon — Siawn Hy — de l'autre côté... il avait pénétré dans le cairn, et j'attendais qu'il en sorte. C'est alors que j'ai aperçu cet homme, non loin de là.

— Décrivez-moi ce cairn », dit Tegid.

Lorsque je lui eus obéi, il m'interrogea à nouveau : « Les chiens blancs, vous les avez vus, eux aussi ?

— Oui, je les ai vus... blancs avec des oreilles rouges. Mais ils étaient avec quelqu'un d'autre, un fermier, je pense ; mais c'était il y a tellement longtemps, je ne m'en souviens plus. Ils étaient tous là, je crois. »

Le barde resta silencieux pendant un long moment. Enfin il parla, tout songeur : « C'était le même !

— Qui était le même ?

— Avec ou sans les chiens, cela ne change rien, s'écria Tegid d'un ton énigmatique. Je lui demandai de s'expliquer : « Le Manteau Jaune est généralement vu avec les chiens, c'est vrai. Mais vous avez vu les chiens, et vous avez vu l'homme — ensemble ou séparément, cela ne change rien.

— Barde, essayez d'être plus clair.

— *Crom Cruach, Tuedd Tyrru, Crysmel Hen*, il prend divers noms et diverses formes », dit-il, sa voix baissant d'un ton. « Mais toujours il reste lui-même : le Seigneur du Tertre. »

Lorsque Tegid prononça ce nom, je sentis comme une main moite me serrer la gorge. « Je ne me souviens d'aucun tertre, dis-je.

— Lorsqu'un guerrier voit la Blanchisseuse du Gué, dit Tegid, il sait que sa mort n'est pas loin.»

J'avais déjà entendu des histoires de ce genre. D'ordinaire, un guerrier partant au combat arrivait près d'un gué et voyait une femme — parfois extraordinairement belle, parfois d'une laideur indescriptible — en train de laver des vêtements couverts de sang dans la rivière. S'il demandait à qui appartiennent les vêtements qu'elle était en train de laver, le Morrigan lui répondait que c'étaient les siens. Par ces paroles, le guerrier savait que sa fin était proche.

Je réfléchis un instant, puis demandai : «C'est la même chose avec le Manteau Jaune ?

— Seuls ceux auxquels s'intéresse Crom Cruach peuvent le voir, répondit Tegid avec l'ambiguïté habituelle des bardes.

— Est-ce que cela signifie la mort ?» demandai-je avec brusquerie.

Il hésita. «Pas toujours.

— Alors, qu'est-ce que cela veut dire ?

— Cela veut dire que Crom Cruach vous a reconnu.»

Une telle explication manquait tout de même d'un peu de clarté, mais Tegid semblait peu disposé à la développer. «Est-ce que cela a un rapport avec le fait que j'ai rompu le *geas* ? demandai-je.

— Reposez-vous maintenant, dit Tegid en se relevant. Nous parlerons plus tard.»

Je terminai de manger et essayai de dormir. Mais les sombres insinuations de Tegid et l'agitation du camp me tinrent éveillé. Je finis par renoncer et rejoignis les hommes qui attendaient. Nous parlâmes de choses et d'autres, évitant de mentionner les événements pénibles de la nuit précédente. Cynan tenta de proposer aux guerriers un concours de lutte, mais les premiers participants avaient l'air si peu combatifs que le concours fut abandonné.

La matinée passa. Le soleil, presque chaud, amorçait la faible ascension de sa course, au sud, entraînant des nuages gris qui semblaient se désagréger comme des vêtements mortuaires. Peu de temps avant la mi-journée, la première expédition fut de retour au camp et annonça qu'aucun signe de l'ennemi n'avait été découvert. En revanche, les quatre éclaireurs partis vers l'est n'étaient pas rentrés.

Nous attendîmes autant que nous osâmes nous le permettre, dépassant les limites de la prudence. Tegid garda un œil prudent sur le soleil et ne cessa de ronchonner, impatient, en faisant les cent pas. Puis il finit par dire : «Nous ne pouvons pas rester plus longtemps.

— On ne peut tout de même pas les abandonner, dit Cynan. C'est Gweir qui a pris la tête de cette expédition ; je n'ai pas l'intention de laisser tomber mon chef de guerre ni les hommes qui l'accompagnent. »

Le barde se renfrogna et se mit un peu en colère, puis il dit : « Bon, d'accord, nous allons partir à leur recherche.

— Mais si c'était un piège ? intervint Bran. C'est peut-être très exactement ce que Paladyr attend que nous fassions.

— Eh bien nous tomberons dans le piège et nous en aurons fini pour toujours, rétorqua Tegid. Mieux vaut avoir à affronter Paladyr et ses hommes plutôt que de passer encore une nuit sur ce tertre maudit.

— C'est vrai, acquiesça Bran.

— Nous partirons donc vers l'est », dis-je.

Nous traversâmes le plateau en suivant, au milieu des touffes de végétation grossière, les traces de nos éclaireurs qui manquaient à l'appel, faisant un large détour pour éviter le pilier fracturé, et atteignîmes la limite orientale du plateau à la tombée du jour. Nous nous arrêtâmes pour observer la cime des arbres sur l'horizon, dans un paysage de grisaille terreuse noyé dans les brumes, sous une couverture de nuages bas.

« Les traces ne vont pas plus loin, fit Bran d'une voix éteinte.

— Pas plus loin ? » Je me retournai vers lui. Son air sombre était rendu encore plus sombre par la barbe noire et épaisse qu'il se laissait pousser ; il donnait l'impression de se transformer peu à peu en corbeau.

Il désigna soudain un endroit où l'herbe avait été piétinée ; il y avait des marques aussi dans la neige, mais aucun signe d'escarmouche. « Les éclaireurs se sont arrêtés ici, et leurs empreintes s'arrêtent ici également. Peut-être ont-ils pénétré dans la forêt..., fit-il sans y croire.

— Mais vous leur aviez dit de ne pas le faire.

— Oui, je le leur avais dit. »

Nous commençâmes à descendre le long du versant boisé. La densité de la forêt rendait notre avancée difficile. Nous n'étions pas encore bien loin d'ailleurs, lorsque nous fûmes contraints de mettre pied à terre et de bander les yeux des chevaux. Comme auparavant, nos bêtes refusaient avec entêtement de pénétrer dans la forêt, et nous dûmes les tirer tout en marchant pour pouvoir continuer. Même ainsi toutefois, cela ne nous ralentit pas sensiblement, la végétation était si dense et si enchevêtrée que nous avions de toute façon du mal à progresser.

Bran ouvrait le chemin, ayant disposé les Corbeaux de chaque côté de lui dans l'espoir de retrouver les traces de nos éclaireurs disparus. Au crépuscule, nous n'avions toujours vu aucune empreinte — et encore moins la trace d'une piste.

Nous nous déplacions avec une lenteur exaspérante, dégageant tant bien que mal un chemin parmi les broussailles avec nos épées. Et en dépit de tous ces efforts, je remarquai que plus nous descendions, plus il faisait froid — de sorte que lorsque nous décidâmes qu'il était temps de trouver un endroit convenable pour pouvoir installer notre camp, nous étions déjà tous emmitouflés des pieds jusqu'au menton dans notre cape, et notre souffle, au-dessus de nos têtes, s'immobilisait en un petit nuage gelé.

Nous campâmes sous un gros chêne noueux, et sous ses branches tortueuses nous trouvâmes un abri convenable. La végétation basse fut recueillie et rassemblée en trois tas d'une taille respectable à partir desquels nous allumerions trois bon feux. Tegid les alluma lui-même l'un après l'autre en disant : « Trois feux, c'est préférable... s'il y en a un qui s'éteint, il en reste toujours deux pour le rallumer.

— Parce que vous pensez que les feux vont s'éteindre ! demandai-je, surpris.

— Je pense qu'il serait dangereux de rester sans feu pendant la nuit », répondit-il. En conséquence, nous confiâmes à quelques hommes la responsabilité de veiller sur les flammes pour être certains qu'elles ne s'éteignent pas.

La nuit passa, froide mais sans incidents ; le seul événement sinistre fut notre réveil sous une pluie persistante.

Le lendemain n'apporta aucun changement, pas plus que les jours suivants. Nous progressions parmi une succession sans fin de taillis couverts d'épines, infranchissables comme une haie, nous hissant par-dessus des troncs d'arbres tombés à terre, pataugeant dans la fange bourbeuse, escaladant les rochers ou les contournant avec peine. Durant le jour, nous traînions les pieds les uns derrière les autres, trempés jusqu'aux os ; et la nuit nous faisions notre possible pour nous sécher. À chaque pas, l'air devenait plus froid, de sorte que le cinquième jour la pluie fit place à la neige. Cela ne nous fit guère avancer plus vite, mais le changement fut toutefois bienvenu.

Nous marchions en silence. Scatha, le visage lugubre et maussade, ne parlait à personne ; et Tegid n'avait pas grand-chose de plus à dire. Cynan et Bran s'adressaient à leurs hommes de façon laconique et peu aimable, et seulement lorsque cela était nécessaire.

Quant à moi, je ne trouvais rien à dire à personne, et j'avançais d'un pas lourd, muet et malheureux comme les autres.

La pente s'étant radoucie de façon tellement progressive, nous nous rendîmes compte que nous avions finalement quitté le tertre que lorsque nous débouchâmes devant un cours d'eau paresseux bordé de hauts sapins et de bouleaux élancés. « À partir de maintenant, ce sera plus facile », observa Bran.

Même si nous n'avions pas été attaqués une nouvelle fois par le sluagh, je sentis un grand soulagement de savoir que le tertre était à présent derrière nous. Je devinai que nous avions également laissé loin derrière les esprits prédateurs.

Nous nous reposâmes sous les sapins, et le lendemain, nous longeâmes le ruisseau toute la journée. Les arbres, à présent, étaient de vieux arbres, aux branches élevées, et les taillis s'étaient considérablement clairsemés, ce qui facilita notre progression. Peu à peu, le ruisseau devint plus large ; nous marchions à présent devant une rivière abondante qui serpentait entre deux rives boueuses et grasses et laissaient voir, de temps à autre, les racines des sapins. Parfois, nous entrevoyions un soleil intermittent à travers une brèche ouverte dans la densité des feuillages au-dessus de nos têtes.

La lumière du jour déclinait, enveloppée d'une triste brume couleur ocre, lorsque enfin nous arrivâmes au bout de la forêt, débouchant sur une large vallée encadrée par deux hauts promontoires rocheux. La neige couvrait le fond de la vallée d'une couche peu profonde. La rivière reprenait vie dès qu'elle sortait de la forêt pour s'écouler sur son lit de rochers. Il y avait en revanche peu d'arbres, et nous décidâmes de rester pour la nuit à la lisière de la forêt, où nous serions assurés de trouver le bois nécessaire pour nous chauffer.

Nous passâmes toute la matinée suivante à rassembler des bûches et à en charger les chevaux à la limite de ce qu'ils pouvaient transporter. Pourtant, en dépit de l'heure tardive à laquelle nous repartîmes, nous parcourûmes une bonne distance, et à la fin de la journée, nous constatâmes n'avoir jamais progressé aussi vite depuis que nous étions à Tir Aflan.

Les jours suivants, le soleil resta dissimulé derrière une masse compacte de nuages bas et sombres ; nous continuions à longer la rivière, ne nous arrêtant que pour abreuver les chevaux, manger et dormir. Le temps était resté froid, mais la neige tombait rarement et jamais pour bien longtemps. Nous ne vîmes pas un seul oiseau, pas un seul animal — pas davantage de traces d'aucune sorte, si ce n'étaient les nôtres dans la fine couverture de neige.

Pour autant que nous sachions, nous étions les seules personnes à nous être jamais aventurées si loin dans l'Ignoble Pays. Cette impression persista un bon moment... jusqu'à ce que nous apercevions les premières ruines.

D'abord, nous crûmes que la crête abrupte du versant gauche de la vallée était simplement devenue plus tourmentée à cause de masses rocheuses, plus découpée par la présence d'une véritable dentelle de pierres acérées. Mais au fur et à mesure que nous nous enfoncions dans la vallée, nous constatâmes que les escarpements rocheux se prolongeaient, descendaient et se rapprochaient du fond de la vallée, révélant en réalité les vestiges ruinés d'une muraille.

Nous regardâmes ces restes avec le même mélange de peur et de fascination que nous avions éprouvé en découvrant le tertre.

Les jours se succédaient et à chaque pas, la muraille semblait plus élevée et plus menaçante : serpentant le long de la crête sinueuse au-dessus de nous, béante là où des pierres s'étaient écroulées en glissant le long du versant abrupt pour former des amoncellements irréguliers en contrebas.

Le sixième jour, nous fûmes en vue d'un pont et d'une tour. Celle-ci était construite sur un promontoire rocheux et dénudé, à un endroit où la vallée s'encaissait. Les vestiges d'une double rangée de colonnes démantelées gisaient, écroulées au fond de la vallée, dans la rivière, et jusqu'au pied du versant opposé. Nous avançâmes jusqu'aux énormes fûts à moitié enterrés dans le sol — comme des souches d'arbres pétrifiés — qui s'enfonçaient dans la terre sous leur propre masse et sous le poids plus énorme encore des années.

Nous fîmes halte.

À une époque très lointaine, la rivière avait dû n'être qu'un torrent tumultueux enjambé par un vaste pont... un exploit pour des géants. Et, gardant le pont à l'une de ses extrémités, une tour lugubre et austère.

Tout le monde se posait la même question : qui avait pu édifier cette tour ? Qu'y avait-il derrière cette muraille ? Que devait-elle protéger ? La curiosité était trop grande pour ne pas y aller voir.

Nous installâmes notre camp au milieu des colonnes à moitié enterrées. Et puis, avec Cynan, Tegid et les Corbeaux, nous escaladâmes le piton rocheux.

La tour, en pierre, s'élevait sur trois niveaux. Elle possédait d'étranges fenêtres rondes, comme des orbites creuses fixées vers l'autre versant de la vallée. Au rez-de-chaussée, il n'y avait qu'une seule entrée, avec un portail et une porte comme je n'en avais jamais vus de semblable : ronds comme les fenêtres ; et la porte était une grande roue, en pierre et non en bois, cerclée d'une bande de fer sur son bord et placée dans un vaste rail. Les piliers du portail et la surface de la porte étaient recouverts de symboles gravés dans la pierre, beaucoup trop enchevêtrés les uns aux autres pour être compréhensibles. Les vestiges d'une route dallée de pierres partaient du portail et conduisaient à l'endroit où jadis le pont était raccordé à l'escarpement rocheux. À en juger par l'épaisseur de la route, le pont avait dû être assez large pour faire passer quatre cavaliers de front. La muraille rejoignait le niveau de la tour à hauteur du premier étage, celui-ci situé facilement à trois fois la hauteur d'un homme. Il n'y avait pas d'entrée, hormis la porte circulaire, et il n'y avait, apparemment, aucune possibilité d'ouvrir celle-ci. Mais Alun et Garanaw étaient de plus en plus curieux et commencèrent à l'examiner. Peu de temps après, comme on pouvait s'en douter, ils placèrent leurs épaules contre la paroi et réussirent, en conjuguant leurs forces, à ébranler la porte.

« On va la faire rouler, s'écria Alun. Aidez-nous à nettoyer un peu le rail. »

Celui-ci était obstrué de débris rocheux. En un temps record, avec l'aide d'Emyr, de Drustwn et de Niall, ils réussirent à déplacer roches et graviers. Puis ils reportèrent leur attention sur la porte. Les cinq Corbeaux soulevèrent de toutes leurs forces et la poussèrent. À la surprise de tous, la pierre se mit à rouler bruyamment sans difficulté sur le côté, débouchant sur une salle obscure.

Après avoir précautionneusement passé la tête à l'intérieur, ils rapportèrent qu'ils ne voyaient rien. « Nous avons besoin de torches, conseilla Tegid ; et sur un signe de tête de leur chef, Emyr et Niall redévalèrent la falaise pour satisfaire à la demande.

Nous étions impatients, attendant tous le moment où Tegid allumerait les torches. Ce qui ne tarda pas... elles furent alors distribuées et, le cœur battant, nous franchîmes l'imposant portail pour pénétrer dans la tour mystérieuse.

XXIV

LA HAUTE TOUR

Avec précaution, courbant les épaules, marchant sur la pointe des pieds, rôdant comme des voleurs qui veulent à tout prix éviter de réveiller les occupants, nous pénétrâmes dans la tour plongée dans le noir.

L'air, moite, sentait la terre et la pierre humide comme à l'intérieur d'une grotte. Et même avec les torches, il faisait nuit comme dans une grotte.

Progressivement, au fur et à mesure que nos yeux s'habituaient à la lueur dansante des torches, nous commençâmes à repérer quelques lignes précises dans le noir.

Nous étions dans une immense salle, au moins deux ou trois fois plus vaste, pour autant que je sache, que n'importe quelle grande salle royale. Une rangée unique de colonnes de pierre traversait le centre de la pièce et supportait le sol du niveau supérieur. De gigantesques anneaux de fer étaient scellés sur les colonnes à différents niveaux.

« Regardez ! s'écria Drustwn qui s'était un peu avancé à l'écart. Venez voir ! »

Nous découvrîmes, entassés en vrac comme s'ils avaient été jetés là dans un moment de colère, une vingtaine de chariots en bronze aux roues voilées, aux attelles faussées ou brisées, le métal, patiné par le temps, recouvert d'une pellicule verte. Les côtés circulaires, élevés des chariots, semblaient être en osier, mais il s'agissait en réalité de bandes triangulaires de bronze tissées ensemble, d'une solidité à toute épreuve à cause de leur poids.

Un peu à l'écart des chariots, il y avait un amoncellement de grands disques empilés les uns sur les autres. Et juste à côté, un tas de haches énormes, sans leur manche — de forme inhabituelle, car elles étaient composées d'une solide et courte lame d'un côté à laquelle répondait, de l'autre, une pointe émoussée. Il avait dû y avoir plusieurs centaines de ces haches et autant de disques — lesquels, après une observation plus précise, se révélèrent être des boucliers en bronze.

Bran retira un des boucliers du tas, causant une avalanche de poussière. Puis il le souleva par le bord et l'amena devant lui ; il était immense, d'une taille infiniment plus importante que ceux utilisés par les guerriers d'Albion, et simple. Les seules décorations se trouvaient sur l'omblon central ; quelques symboles étranges gravés dans l'épaisseur du bronze autour de la figure toute simple d'une sorte de serpent particulièrement gros.

« Celui qui pouvait tenir ce genre de bouclier était en tout cas plus fort que moi », fit remarquer Bran, qui replaça l'arme avant de récupérer sa torche.

Nous continuâmes notre inspection mais, hormis une rangée bien ordonnée de lourdes et courtes lances de bronze, nous ne trouvâmes, dans la pièce du bas, rien de plus. Nous poursuivîmes donc notre investigation en montant quelques marches de pierre jusqu'au niveau supérieur.

Les quatre fenêtres situées au centre de chaque mur laissaient pénétrer un peu de lumière dans une salle carrée, de grandes dimensions, dont le sol était jonché de coiffes et de casques de combat tout en bronze, à forme surélevée, avec une légère pointe sur le dessus, et tous avec un serpent de bronze enroulé sur le bord et dardant sa tête plate au-dessus du front.

Alun en prit un et le mit sur sa tête, mais il était fait pour un homme qui avait deux fois sa taille. Peut-être deux cents, sinon plus, de ces casques à motifs de serpent étaient éparpillés sur le sol, mais il n'y avait rien d'autre dans la pièce.

Au troisième et dernier niveau, nous découvrîmes une grande table en pierre sur laquelle étaient posés plusieurs bols de bronze et d'argent, immenses et, au milieu d'eux, un récipient en or. L'argent avait noirci et le bronze était recouvert d'une pellicule verte, mais l'or n'avait pas bougé ; il brillait faiblement à la lueur de nos torches. Sur la table également étaient entassées trois piles de pièces de monnaie au milieu des restes putréfiés de trois bourses en cuir. Les pièces étaient en argent et en or. Les pièces en argent, noircies, n'avaient plus grande apparence, mais celles en or brillaient encore de tout leur éclat. Nous en prîmes quelques-unes pour les regarder.

« Voilà leur roi... dit Tegid en lorgnant attentivement sa pièce. Mais je ne parviens pas à lire son nom. »

La pièce de monnaie montrait l'effigie d'un homme qu'on aurait cru gravée par un enfant doué pour son âge. L'homme serrait une lance courte dans une main et une hache avec son embout pointu de l'autre. Il était nu-tête et ses cheveux, longs et bouclés, descendaient sur ses épaules ; il portait une barbe et des moustaches presque aussi longues. Sa poitrine était nue ; il n'avait ni torque ni autre ornement, mais portait en revanche quelque chose qui pouvait être des breecs à rayures ou des jambières, et des hautes bottes aux pieds. Une phrase était inscrite en lettres mystérieuses et semblait voleter au-dessus de sa tête comme un essaim d'abeilles, mais il était impossible de lire.

Nous prîmes chacun une poignée de pièces pour les montrer aux autres, et Cynan le récipient en or. « C'est pour Tángwen, quand je la retrouverai », dit-il.

Près de la table se trouvait un grand trépied en fer, qui supportait un immense chaudron en bronze ; sous celui-ci, un petit cercle de pierres noircies par le feu, et au centre, les restes calcinés, durs comme la brique, du dernier repas. Mais c'est ce qui était à l'extérieur du récipient qui retint mon attention ; sa surface était pleine de vie : sur la partie inférieure et tout autour, des guerriers dans des chariots étaient en train de monter à la charge en projetant leur lance, leur longue chevelure traînant dans le vent ; sur la partie centrale, des hommes avec de tout petits yeux étaient lancés sur des chevaux au galop, brandissant lances et épées ; au-dessus encore, il y avait des rangées de soldats à pied, épaule contre épaule, portant des boucliers ronds et des casques comme ceux que nous avions vus dans la pièce du bas ; sur la partie supérieure du chaudron, des hommes, en grand nombre, tous ailés, étaient en train de courir, ou peut-être de voler ; chacun d'entre eux tenait dans sa main droite un serpent et dans sa main gauche une branche feuillue. Le bord du chaudron représentait un serpent avec ses écailles, qui se mordait la queue.

« Les Hommes au Serpent, dit Tegid en désignant les guerriers.

— Vous savez quelque chose à leur sujet ?

— Leur histoire est conservée dans la mémoire des Derwyddi, mais comme le chant de Tir Aflan, nous ne la récitons jamais. » Je pensai qu'il n'allait rien ajouter, mais, toujours fixant le chaudron, il continua : « On dit que le Serpent s'est un jour réveillé, et avec l'aide d'une puissante armée de guerre, il a soumis le pays. Lorsqu'il n'y eut plus d'ennemis à combattre, les Hommes au Serpent se mirent à se quereller et à se faire la guerre. Ils détruisirent tout ce qu'ils avaient édifié, et lorsque le dernier de ces hommes mourut, le Serpent se retira dans le monde souterrain pour dormir jusqu'à ce qu'il soit à nouveau réveillé.

— Qu'est-ce qui peut provoquer son réveil ? demandai-je.

— Un très grand mal... », répondit-il laconiquement.

Éparpillés dans toute la pièce, il y avait des objets de la vie de tous les jours : des tasses encore, et d'autres bols ; beaucoup d'épées courtes, avec un manche en os, collées à leur fourreau ; quelques boucliers ronds ; toute une collection de petits pots, de flasques et de boîtes marquetées de pierres rouge pâle — toutes vides ; plusieurs longues louches incurvées en forme de cuillères et des fourchettes avec de longs manches pour sortir le bouillon et la viande du chaudron ; d'innombrables haches sans leur manche ; des poignards de toutes les tailles ; un masque de bronze montrant le visage rayonnant d'un guerrier barbu, la bouche grande ouverte pour crier, portant une grande moustache flottante, des cheveux frisés avec grand soin, un casque avec un serpent sur la tête ; quatre gigantesques pieds de lampe, un dans chaque coin, qui supportaient des lampes à huile sculptées dans la pierre.

Dissimulé sous un des boucliers, Emyr trouva un étrange objet : une sorte d'anneau constitué de petits disques en forme de bouclier reliés ensemble autour d'une corne ayant l'apparence d'un cône. Après l'avoir tourné un peu dans tous les sens, il dit : «Je crois que c'est une couronne.» Comme la plupart des objets que nous avions déjà vus, la couronne était en bronze, et lorsque Emyr la posa sur sa tête, on se rendit compte qu'elle était faite pour une tête bien plus grosse.

«*Mo anam !* marmonna Cynan alors qu'il essayait lui aussi la couronne. Mais ces hommes serpents étaient de véritables géants !

— Regardez ça !» s'écria soudain Garanaw en tendant sa torche vers le mur le plus éloigné.

Nous le rejoignîmes et vîmes qu'il y avait une fresque sur le mur. D'une bonne facture, et à l'évidence composée, en son temps, de couleurs vives. Et bien que les couleurs se soient ternies pour ne laisser paraître qu'un brun grisâtre presque uniforme, le visage de l'homme au serpent nous regardait d'un œil mauvais, avec ses lèvres pulpeuses infléchies en un sourire moqueur, ses yeux pâles de reptile qui vous fixaient en un regard glacial, sa bouche grande ouverte dardant une langue fourchue. Une vague de boucles ondulait autour de son visage, et au-dessous de son menton il était encore possible de distinguer son torse ailé et une de ses mains qu'il brandissait en tenant fermement un serpent enroulé autour de son bras.

Nous laissâmes la fresque, Niall ayant attiré notre attention sur une échelle en fer placée dans un renfoncement du mur. L'échelle conduisait, à travers le plafond, jusqu'au toit.

Il grimpa, puis nous appela pour que nous le suivions. Sur le toit, il n'y avait rien, mais la vue était extraordinaire. Au loin, vers le sud, dans le lit de la rivière et au milieu des fragments de colonnes, nous apercevions notre camp, hommes et chevaux regroupés à proximité du mince filet d'eau grisâtre.

À l'ouest se profilait la gigantesque silhouette du tertre, le sommet noyé dans les nuages bas, et à l'est, la rivière uniquement, s'écoulant au milieu des deux escarpements rocheux. Au nord, derrière la muraille de pierre qui s'étendait aussi bien à l'ouest qu'à l'est, se déployait une infinité de collines basses, couvertes de neige, qui montaient et descendaient comme les vagues d'un océan gelé.

La grandeur et la vacuité du paysage, tout comme celles de la sombre tour et de ses objets, provoqua en nous un sentiment d'humilité et de faiblesse, d'inconséquence aussi du fait que nous nous étions introduits de force en un lieu qui ne nous appartenait pas.

Je scrutai le paysage ondoyant de collines dans l'espoir de découvrir le signe d'une présence d'habitants, mais ne vis ni fumée ni piste que nous aurions pu suivre. « Selon vous, que devrions-nous faire, barde ! demandai-je à Tegid qui était à côté de moi.

— Je pense que nous devrions laisser ces lieux à leurs sinistres souvenirs, répondit-il.

— Je suis tout à fait pour... Mais pour aller où ?

— Vers l'est, répliqua-t-il sans hésiter.

— Pourquoi l'est ? Pourquoi pas l'ouest, ou le sud ?

— Parce que c'est à l'est que nous retrouverons Goewyn. »

Cette réponse m'intrigua. « Comment le savez-vous ?

— Vous souvenez-vous lorsque Meldron nous avait abandonnés sur la mer, à la dérive ?

— Mutilés, abandonnés à notre sort sur une simple barque... Comment pourrais-je oublier !

— En échange de mes yeux, il m'a été donné un pouvoir visionnaire. » Il dit cela sur le ton de quelqu'un qui vient de troquer une paire de breecs pour une autre.

« Je m'en souviens. Vous l'avez évoqué dans un de vos chants.
— Vous vous souvenez de cette vision ?
— Vaguement, dis-je.
— Eh bien moi oui. » Il ferma les yeux comme s'il allait à nouveau l'avoir. Il commença à chanter, et j'écoutai, me souvenant de la terrible nuit où était advenue la vision.

Tout doucement, de manière à ce que moi seul puisse entendre, Tegid chanta ; et son chant évoqua un vallon aux versants escarpés, une forteresse sur un lac rutilant. Il évoqua aussi un trône en bois de cerf orné d'un cuir de bœuf de couleur blanche, installé sur les hauteurs d'un tertre recouvert d'herbe. Il parla encore d'un bouclier poli avec un corbeau noir perché sur son bord, les ailes déployées, lançant son chant rauque vers le ciel. Il chanta la balise de feu flamboyant dans le ciel nocturne, et les signaux qui se répondaient de colline en colline. Il évoqua un ombrageux cavalier sur un cheval jaune pâle, sortant du brouillard qui les avait tenus prisonniers ; les sabots du cheval provoquant des étincelles sur la roche. Il parla d'une grande armée de soldats qui se baignaient dans un lac de montagne, et dont les eaux rougissaient à cause de leurs blessures. Il évoqua enfin une femme à la chevelure d'or dans un berceau de verdure baigné par le soleil, et puis, dissimulé, le Tertre du Héros.

J'avais pu identifier plusieurs éléments : Druim Vran, Dinas Dwr, mon trône en bois de cerf. La femme à la chevelure d'or dans le berceau de verdure, c'était Goewyn le jour de notre mariage. Mais le reste, je n'en avais pas la moindre idée.

Lorsqu'il eut terminé, ses yeux se rouvrirent brusquement et il dit : « Ce pays où nous sommes tient un rôle dans ma vision. Je ne le savais pas avant de venir ici, à l'intérieur de cette tour.
— Vous n'avez mentionné aucune tour… Il y en avait une ?
— Non, avoua-t-il. Mais c'est bien de ce territoire dont il s'agit. Je le sais parce que je le perçois par tous les sens. » Ses sombres yeux scrutèrent les collines lointaines, montant et redescendant les unes derrière les autres jusqu'à perte de vue. « Dans ce royaume des mondes, une lourde tâche attend d'être accomplie.
— La seule lourde tâche qui m'importe, c'est pour l'instant celle de retrouver Goewyn », l'interrompis-je brutalement. Les autres n'écoutaient pas, mais ils n'étaient pas loin.

« Et avant la naissance de l'enfant, fit Tegid pour compléter ma pensée.
— Avant qu'il arrive quoi que ce soit à l'un ou à l'autre.

— Nous voyagerons en toute confiance, grâce à la Prompte et Forte Poigne qui nous guidera.

— Quelques indications ne seraient en effet pas malvenues, en ce moment, avouai-je en fixant les yeux sur le ciel vide et sur l'austère paysage de collines vides de tout chemin.

« Llew, dit-il. On nous a toujours guidés. »

Nous quittâmes le toit et redescendîmes jusqu'au pied de la tour. Tegid nous conseilla de refermer la porte, et nous fîmes à nouveau rouler la grosse pierre jusqu'à l'endroit requis. De plus, il commençait déjà à faire nuit et personne ne souhaitait courir le risque d'être surpris à l'extérieur de l'enceinte de feu après la tombée de la nuit.

Cette nuit-là, nous entendîmes la plainte déchirante du vent sur les hautes parois rocailleuses de la falaise. Je dormis mal, et mes rêves furent tous remplis de serpents ailés et d'hommes vêtus de bronze.

Je me suis réveillé à deux reprises, et me suis levé pour aller voir la tour, silhouette inquiétante et sombre sur un ciel plus noir encore. Elle semblait nous observer, perchée sur son haut promontoire comme un oiseau de proie, attendant de déployer ses ailes ténébreuses pour nous foncer dessus. Je n'étais pas le seul à être perturbé par de mauvais rêves ; les chevaux s'étaient agités nerveusement toute la nuit, et une fois, un homme s'était mis à hurler dans son sommeil.

Nous poursuivîmes notre route le jour suivant, sous le mugissement et les sifflements du vent à travers la vallée. La neige tombait sans interruption et s'enroulait autour de nos pieds ; nous avions tiré nos capes sur nos têtes et emmitouflé nos épaules dans des couvertures de laine qui nous servaient de selle, pour nous réchauffer. Nous avancions avec obstination à travers cette journée harassante. Le paysage se modifiait un peu, mais jamais complètement — il y avait toujours, lorsque je levais la tête, ces falaises abruptes et cette muraille accidentée, inquiétante, se dessinant, sinistre, au-dessus de nos têtes.

Pendant cinq jours, rien ne changea — le froid, la neige et les profondes nuits sans étoiles envahies de rafales de vents et de rêves morbides.

Nous progressions péniblement chaque jour, à pied ou à cheval alternativement, frissonnant de froid, nous blottissant le plus près des feux de camp durant la nuit. Enfin, alors que le sixième jour prenait fin, nous nous aperçûmes que les falaises commençaient à être moins hautes et que la rivière prenait le large sur l'étendue ouverte de la vallée. Deux jours plus tard, nous arrivâmes à l'endroit où la falaise prenait fin, laissant la muraille poursuivre son trajet solitaire vers le nord au milieu des collines innombrables. Devant nous se profilait la ligne sombre, hérissée, d'une forêt.

En la voyant ainsi, telle une armée imposante déployée sur l'horizon, je sentis mon courage défaillir. Tir Aflan était un pays abandonné au-delà de toute imagination. Où était donc Goewyn ? Comment pourrions-nous parvenir à la retrouver dans ces terres si sauvages ?

« Écoutez, barde, êtes-vous bien sûr que c'est la bonne direction ! demandai-je avec insistance à Tegid lorsque nous nous arrêtâmes pour abreuver les chevaux. Nous avions quitté la muraille et nous nous rapprochions de la lisière de la forêt, mais il n'y avait toujours aucun signe clair que nous étions bien dans la bonne direction.

Tegid ne répondit pas aussitôt et il ne me regarda pas lorsqu'il le fit. « La forêt que vous voyez devant nous est plus vieille qu'Albion », dit-il en faisant rouler son bâton de frêne entre les deux paumes de sa main, ses yeux sombres scrutant la première ligne d'arbres.

« Vous m'avez entendu ? insistai-je. Sommes-nous dans la bonne direction ?

— Avant même que les hommes arpentent les splendides rivages d'Albion, la forêt était déjà sans âge. On dit, parmi les Savants, que toutes les forêts du vaste monde ont pour origine les graines mêmes de ces arbres.

— C'est fascinant. Mais ce que je voudrais savoir, c'est si vous avez la moindre idée de l'endroit où nous allons ?

— Nous allons vers la forêt, répondit-il. Dans la forêt de la nuit, nous trouvons toujours la chose que nous cherchons — à moins que ce soit elle qui finisse par nous trouver. »

Ah ! Ces bardes !

XXV

LA FORÊT DE LA NUIT

Prenant la rivière pour notre seul guide, nous arrivâmes jusqu'à la forêt. La neige, qui s'était déposée en couche épaisse dans la vallée exposée, était peu abondante sous les arbres. Et quels arbres !

Il y en avait de toutes sortes : le long de la rivière se succédaient des bouleaux, des saules de variétés différentes, des sureaux, des noisetiers, des fourrés d'aubépines, de cenelles, de houx ; et sur l'étendue des larges prairies se dressaient des bosquets de chênes, de châtaigniers, de charmes, de limes, d'ormes, de sycomores, de platanes, de noyers, de frênes, de mélèzes, et d'autres encore ; sur les hauteurs, il y avait des forêts entières de conifères : pins, sapins, épicéas, mais également des cèdres et des ifs. Des tapis de mousses et de lichens donnaient l'impression que chaque tronc et chaque branche avaient été plongés dans un épais bain de plâtre gris vert.

Que ce soit une très ancienne forêt, je voulais bien le croire. Les branches recouvertes de mousse se voûtaient et le tronc des arbres fléchissait sous le poids des années sans nombre ; des quantités immenses d'humus s'étaient accumulées formant une couverture moelleuse sur le sol de la forêt, des herbes sèches comme des touffes de cheveux en bataille se regroupaient en bouquets épars autour de racines imposantes et tourmentées. Les arbres étaient vieux.

Et grands ! La rivière, large et profonde dès qu'elle rentrait dans la forêt, semblait en être réduite à la taille d'un simple ruisseau sous ces troncs massifs. Certaines parmi les branches les plus imposantes partaient d'une rive pour aller rejoindre l'autre, formant des arches au-dessus de la rivière comme des serpents tropicaux géants.

Nous nous déplacions dans un monde aux proportions démesurées. Et plus nous pénétrions dans les profondeurs de la forêt, plus nous nous sentions petits et vulnérables, comme si nous rétrécissions à vue d'œil. Dans l'ombre de ces arbres hors d'âge nous n'étions plus des hommes mais de simples insectes : insignifiants, sans pouvoir, futiles.

S'il était plutôt consternant de se voir réduits à l'état d'insectes, il était encore bien plus perturbant d'être plongés dans un tel silence.

Au moment où nous avions pénétré dans la forêt, les bruits du monde extérieur devinrent plus étouffés, et ils diminuèrent encore au fur et à mesure que nous avancions, jusqu'à ce que nous n'entendions plus rien du tout… pas même le vent. Aucun chant d'oiseaux ne résonnait à nos oreilles, aucun frémissement de rameau dépouillé, aucun craquement de grosse branche ployant vers le sol. Le bruit de nos pas était amorti par le terreau spongieux et la rivière s'écoulait en silence dans son lit recouvert de vase.

J'étais en train de me demander si le froid ne m'avait pas rendu complètement sourd, lorsque Cynan s'écria : «*Mo anam*, frères ! Un tel silence n'est pas normal chez des hommes de notre rang. De quoi donc avons-nous peur pour ne pas oser entonner une mélodie agréable, où et quand cela nous plaît ?»

Voyant que personne ne répondait, le héros à la rousse chevelure commença à chanter, clamant les paroles avec une telle puissance qu'il en aurait forgé des fers à cheval. À pleins poumons, la tête penchée en arrière, il chantait :

Allez, courage ! Levez-vous, amis courageux et intrépides !
Le soleil est rouge sur les collines d'ajoncs
et mon noir chien d'arrêt s'affaire à retrouver la piste.
Allez, courage !
Levez-vous, hommes de grande hardiesse et de grande vaillance !
Le cerf s'est élancé sur le coteau de bruyères,
et mon cheval brun s'est lancé sur ses traces.
Allez, courage ! Levez-vous, jolie dame à la chevelure d'ébène !
Donnez-moi un baiser avant que je rejoigne la chasse,
Un baiser avant que je m'envole… Allez !

Il faisait preuve d'un grand courage, et je l'en admirais. Il réussit même à entraîner pendant un temps quelques compagnons, mais personne n'eut toutefois le cœur à poursuivre. Cynan en fut fâché, et continua à chanter seul par pur entêtement ; mais à la longue, même son esprit fougueux fut vaincu par le vaste silence de la forêt qui absorbe tout.

Alors nous poursuivîmes notre marche à pas feutrés, nos sens amoindris, notre courage s'affaiblissant. La forêt semblait vouloir ronger nos esprits et nos cœurs, excitant nos peurs, ramenant nos terreurs et nos doutes à la surface, cherchant à nous décourager par leur pouvoir corrosif. Nous étions observés, j'en étais quasiment certain... certain que dans la forêt qui nous entourait, hors de notre vue l'ennemi attendait.

Dans l'enchevêtrement des branches au-dessus de nos têtes, dans la pénombre inquiétante et profonde s'étalant au-delà de la rivière, derrière chaque souche ou chaque tronc des yeux froids nous regardaient, des mains froides étaient à l'affût pour nous surprendre. J'imaginais qu'une multitude d'hommes-serpents avec des ailes nous observaient de leur froid regard de reptiles, serrant au poing leurs courtes lances de bronze. J'imaginais qu'ils se déplaçaient en même temps que nous, nous défiant, pas à pas, se faufilant comme des serpents, sans faire de bruit, dans le silence de la forêt.

Puis je me dis que mes craintes n'étaient que pure imagination, sans pour autant parvenir à détacher le regard de la pénombre environnante.

La nuit descendit secrètement sur la forêt, mais cela n'offrit que peu de différence. Ici, la lumière du jour, toujours diffuse et d'un calme surnaturel, n'offrait qu'une présence discrète et inquiétante. *Coed Nos*, la Forêt de la Nuit — c'est ainsi que Tegid l'avait nommée, et il avait raison. Le soleil pouvait bien poursuivre fièrement sa course diurne, se lever puis se coucher en un flamboiement éblouissant qui embrasait le monde extérieur... nous avions, quant à nous, pénétré au Royaume de la Nuit et le soleil n'y avait pas sa place.

Nous installâmes notre camp près de la rivière aux eaux profondes et fîmes de grands feux. Si j'avais espéré que les flammes nous soulageraient, eh bien j'allais être déçu ! La forêt semblait aspirer la chaleur et la lumière, la vie même des flammes qui avaient pris un aspect terne, blême, sans vigueur.

Nous nous assîmes en rapprochant nos visages des flammes tièdes, sentant le poids du silence derrière nous.

Je ne parvenais pas à me reposer, ne pouvais ni manger ni parler à personne... comme contraint à tout instant de me retourner pour regarder, d'un œil inquiet, par-dessus mon épaule. J'avais un très fort pressentiment — j'étais même certain que nous étions traqués.

D'autres que moi, je crois, le sentaient également. Il n'y avait aucune conversation, aucun échange cordial autour du feu comme cela est d'usage lorsque des hommes se rassemblent après une dure journée de voyage. C'était comme si, ne pouvant pas contrôler le silence qui réfrénait toute chose, nous préférions nous y noyer nous-mêmes, nous laisser recouvrir par lui afin de nous protéger des êtres mystérieux épiant dans la pénombre.

La nuit fut exécrable pour tous. Personne ne réussit à dormir ; nous étions tous allongés, les yeux ouverts, à scruter l'impressionnant fouillis de branches et de ramures faiblement éclairé par notre feu anémié. Cela, toutefois, ne nous dispensa pas de rêver, non. Je pense même que chacun parmi nous eut la visite d'étranges et inquiétants cauchemars.

Assis, le corps replié sur mes genoux, fixant de mes yeux creux l'obscurité foisonnante de végétation, j'aperçus une silhouette faiblement éclairée, qui peu à peu se révéla être une forme humaine : une femme, gracile, vêtue de blanc. Goewyn ?

Je bondis sur mes pieds.

Goewyn !

Je courus vers elle. Elle tremblait de froid, était bras nus, et il était évident qu'elle avait dû errer dans la forêt pendant plusieurs jours. Elle avait dû échapper à ses ravisseurs et s'enfuir à travers les bois.

« Goewyn ! Oh, Goewyn ! Tu es saine et sauve ! » dis-je. Et je tendais le bras pour saisir sa main, oubliant que ma main de métal n'offrirait qu'un contact froid sur sa peau. Je l'effleurai et elle cria.

« J'ai froid, Llew, gémit-elle.

— Tiens, prends ma cape, dis-je en retirant le vêtement de mes épaules. Enveloppe-toi bien dedans et viens près du feu. Je vais te réchauffer. » Puis je plongeai ma main d'argent dans les flammes.

En un instant le métal se réchauffa ; je me retournai et pris la main de Goewyn dans la mienne. Le métal, trop chaud, lui brûla la peau. Une odeur âcre s'éleva brusquement et me piqua les yeux. Goewyn cria et essaya de se dégager, mais la peau, qui collait au métal, se détacha alors qu'elle agitait la main pour se défaire de mon étreinte. Et pas seulement la peau… le muscle cautérisé collait également.

Hurlant à l'agonie, elle leva sa main et vint la placer devant son visage : il n'y avait plus que les os. Sans les muscles ni les tendons pour les maintenir ensemble ils se détachèrent et tombèrent sur le sol, perdus dans la neige. Goewyn agrippa son moignon et hurla.

Je restai immobile, pris de panique et ne sachant que faire, voulant la consoler, mais n'osant pas le faire de crainte que mon contact ne la mutile davantage. Tegid accourut vers nous. Il saisit Goewyn par les épaules et commença à la secouer violemment. «Restez calme ! s'écria-t-il. Restez calme ! Sinon, ils vont vous entendre !»

Mais elle ne pouvait pas se contrôler. Les larmes coulaient de ses yeux et elle sanglotait en tenant son bras. Tegid continuait à crier après elle pour qu'elle se calme parce qu'elle allait alerter l'ennemi.

Bran accourut à son tour l'épée à la main. Sans dire un mot à personne, il frappa Goewyn. Elle se retourna vers lui et il lui planta son épée dans le cœur, puis la retira. Une horrible tache écarlate se répandit sur son vêtement blanc. Elle se retourna et hurla : «Llew, sauve-moi !»

Mais je ne pouvais pas bouger. Je ne pouvais rien faire pour sauver ma bien-aimée. Elle s'écroula, laissant le sang jaillir de sa blessure. Elle était tombée sur le dos et tendait son bras vers moi. «Llew...», soupira-t-elle dans un dernier filet de voix. Le dernier mot qu'elle prononça fut mon nom.

Le sang s'écoulait de sa blessure encore chaude et s'infiltrait profondément dans la neige blanche qui commença à fondre... à fondre. Je vis bientôt apparaître un peu de verdure sous la neige ; l'herbe poussait, poussait d'une manière fantastique à l'endroit où le sang se mélangeait à la neige.

Je levai les yeux pour regarder autour de moi. Je n'étais plus dans la forêt. Tegid et Bran m'avaient abandonné, seul, debout sur le sommet d'une colline au-dessus du fleuve ; au milieu de celui-ci il y avait un bosquet de fins bouleaux argentés. Je continuai à observer, alors que la neige fondait sur le versant des collines, et des centaines de fleurs jaunes se mirent à fleurir. Les nuages s'en allèrent, laissant paraître un ciel bleu éclatant et un soleil chaud.

Lorsque je revins, Goewyn était partie, mais il y avait un petit tertre à l'endroit où elle était — guère plus qu'un petit mamelon de terre recouvert d'herbe. Sur ce tertre, un bouquet de fleurs blanches avait poussé : un mille-feuille avait surgi là où Goewyn était auparavant étendue.

Les larmes aux yeux, je m'éloignai et redescendis la colline, le pas lourd, vers le fleuve. Là, je me mis à genoux et m'arrosai le visage dans l'eau pure et froide. J'entendis alors une voix qui venait du bosquet de bouleaux... une mélodie légère, comme un chant d'oiseau. Je me relevai et courus dans l'eau jusqu'à l'autre rive et rentrai dans le bosquet.

J'avançai doucement parmi les ombres tachetées de vert, me faufilant à travers les fins bouleaux à la recherche du chant. Je débouchai alors sur une clairière et m'arrêtai. Au centre de cette clairière, au milieu d'une mare éclairée d'une lumière dorée, il y avait une retraite ombragée : le chant venait de là.

Tous mes sens s'activèrent. Je sortis prudemment de la forêt et m'avançai à découvert au travers de la prairie. À mon approche, le chant s'arrêta. Je vis un mouvement qui venait de la retraite ombragée et m'arrêtai moi aussi.

Une femme vêtue de vert et de jaune en sortit. Sa chevelure, baignée de soleil, avait de doux reflets d'or et descendait le long de son visage. Elle gardait la tête inclinée, de sorte que je ne pouvais pas voir de qui il s'agissait. Elle s'avança avec grâce hors de la tonnelle et tendit les mains, comme prête à recueillir les rayons du soleil comme l'eau d'une fontaine. Et puis, alors que je n'avais émis ni un souffle ni un geste, elle se retourna vers moi et dit : « Llew, te voilà. Je t'ai attendu. Pourquoi as-tu tellement tardé ? »

Ayant dit cela, elle ramena ses cheveux en arrière et dégagea son visage. J'en eus le souffle coupé. Alors elle se mit à rire devant mon trouble et dit : « Eh bien, qu'attends-tu pour m'accueillir avec un baiser ! » Et sa voix ! sa voix était comme une douce musique à mon oreille.

« Goewyn ? »

Elle tendit les bras vers moi. « Je t'attends, mon cher amour.

— Mais Goewyn, tu es morte… Je t'ai vue mourir… !

— Mourir ? » Elle prononça ce mot avec la légèreté d'un papillon se posant sur un pétale. Toujours en gardant le sourire — ses lèvres formaient une courbe délicieuse qui se dessinait mollement dans le pli de sa joue —, elle releva un peu le menton en signe de défi moqueur. « Eh bien, c'est fini, je ne suis plus morte…, fit-elle. Alors maintenant, j'attends mon baiser. »

J'avançai, rempli de joie, au devant d'elle pour l'étreindre et sentis ses lèvres chaudes se poser sur les miennes ; sa langue avait un goût de miel. Je la pressai contre moi, l'embrassai sur la bouche, sur les joues, dans le cou, en la tenant très fort de crainte qu'elle disparaisse comme l'éclat du soleil à travers mes doigts.

« Je pensais que je t'avais perdue », lui dis-je, des larmes de joie dans les yeux. Je respirai profondément son odeur pleine de vie et de chaleur comme si j'allais la respirer tout entière pour ne plus faire qu'un avec elle. « Ne me quitte jamais, Goewyn. »

Elle se mit doucement à rire. « Te quitter ? Comment pourrais-je te quitter ? Tu fais partie de moi désormais, comme moi je fais partie de toi.

— Répète-le encore. S'il te plaît. Répète que tu ne me quitteras jamais.

— Je ne te quitterai jamais, mon âme, murmura-t-elle. Je t'aime pour toujours… pour toujours…

— Llew ? Qu'est-ce que vous faites ? »

C'était la voix de Tegid. Je me retournai vers lui avec quelque irritation.

« Vous ne le voyez pas, ce que je fais ? Vous n'avez rien à faire ici. Éloignez-vous.

— Llew, revenez près du feu. Vous étiez en train de rêver.

— Pardon ? »

Le visage de Tegid s'assombrit, comme si un nuage était passé au-dessus de sa tête en cachant le soleil.

« Revenez au camp avec moi, dit-il. Vous avez marché tout en dormant. »

À ces mots, la clairière ensoleillée disparut. Je regardai autour de moi et m'aperçus que j'étais à nouveau dans la forêt et qu'il faisait nuit. La tonnelle verdoyante avait également disparu, et Goewyn n'était plus là.

Après cet épisode, je n'adressai plus la parole à personne pendant deux jours. La mort dans l'âme, découragé, mal à l'aise, j'évitai tous mes compagnons. S'il fallait donner des directives, Cynan et Bran étaient toujours là et les donnaient à ma place.

Nous avançâmes plus profondément dans la forêt. Les arbres étaient devenus plus imposants, leurs branches entrelacées, entremêlées, empêchaient la lumière de passer et rendaient notre avancée dans l'obscurité plus difficile et — si c'est possible — encore plus silencieuse. Si nous avions été enfermés vivants à l'intérieur de gros sacs en cuir, cela n'aurait pas été plus étouffant, plus suffoquant que ne l'était à présent Coed Nos.

Un air de lassitude profonde et méchante émanait des racines noueuses et des troncs massifs qui nous entouraient ; sous nos pieds, une terrible langueur suintait du sol moelleux recouvert de feuilles mortes. Une profonde léthargie, comme la grisaille des lichens qui recouvraient tout, s'accrochait à nos bras et à nos jambes, nous privant toujours plus de nos forces au fur et à mesure que nous avancions.

Nous chevauchions les uns derrière les autres, la tête inclinée, les épaules basses. Ceux qui étaient à pied marchaient devant de manière à ce qu'on ne les perde pas. Tegid craignait que quelqu'un fasse une chute et que nous ne le revoyions plus jamais. Cynan et Bran alternaient pour prendre la tête du convoi, échangeant leurs positions chaque fois que nous nous arrêtions pour nous reposer et abreuver les chevaux. Ils firent leur possible pour maintenir une allure soutenue, pour encourager les hommes à avancer en dépit de la torpeur ambiante.

Même ainsi, pourtant, nous donnions plutôt l'impression de tourner en rond plutôt que de participer à une expédition. Nous nous déplacions mais nous ne progressions pas. Nous avancions, mais n'arriverions jamais. Nous marchions, péniblement mais régulièrement, vers une destination qui semblait reculer perpétuellement.

Les jours se succédèrent et nous perdîmes peu à peu la notion du temps. Nous dormions peu, parlions encore moins, continuant imperturbablement à nous enfoncer dans la forêt.

Les provisions de nourriture commençaient à baisser. Nous avions espéré pouvoir chasser dans les bois — ou au moins tomber sur du gibier que nous croiserions au cours de notre marche. S'il y avait du gibier dans cette forêt nous ne le vîmes jamais — pas plus que nous ne vîmes des traces d'animaux sur le sol. Nos réserves de viande séchée vinrent à manquer, et nous dûmes nous contenter de pain rassis et de bière… plongeant les morceaux de pain dur dans notre tasse pour les ramollir. Lorsque, à son tour, la bière vint à manquer, nous bûmes l'eau de la rivière. Le pain finit par moisir et devint immangeable… mais nous continuâmes à le manger. Il n'y avait rien d'autre. Et lorsqu'il n'y eut plus de pain, nous fîmes bouillir les précieuses petites graines de céréales que nous laissâmes avec les racines et leur écorce — celles que Tegid avait trouvées pour faire un fin gruau. Les chevaux mangèrent le lichen gris que nous avions recueilli sur les troncs avec nos couteaux et nos épées, et que nous avions ensuite entreposé dans des ballots pour eux. C'était une nourriture déplorable pour des animaux d'une telle noblesse, mais au moins il y en avait à portée de main une réserve infinie et ils acceptèrent de s'en nourrir normalement.

Nos barbes avaient poussé, notre peau était devenue cireuse à cause du manque de soleil. Mais nous nous baignions régulièrement dans la rivière… jusqu'au moment où les hommes aperçurent des sangsues à chaque fois qu'ils pénétraient dans les eaux presque stagnantes. Alors nous cessâmes de nous baigner et nous contentâmes simplement de nous laver.

Cynan était de plus en plus agité. Plus les jours avançaient, plus il nous forçait à presser l'allure en se plaignant régulièrement du fait que nous ne faisions pas assez d'efforts pour nous sortir de cette forêt.

«Du calme, frère, conseilla Bran. On ne gagnera rien à trop vouloir se presser.

— Cela fait déjà trop longtemps, ronchonna Cynan. Cela fait longtemps que nous devrions être sortis de cette forêt.

— Ne perdez pas courage, dis-je. Nous en viendrons bientôt à bout.»

Cynan se retourna vers moi : «Moi aussi, ma femme a été enlevée ! L'auriez-vous oublié ? Vraiment, elle n'est pas moins reine que votre précieuse Goewyn !

— Je le sais, frère, fis-je pour le calmer. Mais je vous en prie, soy...

— Vous pensez que je ne suis pas attaché à ma femme ! me défia-t-il. Vous pensez que, parce que je ne dis rien, je ne songe pas à elle... mais à chaque pas mon cœur ne fait que répéter son nom !

— Je n'en ai jamais douté, Cynan. Calmez-vous. Nous les retrouverons toutes les deux.» Je posai ma main sur son bras. Il le repoussa, me lança un regard furieux puis partit en rage.

Un peu plus tard — deux jours, peut-être dix, je ne savais plus —, nous arrivâmes au terme de la forêt et débouchâmes sur une clairière encerclée par les hauts escarpements rocheux de la rivière. Et au centre de la clairière, sur la rive gauche, il y avait une ville, en ruine, déserte, découpée dans la pierre rouge de la berge. J'ai dit une ville, mais après y avoir regardé de plus près il s'avéra qu'il s'agissait d'une simple ossature : un palais gigantesque avec des centaines et des centaines d'habitations, de salles, de murs, de colonnes, de cours et de tombeaux, tout cela entassé un peu hasard dans un enchevêtrement de pierres rouges.

Nous nous étions trouvés devant tout cela brusquement, et nous restâmes sans bouger, battant des paupières à la lumière du jour déclinant. C'était la première fois depuis des jours et des jours que nous voyions la lumière et le ciel, et tout ce que nous pouvions faire, c'était de rester là sans un geste, le regard fixe avec les mains protégeant nos yeux sensibles. Puis, tout tremblants à cause du choc de la lumière et du bon air, nous avançâmes avec mille précautions... comme si l'étrange palais rouge n'était qu'un mirage qui pouvait disparaître si nous détournions les yeux.

Mais la construction était en pierre solide, depuis les innombrables pinacles de ses toits hauts et pointus jusqu'aux fondations aux multiples caves. La plupart des colonnes étaient brisées et les toits s'étaient écroulés ; les fenêtres, rondes comme de gros yeux, étaient désertes, sans lumière. Toutefois, la plus grandc partie du palais était demeurée intacte. Des figures d'animaux, d'oiseaux étaient sculptées sur les frontons, mais nous ne vîmes aucune figure humaine représentée.

L'édifice avait été construit pour donner sur la rivière. En effet, une entrée unique, ronde comme celle de la haute tour mais beaucoup plus imposante, ouvrait sur une terrasse qui se terminait par de larges escaliers menant directement aux abords des eaux noires. Les murailles en pierres sculptées suivaient des courbes, s'infléchissant les unes à l'intérieur des autres comme un enchevêtrement de bras et de jambes inarticulés. Ce qui donnait à cet endroit une caractéristique organique quelque peu troublante, que Cynan identifia aussitôt : « Regardez-moi donc ! On dirait un gros lézard rouge qui se fait dorer au soleil...

— C'est vrai, acquiesça Alun Tringad. Un lézard qui dort au soleil. Il vaut mieux le laisser... »

Rien ne bougeait ; aucun bruit parmi les décombres. Le palais rouge était sans vie, désert, comme la tour que nous avions visitée — aussi vieux aussi. Pourtant, quelque force mystérieuse avait tout de même préservé l'ossature. Car à l'évidence le palais devait exercer quelque domination sur la forêt, sinon la pierre rouge aurait été recouverte depuis longtemps. Quelque chose traînait là, qui empêchait la végétation d'envahir et de reconquérir la clairière et son édifice abandonné.

Tout à l'autre bout de la terrasse, les vestiges en mille morceaux de ce qui se révéla être une ancienne et large route pavée de pierres conduisait depuis la ville jusqu'au détour du fleuve.

Tegid observa le palais rouge un long moment avant de nous conseiller de ne pas nous attarder : « C'est un endroit qui n'est pas bon. Il nous serait source d'ennuis... »

Hélas ! Hélas ! Nous aurions dû suivre son conseil avisé !

XXVI

YR GYREM RUA

Notre visite aux ruines n'avait pas duré très longtemps mais déjà le jour faiblissait ; dans peu de temps la pénombre s'installerait et la nuit arriverait très vite. Il fallait que nous trouvions un endroit pour installer notre camp, et j'étais bien décidé à ne pas passer une autre nuit dans la forêt. Nous décidâmes donc de longer le palais jusqu'à la route qui se trouvait en contrebas afin de voir où celle-ci conduisait.

Nous nous mîmes en deux rangs serrés et avançâmes jusqu'à la terrasse. Après le silence et les bruits étouffés de la forêt, le contact sous nos pieds de la roche solide provoquait un sentiment étrange, et plus étrange encore celui d'entendre le son creux des sabots de nos chevaux.

Nous avancions lentement le long de la grande terrasse ; chaque pas résonnait à nos oreilles, réverbéré par les multiples recoins de la muraille.

Bran, qui ouvrait la marche, se trouva bientôt au centre de la terrasse — à mi-chemin entre le bord de la rivière et l'ouverture béante du palais. Je le vis regarder vers la porte, se retourner, puis s'arrêter. Il leva sa main pour faire signe à ceux qui suivaient de s'arrêter : « J'ai vu quelque chose bouger », expliqua-t-il lorsque Cynan et moi nous l'eûmes rejoint.

Je regardai vers l'entrée ; ronde comme une roue et cinq fois la taille d'un homme, il y faisait noir comme dans un cachot. Je n'arrivais pas à comprendre comment il avait pu voir quelque chose à l'intérieur.

« Partons d'ici », dis-je en continuant à observer la porte.

Soudain, nous entendîmes un cri : plaintif, pitoyable… les pleurs d'un enfant perdu et terrorisé.

« *Mo anam*, chuchota Cynan, il y a un bébé là-bas ! »

Nous nous regardâmes les uns les autres pendant un moment sans savoir quoi faire. « Nous ne pouvons pas laisser ici cette pauvre créature, fit Cynan. Ce ne serait pas juste. »

Même si c'était à contrecœur, je ne pouvais qu'être d'accord avec lui et l'autorisai donc à aller voir rapidement : « Il ne faut pas s'attarder, vraiment, conseilla Tegid. Il va bientôt faire nuit. On ne peut pas se permettre de traîner. »

Laissant Scatha et les autres sur place pour qu'ils gardent les chevaux, Bran, Emyr, Garanaw, Tegid, Cynan et moi nous préparâmes des torches et nous dirigeâmes vers le palais rouge, fixant du regard l'entrée béante au fur et à mesure que nous approchions. Nous ne vîmes rien, et le cri ne se fit plus entendre.

Sur le seuil, nous nous arrêtâmes pour allumer nos torches et nous entrâmes dans une salle immense et vide. À notre grande surprise, elle était en réalité infiniment plus grande vue de l'intérieur qu'elle ne le paraissait de l'extérieur. La raison en était la suivante, comme le remarqua aussitôt Tegid : « Cela forme un tout, remarqua-t-il. Il n'y a qu'une pièce unique. »

Les centaines de fenêtre qui, de l'extérieur, avaient semblé s'ouvrir sur des pièces séparées, servaient en réalité à répandre de la lumière dans cette unique et gigantesque salle. Même ainsi, il y avait fort peu d'éclairage, juste assez pour apercevoir que nous étions sur un palier d'où partait un escalier large et peu profond qui descendait jusqu'à un étage inférieur. Ni cet étage inférieur ni le toit au-dessus ne pouvaient être aperçus d'où nous étions, et la lumière dispensée par nos torches ne fut pas très efficace pour combattre une telle obscurité.

L'air à l'intérieur de la salle était humide et froid — plus froid qu'à l'extérieur. Nous restions à écouter sans bouger, nos respirations formant des petits nuages tout autour de nous. N'entendant rien, nous commençâmes à descendre les escaliers, épaule contre épaule, levant bien haut nos torches. Chaque pas renvoyait un écho qui se déplaçait dans l'obscurité avec la légèreté d'une chauve-souris.

« Une bien triste demeure, on dirait… », marmonna Bran, laissant sa voix résonner dans le grand espace vide.

« Même en y faisant brûler un feu, la cheminée ne se réchaufferait pas, ajouta Emyr.

— En tout cas, un feu serait tout de même le bienvenu, fit Garanaw. Il fait noir comme dans un four.»

Six marches plus bas nous trouvâmes un nouveau palier, et encore six marches plus bas un autre palier ; enfin six nouvelles marches nous conduisirent à l'étage inférieur, lequel était recouvert de dalles noires hexagonales brillantes. Les dalles rutilaient à cause de l'humidité et rendait la surface glissante, de sorte que nous dûmes avancer lentement vers le centre de la salle où devait se trouver la cheminée.

«Je crains que vos espoirs de faire un feu soient déçus, Garanaw, fit remarquer Tegid. Il n'y a pas de cheminée...»

Aucune dalle pour faire le feu, aucune grille, pas même un chaudron comme dans la tour. La salle, pour autant que nous puissions voir, était dépourvue de tout mobilier. En revanche, à l'endroit même où aurait dû se trouver la cheminée, il y avait une mosaïque rehaussée de petites tessères rouges, blanches et noires représentant le même emblème du serpent ailé que nous avions vu dans la tour. Ici, cependant, le serpent était moins stylisé, plus près de la vie : de rouges anneaux sinueux qui brillaient à la lueur des torches, des yeux rouges qui vous fixaient, des ailes reptiliennes qui se déployaient derrière sa tête plate. Et il y avait une inscription formée de petites carreaux rouges en dessous qui, je suppose, reproduisait son nom.

Tout en observant la figure représentée sur le sol, je sentis que ma main d'argent se mit à me picoter comme pour m'avertir de quelque chose.

Mes yeux s'étaient à présent accoutumés à l'obscurité et je m'aperçus que la grande salle était de forme ovale ; son toit, hérissé de pics, était soutenu par plusieurs rangées de colonnes fuselées dont les sommets se perdaient dans le noir. Juste à l'opposé de la porte d'entrée, un second portail de forme ronde, presque aussi imposant que l'autre, ouvrait sur la façade rocheuse et lisse qui surplombait la rivière.

Nous avançâmes avec précaution jusqu'à cette seconde entrée, qui se révéla déboucher sur une grotte — minutieusement décorée de pierres fines à l'extérieur, alors qu'elle ne formait qu'un tunnel de pierres rugueuses à l'intérieur. L'idée me vint que tout le palais n'était en réalité qu'une façade édifiée pour dissimuler — ou, plus vraisemblablement, pour protéger pieusement l'entrée de la grotte.

«Bien..., fit Cynan en regardant, perplexe, le tunnel. À présent qu'on est arrivés jusqu'ici... Va-t-on repartir sans aller voir ce qu'il y a de l'autre côté ?»

Tegid rétorqua aussitôt : « Parce que vous vous demandez encore ce qu'il y a de l'autre côté ?

— Éclairez-nous, barde, dit Cynan. Je ne devine pas.

— Vraiment ? Eh bien soit, je vais vous le dire. C'est la créature dont nous voyons l'image depuis que nous avons débarqué dans l'Ignoble Pays.

— Ce monstre repose là derrière ? » s'écria Cynan surpris en faisant des gestes dans le vide derrière nous.

« Lui-même, fit Tegid. Je suis convaincu que ce trou conduit au repaire du monstre. Il s'appelle *Yr Gyrem Rua.*

— Le Serpent Rouge ! » murmura Cynan. Tous les guerriers autour de lui le dévisagèrent avec circonspection : « Vous connaissez cette créature ?

— À moins que je me trompe, répliqua le barde, le monstre qui est ici derrière n'est autre que celui que les Savants appellent le Serpent Rouge d'Oeth. » Il hésita. « Certains l'appellent Wyrm…

— Wyrm… », marmonna Bran en jetant un coup d'œil par-dessus son épaule.

Une vague de terreur m'inonda brusquement. Je comprenais à présent pourquoi le palais n'était composé que d'une seule pièce et pourquoi les hommes de bronze, dans la haute tour, rendaient un culte à l'image du serpent : c'était leur dieu ; ils lui offraient des sacrifices. Ici, c'était le haut-lieu, le sanctuaire de Yr Gyrem Rua…

« Quittons cet endroit pendant qu'il est encore temps », s'écria Bran avec urgence.

Nous tournâmes ainsi le dos à la porte, battant retraite à travers la salle, mais au bout de trois pas, nous entendîmes à nouveau le cri… le petit cri larmoyant et tremblant d'un pauvre bébé abandonné.

« L'enfant s'est aventuré jusqu'ici », fit Cynan d'une voix étouffée en se précipitant à nouveau vers l'entrée de la grotte. Interrogeant du regard, il porta ses mains autour de sa bouche et appela l'enfant, attendit, puis, ne recevant aucune réponse, s'engagea dans le tunnel.

Je le rattrapai par le coin de sa cape et le tirai en arrière. « Vous ne pouvez pas y aller tout seul.

— Eh bien, venez avec moi, frère. »

Je me retournai vers les autres. « Restez ici, dis-je. Nous allons jeter un coup d'œil. »

Tremblant de tous nos membres, nous nous engageâmes tous les deux dans le tunnel, à la lueur de nos torches tremblotantes sur la pierre rouge humide. Nous nous déplacions avec prudence ; il n'y avait rien à signaler, si ce n'était une forte odeur de moisi avec une nuance un peu douceâtre, comme une odeur de gibier faisandé, ou une huile ou de la graisse rancie.

Au bout d'une cinquantaine de pas, j'aperçus une masse luisante en travers du couloir. Ma main de métal devint subitement froide et je m'arrêtai tout net.

« Qu'est-ce que c'est ! » fit Bran tout essoufflé en manipulant sa torche dans tous les sens.

Je m'avançai plus près et approchai ma torche. Mon ventre se serra et ma bouche se remplit de bile. J'eus un haut-le-cœur, ma respiration se bloqua.

Baignant dans une mare de vomi devant nous gisait la tête non digérée de l'un de nos éclaireurs manquant. Sa chair était largement altérée, son visage horriblement putréfié ; je pus toutefois identifier l'homme.

Cynan s'apprêtait à passer devant moi mais je fis un quart de tour vers lui et posai ma main en travers de sa poitrine. « Non, frère... c'est Gweir. »

Il s'efforça tout de même d'avancer, la colère, le chagrin, l'incrédulité rivalisant sur son visage. Il jeta un coup d'œil par-dessus son épaule. « *Saeth du !* » jura-t-il. Puis il s'éloigna.

Il n'y avait plus rien à faire pour Gweir. Nous repartîmes donc, l'odeur devenait de plus en plus prégnante à chaque pas. Peu après, le couloir amorçait un virage et s'élargissait un peu pour former une petite grotte. La puanteur me frappa de plein fouet alors que je pénétrais dans la salle. Je me sentis vaciller ; mais, refoulant ma bile, je continuai à avancer en titubant. Cynan entra aussitôt derrière moi.

Au centre de la grotte, il y avait un trou sur le sol rocailleux. Ses bords râpeux avaient été lissés, devenus luisants et quasiment lustrés. Il n'était pas difficile d'imaginer comment cette roche dépolie était devenue lisse comme du verre.

Les membres et les corps mutilés de nos guerriers manquants ainsi que ceux de leurs chevaux jonchaient le sol de cette horrible caverne : ici un pied encore dans son *buskin* ; là, la tête mutilée d'un cheval et plusieurs sabots, des os de mâchoire, des dents humaines et animales, la colonne vertébrale et la cage thoracique d'un cheval... Des ossements, il y en avait d'autres, plus anciens, des crânes, des jambes fracturées dépouillées de leur chair et devenues brunes avec le temps... des victimes sacrificielles d'une période révolue.

Ne pouvant supporter la vue d'un tel spectacle, je m'éloignai. La plainte monocorde et sinistre de l'enfant supposé se fit entendre à nouveau, remontant des profondeurs, et je réalisai soudain que c'était le Wyrm lui-même et non un enfant qui poussait ce cri.

Serrant ma torche encore plus fort, je m'avançai vers le trou. Une douleur de glace me lança brutalement à l'intérieur du bras.

Cynan me rattrapa par l'épaule : « Restez en arrière ! » souffla-t-il dans un chuchotement nerveux en me retenant sans ménagement. « Nous ne pouvons rien faire ici. »

Nous rebroussâmes chemin jusqu'à la grande salle. Tegid vit nos mines défaites et demanda : « Alors ? Avez-vous retrouvé l'enfant ? »

Cynan secoua la tête : « Il n'y avait pas d'enfant », répondit-il d'une voix qui grognait dans sa gorge. « Mais nous avons trouvé le serpent… et nos guerriers disparus également… »

Tegid avala sa salive et inclina la tête alors que nous lui décrivions ce que nous avions vu. « Le Mal qui dormait depuis le fond des âges s'est à présent réveillé, dit le barde lorsque nous eûmes fini. Nous devons quitter cet endroit immédiatement. »

Le ciel, dehors, avait perdu toute couleur et toute lumière. Bran n'eut pas besoin, cette fois, de faire activer ses hommes.

Nous marchâmes d'un bon pas vers la route située en contrebas du palais. Les premiers guerriers avancèrent jusqu'au fond de la terrasse et firent une pause pour permettre au reste du groupe de se rassembler avant de continuer. C'est alors que le Wyrm frappa.

L'attaque survint si brusquement et dans un tel silence, que nous n'entendîmes rien avant le cri étouffé de l'homme que le monstre avait saisi et emmené. Au cri d'agonie de celui-ci, je pus me retourner juste à temps pour voir une forme sinueuse disparaissant furtivement dans la pénombre.

Sans attendre, nous nous mîmes à rebrousser chemin jusqu'à l'entrée de la terrasse où les autres s'étaient arrêtés. « Avez-vous vu ! hurlèrent-ils. Le Wyrm ! Il a capturé Selyf ! »

Je haussai la voix par-dessus l'agitation pour me faire entendre : « Quelqu'un a-t-il vu par où il est parti ? »

Le Wyrm avait attaqué puis disparu une fois de plus dans l'ombre sans laisser de traces. « Nous ne pouvons pas aller par là, conclua Bran en fixant le route. Nous devrons faire un détour. »

Je regardai autour de moi, perplexe. D'un côté le fleuve, silencieux et implacable lui aussi comme un serpent ; de l'autre le palais rouge et son sinistre occupant. Derrière nous se dessinait la forêt tel un rideau massif et impénétrable.

Me retournant vers cette forêt bien à contrecœur, je dis : « Par là… Nous allons essayer de trouver un autre chemin.

— Et Selyf ! demanda fermement Cynan. Nous ne pouvons pas le laisser là.

— Il a disparu, dit Bran. Nous ne pouvons plus rien faire pour lui. »

Cynan refusait de bouger : « C'était un brave homme.

— Et est-ce que ça l'aidera si nous le rejoignons, si nous nous retrouvons tous aux enfers avec lui ? fit Bran. Encore combien de braves hommes devrons-nous sacrifier au Wyrm ? »

Toute ma sympathie était pour Cynan, mais Bran avait raison... Fuir était la solution la plus sage : « Écoutez-le, frère, dis-je. Quelle utilité pour Tángwen si vous n'êtes plus là pour la sauver ? Le serpent peut revenir à tout moment. Partons d'ici pendant qu'il est encore temps. »

Nous quittâmes la terrasse et pénétrâmes à nouveau dans la forêt, ne faisant une pause que pour allumer nos torches et repartant aussitôt. Bran ouvrait la marche et nous suivions juste après, Cynan et moi-même, laissant la rivière derrière nous. Nous nous efforçâmes de couper par les taillis afin de contourner le palais. Plus nous nous éloignions de la rivière, plus la végétation de la forêt était dense et emmêlée. Nous coupâmes et taillâmes avec nos épées pour nous dégager tant bien que mal un chemin, pas à pas, jusqu'au moment où nous nous retrouvâmes au pied d'un mur de rochers très escarpé.

« C'est toujours le même front rocheux que celui à partir duquel est édifié le palais », dit Bran en détachant la mousse de la pointe de son épée pour découvrir la pierre rouge qui était en dessous.

En levant nos torches, nous tentâmes d'évaluer la hauteur de cette muraille, mais le sommet était noyé dans l'obscurité et nous ne pouvions pas le voir. « Même si nous parvenions à l'escalader, fit remarquer Cynan, les chevaux, eux, ne pourraient pas suivre... »

En gardant la muraille rocheuse à main droite nous continuions à avancer, à nous éloigner toujours plus du palais. Dès qu'une torche venait à s'éteindre, nous arrachions un nouveau morceau de bois de l'enchevêtrement de branches qui nous entourait.

Nous nous arrêtions régulièrement pour examiner le front rocheux et ne découvrant ni brèche ni passage, nous poursuivions. Un clair de lune bien paresseux finit par se répandre, nous arrosant d'une morne lueur. De temps à autre, j'entrevoyais son disque pâle qui tremblotait dans les entrelacs de branches au-dessus de nos têtes.

« Il y a une clairière devant nous, s'écria Bran qui s'était avancé de quelques pas.

— Enfin !» Nous avions l'impression d'avoir marché la moitié de la nuit sans avoir pu découvrir la moindre brèche pour traverser la muraille de roche. Je fis signe à nos hommes de s'arrêter pendant que Bran et moi irions examiner la clairière.

Blottis épaule contre épaule, nous avançâmes lentement en rasant la muraille rocheuse. Nous débouchâmes alors sur la clairière et retrouvâmes face à nous le palais rouge et, à quelque distance sur la droite, la rivière aux reflets sombres.

«Nous avons tourné en rond», fis-je. Nous n'étions effectivement qu'à quelques pas de notre point de départ.

«Comment est-ce possible ! s'exclama Bran.

— Nous avons dû nous perdre à cause de la nuit. Il faut que nous prenions l'autre direction.»

Revenant sur nos pas, nous fîmes part aux autres de notre erreur et retraversâmes les taillis. De nouveau nous gardâmes la muraille de pierre — à main gauche cette fois, afin de ne pas nous égarer.

La lune avait atteint le plus haut de son parcours et amorçait sa lente descente. Nous avancions vite et sans relâche et arrivâmes, après une longue marche encore, à une nouvelle clairière. Bran et moi, nous nous détachâmes alors de la lisière protectrice de la forêt et avançâmes à découvert : le palais se dressait juste devant nous et sur sa droite coulait la sombre rivière.

Après avoir jeté un coup d'œil, j'appelai Tegid. «Voyez vous-même, barde ! dis-je en lançant la main. Quelle que soit la direction que nous prenons, nous revenons toujours à la même place. Qu'allons-nous faire ?»

Tegid se dressa pour observer le ciel et dit : «La nuit commence à tomber. Reposons-nous et nous retenterons notre chance demain lorsqu'il fera jour.»

Nous nous rassemblâmes au bord de la clairière, près de la rivière, et nous mîmes à installer un camp provisoire. Nous allumâmes des feux, organisâmes une garde, puis nous installâmes pour la nuit, attendant le lever du jour. Cynan s'enveloppa dans sa cape et s'allongea. Je venais juste d'installer le petit matelas de laine de ma selle par terre et m'étais assis les jambes en tailleur, ma lance sur les genoux, lorsque Tegid bondit sur ses jambes.

Il tremblait de froid. Et il écoutait.

Un faible murmure régulier m'arriva aux oreilles. On aurait dit le bruit d'un canot qui tente de remonter le courant. «Cela vient de la rivière, chuchota-t-il. Mais qu'est-ce…

— Chhut ! souffla Tegid. Écoutez !»

De manière diffuse, comme venant de très loin, j'entendis le hennissement nerveux d'un cheval, rapidement rejoint par un autre. Cynan se releva brusquement en hurlant : «Les chevaux !»

Nous traversâmes en flèche le camp vers la zone où les chevaux étaient attachés. Un élancement glacial, vif, parcourut tout mon bras de métal et aussitôt je vis, se découpant sur les eaux miroitantes de la rivière, un serpent monstrueux, la partie supérieure de son corps dressée au-dessus du sol et sa grande tête anguleuse s'agitant doucement d'un côté puis de l'autre. Son corps immense luisait sous la faible clarté de la lune ; sa tête, protégée comme une cuirasse par des plaques calleuses, se balançait au-dessus de trois énormes anneaux — dont chacun avait la taille d'un cheval —, et une queue raide et fourchue se dressait entre le premier et le deuxième anneau. Sur son dos, deux longues et épaisses arêtes descendaient de part et d'autre de son corps, partant de la base de son épouvantable tête qui se balançait.

Une longue traînée d'eau conduisait à la rivière. Bien évidemment, le monstre avait plusieurs entrées pour rejoindre son antre. Il était sorti des eaux, tout près des chevaux, avec l'intention manifeste de rassasier son appétit redoutable avec de la viande de cheval. Les animaux, terrifiés, lançaient des ruades et se cabraient, se débattant pour se libérer de leurs piquets. Plusieurs y étaient parvenus, et des hommes essayaient de les rattraper.

Le Wyrm semblait complètement fasciné par l'agitation dont il était la cause, sa tête cuirassée faisant de brusques écarts dans l'air, ses yeux luisant à la lueur des flammes. Je vis les chevaux disparaître et les feux…

«Au secours, Cynan !» criai-je. Me précipitant, j'éperonnai avec ma lance l'un des ballots de lichens avec lesquels nous nourrissions les chevaux, et je courus vers le feu le plus proche. Je poussai le ballot dans les flammes puis en retirai la lance. Alors, avec le courage que provoquent toujours la peur et la rage, je courus vers le serpent et projetai la lance en flammes sur sa face.

Mon projectile frappa la plaque osseuse qui se trouvait juste au-dessous de l'œil du monstre. Le Wyrm fit un écart, se débattit et s'éloigna du feu.

Je m'éloignai à toute allure, hurlant aux hommes les plus proches : «Mettez le feu à d'autres ballots ! Vite ! Nous allons pouvoir le faire fuir !»

Cynan et deux autres guerriers se hâtèrent vers les tas de fourrage, embrochèrent trois ballots et les enflammèrent. Cynan se précipita à la rencontre du Wyrm en poussant un cri de guerre.

«Bás Draig !» beugla-t-il. Les deux guerriers à côté de lui reprirent à l'unisson : *«Bás Draig !»*

Revenant chercher une autre lance et un nouveau ballot, je vis Scatha qui accourait vers moi. «Rassemblez l'armée ! hurlai-je. Il faut aider Cynan à éloigner le monstre de nos chevaux.» Me retournant vers Tegid, je donnai mes instructions : «Restez ici et allumez le plus de ballots possible, nous en aurons besoin.»

Bran et Alun m'avaient vu agir et apparurent eux aussi avec des ballots en flammes. Refaisant moi aussi les mêmes gestes, je vins les rejoindre et tous ensemble nous donnâmes l'assaut contre le Wyrm. Scatha et son bataillon avaient pris position tout près, sur le côté, à mi-chemin entre le monstre et la rivière… un peu trop près du serpent, selon moi… Déjà ils s'efforçaient avec le plus grand acharnement à attirer l'attention du monstre pour tenter de l'éloigner du camp.

Je fis en sorte de me positionner dans l'autre sens, pensant que si le serpent se retournait contre eux, nous serions tous trois bien placés pour l'attaquer par surprise.

Voyant que nous nous rapprochions, les Corbeaux, qui accouraient pour nous rejoindre avec leurs torches embrasées, lancèrent un cri perçant, détournant ainsi l'attention du monstre. Scatha et ses hommes y virent leur chance et s'élancèrent, baissant leurs armes et relevant leurs boucliers. Ils frappèrent les anneaux immenses de la bête, dirigeant les lames dans la peau plus tendre de sa panse, entre les écailles. La gigantesque tête de serpent, ondoyante, se rapprochait au-dessus d'eux.

«À l'attaque !» dis-je en m'élançant. Ma main d'argent me brûlait d'un feu de glace.

Les guerriers de Scatha s'affairaient avec ardeur à la tâche, enfonçant leurs lances dans le flanc du Wyrm. Le monstre, contrarié, baissa la tête et laissa échapper un sifflement menaçant. Alors que l'épouvantable gueule de la bête s'ouvrait dans un bruit sinistre, je pris mon courage à deux mains et projetai, une fois encore, la lance de toutes mes forces. Le projectile, déséquilibré, retomba trop vite, frappant le monstre sur la partie inférieure de sa gueule dans une grande explosion d'étincelles, mais sans le blesser le moins du monde. Mon premier projectile s'étant révélé inoffensif, je courus sans attendre en chercher un nouveau.

Alun n'eut pas plus de chance que moi. Mais Bran, voyant comment nous avions procédé, se débrouilla pour compenser l'extrémité trop pesante de la lance par un jet parfaitement jaugé. Le serpent, s'étant à présent aperçu de notre présence à cause de nos premiers échecs maladroits, ondoya dans les airs en direction de Bran et siffla férocement.

Dès que la gueule impressionnante de la bête s'ouvrit, la lance enflammée de Bran y fut projetée et avalée. Les Corbeaux applaudirent l'exploit de leur chef. Mais le serpent donna une brusque secousse de la tête et recracha la lance et le ballot en feu.

Je pensai que Bran, tout comme Cynan ou moi, allait retourner vers Tegid pour charger un nouveau ballot de feu. Au lieu de cela, il s'avança, saisit la lance que j'avais jetée, empala dessus le ballot encore rougeoyant puis se prépara à tout lancer à nouveau.

Peut-être le monstre anticipa-t-il l'action de Bran. Mais plus vraisemblablement, Yr Gyrem Rua, furieux de nous voir l'attaquer, frappa aveuglément la première forme qui bougea. Je jetai un vague coup d'œil autour de moi, juste à temps pour voir l'énorme tête calleuse s'abattre avec une vitesse à vous couper le souffle au moment même où Bran armait son bras pour viser.

Le serpent frappa le Chef des Corbeaux à l'épaule. Celui-ci s'effondra et roula sur lui-même, essayant de se retenir un peu avec son arme. Il s'était déjà remis sur ses genoux lorsque le Wyrm frappa une seconde fois. Bran leva la lance à bout de bras de sorte que, lorsque le Wyrm rabaissa la tête, ce fut le manche de son arme qui encaissa le coup. La lance, avec son embout en flammes, tomba d'un côté, et Bran fut projeté de l'autre. Le serpent fit un mouvement en arrière pour se reprendre, prêt à frapper à nouveau.

Les Corbeaux firent aussitôt un bond en avant, tous ensemble, pour sauver leur chef. Alun arriva le premier et, saisissant l'arme à terre, la projeta violemment à la face du serpent pendant que les autres Corbeaux s'efforçaient de mettre Bran en sécurité.

« Alun ! Ne restez pas là, mon vieux ! » hurla Cynan.

Plongeant sur le côté, Alun vint se cogner contre le sol, roula, puis se redressa en courant. Mais au lieu de se rabattre vers le camp avec les autres, il se baissa pour récupérer la lance que Bran avait jetée.

Je le vis faire et hurlai : « Non, Alun ! »

XXVII

AWEN DE BATAILLE

Le Wyrm frappa. Alun pivota pour l'esquiver mais eut le temps de lancer à nouveau son arme enflammée. La lance effleura la mâchoire du monstre et rebondit ; la tête du dragon, plongeant brusquement vers l'agresseur, frappa Alun qui, déstabilisé, fut projeté et se retrouva sur le dos.

Je saisis alors une lance que Tegid avait préparée et me précipitai pour défendre Alun. Garanaw et Niall, ayant entendu mon cri, se retournèrent et vinrent eux aussi prêter main-forte. Les guerriers de Scatha redoublèrent d'effort et attaquèrent de plus belle. Ils restaient groupés et frappaient, pleins d'ardeur. Scatha, à force de détermination, parvint à plonger une lance dans la chair tendre, entre deux plaques osseuses du flanc de la bête. Le coup fut puissant et la lame pénétra profondément ; je vis le manche s'enfoncer dans les tissus et entendis un cri de victoire : *« Bás Draig ! »*

Crachant toute sa rage, le dragon rouge siffla et son long cou se raidit ; les deux crêtes sur son dos se renflèrent puis s'aplatirent comme une immense capuche, découvrant deux longues fentes sur chaque côté et deux pattes atrophiées terminées par des griffes. Dépliant ses pattes, les griffes prêtes à attaquer, le monstre exhiba brusquement deux gigantesques ailes membraneuses émergeant des deux fentes qu'il avait sur le côté, juste derrière les pattes. Ses ailes de chauve-souris géante se secouèrent, frémirent puis se déployèrent comme du cuir froissé, se répandant lentement derrière le Wyrm comme une imposante voilure.

Scatha donna à la lance déjà empalée une dernière poussée violente. Le dragon siffla une fois encore et fit pivoter sa tête pour frapper, mais Scatha et ses valeureux guerriers commençaient à battre retraite vers la pénombre.

Pendant ce temps, Garanaw et Niall étaient en train d'éloigner Alun. Je profitai de la défaillance provisoire de l'offensive pour asséner moi-même un nouveau coup. Cynan, sa lance de feu zébrant la nuit, accourut près de moi. Retournant sa tête féroce, le Wyrm ouvrit sa gueule en laissant échapper un sifflement grinçant de rage et de fureur.

« Prêt ?... À l'attaque ! » criai-je, et une double traînée de feu monta comme un éclair et pénétra dans la gueule du monstre. La lance de Cynan frappa le palais de la gueule du dragon et retomba sur le sol, ne causant qu'une légère blessure ; la mienne vint se cogner contre l'un de ses longs crochets et ricocha en faisant une étincelle. Je revins en courant vers le camp : « Donnez-moi une autre lance, commandai-je. Vite !

— Ça ne marche pas, commença Tegid. Il nous faut trouver une autre manière de...

— Vite ! » hurlai-je en arrachant le tison de ses mains pour le poser sur le fagot le plus proche.

Je pris une lance et le plongeai dedans. « Cynan ! Suivez-moi ! »

Scatha avait vu que nous revenions chercher de nouvelles armes de feu et comprit que nous avions l'intention de faire une nouvelle offensive. Alors que nous revenions vers nos positions d'attaque, elle monta elle aussi à l'assaut pour frapper le flanc du monstre. Cette fois, elle réussit, ainsi qu'un autre de ses guerriers, à faire pénétrer en force sa lance dans l'interstice séparant deux épaisses plaques osseuses. Deux autres guerriers suspendirent leur attaque et accoururent près de Scatha, ajoutant leurs propres forces pour aider à enfoncer la lance au plus profond dans les chairs de l'animal.

Le succès de Scatha inspira les Corbeaux, qui se précipitèrent pour rééditer semblable exploit sur l'autre flanc de la bête. Drustwn et Garanaw montèrent ensemble à la charge et dirigèrent leurs armes dans l'espace qui séparait deux plaques osseuses. Ils réussirent, eux aussi, à blesser l'animal.

Yr Gyrem Rua poussa un cri perçant et fit battre ses ailes énormes ; sa queue fourchue s'agitait de tous côtés comme un fouet.

Cynan et moi nous reprîmes nos positions. Plaçant l'extrémité de ma lance dans la paume de ma main de métal, je tendis l'autre main le long du manche aussi loin que possible. Alors que la tête du Wyrm refit un brusque mouvement vers moi, je m'accroupis près du sol, le cœur battant à tout rompre. Il y avait des flammes partout ; des pluies d'étincelles tombaient sur mon visage tourné vers le ciel, me brûlant légèrement les cheveux.

«Allez, gros lard de dragon ! grommelai-je. Ouvre-moi donc ton horrible gueule !»

Son cou imposant s'arrondit. La tête hideuse se tendit au-dessus de moi. Je vis la lueur du feu dans son œil noir et luisant, dur.

En poussant un cri de «À mort le dragon !», Cynan vint prendre place légèrement derrière moi, sur ma gauche. Le dragon poussa un cri strident, assourdissant ; ses ailes horribles s'affaissèrent en un tremblement d'agonie, et ses pattes armées de griffes se mirent à déchirer le vide. Mon ventre se tordit. Je serrai les dents pour éviter de me mordre la langue.

«Allez, attaque ! raillai-je. Attaque, Wyrm !»

Son énorme gueule s'ouvrit, exhibant une vaste cavité blanche bordée d'une triple rangée de dents acérées. Deux crochets élancés dépassaient de deux cavités situées dans la partie supérieure de la gueule. Sa langue se recourba et s'enroula comme un long ruban bleu sombre en même temps qu'il poussa un cri rauque et perçant.

Puis l'horrible tête fondit sur moi. Je vis les crochets menaçants et mon corps se tendit.

«À l'attaque !» cria Cynan. Sa lance passa comme un éclair par-dessus mon épaule et s'introduisit dans la gueule, prête à tuer. «Llew !»

J'hésitai encore une fraction de seconde puis lançai mon projectile embrasé de toutes les forces en mon pouvoir. Ma main de fer se détendit, faisant parcourir au projectile un arc de cercle précis en l'air avant de retomber.

La lance de Cynan transperça la chair blanche et bouffie et se planta net. Quant à la mienne, elle passa entre les deux crochets, au-dessus des rangées de dents et vint se loger au fond de la gorge.

Le dragon rouge eut un brusque mouvement de recul. Sa gueule se referma sur la lance de Cynan, enfonçant la pointe encore plus profond dans la chair tendre, forçant la gueule à rester ouverte. Le monstre ne pouvait plus fermer ses mâchoires pour avaler, ce qui lui aurait permis d'éteindre le brasier qui lui brûlait l'intérieur de la gorge.

Le Wyrm commença à se débattre violemment. Ses terribles ailes frappaient l'air en mouvements amples et lents. Des lichens en flammes pleuvaient sur nos têtes. La queue assassine sifflait en l'air comme un éclair fourchu, frappant chaque fois le sol comme un coup de poing mortel.

« Fuyez ! » cria Cynan en me poussant pour que je m'éloigne.

Nous courûmes vers le feu de camp où, à présent, les Corbeaux criaient et applaudissaient. Bran était étendu sur le sol, une blessure ouverte sur le côté de la tête d'où s'écoulait du sang. Alun se baissa brusquement près de lui, le teint blême, le visage hagard, abruti.

Le sang continuait de couler de la plaie et les paupières d'Alun se mirent à battre faiblement, car il luttait pour ne pas perdre conscience.

Saisi de rage, je me retournai brusquement. Je vis alors le dragon ailé rabattre violemment sa tête comme pour mordre la poussière. La force du choc brisa en mille morceaux la lance qui lui maintenait la gueule ouverte. Les imposantes mâchoires se refermèrent, la gorge se contracta, puis recracha ma lance avec son ballot embrasé toujours attaché.

Faisant toujours battre ses ailes selon un rythme effrayant, le dragon souleva lentement sa tête et la partie supérieure de son corps, détendit ses anneaux et commença, à moitié voletant, à moitié ondulant, à s'éloigner. Le feu de notre foyer se mit à vaciller sous le courant d'air provoqué par sa retraite.

« Il bat retraite ! hurla soudain Drustwn en projetant sa lance en l'air d'un geste de victoire.

— Nous avons gagné ! pavoisa Emyr dans un cri de jubilation. Yr Gyrem Rua est battu !

— Le Wyrm est vaincu ! » reprit Cynan. Il m'agrippa et me serra contre sa poitrine. Je voyais ses lèvres bouger mais sa voix avait fini par ressembler au bourdonnement agaçant d'un insecte. Son visage était tout ridé par l'inquiétude ; la sueur, à la lueur du feu, luisait sur sa peau. Une légère étincelle sur chaque goutte de sueur formait comme une petite aiguille de lumière aveuglante — un astre nu dans l'univers gelé de la nuit. Le sol au-dessous de mes pieds tremblait, et la terre avait perdu toute consistance.

Et je sentis mon esprit prendre une soudaine expansion ; je me sentis ravi, puis eus le sentiment qu'on me prenait et qu'on me faisait monter, comme si je n'étais qu'une feuille morte tombée d'une branche puis ballottée au gré d'une soudaine rafale de vent. Je sentais les pulsations du sang dans mes oreilles ; puis ma vision se raffermit et se focalisa sur un point précis : je ne voyais plus que le dragon ailé — ses plaques osseuses luisantes de sang dans la lumière vacillante du feu, ses deux ailes grotesques battant l'air d'un mouvement raide et soulevant son corps immense pour lui offrir la liberté d'un ciel de ténèbres. Je vis le Serpent Rouge d'Oeth qui s'enfuyait ; tout le reste autour de moi s'était estompé, s'était éloigné, puis avait disparu.

Une main me saisit par l'épaule, puis deux autres, qui me prirent par le bras. L'*awen* du combat, légué par Ollathir, brûlait en moi, et on n'était pas prêt de me le retirer…

La force du pouvoir se mit à déferler comme un torrent puissant. Telle une plume dans le reflux délicatement posée sur les courants, soutenu par eux je me sentis comme intégré, faisant partie de cette force qui coulait à travers moi. Les puissances de la terre et du ciel étaient miennes. J'étais la force pure, le pur élan. Mes membres tremblaient à cause de l'énergie refoulée qui ne demandait qu'à sortir.

J'ouvris la bouche, et un son qui ressemblait au mugissement du *carynx* s'échappa de ma gorge.

Et puis j'ai couru : rapide comme un courant d'air dans les hauteurs balayées par les vents, aussi sûr que la flèche siffle pour rejoindre sa cible. Je courais, et mes pieds ne touchaient pas le sol. Je courais et ma main d'argent commençait à s'embraser d'une lumière froide et mortelle, l'enchevêtrement de ses motifs finement gravés étincelant comme de l'or blanc dans le feu purifiant de la Prompte et Forte Poigne. Mon poing brillait comme un rayon de lumière, intense, éclatant.

Un flot de paroles résonnait derrière moi, une sorte de rumeur, presque inintelligible. Mais rien ne pouvait me retenir ou me décourager. Est-ce que la lance retourne à la main qui l'a lancée ?

J'étais un rayon de soleil. J'étais une vague ondulant sur la mer. Une rivière dans le ventre d'une montagne. J'étais un sang qui traverse le cœur en bouillonnant. J'étais le verbe déjà prononcé. L'*awen* du Penderwydd était en moi et je ne pouvais me contenir.

La masse imposante du monstre s'élevait comme une muraille courbe, rouge écarlate et j'aperçus la lance de Scatha enfoncée jusqu'à la moitié du manche dans le flanc du dragon. Le saisissant de ma main d'argent, j'y pris appui pour grimper. Mes doigts de chair trouvèrent une sorte de crevasse entre deux plaques osseuses et je fis en sorte de coincer mon pied derrière le manche de la lance. Un dernier effort puis je me retrouvai sur le dos du dragon, bien solide sous mes pieds. Mais souple et ondoyant comme une route diffuse qui va lentement se perdre dans le paysage, le monstre rouge s'enfuyait, battant l'air de ses deux ailes membraneuses. Il se déplaçait avec la rapidité de l'ombre, avec la prestesse et l'habileté d'un chat traquant sa proie et je ne faisais qu'effleurer la colonne vertébrale sinueuse dominant les écailles osseuses aussi grandes que des dalles de pierre. La crête dentelée de sa colonne offrait une bonne prise à mes pieds alors que le sol, en dessous, s'escamotait. L'ignoble créature avait rejoint l'air pur, mais je m'en moquais bien.

Toujours inspiré par l'étrange savoir-faire du barde, je grimpai vers la tête de l'odieuse créature, passant au milieu des deux ailes puissamment agitées. De ma vue perçante en dépit de l'obscurité, j'entraperçus un repli de peau à la base de son crâne et, juste au-dessus, une légère cavité où la colonne vertébrale rejoignait le crâne ; une peau fine et tendue recouvrait les chairs tendres.

Le corps du Wyrm se raidit sous mes pieds alors que le monstre commençait à s'élever. Escaladant la montagne de muscles tendus entre les deux ailes, je vins me planter là et, levant bien haut ma main d'argent, je la rabaissai ensuite de toutes mes forces.

Le métal déchira la peau et se glissa sous l'épine dorsale, juste à la base du crâne de la bête.

Je frappai, tranchai dans le vif ; ma main de métal était comme une lame offensive — un argent froid qui se glissait pour ainsi dire dans un fourreau de chair, s'y enfonçait, le lacérait pour pénétrer, finalement, jusqu'à la froide cervelle du dragon rouge.

Un hurlement — comme celui que provoque, au sollen, une brusque rafale de vent — déchira la nuit. Les battements d'ailes faiblirent et ces ailes immenses, cuivrées, commencèrent à se débattre au rythme spastique d'une cadence soudainement brisée.

« Meurs donc ! criai-je d'une voix tonnant comme un carynx de guerre. Meurs ! »

J'enfonçai violemment mon poing plus profond, mes doigts de métal trouvèrent une prise et serrèrent. Mon bras s'était enfoncé au-delà du coude et mes doigts tenaient fermement un épais tendon noueux. Le serrant encore plus fort, je fis un geste brusque vers l'arrière et retirai mon poing dans un bouillonnement de sang. L'aile gauche faiblit soudain puis s'immobilisa. Le monstre fit un brusque tête-à-queue, retombant de tout son poids vers le sol. Je m'agrippai sur le bord d'une des plaques osseuses afin de me retenir, car la terre ferme se rapprochait à grande vitesse.

Mes pieds frappèrent brutalement le sol dans un craquement d'os. Soudain libéré, je fis plusieurs roulades sur moi-même et me retrouvai debout, sain et sauf. Le Wyrm se contracta, eut un mouvement de recul, puis roula sur lui-même plusieurs fois en se rétractant, exhibant son ventre pâle, dans un enchevêtrement d'anneaux convulsifs.

Le Dragon Rouge commença à se frapper le bas-ventre. Ses crochets empoisonnés mordaient dans le vide et mordaient encore, puis finirent par plonger dans sa propre chair à découvert. Je me mis à rire, et j'entendis ma voix résonner dans les profondeurs vides de notre héroïque champ de bataille.

Une nouvelle fois, je me sentis agrippé par plusieurs mains. J'étais entouré de bras puissants et fus soulevé de terre. Je continuais à rire pendant que l'on me tirait loin du chemin où le dragon agonisait. J'entrevoyais le visage des hommes dans l'obscurité, les yeux écarquillés de crainte mêlée de respect, la bouche grande ouverte, tremblants d'émerveillement, alors qu'ils me conduisaient loin du Wyrm pour me mettre hors de danger.

L'agonie d'Yr Gyrem Rua était pénible à supporter. Le dragon hurlait — se tordant, s'enroulant, se débattant, se condamnant lui-même de ses crochets mortels, se déchirant avec ses propres griffes la peau tendre du ventre, ses ailes meurtries, déchirées, brisées. Sa queue fourchue fouettait, piquait, frappait la terre avec une rage violente.

Les derniers assauts de hargne conduisirent le dragon jusqu'au portail de son sanctuaire. La queue s'écrasa lourdement sur la pierre, ébranlant les anciennes colonnes en les frappant à leur base. Des fûts et des fragments de piliers commencèrent à s'écrouler sous la façade ruinée par le temps.

Le dragon s'enroula sur lui-même plein d'une rage embarrassée, détruisant complètement l'avant-cour de l'abominable temple, qui commença à imploser comme un crâne rendu friable par le temps. Le dragon agonisant se tordait, se battant contre la dure carapace de son ténébreux sanctuaire. La pierre rouge s'écroulait, la poussière rouge s'élevait comme un brouillard couleur de sang dans le clair de lune. L'ardeur frénétique des instants ultimes commença peu à peu à se calmer au fur et à mesure que la force vitale refluait. Les mouvements se ralentirent, perdirent toute énergie ; les cris sifflants diminuèrent jusqu'à se transformer en une pathétique plainte étranglée, jusqu'à l'ultime plainte… parodie monstrueuse d'un enfant en détresse.

Doucement mais sûrement, la puissance de son propre poison commençait à agir mortellement. Mais malgré cela, le Wyrm rouge mettait du temps à mourir. Longtemps encore après s'être débattu, sa queue fourchue continuait à émettre des petits spasmes convulsifs et le moignon de son aile brisée continuait à bouger.

Pendant que, sans un geste, j'observais la scène, je sentis ma vue baisser ; mes membres étaient pris de mouvements nerveux. Et le tremblement augmenta. Je me mordis la lèvre inférieure, très fort, pour m'éviter de crier. Je plaçai mes bras autour de ma poitrine en me serrant très fort pour m'empêcher de frissonner.

« Llew ! Llew ! » cria une voix inquiète.

J'avais l'impression que ma tête allait exploser de douleur. Je sentis des mains se poser sur moi. Le goût du sang remplit ma bouche ; les mots baignaient dans le sang qui coulait de ma langue blessée et je bafouillais dans une langue que personne autour de moi ne connaissait.

Les visages se regroupèrent au-dessus de moi, mais je ne connaissais personne — des visages sans identité, des étrangers avec quelque chose de familier qui me fixaient avec angoisse. Je sentais les veines battre dans mes tempes, me frappant d'une douleur régulière et insoutenable et ma vue semblait se diluer, ne plus dessiner que de vagues silhouettes de lumière et d'ombres, des formes sans aucun trait défini.

Puis je sombrai dans le délire. Je sentis des vagues de chaleur ténébreuse m'envelopper la conscience et je tombai dans le noir total.

Je me réveillai en sursaut alors que l'on m'allongeait sur le sol, près du feu. L'*awen* m'avait quitté — comme une rafale de vent ne faisant que passer, abandonnant le sol détrempé. Je voulus à tout prix me relever.

« Restez couché, tranquillement », conseilla Tegid. Posant ses mains sur ma poitrine, il me repoussa doucement sur ma couverture de cuir.

« Aidez-moi à me relever », dis-je. J'avais du mal à articuler parce que ma langue marmonnait, dure comme du bois.

« Tout va bien, insista le barde. Reposez-vous, maintenant. »

Je n'avais pas la force de résister. Je me recouchai. « Comment va Bran ?

— Il va parfaitement bien. Il souffre de la tête, mais il est conscient et peut bouger. Alun, lui, n'a rien... une éraflure. Mais il va guérir.

— Très bien.

— Reposez-vous, maintenant. Il va bientôt faire jour, et nous allons quitter ces lieux. »

Je fermai les yeux et m'endormis. Lorsque je me réveillai à nouveau, le soleil pointait discrètement le bout de ses rayons à travers les arbres. Les hommes avaient levé le camp et étaient prêts à partir. Ils attendaient que je me lève — ce que je fis sans attendre. Mes bras et mes épaules étaient raides et mon dos était aussi dur qu'une planche de bois. Mais j'étais entier...

Tegid et Scatha rôdaient non loin de là. Ils me rejoignirent et m'accueillirent avec de bonnes nouvelles : « Nous sommes allés prospecter sur la route, au-delà du palais, annonça Scatha. Elle a été empruntée récemment. »

Mon cœur se mit à battre plus vite : « Récemment ? Combien de temps ?

— C'est difficile à dire de manière certaine, répondit le barde.

— Combien ! insistai-je.

— Je ne sais pas.

— Montrez-moi.

— Très volontiers. » Scatha, le regard dans le vague et proche de l'épuisement, souriait, ses traits étaient détendus. « Tout est prêt. Il ne vous reste plus qu'à donner l'ordre de départ.

— Eh bien partons d'ici, dis-je. C'est un endroit détestable, que je ne veux plus jamais revoir. »

Nous longeâmes le palais en ruine pour rejoindre la route. Ce sanctuaire n'avait plus grand-chose qui tenait encore debout. Il était rare de voir deux pierres tenant encore ensemble ; ce n'était plus qu'un bric-à-brac rouge de décombres.

Au milieu de toute cette confusion de débris gisait le cadavre misérable d'Yr Gyrem Rua. La seule de ses ailes qui avait été brisée s'agitait dans le vent comme un drapeau en lambeaux. Le venin de sa morsure avait produit son effet diabolique — les muscles, la chair étaient en train de pourrir ; la décomposition était déjà bien avancée. À cause de la puanteur, des picotements puis des larmes se formèrent dans nos yeux alors que nous passions rapidement près de lui.

Pendant qu'il était encore debout, le sanctuaire du monstre avait dissimulé une grande partie de la route, qui maintenant paraissait au grand jour, s'élançant, toute droite et large, vers la forêt, s'éloignant toujours plus de la rivière. C'était vraiment, comme l'avait dit Scatha, un axe principal : pavé de larges dalles de pierre ajustées les unes aux autres avec tant de précision que l'herbe ne parvenait pas à passer entre les joints.

« Montrez-moi ce que vous avez vu qui vous incite à croire que cette voie a été empruntée récemment, dis-je à Tegid qui venait d'approcher son cheval du mien.

— Vous allez l'apercevoir devant vous dans peu de temps », répondit-il. Nous continuâmes encore sur quelque distance puis nous nous arrêtâmes. Tegid mit pied à terre et me guida vers le bas-côté de la route. Là, j'aperçus les excréments de peut-être trois ou quatre chevaux, nichés comme de gros œufs bruns au milieu de l'herbe haute. Celle-ci, un peu plus loin, avait été piétinée et aplanie à l'endroit où un camp avait été installé. Il n'y avait aucune trace de foyer, de sorte que nous ne pûmes pas dire depuis combien de temps les voyageurs étaient partis. J'estimai toutefois que cette période ne devait pas excéder quelques jours.

Nous retournâmes à nos chevaux, remontâmes en selle et reprîmes la route le cœur un peu plus léger — ce qui ne s'était pas produit depuis notre arrivée dans l'Ignoble Pays.

XXVIII

SUR LA GRAND-ROUTE

Une fois sur la grand-route, nous voyageâmes avec un semblant de vitesse — une bonne nouvelle fort relative, car cela nous montra à quel point les chevaux perdus nous manquaient. Ceux qui étaient à pied ne pouvaient pas tenir le rythme, et nous devions sans cesse interrompre l'avancée des cavaliers pour permettre aux retardataires de suivre. Ainsi nous fûmes contraints de faire un roulement entre les piétons et les cavaliers de plus en plus fréquemment au fur et à mesure que le rythme devenait plus rapide.

À la fin de la journée nous avions bien avancé. Ayant prévu d'installer notre campement directement sur la route, nous continuâmes à progresser jusqu'à ce qu'il fît trop nuit pour pouvoir distinguer à plus de quelques centaines de pas devant nous. Des étoiles brillaient dans le ciel et, bien qu'il fît encore froid, l'air ne paraissait pas aussi vif que les nuits précédentes. C'était là le signe incontestable que le temps passait. Le climat se modifiait ; le sollen battait retraite et le gyd était prêt à prendre la place.

Je pestai intérieurement contre le temps qui passait — chaque jour qui prenait fin était un jour sans Goewyn, et vide parce qu'elle me manquait. Je sentais dans ma tête une tension que rien, si ce n'est l'éclat du regard de Goewyn, ne pouvait apaiser. J'étais agité et ressentais le désir brûlant de revoir ma bien-aimée. L'enfant continuait à croître à l'intérieur de son corps et je me demandais s'il avait commencé à se manifester. Je répétais le nom de ma tendre aimée à chaque pas.

Lorsque Cynan et moi nous retrouvâmes à marcher ensemble — parce que c'était notre tour de céder nos chevaux —, je lui demandai : « Est-ce que Tángwen vous manque beaucoup ? »

Il inclina doucement la tête : « Mon cœur souffre d'un tel désir de la revoir… Oui, elle me manque tellement…

— Vous ne dites jamais rien, suggérai-je timidement.

— Les souffrances du cœur, il vaut mieux les garder pour soi.

— Pourquoi donc ? Nous partageons la même peine, mon frère. »

Cynan fit tournoyer devant lui le manche de sa lance, donnant de petits coups secs sur la roche avec la pointe de celle-ci, mais il gardait les yeux fixés sur la route. « Il vaut mieux le garder pour soi, répéta-t-il,… et vous avez assez de vos propres soucis avec la disparition de Goewyn… je n'ai pas besoin d'ajouter les miens aux vôtres. »

Voyant qu'il n'ajouterait rien de plus, je n'insistai pas. Sa patience m'impressionnait. Que Cynan puisse renoncer à formuler sa propre peine de crainte d'augmenter la mienne, cela me mettait un peu mal à l'aise ; et doublement, puisque j'avais à peine accordé une pensée à la sienne. Comment pouvais-je être digne d'une telle loyauté ?

Ce soir-là, nous arrivâmes au bout de nos provisions de blé et nous fîmes un bien piètre repas.

« Plus vite nous quitterons cette maudite forêt, mieux ce sera », grommela Bran Bresal.

Nous formâmes conseil autour du feu pendant que les hommes mangeaient, nous demandant ce que nous allions faire. « Ça ne peut pas continuer comme ça.

— Nous non plus, nous ne pouvons pas continuer comme ça, ajoutai-je. Si nous sautons ainsi des repas, nous serons bientôt trop faibles pour marcher.

— Nous avons de la viande bien vivante avec nous, suggéra timidement Scatha. Même si chaque cheval que nous prendrions pour le manger signifie qu'un nouveau guerrier se retrouve à pied.

— Je n'ai jamais mangé de viande de cheval, marmonna Cynan. Et je n'ai pas l'intention de commencer maintenant.

— Moi j'en ai déjà mangé, fit Tegid. Et ce n'était pas désagréable. Cela réchauffe l'estomac et fortifie la main au combat. »

Je me souvenais de ce moment auquel Tegid faisait allusion : la fuite de Findargad dans les montagnes, au nord de Prydain. À cette époque, c'était l'hiver, comme maintenant. Nous étions pourchassés par les coranyids, la horde démoniaque de lord Nudd, alors que nous cherchions à rejoindre la citadelle de Meldryn Mawr située dans les hauteurs. Complètement gelés, mourant de faim, nous nous efforcions d'avancer, titubant, un pas chassant l'autre, pour nous mettre à l'abri de la forteresse. Nous ne souffrions pas du froid, cette fois-ci, mais nous commencions en revanche à connaître les affres de la faim.

«Il ne faut rien attendre de bon à vouloir manger du cheval, gronda Cynan en baissant le menton vers sa poitrine. Ce n'est pas bien.

— Peut-être, acquiesça Scatha, mais ce n'est, hélas, pas ce qu'il y a de pire.»

Entendant le pas de ceux qui nous rejoignaient à pied, je m'apprêtai à repartir quand Emyr apparut, inquiet, mal à l'aise. Il parla directement à Tegid : «Penderwydd, il s'agit d'Alun. Je crois que vous devriez venir le voir.»

Se relevant aussitôt sans dire un mot, Tegid s'éloigna rapidement.

«Que lui est-il arrivé ?» demanda Cynan en bondissant sur ses pieds. Bran s'était également levé à l'approche d'Emyr et se mit aussitôt à le suivre.

Nous lui emboîtâmes tous le pas. «Garanaw l'a retrouvé assis là-bas, en arrière, dit le Corbeau en indiquant la route que nous avions empruntée ce jour-là. Il s'est mis à marcher lorsque ce fut son tour, mais il ne nous a pas rejoints lorsque nous nous sommes arrêtés pour monter le camp. Garanaw est retourné en arrière pour le chercher.»

Alun était assis, effondré, près du feu. Les autres Corbeaux rôdaient non loin de là, inquiets et silencieux. Ils ne parlèrent pas lorsque nous les eûmes rejoints mais se regroupèrent au moment où Tegid se pencha au-dessus de leur triste frère d'armes.

«Alun, commença le barde, qu'est-ce que j'apprends... vous lambinez tout seul sur la route ?...»

Alun releva la tête et esquissa un sourire, mais son regard était triste et tout son corps transpirait. «Eh bien, répondit-il en s'efforçant de parler avec une certaine énergie, lançant un regard sur tous les visages qui l'encerclaient. Je n'ai pas aussi bien dormi que je l'aurais voulu, pour diverses raisons.»

Scatha s'agenouilla près de lui. «Qu'est-ce qui vous rend triste, Alun ?» demanda-t-elle. Puis elle posa la main sur son épaule. Le contact, presque une caresse, provoqua pourtant un léger geste de recul du Corbeau. Son visage devint blême.

Délicatement, Scatha fit un geste pour dégrafer la broche qui attachait sa cape. Alun plaça sa main sur celle de la jeune femme et secoua doucement la tête. «Je vous en prie...

— Laissez-nous vous aider, frère», fit Tegid avec calme.

Il hésita, ferma les paupières, et hocha lentement la tête pour signifier qu'il acceptait.

Scatha dégrafa prestement la cape et dégagea le siarc. Alun ne fit plus aucun geste pour l'en empêcher, et bientôt son épaule fut à nu montrant une vilaine entaille qui partait du sommet et descendait jusqu'à l'omoplate.

«Apportez une torche !» ordonna le barde ; peu de temps après Niall était là, tenant la torche demandée. Tegid la saisit et, reculant de quelques pas derrière Alun toujours assis, il approcha la lumière.

«Oh ! Alun !» soupira Scatha. Plusieurs parmi les Corbeaux murmurèrent, et Bran détourna les yeux.

«Quels valeureux guerriers vous faites ! se plaignit Alun. Est-ce que vous n'avez jamais vu de blessure !»

Il y avait sur le siarc une petite déchirure et un peu de sang ; et en effet, la blessure commençait déjà à se cicatriser. Mais en dessous, la chair était rouge et enflée, émaillée d'horribles marques verdâtres.

Tegid inspecta minutieusement l'épaule du blessé, tenant la torche au plus près de lui tout en examinant délicatement la blessure du bout de ses phalanges. Puis il posa sa main bien à plat sur l'épaule enflée. «La blessure est brûlante au toucher, dit-il. C'est la fièvre...»

Scatha tendit la main vers la tête d'Alun et posa la paume sur son front. Elle la retira presque aussitôt : «Alun... mais vous êtes brûlant !

— Je suis peut-être resté assis trop près du feu, répondit-il en souriant faiblement. Et ici je pensais qu'il allait faire plus frais.

— Je ne vais pas vous mentir, frère, dit Tegid en me tendant la torche et en s'accroupissant une nouvelle fois devant Alun. Tout cela ne présage rien de bon. La blessure ne s'améliore pas, au contraire. Il faut l'ouvrir à nouveau pour la nettoyer correctement.»

Alun écarquilla les yeux, mais l'impatience qu'il exprimait ne semblait pas très convaincue, laissant poindre un certain soulagement. «Toutes ces histoires pour une simple égratignure !

— Dites, Alun... si vous appelez ça une égratignure, fit Cynan qui ne parvenait plus à se retenir, alors ma lance est une cuillère en bois !

— Qu'on apporte de l'eau fraîche... et des vêtements propres, s'il est possible d'en trouver», ordonna Tegid avec impatience.

Cynan partit aussitôt en prenant Niall avec lui. «J'ai besoin d'un couteau, continua le barde... Et qui soit bien aiguisé.

— Le mien fera l'affaire», dit Bran en tirant son couteau de sa ceinture pour le donner à Tegid.

Le barde testa le tranchant avec son pouce et le rendit en disant : «Aiguisez-le encore. Je veux qu'il soit tranchant comme neuf.

— Et posez la lame dans les braises lorsque vous aurez terminé», complétai-je. À ces mots, Bran fronça les sourcils, mais j'insistai.

«Faites comme on vous dit, conclua le Chef des Corbeaux en tendant le couteau à Drustwn qui partit à toute allure. Tegid se retourna vers les Corbeaux qui restaient : «Ramassez de la mousse, étendez des peaux et de la laine... il faut préparer un bon lit.

— Je n'ai absolument pas besoin d'un lit, grogna Alun.

— Lorsque j'en aurai fini avec vous, rétorqua Tegid, l'un de nous deux ne sera pas mécontent de trouver un endroit pour reposer sa tête. Si vous ne le voulez pas, moi, je m'en servirai...» Il hocha la tête vers Garanaw et Emyr qui firent demi-tour et disparurent aussitôt.

Scatha et moi nous retirâmes un peu à l'écart. «Cette blessure ne me plaît pas..., me confia Scatha. Je crains qu'il n'ait reçu du poison du dragon.

— S'il avait reçu du poison, cela ferait bien longtemps qu'il serait mort, fis-je remarquer. Restez près de Tegid pour le seconder, puis venez ensuite me rejoindre.»

Je fis en sorte de trouver à m'occuper et à occuper le reste de notre groupe jusqu'à ce que Tegid et Scatha aient terminé. Les chevaux étaient attachés à leurs pieux et les feux bien nourris. Je partis avec Cynan pour aller mettre les gardes en position, et veillai à ce que les autres s'installent pour dormir ; puis je retournai vers le foyer pour attendre.

Je sommeillai. Peu de temps après, Cynan me secoua doucement pour me réveiller. «Ça y est, le voilà qui revient.»

Je me mis à bâiller puis me mis sur mon séant : «Alors, barde ?»

Tegid s'affala sur le sol. Il portait la fatigue sur ses épaules comme un fardeau. Cynan lui versa une coupe pleine d'eau et la lui tendit. «Si j'avais une coupe de bière à vous proposer, fit Cynan, je vous la donnerais volontiers. En tout cas, la prochaine sera la vôtre.

— Et je la boirai jusqu'au bout, rétorqua Tegid tout en fixant le feu. Il but, puis, posant la coupe sur le côté, ferma les paupières.

«Alors, et Alun ?» demandai-je à nouveau.

Sans faire attention à moi Tegid parla, d'une voix brisée : «Ce n'était vraiment qu'une égratignure, comme a dit Alun lui-même. Mais elle a pris de l'extension, le mal a envahi toute l'épaule et puis le bras. J'ai tranché dans la plaie et sorti beaucoup de poison de la chair. J'ai ensuite nettoyé l'entaille avec de l'eau et enveloppé avec un cataplasme afin que le poison continue à s'écouler.

— Alors il va guérir, déclara sèchement Cynan sans vouloir en douter.

— À présent il dort. Scatha restera à ses côtés pour la nuit. Elle nous réveillera s'il arrive quelque chose.

— Pourquoi a-t-il laissé sa blessure sans surveillance, demandai-je. Il aurait dû nous prévenir. »

Tegid se frotta le visage avec les mains. « Alun est un homme de courage. Il pensait que la blessure était sans gravité, et il ne voulait pas nous ralentir. Jusqu'à ce qu'il s'effondre sur la route, je ne suis pas sûr que lui-même ait réalisé qu'il était vraiment malade. »

Je posai la question que j'estimais la plus importante : « Sera-t-il en état de voyager demain ?

— J'examinerai à nouveau la blessure demain matin ; j'y verrai plus clair à la lumière du jour. Une bonne nuit de sommeil peut être très efficace. » Il se frotta une nouvelle fois le visage : « J'ai d'ailleurs l'intention d'appliquer le même remède pour moi… »

Ayant dit ces mots, il s'enroula dans sa cape et partit se coucher.

Nous restâmes encore le lendemain. Alun semblait avoir repris des forces et estimait lui-même se sentir beaucoup mieux. Je veillai à ce qu'il évite à tout prix de marcher, et Tegid lui administra des potions médicinales qu'il avait préparées avec des ingrédients contenus dans la bourse qu'il gardait à la ceinture.

Alun montrait tous les signes de la convalescence.

Alors nous reprîmes notre voyage — les pieds de plus en plus meurtris, souffrant de plus en plus de la faim pendant la journée, c'est vrai, mais aussi de plus en plus déterminés.

Deux jours plus tard, nous remarquâmes que la forêt commençait à s'éclaircir quelque peu. Et après deux jours supplémentaires, nous arrivâmes enfin à la limite de celle-ci. Même si nous avions faim, nous exultions. Le simple fait de voir le ciel bleu au-dessus de nos têtes nous mettait à la fête.

Le paysage qui s'offrait à nous désormais s'étendait en collines arides et rocailleuses et en landes tourbeuses et désertiques — aussi désertes et aussi vides que la forêt avait été dense et foisonnante —, mais cela n'empêcha aucunement les guerriers de se mettre à chanter dès que nous quittâmes l'ombre du dernier arbre. Nous étions, Tegid et moi, à la tête du convoi ; nous nous arrêtâmes pour écouter.

« Ils ont enfin retrouvé leurs voix ! fis-je. Je me demande depuis combien de temps Tir Aflan n'a pas entendu de telles clameurs ! »

Tegid dressa la tête et me gratifia d'un des regards torves et ombrageux dont il avait le secret.

« Qu'est-ce que j'ai dit ? »

Il se raidit, prit une profonde respiration et se retourna pour fixer la route qui allait se perdre au loin au milieu d'innombrables collines. « Tout ceci est advenu à cause de l'Homme de Cuivre, psalmodia-t-il, qui, à califourchon sur son étalon de métal, engendre malheur, souffrance et famine ! »

C'était une prophétie de la banfáith, que je reconnus. Et à cette occasion, je ressentis un douloureux pincement au cœur au souvenir de la mort de Gwenllian. Je revis les reflets bistrés de sa chevelure et son regard ensorceleur couleur d'émeraude ; je revis sa nuque et ses épaules aux lignes gracieuses se penchant sur la courbure d'une harpe, ses doigts qui caressaient les cordes, comme pour amadouer la beauté pure suspendue dans la légèreté de l'air.

« Debout, Hommes de Gwir ! » dis-je en continuant à citer, simplement pour montrer à Tegid que je me souvenais. « Armez-vous jusqu'aux dents et combattez les hommes faux qui sont au milieu de vous ! »

Tegid se réserva la section finale : « Le fracas des combats sera entendu jusqu'aux étoiles du firmament et la Grande Année adviendra jusqu'à son extinction finale. »

À ceci, je répondis : « Qu'elle advienne. Je suis prêt !

— Vous l'êtes, vraiment ? », demanda le barde.

Avant que je puisse répondre, nous entendîmes un cri : « Tegid ! Llew ! Venez voir ! »

Je pivotai sur ma selle et aperçus Emyr qui accourait vers nous le long de la route. Je tirai sur mes rênes et lançai mon cheval au galop pour aller à sa rencontre. « Venez vite ! dit-il. C'est Alun. »

Nous revînmes à toute allure le long de la grand-route où nous trouvâmes deux chevaux qui attendaient, sans leurs cavaliers. Un groupe d'hommes étaient là, sur le côté de la route, et parmi eux les Corbeaux. Nous forçâmes le passage à travers la foule et trouvâmes Alun étendu sur le sol. Bran et Scatha étaient penchés sur lui, et Cynan était en train de lui parler : « Restez calme, Alun, vous êtes encore faible, frère. Il n'y a aucune honte à chuter de cheval...

— Je me suis endormi, protesta Alun. Rien de plus. Je me suis endormi et j'ai glissé. Ce n'est rien. Laissez-moi me relever.

— Alun, dit Tegid en s'accroupissant près de lui, je voudrais jeter un œil sur votre blessure.

— Mais je vais bien, je vous dis. » Le ton insistant d'Alun ne semblait pas parfaitement convaincu.

Je fis un signe à Cynan qui baissa la tête vers moi. « Faites partir les hommes en avant. Nous vous rejoindrons dès que nous en aurons fini ici.

— D'accord ! » s'écria Cynan d'une voix forte.

Il se releva et commença à remettre les hommes en route. « Il faut que nous repartions. Nous ne pouvons rien faire pour Alun — on reste plantés là comme des arbres prenant racine. La route n'en sera pas plus courte pour autant. »

Les guerriers se remirent en route à contrecœur, nous laissant seuls à examiner la blessure d'Alun. Tegid dégrafa prestement la broche et tira sur la cape qu'il posa à côté de lui. Le siarc, en dessous, était maculé de sang coagulé.

« Vous avez saigné, Alun, observa Tegid d'une voix blanche.

— Vraiment ? répondit Alun. Je n'avais pas remarqué. »

Tegid se débrouilla pour retirer aussi le siarc, en le décollant soigneusement de la peau. Une odeur douceâtre se dégagea de la blessure dès que le vêtement fut ôté. Toute l'épaule et la partie supérieure du bras étaient enflammées ; la peau était jaunie et la chair d'une horrible teinte violacée maculée d'une hideuse tache verdâtre. La balafre que Tegid avait rouverte était à découvert et laissait suppurer une légère matière jaunâtre.

« Alors ? dit Alun en tordant le cou pour tenter de voir sa blessure.

— Je ne chercherai pas à vous mentir, Alun, fit Tegid d'un ton solennel. Cela ne me plaît pas… » Le barde posa les doigts sur la chair enflée. « Est-ce que cela vous fait mal ?

— Non, répondit Alun en secouant la tête. Je ne sens rien.

— Vous devriez pourtant », reprit Tegid. Puis il se tourna vers Bran. « Prenez Garanaw et Emyr avec vous et retournez dans la forêt. Coupez de longues branches, taillez-les et ramenez-les ici. Nous allons lui faire un *cadarn*. »

Alun se dégagea et s'efforça de se relever. « Je n'ai aucune envie d'être traîné derrière un cheval sur un lit d'enfant, grogna-t-il. J'irai à cheval ou bien je marcherai. »

Le barde se renfrogna. « Fort bien, finit-il par admettre, nous vous épargnerons cela. Mais vous devrez subir le traitement que je vais vous donner avant de pouvoir remonter en selle. »

Alun se mit à sourire. « Vous êtes un homme dur, Tegid Tathal. Aussi dur que le silex qui se trouve sous vos pieds…

— Laissez-nous les chevaux, ordonna Tegid. Nous vous rejoindrons lorsque nous en aurons terminé. »

Bran et moi nous laissâmes Tegid et Scatha et retournâmes vers le gros du convoi. « Tegid est soucieux, observa Bran. Il ne veut pas que l'on sache que la blessure est grave. » Puis il se tut. « Mais je le sais.

— Soit, répondis-je l'air dégagé en faisant de mon mieux pour réconforter le Chef des Corbeaux. Tegid a ses raisons. Je ne doute pas qu'il agisse pour le mieux. »

Nous rejoignîmes nos places à la tête du convoi avec Cynan. Même si les hommes continuaient à chanter, cela ne me faisait plus aucun effet.

La journée prenait fin, enveloppée dans une bruine triste et maussade. Un vent froid soufflait en gémissant à travers les étendues rocheuses et nous fûmes heureux d'avoir eu la présence d'esprit de ramasser du bois et de l'emporter avec nous avant de quitter la forêt. Le vent, aussi froid et lugubre soit-il, était le bienvenu après le silence étouffant et l'air pesant de la forêt, et nous ne fûmes pas mécontents de retrouver la fraîcheur et l'humidité.

Nous mangions du gruau étique, la plupart du temps de l'eau bouillie dans laquelle nous jetions plusieurs poignées d'une sorte d'herbe dure et épineuse que nous recueillions sur le côté de la route. L'herbe diffusait un arôme fortifiant au breuvage et lui donnait un léger goût, même si cela le rendait un peu fibreux. L'eau, que nous recueillions dans des petites mares au milieu des roches, était infiniment meilleure que celle que nous prenions dans la rivière. Quelques guerriers partirent sur les versants les plus proches à la recherche de champignons, mais ne trouvèrent rien.

Tegid et Scatha veillèrent sur Alun toute la nuit. Au lever du jour j'allai les retrouver pour voir comment se portait le malade. Le barde vint à ma rencontre avant que je m'approche d'Alun. « Il serait préférable, je crois, qu'il ne voyage pas aujourd'hui.

— Eh bien nous installerons notre camp ici, dis-je. Nous avons tous besoin de repos, et les chevaux ont assez d'herbe à brouter. Comment va-t-il ? »

Tegid fronça les sourcils ; il détourna son regard sombre puis le ramena à nouveau vers moi : « Son état n'est pas bon.

— Mais il guérira, affirmai-je aussitôt.

— Il est fort. Et il n'a pas peur de se battre. Scatha et moi nous allons tout faire pour qu'il guérisse.» Puis il se tut. «Le repos sera bienvenu, mais un peu de viande aussi.

— J'ai compris. Je vais voir ce que je peux faire.»

Je choisis l'un des chevaux les plus petits, mais pas le plus jeune, dont la viande aurait été plus tendre. Il ne s'agissait pas d'un choix culinaire ; je voulais garder les chevaux de bataille les plus expérimentés le plus longtemps possible. Bran approuva mon choix, et Garanaw m'aida à sacrifier la pauvre bête.

Cynan insista pour dire qu'il ne voulait pas être partie prenante dans le fait de tuer puis de manger des chevaux. Il ne cessa de marmonner : «Ce n'est pas bien pour un roi de Caledon de se mettre à dévorer son meilleur compagnon, son complice dans les combats.

— Très bien. Mais alors retenez aussi votre langue lorsque le civet commencera à bouillir et que l'odeur de viande rôtie viendra vous chatouiller les narines...»

Malgré le froid, Garanaw et moi nous ôtâmes nos capes, siarcs, breecs et buskins. Nous conduisîmes l'animal un peu à l'écart et donnâmes un coup d'épée rapide, en le faisant souffrir le moins possible. Le cheval s'effondra sans émettre un seul son, roula sur le flanc et mourut. Nous le dépouillâmes sans tarder et étendîmes la peau sur un rocher situé à proximité. Puis nous commençâmes la sinistre tâche de débiter la carcasse en morceaux comestibles. Nous étions, à la fin, couverts de sang, mais nous avions réussi à amasser une quantité suffisante de bonne viande sur la peau de l'animal. Niall, Emyr et Drustwn, pendant ce temps, s'affairaient pour préparer les broches sur lesquelles nous la ferions rôtir.

Je distribuai avec Garanaw la viande aux hommes, mettant de côté les morceaux de choix pour l'usage de Tegid. À la fin de la distribution, nous avions froid. Nous allâmes nous placer au bord d'un étang tourbeux afin de laver tout le sang dont nous étions barbouillés. Nous nous rhabillâmes puis revînmes en toute hâte nous réchauffer pendant que la viande cuisait.

Bientôt le vent transporta le doux fumet à travers le camp, faisant disparaître les derniers scrupules qui pouvaient subsister concernant notre repas. Une fois que la viande fut prête, elle n'était pas bien différente d'aspect, ne dispensait pas une odeur bien différente de la viande de bœuf ; et les hommes y goûtèrent bien volontiers... pour ne pas dire avec avidité. Je voyais que la résolution de Cynan commençait à chanceler, mais je savais que si j'insistais à nouveau, il refuserait par simple orgueil et par entêtement.

Scatha vint à sa rescousse. Elle prit avec elle une double portion et vint s'asseoir en tailleur près de lui. «J'ai toujours enseigné à mes mabinogis, commença-t-elle à dire en mâchant l'air songeur, que le rôle essentiel d'un guerrier c'était de rester en vie pour être toujours prêt à combattre. Tout guerrier qui ne fait pas ce qu'il faut pour cela n'est absolument d'aucun secours pour ses compatriotes.»

Cynan fronça les sourcils et releva le menton. «C'est vrai, je me souviens.

— Je vous ai appris comment dénicher des œufs dans les arbres, où trouver des algues, et...» Elle se tut pour lécher le jus qui coulait sur ses longs doigts. «... et tout ce qui pouvait constituer un repas pour un guerrier affamé qui se trouve loin de la cour de son roi.»

Cynan fit un léger haussement d'épaules, comme hésitant, mais il continuait obstinément à froncer les sourcils.

«C'est la raison pour laquelle je fais en sorte de donner à manger de la viande de cheval à tous mes élèves», poursuivit Scatha sans montrer malice.

La tête rouquine de Cynan se retourna lentement : «Vous nous avez servi de la viande de cheval ?

— Bien sûr. Je trouve qu'il suffit d'y goûter une fois pour...»

Quelques-uns de ceux qui étaient assis à proximité entendirent la conversation et se mirent à sourire. Mais personne n'osa rire ouvertement. La contrariété de Cynan était bien réelle, mais d'une réalité heureusement éphémère.

Scatha prit un morceau de viande rôtie et le lui offrit. Cynan le prit dans ses deux mains et le fixa comme s'il s'attendait à ce que la viande lui fît quelque reproche. «Qu'on ne dise plus jamais que Cynan Machae a boudé ce qui lui fut enseigné dans sa jeunesse...»

Ayant dit cela, il porta le morceau de viande à sa bouche et mordit. Il mastiqua en faisant la grimace et avala, puis le débat fut définitivement clos.

Nous dormîmes cette nuit-là d'un sommeil satisfait, l'estomac bien rempli pour la première fois depuis de nombreux jours. Mais mon sommeil fut trop vite interrompu. Tegid vint vers moi et me secoua doucement pour me réveiller. Un vent du nord s'était levé pendant la nuit et il soufflait par rafales glaciales.

«Chhut ! fit-il. Venez vite, et sans faire de bruit.»

Il me conduisit à l'endroit où, avec Scatha, il avait installé Alun entre deux feux de camp, l'un près de sa tête, l'autre à ses pieds. Bran était à côté de Scatha, appuyé sur sa lance, la tête inclinée. Scatha avait un morceau d'étoffe dans la main et une coupe remplie d'eau sur ses genoux ; elle était en train de rafraîchir le visage d'Alun. Il avait les yeux fermés et était allongé, complètement calme et immobile.

Tegid se pencha au-dessus du guerrier souffrant. « Alun, dit-il doucement, Llew est ici. Je l'ai conduit près de vous comme vous me l'avez demandé. »

À ces mots, les paupières du soldat se soulevèrent et il tourna la tête. La vilaine tache violacée de la plaie purulente s'était étendue jusqu'à la base du cou. « Llew, dit Alun d'une voix à peine plus audible qu'un murmure. Je voulais vous faire mes excuses.

— Vos excuses pour quoi ? Alun, vous n'avez aucune raison de vous excuser, répliquai-je aussitôt. Ce n'est pas...

— Je voulais vous aider à retrouver Goewyn.

— Vous le ferez, Alun. Vous allez guérir... Je compte sur vous... »

Le visage d'Alun arbora un sourire pâle, fiévreux. Ses yeux étaient vitreux mais extraordinairement vifs. « Non, seigneur, je ne guérirai pas. Un guerrier manquera à l'appel pour vous servir, et cela me désole. » Il se tut et passa la langue sur ses lèvres. « J'aurais bien aimé voir la tête de Paladyr lorsque vous vous retrouverez devant lui. C'est un combat que je regretterai de ne pas voir.

— Ne dites pas cela, Alun », protestai-je en avalant ma salive. Ma gorge me faisait mal et j'avais l'estomac noué.

« Pour moi, tout est en ordre », dit le Corbeau en tendant la main vers moi. Je la pris et sentis qu'elle était brûlante. « Mais je voulais vous dire que je n'ai jamais été au service d'un roi comme vous, ni connu un roi que j'ai autant aimé. Mon plus grand regret, c'est de ne pas avoir une seconde vie — je vous l'aurais donnée avec autant de bonheur que celle-ci... » Il avala une nouvelle fois sa salive et je vis à quel point il souffrait. « J'étais toujours prêt à me battre, mais je n'ai jamais levé une arme sans raison légitime. Si l'on se souvient encore un peu de moi dans le futur, c'est cela que je voudrais que l'on garde en mémoire. »

Ma vue se troubla brusquement : « Reposez-vous maintenant, dis-je, la voix brisée par le chagrin.

— Bientôt, oui... le repos n'est plus bien loin », dit-il ; il passa sa langue toute sèche sur ses lèvres. Scatha lui souleva la tête pour lui offrir un peu d'eau.

Il m'agrippa la main dans un geste presque désespéré. « Et rappelez-moi au souvenir de Goewyn. Dites-lui que c'eût été le plus grand plaisir de ma vie de pouvoir combattre Paladyr pour la libérer. Elle est l'un des joyaux d'Albion, Llew, et si vous ne vous en étiez pas enfin aperçu vous-même, c'est moi qui me serais marié avec elle.

— Je le lui dirai... », Alun, dis-je, la gorge tellement serrée que j'avais du mal à parler. « ... Dès que je pourrai la revoir. »

Il avala encore sa salive et eut un spasme de douleur. Lorsqu'il rouvrit les yeux, sa résistance commençait à faiblir — il était en train de perdre son combat. Mais il continuait à sourire. « Aahh..., assez maintenant, cela suffit... » Son regard voyagea un peu entre Bran et moi : « Maintenant je suis prêt pour saluer mes frères d'armes. »

Bran leva les yeux, hocha lentement la tête, puis s'éloigna aussitôt d'un pas preste. Alun, serrant toujours ma main, quoique avec moins de force, me retenait : « Seigneur Main d'Argent, dit-il, je voudrais vous faire une dernière requête.

— Tout ce que vous voudrez », répondis-je, des larmes dans les yeux. « Tout ce que vous voudrez, Alun... Vous n'avez qu'à parler.

— Seigneur, je ne veux pas être enterré dans ce pays, fit-il doucement. Tir Aflan n'est pas un lieu pour un honorable guerrier.

— Je ferai ce que vous souhaitez », lui promettai-je.

Mais il s'accrochait désespérément à ma main. « Ne me laissez pas seul ici. Je vous en supplie ! » implora-t-il. Puis il répéta plus doucement : « Je vous en supplie. » Il avala encore sa salive, ses traits se tordirent de douleur. « Lorsque vous en aurez fini ici, ramenez-moi avec vous. C'est à Druim Vran que je veux reposer. »

Qu'un guerrier si noble et si fier en vienne à m'implorer avec tant d'insistance, cela me brisa le cœur. Des larmes commencèrent à couler sur mes joues mais je les séchai d'un revers de manche. « Cela sera fait, mon frère. »

Il sembla réconforté. « Mon cœur appartient à Albion, murmura-t-il. Si je ne revois pas ma terre bien-aimée, au moins je partirai apaisé en sachant que mes os y retourneront.

— Cela sera fait, Alun. J'en fais le serment. »

La main du guerrier se desserra puis retomba. Scatha le fit à nouveau boire. Bran arriva juste à ce moment-là, accompagné de tous les autres membres du Vol des Corbeaux : Garanaw, Emyr, Drustwn et Niall. L'un après l'autre ils s'agenouillèrent auprès de leur frère d'armes et lui firent leurs adieux. Bran réveilla également Cynan, qui se rendit lui aussi auprès d'Alun.

Pendant tout de temps, Tegid était resté sans un geste et observait, la tête inclinée, le regard d'une grande tristesse, mais sans prononcer un seul mot.

Bran était le dernier ; il parlait avec gravité, à voix basse. Il posa sa main sur le front d'Alun puis effleura le sien en signe d'adieu. Lorsqu'il se releva, il annonça : « Notre frère Corbeau s'est envolé. »

XXIX

CORBEAU, PRENDS TON ENVOL !

Sombre et majestueux dans sa cape brune, Tegid scrutait de ses yeux noirs le paysage des collines lointaines. D'une couleur grisâtre, terreuse — à l'exception des roches à la blancheur décolorée, infiniment austère, désespérément vide —, ne laissant croître que de rares bruyères, peuplée de marécages de tourbe encerclant des affleurements de roches qui se dressaient comme des îlots décharnés sur une mer couleur rouille, la lande s'étendait, morne et déserte, à perte de vue. De vastes paysages de collines stériles, aux lignes courbes comme des épaules, se bousculaient les unes les autres vers l'horizon, dans toutes les directions.

Lorsque je m'approchai de lui, Tegid ne me regarda pas : « Vous n'auriez pas dû promettre à Alun de le rapatrier...

— Je lui en ai fait le serment, barde. Et j'ai l'intention de tenir parole. »

Il serra les lèvres dans un rictus désapprobateur. « Nous ne pouvons voyager en emportant son corps avec nous, et il n'existe aucun autre moyen de le ramener en Albion. Nous devons l'enterrer ici. »

Fixant intensément la désolation du triste paysage, je répondis : « Alun mérite mieux que cela, et il l'aura.

— Alors vous devez réfléchir afin de trouver une solution.

— Et si nous incinérions son corps ? Je sais que ce n'est pas le mode le plus apte à rendre des hommages mérités, mais cela pourrait être fait avec respect et dignité. »

Tegid, fronçant toujours les sourcils, se tourna vers moi et réfléchit. Je comprenais sa répugnance : l'incinération des corps n'était réservée qu'aux ennemis, aux marginaux et aux criminels. « Ce n'est pas sans être pratiqué en Albion, admit-il finalement. Il y a eu des époques où cela a été nécessaire.

— Ne traversons-nous pas, justement, une de ces époques ! suggérai-je discrètement. Cette solution nous serait bien utile à nous aussi.

— Oui, c'est vrai, dit le barde en se radoucissant, cela nous serait utile, et nous sommes liés par le serment d'un roi. Nous traversons, c'est vrai, une de ces époques. Mais le feu doit être surveillé de manière à ce que les os ne soient pas brûlés. Car ils doivent être regroupés et conservés. J'y veillerai.

— Et dès que nous serons de retour en Albion, ajoutai-je, ils seront enterrés à Druim Vran.

— Soit.

— Parfait. Nous allons ramasser du bois pour édifier le bûcher funéraire. »

J'envoyai huit hommes avec des chevaux supplémentaires dans la forêt pour qu'ils ramassent le bois dont nous avions besoin. Ils partirent sous les ordres de Bran, parce que, une fois que j'eus expliqué ce que j'avais l'intention de faire, le Chef des Corbeaux insista pour prendre lui-même la tête de l'expédition. « Ce n'est pas nécessaire, Bran. Nous pouvons demander à quelqu'un d'autre.

— S'il faut vraiment incinérer le corps d'Alun, répliqua-t-il sèchement, alors je veux choisir le bois moi-même. Alun m'a sauvé des griffes du Wyrm Rouge ; c'est le moins que je peux faire pour lui. »

Voyant qu'il en serait ainsi et pas autrement pour lui, je l'autorisai à partir.

La forêt, derrière nous, n'était pas très éloignée, et les chevaux étaient rassasiés et reposés ; l'expédition, selon toute prévision, serait de retour le lendemain à la tombée de la nuit. La journée était à peine entamée ; ils partirent aussitôt que les chevaux furent sellés. Nous les vîmes s'éloigner... en leur ayant donné une petite provision de viande de cheval que nous avions mise de côté.

Je les regardai jusqu'à ce qu'ils disparaissent au loin, puis revins à contrecœur à la tâche de devoir choisir un autre cheval pour le sacrifier.

Nos ramasseurs de bois furent de retour dès le lendemain matin, émergeant du brouillard humide. La lande n'était plus qu'une pataugeoire à cause du crachin apporté par une brise fraîche soufflant de l'est et venue remplacer le vent froid du nord pendant la nuit. La lande détrempée semblait vraiment triste, lugubre dans la lumière plombée où elle était immergée.

Nous les accueillîmes avec force acclamations et les laissâmes aller se réchauffer près du feu. Je demandai que l'on décharge les chevaux et qu'on les laisse brouter tranquillement, puis je rejoignis Bran près du feu.

Le Chef des Corbeaux fit un rapport très bref. « La terre est une désolation, dit-il en secouant sa cape. Tout est resté comme auparavant. Rien n'a changé. »

Je demandai que l'on apporte un peu du civet que nous avions préparé le jour précédent, et les laissai se restaurer tranquillement. Pendant ce temps je me mis au travail avec Tegid, afin de préparer le brasier prévu pour la crémation d'Alun. Les morceaux de bois avaient été entassés sur le côté de la route, et le barde était occupé à les ranger selon leur taille lorsque je le rejoignis. Une fois le tri du bois terminé, nous transportâmes à pleines brassées celui que nous avions sélectionné jusqu'à un grand rocher plat situé à proximité, et nous l'empilâmes avec grande précaution.

Je m'acquittai convenablement de ma tâche et nous travaillâmes ensemble sans parler, transportant, entassant, érigeant progressivement, morceau après morceau, un solide échafaudage. Nous travaillions bien ensemble — dans une bonne harmonie de gestes —, et je me souvins alors du jour où, Tegid et moi, nous commençâmes à construire Dinas Dwr. Je gardais ce souvenir en mémoire et me berçais de sa présence réconfortante alors que nous continuions à travailler dur côte à côte.

Lorsque nous eûmes fini, le bûcher se dressait sur son rocher solitaire comme une petite forteresse de bois. Quelques hommes s'étaient rassemblés pendant que nous travaillions et observaient à présent, remplis de tristesse, le bûcher terminé.

Tegid les regarda, regroupés sans rien dire, et annonça : « Lorsque le soleil se couchera, nous allumerons le feu. »

La brume se dissipa et la nuit tomba rapidement, embrasant le ciel à l'ouest d'un dernier rayon de lumière dorée, éblouissant, avant que l'obscurité vienne une nouvelle fois tout recouvrir. Je détournai les yeux du coucher de soleil et aperçus les guerriers qui traversaient la lande, par groupes de deux ou de trois, pour rejoindre le rocher où Tegid et moi attendions.

Quand tous furent regroupés, le corps d'Alun, qui avait été recouvert puis cousu dans une couverture de cuir après sa mort, fut transporté par les Corbeaux puis étendu soigneusement sur le bûcher. Tegid alluma un feu non loin de là, prépara des torches, en donna une à chacun des quatre Corbeaux restants et une à Bran.

Le barde grimpa sur le rocher et prit place devant le bûcher. Il leva les bras, prêt à déclamer : « Frères et amis, s'écria-t-il d'une voix forte, Alun Tringad est mort ; son corps est étendu, froid, sur le bûcher. Il est temps de libérer l'âme de notre frère d'armes afin qu'elle commence son long voyage à travers le Royaume d'En-Haut. Son corps sera incinéré, mais ses cendres ne demeureront pas à Tir Aflan. Lorsque les flammes auront fait leur office, je rassemblerai les ossements et ils reviendront avec nous en Albion pour être ensevelis à Druim Vran. »

Puis, plaçant un pli de sa cape au-dessus de sa tête, le Chef des Bardes leva son bâton et ferma les yeux. Après quelques instants, il se mit à psalmodier doucement, sans mélodie, un chant funèbre :

Lorsque les lèvres seront closes,
Lorsque les paupières ne battront plus,
Lorsque le souffle cessera de bruire,
Lorsque le cœur cessera de battre,
Lorsque cœur et souffle ne seront plus ;

Puisse la Prompte et Forte Poigne te soutenir,
Et te protéger des maux de toutes sortes.
Puisse la Prompte et Forte Poigne te soutenir,
Et guider ton pas sur le chemin,
Puisse la Prompte et Forte Poigne te soutenir,
Et te conduire le long du Pont-Épée,
Puisse la Prompte et Forte Poigne te protéger,
te conduire et te guider le long de l'étroit sentier
Par lequel tu quittes ce monde ;

Et te préserver de tout malheur, de tout danger,
Et poser la lumière pure de la joie au-devant de toi,
Et te conduire jusqu'aux Palais de la Paix,
Au service d'un Vrai Roi dans les Palais de la Paix,
Où la Gloire, l'Honneur et la Majesté
Sont une joie éternelle pour les Nobles Parents.

Puisse l'œil du Dieu Suprême
Te conduire, être ton guide, ton étoile,
Puisse le souffle du Dieu Bienveillant
Être ton chemin, plein de douceurs,
Puisse le cœur du Dieu Royal
Être une occasion de grande richesse.

Puissent les flammes de ce brasier
Éclairer ton chemin…
Puissent les flammes de ce brasier
Éclairer ton chemin…
Puissent les flammes de ce brasier
Éclairer ton chemin vers le monde de l'au-delà.

Ayant ainsi parlé, le Chef des Bardes fit venir les Corbeaux. L'un après l'autre ils s'avancèrent — Garanaw, Emyr, Niall et Drustwn —, chacun portant une torche qu'il approcha du bois d'allumage, au pied du bûcher. Bran se présenta le dernier et joignit sa torche à celle des autres. Le feu s'agita sous le vent, prit, et commença à monter vers le corps d'Alun étendu, si calme, sur sa pauvre couche de bois.

Comme tous ceux qui étaient présents, je regardai les flammes jaunes monter, lécher le treillis de bois et caresser la chair froide de notre ami. J'étais triste pour moi-même : je n'entendrais plus jamais sa voix s'élever en un chant mélodieux, ne le croiserais plus en train de parader dans la grande salle. Sa vantardise un peu ridicule, ses défis audacieux et un peu fous me manqueraient — comme cette journée entière où il avait défié Cynan, pariant sur des épreuves de labourage et d'abattage de bois, prêt à se ruiner la santé à cause de tant d'efforts, et cela, pour une simple babiole en or.

Je sentis les larmes venir et les laissai couler. Cela faisait du bien de se souvenir et de pleurer pour ce qui était perdu, et qui ne pourrait plus jamais revenir.

Adieu, Alun Tringad, dis-je en moi-même alors que le feu sifflait et craquait, montant de plus en plus haut. *Que tout se passe pour le mieux pendant votre grand voyage…*

Une voix, rendue rauque à cause de la douleur, déchira le silence : « Prends ton envol, Corbeau ! Essaie tes ailes au-dessus de nouveaux champs et de nouvelles forêts ! Que ta forte voix résonne jusqu'en des terres ignorées ! » Bran, le visage fier couvert de larmes luisantes à la lueur du feu, baissa son bras puis projeta sa lance vers le ciel. Je vis l'extrémité scintiller à la froide lueur des étoiles, puis elle disparut dans le noir — image parfaite de la libération pour l'esprit d'un guerrier.

Les flammes devinrent de plus en plus chaudes : je sentais le halo de chaleur sur mon visage et ma cape qui fumait. Leur crépitement se transforma en véritable grondement ; la lumière dansait, projetant des ombres vers les griffes de la nuit qui ne cessaient de gagner du terrain.

En peu de temps, le bûcher s'effondra sur lui-même, attirant le corps enveloppé de sa couverture de cuir dans le terrible cœur doré des flammes de la mort, pour y être consumé. Nous restâmes longtemps à regarder — jusqu'à ce qu'il ne restât plus que des braises, qu'un amoncellement rougeoyant sur le rocher.

« Voilà, c'est fini, déclara Tegid. Alun Tringad nous a quittés. » Alors nous fîmes demi-tour et reprîmes le chemin du camp, laissant Tegid opérer tous les gestes nécessaires pour récupérer les ossements du foyer.

Pendant que nous marchions, je me retrouvai près de Bran. J'avais trouvé que ses adieux étaient de beaux adieux et le lui dis : « Ce sont des adieux qui conviennent tout à fait à un Corbeau qui s'en va. »

Bran redressa la tête sur le côté et me regarda avec insistance comme si j'avais suggéré je ne sais quelle ineptie. « Mais Alun n'est pas parti, fit-il sans avoir l'air de rien. Il a seulement pris un peu d'avance. »

Nous continuâmes un peu à marcher et Bran s'expliqua : « Nous nous sommes faits le serment, nous les Corbeaux, de nous rejoindre tous dans le monde de l'au-delà. Ainsi, s'il arrive que l'un de nous meure au combat, il y aura toujours un frère d'armes pour l'accueillir. Que ce soit dans ce monde ou dans l'autre, nous serons toujours des Corbeaux. »

La foi qu'il professait dans cet arrangement était à la fois simple et merveilleuse. Infaillible aussi. Pas l'ombre d'une hésitation, aucune inquiétude ne venait assombrir sa conviction inébranlable. Moi qui n'avais pas une telle assurance, je ne pouvais que m'émerveiller.

Nous prîmes le départ dès le lendemain, au lever du soleil. Le brouillard était à trancher au couteau, transformant notre monde pour le rendre lugubre, inquiétant. Le ciel, dense comme de la laine aux quatre coins de l'horizon, pesait comme une peau de mouton trempée au-dessus de nos têtes. Lorsque le soleil, jusqu'alors invisible, se leva finalement vers la mi-journée, le vent se renforça, transformant peu à peu la brume en nuages à travers la lande qui s'assombrissait.

Nous nous déplacions en deux colonnes approximatives, frissonnant de froid sous nos capes imbibées d'eau. Les chevaux avançaient la tête basse, le museau touchant presque le sol, les sabots frappant d'un son creux sur la grand-route pavée de pierres.

Trempé jusqu'aux os, les cheveux plaqués, je marchai clopin-clopant, les pieds engourdis, n'ayant d'autre désir que celui de m'asseoir devant un feu pour réchauffer la froideur glaciale répandue dans mon corps. C'est alors que la révélation de Tegid me sortit brusquement de ma torpeur :

« J'ai aperçu une balise de feu, hier soir... »

Je tournai brusquement la tête puis le fixai, sans vouloir croire qu'il ait pu omettre de mentionner cela plus tôt. Il ne me regarda pas, mais continua à avancer sur son cheval, les épaules rentrées, lançant de part et d'autre des regards vagues dans la bruine : trempé, mais imperturbable.

Ah, ces bardes !

« Lorsque les braises se sont refroidies, continua-t-il avec calme, j'ai rassemblé les ossements d'Alun. » Mes yeux vinrent aussitôt se poser sur le paquet bien rangé derrière la selle, enveloppé dans la cape d'Alun. « C'est au moment de retourner vers le camp que j'ai aperçu la balise.

— Oui, oui... et il y a une raison précise pour laquelle vous ne me dites cela que maintenant ?

— J'ai pensé que vous seriez content d'entendre une bonne nouvelle. » Après avoir prononcé ces mots, mon barde plein de sagesse baissa les yeux vers moi. Je lui lançai un regard furieux, l'eau ruisselant dans mes cheveux, coulant sur mes yeux. « Vous êtes en colère, fit-il. Pour quelle raison ? »

Gelé jusqu'à la moelle, n'ayant rien mangé pendant plusieurs jours si ce n'est un peu de viande de cheval, accablé de chagrin à cause de la mort d'Alun, la dernière chose à laquelle je m'attendais c'était de voir mon Chef des Bardes me cacher des informations importantes. « Ce n'est rien, lui dis-je en laissant un peu de côté ma colère. Qu'est-ce que cela signifie, à votre avis ?

— Cela signifie..., répliqua-t-il sur un ton laissant entendre que le sens en était évident, ... cela signifie que nous approchons de la fin de notre voyage. »

Sa réponse me remplit d'une étrange allégresse. L'affrontement final n'allait plus tarder. Anticipant ce qui allait se passer, mes sens se mirent en alerte, ma pensée s'accéléra. La monotonie de la journée se dissipa et l'espoir m'enflamma. La fin est proche : Paladyr, sois sur tes gardes !

Nous nous enfonçâmes peu à peu au milieu des collines arides. Les paysages de tourbe laissèrent progressivement la place à la bruyère et aux ajoncs. Les jours se suivaient et la route avançait en ligne droite sur les hauteurs ; nous voyagions depuis l'aube, grise et diffuse, jusqu'au crépuscule, encore gris, et morne — ne nous arrêtant que pour abreuver les chevaux et nous abreuver nous-mêmes. Nous ne mangions que le soir, autour du feu, lorsque nous pouvions faire cuire la viande d'une nouvelle victime parmi nos chevaux. Nous mangions, regrettant amèrement la perte à chaque bouchée ; mais c'était de la viande, et elle venait réchauffer nos ventres vides. Personne ne s'en plaignait.

Progressivement, le terrain commença à s'élever. Les collines devinrent plus hautes et les vallées plus profondes, les pentes plus abruptes au fur et à mesure que les paysages de collines prenaient de l'altitude en direction des montagnes.

Un jour, nous longeâmes le bord d'une longue pente et aperçûmes dans le lointain le faible reflet de sommets couverts de neige. Puis les nuages et le brouillard nous enveloppèrent une nouvelle fois et nous ne vîmes plus rien pendant plusieurs jours. Nous ne pûmes les revoir que lorsque les montagnes furent proches de nous ; nous pouvions distinguer différents sommets, pointus, rocailleux, perçant le flot sombre des nuages.

L'air devint plus limpide ; et bien que le brouillard limitât nos gestes et ne nous offrît guère de visibilité durant la journée, les nuits en revanche étaient claires et fraîches, les étoiles lumineuses et pures comme des pointes de lance dans un firmament noir comme un puits. Ce fut à l'occasion de l'une de ces nuits que Tegid vint me retrouver pendant que je dormais près d'un feu mis en veilleuse.

« Llew… »

Je me réveillai en sentant l'effleurement de sa main sur mon épaule.

« Venez avec moi.

— Pourquoi ? »

Il ne répondit pas mais m'invita à le suivre un peu à l'écart du camp. Une lune bien tardive apparut sur l'horizon, jetant une lumière fragile sur le paysage.

Nous grimpâmes au sommet d'une haute colline, et Tegid pointa le doigt, au loin, vers l'orient. Je vis un feu qui brûlait, sur une crête, à peu de distance et, un peu plus loin, un second. Pendant que nous observions, un troisième fut allumé, encore plus loin.

Debout l'un à côté de l'autre dans la nuit, faisant des efforts pour percer l'obscurité, nous attendions. Le vent rôdait au-dessus de la roche nue, sur le sommet de la colline, telle une bête sauvage en train de chasser en provoquant de légers bruits, un peu nerveux. Peu de temps après, une quatrième balise se mit à poindre comme une étoile naissante sur une colline lointaine.

Je considérais ces balises scintillant dans la nuit et je savais que mon ennemi n'était plus loin.

«J'ai vu cela dans ma vision», fit doucement Tegid.

Et, replongeant dans mon souvenir, j'entendis une fois encore sa voix qui s'élevait, chantante, alors que les vagues houleuses précipitaient notre frêle embarcation contre les récifs fatals.

Le vent grondait doucement, remplissant la nuit de sonorités impressionnantes. «Alun», dit Tegid lentement, posément, choisissant ses mots avec soin, «il était le seul parmi les Corbeaux capable de voir Crom Cruach.»

Au début, je ne compris pas ce que Tegid voulait dire. «Et maintenant, Alun est mort, répliquai-je en fournissant la réponse à la question implicite du barde.

— Exactement.

— Et le suivant sur la liste, c'est moi. C'est bien cela que vous voulez dire ?

— C'est en tout cas ce que je crains.

— Eh bien votre crainte n'est pas fondée, dis-je sèchement. Votre vision aurait pu vous dire cela aussi. Alun et moi nous avons vu tous les deux le Manteau Jaune. Et nous avons tous les deux combattu le dragon. Alun est mort, c'est vrai. Mais moi, je suis vivant. N'en parlons plus.»

Désignant la chaîne des balises en train de brûler sur l'horizon, à l'est, il reprit : «Le terme de tout cela surgira de là-bas.

— Eh bien qu'il vienne. Nous saurons l'accueillir.»

Le ciel était gris couleur de nacre lorsque nous redescendîmes de la colline pour revenir au camp. Bran était réveillé et nous attendait. Nous lui parlâmes des balises ; il apprit la nouvelle avec sérénité. «À partir de maintenant, il nous faudra avancer en étant plus prudents, dit-il. Je serais partisan d'envoyer des éclaireurs.

— C'est parfait, acquiesçai-je. Je vous laisse vous en occuper.»

Bran effleura son front du dos de sa main et s'éloigna.

Quelque temps plus tard, Emyr et Niall, en selle, sortaient du camp. Je remarquai qu'ils n'empruntaient pas la partie dallée de la route mais les bas-côtés, là où il y avait de l'herbe. Ils se déplaceraient sans doute moins vite, mais aussi plus silencieusement.

Alors les choses vont enfin commencer, pensai-je.

Je les suivis des yeux pendant quelque temps et les vis disparaître dans la pâleur du crépuscule. « La Prompte et Forte Poigne est avec vous, mes frères ! » m'écriai-je derrière eux. Ma voix résonna au milieu des collines stériles et disparut dans les bruyères. La lande ne sembla aucunement perturbée par les sons. « La Prompte et Forte Poigne nous protège tous ! » ajoutai-je. Puis je repartis en toute hâte vers le camp pour expédier les affaires courantes.

XXX

VOIX DISPARUES

Les collines, de mauvaise grâce, laissèrent place à une étendue infinie de roches désertiques — aux arêtes acérées, glissantes, faisant perdre l'équilibre, dénudées, si ce n'est par endroits de maigres bosquets d'ajoncs remplis d'épines. La lande s'affaissait dangereusement dans toutes les directions mais la route tenait le cap, toujours droite. Nous étions fouettés par le vent et par la pluie ; le brouillard nous empêchait de voir pendant des jours entiers. Mais la route tenait le cap.

Et peu à peu, au fur et à mesure de nos longues journées de marche, les montagnes enveloppées de nuages se rapprochèrent. Nous apercevions les sommets attaqués par les vents qui se dressaient jusqu'à remplir l'horizon de tous les côtés — chaînes succédant aux chaînes, sommets après sommets qui disparaissaient dans le lointain brumeux. Agressives, implacables, malsaines, les cimes n'avaient rien d'accueillant — elles se dessinaient, austères et menaçantes, au-dessus de nous, blanches comme des fragments d'os ou de dents fracassées à l'occasion d'un combat.

Il y avait suffisamment d'herbe le long de la route pour nourrir les chevaux — qui eux-mêmes nous nourrissaient. Cela signifiait la perte d'une nouvelle bête tous les deux ou trois jours, mais c'est leur viande qui nous permettait de ne pas faiblir. Nous buvions l'eau des ruisseaux et des petits lacs de montagne, étouffant les sévices de la faim avec de l'eau fraîche.

Gyd, saison du dégel, approchait toujours plus, avec ses rafales humides qui nous assaillaient. La neige, sur les versants les plus bas, commençait à fondre et à remplir les torrents, les ravines et les gorges rocheuses du trop-plein d'eau glacée. Jour et nuit nous étions assourdis par les eaux bouillonnantes, tumultueuses, gargouillantes, débordantes, qui bondissaient vers les terres basses à présent loin derrière nous. De la bruine s'élevait des profonds défilés où grondaient des chutes d'eau ; des nuages bas s'accrochaient au-dessus des crevasses où des torrents tumultueux résonnaient comme le fracas métallique de deux armées qui s'affrontent.

L'austère monotonie de la roche nue, de la rigueur du vent et des eaux bouillonnantes étaient un rappel constant — si tant est que cela fût nécessaire — au fait que nous voyagions bien en territoire hostile. Plus haut nous grimpions vers le sommet accidenté des montagnes, plus intense se faisait notre inquiétude. Ce n'était pas le vent qui hurlait au milieu des chaînes déchiquetées ou qui fouettait les cimes ; c'était l'angoisse pure, la peur à l'état brut. La nuit, nous nous étendions, tremblants, dans nos capes et écoutions les plaintes gémissantes du vent. À l'aube nous nous levions sans avoir pu nous reposer, crispés de devoir affronter une nouvelle épreuve.

Deux fois par jour, au cours de notre pénible progression, nous faisions un bilan avec nos éclaireurs — une fois à la mi-journée, et une seconde fois lorsqu'ils revenaient à la tombée du soir. Les Corbeaux se relayaient pour assumer ce rôle, deux par deux, prenant chaque fois leur tour ; de sorte que, étant donné leur nombre, c'étaient toujours deux guerriers nouveaux et reposés qui partaient chaque matin.

Un jour, Garanaw et Emyr s'en retournaient alors que nous étions en train d'installer le camp pour la nuit au pied d'une haute falaise en surplomb.

« Il y a un meilleur endroit juste après ce virage, fit Emyr. Ce n'est pas loin, et cela nous assurerait une meilleure protection, si jamais il venait à pleuvoir ou si le vent venait à souffler cette nuit. »

N'ayant pas encore ôté les selles de nos chevaux ni allumé de feu, nous fûmes d'accord pour changer d'endroit et nous rendre à celui qu'Emyr nous indiquait. Garanaw ouvrait la marche ; lorsque nous arrivâmes, il dit : « On ne pourra espérer mieux en guise d'abri, au milieu de ce paysage décharné comme un squelette... »

Cynan entendit ces mots et répliqua : « De ces os brisés, vous voulez dire. Depuis des jours, je n'ai rien vu qui ne soit fracassé en mille morceaux. »

Ainsi, ces montagnes devinrent les *Tor Esgyrnau*, les Os Brisés. Et ce que Cynan disait était vrai ; en les nommant, elles devinrent moins menaçantes, moins effrayantes — en tout cas un peu moins.

Nous commençâmes en effet à les regarder avec moins d'appréhension qu'auparavant.

«C'est dans l'ordre des choses», commenta Tegid lorsque, quelques jours plus tard, je lui fis part de ce que j'avais ressenti. «Chez les Derwyddis, on nous enseigne que donner un nom à quelque chose, c'est le conquérir.

— Eh bien alors, au travail, barde ! Trouvez un nom qui me permettra de conquérir Paladyr, et je le hurlerai depuis les plus hauts sommets de ces montagnes !»

Plus tard, alors que les cimes semblaient aspirer lentement les ténèbres, je l'aperçus, debout, sans un geste, interroger du regard la nuit qui déjà prenait possession de la lande. Pendant quelques instants, je me mis à fixer avec lui le lointain ; puis je lui demandai : «Que voyez-vous ?

— Je pensais avoir vu quelque chose bouger, là-bas, répondit-il en continuant à scruter le ruban sinueux de la route.

— Où donc ?» Je m'efforçai de regarder pour repérer quelque chose dans le noir, mais en vain. «Je vais envoyer quelqu'un...»

Tegid conseilla de n'en rien faire : «C'est inutile. Il n'y a plus rien... si tant est qu'il y ait bien eu quelque chose. Ce n'était peut-être qu'une ombre.»

Il s'éloigna. Mais moi je restai là, à fixer le morne crépuscule, scrutant les ténèbres pour trouver le moindre signe de mouvement.

Nous étions arrivés à une hauteur non négligeable dans la montagne, et même si les journées, maintenant, étaient un peu plus chaudes, les nuits en revanche restaient fraîches, avec des vents cinglants dévalant depuis les cimes chargées de neige au-dessus de nous. Souvent nous étions réveillés parce que nos capes étaient recouvertes de givre, et tout ce qui avait gelé pendant la nuit, commençant à fondre pendant la journée, rendait la route particulièrement dangereuse jusqu'à ce que le soleil réchauffe à nouveau les pierres.

Pour avoir moins froid nous brûlions des ajoncs qui poussaient à travers la pierraille. Ces ajoncs, que nous avions auparavant élagués à coups d'épée, brûlaient en dégageant une odeur infecte et une fumée âcre et huileuse, mais les braises restaient chaudes encore longtemps après que le feu se soit éteint.

Nous arrivâmes à l'entrée d'un col et approchâmes des premières hautes montagnes. Je jetai un regard vers l'arrière et vis la lande morne, sans relief, qui s'étendait à perte de vue ; austère, sans arbres, enveloppée dans la grisaille brumeuse, sans couleur, humide, lugubre. Nous l'avions quittée sans regrets.

Je restai ainsi quelque temps à observer cette route qui disparaissait dans le lointain. Depuis que Tegid avait émis l'hypothèse que peut-être nous étions suivis, je n'avais eu de cesse de me retourner, et j'avais fini par me convaincre, quasiment, qu'il y avait bien quelque chose, ou quelqu'un là-bas, derrière nous — encore indistinct et très loin. Mais peut-être n'était-ce après tout que l'agitation flottante du brouillard, ou l'ombre des nuages ?

Tout en haut, au milieu des cimes arides, les vents gémissaient, hurlaient, fondant sur nous pour nous éreinter de leurs griffes de glace. Les rafales étaient implacables, sauf si nous avions la chance de trouver la protection d'un écran ou d'une muraille rocheuse pendant que la route serpentait péniblement à travers la montagne — parfois se réduisant à n'être plus qu'un sentier encastré à flanc de coteau, à peine plus large qu'une entaille. Tous avançaient à pied, car nous ne voulions pas prendre le risque de chuter sur une piste aussi périlleuse.

Puisque nous ne pouvions plus rester sur nos chevaux, nous les chargeâmes avec autant d'ajoncs secs et épineux qu'ils pouvaient porter. Chaque cheval était comme un gros fagot sur pattes et bondissant. Nous progressions plus lentement que je ne l'aurais souhaité. Cependant, s'il n'y avait pas eu cette piste, nous n'aurions pas pu grimper du tout.

Nous continuions à avancer en nous traînant, les lèvres bleuies par le froid, frissonnant, un pas suivant l'autre, nous recroquevillant parfois, des flots de larmes dans les yeux alors que le vent et le froid nous laminaient jusqu'aux os. Nous devînmes durs comme le cuir et maigres comme des lames de couteaux. Nous souffrions de plus en plus de la faim également, d'une fringale qui nous tenaillait et qu'aucun banquet n'aurait pu satisfaire. C'était un besoin qu'il fallait combler autant que guérir, une irrépressible envie… celle de revoir Albion, qui nous permettrait enfin de nous immerger dans la splendeur de ses paysages de collines et de vallons et d'apaiser ainsi nos cœurs brisés. C'était le *taichchwant*, l'intense nostalgie du pays.

Pourtant, je ne pouvais pas rentrer. J'aurais encore préféré quitter cette vie plutôt qu'abandonner ma bien-aimée. La tête de mon ennemi viendrait orner mon ceinturon avant que je consente à diriger mes pas vers Druim Vran ; mon épouse remarcherait à mes côtés avant que je reprenne la route de Dinas Dwr. Ma reine reviendrait avec moi en Albion, ou bien je ne reviendrais pas du tout.

En fin de journée — la première soirée après la traversée du défilé —, nous sentîmes un début de changement dans le paysage.

Mais ce ne fut que deux nuits plus tard, lorsque nous eûmes pénétré profondément dans le sein des remparts montagneux, que le changement commença nettement à se faire sentir. Là où la lande avait été austère et cafardeuse, les montagnes se révélaient maintenant effrayantes ; là où la forêt s'était montrée si rébarbative, les montagnes, elles, se montraient menaçantes. Et ce n'était pas seulement la terreur de faire une chute par-dessus le bord de la route étroite pour mourir fracassé sur les rochers... Il y avait comme une atmosphère de malveillance hésitante qui rôdait à l'entour des sommets, une puissance ténébreuse qui interprétait notre présence comme une invasion et y réagissait en conséquence.

La troisième nuit, nous comprîmes enfin la nature de notre adversaire. Nous avions une bonne journée de marche dans les jambes ; nous avions bien avancé et avions trouvé un refuge convenable pour la nuit dans une profonde entaille entre deux sommets. De solides parois rocheuses se dressaient, abruptes, sur le côté de la route ; sa surface était très accidentée, comme si la route avait été taillée dans la montagne à coups de poignard ; les cimes, au-dessus de nous, étaient noyées dans les nuages. Ici, le vent ne pouvait plus nous atteindre si facilement, et l'endroit put donc nous offrir une trêve fort bien venue, nous offrant le meilleur abri dans ce désert de rocailles.

Nous nous blottîmes tout près des flammes, comme toujours, mais cette nuit-là, alors que les rafales de vent poussaient leurs hurlements habituels, nous crûmes percevoir une nuance différente dans ses intimidations. Tegid, toujours très sensible aux changements les plus subtils concernant les bruits et la lumière, fut le premier à le sentir. «Écoutez !» souffla-t-il.

La conversation à voix basse, pleine de calme autour du feu, cessa brusquement. Nous tendîmes l'oreille, mais en vain — ne percevant que le souffle glacial venant se briser contre les sommets dépouillés de Tor Esgyrnau.

Je me penchai pour mieux tendre l'oreille. «Qu'avez-vous entendu ?

— Et que je continue à entendre..., fit Tegid en dressant la tête sur le côté. Là... encore !

— J'entends le vent, admit Bran, mais rien d'autre.

— Et vous n'y parviendrez pas si vous continuez à parler comme vous le faites.»

Nous attendîmes un long moment. Le son ne revenant toujours pas, je finis par demander : «À quoi ressemblait-il, ce bruit ?

— C'était une voix, dit-il en rentrant légèrement les épaules. Ou du moins je crois que c'était une voix. C'est tout. »

La façon dont il avait dit ces mots — un ton sec et dédaigneux — me rendit curieux. « À qui appartenait cette voix ? »

Il repoussa une braise vers l'intérieur du foyer avec le bout de son bâton mais ne répondit pas.

« À qui appartenait cette voix, Tegid ? »

Cynan et Bran, et plusieurs autres guerriers assis non loin d'eux, redoublèrent d'attention. Le regard de Tegid balaya tout autour de lui puis revint aussitôt fixer les flammes. « La tempête est prête à se lever, dit-il.

— Répondez-moi, barde. À qui appartenait la voix que vous avez entendue ? »

Il prit sa respiration et prononça le nom auquel je m'attendais le moins. « Celle d'Ollathir, répondit-il doucement. J'ai cru entendre la voix d'Ollathir.

— Ollathir ? Il est mort depuis de nombreuses années. Il est…

— Je le sais, évidemment !

— Mais…

— Vous m'avez demandé à qui appartenait la voix que j'ai entendue, répondit-il d'une voix basse mais pleine de colère. Alors je vous dis la vérité. J'ai cru entendre la voix d'Ollathir, le Chef des Bardes d'Albion, depuis longtemps mort et enterré. »

Les mots continuaient encore à résonner à nos oreilles que Bran, brusquement, se mit à bondir sur ses jambes. « Je l'ai entendue ! » Il se dressait au-dessus de nous, le visage dans l'ombre. « Par là ! Vous entendez ? » Puis il se tut. « Là encore ! Mais ce n'est pas Ollathir, non… c'est Alun Tringad ! »

Cynan tourna un regard sinistre vers moi. « Il y a quelque chose d'étrange ici, je trouve. » Sa voix n'était qu'un murmure circonspect, comme s'il craignait d'être épié.

Le feu craquait, crépitait, et le vent mugissait. Alors Cynan se releva lentement, posant un doigt sur ses lèvres. « Non… non…, dit-il d'une voix qui n'était plus qu'un souffle, ce n'est pas Alun, c'est… — la stupeur transformait ses traits sous la lueur des flammes —, c'est Cynfarch, mon père ! »

Bientôt tout le camp fut en émoi, car chacun succombait à l'hallucination d'une voix qui lui était chère, celle d'un ami ou d'un parent. Tout le monde, je veux dire… sauf moi. Je n'entendais que la plainte sauvage du vent, mais cela était suffisamment troublant. Car plus la nuit avançait, plus la tempête faisait rage sur les sommets invisibles, s'abattant en hurlant depuis les cimes. Nous n'avions d'autre recours que de nous recroqueviller plus près du feu en nous plaquant les mains sur les oreilles.

Et puis, même la chaleur du feu nous fut finalement retirée. Le vent s'engouffrait en hurlant entre les murailles rocheuses comme une chute d'eau rugissante. Les feux se mirent à faiblir, à crachoter, puis s'éteignirent. Plongés dans une obscurité impressionnante, tourmentés par les bourrasques de vent autant que par les cris des amis morts et des êtres chers, les hommes commencèrent à courir tant bien que mal vers leurs armes.

« Tegid ! hurlai-je pour essayer de me faire entendre par-dessus le grondement du vent. Il va y avoir une nouvelle victime si nous n'agissons pas !

— J'ai bien peur que vous n'ayez raison, acquiesça Tegid. Mais il y a peu de chance de réussite, dans une telle obscurité...

— Que proposez-vous ? rétorqua Tegid. Je ne peux tout de même pas dire au vent de s'arrêter !

— Non, mais nous pouvons faire en sorte que les hommes ne courent pas dans tous les sens. »

Alors Tegid fit un bond sur le rocher le plus proche et leva son bâton. *« Aros ! Aros llawr !* hurla-t-il de sa voix rugissante d'autorité. Arrêtez ! Revenez sur terre ! Ce ne sont pas les voix de nos morts ! s'écria-t-il. Nous sommes victimes d'une nouvelle imposture. Mais ne soyez pas déçus, gardez courage !

— Mais ils nous appellent ! cria quelqu'un. Les morts nous ont retrouvés ! Nous sommes perdus !

— Non ! leur dis-je. Écoutez plutôt votre barde plein de sagesse : nous avons tous perdus des parents et des amis. Nos pensées sont avec eux et ainsi, nous avons l'impression d'entendre leurs voix. Ce n'est qu'une ruse provoquée par le vent et la tempête. Rien de plus.

— Et vous-même, vous n'entendez rien ? demanda une autre voix terrifiée.

— Non, je n'entends personne. Je n'entends que le vent, dis-je durement. C'est pénible, et violent, mais ce n'est que le vent. Asseyez-vous tous, et tous ensemble nous allons attendre que cela cesse. »

Ces paroles semblèrent calmer les hommes. Ils se regroupèrent, certains d'entre eux avec leurs armes toutes prêtes, s'accroupissant épaule contre épaule pour attendre. Puis, peu à peu, la tempête de vent diminua et l'hallucination cessa.

Nous rallumâmes les feux.

Progressivement nous nous détendions, et nous nous installions pour dormir, pensant que c'était la fin de nos soucis. C'était un vœu pieux — l'épreuve allait juste commencer.

XXXI

BWGAN BWLCH

Nous venions juste de nous installer pour dormir lorsque les bruits inquiétants recommencèrent ; mais ce n'étaient plus seulement les voix. Cette fois, les morts aussi apparurent.

Avec le vent, le brouillard descendit de ses hauteurs glaciales — un brouillard étrange, visqueux qui fluait et refluait comme des vagues traînantes. Gris et froid comme la mort, l'insaisissable vapeur montait et descendait en silence le long de la muraille rocheuse dénudée, se faufilait au milieu des décombres, au bord de la route, progressant et s'enroulant comme une vrille. Les sentinelles furent les premières à l'apercevoir et lancèrent timidement l'alarme. Ils étaient inquiets, mais incertains, car il n'y avait pas de réel danger.

« Non, non, dis-je à Niall qui me faisait ses excuses parce qu'il me réveillait, on s'attendait bien à ce que cette nuit ne soit pas de tout repos. Que se passe-t-il ? »

Son visage, plongé dans l'ombre à cause de la lumière capricieuse, observait à la dérobée ce qui se passait derrière moi dans le noir. « Le brouillard s'est levé », dit-il. Puis il se tut et jeta un regard vers moi. « Mais c'est un brouillard qui provoque un drôle de sentiment, seigneur. Je n'aime pas cela. »

Je me levai et regardai autour de moi. Le brouillard était dense et formait une épaisse couverture sur le sol, au-delà du cercle de lumière causé par nos feux de camp. S'il s'était agi d'une créature vivante, j'aurais dit qu'elle paraissait peu disposée à s'exposer à la lumière. C'était probablement la chaleur provoquée par les flammes qui créait une sorte de marge de sécurité autour de nous. Pourtant, on aurait dit qu'il pouvait *sentir*, à en juger par la façon dont ce brouillard serpentait et s'enroulait au fur et à mesure qu'il épaississait.

« On nous observe », murmura Niall.

Il n'était pas le seul à ressentir cela. En peu de temps le voile surnaturel avait formé autour de nous un environnement étrange, presque de la hauteur d'un homme. Des formes bizarres s'extrayaient de la masse pour aussitôt s'y fondre à nouveau. Des hommes commencèrent à distinguer quelque chose dans la grisaille et l'agitation brumeuse : des bras et des jambes suspendues en l'air, des têtes, des torses, des visages éthérés avec des yeux dans le vide.

Les chevaux n'aimaient pas ce brouillard ; ils faisaient un tel vacarme, donnant des secousses, gesticulant, hennissant, que je donnai l'ordre de leurs bander les yeux et de les amener à l'intérieur du cercle de feu. Ils n'en furent pas beaucoup plus heureux, mais finirent par se calmer.

Nos craintes, toutefois, ne purent si aisément être apaisées. Je demandai aux hommes de s'armer et de rester les uns contre les autres, boucliers contre boucliers. Nous tâchâmes tant bien que mal de trouver notre aise dans l'encombrement de nos armes et dans la promiscuité de nos frères, observant, sans défense, la manifestation des spectres qui se poursuivait.

Des têtes privées de corps articulaient des mots sans proférer aucun son ; des bras détachés gesticulaient, des jambes s'agitaient, d'autres parties du corps fusionnaient puis se séparaient en accouplements monstrueux. Des mains avides sortaient de la masse, se tendaient et nous faisaient signe, s'éteignant et se reformant comme des bouches aspirantes et sans dents. Je vis un œil immense et sans paupières se transformer en deux lèvres souriantes, puis se dissoudre en une fistule toute ridée.

« Clanna na cù ! » grogna Cynan en serrant les dents.

Tegid, rôdant à quelques pas de là, murmura : « Quelque chose est en train de s'agiter ici, quelque chose qui était endormi depuis la nuit des temps. L'ancien Malin de ce pays s'est réveillé, et ses larbins se remettent à sillonner ses terres... »

Cynan tourna son visage en sueur en dépit du froid. « Qu'est-ce qui est à l'origine de tout cela ?

— Serait-ce Paladyr ? » dis-je, l'air pensif. « Aurait-il fait quelque chose de particulier pour provoquer ce... cette puissance du mal... quelle qu'elle soit ?

— Peut-être, admit Tegid. Mais je pense qu'il s'agit d'un être bien plus puissant que Paladyr... une simple présence, peut-être. Je ne sais pas. Je la sens au milieu de nous. » Il appuya son poing contre sa poitrine. « C'est une sensation de grande cruauté. Je ne pense pas que Paladyr serait capable d'une telle haine et d'une telle malice. » Il se tut, sembla réfléchir, puis ajouta : « Cela ressemblerait plutôt à… » Les formes spectrales se composaient et se figeaient, se transformant successivement, selon les modes les plus subtilement suggestifs. Cette danse macabre, silencieuse et changeante, me fit penser à la horde démoniaque de Lord Nudd pendant la bataille de Dun na Porth à Findargad. « Lord Nudd, dis-je tout haut, prince de l'Uffern et d'Annwn…

— Celui du conte de Ludd et Nudd ? » demanda Cynan, surpris.

— Oui, celui-là même. »

Tout en mentionnant ce nom, je commençai à ressentir un étrange effet d'hypnose. Quelle que soit la puissance hostile qui animât ce brouillard, elle commençait à exercer une terrible influence sur nous. Je me sentais tiré vers elle, enjôlé, happé. Fasciné, mon esprit était aspiré par tout ce déploiement tourbillonnant de formes mutantes.

Venez, venez, avait l'air de dire le brouillard, *étreignez-moi et laissez-moi vous soulager. Votre combat peut prendre fin ; vous pourrez connaître le terme de vos efforts. Ô douce libération ! Oui, votre libération est proche…*

Ces insinuations sournoises s'étaient révélées d'un effet particulièrement convaincant pour un certain groupe de guerriers meurtris et épuisés. Depuis longtemps sur la route, au milieu d'une terre âpre et hostile, ils avaient été les premiers parmi nous à faiblir. Un jeune guerrier, à l'autre bout de notre cercle de feu, jeta son bouclier et s'effondra tête la première. J'appelai ses compagnons qui le relevèrent.

Il n'avait pas plus tôt réintégré les rangs qu'un autre guerrier, un homme du nom de Cadell, poussa un cri, laissa tomber ses armes au sol, prêt à se précipiter dans le brouillard. Réagissant très vite, ceux qui se trouvaient de chaque côté de lui le rattrapèrent par le bras et le retinrent.

Cadell résistait. Il donnait des coups de pied, se secouait dans tous les sens pour se débarrasser de ceux qui le retenaient. Puis, se retournant, il s'apprêta une fois encore à rejoindre le brouillard. Un guerrier tout près de lui le fit trébucher avec la pointe de sa lance. Ses camarades lui tombèrent dessus aussitôt et le tirèrent vers l'arrière pour le réintégrer parmi eux. Comme pris d'une force surhumaine, lançant des coups de pied, se débattant dans le vide avec ses bras, Cadell expédia ceux qui le tenaient à distance. Hurlant comme un forcené, il chancela sur ses jambes puis, se retournant, s'avança une nouvelle fois d'un pas lourd vers le brouillard.

Appelant Bran à la rescousse, je me précipitai à sa poursuite. Il était à présent à proximité du brouillard qui paraissait surgir au-devant de lui pour l'étreindre, s'enveloppant autour de ses poignets et de ses chevilles. Je sentis une froide exhalaison, ondoyante, au moment où je posai la main sur l'épaule du guerrier — j'avais l'impression de la poser sur une roche humide.

Cadell s'entortilla autour de moi en tendant les bras. Son coude m'arriva droit sur le menton ; je fis un bond puis perdis l'équilibre ; je pensai que ma tête s'était déboîtée. J'étais tombé sur les genoux, des myriades de petites étoiles noires dansaient en cercle devant mes yeux.

Je me mis à secouer énergiquement la tête. Mon agresseur était une fois encore en train de s'avancer en titubant vers le brouillard. Je me remis tant bien que mal sur mes jambes et me lançai vers lui. Je n'essayai pas de le faire revenir, pas plus que j'essayai de le retenir ; c'était déjà trop tard. Je fis tout simplement un bond en levant ma main d'argent, puis la rabattis vivement sur sa nuque.

Le guerrier se raidit et relâcha vivement les bras. Il leva la tête et hurla, puis tomba vers l'arrière comme un arbre abattu. Il se cogna contre le sol et resta étendu sans un mouvement.

Craignant de l'avoir tué, je me penchai au-dessus de lui et posai les doigts sur sa gorge. Dès que j'effleurai son corps, il fut aussitôt pris de violentes secousses et de tremblements — partout, de la tête aux pieds —, comme s'il s'était mis à danser pendant son sommeil. Il battait nerveusement des paupières et respirait la bouche grande ouverte ; ses doigts s'accrochaient à moi comme des griffes, prêts à me saisir la gorge.

Je lançai violemment ma main d'argent contre sa tempe. Il se contracta et j'entendis un léger gargouillement dans sa gorge. L'air fut expulsé hors de ses poumons et puis encore quelque chose d'autre : une forme indistincte, translucide, comme une ombre qui s'envole. Celle-ci me frôla en s'échappant et je ressentis alors un frisson malsain et visqueux, une sorte de vide douloureux et pénétrant — comme si toute la solitude et la misère du monde entier s'étaient condensées en une *essence authentique du malheur* s'enfuyant le plus vite possible. Dans cet effleurement fugace, je ressentis l'angoisse irréfléchie de la créature, et compris ce que représentait le fait d'être un animal torturé, capable d'éprouver la douleur, mais incapable de pénétrer ses causes et ses raisons. J'avais le sentiment que mon cœur était prêt à éclater sous l'effet de cette si grande désolation.

Alors des mains me saisirent et me remirent sur mes pieds. La sensation de désespoir passa aussi vite qu'elle était venue. «J'ai retrouvé mes esprits», dis-je en baissant les yeux devant le corps étendu à mes pieds. À ma grande surprise, l'homme ouvrit les yeux et se mit sur son séant. Les guerriers se hâtèrent de nous mettre à l'abri à l'intérieur du cercle.

J'étais à peine retourné à ma place près de Tegid et de Cynan que la voix des mauvais esprits me fit à nouveau signe :

Venez, venez. Allez, venez donc et oubliez tous vos soucis. Laissez-moi vous prendre et vous conforter. Laissez-moi vous libérer de vos peines. Venez à moi... Venez à moi...

«Tenez bon, mes amis. Gardez votre sang-froid ! m'écriai-je. N'écoutez pas !

— Cela prend de plus en plus de force, fit Tegid en lançant un regard autour de lui. C'est notre propre peur qui l'alimente, et nous sommes en train de perdre la force pour y résister.» Il fit volte-face en me tirant avec lui. «Il devrait y avoir une solution... Aidez-moi !

— Cynan, avec Bran... prenez ma place, commandai-je en me précipitant pour suivre Tegid. Quoi qu'il arrive... tenez bon !»

Les tiges courtaudes et tordues des ajoncs que nous brûlions pour nous réchauffer ne suffiraient pas, mais les manches de nos lances étaient faites de bois de frêne. Agissant rapidement, nous élaguâmes les pointes de trois lances que Tegid me demanda de tenir pendant qu'il fouillait dans la petite bourse accrochée à sa ceinture pour prendre le Nawglan — le Neuf Sacré, ainsi qu'il l'appelait.

Prenant un peu de ce mélange spécial de cendres, il en versa une partie dans la paume de sa main droite, puis frotta sur toute leur longueur les manches des lances, chacun à leur tour.

«Eh bien voilà, dit-il lorsqu'il eût fini. Voyons à présent s'ils pourront tenir debout.»

Il n'était pas possible, naturellement, de planter ces manches de bois dans la pierre qui recouvrait la route. Nous essayâmes toutefois de les enfoncer entre les interstices des dalles. «Cela eût été plus facile avec les pointes de fer, regrettai-je.

— Ce rituel n'autorise la présence d'aucun métal, pas même l'or.»

Nous insistâmes toutefois et réussîmes finalement à enfoncer les trois manches des lances dans les interstices : l'un planté à la verticale, les deux autres de chaque côté inclinés légèrement de manière à former la figure d'une pointe de flèche — un *gogyrven*.

Ramassant des charbons ardents sur le bord interne d'un bouclier, nous allâmes disposer un petit tas de braises à la base de chacun des manches plantés dans le sol. Soulevant l'ourlet de sa cape, Tegid attisa les braises, qui s'enflammèrent brusquement pour venir lécher lentement les frêles tiges de bois.

Tenant son bâton des deux mains au-dessus de sa tête, le barde commença à marcher à pas rapides autour du brasier, effectuant des cercles solaires. Je l'entendis marmonner quelque chose entre ses dents en Taran Tafod ; je n'étais supposé ni entendre ni savoir ce qu'il disait.

« Vite, Tegid ! » le pressai-je.

Une fois accompli le troisième cercle, le barde s'arrêta face au gogyrven en flammes et dit : *« Dólasair ! Dódair ! Bladhm dó ! »*

Les mots de la Langue Obscure résonnèrent dans la vallée en se réfléchissant le long des parois abruptes.

Levant bien haut son bâton, Tegid commença à psalmodier les paroles d'un rite de purification.

Grand donateur !
Toi dont le nom est la vie même à ceux qui l'entendent,
Écoute-moi !
Tegid Tathal ap Talaryant, moi, Chef des Bardes d'Albion,
Regarde-moi m'installer au sein des cercles solaires ;
Entends ma prière implorante !

Vous, ciel et terre, roche, vent, soyez mes témoins !
Par le pouvoir de la Prompte et Forte Poigne,
je revendique ce sol
Et le purifie en le baptisant : Bwgan Bwlch !

Là, je contrôle le pouvoir du feu,
Là, je contrôle le pouvoir du vent,
Là, je contrôle le pouvoir de l'orage,
Là, je contrôle le pouvoir de la colère,
Là, je contrôle le pouvoir des cieux,
Là, je contrôle le pouvoir de la terre,
Là, je contrôle le pouvoir des mondes !

Tout comme s'efforce d'avancer le cygne sur le lac,
Tout comme s'efforce d'avancer le cheval dans la plaine,
Tout comme s'efforce d'avancer le bœuf dans le pré,
Tout comme s'efforce d'avancer l'ours sur la piste,
Tout comme s'efforcent d'avancer les hôtes de la forêt,
les cerfs et les biches,
Tout comme s'efforcent d'avancer toutes choses sur cette
terre,
Je m'efforce d'avancer et de contrôler tout cela,
En leur évitant toute confrontation avec le mal !

Au nom de Celui qui est Secret,
Au nom de Celui qui est Vivant,
Au nom de Celui qui Contient Tout,
Au nom du Monde Unique et Vrai — celui de Bwgan Bwlch,
Que tout cela dure aussi longtemps que l'homme survivra
Afin de murmurer son nom !

Après avoir prononcé ces mots, le Chef des Bardes rabaissa brusquement son bâton et vint frapper bruyamment les rochers. Il se retourna vers moi. « Voilà qui est fait. Espérons que cela sera suffisant. »

Le brouillard infecte se mit à frémir en se recroquevillant sur lui-même comme s'il se contractait sous une pluie de grêle — ou comme une créature effrayée par le feu mais en même temps réticente à laisser échapper sa proie. Les formes mutantes ondulaient au milieu de la masse tourbillonnante avec une fréquence toujours accrue.

Revenant vers ma place au premier rang, je brandis ma lance et me mis à invoquer d'une voix forte :

Au nom de Celui qui est Secret,
Au nom de Celui qui est Vivant,
Au nom de Celui qui Contient Tout,
Au nom du Monde Unique et Vrai,
Ce pays est celui de Bwgan Bwlch !

Bran, debout à côté de moi, reprit ces mêmes paroles et les proféra d'une voix claire et puissante. Bientôt, d'autres personnes se mirent également à les déclamer d'une voix forte et toute une psalmodie s'éleva contre l'esprit malin bouillonnant comme une écume infecte tout autour de nous. Nous récitions et le brouillard s'agitait en dessinant des formes spectrales et vagues dont les origines restaient mystérieuses.

Je vis un visage sans regard avec un groin de cochon et des oreilles de bouc ; une main agressive se transforma en chat à cinq têtes puis se métamorphosa aussitôt en une grosse bouche infâme et grimaçante qui s'ouvrait pour exhiber un énorme crapaud bouffi en guise de langue. Une paire de fesses bovines et décharnées se métamorphosa en serpent rampant avant de se désintégrer pour prendre la forme d'une multitude de cancrelats qui se dispersèrent et pullulèrent dans tous les sens.

Je vis une tête de cheval sur une tête de nourrisson ; le torse de l'enfant était prolongé par une paire de fines pattes de cigognes pleines de croûtes terminées par de longs pieds squelettiques de rongeur. Une gigantesque panse se gonfla puis éclata en laissant se répandre une multitude de lézards aveugles avant de se transformer en une couvée d'œufs de reptiles frémissants qui se fondirent ensemble pour se métamorphoser en deux têtes de sorcières aux mâchoires béantes…

« Plus fort ! » hurlai-je en constatant que nos psalmodies paraissaient en mesure de produire quelque effet. « Purifiez la terre ! Faites-la vôtre ! »

Les hommes redoublèrent leurs efforts. Les voix des guerriers, si longuement réprimées par le morne silence de Tir Aflan, se mirent à remplir le paysage troublé ; elles montèrent en un éclair le long des parois abruptes pour aller frapper les cimes glaciales. Et en vérité, il semblait bien qu'avec la seule force de nos cris nous allions pouvoir débusquer l'esprit malin du *bwgan* de sa tanière.

Avec une rapidité confondante, les métamorphoses effrayantes s'effectuaient à présent quasi instantanément. Des formes très bizarres se mêlaient les unes aux autres en un flot fantastique de formes mutantes — changeant maintenant beaucoup trop rapidement pour pouvoir être identifiées autrement que comme des figures brumeuses de silhouettes vaguement humaines ou animales.

J'entendis la voix puissante de Tegid s'élever au-dessus des autres. Sur ses lèvres, un chant — celui du rite purificateur. Les uns après les autres nous ajoutâmes notre voix à celle de Tegid, et la psalmodie s'élança vers le ciel, puissante, imposante, et le bwgan sembla se rétracter au son de nos voix. Nous chantions :

Là, je contrôle le pouvoir du feu,
Là, je contrôle le pouvoir du vent,
Là, je contrôle le pouvoir de l'orage,
Là, je contrôle le pouvoir de la colère,
Là, je contrôle le pouvoir des cieux,
Là, je contrôle le pouvoir de la terre,
Là, je contrôle le pouvoir des mondes !

Le chant purificateur du barde s'infiltra dans l'esprit mauvais comme un coup de lance embrasée — un vrai gogyrven choral. Le brouillard commença à se dissiper, puis à disparaître sous nos yeux.

Tout comme s'efforce d'avancer le cygne sur le lac,
Tout comme s'efforce d'avancer le cheval dans la plaine,
Tout comme s'efforce d'avancer le bœuf dans le pré,
Tout comme s'efforce d'avancer l'ours sur la piste,
Tout comme s'efforcent d'avancer les hôtes de la forêt,
les cerfs et les biches,
Tout comme s'efforcent d'avancer toutes choses sur cette
terre,
Je m'efforce d'avancer et de maîtriser tout cela,
En leur évitant toute confrontation avec le mal !

Juste au moment de disparaître, le bwgan se montra pour ce qu'il était : une gigantesque créature lourdaude, un monstre avec le corps immense et velu d'un ours, les pattes de derrière comme celles d'un renard, et celles de devant comme celles d'un aigle. Sa queue était comme celle d'un rat, très longue, nue, sans poils, mais son visage était, de façon extrêmement troublante, un visage humain — aux traits peu prononcés, avec de grosses lèvres et d'immenses oreilles pendantes, des yeux fixes, globuleux, et une langue épaisse qui dépassait.

Au nom de Celui qui est Secret,
Au nom de Celui qui est Vivant,
Au nom de Celui qui Contient Tout,
Au nom du Monde Unique et Vrai — celui de Bwgan
Bwlch,
Que tout cela dure aussi longtemps que l'homme survivra
Afin de murmurer son nom !

Puis, devenant de plus en plus translucide alors que le brouillard se dissipait, le bwgan disparut.

La chaîne montagneuse se mit à résonner des applaudissements de tous les guerriers qui lancèrent leur chant dans l'espace céleste de la nuit et celle-ci, brusquement, se mit à scintiller de mille étoiles éclatantes.

« Nous avons réussi ! s'écriait Cynan en donnant une tape sur toutes les épaules qui tombaient sous sa main. Nous avons vaincu le monstre, nous avons vaincu le bwgan !

— Magnifique, mes amis ! hurlait Bran. Extraordinaire ! »

Nous étions tous tellement occupés à nous féliciter les uns les autres que nous n'entendîmes pas la légère plainte qui venait des cimes les plus hautes. Mais Tegid, lui, l'entendit. «Silence, demanda-t-il. Silence !

— Silence ! vociféra Bran pour essayer de calmer les hommes. Notre barde veut prendre la parole !

— Écoutez !» dit Tegid en levant la main vers les sombres sommets.

La liesse étant finalement retombée, j'entendis un cri perçant, exsangue, lugubre — comme celui d'un grand oiseau de proie —, au loin, très loin, et s'éloignant très rapidement, alors que l'esprit impur disparaissait définitivement du monde des hommes.

Je regardai Tegid : «Alors, barde ?

— C'est le bwgan, répondit Tegid avec satisfaction. Il est en train de chercher un nouvel asile au milieu de ces cimes déchiquetées. S'il n'en trouve aucun avant le lever du jour, il mourra.» Lançant ses mains vers le ciel, il s'écria : «Regardez ! c'est un jour nouveau qui se lève sur Tir Aflan !»

Nous retournant tous ensemble, nous vîmes le soleil commencer à poindre à l'orient. Nous observâmes le spectacle — que nous attendions tellement, comme des hommes depuis trop longtemps privés de lumière. Bientôt un rayon de lumière éclatante effleura l'étroit défilé rocheux puis l'inonda, expulsant les ultimes ombres par la puissance de son rayonnement. La roche s'embrasa, rouge et or ; les cimes s'empourprèrent, chacune d'entre elles comme une pierre précieuse.

«Cet esprit du mal ne reviendra jamais ici, poursuivit le barde. Cette terre est à présent purifiée, reconquise par les hommes.

— Oui, c'est une véritable conquête !» s'écria Bran Bresal.

Ce fut un moment plein de joie, un soulagement tant attendu de voir s'ouvrir cette nouvelle journée. Toutefois, même au milieu de cette liesse, je ressentais le profond désespoir et la mélancolie de ce pays qui s'apprêtait à revivre. Nous aurions pu reconquérir ce défilé rocheux au même titre que tant d'autres mais, alors que la grande vague, inexorable, de douleur refluait enfin, je compris qu'aucun rite purificateur ne pourrait effacer cette période interminable de misère et de tourment. Il faudrait sans doute, songeai-je, un peu plus qu'un simple chant pour pouvoir sauver vraiment Tir Aflan.

Nous levâmes le camp et reprîmes notre voyage. Peu de temps après, de sombres nuages se rassemblèrent et cachèrent le soleil. La journée, qui s'était annoncée si lumineuse, s'enfonça une fois encore dans la pénombre — une pénombre encore plus sensible du fait de l'aurore éclatante à laquelle nous avions assisté. Je la ressentis — ainsi que nous tous — comme une blessure dans la poitrine, une brisure à travers laquelle l'âme elle-même s'échappait comme du sang.

Cinq jours, deux chevaux et trois cols de montagnes plus tard nous étions tous réunis, tourmentés par le vent et emmitouflés dans nos capes déchirées, fixant avec découragement un voile de nuages particulièrement menaçant suspendu au-dessus d'une ample vallée, au loin, en contrebas.

« Ces nuages sont d'un aspect bien étrange, fis-je observer.

— C'est de la fumée, répliqua Tegid. De la fumée, de la poussière. Et la peur. »

XXXII

DES ÉTRANGERS

Je scrutais la vallée. La route progressait comme une étroite cicatrice se déroulant à flanc de montagne pour aller se perdre dans un voile de fumée et de poussière. Mon corps tout entier était à l'affût du moindre signe : à l'évidence il y avait des marques de présence humaine. La fin du voyage était proche. Et je n'avais pas peur.

« Pourquoi avez-vous parlé de la peur ? demanda Cynan à Tegid.

— Regardez comme elle monte depuis ces nuages de fumée et de poussière, répliqua le barde en allongeant la main droit devant lui. Regardez-la jeter son ombre sur ce pays déshérité. Un grand malheur s'ouvre devant nous et une grande peur. » Tegid rabaissa sa main puis parla à voix basse : « Notre recherche a pris fin.

— Goewyn serait donc là ?

— Et Tángwen ? demanda Cynan avec grande impatience. *Mo anam*, mes frères ! Qu'attendons-nous ! Dépêchons-nous d'aller les délivrer sans tarder ! » Il nous regarda successivement l'un et l'autre. « Y a-t-il quelque chose qui nous en empêche ? »

Cynan avait-il vraiment pensé que nous allions sonner l'appel du carynx sans réfléchir et prendre d'assaut la vallée par la force ? Heureusement, le sang-froid de Bran prévalut. « Paladyr, très probablement, nous attend de pied ferme », dit-il en tendant à nouveau l'oreille vers les balises que nous avions vues. « Il est probable qu'il connaisse notre puissance ; mais nous, nous ne connaissons pas la sienne. Il serait bien de pouvoir nous en faire une idée avant d'ouvrir les hostilités.

— Eh bien venez, dis-je. Vous et moi nous irons en reconnaissance.

— Je viens avec vous», proposa aussitôt Cynan en commençant à s'éloigner.

Je posai ma main d'argent en travers de sa poitrine. «Restez, frère. Je pars avec Bran. Faites le nécessaire pour que l'armée soit prête et attendez notre retour.

— Ma femme aussi est retenue prisonnière, grogna-t-il. L'auriez-vous oublié ?

— Je ne l'ai pas oublié. Mais j'ai besoin que vous soyez là, près des hommes», répondis-je. Puis j'ajoutai : «...et prêt à les conduire si quelque chose devait arriver et si nous ne revenions pas.» Cynan fit la grimace, mais je vis qu'il se laissait fléchir. «Nous ne serons pas partis bien longtemps et nous nous dépêcherons de rentrer dès que nous saurons ce que nous voulons savoir.»

Cynan, toujours le regard de travers, finit par se rendre. «Eh bien allez-y. Nous serons tous fin prêts à agir dès que vous serez de retour.»

Bran apprêta rapidement deux chevaux et au moment de nous mettre en selle, Tegid retint les rênes et m'arrêta. «Vous m'avez demandé ce qui pouvait réveiller l'ancien esprit malin de l'Ignoble Pays, dit-il.

— Et vous connaissez la réponse, maintenant ?

— Non, avoua-t-il. Mais ce que je sais, en revanche, c'est que la réponse se trouve là-bas.» Le barde indiquait la vallée noire de fumée.

«Et bien je vais y aller pour mettre fin à ce mystère», dis-je.

Nous commençâmes, Bran et moi, à descendre dans l'ample vallée. La route était entièrement bordée d'énormes pierres rondes. Nous pensions avancer à cheval jusqu'au niveau du voile de brume, puis laisser les chevaux dans un endroit où nous pourrions rapidement les reprendre en cas de besoin. Et nous continuerions à pied afin de nous approcher le plus possible.

Nous faisions route en silence, gardant tous nos sens en alerte. Bran portait sa lance avec lui et moi mon épée dégainée le long de la cuisse. Mais nous n'entendîmes rien, si ce n'est le son creux du pas de nos chevaux sur la route avec, devant nous, le voile de fumée ondulant lentement comme une houle marine infecte.

Nous descendions de plus en plus, suivant la route en épingles à cheveux qui se déroulait vers le fond de la vallée. Une mer de fumée surgit devant nous et nous allâmes à sa rencontre.

Peu de temps après nous mîmes pied à terre et conduisîmes les chevaux à l'écart de la route pour les attacher derrière un rocher. Il y avait un peu d'herbe au pied de celui-ci qui occuperait les bêtes jusqu'à notre retour. Puis nous continuâmes à pied, à tâtons au milieu du brouillard. La fumée âcre nous brûlait les yeux mais nous restions vigilants, avançant avec grande prudence, nous arrêtant presque à chaque pas pour écouter. Étant arrivés aussi loin, nous ne pouvions pas nous permettre un seul moment d'inattention qui aurait pu ruiner tout ce que nous avions fait jusque-là.

Nous avancions à pas feutrés d'un rocher à l'autre, scrutant la route en contrebas avant de nous y engager. Peu de temps après, je commençai à percevoir un rythme de tambour, lent, grave, comme si le cœur de la terre s'était mis à battre sous nos pieds. Ce roulement régulier résonnait dans le creux de mon estomac et vibrait sous la plante de mes pieds.

Bran le percevait lui aussi. « Qu'est-ce que c'est ! demanda-t-il lorsque nous nous arrêtâmes de nouveau.

— Cela vient de la vallée. » Le voile de fumée devenait de plus en plus ténu au fur et à mesure que nous descendions, et je me rendis compte que nous allions bientôt nous retrouver en dessous. « Par là. » Je désignai une grosse pierre anguleuse qui dépassait du bord de la route. « Nous devrions y voir un peu plus clairement à partir de là... »

Nous avançâmes jusqu'à la pierre, progressant sur le sentier sinueux qui descendait de plus en plus bas. Le bourdonnement rythmique résonnait toujours plus fort. En peu de temps nous atteignîmes le rocher et fîmes halte pour nous reposer et surveiller les alentours.

Le nuage de fumée formait une sorte de plafond au-dessus de nos têtes, sombre et épais. Et, s'étendant à nos pieds, un véritable spectacle de désolation : toute la cuvette de cette ample vallée n'était qu'une gigantesque fosse aride ; de petits tertres couleur rouille, avec des pierres toutes serrées les unes contre les autres, formaient un relief quelque peu fragile, menaçant de s'écrouler au-dessus des innombrables fossés accidentés, des cavités creusées — une terre burinée, rouge comme la rage, entaillée de violentes balafres comme dans une chair meurtrie.

Des panaches de fumée nauséabonde s'élevaient depuis des dizaines de conduits et de cavités, de feux qui brûlaient sur les versants recouverts d'amoncellements de scories. Et, mêlée à la fumée, l'odeur insupportable d'excréments humains mélangée à celle de la chair pourrissante et de l'eau putride. Une telle puanteur nous faisait littéralement mal à la gorge.

Se traînant au milieu de ces terres diaboliques, grouillant parmi ces tas de scories, naviguant au sein de ces innombrables fossés, il y avait des milliers d'hommes et de femmes — pullulant comme des termites, fouinant partout comme des fourmis, s'affairant, infatigables comme des abeilles —, ressemblant davantage à des insectes qu'à des humains. À moitié nus, couverts de poussière et de boue, de suie, les pauvres diables ployaient sous les énormes fardeaux qu'ils portaient sur leurs épaules ; escaladant des échelles branlantes, s'agrippant aux cordes, ils peinaient durement sur des tâches sans intérêt avec une grande détermination, remontant des sacs de cuir et des paniers d'osier remplis de terre qu'ils transportaient ensuite plus loin. Sordide au-delà de toute imagination, la vallée était au supplice au milieu de ce tumulte infernal et pullulant.

Observant fixement toute cette désolation, nous efforçant de comprendre la raison d'une telle minutie dans cette dévastation méthodique, nous ne pouvions que rester bouche bée, dans un sentiment de consternation. J'avais une sensation de profond malaise et de dégoût devant l'ampleur terrifiante de la mise à sac.

« Des asticots..., ronchonna Bran entre ses dents, ... qui se nourrissent des corps en décomposition. »

Un cours d'eau débordant de vie avait traversé jadis le centre de la vallée. Mais à présent, on avait édifié un barrage à l'une des extrémités de cette vallée et les eaux refluaient pour former un lac étroit, étouffant sous un dépôt crasseux et une boue couleur rouille. Au-delà du barrage, une colonne de fumée orange sombre s'échappait d'une gigantesque cheminée, par violentes bouffées, au rythme des lourdes pulsations de la terre. La fumée s'enroulait lentement sur elle-même, implacable, dès qu'elle sortait du tuyau de cheminée, pour s'ajouter à la lourde chape de saleté suspendue au-dessus de toute la vallée.

Je restai quelque temps avant de comprendre que je me trouvais devant une mine à ciel ouvert quelque peu rudimentaire. Les ouvriers qui transportaient et chargeaient la terre dans cette mine étaient tous humains : des hommes, des femmes, des enfants, souillés, débraillés, couverts de boue.

« C'est une mine... », déclarai-je avec peine.

Bran hocha la tête, impassible. « Vous pensez qu'ils cherchent du métal ?

— Sans doute. Mais je voudrais y regarder de plus près... »

Nous sortîmes sur la pointe des pieds de nos cachettes et continuâmes à descendre. La route amorçait ensuite un virage pour s'éloigner de la vallée en serpentant sur le flanc des montagnes. À un endroit, la muraille rocheuse se dressa verticalement sur le côté gauche de la route tandis qu'elle plongeait en à-pic sur la droite. De l'eau venue des hauteurs suintait sur les parois et s'accumulait pour former une étendue d'eau peu profonde avant de s'écouler en travers de la route et s'évacuer ensuite au-dessus du ravin. Ce petit ruisseau drainait les limons et la boue de l'escarpement rocheux, et formait un lit. Au moment de traverser le ruisseau mon regard fut happé par quelque chose qui s'agitait dans la vase et je m'arrêtai tout net.

Je tendis le bras vers Bran. Celui-ci se raidit brusquement, la lance prête à frapper, jetant un regard attentif tout autour de lui. Ne percevant aucun danger, il se retourna vers moi. Je lui montrai des traces imprimées dans la boue. Le Chef des Corbeaux les inspecta longuement puis se rapprocha encore pour mieux les examiner.

«Est-ce que vous savez de quoi il s'agit ? demanda-t-il.

— Oui», répondis-je. Le sang battait dans mes tempes, j'avais la tête qui tournait, je me sentais mal. «C'est une...» Puis je me tus en cherchant des mots qu'il pourrait comprendre. «C'est une trace de roue», dis-je enfin.

Bran s'agenouilla puis posa le bout des doigts sur le motif de dentelles imprimé dans la boue. «Je n'ai jamais vu de trace de roue qui ressemble à celle-là.

— Elle a été faite par...» Avant que j'aie pu finir ma phrase, j'entendis un grondement étrangement familier. «Vite, il faut que nous sortions de la route !»

Bran avait entendu le bruit mais n'avait pas bougé. Il fronça les sourcils, tendit le cou en tournant la tête de côté pour écouter, sans avoir conscience du danger. Saisissant brusquement le Chef des Corbeaux par le bras, je le tirai violemment pour le faire bouger. «Vite ! Il ne faut pas qu'on nous voie !»

Nous traversâmes précipitamment la route et dévalâmes en courant le versant de la montagne. Quelques instants plus tard j'aperçus une traînée jaune et le faible reflet d'une vitre sombre alors qu'une voiture passa à toute allure au-dessus de nos têtes. Elle ralentit aux abords du ruisseau ; il y eut alors un bruit de boîte de vitesses grinçant comme pour rétrograder, puis le moteur se mit à rugir — une sorte de borborygme très étrange —, et la voiture continua sa course.

Nous plaquâmes nos visages sur le sol boueux en évitant de faire le moindre mouvement. La voiture s'éloignait. Lorsqu'elle fut passée, Bran releva la tête, le visage atterré.

« Il s'agit d'une sorte de chariot, expliquai-je. Il vient du monde dont je suis issu. Et c'est lui qui a imprimé ces traces.

— Quelque chose qui n'est pas bon, assurément, ajouta-t-il.

— Et qui n'a aucune place ici, dis-je en me relevant. Allez. Nous devons nous dépêcher avant qu'ils reviennent. »

Nous escaladâmes à nouveau le talus pour rejoindre la route et marchâmes d'un pas pressé. Bran n'avait de cesse de regarder en arrière pour voir si un de ces drôles de chariots n'allait pas revenir à la charge. Mais la route resta déserte et, baissant la tête, je constatai que tout était redevenu calme.

L'apparition de la voiture me choqua et me perturba plus que je ne pourrais dire. Mais je n'avais pas le temps de m'arrêter pour en évaluer les implications. Il était désormais infiniment plus urgent de connaître quelle était la puissance de l'ennemi ainsi que ses positions.

Je fonçai tête la première le long de la route en essayant d'éviter les pierres, m'arrêtant pour reprendre mon souffle sans cesser de tituber. Bran me suivit en courant et nous pénétrâmes enfin dans la vallée, laissant loin derrière nous les amoncellements de scories et les tas de pierrailles.

Une pluie sale commença à tomber, laissant des taches bordées de noir sur ma peau. Les hommes, qui étaient occupés à la tâche, n'y firent pas attention. La poussière rouge se changeait lentement en une boue rougeâtre transformant la vallée en un vaste bourbier visqueux. Mais les ouvriers continuaient à peiner.

Avec Bran, nous nous glissâmes sous un gros rocher qui dépassait et nous installâmes en dessous pour observer. La première chose qui me frappa, après le choc provoqué par une telle dévastation et par la présence de Dyn Dythris — ces étrangers de l'Autremonde —, ce fut l'acharnement implacable des mineurs à la tâche. Ils travaillaient comme de véritables esclaves et pourtant je ne voyais personne pour les contraindre. Il n'y avait, pour autant que je puisse voir, aucun surveillant, aucun contremaître. Personne n'était là pour diriger le dur labeur. Esclaves peinant sous un fouet invisible, donc, les tâcherons couverts de boue s'acharnaient, s'épuisaient sous l'effort, s'enfonçant sous leur fardeau, pataugeant dans une épaisse mixture d'ordures, de bourbe et de suie.

Pauvres et ignorantes créatures réduites à l'état de bêtes ! pensai-je tout en me demandant qui les avaient ainsi asservies…

Il y avait une piste constituée de rondins qui avaient été jetés en travers du bourbier sur l'autre versant de la vallée. J'observai les hommes qui se débattaient pour se dégager des crevasses et des fossés, puis avançaient en trébuchant le long de cette voie pour se diriger vers le barrage. La piste traversait celui-ci et redescendait, au loin, à perte de vue, vers la cheminée. C'était apparemment la destination réservée aux ouvriers.

Je supposai que l'ardeur mise à la tâche par ces pauvres diables devait dériver de l'objet même de leur épreuve plutôt que de quelque force extérieure ou de quelque menace. Peut-être étaient-ils asservis par une passion profonde dissimulée au fond d'eux-mêmes. Peut-être désiraient-ils eux-mêmes travailler comme des bêtes de somme. À défaut d'autre explication, je décrétai qu'ils devaient être prisonniers de leur propre avidité.

«J'aimerais voir ce qu'il y a derrière ce barrage», dis-je à Bran.

Lentement, avec grande prudence, nous nous mîmes à contourner l'amoncellement de scories. Nous n'avions pas encore fait dix pas, péniblement, que nous nous retrouvâmes nez à nez avec deux tâcherons en train de creuser dans la boue infâme avec de rudimentaires pelles en bois. Ils nous regardèrent d'un regard terne et je pensai qu'ils allaient pousser un cri en voyant venir de tels visiteurs importuns. Mais ils se remirent à courber l'échine en reprenant leur travail, en nous lançant à peine un coup d'œil par-dessus leur épaule alors que nous avancions pour poursuivre notre chemin.

Ce fut la même chose encore plus loin. Il y avait là tant d'esclaves qu'il était impossible de ne pas être remarqués par certains ; mais une fois que nous avions été vus, on ne faisait plus attention à nous. Dans l'ensemble, on ne nous remarquait généralement pas, et si jamais c'était le cas, on s'en moquait.

S'ils n'avaient pas peur, ils ne semblaient pas non plus très curieux. Leur dur labeur, apparemment, les absorbait complètement ; ils s'y dévouaient totalement.

«C'est étrange, conclua Bran en secouant lentement la tête. Si c'étaient des animaux, je n'oserais pas les mettre à si rude épreuve.»

Dès que nous arrivâmes aux abords du barrage, nous contournâmes la piste et restâmes sur un sentier un peu surélevé, de manière à pouvoir observer ce qui se passait en dessous, tout en restant à distance. La cheminée crachante que nous avions aperçue faisait partie d'un complexe très étudié de bâtiments et était rattachée au plus grand d'où s'échappait le grondement, sourd et incessant, d'une lourde machinerie. Dans cette bâtisse principale entrait péniblement une procession infinie de mineurs traînant leur fardeau sous une galerie, et qui ressortaient avec des sacs et des paniers vides par une autre galerie.

Mon énergie, déjà bien entamée, m'abandonna encore plus. Car si quelque incertitude avait été encore possible, les derniers doutes disparurent devant le spectacle de cette fumée crachante et de cette machinerie ronflante. Il n'y avait là aucun signe ni de Paladyr ni de quelque guerrier que ce soit — pas plus qu'il n'y avait d'endroit suffisamment spacieux et protégé pour y retenir des otages… peut-être à l'exception de l'usine elle-même ; mais j'avais peu d'espoir de trouver les deux jeunes femmes dans un tel lieu…

« Goewyn et Tángwen ne sont pas là, dis-je à Bran. Il ne nous reste plus qu'à retourner au camp. » Je devinai la question sur son visage avant même qu'il la pose, et ajoutai donc : « Les Dyn Dythris sont venus en force pour piller Tir Aflan. Allons faire notre rapport aux autres sur ce que nous avons vu afin de pouvoir organiser un plan de bataille. »

Nous fîmes alors demi-tour et reprîmes le long chemin du retour pour rejoindre notre armée qui attendait. Nous avions presque rejoint la hauteur de la couche de fumée lorsque j'entendis le grondement détestable d'une voiture qui revenait.

Mon esprit ne fit qu'un tour. « Ce rocher, là-bas ! » Me retournant, je désignai un endroit derrière nous sur la route. Un imposant rocher marquait le tournant, et nous pourrions nous y dissimuler. Dès que nous fûmes sur les lieux, nous nous recroquevillâmes errière notre cachette en attendant que le véhicule soit passé.

J'entendis le moteur vrombir alors que le chauffeur rétrogradait à l'approche du virage. Les pneus de la voiture émirent un bruit mat sur la roche humide, à quelques pas de nous. Le bruit s'estompa rapidement et la voiture disparut dans la vallée.

Nous attendîmes jusqu'à ce que nous n'entendions plus rien, puis regrimpâmes à nouveau sur la route. Nous récupérâmes nos chevaux puis fîmes une petite halte afin de reprendre notre souffle. La vallée s'étendait loin derrière nous, en contrebas, d'un rouge pâle sous la pluie menaçante, comme une blessure sanguinolente.

Bran se leva et remonta en selle. « Partons d'ici, de ce *cwm gwaed*, fit le chef des Corbeaux, d'un air désolé. Cela me rend malade.

— Cwm Gwaed, marmonnai-je, la Vallée du Sang. C'est un nom qui convient bien, c'est vrai. » Bran ne répondit pas ; il fit faire un demi-tour à son cheval sur la route et tourna le dos à la vallée.

Au moment d'arriver au camp, deux guerriers au visage inquiet, Owyn et Rhodri, vinrent à notre rencontre, se précipitant pour nous accueillir et nous annoncer une nouvelle : « Il y a des étrangers qui arrivent ! »

Rhodri ajouta : « Cynan et Garanaw sont descendus pour aller à leur rencontre. »

Je me laissai glisser de ma selle et observai le camp : « Où est Tegid ?

— Le penderwydd observe la scène depuis la route, dit Owyn. Il m'a demandé de vous conduire près de lui dès votre retour. Je vais vous montrer. »

Rhodri prit les chevaux et Owyn nous conduisit, non loin du camp, jusqu'à un poste d'observation d'où nous pourrions surveiller la route qui remontait vers le col, où nous avions installé le camp. Tegid était là et Scatha était à ses côtés ; tous deux observaient, au loin, ainsi que les guerriers l'avaient dit, un groupe de cavaliers qui s'approchaient.

Le barde tourna la tête lorsque nous prîmes place auprès de lui. « Qui sont-ils ! demandai-je. Le savez-vous ?

— Regardez... », se contenta-t-il de répondre.

En peu de temps, je fus à même de distinguer avec plus de précision les cavaliers — en particulier deux d'entre eux, plus petits et plus légers que les autres. L'un des deux portait un chapeau blanc, ou quelque chose qui lui couvrait la tête. Lorsqu'ils furent plus près, il s'avéra que ce chapeau blanc n'était en réalité que la chevelure du cavalier. L'homme leva le visage vers l'endroit où nous étions et le soleil se mit à s'embraser au moment où il se refléta dans les lunettes de celui-ci.

« Nettles ! » criai-je. Et sans même réfléchir je me précipitai à sa rencontre.

XXXIII

UN REVENANT !

Le professeur Nettleton fit partir son cheval au galop lorsqu'il me vit dévaler la pente à sa rencontre. Le visage creux, les yeux hagards à cause du voyage, son large sourire donna la mesure de son soulagement. Je tendis les bras pour l'aider à descendre de selle, puis ce fut l'étreinte chaleureuse. « Nettles ! Nettles ! m'exclamai-je. Qu'est-ce que vous faites ici ? Comment avez-vous réussi à nous trouver ? »

Le vieil homme continuait à sourire en me donnant des petites tapes sur le bras ; il gloussait : « Le roi Calbha a mis à ma disposition trois solides guerriers, et Gwion nous a guidés. »

Je jetai alors un coup d'œil vers le reste du groupe et les regardai pour la première fois. Aux côtés de Cynan et de Garanaw il y avait trois guerriers, pas le moins du monde éprouvés par le voyage, chacun tenant les rênes d'un cheval chargé de provisions ; puis, sur un quatrième, le jeune mabinog de Tegid, Gwion Bach.

« Comment nous avez-vous trouvés ! répétai-je en secouant la main, quasiment incrédule. Je ne parviens pas à croire que vous êtes là.

— La simplicité même ! répliqua le professeur. Nous n'avions qu'à mettre le cap vers l'est. Une fois accostés, nous nous sommes contentés de suivre vos traces. » Il tendit la main en direction du jeune mabinog : « Gwion est particulièrement doué sur la question, expliqua-t-il. Sans sa faculté d'orientation, nous aurions eu mille fois l'occasion de nous perdre. »

Je me retournai vers les autres qui s'étaient rassemblés autour de nous : « Est-ce vrai, Gwion ? Vous avez suivi nos traces ?

— C'est exact, seigneur Llew, répondit le jeune garçon.
— Bien, dis-je. Peu importe après tout, vous voilà au terme de votre voyage. Vous avez réussi à nous retrouver. Mais vous devez être épuisés. Venez, vous allez vous reposer, et vous nous direz les nouvelles que vous nous apportez. Nous sommes impatients d'entendre le récit de votre voyage et la raison de votre venue.»

Nous revînmes ensemble, discutant avec ardeur des rigueurs du voyage. «Regardez par ici ! m'écriai-je lorsque nous arrivâmes au camp. Notre visiteur est de retour !»

Scatha et Tegid saluèrent les voyageurs en les accueillant avec un étonnement admiratif. Tous les guerriers se rassemblèrent pour acclamer leur exploit, en particulier parce qu'ils avaient aperçu les chevaux chargés de provisions et qu'ils humaient l'odeur de la bonne chère qui les attendait.

«Gwion a suivi nos traces», dis-je à Tegid en tapotant sur l'épaule du jeune garçon.

Le mabinog se redressa et répondit avec un air d'immense satisfaction. «Là où vous avez marché, fit-il, il y a une traînée de lumière. De nuit comme de jour, nous n'avons eu qu'à suivre l'*Aryant Ol*. Le Chemin Rayonnant nous a conduits jusqu'à vous.
— Bravo, mon garçon ! reprit fièrement Tegid. Vous me raconterez la suite plus tard.» Puis, regardant les autres, il dit : «Vous avez fait face à de grands périls et de grandes difficultés. Vous deviez être animés d'un grand désir pour venir ici. Pour quelle raison ?»

Gwion et les guerriers regardèrent vers Nettles, qui répondit : «C'est moi qui ai insisté, Penderwydd. Lord Calbha m'a mis en garde contre Tir Aflan. À chaque pas, j'ai eu peur que nous arrivions trop tard.»

Il se tut et tourna son regard à lunettes vers moi : «Il s'agit de Weston et de ses hommes...», fit-il en passant sa langue sur ses lèvres.

Il avait parcouru une longue distance avec ces nouvelles qui le taraudaient. «Ils ont réussi à ouvrir un véritable passage entre les deux mondes et ont trouvé le moyen pour faire passer des machines à travers cette brèche après avoir inventé des systèmes pour exploiter le pays — les diamants, ou autres choses de semblable valeur.
— Non, pas des diamants, rectifiai-je. Une sorte de métal précieux, je pense.» J'évoquai rapidement la cheminée et les machines, qui trahissaient une activité de fonderie. Puis je fis un compte rendu, à Tegid et aux autres, de ce que Bran et moi nous avions découvert dans la vallée.

Nettleton écoutait, une expression de tristesse sur le visage. Lorsque j'eus fini, il dit : « C'est encore pire que ce que j'imaginais. Je ne pensais pas que... » Puis il se tut, prenant conscience de la gravité de la crise.

« Venez, dis-je en pensant le réconforter un peu. Asseyez-vous. Reposez-vous, et puis nous parlerons. »

Mais il résista, posant sa main sur mon bras comme pour me retenir : « Il y a autre chose, Llew. Siawn Hy est vivant. »

J'ouvris grand les yeux : « Qu'est-ce que vous avez dit ?

— Simon est vivant, Lewis, dit-il en employant mon ancien nom pour replacer la discussion dans notre propre contexte. Lui et Weston travaillent ensemble. C'est ainsi depuis le début. »

Quand il prononça ces mots je sentis toutes mes certitudes s'effondrer comme un poids mort. C'était Siawn Hy, et non Paladyr, qui cherchait à se venger par le rapt de Goewyn. Paladyr lui avait peut-être prêté main forte, mais c'était Siawn Hy qui était derrière tout cela. L'ignoble traîtrise de Siawn était à l'œuvre une nouvelle fois dans le royaume des mondes.

« Llew ! fit le professeur en scrutant minutieusement ma réaction. Vous m'avez entendu ?

— Oui, je vous ai entendu..., répliquai-je avec découragement. Siawn Hy vivant... cela explique beaucoup de choses.

— Après leur premier contact, poursuivit le professeur, Weston procura quelques informations à Simon en échange d'un financement arrangé par l'intermédiaire du père de celui-ci. L'ambition de Simon était de se proclamer roi — il s'en vantait, même. Mais vous avez contrecarré ses plans. Plus, vous avez réussi là où il a échoué, souligna Nettles. Je ne crois pas qu'il vous le pardonnera.

— Non, fis-je songeur, je ne le pense pas non plus. »

Je fis quelques pas pour me mettre à l'écart puis, levant la voix, je m'adressai aux guerriers : « Déchargez les provisions et préparez un grand festin pour fêter le retour. Sans perdre de vue vos armes. Aujourd'hui, nous nous préparerons et prendrons du bon temps. Demain, ce sera la rencontre avec l'ennemi. » Les guerriers se dispersèrent pour effectuer leurs différentes tâches, et j'appelai Cynan, Bran et Scatha : « Nous allons tenir conseil maintenant pour élaborer notre plan de bataille. »

La nuit était tombée sur le camp depuis longtemps lorsque nous levâmes le siège ; les étoiles étaient comme autant de petites piqûres de lumières sur la sombre voûte céleste de la nuit. Nous avions passé les derniers moments de la journée en délibération, ne nous arrêtant que pour partager un repas fort bienvenu de pain, de bœuf salé et de bière, préparé avec les provisions qu'on nous avait rapportées. Cette nuit-là, pendant que tous les guerriers dormaient, je me mis à arpenter le périmètre du camp, retournant dans tous les sens les révélations du professeur pour essayer de comprendre ce que cela voulait dire.

Simon, gravement blessé par la lance de Bran, avait franchi le Seuil et avait alors été recueilli par l'un des hommes de Weston. Ils s'étaient précipités à l'hôpital, où on l'avait longuement mis en observation. «Aussitôt qu'il fut guéri, m'expliqua Nettles dès que nous pûmes nous retrouver un moment, Simon disparut. Et très peu de temps après, les travaux commencèrent pour de bon.

— Comment avez-vous pu démêler tout cela ?

— J'ai gardé un œil sur l'ensemble des opérations. J'ai même apporté mon aide.» Il s'inclina un peu en avant. «Vous souvenez-vous de Susannah ?»

À l'évocation de ce nom, un visage me revint vaguement en mémoire : une jeune femme aux yeux de braise, prête à tous les défis. Oui, je me souvenais d'elle.

«Susannah a été providentielle, fit Nettles d'un ton mesuré. Je lui ai tout raconté. Je ne sais d'ailleurs pas comment j'aurais pu faire autrement.»

Son visage devint grave. Il se tut un moment, puis reprit : «Ce fut après que Simon eut à nouveau disparu que je remarquai les premiers signes. Il fallait absolument faire quelque chose. Les dégâts sont alarmants.

— Les dégâts ?

— Les dégâts dans le monde manifeste. Il y a...» Il hésita, essayant de trouver les mots justes : «... il y a des *anomalies* qui franchissent le Seuil et arrivent jusque là-bas. On constate des aberrations presque tous les jours. Le Nœud, le Nœud Sans Fin, n'est-ce pas, est en train de s'effiler. Et le monde manifeste se réduit ; c'est un effet...»

Son regard était intense derrière ses lunettes rondes, m'implorant, me conjurant, me suppliant de comprendre. «Et c'est alors que vous avez décidé de revenir, suggérai-je.

— Oui, et lorsque Calbha m'a dit que Goewyn avait été enlevée et emmenée dans l'Ignoble Pays, j'ai eu peur d'être arrivé trop tard.»

La voix du professeur Nettleton se fit encore plus grave et insistante. «Il faut absolument les arrêter, Llew. Ils sont en train de manier des forces qu'ils ne contrôlent pas. Si de telles violations se poursuivent, ils finiront littéralement par détruire *tout*. Vous ne pouvez pas imaginer… »

L'avertissement résonnait à l'intérieur de ma tête, carillonnant comme pour annoncer l'apocalypse et je scrutai le silence du camp dans le froid glacial de la nuit. La fin était proche, je la sentais approcher, rapide comme un soleil couchant. Demain, j'affronterais mon ennemi et, avec le soutien de la Prompte et Forte Poigne, je vaincrais. Ou bien je mourrais.

La vallée apparut comme Bran et moi l'avions laissée — une entaille rouge dans le ventre de la terre. La fumée flottait sur tout comme un couvercle de suie, entravant le peu de lumière qui aurait pu s'infiltrer grâce aux rayons faibles et pâles du soleil. J'imaginai un instant cette lumière pénétrant le voile brumeux et faisant disparaître sous sa chaleur toute cette abominable corruption. Mais hélas, la lumière du soleil ne suffirait pas, loin de là, à faire reculer les dangers qui nous menaçaient.

Le lac, recouvert d'un dépôt crasseux, aux eaux croupissantes sous le voile de fumée, s'étendait comme un miroir terni. La puanteur du lac et des terres dévastées nous brûlaient la poitrine et piquaient nos yeux. Les hommes allaient devoir s'y accoutumer avant de pouvoir s'approcher.

« Les Dyn Dythris sont là », dis-je en pointant le bout de ma lance vers le barrage et la cheminée. Cynan, Bran, Scatha, Tegid et Nettles étaient là avec moi ; l'armée fut rassemblée derrière nous. « Je ne sais pas combien d'étrangers ont débarqué ici, mais il y a des chances qu'ils sachent déjà que nous sommes là, prêts pour l'affrontement.

— Parfait, grogna Cynan. Ainsi, on ne pourra pas dire que nous nous sommes contentés de surprendre notre ennemi dans son sommeil. »

Scatha observait la vallée, scrutant le moindre détail, ses deux yeux verts rétractés en deux fentes attentives. « Votre description était juste, mais il sera difficile de marcher le long de ce versant. Il faudra, je pense, utiliser le sentier », expliqua-t-elle en désignant la piste située sur la gauche du lac, celle que les hommes couverts de boue empruntaient pour traîner leur fardeau jusqu'à l'enclos construit derrière le barrage.

« Ces esclaves ne nous gêneront pas, dis-je. Ce n'est pas la peine de les éviter. Ils n'opposeront aucune résistance.

— Je ne vois aucun de ces étrangers, pas plus que leur *olwynog tuthógi* », dit Bran ; et plusieurs hommes se mirent à rire. Mais c'était un rire nerveux, et non un rire franc.

Je me retournai pour leur adresser la parole en utilisant les mots que j'avais médités pendant ma longue nuit sans sommeil. « Compatriotes et amis, nous avons accompli un long voyage et subi d'innombrables épreuves qui auraient découragé le commun des mortels. » Il y eut un murmure général d'approbation.

« Aujourd'hui, continuai-je, nous allons affronter un ennemi particulièrement trompeur et rusé. Trompeur, parce que ses armes sont celles de la lâcheté et de la fourberie. Rusé, parce qu'il est habile dans sa malice et sournois dans l'affrontement. Il vous apparaîtra comme un ennemi faible et indigne, comme vous n'en avez jamais rencontré au cours d'une bataille. Ses armes vous apparaîtront viles et d'une grande bassesse, mais ne vous y trompez pas. Car ils sont capables de tuer à distance, sans prévenir. Vous devez être vigilants à chaque instant… car plus cet ennemi paraît loin, plus il est dangereux. »

Les hommes se regardèrent les uns les autres, quelque peu perplexes, mais je poursuivis. « Vous devez comprendre et bien écouter ce que je vous dis. Les ennemis que nous allons affronter aujourd'hui ne resteront pas plantés devant vous. Ils courront et s'enfuiront. Et ils combattront tout en restant cachés. » Ces mots provoquèrent quelques ricanements pleins de mépris.

« Écoutez-moi donc ! continuai-je. Et ne vous faites aucune illusion. N'attendez d'eux aucun savoir-faire, ni aucun sens de l'honneur. Attendez-vous plutôt à beaucoup de confusion et de lâcheté… car ce sont là de solides boucliers pour un ennemi qui ignore ce que sont la valeur et le courage. »

Les guerriers applaudirent aussitôt, s'esclaffant bruyamment.

« Leurs forces ne se mesurent pas par leur nombre mais par leur avidité et leur soif de destruction. Ils détruiront vite et sans conscience, sans remords. Aucune pitié ne les retiendra, aucune clémence ne suspendra leurs bras. Ils ne connaissent pas la honte. »

De bruyantes manifestations de mépris retentirent devant la description d'un ennemi si peu digne de considération, mais je me mis à lever ma main d'argent pour demander le silence. « Écoutez-moi ! Nous ne nous battons pas aujourd'hui pour l'honneur, nous n'y gagnerons aucune gloire. Nous nous battons pour notre propre survie. Nous ne sommes pas nombreux mais notre alternative, c'est ou bien affronter l'ennemi, ou bien assister à la ruine de notre monde. Si nous échouons, Albion tombera, dévastée, sous la coupe du Mal qui s'est déjà abattu sur Tir Aflan.

« Nous nous battons aujourd'hui pour la libération de celles qui sont retenues prisonnières — pour Goewyn et Tángwen, certes, mais également pour tous ceux qui ne sont pas encore conscients du danger qu'ils courent.

« Par conséquent, nous devons procéder avec sagacité, avec astuce. Nous devons utiliser la ruse là où nous souhaiterions plutôt nous battre ouvertement, si par la ruse et la dissimulation, voire la fuite, nous pouvons nous épargner une bataille supplémentaire. »

L'armée n'apprécia pas cette idée. Chacun grogna contre des pratiques aussi lâches, mais je tins ferme. « Accrochez-vous à votre fierté et alors nous périrons. Abreuvez-vous de dignité, et alors nous mourrons.

« Aujourd'hui, nous allons vraiment nous battre, leur dis-je. Mais nous devons survivre à ce combat. Car si nous échouons, Albion s'effondrera. Et une fois qu'Albion se sera effondrée, toute la fierté, toute la dignité de ce royaume des mondes ne pourront plus rien pour nous ! »

Il n'y avait plus aucun bruit, plus aucune protestation. Mes paroles, tenaces, avaient atteint leur cible.

Je fis une pause avant de conclure. « Écoutez, frères. Si j'ai pu apprendre en son temps quelque chose parmi vous, c'est bien ceci : le véritable honneur ne réside pas dans l'habileté au maniement des armes ni dans la force des bras, mais dans la vertu. L'habileté finit par s'émousser, la force finit pas décliner — seule reste la vertu. Alors débarrassons-nous de tout ce qui est faux. Et préférons les valeurs de la vertu, et les honneurs du droit. »

J'avais parlé avec sincérité, mais pouvaient-ils comprendre ? J'avais le sentiment de n'avoir pas choisi le bon moment. Les guerriers ne comprenaient pas ; je les avais perdus et j'avais peut-être également perdu la bataille.

Alors même que le doute s'infiltrait en mon esprit, j'entendis une sorte de petit bruit sec. Je tournai la tête et aperçus Bran, le regard serein et dur à la fois, qui tapotait avec le manche de sa lance sur le bord de son bouclier. Clic ! clic ! clic !...

Le Vol des Corbeaux se joignit aussitôt à lui ; puis ce fut le tour de Scatha et de Cynan. Clic ! clic ! clic ! Et, par groupe de deux ou trois, le reste de l'armée se joignit à eux. Clic ! clic ! clic ! Le son était devenu assourdissant et il augmenta encore tel un orage de mauvais augure, alors que les manches de frêne frappaient le métal. CRAC ! CRAC ! CRAC !

Le vacarme avait atteint son point culminant puis s'arrêta si brusquement que je crus entendre l'explosion finale résonner à travers toute la vallée. Alors nous fîmes demi-tour sur nous-mêmes et commençâmes à descendre vers Cwm Gwaed, la Vallée Sanglante.

XXXIV

LE PIÈGE

Sinueuse comme un serpent, la route se déroulait jusque vers le fond de la vallée. Même si je m'y étais déjà aventuré, je me sentais angoissé, avec une boule dans la gorge, comme s'il s'agissait de la première fois... Il était encore très tôt, mais déjà les hommes de peine grouillaient comme des vers sur les terrils et au milieu des tranchées. La haute cheminée vomissait ses émissions nocives au-dessus du barrage, dans le triste vacarme des invisibles machines.

Ceux qui étaient avec moi fixaient la scène de leurs yeux brillants, muets de surprise devant tant de détresse. Incapables de comprendre l'acharnement aveugle de tous ces pauvres diables besogneux, les guerriers avançaient sans pouvoir détourner leurs yeux de ce spectacle.

Nous avions divisé l'armée en trois bataillons, chacun placé sous les ordres d'un chef de guerre ; Scatha, Cynan et moi nous étions à la tête d'un groupe de fantassins. Seuls les guerriers du Vol des Corbeaux étaient à cheval, laissant Bran disposer les lignes sur le champ de bataille comme il l'entendait, partout où le besoin s'en faisait sentir. En ce qui concernait le reste de l'armée, j'estimai que leurs chevaux ne nous seraient d'aucun secours ; sans eux, nous pourrions davantage profiter, pour nous couvrir, des aspérités et des dépressions du terrain chaotique et rocailleux. Tegid, Gwion et Nettles étaient restés en arrière pour surveiller les chevaux non utilisés. Comme pour la bataille contre Meldron, le Chef des Bardes souhaitait superviser les combats et nous soutenir selon son rite.

L'armée de Cynan atteignit le fond de la vallée et s'engagea en direction du barrage le long du lac pollué ; je conduisis quant à moi mes hommes par la route supérieure ; Scatha et ses guerriers empruntèrent le sentier afin de rejoindre la rive opposée du lac, en faisant tout ce qu'ils purent pour se confondre dans le paysage criblé de crevasses. Bran avançait devant nous, hors de notre vue ; lorsque je fis une halte pour regarder en arrière, je ne pus apercevoir le Vol des Corbeaux nulle part.

Les premiers tirs arrivèrent sans prévenir. J'entendis le long sifflet strident d'une balle et le ricochet résonnant sourdement sur le versant de la colline en dessous de nous. Peu de temps après, la détonation résonna dans la vallée comme un craquement de tronc d'arbre. Je fis signe aux hommes de s'allonger sur la route. Puis à nouveau plusieurs tirs vinrent se planter à flanc de coteau. Pris de panique, ayant perdu tout contrôle, nos ennemis n'avaient pu attendre que nous nous mettions en ligne et avaient ouvert le feu prématurément. Cela nous offrit une première opportunité de repérer leurs positions et d'évaluer leur nombre sans prendre nous-mêmes de risques.

De fines volutes de fumée blanche sortant du bout de leurs fusils trahissaient leurs emplacements alignés au sommet du barrage.

Je scrutai la vallée et la rive opposée du lac et vis que Scatha et Cynan s'étaient arrêtés pour prendre eux aussi position. L'ennemi nous avait aperçus sur la route, comme je l'avais espéré, mais n'avait pas pensé à regarder ailleurs.

« Une telle sottise doit être récompensée..., murmurai-je à l'homme qui se trouvait près de moi.

— Eh bien soit, montrons-leur, seigneur, combien nous savons être reconnaissants... », répliqua le guerrier sans esquisser le moindre sourire.

Les balles, en contrebas, heurtèrent la roche sans provoquer de dégâts, puis les tirs s'estompèrent. Je fis signe aux hommes de rester baissés et nous recommençâmes à avancer, lentement, écoutant le long sifflet des balles et regardant le petit nuage de fumée blanche qui trahissait la présence d'un tireur ennemi. Je repris courage en constatant que les tireurs continuaient à se concentrer sur nous ; jusqu'à présent, ils n'avaient pas eu l'occasion de remarquer Scatha et Cynan qui, au-dessous d'eux, se rapprochaient de plus en plus.

Si je réussissais à capter l'attention des ennemis, ne serait-ce que quelques instants supplémentaires, cela permettrait à nos complices de continuer à se rapprocher en courant un moindre risque.

Je tendis la main pour que mes hommes s'arrêtent. Nous étions à présent presque dans leur ligne de mire. « Ne vous relevez pas ! lançai-je à voix basse. Et attendez mes ordres. »

Puis je me redressai et, brandissant ma lance et mon bouclier, je commençai à hurler : « Lâches ! m'écriai-je. Sortez de vos cachettes et battons-nous comme des hommes ! »

Je savais que l'ennemi ne me comprendrait pas. Je lançais ainsi mon défi dans la langue d'Albion uniquement aux fins d'encourager ma propre armée : « Pourquoi vous terrez-vous dans vos trous comme des vermines ! raillai-je. Sortez donc ! Et battons-nous face à face ! »

Ma ruse toute simple fonctionna. L'ennemi ouvrit le feu. Les balles allèrent se planter dans le flanc des crassiers, presque à mes pieds, projetant de la poussière et des éclats de roche... mais, trop courtes, elles continuaient à rater leur cible. Ils n'utilisaient que des armes légères — de simples pistolets ou de petites carabines. Des armes de plus gros calibre auraient porté plus loin, et avec beaucoup plus de précision.

« Où est votre chef ! lançai-je avec force en laissant ma voix résonner derrière moi contre la paroi vide du barrage. Où est celui qui vous commande ? Qu'il se montre et ose s'avancer vers moi ! »

Ces dernières paroles provoquèrent une nouvelle salve, hargneuse et vaine. Ce qui déclencha le rire des guerriers à côté de moi. Je leur donnai l'ordre de se relever, étant à présent certain que cela ne leur faisait courir aucun danger. Alors, venant se placer derrière moi, ils se mirent eux aussi à défier nos ennemis pour les intimer à se montrer et à se battre comme de vrais guerriers. Le tir groupé frappa en saccades comme une rafale de tambour, et le petit voile de fumée blanche se mit à flotter derrière le barrage.

« Combien en avez-vous compté ? demandai-je au guerrier le plus proche de moi.

— Trois fois cinq », répliqua-t-il.

Son évaluation confirma la mienne. J'aurais pensé qu'une quinzaine d'hommes armés de fusils pourraient venir à bout d'une bonne soixantaine d'adversaires... et nous étions beaucoup moins nombreux que cela ! Mais avec le peu d'adresse au combat dont ces quinze hommes faisaient preuve, ils ne parviendraient pas, même avec leurs armes, à nous battre aujourd'hui.

Scatha, incisive comme la lame qu'elle tenait à la main, ne fut pas la dernière à transformer notre diversion en avantage. En deux progressions rapides à ras de terre, elle et son bataillon avaient réussi à rejoindre le barrage, à le traverser et à redescendre de l'autre côté. Cynan les suivit, disparaissant derrière le barrage lui aussi, alors que nous raillions et trépignions comme des fous pour attirer l'attention des tireurs.

Au milieu de toute cette agitation, les esclaves couverts de boue continuaient à besogner, s'arrêtant à peine pour relever mollement la tête alors que les balles sifflaient au-dessus de leurs têtes. Étaient-ils absorbés à ce point qu'ils n'avaient plus aucune conscience, ni aucun intérêt pour ce qui se passait autour d'eux ?

Les tirs cessèrent finalement. Mais à ce moment-là le piège s'était déjà refermé.

« À présent nous devons trouver un moyen de les faire sortir de leur cachette de manière à ce que Scatha et Cynan puissent frapper, dis-je en pensant à voix haute.

— Maintenant, ils sont vraiment prêts à se battre, fit mon voisin. Ils ne pensent plus qu'à tuer...

— Alors voyons si une telle obsession les rendra téméraires. Nous allons former une ligne de rempart. » Puis je donnai l'ordre et les guerriers se mirent en place à mes côtés. Nous formâmes une ligne, épaule contre épaule, et commençâmes à avancer lentement le long de la route.

« Levez les boucliers ! m'écriai-je, et nous plaçâmes nos boucliers devant nous, en laissant les bords se chevaucher. Puis nous continuâmes à avancer.

Les tireurs ennemis retinrent leurs tirs. Nous nous étions avancés audacieusement le plus possible, et ils ne tiraient toujours pas.

« Stop ! » Je levai ma main d'argent. La ruse n'avait pas fonctionné ; nous n'avions pas réussi à attirer l'ennemi hors de sa cachette. Encore quelques pas, et un tir bien ajusté pouvait aisément transpercer nos boucliers en fer et en bois de chêne.

« Lâches ! » lançai-je en direction du barrage. Nous étions désormais suffisamment prêts pour apercevoir les tranchées peu profondes que les hommes avaient creusées tout au long du sommet du barrage. « Femmelettes ! Écoutez-moi maintenant ! Nous sommes les *Gwr Gwir* ! Montrez-vous au grand jour, et nous vous montrerons ce dont de vrais guerriers sont capables ! »

À ces mots, les guerriers commencèrent à frapper leurs boucliers et à railler l'ennemi invisible. Le choc des lances sur les boucliers se transforma en un grondement formidable. Les tireurs ne purent résister devant des cibles si aisément offertes : ils commencèrent à tirer à nouveau. Les balles heurtèrent les roches et retombèrent à nos pieds. Je donnai ordre à la troupe alignée de reculer de deux pas.

La tentation se révéla trop forte… les ennemis furent enfin tirés de leur tanière — quinze tireurs qui firent feu tout en se rapprochant.

La première salve vint se planter dans la roche à quelques pas devant nous. L'un des guerriers détourna une balle qui ricocha sur le rebord ; une balle frappa l'arrière de mon bouclier. Je sentis le bois frémir lorsqu'elle le transperça. Il était temps de battre retraite.

« Reculez ! lançai-je. Encore trois pas ! »

La ligne céda du terrain puis s'arrêta ; les huées et les sarcasmes continuèrent. Voyant que nous n'approcherions pas davantage, les tireurs ennemis attaquèrent.

Ils n'étaient pas encore sortis de leurs tanières que les silhouettes de Scatha et Cynan apparurent, comme surgissant du nuage de fumée derrière eux. Les tireurs furent adroitement piégés.

Ils tournèrent dans tous les sens, pris d'une soudaine panique et firent feu sauvagement. Deux d'entre eux tombèrent, victimes de leur propre incompétence. Un des hommes de Cynan prit une balle qui transperça son bouclier, et s'effondra. Le tireur paya aussitôt le prix de son acte. Une lance vibra en l'air et vint s'enfoncer jusqu'au manche, au plus profond de ses entrailles. L'homme s'affala en se tordant de douleur et en hurlant.

Après cette dernière victime, le courage de se battre quitta aussitôt les autres adversaires, et tous commencèrent à vouloir se rendre en criant et en jetant leurs armes.

« Terminé ! m'écriai-je. Allons rejoindre nos frères d'armes ! »

Nous descendîmes en courant le long de la route puis remontâmes jusqu'au sommet du barrage. Je jetai un rapide coup d'œil en arrière à la recherche des Corbeaux, mais ils n'étaient nulle part. Qu'est-ce qui pouvait bien les retenir ?

« Magnifique, Pen-y-Cat ! Bravo, Cynan ! » lançai-je. Scrutant la foule des ennemis, je fus surpris de voir l'homme sur qui on avait tiré se retrouver debout au premier rang ; son bouclier avait un morceau de métal arraché sur le coin supérieur gauche. Le guerrier était pâle et il saignait juste au-dessous de l'épaule, mais son regard restait lucide et il ne semblait pas impressionné.

Le tireur blessé n'avait pas eu autant de chance. La lance avait fait son office. L'homme gisait sans un mot à présent, totalement immobile.

J'encourageai alors mes hommes à réquisitionner les armes ennemies. « Rassemblez-les, fis-je, et jetez-les dans le lac ! »

Scatha et Cynan avaient fait mettre en rang les douze tireurs survivants. « Où est Weston ? » demandai-je en utilisant leur langue.

Personne n'osa répondre. Je fis un signe de tête vers Cynan. Il s'avança rapidement de quelques pas, frappa l'homme le plus proche de lui au milieu de la poitrine avec le bout de sa lance. Celui-ci s'écroula comme une pierre et roula sur le sol, les yeux révulsés de douleur, la bouche haletante, incapable de respirer.

« Je vous le demande encore une fois : où se trouve l'homme qui se nomme Weston ? »

Les prisonniers se lancèrent anxieusement des regards, mais aucun ne répondit. Cynan remonta la rangée, s'arrêta et leva une nouvelle fois sa lance. L'homme désigné eut un mouvement de recul : « Attendez ! Attendez ! » hurla-t-il en agitant les bras.

Cynan fit halte, pointant toujours sa lance.

« Eh bien ! dis-je. Parlez !

— Weston est au moulin », bafouilla l'homme en faisant un signe nerveux dans la direction de la cheminée derrière lui. « Il garde le moulin.

— Combien sont avec lui ! demandai-je.

— Trois ou quatre, je pense, répondit l'homme. Pas plus.

— Y en a-t-il encore d'autres ? »

L'homme devint réticent. Cynan menaça une nouvelle fois de la pointe de sa lance.

« Non, répondit-il prestement. Personne d'autre. Je le jure ! »

Je me mis à regarder les différents bâtiments regroupés au pied du barrage. Weston, en compagnie de trois ou quatre hommes armés se terraient dans le moulin. Les sortir de leur tanière allait se révéler une entreprise difficile et périlleuse.

Je levai ma main d'argent et donnai ordre à quatre guerriers d'emmener les tireurs. « Attachez-les solidement, fis-je. Et surveillez-les bien. Faites attention à ce qu'ils ne s'échappent pas. »

Je fis demander Scatha et Cynan pour qu'ils me rejoignent et je leur racontai ce que je venais d'apprendre. « Que suggérez-vous ? », leur demandai-je.

Ce fut Cynan qui parla le premier. « La vie de ces étrangers ne vaut pas la peine que l'on risque celle de nobles guerriers, s'écria-t-il avec mépris.

— Cependant, nous tenons ces hommes prisonniers — on ne peut laisser leur chef s'enfuir librement. » Puis je me retournai vers Scatha. « Et vous, Pen-y-Cat, qu'en dites-vous ? »

La guerrière fixait pensivement la cheminée pleine de fumée. « On fume bien les poissons. Pourquoi ne pas enfumer nos ennemis ? »

Ce ne fut pas une grande affaire d'escalader cette cheminée et de bourrer l'orifice avec quelques vêtements pour bloquer le conduit. En peu de temps, la fumée s'échappa par toutes les fissures de cette construction mal jointoyée.

Nous avançâmes et traversâmes avec prudence. Au moment où nous approchions, j'entendis un claquement de porte puis un bruit de moteur s'animer, et quelques instants plus tard, une camionnette sortit à vive allure de sa cachette, derrière le bâtiment, et s'éloigna en passant devant nous. Les yeux fixés et atterrés, les guerriers sursautèrent, en voyant le véhicule jaune, les roues battant la poussière et les graviers, qui s'éloignait à toute vitesse. Ceux qui étaient les plus proches lancèrent des pierres sur son passage et brisèrent deux glaces latérales, mais la camionnette réussit à regagner la route, tourna, puis s'éloigna, quittant la vallée par une autre route.

« À pied, nous ne parviendrons jamais à les rattraper », fis-je en regardant la voiture disparaître derrière les collines. Puis je me retournai vers Cynan et lui donnai l'ordre d'envoyer des hommes chercher les chevaux. Et, m'adressant à Scatha : « Nous allons les suivre. Si Nettles a raison, ils nous conduiront jusqu'à Siawn Hy et Paladyr. »

Nous forçâmes l'allure et suivîmes les empreintes de la camionnette. Il apparut à l'évidence que cette route était très fréquentée. Voulant prévenir toute embuscade, j'envoyai des éclaireurs pour couvrir la progression de notre armée. Nous avançâmes le long de la piste ascendante qui, bientôt, se mit à bifurquer pour s'éloigner de plus en plus de Cwm Gwaed ; puis nous commençâmes à grimper à nouveau vers les montagnes.

J'ordonnai l'arrêt des troupes sur la crête d'une colline, près d'un petit cours d'eau : « Nous allons nous reposer ici et attendre les chevaux », dis-je.

Alors que nous nous apprêtions à quitter la vallée, je me retournai pour regarder une dernière fois derrière moi. « Où est Bran ? » demandai-je, soudain surpris. « Qu'est-ce qui a bien pu lui arriver ?

— Vous n'avez pas à vous inquiéter pour lui, dit Scatha. Il est toujours là où il se sent le plus utile.

— Vous avez raison, Pen-y-Cat, acquiesçai-je. Mais j'aurais souhaité que mon Chef de Guerre soit là, à mes côtés… »

Les mots étaient à peine sortis de ma bouche que j'entendis une détonation venant de l'autre côté de la colline. Nous précipitant jusqu'au sommet, nous aperçûmes en contrebas la camionnette jaune qui venait d'être prise au piège dans un défilé... arrêtée en plein milieu d'un petit cours d'eau parsemé de rochers. Encerclant la camionnette qui avait calé, il y avait Bran et ses Corbeaux, à dos de cheval, et ils criaient en menaçant de la pointe de leur lance. Deux hommes étaient en train de tirer sans discrimination à travers les glaces brisées de la voiture.

Nous nous précipitâmes à leur secours en appelant les Corbeaux pour qu'ils battent retraite. Les quatre passagers de la camionnette pourraient être facilement raisonnés et je ne voulais absolument pas qu'un seul de mes guerriers soit blessé par une balle perdue.

Abandonnant le véhicule, ils coururent vers l'endroit où nous avions pris position pour se mettre hors de portée des fusils.

Les salves de tirs se poursuivirent encore quelque temps, puis cessèrent.

«Je ne vous ai pas vu sortir de la vallée, fis-je à Bran. Je me demandais ce qui vous était arrivé.

— Paladyr a attaqué le camp dès que nous sommes partis, expliqua le Chef des Corbeaux. Nous nous sommes précipités pour porter secours à Tegid et mettre l'ennemi en fuite. Nous les avons poursuivis, mais ils ont réussi à nous semer dans les collines. Lorsque nous avons vu que les *tuthóg-ar-rhodau* s'enfuyaient, j'ai cru que nous allions pouvoir les arrêter.»

Le moteur de la camionnette ronfla de nouveau ; nous entendîmes le bruit hésitant de la boîte de vitesses. La voiture traversa en cahotant le cours d'eau, les roues accélérèrent, puis elle disparut dans la vallée.

«Suivez-la, dis-je en m'adressant à Bran, et ne la perdez pas de vue. Mais n'essayez pas de l'arrêter, évitez de trop vous rapprocher. Il n'y a qu'un chemin et ils n'ont pas le choix : ils ne peuvent pas nous échapper. J'ai envoyé des hommes chercher les chevaux ; nous vous rejoindrons dès qu'ils reviennent.»

Le Vol des Corbeaux partit à toute allure, et alors que nous remontions vers le sommet de la colline pour attendre l'arrivée des chevaux, nous fûmes accueillis par le battement sourd des sabots qui résonnaient de l'autre côté de la colline. «Tegid est là avec les chevaux», fis-je à Cynan. Et peu de temps après, le premier cavalier apparut sur la crête, juste au-dessus de nous.

Mais ce n'était pas Tegid qui brandissait sa lance en rejoignant la crête ; et tous les cavaliers qui suivaient cet homme étaient étrangers.

Nous étions tombés dans un piège.

XXXV

TREF-GAN-HAINT

« Paladyr ! » hurlai-je, en m'arrêtant soudain dans ma course.

Les ennemis hésitèrent un instant, sur la crête de la colline. Puis le son martial d'un carynx retentit brusquement, puissant, assourdissant, et ils se mirent à dévaler la colline dans une avalanche de sabots trépidants et de lames bruyantes. Nous n'eûmes que peu de temps pour brandir nos armes et ils furent sur nous. Scatha sut aussitôt prendre la mesure de la situation : « Nous ne pouvons pas les affronter ici ! » s'écria-t-elle en faisant demi-tour pour s'éloigner. Puis elle se précipita vers le cours d'eau : « Suivez-moi ! »

Cynan, la lance tenue à bout de bras, brailla en s'adressant à ses guerriers pour qu'ils le rejoignent sur les traces de Scatha. Je fis de même et nous partîmes à vive allure, traversant le cours d'eau pour prendre un peu d'altitude ; le carynx continuait à nous frapper les oreilles et le galop assourdissant des chevaux ébranlait le sol sous nos pieds. Deux de nos guerriers, attaqués par derrière, furent précipités à terre et nous en perdîmes un troisième sous la lance de l'ennemi. Mais notre fuite simulée n'avait pas été prévue et nous réussîmes à regagner les hauteurs avant que Paladyr, perdant l'esprit en croyant la victoire trop facile, n'ait pu nous arrêter.

Bien que nous fussions à pied contre une force supérieure de guerriers tous à cheval, nous tenions désormais une position avantageuse : les cavaliers devaient en effet se battre sur un terrain en pente raide, plein d'embûches. Le sens stratégique infaillible de Scatha nous avait non seulement sauvé la vie, mais nous avait, en plus, offert un léger avantage.

« Ils sont particulièrement affamés ! s'écria Cynan en regardant les chevaux se débattre dans les éboulis rocheux de la montagne. Allons-y, frères, donnons donc la pâtée à ces hôtes tellement avides ! »

Replongeant la tête sous son bouclier levé, il fila devant lui, fauchant d'un large geste avec la lame de sa lance les pattes du premier cheval qui se trouva devant lui. L'animal hennit de douleur, s'effondra en renversant son infortuné cavalier sur le sol. Cynan frappa prestement de sa lance avant que l'ennemi ainsi projeté à terre pût s'enfuir.

Puis il redressa sa tête vers l'arrière et laissa échapper sauvagement un cri terrible de satisfaction. Deux nouveaux cavaliers ennemis tombèrent sous sa lance prompte comme l'éclair sans pouvoir l'éviter. Moi-même en tuai un quatrième en utilisant la technique de Cynan puis, regardant autour de moi, je vis que Scatha avait réussi à déloger trois autres adversaires en exécutant rapidement autant de raids qu'il fût nécessaire.

Le premier affrontement ne dura que quelques instants. Voyant que ses efforts ne lui offrait aucun avantage significatif, Paladyr fit bientôt signe à ses complices d'abandonner le combat. Ils se retirèrent sur la berge opposée du cours d'eau afin de se rassembler.

« Ce Paladyr n'est pas sot, fit observer Cynan. Au moins, il sait exactement à quel moment il faut battre retraite. »

Regardant de l'autre côté du cours d'eau, je vis Paladyr, nu jusqu'à la ceinture, le visage et la poitrine barbouillés de peinture bleue en signe de combat, les muscles du dos et des bras reluisant à cause de la transpiration. Il cramponnait une lance de bronze et un bouclier, hurlant quelque chose à ses hommes pour leur reprocher leur négligence et leur incompétence. Siawn Hy ne semblait pas être parmi eux, mais cela ne me surprit pas.

« Il n'est pas sot, acquiesçai-je, mais il est impulsif. C'est ce qui pourrait le perdre.

— Qui est avec lui ? » demanda Cynan.

Je scrutai l'armée de Paladyr : une bande d'individus mal dégrossis, armés d'anciennes armes de bronze comme celles que nous avions vues à l'intérieur de la tour en ruine. Leurs boucliers étaient lourds et de petite taille, leurs lances courtes, avec des lames peu tranchantes. Certains portaient des casques, mais la plupart en étaient dépourvus. Et seulement peu d'entre eux portaient l'épée en même temps que la lance.

Ils se déplaçaient maladroitement, sans assurance… comme s'ils n'avaient pas l'habitude de monter à cheval. Il ne faisait aucun doute qu'ils avaient espéré nous écraser dès le premier assaut ; et maintenant ils se retrouvaient face à un adversaire bien plus déterminé que ce qu'ils avaient prévu.

Il me vint à l'esprit que ce n'était pas vraiment une armée entraînée, mais plus simplement un groupe de brigands mal disciplinés. Des mercenaires, peut-être choisis parmi les ouvriers s'échinant dans la boue, là-bas dans la vallée. Même s'ils avaient des chevaux, il était évident qu'ils n'étaient pas habitués à se battre en restant sur une selle : leur premier assaut désastreux l'avait suffisamment prouvé.

« Llew ! cria Scatha en se précipitant vers moi. Est-ce que vous l'avez vu ?

— Non, répondis-je. Siawn Hy n'était pas avec eux. Mais que pensez-vous des autres ?

— J'ai l'impression que Paladyr a essayé de se constituer une armée de bric et de broc avec ce qu'il trouvait, répondit-elle.

— C'est exactement ce que je pensais, dis-je. Et elle va bientôt lui glisser entre les doigts.

— Comment, Llew, vous vanter, vous ! railla Cynan en s'efforçant de regravir la colline. Frère, est-ce que vous vous sentez bien ?

— Je ne me suis jamais senti aussi bien... », répondis-je.

Le son âpre du carynx annonça une nouvelle attaque, et l'ennemi retraversa bruyamment le cours d'eau. Cette fois, Paladyr avait rangé ses hommes sur une ligne et ils progressaient tous ensemble, espérant disperser notre fragile défense pour nous séparer.

Mais Scatha n'était pas à court d'idées. Elle rassembla l'ensemble des bataillons qui formèrent une sorte de triangle offensif. Incapables de grimper la pente escarpée de la colline et de nous frapper de biais, les cavaliers n'avaient pas d'autre choix que d'affronter la pointe de ce triangle.

Ils se précipitèrent vers nous au grand galop en criant, essayant du mieux qu'ils pouvaient de nous effrayer et de nous disperser. Mais nous tînmes ferme et les délogeâmes de leurs montures dès qu'ils arrivèrent à portée de nos lances. Huit cavaliers ennemis s'effondrèrent avant qu'ils aient pu faire demi-tour pour battre retraite. Et Paladyr fut contraint une nouvelle fois de suspendre l'attaque.

Alors que l'ennemi revenait sur ses pas et retournait se réfugier de l'autre côté du cours d'eau, je fis venir mes lieutenants près de moi : « J'ai le sentiment qu'ils n'ont pas la volonté suffisante pour soutenir une attaque.

— *Clanna na cù*, quel assaut pitoyable..., railla Cynan en avançant le menton, j'aurais honte d'être à la tête de cette assemblée d'incapables.

— Oui, et Paladyr est un chef militaire qui mérite mieux — ou du moins il l'était. Je ne comprends pas.

— Leur inexpérience joue contre eux, observai-je. Ils n'osent pas nous défier, alors ils essayent de nous harceler et de nous épuiser.

— Eh bien ils seront déçus, fit Scatha en lançant un rapide coup d'œil vers le flanc de la colline. S'ils ne se montrent pas plus offensifs, nous pourrons leur résister sans difficulté jusqu'à ce soir.

— Nous n'aurions pas besoin de résister du tout si nous avions nos chevaux avec nous, dit Cynan.

— Eh bien alors, prenons les leurs, suggéra Scatha. Nous en ferons un meilleur usage qu'eux. »

Rapidement, nous imaginâmes un plan pour libérer le plus de chevaux possible lors du prochain affrontement. Et cela aurait pu fonctionner. Mais juste au moment où l'armée de Paladyr traversa le cours d'eau et amorça la montée le long du versant de la colline pour nous attaquer une fois encore, les Corbeaux arrivèrent. Un simple coup d'œil vers le Vol des Corbeaux qui fonçait en braillant le long de la colline et l'ennemi effarouché se dispersa... Ils retraversèrent avec force éclaboussures le cours d'eau pour disparaître sur le versant opposé. Bran était près de poursuivre la charge mais je le rappelai aussitôt.

« Je préfère que vous restiez avec nous, lui dis-je. Qu'avez-vous trouvé devant ? »

Une expression étrange se dessina sur la visage du Chef des Corbeaux : « Ils ont installé un campement, seigneur, dit-il. Mais je n'ai jamais rien vu de semblable.

— N'y a-t-il aucun danger ? demanda Cynan. Il y a peut-être encore un piège...

— C'est possible, admit le Chef des Corbeaux. Mais je ne le pense pas.

— Qu'est-ce qui vous fait dire cela ? » demanda Scatha.

Plutôt que de répondre à la question, Bran dit : « Je vais vous montrer. Ce n'est pas loin. »

J'appelai Drustwn et Garanaw : « Tegid devrait déjà être là avec les chevaux. Partez à sa rencontre, ordonnai-je, et ramenez-nous les chevaux au campement. Nous vous y attendrons. » Puis je m'adressai à Bran : « Montrez-nous cet endroit dont vous avez parlé...

— C'est par là », fit Bran en faisant avancer son cheval.

Il commença à nous guider vers les hauteurs de la colline puis le long du chemin de crête. Les Corbeaux qui restaient prirent position en arrière et restèrent vigilants, de crainte que Paladyr et ses hommes ne reviennent à la charge en nous prenant par surprise. Mais l'ennemi ne se manifesta pas.

À quelque distance sur la crête, la piste bifurquait et redescendait vers une autre vallée aux versants escarpés. Une rivière boueuse serpentait lentement au fond de cette vallée et à l'extrémité la plus proche, à flanc de coteau, un campement rudimentaire avait été aménagé. Les quelques édifices plus importants étaient construits avec de simples rondins de bois et le reste semblait bricolé... un agglomérat de morceaux de toutes sortes de matériaux. À quelque distance au-delà du campement il y avait un lac aux faibles reflets sous la lumière crasseuse.

Nous descendîmes dans la vallée et pénétrâmes dans cet étrange village par l'unique rue en terre battue, passant au milieu des baraques délabrées et rapiécées, entassées les unes sur les autres et penchant de tous bords. Sur une vaste surface, tout près de l'une des plus grandes bâtisses, nous nous arrêtâmes. Une rangée de baraquements branlants avaient été comme jetés là, le long de cette rue qui faisait face à la bâtisse principale, et entre les deux se trouvait un puits en pierre recouvert de boue séchée. C'est là que nous attendîmes Tegid avec les chevaux.

Depuis notre arrivée nous n'avions rencontré personne, et à en juger par les détritus et les crottins éparpillés dans tous les coins, je pensai que l'endroit avait dû être abandonné depuis longtemps. Mais dès que nous manifestâmes l'intention de rester un moment ici, les habitants, jusque-là cachés, se mirent à pointer le bout du nez. Comme des vermines sortant de toutes les fentes et les crevasses, ils s'avancèrent, d'abord hésitants, puis avec de plus en plus d'assurance. Boitillant, sortant précipitamment, exhibant avec peine leurs bras et leurs jambes meurtris et déformés, ils se traînaient vers la place. En peu de temps, nous fûmes assiégés par toute une foule de mendiants loqueteux.

Un grouillement d'hommes et de femmes qui tendaient les bras, la bouche grande ouverte, miaulant comme des bêtes attendant des restes de nourriture ou de vieilles nippes de rebut... alors que nous n'avions rien à leur donner. Tout comme les larbins couverts de boue travaillant à la mine, ceux-là offraient une aussi triste figure, le regard morne, les traits creusés. Plus laids encore que les humains, ils étaient là, les jambes noueuses, les épaules basses, pitoyables dans leur misère. En Albion, on ne savait pas ce qu'étaient les mendiants, et les guerriers ne comprirent d'abord pas ce que voulait cette masse qui se cramponnait à eux. Ils évitaient ces mains tendues, les repoussaient même, ce qui avait pour effet d'accroître l'insistance des supplications.

Cynan et Bran regardaient la foule pressante avec prudence, de plus en plus mal à l'aise ; mais ils ne dirent rien. « Nous devrions nous éloigner, dit Scatha, sinon nous allons avoir des problèmes.

— S'ils se rendent compte que nous n'avons rien à leur donner, répondis-je, ils finiront bien par nous laisser tranquilles. »

Mais j'avais tort. Les mendiants étaient de plus en plus insistants, plus pressants. Ils devenaient même agressifs. Quelques femmes commencèrent à courtiser nos hommes puis à se frotter littéralement contre eux. Les guerriers eurent — ce qui était prévisible — une réaction de dégoût et de rejet. Mais les enjôleuses éhontées ne lâchaient pas prise, continuant de les cajoler en poussant des petits cris aigus et en les cramponnant.

« Llew, supplia Scatha, quittons ce... ce *Tref-gan-Haint* immédiatement.

— Vous avez raison, admis-je. Retournons vers le lac, et nous attendrons les chevaux là-bas. »

Les mendiants commencèrent à gémir en nous voyant partir, puis à crier terriblement. Les femmes, dédaignées et carrément repoussées, nous suivirent en hurlant des insultes et des railleries. L'une d'entre elles, qui n'était guère plus qu'une jeune fille, aperçut ma main d'argent et courut dans ma direction. Elle tomba à genoux devant moi, saisit ma main et commença à la caresser.

J'essayai doucement de me dégager mais elle s'agrippait, tirant sur mon bras pour m'amener vers elle. Elle se mit à gémir puis à faire la moue et frotta ses lèvres sur ma main de métal.

« Je n'ai rien à te donner, dis-je fermement. Relève-toi, s'il te plaît. Il ne faut pas t'humilier de cette façon. »

Mais elle ne fit aucun geste pour me relâcher. La saisissant par le poignet je détachai sa main de la mienne et m'apprêtai à l'enjamber. Lorsqu'elle se rendit compte que j'allais l'abandonner, elle bondit sur moi en me griffant avec ses ongles. Je secouai brusquement la tête pour me dégager et elle retomba dans la poussière en se tordant et en implorant. Je me mis à l'enjamber pour m'éloigner. Elle me donna des coups de pieds, m'injuria... puis sa voix s'estompa peu à peu, se mêlant au vacarme général qui nous entourait.

J'ouvris un chemin à travers la foule afin de conduire mes guerriers à l'écart. Des mains s'agrippaient à mes bras et à mes jambes. Des voix se lamentaient, hurlaient. Je poussai devant moi, le regard imperturbable, ne regardant ni à droite ni à gauche. Qu'aurais-je pu leur donner ? Et qu'attendaient-ils de moi ?

Nous nous engageâmes à nouveau dans la rue étroite et puante et continuâmes jusqu'au bout, où les tas de détritus du village de baraquements se consumaient en exhalant une fumée répugnante. Là aussi il y avait des mendiants, fouinant dans les ordures et dans la fange à la recherche de quelques morceaux de nourriture oubliés.

Des chiens aux longues pattes, décharnés, reniflaient la boue. Un homme, complètement nu, la peau toute noire à cause de la fumée, était étendu là, à moitié recouvert de détritus ; il essayait de se tenir, à moitié vacillant, sur son coude et nous lançait des obscénités au moment où nous passions devant lui. Ses jambes n'étaient plus qu'un amas indescriptible de plaies purulentes. Les horribles chiens rôdaient autour de lui, se précipitant de temps à autre vers lui pour lécher ses plaies.

Détournant les yeux de cet affreux spectacle, je ne fus pas quitte pour autant. Je vis deux autres chiens qui se battaient pour une carcasse… tout juste un lambeau de chair pourrie encore raccroché à un squelette putride. Avec un brusque haut-le-cœur, je me rendis compte qu'il s'agissait d'une dépouille humaine et détournai aussitôt les yeux.

Tref-gan-Haint — c'était ainsi que Scatha avait nommé cet endroit, la ville pestiférée, malade et agonisante, lieu de toutes les souillures. Un spectacle de pourriture remplissait l'air des odeurs irrespirables d'une plaie putréfiée. C'était là le sort qui attendait, pensai-je, les esclaves dès qu'ils avaient fini de servir. Ils terminaient leurs jours comme des mendiants, se débattant au milieu des détritus. Cette pensée m'attrista, mais que pouvais-je faire ?

J'avalai ma salive et poursuivis ma route.

À peu de distance au-delà de ces baraquements, nous arrivâmes au lac peu profond d'où partait le cours d'eau et trouvâmes les lieux légèrement plus supportables. Même si le rivage était jonché d'éclats de silex, l'eau paraissait assez propre. Personne, depuis le taudis, ne nous avait suivis ; le lac par conséquent nous appartenait et nous pûmes poser nos fesses sur le sol dur de la berge pour attendre.

Je me mis à sommeiller puis à m'assoupir légèrement ; je rêvai que Goewyn nous avait retrouvés et qu'elle se trouvait juste devant moi. Puis je me réveillai et trouvai Bran assis à mes côtés ; il n'avait toujours pas de nouvelles des chevaux. Alors je me relevai et me mis à marcher avec Bran le long du rivage couvert de silex. Un soleil jaune sale se glissait derrière les sommets situés à l'ouest, étirant nos deux ombres sur la rive rocailleuse.

« Où est Tegid ? » dis-je, songeur, en regardant fixement la ville saccagée puis, au-delà, la crête rocheuse. « Pensez-vous qu'il ait dû affronter Paladyr ?

— C'est possible. Mais Drustwn et Garanaw savent où nous sommes, fit remarquer Bran. S'il y avait eu des problèmes, ils auraient fait appel à nous.

— Il n'empêche que je n'aime pas cela, continuai-je. Ils auraient déjà dû nous rejoindre.

— Je vais aller voir ce qui a pu se passer, proposa Bran.

— Prenez Emyr et Niall avec vous. Et renvoyez l'un d'eux avec des nouvelles dès que vous aurez trouvé quelque chose. »

Bran se dirigea précipitamment vers son cheval, monta en selle, appela les Corbeaux qui étaient restés là, et tous trois partirent aussitôt. Je les regardai s'éloigner jusqu'à ce qu'ils disparaissent, puis fis appeler Scatha et Cynan : « J'ai envoyé Bran en reconnaissance pour savoir ce que sont devenus Tegid et ses hommes.

— Il commence à se faire tard, dit Scatha. Peut-être devrions-nous essayer de trouver ailleurs un meilleur abri.

— Notre seul abri, ce soir, ce sera l'obscurité, je le crains... » Regardant vers la crête, je me mis à scruter les sommets, mais ne vis aucun signe manifestant le retour de quiconque. Qu'est-ce qui avait bien pu arriver à Tegid et à Nettles ?

Le soleil s'enfonça dans un horrible brouillard brunâtre et le crépuscule s'installa peu à peu. Lorsque le soleil eut disparu, le peu de chaleur qu'il y avait s'estompa avec lui ; je sentis la fraîcheur de la montagne se répandre dans l'air comme remontant du sol. Une brume se leva sur le lac et les vapeurs de la nuit commencèrent à descendre des montagnes comme des petits ruisseaux ondulant.

Les hommes avaient arpenté les versants rocailleux, autour du lac, à la recherche de bois ; et le peu qu'ils avaient trouvé fut allumé dès que la nuit tomba, formant des petits feux de camp qui crachotaient par intermittence et offraient peu de lumière.

N'ayant rien mangé depuis le matin, nous avions faim ; nous essayâmes de soulager notre estomac en buvant un peu d'eau du lac.

Elle avait un goût fade, légèrement métallique, mais elle était bien fraîche et nous désaltéra.

L'obscurité se fit plus profonde dans la vallée. Le ciel semblait retenir une faible lueur de lumière mourante et la légère brume qui s'était formée sur le lac et les collines se transforma en un épais brouillard.

J'arpentais nerveusement la rive couverte de silex, attentif au moindre son qui trahirait le retour de nos chevaux. Mis à part le clapotis de l'eau et l'aboiement, parfois, d'un chien dans le lointain, je n'entendis rien.

Je restai ainsi longtemps, à attendre, à écouter. Une lune rouge semblait suspendue au plus près des montagnes, observant tout comme un œil quasiment perplexe à travers l'épais brouillard, jetant un voile lugubre de faible lumière rougeâtre sur le lac et les coteaux.

Finalement, je me décidai à faire demi-tour pour reprendre la direction des feux de camp qui luisaient d'un éclat feutré à travers le voile de brume. J'arrivai à hauteur du premier feu et entendis les hommes qui bavardaient tranquillement, d'une voix chuchotée au milieu du brouillard. Mais j'entendis également autre chose.

Je m'arrêtai et retins ma respiration...

Un rythme lent et sourd, pesant comme un battement de cœur, résonna dans la nuit — boum... boum... boum... À cause du brouillard, le bruit semblait venir de partout à la fois. Cynan l'entendit lui aussi et me rejoignit. « Qu'est-ce que cela peut être ! demanda-t-il doucement.

— Chhhutt ! »

Nous restâmes sans faire un geste. Le battement devenait de plus en plus fort et de plus en plus précis... Boum-oum... Boum-oum... Boum-oum... pour finalement se réduire au lent galop d'un cheval bondissant à toute allure le long du rivage de silex.

« Nous avons un visiteur », dis-je à Cynan.

La cadence s'accéléra au fur et à mesure que le cheval se rapprochait, arrivant du fond de la vallée, à l'opposé de Tref-gan-Haint. Mon pouls se mit à battre au rythme de l'animal et ma main d'argent émit un picotement glacial à l'intérieur de mon bras.

« Je vais aller chercher une torche, fit Cynan en partant aussitôt comme une flèche. »

J'avançai encore de quelques pas en direction de notre visiteur. Ma main de métal brûlait sous l'emprise d'un froid glacial.

Le cavalier était plus près que je ne pensais. Je le vis aussitôt : pâle comme le brouillard lui-même, sortant brusquement des tourbillons de brume — les sabots ferrés de son cheval provoquaient des étincelles sur les silex, à chaque pas.

L'homme était recouvert de la tête aux pieds d'une armure de bronze qui brillait faiblement sous la lueur rougeâtre de la lune. Son casque portait un panache avec un haut cimier ; un étrange masque guerrier cachait son visage. Il portait une longue lance en bronze et un petit bouclier rond pendait à sa cuisse. Il avait aux pieds des chausses de combat en bronze et sur ses mains des gantelets couverts d'écailles de poisson, également en bronze. La selle, affublée d'un haut troussequin, était ornée d'innombrables petits rivets en bronze. Le cheval était également revêtu d'une armure : une têtière en bronze avec de longues cornes incurvées sur le front ; de larges plaques du même métal ornaient sa poitrine comme celle de son cavalier.

Même si je n'avais jamais vu cet homme, je pouvais le reconnaître. La banfáith m'avait depuis longtemps prévenu et même dans l'isolement d'une nuit brumeuse, je savais qui il était : c'était l'Homme de Cuivre.

XXXVI

AFFRONTEMENT NOCTURNE

L'Homme de Cuivre se dirigeait droit sur moi. Je fis un écart sur le côté au dernier moment et il tira brusquement sur ses rênes. Le cheval se cabra, ses pattes battirent l'air. L'homme leva une main et j'étais prêt à esquiver son coup. Mais au lieu d'une épée je vis qu'il tenait un gros sac noué à son extrémité.

Il tourna son visage recouvert de bronze vers moi, fixe et vide, et même si je ne voyais pas ses yeux derrière son masque luisant, je sentais la puissance de sa haine comme un souffle de chaleur sur ma chair. Ma main d'argent brûlait d'un feu de glace.

Le mystérieux cavalier fit tourner le sac une fois autour de sa tête puis le lâcha. Celui-ci tomba pesamment sur le sol et roula jusqu'à moi. Puis, poussant un cri sauvage, un cri de victoire, l'homme fit promptement faire demi-tour à son cheval et partit au galop par où il était venu.

Cynan accourut vers moi avec un tison enflammé qu'il venait de retirer du feu. « C'était Paladyr ? »

Je secouai lentement la tête. « Non, dis-je, je ne pense pas que c'était lui...

— Mais qui, alors ? »

Je regardai vers le sac posé près de moi sur la berge. Cynan se pencha et le ramassa. Je le lui pris des mains. Il y avait au fond quelque chose de rond et de volumineux mais qui ne pesait pas très lourd. Je détachai le nœud, ouvris le sac et regardai à l'intérieur, mais je ne pus distinguer clairement ce qu'il contenait.

« Par ici... », dis-je en reposant le sac par terre pour l'ouvrir en grand. Cynan rapprocha sa torche. Je regardai à nouveau... regrettant aussitôt de l'avoir fait.

Le visage exsangue, pâle, du professeur Nettleton, me fixait. Il n'avait plus de lunettes et sa chevelure blanche était toute parsemée de caillots de sang.

Je fermai les yeux et repoussai le sac loin de moi. Cynan s'en saisit.

Scatha, tenant une épée dans une main et une torche dans l'autre, accourut vers nous. « Est-ce... ? » Elle ne termina pas sa phrase.

« C'est l'homme aux cheveux blancs, dit Cynan. L'ami de Llew.

— Je suis désolée, Llew... », dit-elle après avoir gardé un moment le silence. Sa voix était grave, mais je me rendais compte qu'elle était soulagée que ce ne soit pas sa fille.

« Que dois-je en faire ? demanda Cynan.

— Mettez-le pour l'instant avec les cendres d'Alun », dis-je, le cœur brisé. « Je ne l'enterrerai surtout pas ici.

— Les cendres d'A... Mais C'est Tegid qui les détient », rappela Scatha.

J'avais bien entendu mais ne répondis pas. J'avais l'esprit envahi de questions. Pourquoi avait-on fait cela ? C'était un défi ? Un avertissement ? Qui avait intérêt à faire une telle chose ? Comment l'avait-on pris ? Et qu'est-ce que cela voulait dire ? Je fixai les volutes de brouillard en espérant que les réponses, tout comme le cavalier bardé de bronze, en sortiraient.

L'Homme de Cuivre ! Ces mots me sifflèrent comme des flèches en plein cœur. J'entendis une nouvelle fois la voix de la banfáith prononcer la sinistre prophétie :

Tout se prépare à advenir par l'Homme de Cuivre qui, monté sur son coursier de cuivre, travaille au malheur à la fois terrible et extrême. Debout, Hommes de Gwir ! Empoignez vos armes et contrez les fourbes humains en votre sein ! Les échos de la bataille résonneront parmi les étoiles du firmament et la Grande Année s'avancera jusqu'à sa consommation finale.

« Llew ! dit Cynan en m'effleurant doucement le bras. Qu'avez-vous, frère ? »

Je me tournai vers lui. « Réveillez les hommes. Vite ! »

Scatha me regarda avec insistance, le front plissé par le souci. À la lueur vacillante du feu elle ressemblait à Goewyn. « Armez-vous bien, Scatha, dis-je. Cette nuit, nous allons nous battre pour nos vies. »

Cynan lança un appel pour prévenir ses hommes et Emyr sonna longuement le carynx. En un éclair de temps le camp se mit à grouiller de soldats qui criaient et couraient dans tous les sens, empoignant leurs armes pour aller à la rencontre de l'ennemi qui déjà rejoignait, à toute allure, le rivage. Soudain apparurent, sortis du brouillard comme des fantômes, rang après rang, des dizaines d'hommes... toute une armée déployée avec son arsenal de guerre.

On me mit une lance dans les mains. Ne pouvant trouver de bouclier je sortis un tison du feu et courus prendre ma place au premier rang des guerriers — Scatha à ma droite et Cynan à ma gauche. Nous tournâmes le dos au lac et nous lançâmes vers la bataille.

Ils nous tombèrent dessus dans une véritable ruée, comme s'ils avaient voulu nous repousser d'un seul coup dans les eaux du lac. Mais nos guerriers étaient des durs à cuire, habiles dans les combats au corps à corps ; ils avaient tous affronté le Grand Chien Meldron.

Après le premier effet de surprise ils se mirent à l'attaque avec un plaisir féroce. En tant qu'hommes ils en avaient assez de Tir Aflan, des privations et des épreuves, et ne pensaient plus qu'à donner une bonne leçon aux ennemis qui leur avaient mené la vie dure.

Comme auparavant, l'ennemi, même s'il était protégé par une solide armure, n'était pas à son aise pour affronter directement de vrais guerriers. Mais ils étaient plus nombreux à présent que ceux que nous avions bravés plus tôt dans la journée, beaucoup plus nombreux.

Accusant le premier assaut, les guerriers d'Albion se répandirent comme un véritable feu, frappant avec ardeur et promptitude, marquant au fer rouge l'ennemi qui se ruait vers eux. L'affrontement qui en résulta eut pour effet de renvoyer les ennemis d'où ils venaient.

Encouragé par ce premier succès, Emyr se remit à souffler vigoureusement dans son carynx, et les guerriers d'Albion lui répondirent par des hurlements frénétiques. Le cri de guerre des hommes d'Albion résonna le long du rivage, fonçant sur l'adversaire comme un coup de poing.

Scatha, les cheveux au vent et la cape flottant derrière elle, fondit sur la ligne ennemie ; l'épée dans une main, une torche dans l'autre — une vraie Jeanne d'Arc avant la lettre —, elle frappait, provoquant mille étincelles, faisant mouche à chaque coup. L'ennemi s'enfuyait devant elle comme devant une tornade de feu.

Cynan fit venir à lui la fine fleur des guerriers de Caledon et ils commencèrent à dégager un passage suffisamment large pour faire passer un chariot, depuis le bord de l'eau jusqu'au sommet de la berge.

Je me jetai à mon tour dans la mêlée, entre mes deux lieutenants, frappant, taillant, donnant des coups avec ma lance. La pointe de mon arme était rouge à la lueur de la torche et je scrutais le flot bouillonnant de l'ennemi afin de repérer mon cavalier de cuivre. Mais ma main d'argent avait perdu sa froideur mystérieuse et c'était un signe qu'il n'était pas dans les parages.

Les ennemis bardés de bronze se mirent en travers de mon chemin, brandissant leurs épées au-dessus de leur tête. Leurs yeux brillaient sous leurs casques à cornes et leurs dents étincelaient sur le bord supérieur de leurs boucliers, alors qu'ils lançaient leurs cris de guerre pleins de sarcasmes.

Ignorant la présence de leurs armes, je me mis à fendre l'air devant leur nez du bout de ma lance, et ils s'arrêtèrent. Faisant ensuite tournoyer le manche, je fis une parade contre une première épée, puis contre une autre. Ensuite... crac ! crac ! Deux petits coups secs et rapides avec le bout de la lance, et deux casques voltigèrent alors que les têtes furent projetées en arrière : mes deux adversaires basculèrent, raides comme des statues.

Pas à pas, nous nous frayâmes un passage à coups d'épées, remontant vers la plage de galets séparée du lac, progressant par-dessus les corps de nos ennemis morts. Nous luttions avec ardeur ; nous nous battions comme des chefs. Et le combat prenait des allures brutales et désespérées.

Nous nous battîmes toute la nuit. Parfois, nous arrivions jusqu'au sommet de la plage de galets et nous prenions position. Parfois l'ennemi reprenait des forces et nous perdions du terrain. Une fois même, nous eûmes de l'eau jusqu'aux genoux, frappant contre les armures de nos adversaires avec nos épées émoussées à force de trop servir. Mais Scatha, évoluant au milieu des hostilités avec la grâce et l'équilibre d'une danseuse, fit une percée au plus profond des lignes ennemies, soutenue par quelques soldats. Plutôt que d'affronter sa rage effrayante, les ennemis reculèrent et leur progression fut réduite à néant.

Plus la nuit avançait, plus l'ennemi perdait courage. La fatigue s'installa. Empêtrés dans leurs lourdes armures de bronze, ils avaient une démarche étrange, embarrassée. Leurs armes et leurs boucliers vacillaient dans leurs mains tremblantes ; incapables de soulever leurs pieds, ils chancelaient, d'avant en arrière, sur le rivage de silex. Désespérés, ils titubaient en avançant vers nous.

Nous frappâmes. Ils tombèrent sous l'adresse de nos coups. Les corps des morts et des blessés commencèrent à s'empiler tout autour de nous comme des arbres qu'on abat, mais ils ne voulaient toujours pas battre retraite.

« Quelle que soit la raison qui les pousse, observa Cynan en ramenant sa main pleine de sang sur son visage en sueur, ils la craignent davantage que nous... »

Nous avions fait une pause pour reprendre un peu notre souffle, appuyés sur nos lances, les épaules se soulevant sous l'effort que nous faisions pour attirer l'air dans nos poumons. « Ils craignent leur propre seigneur, dis-je.

— Et de qui s'agit-il ?

— De l'Homme de Cuivre.

— Celui-là, ça n'est qu'un lâche, si vous voulez savoir, railla Cynan avec mépris. Je ne l'ai pas aperçu un seul instant depuis le début des combats.

— C'est vrai, il ne semble pas encore avoir rejoint le champ de bataille.

— Pas encore ? Mais son armée a été massacrée. S'il pensait nous avoir à l'usure, eh bien il a attendu pour rien ! »

C'était vrai ; les ennemis, épuisés, tombaient de tous les côtés grâce à l'adresse et à l'expérience de nos guerriers infiniment supérieurs à eux. L'obscurité, jointe à l'effet de surprise, avait agi pour le pire et nous avions vaincu ; à présent, nous étions prêts à les surpasser en nombre, peu à peu, réduisant implacablement leurs effectifs.

Je finis par comprendre qu'ils n'avaient absolument pas besoin de chef parce qu'ils n'avaient pas d'autre but que de nous écraser.

Ils mirent tous leurs efforts pour essayer de nous encercler, de nous coincer et nous mettre hors d'état de nuire — et, à défaut, de nous diriger de force dans les eaux du lac par la pression irrésistible de leur nombre.

Nous luttâmes contre un ennemi manquant de finesse et de métier, un ennemi dont l'unique espoir consistait à nous traîner par le seul moyen de la force brutale.

L'Homme de Cuivre ne prêtait pas la moindre attention aux nombreuses pertes que nous causions parmi ses guerriers... parce qu'il ne prêtait pas la moindre attention à ses hommes. Ils n'étaient pour lui que des cibles propres à contenter nos lames assoiffées de sang. Il les envoyait à la mort par vagues successives, sans résistance, croyant nous avoir à l'usure. Lorsque nous serions devenus trop peu nombreux pour pouvoir résister, il fondrait sur nous depuis son observatoire caché pour proclamer sa victoire.

Regardant ces pauvres adversaires qui levaient leurs armes avec si peu d'entrain, je me mis à les plaindre intérieurement. Ils étaient aveugles, ignorants et désorientés ; ils chancelaient dans la nuit, couverts de sang, et ils mouraient. Et, ce qui était assurément le pire, ils ne savaient pas et ne sauraient jamais pourquoi.

Ces hommes-là n'étaient pas nos véritables ennemis ; ils n'étaient que des marionnettes, de simples pions dans les mains d'un maître sans pitié. Leur mort n'avait absolument aucun sens. Il fallait à tout prix arrêter ce massacre. Je rabaissai ma lance en me redressant pour regarder autour de moi.

À l'est, le ciel commençait à s'éclaircir d'une lueur grise ; des rayons rouges se dessinaient sur l'horizon pur. Nous nous étions battus toute la nuit, sans aucun but ni aucun résultat. C'était insensé et il était temps d'arrêter.

Me retournant une nouvelle fois vers la ligne de front, je vis nos adversaires vêtus de bronze qui se tenaient là, mal à leur aise, la tête retombant sous le poids de leur casque, incapables de lever le bras. En faisant de grands pas, sûr de moi, je m'avançai vers eux. Leurs mains tentèrent sans conviction de brandir leurs lances usées alors qu'ils trébuchaient vers l'arrière.

« Llew ! » hurla Cynan en se précipitant vers moi.

Je tendis un bras, saisis la lance la plus proche de moi et la retirai d'un coup sec des mains nues de mon adversaire. Puis je la jetai à terre et en saisis une deuxième. Le troisième adversaire esquissa une parade maladroite avec son épée. J'agrippai la lame avec ma main d'argent et fis un mouvement de torsion pour le faire lâcher prise ; il n'avait quasiment pas résister… j'avais le sentiment de désarmer de simples enfants.

« C'en est assez maintenant ! hurlai-je. Terminé ! »

Tout le long du rivage des hommes s'arrêtèrent et se retournèrent en me dévisageant. Je désarmai encore deux guerriers, arrachant les armes de leurs mains molles. Puis je brandis ma lance et m'écriai : « Hommes de Tir Aflan ! fis-je en entendant ma voix porter jusqu'à l'autre bout du rivage. Jetez vos armes ; il ne vous sera fait aucun mal ! »

Je regardai fixement la ligne de front. Les combats se firent hésitants puis cessèrent complètement ; les hommes restaient stupidement bouche ouverte vers moi. Des dizaines de guerriers, épuisés, titubaient, incapables de lever à nouveau leurs armes.

« Écoutez-moi ! Le combat est terminé. Vous ne pouvez pas gagner. Jetez vos armes et rendez-vous. Arrêtez de vous battre… Vous n'avez rien à craindre. »

Les ennemis me regardèrent, bêtement : « Je n'ai pas l'impression qu'ils vous comprennent, dit Cynan en arrivant derrière moi.

— Ils comprendront peut-être mieux comme ça », répliquai-je. Levant ma lance bien haut je la jetai à terre, sur la rive couverte de rochers. Je fis signe à Cynan de jeter lui aussi son arme. Il hésita. « Allez, faites ! le pressai-je. Ils nous regardent. »

Cynan jeta sa lance par-dessus la mienne et nous restâmes tous les deux sans armes, encerclés de guerriers complètement déroutés.

Je levai ma main d'argent et dis : « Écoutez-moi ! Vous vous êtes battus et vous avez souffert ; nombreux parmi vous sont morts. Mais vous ne réussirez pas à vaincre et les combats doivent donc cesser. Jetez vos armes afin que les souffrances et le carnage puissent prendre fin. » Ma voix résonna tout le long de la rive. Ils continuaient à me fixer mais personne ne répondit.

« Vous vous battez pour sauver vos vies, poursuivis-je. Hommes de Tir Aflan, rendez-vous ! Jetez vos armes, et vous aurez la vie sauve. Vous pourrez partir librement. »

Ces derniers mots firent sensation. Ils écarquillèrent les yeux sans comprendre et un murmure d'étonnement passa entre eux. « Est-ce vrai ! demandèrent-ils. Vraiment ? »

Allongeant ma main vers un soldat proche de moi, je lui fis signe d'approcher : « Venez, dis-je, je vous rends votre liberté. »

L'homme lança un regard autour de lui, peu rassuré, hésita, puis s'avança. Il fit deux pas, mais ses jambes ne le retenaient plus et il s'affala brusquement à mes pieds. Me penchant vers lui je le saisis par les bras et le relevai. Je lui ôtai l'épée des mains et la jetai sur le côté. « Vous êtes libre, lui dis-je. Personne ne vous fera de mal. »

J'entendis un bruit métallique sur la pierre ; c'était un bouclier qui s'échappait d'une main qui n'avait plus de force pour le retenir. L'homme tomba à genoux. Je m'avançai à grands pas vers lui et le relevai : « Vous êtes libre. Allez rejoindre votre collègue. »

L'homme alla prendre place près du premier soldat et tous deux restèrent là, immobiles et tremblants dans la faible lueur du crépuscule, ne voulant pas croire à leur chance.

Les spectateurs avaient dû s'attendre à ce que j'exécute les piètres combattants. Mais voyant que je n'avais pas touché les deux premiers, un troisième guerrier décida de prendre le risque de me faire confiance. Je l'accueillis avec bienveillance et deux nouveaux soldats s'avancèrent, déposant leurs armes à mes pieds. Je les accueillis de même en les invitant à rejoindre les autres. Un nouveau soldat s'avança, puis encore trois autres.

«Cynan ! Scatha !» Je me retournai et leur fis signe de venir m'aider. «Préparez-vous, ça va être le raz-de-marée !»

Un déferlement d'armes et d'armures vint s'entasser bruyamment sur le rivage rocailleux tout le long du lac. Les hommes, épuisés par la lutte, n'eurent de cesse de se débarrasser au plus vite de leur fardeau. Après les hésitations du début ils se rendirent presque avec enthousiasme, enfin soulagés. Certains, parmi eux, étaient tellement bouleversés qu'ils pleuraient en songeant à la chance qui leur était offerte. Leur long cauchemar était terminé ; ils étaient sauvés, ils étaient libres.

Lorsque nous eûmes désarmé le dernier adversaire, je me retournai vers mes propres soldats qui attendaient en silence derrière moi. Je regardai leurs capes, jadis si élégantes et à présent toutes déchirées et sales à cause du voyage ; je regardai leurs visages, jadis si rayonnants et à présent décharnés, lugubres, ravagés par la guerre et les privations. La santé, la joie de vivre les avaient quittés, ils avaient renoncé à leurs femmes, à leurs enfants, à leur famille, à leurs amis, ils avaient renoncé au confort et au plaisir.

Dévoués jusqu'au bout, ils m'avaient soutenu dans toutes les épreuves et étaient encore prêts à me servir, à donner leurs vies si je le leur demandais. Meurtris, blessés jusqu'au sang, ils ne formaient qu'un seul homme, les armes prêtes, n'attendant que mes ordres pour obéir. Assurément, ils méritaient bien leur nom de Gwr Gwir, les Vrais Hommes d'Albion.

Levant ma main d'argent, j'effleurai mon front avec le dos de la main en guise d'hommage silencieux. Les guerriers répondirent par un cri de triomphe qui se répercuta en travers du lac et jusque sur les collines environnantes.

Je les libérai enfin et ils se dirigèrent aussitôt vers la rive pour aller boire et se baigner.

Je restai un instant à observer mes pauvres soldats déguenillés glisser leurs corps épuisés dans l'eau. «Regardez-les, dis-je en laissant jaillir une petite pointe d'orgueil dans la joie qui m'envahissait ; avec de tels hommes prêts à le soutenir, n'importe qui pourrait être roi !»

Cynan, appuyé sur sa lance, leva le menton : « Non, ils ne soutiendraient pas n'importe qui. Pas plus que moi », reprit-il en effleurant son front du dos de sa main.

La présence du lac se révéla être une véritable bénédiction. Nous étions là, à patauger dans les eaux fraîches couvertes de brume, soulageant nos corps meurtris. Le contact de l'eau nous redonnait de la vigueur, effaçait toutes traces de sang et de crasse dues à la guerre.

Je ressentis le léger frisson provoqué par la fraîcheur de l'eau sur ma peau et un souvenir me revint en mémoire, celui où, il y a bien longtemps, après ma première bataille, je m'étais également baigné et avais alors éprouvé le même sentiment de bien-être.

Mais ce sentiment de bien-être, aujourd'hui, se révéla de courte durée. Bran et les Corbeaux n'étaient toujours pas réapparus alors que le soleil était à présent bien haut dans le ciel, au-dessus des collines.

« Je n'aime pas du tout cela, dis-je sans détour en m'adressant à Cynan et Scatha. Quelque chose a dû leur arriver. Sinon, ils seraient déjà rentrés depuis longtemps.

— J'ai bien peur que vous n'ayez raison, acquiesça Scatha.

— Nous n'avons plus rien à faire ici, maintenant, dit Cynan. Nous pouvons rentrer à Cwm Gwaed et nous mettre à leur recherche. »

J'examinai les hommes, engoncés dans leurs armures, assis, jambes écartées sur le rivage. « Nous allons essayer de parler avec quelques-uns de ceux-là. » Et je désignai les hommes regroupés les uns près des autres. « Peut-être pourront-ils nous dire quelque chose.

— J'en doute, répliqua Cynan. Mais je le ferai si vous pensez que cela en vaut la peine. »

Je me retournai vers Scatha qui, s'étant débarrassée en se lavant des marques de sang et de suie qui la recouvraient, ressemblait moins, désormais, à Jeanne d'Arc et davantage à Modron, le Consolateur. Elle s'était fait des tresses et avait brossé sa cape et, à la façon dont nos anciens adversaires la suivaient des yeux, on pouvait supposer qu'elle réussirait plus facilement à délier les langues récalcitrantes.

« C'est à vous que je confie cette tâche, Pen-y-Cat, dis-je. Je suis persuadé que c'est à vous qu'ils préféreront faire des confidences plutôt qu'à Cynan-aux-Deux-Torques. »

Nous observâmes donc Scatha qui s'acheminait vers le groupe de nos anciens ennemis, s'arrêtant de temps en temps, se penchant vers l'un d'entre eux ou s'agenouillant auprès d'un autre, leur parlant avec grande conviction, les regardant droit dans les yeux lorsqu'ils répondaient. Je remarquai qu'elle posait sa main sur leur épaule à la façon d'une épouse ou d'une mère, s'adressant à eux autant par le geste que par la voix.

Peu de temps après Scatha revint. « Il y a un caer pas loin d'ici. Certains parmi eux y sont allés. Ils disent que l'Homme de Cuivre y retient des prisonniers.

— Est-ce que Tángwen et Goewyn se trouvent là-bas ? » demanda Cynan avec empressement.

Scatha se tourna vers lui, le visage sombre. « Ils ne savent pas. Mais il est bien connu que les Dyn Dythri se rendent souvent là-bas, et les *rhuodimi* viennent de là.

— “Les créatures grondeuses” ? » fit Cynan étonné.

Il voulait parler, je pense, des voitures et des machines. « Bref, c'est là que Siawn Hy attend, et c'est là que nous trouverons Goewyn et Tángwen. Et — je m'empressai d'ajouter —, à moins que je me trompe lourdement, c'est là que Tegid et les Corbeaux sont également retenus prisonniers. »

Scatha confirma. « Mais il y a autre chose : ils disent que le caer est protégé par un sort très puissant. Cet endroit semble les terrifier. »

Nous tournâmes le dos au lac et marchâmes vers l'est, suivant les directives qui nous avaient été données. Une brèche, invisible depuis le rivage, était ouverte à flanc de colline ; nous la traversâmes et nous retrouvâmes sur un vaste plateau.

La mer s'étendait devant nous, verte et calme sous un ciel gris moucheté. Et sur le sommet accidenté d'un promontoire rocheux s'avançant au milieu des flots mouvementés se trouvait une forteresse de pierre en ruine. Ressemblant beaucoup à la tour que nous avions vue précédemment, le caer trônait là, solitaire et abandonné sur son rocher, nu comme une relique d'un autre âge.

« L'Homme de Cuivre a élu cet édifice pour être sa forteresse », dit Scatha.

Nous avions fait une pause pour examiner les lieux au-delà du défilé rocheux ; mises à part la forteresse en ruine et quelques cabanes de pierres dispersées çà et là, où les guerriers étaient logés, ce pays était désert. Nos anciens adversaires nous avaient décrit fidèlement les lieux.

Nous nous rapprochâmes cependant de la forteresse avec prudence, observant le moindre signe pouvant venir des murailles délabrées. Je marchais en tête ; derrière moi Scatha et Cynan guidaient les Gwr Gwir. Craignant d'être abandonnés, les soldats vaincus suivaient à quelque distance.

Dès que nous arrivâmes à hauteur du promontoire, j'aperçus de lourdes traces de pneus dans la tourbe meuble. De nombreux rhuodimi avaient emprunté ce chemin. L'entrée de cet étrange portail qu'avait évoqué le professeur Nettleton ne devait pas être loin, mais je ne le voyais pas.

La mer s'agitait, gémissante, au pied du promontoire ; le vent faisait résonner sa plainte au milieu des ruines. D'énormes pans de rochers s'étaient enfoncés profondément dans la mousse épaisse au pied des remparts jadis dressés vers le ciel.

Nous restâmes le regard fixé sur les murailles renversées, à l'affût du moindre signe de vie.

« Arianhod dort au sein de son promontoire entouré par les flots », dis-je en pensant tout haut en même temps que je regardais le portail brisé, noirci par le temps et laissant pendre, à moitié descellés, les gonds de l'ancienne porte. Et Scatha aussitôt répliqua : « Seul le chaste baiser sera en mesure de lui rendre sa place légitime. »

Cynan nous lança un regard de côté. « Eh bien ! fit-il avec impatience. Est-ce que nous allons rester plantés là toute la journée ?

— Non, mais nous devons d'abord vérifier qu'il n'y ait pas d'autre entrée, dis-je.

— Eh bien qu'à cela ne tienne ! » Cynan fit un signe vers Owyn et trois autres guerriers qui disparurent en courant derrière la muraille de pierre.

Ils réapparurent à l'autre bout, peu de temps après. « Il n'y a pas d'autre entrée, dit Owyn.

— Avez-vous aperçu quelqu'un ? demanda Scatha.

— Personne, répondit le guerrier galanae.

— Alors nous allons pouvoir entrer. » Je levai ma lance en silence pour faire signe, et l'armée, en rang derrière moi, s'avança vers le portail.

Dès que nous rentrâmes dans l'ombre de la muraille, une voix se manifesta : « Halte ! N'approchez pas ! »

Ma tête pivota vers les remparts ruinés. L'Homme de Cuivre se tenait debout, immobile, au-dessus de nous et sur sa gauche, des masques de bronze attendaient en nous observant, la lance à la main.

« Ton armée est battue ! criai-je. Jette tes armes et libère tes prisonniers. Et ne traîne pas, sinon tu mourras ! »

Le guerrier de bronze pencha sa tête vers l'arrière et se mit à rire — un son horrible et odieux, que j'avais déjà entendu.

Puis le rire s'arrêta brusquement. « Ici, c'est moi qui commande ! hurla-t-il avec rage. Radoucissant alors sa voix, presque dans le même souffle, il ajouta : « Si c'est ta fiancée que tu veux, viens donc la chercher… Mais tout seul. »

Il disparut alors sans me laisser le temps de répondre.

« Je n'aime pas ça, grogna Cynan.

— Mais je ne crois pas que nous ayons le choix, fis-je remarquer. J'irai seul.

— C'est de la folie, objecta Scatha.

— Je le sais. Mais c'est un risque qu'il me faut courir pour Goewyn. »

Scatha fit un hochement de tête, glissa sa main sous sa cape et en ressortit un petit couteau. Elle fit un pas pour se rapprocher, passa derrière moi et plaça le couteau dans ma ceinture : « Je t'avais jadis armé, et je le fais une seconde fois, mon fils. Pour que tu sauves ma fille.

— Je m'y engage, Pen-y-Cat », répondis-je.

Elle me prit dans ses bras, m'embrassa, puis s'éloigna rapidement pour prendre place à la tête de l'armée.

Je fis deux pas en direction du portail.

« Attendez ! » Cynan accourut vers moi. « Vous n'irez pas seul tant que Cynan-aux-Deux-Torques est vivant, dit-il avec fermeté. Ma femme est également prisonnière et je viens avec vous. »

Il fit un pas vers le portail. « Évitons de perdre du temps à discuter ; allons plutôt secourir nos épouses… »

Il n'y aurait pas moyen de le dissuader. J'acceptai donc et nous avançâmes, tous les deux, jusqu'au portail que nous franchîmes pour nous retrouver dans la cour de la forteresse.

Les mauvaises herbes toutes jaunies sortaient par les fissures entre les pavés de la cour ; elles s'agitaient au vent comme de longs poils blancs. Des éboulis de pierres couvraient le sol. Des portails voûtés, tout autour de la cour, ouvraient sur de sombres couloirs déserts. À l'autre bout, face au portail principal, dominait une bâtisse surmontée de flèches pointues ; le toit était effondré et des tuiles, de forme courbe, jonchaient le sol comme des écailles de dragon. Un escalier en pierre, de quelques marches, donnait accès à une étroite porte en bois. Cette porte — de deux fois la hauteur d'un homme — était ouverte.

Soudain une sensation de froid parcourut ma main d'argent. « Il n'est pas loin... », murmurai-je à Cynan.

Nous gravîmes d'un pas ferme et discret les escaliers, fîmes une courte halte puis poussâmes la porte en grand. Nous fûmes aussitôt assaillis par une odeur de viande pourrie mélangée à de l'urine et à des excréments. La porte donnait sur un large vestibule jonché de détritus. La tête tranchée de deux malheureux était clouée au linteau qui dominait une porte basse. Les montants étaient tachés de sang.

Franchissant avec mille précautions la porte basse, nous débouchâmes sur une grande salle.

« Nous vous attendions, fit une voix. Nous vous attendions tous. »

XXXVII

UN EXPLOIT HÉROÏQUE

Des torches éclairaient l'unique salle immense, dispensant une triste lumière tamisée qui réussissait mal à chasser l'obscurité profonde des lieux. Au centre de la pièce trônait l'Homme de Cuivre. La lueur des torches qui vacillait sur la surface de son masque de bronze donnait l'impression que ses traits se transformaient sans cesse pour se recomposer.

Derrière lui se trouvaient deux portes fermées par des barres de fer. Alors que j'observais les lieux, le visage de Goewyn apparut à la lucarne d'une des deux portes et Tángwen à l'autre. Aucune des deux jeunes femmes ne criait, mais l'une et l'autre s'accrochaient aux barreaux de leur prison en nous regardant avec l'expression surprise et en même temps craintive de deux prisonnières qui ont depuis longtemps abandonné tout espoir de libération pour découvrir, finalement, que l'espoir ne les avait pas quittées.

Ma première pensée fut de courir vers Goewyn et de mettre en pièce cette prison de mes propres mains. Je voulais la prendre dans mes bras et l'emmener bien loin de cet immonde trou à rats.

Je fis quelque pas en direction de l'Homme de Cuivre. « Libérez-les ! dis-je.

— Tu n'es pas venu seul, fit l'homme d'un ton menaçant.

— Ma femme est également retenue prisonnière, éructa Cynan. Si vous l'avez touchée, je vous tuerai. Laissez-la sortir.

— *Ta* femme ! fit le guerrier couvert de bronze, faussement perplexe. Encore aurait-il fallu qu'elle partage ta couche ; mais Tángwen ne s'est jamais comportée en épouse avec toi, Cynan Machae.

— Qui es-tu ? » gronda Cynan en venant prendre ma place. L'épée tremblait dans sa main fermée... il la serra de toute sa force.

« Vous voulez qu'elles soient libérées ! s'écria brusquement l'Homme de Cuivre en faisant rapidement un pas sur le côté. Eh bien, libérez-les vous-mêmes. » Il allongea sa main et tendit un doigt recouvert de mailles de bronze pour le pointer vers un endroit précis de la salle encerclée par les torches. « Faites donc, je vous en prie... »

Je regardai vers l'endroit qu'il désignait et aperçus deux clés glissées dans un anneau et posées à même le sol dallé de pierres. Jetant un coup d'œil rapide vers les portes des cellules, je vis qu'on y avait récemment posé de nouvelles serrures de cuivre.

Je fis un signe de tête à Cynan et nous nous avançâmes avec prudence. Je recommençai à sentir une pulsation glaciale dans ma main d'argent, puis de nombreux picotements douloureux qui remontaient le long de mon bras. Je serrai les dents et continuai à avancer, ma lance prête à servir. Les clés avaient été placées au centre d'un motif de lignes entrelacées, lui-même bordé de traînées de cendres noires et de fragments d'os... les cendres de quelque sacrifice, je suppose. Les chaudrons exhalaient une fumée âcre.

« Qu'est-ce que c'est ! demanda Cynan. Le savez-vous ? »

Cette mise en scène n'était qu'une grossière parodie du *Môr Cylch*, le Labyrinthe de la Vie, mais tout y était à l'envers et brisé... les lignes tracées au hasard, irrégulières. Toute l'élégance et toute la beauté de l'original avaient été délibérément saccagées.

« Ça a son charme, fis-je à Tegid.

— Ce ne sont pas quelques traits griffonnés sur le sol qui vont m'impressionner ! » railla-t-il.

Avant que j'aie pu l'arrêter, Cynan s'était précipité devant moi et s'était penché pour saisir les clés. Dès qu'il pénétra dans le cercle, il fut instantanément paralysé, pris au piège et incapable de bouger. « Llew ! cria-t-il, les dents serrés et les mâchoires bloquées. Au secours ! »

Je lançai un regard vers le guerrier de bronze. Ses yeux brillaient d'une satisfaction noire derrière son masque de cuivre. « Oui, c'est ça, tu devrais lui porter secours ! » Sa langue de vipère sifflait quasiment. « Allez, essaie toujours de l'aider... » Puis il éclata de rire.

Ce rire, je le connaissais. Je l'avais déjà trop entendu pour ne pas l'identifier. L'Homme de Cuivre se mit à rire encore plusieurs fois ; il n'y avait plus le moindre doute, tout confirmait ce que je craignais.

«Ça suffit, Simon ! hurlai-je. Libère-le !»

Portant son gantelet de bronze vers son menton, le guerrier souleva son casque de métal puis l'enleva. Son visage était pâle, blême comme la mort et maigre, émacié. Sa chair paraissait presque translucide ; d'innombrables petites veines bleues parcouraient le dessous de ses paupières et la surface de son cou. On aurait dit un spectre ; pourtant je ne pouvais pas me tromper, c'était bien son menton, c'était bien son regard provoquant, rempli de haine.

«Siawn Hy», rectifia-t-il en s'approchant de moi.

Ma main d'argent se fit à nouveau sentir ; des piqûres de glace me tailladait la chair.

«J'ai fait ça pour toi, dit Siawn en désignant le cercle sur le sol. Mais je préfère cette version-là. Toi et moi, seuls, face à face.»

Il se planta devant moi et ôta son gant tressé de bronze de sa main gauche, qu'il leva lentement vers son front, paume vers le ciel. C'était un geste de barde — j'avais vu Tegid l'effectuer d'innombrables fois ; mais au moment où il retourna sa main, j'aperçus sur sa paume, tatouée à même la chair, l'image d'un œil.

Siawn laissa s'échapper toute une suite de mots dans une langue que j'ignorais. Je ne pouvais pas détacher les yeux du symbole taillé dans la chair. La peau exhibait une épaisse cicatrice, mais l'entaille était récente et il y avait un peu de sang qui suintait de la plaie.

Il parla encore, et les muscles de mes bras et de mes jambes se raidirent. Mon dos et mes épaules étaient comme des morceaux de bois. Bloqué dans cette étrange posture, je ne pouvais pas bouger. Ma lance glissa de mes doigts et heurta bruyamment le sol ; mes bras et mes jambes se contractèrent instantanément. Des paroles se déversèrent encore de la bouche de Siawn, un flot étourdissant capable d'anéantir toute résistance, un chant noir de puissance maléfique. Mon souffle se mit à refluer de ma bouche et de mes poumons. Cynan, immobile près de moi, émit un gémissement étouffé.

Quelqu'un criait mon nom — probablement Goewyn. Mais je ne pouvais la voir. Je ne pouvais ni fermer ni détourner les yeux. Le mauvais œil attirait toute pensée et toute volonté vers lui ; j'avais le sentiment qu'il était en train d'incendier mon esprit pendant que les mots prononcés par Siawn Hy m'encerclaient, bourdonnant à présent comme des insectes, croassant comme des corneilles. J'avais de plus en plus de mal à respirer, mais ma vue, en revanche, devenait de plus en plus pénétrante.

L'antique créature maléfique de Tir Aflan... C'était ainsi que Siawn Hy l'avait réveillée, et maintenant il l'utilisait comme une arme. Mais il régnait ici une force infiniment plus puissante, qu'il ne soupçonnait pas.

L'Être plein de Sagesse et de Bonté, c'est l'Être aux Multiples-Dons, pensai-je, *qui soutient tout ce qui fait appel à lui. Soutiens-moi désormais !*

Au même moment, je sentis l'awen sacré du penderwydd s'activer en moi. Comme une voile qui se déploie, mon esprit sortit de ses gonds. Un mot, un nom se formèrent sur mes lèvres et sortirent : « Dagda... Samildanac... »

Il se reforma brusquement dans ma gorge et se propulsa hors de mes lèvres : « Dagda Samildanac ! »

Des élancements d'un feu de glace irradièrent brusquement l'intérieur de ma main d'argent et remontèrent le long de mon bras jusqu'à mon épaule. Quelle que soit l'origine de la force que Siawn possédait, elle ne pourrait jamais éteindre l'embrasement glacé de ma main d'argent : la surface lisse du métal argenté était chauffée à blanc ; le motif au labyrinthe de lignes entremêlées — la Danse de la Vie — brillait d'un intense éclat doré.

La voix de Siawn tambourina dans mes oreilles alors que celui-ci s'approchait de moi en braillant comme un chien. Je vis à nouveau l'œil terrible taillé dans sa chair alors qu'il s'apprêtait à l'apposer sur moi, cherchant à imprimer sur ma peau son horrible symbole.

« Par le pouvoir de la Prompte et Forte Poigne, je te résisterai ! » dis-je en levant ma main d'argent pour plaquer la paume de ma main sur la sienne.

Il hurla, dégageant brusquement sa paume ; de minces filets de fumée s'élevèrent de la brûlure. L'air s'engouffra de nouveau dans mes poumons en même temps que l'odeur de chair brûlée. Siawn Hy chancela, tombant vers l'arrière ; il gémissait en se tenant la main. La blessure rouge sur sa paume s'était effacée, sa cicatrice obscène avait été cautérisée ; à la place du mauvais œil se trouvait l'empreinte du Môr Cylch, le Labyrinthe de la Vie.

Soudain libéré, je fis un bond pour porter secours à Cynan. Je m'agenouillai près de lui, pris une profonde inspiration et soufflai d'un seul coup sur la traînée de cendres noires afin de suspendre le mauvais sort. Cynan tomba vers l'avant sur ses mains puis rebondit rapidement et se retrouva debout. « Bien vu, frère ! »

Puis je saisis les clés. « Surveillez-le ! lançai-je à Cynan.

— Mais très volontiers ! » Cynan brandit son épée et s'avança vers Siawn interdit, plaçant la lame contre sa gorge.

Je courus vers les portes blindées, enfonçai la clé dans la première serrure et tournai. La serrure céda de mauvaise grâce et je tirai de toutes mes forces ; les gonds gémirent, la porte s'ébranla puis s'ouvrit. Goewyn sortit en trombe de sa prison et se précipita dans mes bras. Je l'embrassai sur son visage, sur ses lèvres, dans son cou, et sentis mille petits baisers parcourir ma figure. Elle n'avait de cesse de répéter mon nom tout en continuant à m'embrasser.

« Te voilà libre, mon amour, dis-je. C'est fini. Tu es sauvée, tu es libre ! »

Je la pressai à nouveau contre moi et elle se mit à pousser un petit cri en s'écartant. Puis elle plaça ses mains sur son ventre qui s'arrondissait maintenant de manière significative sous sa cape crasseuse et tachée. Je posai ma main sur les rondeurs de sa chair pour y sentir la présence de la vie.

« Comment te sens-tu ? Est-ce qu'il t'a brutalisée ? » J'avais repoussé pendant si longtemps l'idée qu'elle pût souffrir, et maintenant je me sentais — mais un peu tard — assailli par l'angoisse.

Goewyn se mit à sourire ; son visage était pâle, elle avait les traits tirés, mais ses yeux étaient clairs et brillaient, pleins d'amour et de joie. « Non », dit-elle en tendant sa main vers mon visage avec tendresse. « Il m'a dit des choses..., des choses terribles. » Des larmes montèrent soudain dans ses yeux et retombèrent sur ses joues. « Mais il ne m'a pas fait de mal. Je crois que Tángwen va bien également. »

Cynan, tenant Siawn Hy à la pointe de son épée, se retourna en entendant prononcer le nom de sa femme. La lame trembla alors que son regard se déplaçait vers la porte de l'autre cellule. Enserré dans les bras de Goewyn, jetant un regard par-dessus son épaule, je vis la porte s'ouvrir. La première réaction de Cynan fut la joie. Puis il prit pleinement conscience de ce que signifiait le fait que cette porte ne soit pas fermée.

La joie sur son visage se décomposa peu à peu. Ses yeux se révulsèrent sous l'effet de la terreur.

« Ah, traîtresse ! » hurla-t-il.

La porte de Bángwen avait été poussée avec fracas et des hommes armés sortirent au pas de charge de ses profondeurs obscures et pénétrèrent dans la salle. Cynan, déjà, se précipitait sur eux, l'épée à la main. Siawn réagit en un éclair. Il allongea le pied et Cynan perdit l'équilibre. Il se cogna violemment contre le pavé ; son épée s'échappa de sa main et rebondit à travers la pièce.

Aussitôt quatre hommes se jetèrent sur lui et quatre autres — dont le lieutenant de Paladyr — se dirigèrent vers moi. Je repoussai Goewyn derrière moi pour la protéger avec mon corps, tout en tirant le petit couteau que Scatha m'avait donné. Mais il était trop tard. Ils étaient déjà sur moi. La lame de Paladyr appuyait sa pointe contre ma gorge.

Deux autres soldats capturèrent Goewyn et la saisirent par les bras. Juste à ce moment-là, Tángwen, triomphante et hautaine, sortit de la cellule. « On n'est jamais assez prudent lorsque l'on s'engage dans les liens du mariage... », dit Siawn alors que Tángwen venait le rejoindre.

« Ce que j'ai fait, je l'ai fait pour mon père et pour mes frères, fit Tángwen en exultant. Ils ont rallié le prince Meldron et vous les avez écrasés. La dette de sang sera payée. »

Siawn, tenant toujours sa main marquée au rouge, s'avança, triomphant et riant. Il vint se placer devant moi avec, sur le visage, le regard torve, terrible, d'un démon. Il éructa un ordre à l'un de ses larbins et l'homme disparut quelque part dans l'obscurité derrière moi. « Alors, tu commences enfin à comprendre ?

— Laisse partir les autres, Siawn, dis-je. C'est moi que tu veux, alors laisse partir les autres...

— Tu es en mon pouvoir ! railla-t-il. Vous êtes tous en mon pouvoir ! »

Juste à ce moment-là, il y eut de l'agitation dans le coin opposé de la pièce. Une porte s'ouvrit derrière moi — je ne pouvais pas la voir mais j'entendis grincer les gonds — et apparurent, d'une démarche traînante, Tegid, Gwion, Bran et les Corbeaux, tous les mains liées, avec des chaînes aux pieds et un garde pour chacun d'eux. Le visage de Tegid était meurtri et ses vêtements déchirés en plusieurs endroits ; Bran et Drustwn ne parvenaient pas à se tenir debout et le bras de Garanaw pendillait, inutile, sur le côté. Mes fiers Corbeaux, selon toute apparence, avaient été roués de coups jusqu'au sang, jusqu'à ce qu'ils se soumettent. Derrière eux arrivaient Weston et quatre autres étrangers, apparemment terrifiés et déconcertés.

Dès qu'il me vit, Bran se mit à crier en essayant de se dégager ; les autres Corbeaux se mirent à hurler eux aussi en se tournant vers leurs ravisseurs mais ils furent tous assommés d'un coup de lance et traînés en arrière pour être rangés sur une ligne.

« Tu vois ! jubila Siawn Hy, tu ne m'as jamais vraiment apprécié à ma juste valeur, n'est-ce pas ? Eh bien, c'est la dernière fois que tu pourras me sous-estimer, *mon ami*. » Ce dernier mot était proféré comme un juron dans sa bouche.

« Écoute-moi bien attentivement, dis-je en forçant la voix mais en essayant de conserver mon calme. Mon armée attend devant la porte. Ce sont des guerriers invincibles. Si la moindre chose arrive à qui que ce soit parmi nous, vous mourrez. Il ne peut pas en être autrement. »

Si Siawn Hy avait pris en considération ce que je venais de lui dire, il n'en montra rien ; mes paroles, en revanche, émurent plusieurs de ses guerriers. L'épée de Paladyr retomba.

« C'est vrai, seigneur, dit-il. Nous n'avons aucun espoir de les vaincre. »

Siawn repoussa d'un geste cette remarque. « Mais ce qui m'intéresse, ce n'est pas de les vaincre, eux, répliqua-t-il avec quelque désinvolture. Ce qui m'intéresse, c'est de vaincre Main d'Argent.

— Eh bien laisse les autres partir, répétai-je. Une fois qu'ils seront libérés, je donnerai l'ordre à mon armée de vous laisser sortir en toute sécurité. Sans mon ordre, pas un seul parmi vous ne pourra sortir vivant.

— Faites ce qu'il vous dit, seigneur », dit Paladyr. Il y avait à présent une nuance d'hésitation dans sa voix.

« Qu'est-ce qu'il dit ? » demanda Weston — ce qu'il disait était un bafouillage à la limite du compréhensible. Il recommença de plus belle : « J'exige de savoir ce qui se passe ! Vous avez assuré qu'il n'y aurait aucun problème. Vous avez dit que vous contrôliez entièrement la situation.

— Dégage ! éructa Siawn dans sa langue étrangère. Je t'ai donné ce que tu voulais. Maintenant, c'est mon tour. On s'était mis d'accord.

— Certains de mes hommes ont été tués, gémit Weston. Qu'est-ce que je vais faire maintenant av

— Ta gueule ! » gronda Siawn en l'interrompant d'un brusque geste de la main. Puis il se retourna à nouveau vers moi. « Si je laisse les autres partir librement, tu nous laisseras le passage ensuite en toute sécurité... C'est bien ça ?

— Je t'en donne ma parole. Mais il faut d'abord que les miens soient libres.

— Non, Llew..., implora doucement Goewyn. Je ne te quitterai pas. »

Siawn ricana. « Oh, comme c'est mignon !

— L'armée attend, dis-je, mais elle n'attendra pas indéfiniment.

— Parce que tu crois que tout cela me fait peur ! railla-t-il. Ce n'est tout de même pas mon propre prisonnier qui va me donner des ordres ! » Il approcha son visage tout près du mien ; je le sentais respirer nerveusement. Ses veines étaient visibles sur son cou, sur son front : « Tes paroles ne me font pas peur ! Tu ne représentes rien pour moi. Je n'ai eu que des ennuis à cause de toi depuis que tu es arrivé ici. Mais il faut en finir, vieux frère. »

Alors il se recula de quelques pas : « Allez-y ! hurla-t-il.

— Qu'attendez-vous de nous, seigneur ! demanda Paladyr.

— Tuez-le ! » s'écria Siawn.

Paladyr hésita.

« C'est un ordre ! » brailla-t-il à nouveau.

Paladyr lança un regard autour de lui puis fixa Siawn avec rage. « Non. » Il baissa son épée et se mit un peu à l'écart. « Laissez-les partir, sinon ils nous tueront.

— Paladyr ! » C'était la voix de Tegid ; le barde avait attendu ce moment précis pour intervenir. « Écoutez-moi maintenant ! Vous avez réclamé le naud et Llew vous l'a accordé, fit-il en rappelant à Paladyr qu'il me devait la vie. Il ne vous a pas trompé alors, pas plus qu'il ne vous trompe aujourd'hui. Relâchez-nous tous et il ne vous arrivera rien.

— Faites-le taire ! » hurla Siawn Hy. J'entendis un bruit sourd, et Tegid s'effondra sur le sol.

« Je t'ai maintenu en vie, Paladyr, dis-je.

— Il ment ! insista Siawn. Tuez-le ! »

Paladyr secoua lentement la tête. « Non. Il dit la vérité.

— Siawn Hy ! fis-je. Garde-moi, et laisse les autres partir. » Pour montrer ma bonne volonté, je retournai le couteau dans ma main, le pris par la lame en lui tendant le manche.

« Oh, c'est parfait », fit avec hargne Siawn Hy. Il s'empara brusquement du couteau et se détourna légèrement. Puis d'un seul coup, preste comme un chat, il fonça sur moi et me frappa. Le couteau pointé s'enfonça en plein milieu de ma poitrine, juste au-dessous des côtes. Je ne sentis même pas la lame.

Goewyn hurla et se dégagea aussitôt. Elle fit deux pas vers moi, mais Paladyr se retourna et la saisit par le bras en la retenant fermement.

Je baissai les yeux vers le couteau douloureusement planté dans mon ventre. Éructant de plaisir, Siawn l'enfonça encore plus profondément. Je sentis comme une intense brûlure sous mes côtes puis mon poumon, percé, expira. De l'air et du sang se mirent à crachoter de la blessure. Siawn enfonça encore plus fort le couteau, puis relâcha. Les trois hommes qui me retenaient s'éloignèrent d'un pas.

Mes jambes furent brusquement privées de forces, elles devinrent molles comme du coton. Je levai un pied pour faire un pas et eus l'impression que le sol venait se cogner contre mes genoux. Mes mains tâtonnèrent et trouvèrent le manche du poignard, l'empoignèrent et tirèrent. Ce fut comme si tout un brasier avait pris feu à l'intérieur de mon corps, se mettant à cracher des flammes au-dehors. Je jetai le couteau loin de moi.

Du sang, chaud et noir, s'écoulait de la blessure et se répandait sur mes mains. Mon regard s'embua mais je restai parfaitement conscient de la situation : Siawn, me fixant avec une joie mauvaise ; Cynan, se débattant avec toute son énergie, toujours cloué au sol par les hommes de Siawn ; Paladyr, sombre et silencieux, agrippant le bras de Goewyn.

Ma gorge était irritée et j'ouvris la bouche pour éternuer ; mais c'était impossible. Ma respiration émit un bruit rauque dans ma gorge. J'avais la bouche sèche — comme si le feu brûlant dans ma poitrine était en train de me dévorer de l'intérieur. J'ouvrais la bouche mais ne parvenais pas à prendre de l'air. Ma gorge émettait une aspiration bruyante, inquiétante.

J'avançai ma main pour essayer de trouver un appui mais mon coude flancha et je me mis à rouler sur le côté. Goewyn dégagea violemment son bras de l'emprise de Paladyr et courut vers moi. Elle m'enveloppa de ses bras. « Llew ! Oh, Llew ! fit-elle en pleurant — ses larmes chaudes m'inondant le visage —, Llew, mon âme... »

Je levai les yeux pour la contempler. Je ne voyais plus qu'elle. Même si elle était en pleurs, elle était toujours aussi belle. Un flot de souvenirs me submergea. J'avais le sentiment que tout ce que j'avais pu endurer pour la retrouver n'était rien — moins que rien — puisque j'étais près d'elle. Je l'aimais tellement... Je tentai douloureusement de le lui dire, mais en vain. Puis la brûlure s'estompa dans ma poitrine et à sa place je sentis une sorte d'engourdissement, de froid. J'essayai de m'asseoir mais mes jambes refusèrent d'obéir. Alors je levai ma main vers le visage de Goewyn et me mis, du bout des doigts, à lui caresser la joue en tremblant.

« Goewyn, ma bien-aimée... », dis-je. Mais ma voix n'était qu'un murmure absent. « Je t'aime... Adieu... »

Goewyn, les joues recouvertes de larmes, baissa la tête vers moi. Ses lèvres, chaudes, vivantes, partageant la douceur d'une ultime caresse, furent la dernière sensation que je connus.

La nuit retombait sur moi. Même si mes yeux continuaient à rester grands ouverts, je ne voyais plus rien à cause du brouillard doucement agité qui me submergeait et m'encerclait, finissant par m'engloutir complètement. J'avais le sentiment de flotter et de tomber en même temps. J'entendais Goewyn qui pleurait en prononçant mon nom, puis il y eut un brusque bruit de tonnerre comme celui de la mer qui vient s'échouer sur un rivage lointain.

Le son augmenta jusqu'à ce que je ne puisse plus rien entendre d'autre. Il devint si fort que je crus que ma tête allait éclater sous la pression du bruit. Pendant un bref instant, terrible, j'eus peur que le son me dévore et me fasse disparaître. Je résistai... De quelle manière ce fut possible, je l'ignore ; car je ne pouvais pas bouger, ni parler, ni voir.

Mais alors que j'étais sur le point de flancher, le son s'arrêta brusquement et le voile placé devant mes yeux se dissipa. J'étais à nouveau capable de voir et d'entendre, encore plus distinctement que jamais auparavant. J'étais capable de voir, mais comme si tout était vu légèrement de haut, comme si tout était décalé de ma vision ordinaire. Je vis Goewyn, penchée au-dessus de moi, qui me tenait tendrement contre sa poitrine, les épaules régulièrement prises d'un spasme pendant qu'elle sanglotait. Je vis Siawn et Tángwen, observant la scène, le visage rouge marqué d'un horrible rictus d'orgueil et de jubilation. Je vis Paladyr, resté un peu en retrait, presque discret, les bras tombant le long du corps. Je vis les Corbeaux et Tegid, bouleversés, stupéfaits devant les atrocités devant lesquelles ils étaient impuissants.

Je vis Cynan étendu sur le sol, les ennemis lui bloquant le dos avec leur genou alors qu'il assistait en rageant à mon agonie. J'étais bouleversé pour lui. Sa femme nous avait tous trahis au profit de Siawn et nous avait trompés depuis le début ; il allait devoir supporter le fardeau de cette honte toute sa vie, alors qu'il ne le méritait pas. En tout il était mon meilleur ami ; j'aurais aimé pouvoir lui dire adieu. « La paix soit avec toi, mon frère... », dis-je, mais il ne m'entendit pas.

Siawn se tourna et donna ordre à ses hommes d'attacher Cynan. Puis il se tourna vers Paladyr. « Prenez le corps et portez-le à l'extérieur », ordonna-t-il.

Paladyr s'avança de quelques pas, mais Goewyn m'agrippa encore plus fermement et hurla : « Non ! Non ! Ne le touchez pas !

— Je suis désolé, marmonna-t-il en se penchant vers elle.

— Saisissez-la ! » hurla Siawn. Deux de ses larbins accoururent, se saisirent de Goewyn et la contraignirent violemment à se détacher de moi. Criant, pleurant, elle se débattait mais ils la tinrent fermement et l'emmenèrent.

Paladyr s'agenouilla et recueillit mon corps dans ses bras. Il souleva avec effort mon cadavre, se releva et attendit.

« Suis-moi ! » aboya Siawn Hy. Il tourna les talons et s'avança vers la porte, attrapant au passage une torche qu'il retira de son support.

Lorsque nous arrivâmes dans le vestibule, Siawn s'arrêta et laissa passer Paladyr : « Ils attendent leur roi, fit-il avec un petit sourire narquois. Eh bien, ils vont le voir ! »

Paladyr me porta hors de la grande salle, traversa la cour vide jusqu'au portail d'entrée devant lequel l'armée s'était rassemblée. Derrière lui s'avançaient Siawn et Tángwen, suivis par Cynan et Goewyn, tous deux maintenus au bras par un garde, même si Cynan avait abandonné toute résistance et que les gardes devaient plutôt soutenir Goewyn pour la tenir droite. Tegid et les Corbeaux venaient ensuite, d'un pas fier et décidé, ayant retrouvé rapidement un peu de dignité et de courage. En dernier, Weston et ses larbins, marchant à pas furtifs, d'un air méfiant et hésitant.

L'apparition de la procession provoqua une huée de protestations parmi les guerriers qui attendaient, mais aussitôt la vue de mon corps sans vie imposa le silence. Scatha s'apprêta à courir vers sa fille mais Siawn cria : « Arrêtez-vous ! Et que personne ne bouge ! »

Puis Siawn donna ordre à Paladyr d'étendre mon corps à terre. Brandissant sa torche, il dominait au-dessus de moi : « Le voilà, votre roi ! » éructa-t-il d'une voix râpeuse en direction des guerriers complètement abattus.

« Siawn Hy ! hurla Scatha. Par cet acte, tu signes ton arrêt de mort… Toi et tes hommes. »

Mais Siawn se contenta de rire. « Vous le voulez ? Il est à vous. Venez donc ! Emportez-le ! »

Scatha et deux guerriers s'avancèrent de quelques pas, lentement. Siawn les laissa s'approcher et, dès qu'ils furent assez près, il tira une fiole de derrière son plastron de bronze et m'aspergea avec son contenu. Et ensuite, alors que tous trois se penchaient en tendant les mains pour me saisir, Siawn baissa sa torche et la mit au contact du liquide qui se mit à briller en parcourant ma peau.

Une boule luisante de flammes jaunes explosa brusquement dans un bruit de froissement. Une chaleur intense se propagea instantanément. Le feu s'étendit rapidement partout où le liquide avait pénétré. D'abord ce furent mes vêtements qui se consumèrent puis ma chair.

Goewyn hurla et tenta de se dégager de l'emprise de ses ravisseurs. Elle se serait jetée dans les flammes s'ils ne l'avaient retenue et tirée en arrière.

Siawn contemplait mon corps en train de brûler avec une immense satisfaction. Il avait préparé sa revanche depuis longtemps et savourait pleinement l'instant. Cynan, sans un mot et sans un geste, évitait de regarder le brasier mais préférait observer son épouse qui l'avait trahi et qui se tenait, hautaine, près de Siawn.

Les différentes couches de vêtements qui me recouvraient étaient parties en fumée. La peau de mon visage et de mon cou commença à se racornir en dégageant un voile de fumée au contact des flammes. Le feu crachota et siffla lorsque la graisse de mon corps se mit à fondre. Mes cheveux brûlèrent ainsi que mon siarc et mes breecs. Ma ceinture, du fait qu'elle était enroulée autour de ma taille en plusieurs épaisseurs, fut plus lente à se consumer. Mais lorsque les deux premières couches furent dévorées par les flammes, trois masses rondes apparurent.

Siawn, baissant les yeux, aperçut ces formes rondes et se rapprocha pour mieux les examiner. Une étrange lueur traversa son regard au moment où il reconnut les pierres que Tegid m'avait données pour emporter à Tir Aflan. Les Pierres Musicales, au nombre de trois, brillaient d'un éclat blanc comme autant de petites lunes miniatures au milieu des flammes. Trois Pierres Musicales à portée de main.

XXXVIII

FLAMMES ÉCLATANTES

Siawn Hy ne pouvait pas leur résister. En dépit des flammes, il s'approcha au plus près et, rapide comme un serpent qui charge, s'empara d'une des Pierres Musicales. Il l'exhiba en l'air en un cri sauvage et triomphant. «Avec cette pierre, je suis le maître !»

La pierre était brûlante et alors qu'il la tenait bien haute et que son cri résonnait encore, la pierre, blanche comme le lait, devint translucide comme la glace et se mit à fondre dans ses mains. Siawn fixa le morceau de roche liquéfiée qui s'écoulait comme de l'eau à travers ses doigts puis le long de son bras levé.

Il se pencha pour récupérer une nouvelle pierre, bravant une seconde fois les flammes. Ses doigts tremblèrent puis se refermèrent sur la seconde des précieuses pierres ; mais dès qu'il s'apprêta à la retirer, le morceau de roche liquéfiée s'embrasa. Les flammes envahirent ses mains et remontèrent aussitôt sur son bras en suivant la trace de l'ancienne pierre liquéfiée.

Siawn fit un bond en arrière, serrant toujours fermement la seconde pierre. Il tenait sa main en feu devant son visage. Dans un souffle de lumière blanche très pure, la pierre éclata dans son poing en mille fragments, dispersant au loin des éclats de flammes dans tous les sens en une blanche explosion de feu.

Chaque fragment se mit à fondre et commença à irradier en un spectacle merveilleux.

La troisième pierre, qui était restée posée sur mon ventre, fondit également et devenue liquide, se mit à couler comme un miel couleur d'argent, comme une eau miroitante. Elle recouvrit mon corps en flammes et se mit rapidement à déborder puis à se déverser sur le sol autour de moi. C'était une véritable fontaine, toujours débordante, se déversant et se propageant de plus en plus loin en ondes rutilantes. Et lorsque la pierre fondue touchait l'un des fragments en flammes, elle s'embrasait d'un éclat blanc.

Les hommes se reculèrent loin des flammes — nombreux, même, furent ceux qui s'enfuirent. Les flammes étaient aussi rapides qu'elles étaient brillantes. Elles se précipitaient à une vitesse stupéfiante, poussées par les vents, toujours plus vite, allumant de nouveaux foyers s'élevant sans cesse plus haut vers le ciel. L'herbe était en flammes et puis la terre, la roche. L'air lui-même semblait s'être embrasé comme du papier buvard. Rien n'était épargné, rien n'échappait à la voracité des flammes blanches.

Tous, les amis comme les ennemis, tombèrent sous l'assaut des flammes dévorantes. Siawn, qui était le plus près, fut le premier à périr ; il se recroquevilla dans un dernier spasme. Tángwen se précipita vers lui et fut saisie par le feu se propageant rapidement vers elle, embrasant sa cape et son manteau ; sa chevelure n'était plus qu'un buisson ardent. Voyant cela, les gardes abandonnèrent leurs armes et s'enfuirent, mais les flammes étaient plus rapides que leurs pas.

Cynan et Goewyn furent également la proie du feu. Cynan, véritable brasier des pieds à la tête, s'avança en titubant pour protéger la jeune femme mais celle-ci s'effondra sur le sol avant qu'il ait pu la rejoindre et, après avoir fait quelques pas, il rendit son dernier soupir.

Bran et les Corbeaux n'eurent guère plus de chance, pas plus que Tegid et Gwion. Leurs pieds étaient enchaînés et, ne pouvant pas courir, ils durent affronter les flammes intrépides. Ce qui ne fut pas le cas des guerriers chargés de les surveiller. Ceux-ci trébuchèrent les uns sur les autres dans leur précipitation pour s'enfuir. Le feu cependant se propagea comme un éclair sur le sol et les enflamma comme des torches vivantes. D'abord ils gémirent sous la terreur, agonisants, puis leurs voix furent rapidement noyées dans le grondement du brasier fougueux.

Il se répandit partout à une vitesse stupéfiante, envahissant tout le territoire de Tir Aflan d'une marée de flammes blanches, brillantes comme l'argent, avec une voracité qui consumait tout ce qui se trouvait sur son passage. L'herbe et les roches étaient brûlées. Et, alors que l'incendie montait en spirales de plus en plus hautes, s'élevant vers le ciel en d'innombrables volutes éblouissantes qui embrasaient l'atmosphère, on entendit soudain retentir le bruit cristallin d'un carillon. C'était tout simplement la voix des enfers qui résonnait. Et elle carillonnait en s'accompagnant d'un chant, l'inimitable Chant d'Albion :

Gloire du soleil ! Astre éclatant parmi les astres des cieux !
Lumière de la lumière, Royaume sacré de l'Ether,
Dont l'éclat resplendissant est béni par le Tout-Puissant ;
Offrande éternelle faite à la race d'Albion !

Emportés de plus en plus haut sur les ailes du vent, des éclairs de feu purificateur zébraient le ciel, incendiant les nuages et les vapeurs chargées de ténèbres comme pour nettoyer la voûte céleste. Les ombres grises et noires tournèrent au bleu incandescent, de plus en plus claires, comme chauffées à blanc. L'atmosphère éthérée se mit à irradier une lumière plus brillante que la lumière des étoiles, plus éclatante et rayonnante que celle du soleil. Le Chant résonna au plus haut du ciel, poursuivant sa psalmodie :

Enrichi de flots innombrables ! aux profondeurs sources d'azur,
Aux rives bordées par la blancheur des vagues, au firmament sanctifié
Puissant par la puissance de l'Unique,
Bien né dans la paix du grand sacrement ;
Une profusion de richesses pour les descendances d'Albion !

Atteignant le rivage, le feu se propagea à vive allure à travers la mer. Effleurant les crêtes des vagues les unes après les autres, il bondissait comme de petites langues marines en se propageant à la surface des flots agités. La mer commença à bouillonner puis, de vert profond, devint couleur de jade, avec des nuances de blanc doré au creux des vagues. Les eaux se transformèrent en un feu liquide et la vaste mer rutilante fit retentir le Chant comme un carillon, mêlant la voix profonde de son tocsin aux sonorités éthérées des cieux. Et le Chant résonnait de plus belle :

Faisant resplendir la pureté sans pareil de la verdure !
Aussi pur que le feu suprême de l'émeraude,
Qui s'embrase dans le sillon profond des vallées,
Et brille sur les champs fraîchement labourés :
Un joyau sans prix pour les Fils d'Albion !

Redescendant au-delà du promontoire, le feu aux mille éclats se propagea comme une fière muraille étouffante en dévastant les sinistres vallées de Tir Aflan, se précipitant à travers l'étendue désolée de la lande. Le lugubre village couvert de crasse boueuse s'embrasa au premier contact des flammes ; les esclaves de la mine aperçurent le feu qui fonçait sur eux et s'élancèrent la tête la première dans leurs fosses. Mais les langues de feu, pleines de ruse, se mirent à fouiller les ténèbres, à s'infiltrer dans les moindres tranchées et embrasèrent les lieux, se propageant comme des éclairs sur la surface boueuse, incendiant la terre, transformant la moindre roche de Cwm Gwaed en une véritable torche. Et le Chant résonnait de plus belle :

Abondance de cimes serties de blanc,
vastes au-delà de toute mesure,
repaire des monts escarpés !
Hauteurs impressionnantes — aux sombres forêts et
Rousses, que sillonne le cerf —
Proclamez à tous vents les splendeurs tant vantées de l'Albion !

Au sommet des montagnes arrondies apparurent des couronnes blanches de flammes aux reflets argentés, se consumant comme de gigantesques brasiers. Chaque montagne s'était transformée en un volcan ardent ; la roche, la neige, la mousse et la glace étaient la proie du feu ravageur. Des vagues brûlantes se déversaient dans toutes les directions. La surface rocailleuse des montagnes devint vitreuse et leur cœur de pierre fut chauffé à blanc. Des voiles de feu dansaient au milieu des étoiles. Et le Chant résonnait de plus belle :

Chevaux alertes dans les vastes prairies !
Splendides troupeaux
Sur le bord de marécages fleuris d'or,
Grondement de sabots puissants,
Une explosion de prières au Créateur plein de Sagesse,
Une joie attendue dans le cœur d'Albion !

D'or sont les greniers à grains du Grand Donateur,
Immenses les libéralités des champs fertiles :
Pommes à l'éclat rouge et or,
Douceur éclatante des nids d'abeilles,
Un miracle d'abondance pour les clans de l'Albion !

D'argent est le tribut, infini le trésor
des eaux riantes ; mouchetés de brun les coteaux,
Des troupeaux soignés servent
le Seigneur des Festivités ;
Une perle d'abondance sur les tables d'Albion !

Suivant les rivières et les ruisseaux, mettant le feu au millier de petits cours d'eau sillonnant la terre, se propageant à travers l'Immonde Pays par ses innombrables doigts de feu, le brasier aveuglant semblait s'envoler, frappant au plus profond le cœur de Tir Aflan, embrasant les prairies et les champs. Les terrains marécageux fumaient, et le feu couvant se transformait en véritables lacs de feu. Les herbes et les roseaux, les ajoncs, les souches noueuses, toutes les forêts explosaient sous la proie des flammes expansives. Celles-ci, voraces, engloutissaient la moindre pousse, la moindre branche au cœur de ce pays dévasté. Et le Chant résonnait de plus belle :

Hommes pleins de sagesse, bardes épris de vérité,
Se déclarant fermement, le cœur enflammé,
Comme faisant partie du monde des vivants ;
Savoir pénétrant, Clarté de la vision,
Gloire à la vérité pour les Humains véritables d'Albion !

Allumé à quelque flamme céleste, formé
du feu de l'Amour qui consume toutes choses,
Enflammé par la passion la plus pure,
Brûlant dans le cœur du Roi Créateur,
Bonheur éclatant illuminant Albion !

De blanches colonnes de feu argenté dansaient et bondissaient, si haut, si haut, se consumant avec l'intensité de dix mille soleils, châtiant aussi bien la terre ici-bas que l'espace céleste au-dessus de nous, remplissant le vide enténébré de la nuit d'une lumière éclatante. Et le Chant résonnait de plus belle :

Nobles seigneurs à genoux pour vénérer la justice,
Vœux immortels promis à l'éternité,
Étreignez le sein de la miséricorde,
Hommage éternel au Chef des chefs ;
La Vie au-delà de la mort était offerte aux Enfants d'Albion !

Le pouvoir œuvré d'une infinie Vertu,
Promptement forgé par le Poing Vigoureux ;
Une droiture courageuse,
Une justice pleine de vaillance,
Le glaive prêt à défendre l'honneur des tribus de l'Albion !

Formé par les Neuf Éléments Sacrés,
Forgé par le Seigneur tout Amour et Lumière ;
Grâce des grâces, Vérité des vérités
Convoqué au Jour du Conflit,
Un preux chevalier pour régner à jamais sur Albion !

Personne ne pouvait survivre à la férocité des flammes. La fragile carcasse humaine disparaissait sous la chaleur ; la chair et les os partaient en fumée, répandant leurs molécules dans l'atmosphère brûlante. Le Chant, Visiteur de Toutes Choses, résonnait de plus belle selon des cercles de plus en plus larges de feu purificateur.

La moindre chose qui avait été touchée par le feu sacré était purifiée, consumée, fondue, réduite à ses éléments de base, puis finalement à de simples atomes. Ceux-ci, libérés, se séparaient, se mettaient en fusion et se recombinaient en nouveaux éléments. Au cœur même des flammes chauffées à blanc, je vis la Prompte et Forte Poigne agir, rassemblant la matière informe et la remodelant en nouvelles formes pures.

J'étais le seul à voir cela et je le vis avec les yeux de l'authentique Aird Righ, du Preux Chevalier, du roi sacré se dévouant éternellement lui-même. Je le vis avec l'œil impassible de l'Éternel Vivant, dont le simple contact stimule l'âme inanimée et qui englobe la mort au sein de la vie. Se dégageant de la chaleur extrême, je vis l'ignoble pays de Tir Aflan entièrement refondu, reformé, ressuscité des flammes.

Rien n'échappa à l'irrépressible volonté du feu purificateur : toutes les imperfections, toute la laideur, toutes les faiblesses, toutes les difformités, toute la fragilité, les infirmités, maladies, déficiences et défauts, toutes les fautes et défaillances, toutes les dégradations et toutes les tares, tous les vices de forme furent effacés, éliminés et purifiés. Puis, dès que les dernières marques infamantes eurent disparu, les flammes purificatrices diminuèrent puis s'éteignirent. Tout cela pouvait avoir pris des siècles ou, au contraire, s'être produit en un clin d'œil ; je ne saurais le dire. Mais lorsque enfin le feu se retira, Tir Aflan était consumé et ses éléments avaient été transmués selon un esprit plus noble et plus beau : recréé avec une grandeur majestueuse dépassant de loin son état de dégradation antérieure, comme si son vieil accoutrement lui avait été arraché, non pas pour être reprisé mais remplacé par des habits d'une splendeur inégalée. Il ne s'agissait pas d'un simple échange mais d'une véritable transformation ; non pas une conversion, mais une transfiguration.

Les larbins, les prostituées, les esclaves et les prisonniers — toute la lie de l'Ignoble Pays — avaient disparu, remplacés par des hommes et des femmes d'une grande noblesse et d'une grande élégance. Les champs et les forêts n'étaient plus désertés ; toutes sortes d'animaux — des cerfs et des moutons, des sangliers, des ours, des renards, des loutres, des blaireaux, des lapins, des écureuils, des mulots, et aussi des buffles, des bœufs et des chevaux — envahissaient les prairies et les vallons, broutaient le long des pistes forestières, galopaient au milieu des collines et des marécages ; des truites et des saumons, des brochets et des perches s'ébattaient au milieu des lacs et des rivières ; le ciel, d'un bleu éclatant, était rempli d'oiseaux, et la cime des arbres s'égayait de leurs multiples chants ; les versants abandonnés des montagnes, les landes désertiques, anéanties, affichaient leur propre gloire en des tapis de fleurs sauvages de toutes les couleurs et de toutes les nuances ; les rivières s'écoulaient, claires et pures, leurs eaux étaient cristallines.

Tir Aflan n'était plus — Tir Gwyn avait pris sa place.

Tegid Tathal fut le premier à reprendre vie. Il réouvrit les yeux, se leva et regarda autour de lui. Scatha était étendue non loin de là, vêtue maintenant d'un manteau vert bronze, d'une ceinture de fleurs bleues des champs et d'une cape couleur pourpre, ourlée de vert et d'or. Gwion gisait aux pieds de Tegid ; Bran était à côté de lui ; et autour de lui le Vol des Corbeaux... tout comme dans le souvenir de Tegid ; mais à présent la cape des Corbeaux était bleu nuit et chacun d'entre eux portait un torc tressé d'argent. Cynan était étendu, lui aussi, à quelque distance, la main tendue vers Goewyn.

Et tous — y compris Tegid — étaient vêtus des plus beaux atours, finement ouvragés dans les meilleures étoffes, d'une qualité et d'une nuance qu'on n'avaient jamais vues auparavant. Tegid, Scatha, les Corbeaux, chaque membre du Gwr Gwir ainsi que les prisonniers..., tous portaient des habits aux couleurs magnifiques et parfaitement travaillés.

Les armes des guerriers étaient également changées. Le lustre éclatant de l'or et de l'argent brillait dans la lumière du crépuscule, aussi clair et aussi pur qu'au premier jour de la création. Les lances — aussi bien le manche que la pointe — étaient en or, tout comme les lames et les crosses des épées. Le bord des boucliers, les ombons, les bagues rutilaient de l'éclat de l'argent.

Tegid détourna les yeux des guerriers et de leurs armes. Il fixa le ciel, admirant la lumière radieuse et profondément vivante. Il vit l'Ignoble Pays devenu splendide au-delà de toute description et commença à comprendre ce qui s'était passé.

Tremblant, agité de toutes parts, il s'agenouilla près de Bran Bresal et l'effleura délicatement. Le Chef des Corbeaux se réveilla et Tegid l'aida à se relever. Ensuite, ce fut le tour de Scatha, puis de Cynan ; Bran réveilla les Corbeaux qui, accompagnés de Cynan et de Tegid, commencèrent à réveiller les Gwr Gwir.

Scatha, le cœur battant, courut vers sa fille et s'agenouilla près d'elle. La chevelure de Goewyn était soignée, brillante et parsemée de toutes petites fleurs blanches et jaunes. Elle portait une robe bleu hyacinthe recouverte d'un manteau blanc perlé, une cape couleur de henné brodée de petits motifs mauves.

Posant délicatement sa main sur la joue de Goewyn, Scatha tourna la tête de sa fille. Celle-ci prit une profonde respiration et se réveilla.

« Llew ? » demanda-t-elle. Puis le souvenir de ce qui s'était passé revint aussitôt. « Llew ! »

Elle fit un bond et courut vers moi. Mon corps gisait là où Paladyr l'avait laissé. Vêtu comme un roi avec son siarc, sa ceinture et ses breecs d'un rouge écarlate profond, chaussé de buskins de la même couleur, j'étais étendu, enveloppé dans une cape rouge, écarlate également, sur laquelle était brodé de fils d'argent le motif du Môr Cylch, de la Danse de la Vie.

Goewyn vint poser sa main froide sur mon front puis effleura mon visage. Les larmes se formaient dans ses yeux au contact de mon corps froid et sans vie. Scatha arriva près d'elle puis Cynan ; Bran et les Corbeaux se regroupèrent autour d'eux. Et enfin, Tegid les ayant rejoints, Goewyn leva vers lui ses yeux pleins de larmes : « Oh, Tegid, je pensais que… » Et elle commença à pleurer.

« Il est mort, Goewyn », fit doucement Tegid en s'agenouillant près d'elle. Le barde posa sa main sur ma poitrine inerte. « Il ne reviendra pas.

— Regardez, dit Bran, sa main d'argent a disparu. »

Ils soulevèrent mon bras droit et constatèrent qu'effectivement ma main d'argent avait disparu et qu'elle avait été remplacée par une main de chair et d'os. Goewyn la saisit et la serra contre elle. Elle pressa la chair inerte sur ses lèvres chaudes et l'embrassa, puis reposa ma main sur ma poitrine.

« Où est Siawn Hy ? demanda brusquement Cynan. Et Tángwen et Paladyr ? »

Jusqu'à ce moment précis, personne n'avait songé à les chercher et maintenant qu'ils s'étaient aperçus de leur disparition, ils ne les trouvaient pas. Les misérables avaient fui, mais... pas complètement.

« Ici ! s'écria Cynan en scrutant soigneusement l'endroit où Siawn avait été vu pour la dernière fois. J'ai trouvé quelque chose ! »

Les autres le rejoignirent alors qu'il était en train d'examiner une marque étrange sur le sol. « Qu'est-ce que c'est ? » demanda-t-il en désignant un petit tas de poussière résiduelle.

Tegid se pencha et examina à son tour. « C'est tout ce qui reste de Siawn Hy », annonça finalement le barde.

Ce fut la même chose avec Paladyr et Weston et avec tous ceux qui avaient suivi volontairement Siawn. Le feu purificateur avait consumé tout ce qui était impur et, lorsqu'il eut achevé sa tâche, il ne restait plus rien. Rien, sinon une poignée de cendres, lisses et blanches comme des flocons de neige. Cynan voulut les rassembler et les jeter dans la mer, mais Tegid lui conseilla autre chose : « Laissez-les, fit-il. Laissez le vent les emporter ; car elles ne trouveront aucun lieu de repos.

— Que s'est-il passé ? » demanda Bran qui essayait de comprendre les transformations qui s'étaient opérées en eux et dans le monde qui les entourait. Sa question était générale... mais visait plus spécialement les déserteurs qui, en se rendant, avaient échappé au sort de leur ancien maître. Des hommes neufs... qui se contentaient de fixer avec un émerveillement béat leurs corps métamorphosés ainsi que le monde entièrement recréé autour d'eux, incapables de comprendre ni le fait ni la raison de leur chance extraordinaire.

Tegid leva sa baguette en or qui remplaçait dorénavant son bâton de sorbier. Il plaça son autre main au-dessus de sa tête et s'adressa à la foule ébahie : « Les échos de la bataille résonneront parmi les étoiles du firmament, et la Grande Année s'avancera jusqu'à sa consumation finale.

« Écoutez, ô fils d'Albion : le sang est né du sang. La chair est née de la chair. Mais l'esprit est né de l'Esprit, et dans l'Esprit s'installe toujours plus. Avant qu'Albion soit Un, l'Exploit du Héros devra s'accomplir et Main d'Argent devra régner. »

Baissant sa baguette, il l'étendit au-dessus de mon corps. « Ainsi fut dit, et ainsi fut fait, dit Tegid. La Grande Année a pris fin, le vieux monde n'est plus et une nouvelle création est née. » Désignant mon corps recouvert de ses habits rouge écarlate, il ajouta : « Le Aird Righ, le Preux Chevalier d'Albion est mort. L'Exploit du Héros pour lequel il fut choisi s'est accompli. Voyez ! Il a reconquis Tir Aflan et l'a placé sous sa loi souveraine. Et ainsi, tous les domaines sont réunis sous l'autorité d'un seul roi : à partir d'aujourd'hui, Albion est Un. C'est le règne de Main d'Argent qui commence. La prophétie s'est réalisée. »

C'est le retour à travers les montagnes désormais ressuscitées : rayonnantes, géantes, couronnées d'argent soutenant le vaste néant de la voûte céleste sur leurs robustes épaules. Les nuées à la blancheur immaculée ornaient le versant des montagnes comme des atours et des habits royaux ; des cours d'eau rutilants laissaient résonner leur riant murmure à travers les vallées, et des cascades ensevelies sous un voile vaporeux lançaient vers les cimes mille arcs-en-ciel. La route s'arrêtait là ; pour la remplacer, un sentier herbeux bifurquait pour s'enfoncer vers les sommets, qu'il rejoignait, abandonnant la plaine...

C'est le retour à travers la lande transformée en prairie ouverte sur l'horizon, criblée d'arbres innombrables et d'étangs foisonnants, aux mille reflets. Des troupeaux de daims et de moutons sauvages broutaient sur les étendues herbeuses ; les volées d'oiseaux passaient en pépillant, ou lançaient leurs trilles vers le ciel si pur et si bleu que le spectacle vous brisait le cœur...

C'est le retour à travers les collines et les vallées à présent ramenées à la vie : des vallonnements délicatement sculptés tout autour de cimes magnifiques et redescendant vers de petits vallons solitaires et ombragés. La végétation des collines et des vallons était aussi verdoyante et variée que les nuances dorées de la lumière étaient changeantes, n'ayant cesse de jouer sur les buttes tachetées de nuages...

C'est le retour à travers les forêts à présent ressuscitées : les fûts majestueux et splendides s'élevaient pour former une voûte constituée de milliers de branches, créant ainsi un magnifique tapis céleste de feuilles — sanctuaire de la nature elle-même, éclairé par une lumière douce et diffuse... Le jour, le vert sentier était éclairé par une pluie incessante de rayons de soleil ; la nuit, la lune et les étoiles versaient leur poudre d'argent sur le tronc des arbres et sur les frêles branches, imprimant sur chaque feuille et sur chaque rameau mille reflets délicats…

C'est le retour le long de la rivière — un cours d'eau majestueux désormais, plein de grâce en ses courbures généreuses et en ses amples lacets, aux échos profonds et sonores témoignant de sa présence imposante. Des cygnes, des oies, d'autres oiseaux encore nichaient sur ses rives bordées de roseaux ; d'innombrables poissons paressaient dans la fraîcheur de ses eaux peu profondes, ou bondissaient dans les courants chauffés par le soleil de ses eaux claires et pures…

C'est le retour à tout un monde ressuscité : plus beau que le plus beau rêve d'un cœur aimant, plus élégant que le plaisir, plus gracieux que l'espoir. De retour à travers Tir Gwyn, ils transportèrent mon corps jusqu'à cet endroit où trois barques rapides à la coque luisante attendaient sur la berge. Puis ce fut la traversée, enfin, d'une mer écumante aux couleurs claires et moirées.

De retour à travers cet éclatant firmament de lumière liquide toujours changeant, ils me portèrent vers Albion. Et bien que cela demandât de nombreux jours, mon cadavre ne montra pas le moindre signe de pourrissement ou de corruption. C'était comme si je dormais ; et pourtant aucun souffle n'habitait ma poitrine et mon cœur était immobile et froid.

Mon corps gisait sur une bière constituée des boucliers d'argent des Gwr Gwir reliés par des lances en or. Ma cape rouge écarlate me recouvrait et Goewyn suivait à cheval, ou à pied, toujours présente près de moi, ne voulant pas me quitter un seul instant. Lorsque le convoi s'arrêtait pour la nuit, elle s'installait même à côté de la litière mortuaire pour dormir.

Ils entrèrent en Albion, portant mon corps en procession à travers ces terres familières et cependant transformées, métamorphosées. Albion était véritablement devenue une merveille qui remplissait l'âme de joie et retenait le souffle, comme si sa beauté antérieure n'avait été qu'un simple reflet comparé à la réalité. Car Albion rayonnait désormais d'une splendeur plus délicate et plus pure que le son de la harpe, plus subtile que la musique ; et le cœur de tous exultait devant ce spectacle.

La procession conduisit mon corps jusqu'à Caledon, franchissant les collines et traversant les plaines, gravissant Druim Vran jusqu'à Dinas Dwr où lord Calbha et mon peuple attendaient. Dès qu'ils apprirent ma mort, affectés d'une grande douleur ils prirent le deuil.

Les ossements d'Alun Tringad furent enterrés sous le dolmen au sommet du Tertre du Héros, au pied de Druim Vran ; la tête du professeur Nettleton fut également enterrée là. Mon corps, en revanche, fut déposé dans la grande salle royale pour attendre les funérailles, car Tegid avait considéré que je devais être enterré dans une tombe spécialement construite pour moi. En attendant, j'étais étendu sur mon catafalque en or, et Goewyn, inconsolable, restait auprès de moi jour et nuit pendant que l'on préparait le gorsedd.

Un soir, Tegid arriva dans la salle et s'agenouilla près de Goewyn. Elle s'apprêtait à passer la nuit — comme toutes les autres nuits — assise sur le siège en ramure de cerf à côté de mon corps sans vie. « Il est temps de le libérer, Goewyn, lui dit le barde.

— Le libérer ? Je ne pourrai jamais, répondit-elle d'une voix réduite à un murmure à cause du chagrin.

— Je ne veux pas dire que vous devez l'oublier, fit Tegid pour la calmer. Mais il est temps — plus que temps, même — que Llew entreprenne son voyage. Mais vous le garderez ici avec vous.

— Je le garde ici ? fit Goewyn surprise. Alors, dit-elle en saisissant mes mains froides dans les siennes, je le garderai toujours avec moi et il ne me quittera plus ?

— Non, fit doucement Tegid. Laissez-le partir. Ce n'est pas bien de le retenir ainsi prisonnier. »

La prenant par les épaules il l'accompagna puis, la tenant par les bras il la fixa dans les yeux afin qu'elle le regarde. « Goewyn, écoutez-moi. Les choses sont faites ainsi. Llew nous a été envoyé dans le but de remplir une mission et à présent elle est accomplie. Il est temps désormais de le libérer afin qu'il continue son voyage.

— Je ne peux pas, gémit Goewyn, à nouveau envahie par le chagrin. Je me retrouverai seule !

— Si vous ne le libérez pas, votre amour finira par vous empoisonner ; il vous empêchera de vivre et empoisonnera aussi la vie de l'enfant que vous portez », répliqua fermement Tegid.

Les larmes inondèrent ses yeux. Elle enfonça son visage dans ses mains et commença à pleurer. « Oh, Tegid, cela fait mal... », s'écria-t-elle, les joues mouillées de larmes. « Cela fait tellement mal !

— Je sais, dit-il doucement. C'est une douleur qui mettra du temps avant de pouvoir s'apaiser.

— Je ne sais pas ce que je dois faire, cria-t-elle en laissant s'écouler des flots de larmes.

— Faites simplement ce que je vous dirai, répondit le barde plein de sagesse en posant son bras sur les épaules de la jeune femme.

Vous laisserez venir au monde l'enfant qu'il vous a donné et vous aimerez cet enfant, vous l'élèverez en sa mémoire. » Il lui prit les mains. « Venez avec moi, Goewyn. »

Elle se leva et, me lançant un dernier regard plein d'amour, elle sortit avec Tegid. Scatha et le Vol des Corbeaux attendaient à l'entrée de la salle. Dès que Tegid et Goewyn apparurent, les Corbeaux entrèrent à leur tour et se dirigèrent vers la litière. Ils la soulevèrent jusqu'à leurs épaules et la portèrent à l'extérieur ; puis ils sillonnèrent à pas lents tout le crannog avant de rejoindre une barque, traversèrent le lac à la rame jusqu'à la rive opposée où Cynan les attendait avec des chevaux et un chariot. Les chevaux étaient au nombre de trois — un rouge, un blanc plus un noir plein de fougue pour les diriger — pour tirer le chariot ; les sabots des chevaux ainsi que les roues du chariot étaient enveloppés dans une étoffe noire. Près de Cynan, tenant un bouclier et une lance enveloppés pareillement, attendait lord Calbha, et derrière eux, une torche éteinte à la main, le peuple de Dinas Dwr s'était amassé.

Le corps fut placé dans le chariot et la procession se mit lentement en marche le long du lac pour rejoindre l'endroit où Tegid avait érigé le Tertre du Héros, à l'intérieur du bosquet sacré qu'il avait aménagé pour ses mabinogis.

Gravissant l'interminable pente qui donnait accès au bosquet, la procession passa devant le moulin, achevé de construire pendant mon absence par lord Calbha et Huel, le maître-maçon. Au moment où nous arrivâmes devant, j'exprimai intérieurement tous mes vœux pour le bon fonctionnement du moulin.

Le cortège pénétra dans le bosquet ombragé, sombre sous la lumière bleue du ciel crépusculaire. Le gorsedd avait été prévu et aménagé au centre du bosquet — une salle creusée dans la pierre, surmontée d'une couche de terre puis de tourbe et encerclée d'une haie de frêles bouleaux d'argent. Quelqu'un avait laissé un bouclier près du cairn et au moment de pénétrer dans le bosquet, j'entendis le croassement d'un corbeau. Une ombre passa rapidement au-dessus de nous et un énorme oiseau au plumage noir et luisant fondit brusquement vers le sol et se posa sur le bord du bouclier. Alun venait sans aucun doute de nous envoyer un message d'adieu.

La litière mortuaire, toute en or, fut déposée au pied du tertre funéraire devant la foule silencieuse. Le Chef des Bardes, debout immobile devant mon cadavre, tira un pli de sa cape au-dessus de sa tête.

Levant sa baguette en or vers moi, il dit : « Ce soir, nous enterrons notre roi. Ce soir, nous faisons nos adieux à notre frère et ami — un ami qui fit pour nous ce dont nous ne fûmes pas capables nous-mêmes. Il séjourna parmi nous un certain temps mais, comme Meldryn Mawr qui régna avant lui, Llew se mit au service du Chant d'Albion. Sa vie ne faisait qu'un avec la vie du Chant, et le Chant a rappelé à lui la courte vie dont il lui avait fait don.

« Le roi est mort, la vie lui a été soustraite de la façon la plus lâche et la plus odieuse. Il courut volontairement à la mort pour sauver la vie même de sa bien-aimée et celle de ses amis qu'il voulut libérer — et il fit tout cela avec succès. Qu'on ne permette jamais de dire qu'il n'aspirait qu'à la gloire ; que tous les hommes se souviennent qu'il s'humilia, brisant le gear qui le liait pour pouvoir conduire une expédition à Tir Aflan.

« Et du fait qu'il ne se cramponna pas à son titre, de grandes choses ont pu s'accomplir dans le royaume des mondes. Car c'est par la mort de Llew que le Chant d'Albion a pu être restitué. Écoute, ô Albion ! La Grande Année a pris fin et un nouveau cycle commence. Le Chant n'aura plus besoin d'être caché ; il n'aura plus besoin d'être dissimulé par le phantarque et les rois n'auront plus besoin de le protéger, car désormais le Chant est porté dans le cœur et dans l'esprit de tous les hommes et de toutes les femmes, et tous les hommes et toutes les femmes seront désormais son protecteur. »

Tegid Tathal, penderwydd d'Albion, rabaissa ensuite sa main en disant : « Il est temps, à présent, de libérer notre frère et de le remettre en chemin. »

Il alluma un petit feu puis une torche. On se passa le feu d'une torche à l'autre jusqu'à ce que toutes s'embrasent comme des nuées d'étoiles dans la nuit profonde du bosquet. Puis Tegid donna ordre aux Corbeaux que la litière fût à nouveau levée. Drustwn, Emyr, Niall et Garanaw, avec Bran près de ma tête, commencèrent sous les directives de Tegid à porter ma dépouille en lui faisant faire, lentement, le tour du tertre du gorsedd dans le sens d'un cercle solaire. Le peuple, conduit par Tegid, avec Goewyn qui marchait directement derrière lui, Scatha sur sa droite et Cynan sur sa gauche, suivit le corps… et tous commencèrent à chanter.

J'étais là avec eux dans le bosquet. Je vis la lueur des torches illuminer leurs visages et briller dans leurs yeux ; j'entendis leurs voix chanter, d'abord doucement, puis de plus en plus fort au fur et à mesure qu'ils se libéraient de leur chagrin. Ils chantèrent *La*

Complainte de la reine et cela me transperça le cœur. Goewyn chantait aussi en relevant la tête, et des filets de larmes coulaient le long de ses joues et de sa gorge.

Je sentais tout le poids du chagrin qui pesait sur elle et tentai de me rapprocher d'elle. *Goewyn, ma bien-aimée, tu vivras toujours dans mon âme*, murmurai-je à son oreille ; *toi, fidèle parmi les cœurs, ta peine finira par s'apaiser.*

Tegid conduisit la procession funèbre autour du tertre, une fois puis une autre et enfin une troisième. À la fin du dernier cercle, les gens du peuple avaient fini par s'aligner sur une double rangée, en tenant leurs torches bien haut. Ils avaient formé l'Aryant Ol, la Voie Radieuse, le long de laquelle le corps d'un roi était reconduit vers sa dernière demeure. Puis, à l'instant de l'Heure bleue, je fus emmené jusqu'à mon tombeau.

Les Corbeaux, graves et solennels, portaient la bière sur leurs épaules et, d'un pas lent et mesuré, commençaient à se diriger vers le tertre funéraire le long de la Voie Radieuse. Tegid puis Goewyn et Cynan à sa suite levèrent leur torche vers le ciel ; ils se mirent à suivre les Corbeaux qui remontaient l'Aryant Ol vers l'entrée du cairn. Ils posèrent la litière funèbre sur un socle de pierre situé au centre de la chambre mortuaire et, l'un après l'autre, me firent leurs adieux, s'agenouillant près de mon corps et s'effleurant le front du dos de leur main en un dernier hommage.

À la fin il ne restait plus que Cynan, Goewyn et Tegid. Cynan, les paupières remplies de larmes, leva ses mains vers son cou et en ôta son torc en or. Il posa le bijou sur ma poitrine et dit : « Adieu, mon frère. Puisses-tu trouver tout ce que tu cherches — et rien de ce que tu fuis — là où tu t'en vas. » Ayant prononcé ces mots, sa voix se brisa et il fit demi-tour pour s'éloigner, tout en frottant ses yeux avec l'intérieur de ses poignets.

Goewyn, les yeux brillants de larmes sous la lueur dansante des torches, se pencha vers moi et m'embrassa sur le front. « Adieu, mon bien-aimé, dit-elle avec courage, d'une voix basse et tremblante. Tu t'en vas, et mon cœur t'accompagne. »

Tegid tendit sa torche à Cynan et fouilla dans la bourse de cuir pendue à sa ceinture. Il en retira une pincée de Nawglan, le Neuf Sacré, qu'il déposa dans la paume de sa main gauche. Puis, prenant un peu de Nawglan sur le bout de son doigt, il traça une ligne verticale sur le milieu de mon front. Renouvelant l'opération, il dessina une deuxième puis une troisième ligne de part et d'autre de la première, inclinant l'une et l'autre vers le centre. Il avait ainsi tracé le gogyrven, les Trois Rayons de la Vérité, dans la cendre du Neuf Sacré déposée sur mon front froid.

«Adieu, Llew Main d'Argent. Puisse tout bien se passer lors de ton voyage», dit le barde. Puis plantant rapidement sa torche à la tête de la litière mortuaire, il se retourna et conduisit Goewyn et Cynan à l'écart du tombeau.

Les Corbeaux, attendant à l'extérieur, commencèrent à sceller l'entrée avec des pierres. J'observai l'ouverture du cairn devenir de plus en plus petite, pierre après pierre et, bien qu'étant à l'intérieur, je voyais ce qui se passait à l'extérieur. Je voyais le visage de tous ceux que j'avais aimés : Scatha, Pen-y-Cat, royale, courageuse et magnifique ; Bran Bresal, le Chef des Corbeaux, intrépide seigneur de la guerre ; le Vol des Corbeaux — Drustwn, Emyr, Laidaw, Garanaw au Long Bras, et Niall — vaillants compagnons, hommes de confiance à toute épreuve ; lord Calbha, allié généreux ; Cynan, loyal frère d'armes et ami cher à mon cœur ; Goewyn, beauté parmi les beautés, épouse et amante, inséparable dans l'éternité ; et puis Tegid, penderwydd plein de sagesse, Chef des Bardes d'Albion, ami fidèle parmi les fidèles, dont l'amour vint se mettre à mon service au-delà même de la mort pour adoucir mon départ.

Je voyais le peuple, mon peuple, se passant les pierres les unes après les autres le long de l'Aryant Ol pour le scellement du tombeau. Puis j'entendis la voix de Tegid, claire et puissante, s'élever en un chant que je reconnus pour être un chant de purification. Tenant sa harpe au creux de son épaule, ses doigts caressant les cordes aux sonorités délicates, il chanta :

Sur le sentier abrupt où tous nous sommes appelés,
Que cela soit aisé ou malaisé pour notre chair,
Qu'il soit lumineux ou obscur pour nous de le suivre,
Que ce sentier soit dégagé ou plein d'embûches sous nos pieds,
Accepte de nous guider, ô Être plein de sagesse et de bonté,
De crainte que nous ne chutions, ou que nous nous égarions dans l'erreur.

À l'abri de bosquet,
Sois son guide et sois son destin ;
Aird Righ, de par l'autorité des Douze :
Le Vent plein de rafales et de bourrasques,
La Tempête aux tourbillons fougueux,
Le Rayon du soleil éclatant,
L'Ours aux sept combats,

L'Aigle sur son rocher perché,
Le Sanglier de la forêt
Le Saumon des étangs,
Le Lac de la vallée,
La Floraison des collines de bruyère,
La Puissance du guerrier,
Le Mot du poète,
La Flamme de la pensée chez le sage.

Qui fait respecter le gorsedd, si ce n'est Toi ?
Qui fait le compte des âges du monde, si ce n'est Toi ?
Qui gouverne la roue des cieux, si ce n'est Toi ?
Qui fait progresser la vie dans le giron, si ce n'est Toi ?
Ainsi, Dieu de toute vertu et de toute puissance,
Garde-le et protège-le de ta Prompte et Forte Poigne,
Conduis-le dans la paix jusqu'au terme de son voyage.

L'ouverture dans le cairn, à présent, était à peine plus qu'une simple fissure dans la pierre. Puis celle-ci fut recouverte et je me suis retrouvé seul. La voix de Tegid résonnant derrière la paroi scellée du tombeau fut le dernier son que j'entendis. «Mourir dans un monde, c'est renaître dans un autre ! lança-t-il au peuple de Dinas Dwr. N'oublions jamais cela.»

La lueur dansante de la torche remplissait l'espace du tombeau, mais elle déclina peu à peu au fur et à mesure que la torche se consumait. Puis la flamme mourut, ne laissant plus qu'un gros point rouge qui irradia encore quelque temps avant de s'éteindre. Et les ténèbres m'engloutirent.

Combien de temps suis-je resté dans l'obscurité silencieuse et enveloppante, je ne saurais le dire. Mais j'entendis comme un souffle de vent dans des branches nues, qui claquait, qui craquait tout en murmurant. Je me retournai et aperçus derrière moi, comme à travers une porte ombreuse, la silhouette vague d'une colline blanche aux nuances mauves dans l'aurore gris-bleu. Instinctivement, je me tournai vers elle, dans l'espoir de la distinguer plus clairement.

Dès que je mis à avancer, j'entendis un son précipité et eus l'impression de progresser à grands pas en descendant rapidement le long d'un étroit couloir. Et je sentis un souffle puissant, un immense tourbillon tempétueux comme un océan aérien se déversant sur moi. Au même moment, le coteau de la colline mauve s'estompa devant moi puis disparut complètement.

Laissant mes pas me diriger en toute confiance dans le noir complet du sentier, je progressais. L'air tourbillonnant s'agitait puissamment au-dessus et autour de moi dans un impressionnant grondement d'océan. C'était le vide de tous les côtés et, au-dessous de moi, l'abîme ; j'allongeai le pied sur le pont en forme de lame d'épée pour me lancer sur cette travée infiniment étroite. Dans le mugissement du vent, j'entendis l'écho incessant de puissances inconnues, mouvantes, se heurtant les unes les autres dans les profondeurs infinies de la nuit. Tout était noir — d'une obscurité totale, abyssale —, et il régnait un silence de plomb.

Puis la plus terrifiante rafale de vent s'éleva, sortie en hurlant de nulle part et me frappa de plein fouet avec une puissance inimaginable. J'avais l'impression que ma peau allait être arrachée lentement et que mes chairs allaient partir en lambeaux et être pelées jusqu'aux os. Ma tête commença à palpiter sous la douleur et je m'aperçus que je ne pouvais plus respirer. Mes poumons, vides, me faisaient mal et ma tête était comme pilonnée de l'intérieur par un battement de cœur spectral.

Ne cédant pas à ma douleur, je levai le pied et amorçai un nouveau pas. Mon pied retomba dans le vide et je tombai. Je projetai mes mains devant moi pour tenter d'interrompre ma chute libre ; mes paumes frappèrent une surface lisse et dure, et j'atterris à quatre pattes dans la neige, à l'extérieur du cairn, dans la légère grisaille de l'aube.

« Llew… ? » C'était la voix de Goewyn.

XXXIX

LE NŒUD SANS FIN

Je relevai la tête et regardai autour de moi pour chercher Goewyn. L'effort libéra quelque chose en moi et un air frais s'engouffra dans mes poumons. C'était un air vif et pur ; il brûlait comme un feu mais je ne pouvais m'arrêter de l'inhaler. J'avalai avidement, comme si chaque respiration devait être la dernière. Mes yeux étaient humides, mes bras et mes jambes commencèrent à trembler. Mon cœur battait la chamade dans ma poitrine et ma tête vibrait. Je serrai mes paupières le plus fort possible en cherchant à ralentir le rythme de mon cœur.

«Lew...», fit à nouveau la voix, inquiète, bienveillante. Je sentis qu'on m'effleurait légèrement l'épaule ; elle était près de moi.

«Goewyn ?» Je soulevai mes paupières et aperçus une petite mèche dépassant d'une chevelure vaguement rousse... il ne s'agissait pas de Goewyn mais de sa sœur, la banfáith d'Albion. «Gwenllian !

— Lew... Lewis ?»

Ma vue s'éclaircit lentement et son visage m'apparut. «Gwenllian, je...

— Je suis Susannah, Lewis. Est-ce que ça va ?»

Un vague souvenir revint à la surface de mon esprit.

«Susannah ?

— Je suis là... laisse-moi t'aider.» Elle m'enveloppa de ses bras et m'aida à me relever. «Tu es gelé, dit-elle. Qu'as-tu fait de tes vêtements ?»

Je baissai les yeux et m'aperçus que j'étais complètement nu, debout dans au moins deux ou trois centimètres de neige légère et poudreuse. Le vent soufflait dans les branches nues des arbres et j'étais juste devant l'étroite entrée d'un cairn en forme de ruche, titubant, brisé par une vague immense de désespoir qui me submergeait, prête à me noyer.

« Tiens, mets ça, dit Susannah ; tu vas mourir de froid. » Elle passa sur mes épaules son long manteau et m'enveloppa bien chaudement. « J'ai une voiture... Je l'ai laissée sur la route, un peu plus haut sur la colline. Il va, hélas, falloir marcher un peu. Nettles ne m'avait pas dit d'apporter des vêtements, mais j'ai quelques couvertures. Ça va ? »

J'ouvris la bouche mais les mots ne voulaient pas sortir. Sans doute n'y avait-il pas à proprement parler de mots pour dire ce que je ressentais. Alors je me suis contenté de hocher la tête. Susannah passa un bras autour de mes épaules, glissa le mien autour de son cou et commença à me traîner pour m'éloigner du cairn.

Nous marchâmes à travers de hautes herbes et grimpâmes sur une colline recouverte de neige gelée, jusqu'à un portail. Il était ouvert. Une petite voiture verte attendait sur la route, les glaces couvertes de givre.

Susannah m'accompagna jusqu'à la place du passager et ouvrit la portière. « Ne bouge pas, dit-elle. Je vais prendre une couverture. »

Je fixais le monde dans lequel je venais de revenir, essayant de comprendre ce qui m'était arrivé. Un chagrin, une douleur puissante, étouffaient ma poitrine vide.

Après avoir étendu une couverture sur le siège, Susannah m'enveloppa avec une autre tout en retirant son manteau de mes épaules. Puis elle m'aida à monter dans la voiture et ferma la portière. Elle se glissa ensuite rapidement sur le siège du conducteur et démarra. Le moteur gémit, hésita, puis commença à ronronner. Susannah alluma le chauffage et l'antibuée qu'elle régla à leur maximum. « Ça va chauffer en une minute... », dit-elle.

Je hochai la tête et regardai à travers le pare-brise embué. Je dus faire un effort surhumain pour me concentrer mais je réussis à parler : « Où sommes-nous ? » Les mots, peu assurés, se formaient maladroitement sur mes lèvres et j'avais l'impression que ma langue était comme un morceau de bois.

« Va savoir ! répliqua-t-elle au milieu du ronronnement du ventilateur. Quelque part en Écosse. Pas loin de Peebles. »

L'antibuée commença à dégager une petite surface du pare-brise que Susannah élargit davantage avec le dos de sa main. Elle passa une vitesse et la voiture s'engagea sur la route. « Ne t'en fais pas, dit-elle. Ne bouge pas et détends-toi. Si tu as faim, j'ai pris des sandwiches et il y a du café dans le Thermos. On a de la chance, ce sont les vacances et il n'y aura pas beaucoup de circulation. »

Nous roulâmes toute la journée, ne faisant que deux arrêts pour prendre de l'essence.

Je regardais le paysage défiler par la fenêtre sans rien dire. Susannah n'arrêtait pas de se racler la gorge en me lançant des œillades furtives comme si elle avait peur de me voir brusquement disparaître… mais elle se retint de parler et de m'interroger. Je lui en étais profondément reconnaissant.

Il était déjà tard lorsque nous arrivâmes à Oxford et j'étais épuisé par la route. J'étais enfoncé dans ma couverture et fixais, sans un mot, les lumières de la ville depuis le périphérique, me sentant complètement anéanti. Comment cela avait-il pu m'arriver ? Qu'est-ce que tout cela signifiait ?

Je ne savais pas où j'avais envie d'aller. Mais Susannah avait tout arrangé. Elle ralentit puis traversa des rues pratiquement vides pour s'arrêter enfin quelque part dans le dédale du centre ville. Elle m'aida à sortir de la voiture et je m'aperçus que nous étions devant une porte basse. Une plaque de cuivre près de la porte indiquait le nom de D. M. Campbell, directeur d'études. Susannah tira un trousseau de clés de sa poche, enfonça une clé dans la serrure et tourna.

La porte s'ouvrit et la jeune femme me précéda pour allumer la lumière. Je fis alors quelques pas dans la pièce et je reconnus les lieux. Combien de siècles étaient passés depuis ma dernière visite ici ?

« Le professeur Nettleton m'a demandé de te donner cela », dit Susannah. Puis elle me mit les clés dans les mains. « Il n'est pas là… », commença-t-elle d'une voix hésitante, puis elle ajouta : « Mais je suppose que tu le sais déjà…

— Oui », répondis-je. Nettles ne reviendrait probablement plus. Mais moi, pourquoi avais-je pu revenir ? Pourquoi moi ? Et pourquoi ici ?

« Bon, en tout cas, fit-elle en cherchant mon visage de son regard vif et sombre pour y repérer la moindre petite marque d'attention, il y a de quoi manger dans le cellier et du lait dans le réfrigérateur. Je ne savais pas pour qui ni pour combien de personnes il faudrait faire des provisions, alors il y a un peu de tout. Mais si tu as besoin d'autre chose, j'ai laissé mon numéro près du téléphone, et…

— Merci, dis-je en lui coupant la parole. Je suis sûr que ça v...» Les mots s'échappaient sans que je puisse les contrôler. «C'est parfait.»

Elle me fixa intensément. Les questions lui brûlaient les lèvres. Elle prit néanmoins la direction de la porte. «Tant mieux... euh, eh bien...» Elle posa sa main sur la clenche et tira sur la porte pour l'ouvrir. Elle hésita, attendant que je lui dise d'arrêter. «Je viendrai voir demain comment tu vas.

— Mais faut pas t' déranger, dis-je en hésitant un peu pour utiliser le langage familier.

— Ça m' dérange pas, répliqua aussitôt Susannah. Salut !» Elle était déjà partie avant que j'aie pu l'en dissuader.

Combien de temps suis-je resté ainsi, emmitouflé comme un Apache dans ma couverture, je n'en ai aucune idée. Je passai un long moment à écouter les bruits de la ville, un vacarme assourdissant que ni la lourde porte en bois massif, ni l'épaisseur des murs de pierre de la maison du professeur ne parvenaient à étouffer. Je me sentais vide à l'intérieur, apathique, à ramasser à la pelle. Je ne cessais de penser : *Je suis mort et je suis en enfer.*

J'ai dû m'évanouir à un certain moment dans l'un des fauteuils rembourrés de Nettles car j'entendis ensuite un grattement à la porte et ouvris les yeux juste à l'instant où Susannah surgissait dans la pièce, affairée, les bras chargés de sacs et de paquets. Elle essayait de ne pas faire de bruit car elle pensait que j'étais au lit en train de dormir. Mais elle m'aperçut, assis dans le fauteuil, alors qu'elle se retournait pour entasser tous ses paquets sur la table.

«Oh ! Bonjour !» fit-elle. Elle arborait un sourire enjoué, pleine d'entrain. Ses joues étaient rougies par le froid et elle se frottait les mains pour les réchauffer. «Ne me dis pas que tu as passé la nuit dans ce fauteuil...

— Et pourtant, oui», répondis-je lentement. Il m'était difficile de trouver les mots et mes lèvres avaient du mal à prononcer correctement.

«Je me suis levée aux aurores, annonça-t-elle fièrement. Je t'ai acheté quelques vêtements.

— Susannah, dis-je. Il ne fallait pas. Vraiment, je...

— Laisse tomber.» Elle passa en coup de vent devant moi et se dirigea vers la cuisine. «Je vais commencer à préparer le petit déjeuner et après, je te montrerai ce que j'ai acheté. Tu me remercieras plus tard.»

Je me rassis correctement dans le fauteuil sans avoir la force de me lever. Susannah réapparut quelques instants après et commença à déplacer les paquets sur la table. «Bien, dit-elle en tirant un bout de tissu bleu foncé hors d'un sac, ferme les yeux.»

Je la regardais fixement. Pourquoi est-ce qu'elle faisait cela ? Pourquoi ne me laissait-elle pas tranquille ? Ne voyait-elle donc pas que j'étais triste ?

«Que se passe-t-il, Lewis ! demanda-t-elle.

— Je ne peux pas.

— Tu ne peux pas quoi ?

— Je ne peux pas faire ce que tu demandes, fis-je brusquement. Est-ce que tu comprends ?»

Elle ne comprenait pas, évidemment. Comment aurait-elle pu ? Personne ne pouvait comprendre ne serait-ce que la plus petite, la plus infime partie de ce qui m'était arrivé ! J'avais été roi en Albion ! J'avais fait la guerre et avais tué des ennemis et puis j'avais été tué à mon tour. Seulement, au lieu de partir pour un autre monde, j'étais revenu dans celui que j'avais abandonné. Rien n'y avait changé. C'était comme si rien ne s'était passé. Tout ce que j'avais fait, tout ce que j'avais subi n'avait servi à rien.

«Je suis désolée, dit Susannah avec une sincère compassion. J'essayais seulement de t'aider.» Elle se mordit la lèvre.

«Ce n'est pas de ta faute, dis-je. Cela n'a rien à voir avec toi.»

Elle s'avança vers moi et s'agenouilla près du fauteuil. «Je voudrais comprendre, Lewis. Franchement. Je sais bien que ça ne doit pas être facile.»

Voyant que je ne répondais pas, elle dit : «Nettles m'a beaucoup parlé de ce qui se passait. Au début, je ne le croyais pas. Et je ne suis toujours pas certaine d'y croire vraiment. Mais il m'a dit d'essayer de repérer des signes — Les Signes du Temps, il les appelle — et, si j'en voyais, de me rendre à cet endroit — il m'a même donné une carte — et d'attendre que quelqu'un se montre.» Elle s'arrêta, pensive. «Je ne savais pas que ce pouvait être toi.»

Le silence s'installa entre nous. Susannah attendait que je dise quelque chose. «Écoute, dis-je enfin, j'apprécie vraiment tout ce que tu as fait pour moi. Mais j'ai besoin...» Je transpirais presque sous l'effort. «... j'ai besoin d'un peu de temps pour me réadapter.»

Elle me lança un regard blessé et se leva. «Je comprends, Lewis, mais je voudrais t'aider.» Puis elle se tut et détourna les yeux dans le vague. Lorsqu'elle me regarda à nouveau, elle avait sur les lèvres un petit sourire triste. Elle faisait des efforts. «Bon, eh bien je vais te laisser. Mais appelle-moi plus tard, d'accord ? Promis ?»

Je fis un signe de la tête en me renfonçant dans les profondeurs du fauteuil avec ma douleur et mon chagrin. Elle partit.

Elle revint le lendemain matin, très tôt. Elle me lança un regard, examina d'un coup d'œil la pièce où je me trouvais et, comme une bombe soudain mise à feu, elle alluma la lumière. « Debout, Lewis. Tu viens avec moi ! »

Je n'avais plus de forces pour décider quoi que soit et elle en avait apparemment pour deux, alors j'obéis.

Elle farfouilla dans tous les paquets que nous n'avions pas touchés sur la table. « Tiens ! dit-elle en me fourrant un short dans les mains. Mets ça, pour commencer. »

Je me levai, la couverture toujours accrochée à mes épaules comme une cape. « Qu'est-ce que tu fais ?

— Tu as besoin de sortir un peu, fit Susannah avec aigreur. Nous sommes dimanche. Je t'emmène à la messe.

— Je n'ai aucune envie d'y aller. »

Elle haussa les épaules et sortit une chemise, la défroissa un peu et, dressant la tête sur le côté, me la tendit. « Mets ça », ordonna-t-elle.

Elle m'habilla avec une efficacité redoutable : pantalons, ceinture, chaussettes, chaussures... puis se déclara satisfaite du résultat. « Il aurait fallu que tu te rases, dit-elle en fronçant les sourcils. Mais laissons tomber pour le moment. Tu es prêt ?

— Je ne viens pas avec toi, Susannah. »

Elle se mit à sourire d'un délicieux sourire forcé et me prit par le bras. Ses mains étaient chaudes. « Bien sûr que si ! Je ne vais pas te laisser te morfondre ici toute la journée comme un rat mort. Et après la messe, je me laisserai volontiers inviter à déjeuner.

— Je vois bien ce que tu essaies de faire, Susannah. Mais je ne veux pas sortir. »

L'église était absolument bondée. Depuis toutes ces années pendant lesquelles j'avais vécu à Oxford, je n'avais jamais vu autant de monde à la messe. Il y avait au moins un millier de personnes. Les gens étaient entassés sur les bancs et se pressaient tout autour du vaste déambulatoire. Des chaises supplémentaires avaient été placées au fond de la nef partout où cela était possible. Les prie-Dieu avaient été retirés et déplacés vers les bas-côtés pour pouvoir accueillir plus de fidèles. Quand on s'aperçut que cela ne suffirait pas, on ouvrit en grand le portail de manière à ce que les gens de l'extérieur puissent entendre.

« Qu'est-ce qui se passe ! demandai-je, abasourdi devant tant de bruit et de vacarme. C'est quoi, tout ça ?

— L'église, tout simplement », dit Susannah, étonnée par ma question.

J'assistai à l'office plongé dans un brouillard épais. Je ne parvenai pas à me concentrer plus d'une ou deux secondes de suite. Mon esprit — mon cœur, mon âme, ma vie ! — était resté en Albion, et je n'étais plus de ce monde. J'en étais coupé et ne pouvais plus m'y réintégrer.

Susannah me donna un petit coup de coude. Je lançai brusquement un regard autour de moi. Tout le monde était agenouillé et le pasteur — ou le prêtre, ou quel qu'il fût — était en train de tenir un morceau de pain dans les mains et disait : « … Ceci est mon corps, livré pour vous… »

J'entendis ces mots, des mots que j'avais entendus un nombre incalculable de fois ; j'avais grandi avec eux sans ne plus guère leur prêter d'attention dès que je repassais le porche de l'église.

Ceci est mon corps, livré pour vous…

Des mots d'un autre âge, des mots d'avant la création du monde. Mais des mots, pourtant, qui expliquaient tout ce qui m'était arrivé… Comme un astre qui explose dans le froid néant de l'espace, toute l'explication fut comme une détonation dans mon cerveau. Je savais, oui, je savais ce que cela voulait dire !

Je me sentais faible, j'avais le vertige ; ma tête était prête à étouffer. Je fus saisi, transporté littéralement d'une joie si puissante que j'eus peur de m'évanouir.

Je regardai le visage de ceux qui m'entouraient, tous immergés dans la plus sincère dévotion. Mais oui, bien sûr ! Ce n'étaient plus les mêmes gens ; ils avaient changé. C'était évident. Comment auraient-ils pu ne pas changer !

Albion s'était métamorphosée ; et ce monde-ci avec lui… Même si cela n'était pas évident à première vue, le profond changement s'était produit. Et je le trouverais caché dans des millions d'endroits : avec discrétion, comme une levure qui opère tranquillement, invisible, non repérable et cependant avec une efficacité patiente, transformant tout radicalement. Tout comme je venais de comprendre le sens des paroles de l'eucharistie dans le Royaume des Cieux, je comprenais que la renaissance d'Albion et celle de ce monde-ci formaient un tout. L'Exploit du Héros s'était accompli.

La suite de l'office disparut dans la brume ; mon esprit était déjà parti. Je ne pus attendre la sortie de la messe et me mis à courir à toutes jambes dès que la bénédiction fut prononcée. Susannah me rattrapa par le bras en me faisant quasiment perdre l'équilibre. « Tu exagères ! Tu aurais pu au moins faire un effort pour te comporter avec respect.

— Désolé. Mais c'est parce que je...

— Je ne me suis jamais sentie aussi gênée. Vraiment, Lewis, tu...

— Susannah ! »

À son nom, elle s'arrêta. Je la pris par les épaules et lui fis faire un demi-tour pour qu'elle me regarde bien en face. « Écoute, Susannah, il faut que je te parle. Et maintenant. C'est important. » À présent que j'étais lancé, les mots sortaient de mes lèvres les uns après les autres avec une rapidité vertigineuse. « Avant, je ne comprenais pas. Mais maintenant je sais. C'est incroyable ! Je sais ce qui est arrivé. Je comprends de quoi il s'agit. C'est...

— De quoi il s'agit, à propos de quoi ? demanda-t-elle en me cramponnant le bras et en me fixant attentivement.

— J'étais le roi d'Albion ! hurlai-je. Est-ce que tu sais ce que cela signifie, Susannah ? Est-ce que tu te rends compte ? »

Quelques têtes alentour pivotèrent dans notre direction. Susannah me regarda, légèrement embarrassée, en se mordant la lèvre.

« Écoute-moi, dis-je en tentant une approche différente, est-ce que cela t'ennuierait si nous ne sortions pas ? Nous pourrions retourner chez Nettles et discuter un peu. J'ai besoin de me confier à quelqu'un... Tu serais d'accord ? »

Enfin soulagée, elle se mit à sourire et passa son bras autour du mien. « Je n'attends que cela. Je m'occuperai du repas et tu me raconteras tout. »

Nous discutâmes pendant tout le chemin du retour et pendant tout le repas. J'ouvrais la bouche pour manger, mais je ne faisais aucune attention à ce que j'avalais. J'étais tout excité par la certitude d'avoir entrevu la vérité. C'était comme si je m'étais approprié d'un seul coup toute l'énergie du soleil et que maintenant celui-ci irradiait par tous mes pores. Je parlais comme quelqu'un qui avait perdu la raison, déblatérant pendant des heures des mots et des mots et encore des mots, sans jamais réussir à évoquer de manière suffisamment détaillée ce que j'avais vécu.

Susannah écouta jusqu'au bout et proposa même, après le repas, que nous allions nous promener près de la rivière pour respirer un peu d'air pur, car elle voulait m'écouter encore.

Nous marchâmes jusqu'à ce que le soleil commence à s'enfoncer dans la lumière chaude du crépuscule. Le ciel s'embrasa d'une lueur vive et bleutée, les nuages rouge or dérivèrent au-dessus des collines d'émeraude et les prairies rayonnèrent d'un vert resplendissant. Des couples et des familles flânaient tranquillement le long des allées et des cygnes glissaient sur la rivière comme des voiliers de plumes. Partout où je regardais, je voyais régner une paix visible...

« Tu avais raison, dit Susannah lorsqu'enfin je n'eus plus de souffle pour parler. C'est vraiment incroyable. » J'avais encore des choses à dire, tant de choses, mais j'avais mal aux mâchoires et j'avais la gorge sèche. « Complètement incroyable. » Elle vint se blottir dans mes bras en posant sa tête sur mon épaule et nous reprîmes la direction de la maison.

« Oui, c'est vrai. Mais tu seras toujours la seule à savoir vraiment. »

Elle s'arrêta et tourna la tête vers moi. « Mais il faut que tu le dises autour de toi, Lewis, c'est important. » Je m'apprêtai à protester et elle s'en aperçut. « Je ne plaisante pas, Lewis, insista-t-elle. Tu ne peux pas garder une telle histoire pour toi seul. Il faut la raconter... C'est un devoir. »

L'idée de me confier à la presse me donna un haut-le-cœur. Des journalistes m'écrasant leurs micros devant le nez, les photographes déclenchant leurs appareils, la télévision, la radio... un défilé sans fin de sceptiques, de fanatiques, des incrédules prêts à me tyranniser... Non, jamais !

« Qui me croirait ? demandai-je désespéré. Si je racontais cela à quelqu'un d'autre, ce serait pour moi le chemin assuré pour l'asile jusqu'à la fin de mes jours.

— Peut-être, admit-elle. Mais tu n'es pas en réalité obligé de leur *dire*.

— Comment ça ?

— Tu pourrais l'*écrire*. Tu n'es pas spécialement perdu devant un clavier », fit remarquer Susannah, commençant à s'enthousiasmer de sa propre suggestion. « Tu pourrais vivre dans l'appartement de Nettles et je pourrais t'aider. Nous pourrions le faire ensemble. » Elle écarquillait les yeux en une expression de défi, un rictus espiègle au bord des lèvres. « Alors, qu'est-ce que tu en dis ? »

Et c'est ainsi que je me retrouvai, assis au bureau de Nettles, devant une vieille machine à écrire un peu récalcitrante avec, près de moi, une rame de papier vierge et puis Susannah s'affairant dans la cuisine pour faire du thé et des sandwiches.

Je glissai le premier feuillet sur le chariot et posai les doigts sur le clavier. Rien ne me venait. D'où faudrait-il faire démarrer ce genre de récit ?

Jetant par hasard un coup d'œil sur le coin supérieur du bureau, je tombai sur un bout de papier où était imprimé un entrelacs de lignes de couleurs. Je pris le papier dans mes mains. C'était un motif celtique… celui que le professeur Nettleton m'avait montré. Je fixai ce dessin à vous donner le tournis : deux lignes entrelacées, aux motifs parfaitement équilibrés, tournoyant indéfiniment en parfaite harmonie. Le Nœud sans Fin.

Aussitôt, les mots commencèrent à arriver, et je me mis à écrire :

Tout commença avec l'aurochs…

TABLE

ACHEVÉ D'IMPRIMER EN SEPTEMBRE 1998
SUR LES PRESSES DE L'IMPRIMERIE
DE L'INDÉPENDANT - CHÂTEAU-GONTIER

N° éd. : 1421
N° d'impr. : 980815
Dépôt légal : 3e trimestre 1998

(Imprimé en France)